Carly soll ein altes Reetdachhaus an der Ostsee für den Verkauf vorbereiten. Vier Sommerwochen hat sie dafür Zeit. Das ist Carlys Chance, sich ihrer Angst vor dem Meer zu stellen und Abstand von ihrer unmöglichen Liebe zu gewinnen. Doch kaum angekommen, stellt sie fest, dass ein Mann spurlos verschwunden ist. Und nicht nur das. Sie fühlt sich der Frau, die in dem Haus gewohnt hat und der sie sehr ähnlich sieht, seltsam nahe ...

Patricia Koelle, Jahrgang 1964, ist eine Berliner Autorin mit Leidenschaft fürs Meer – und fürs Schreiben, in dem sie ihr immerwährendes Staunen über das Leben, die Menschen und unseren sagenhaften, unwahrscheinlichen Planeten zum Ausdruck bringt.
»Das Meer in deinem Namen«, Band 1 ihrer Ostsee-Trilogie, war auf Anhieb ein Online-Bestseller. Band 2 (»Das Licht in deiner Stimme«) und Band 3 (»Der Horizont in deinen Augen«) erscheinen ebenfalls im Fischer Taschenbuch Verlag.

Weitere Informationen, auch zu E-Book-Ausgaben, finden Sie bei
www.fischerverlage.de

Patricia Koelle

Das Meer in deinem Namen

Roman

FISCHER Taschenbuch

2. Auflage: Juni 2015

Erschienen bei FISCHER Taschenbuch
Frankfurt am Main, Juni 2015

Überarbeitete Neuausgabe:
© S. Fischer Verlag GmbH, Frankfurt am Main 2015

Erstmals erschienen im
Dr. Ronald Henss Verlag, Saarbrücken 2013

Satz: Fotosatz Amann, Memmingen
Druck und Bindung: CPI books GmbH, Leck
Printed in Germany

ISBN 978-3-596-03188-7

*Für alle, die nicht
mehr hier sind.
Und für alle,
die jemanden vermissen.*

Prolog

Carly starrte auf das kleine Schiff in ihrer Hand. Es war das persönlichste Geschenk, das Thore ihr je gemacht hatte. Als der Bus in eine Kurve fuhr, ließ ein Sonnenstrahl den Rumpf honiggolden aufleuchten. Er war aus Bernstein. Die Segel aber, die sich in einem lautlosen Wind blähten, waren aus Silber. Sie spiegelten das Licht und warfen Funken an die schmutzige Buswand.

Der Bus bewegte sich auf der Landstraße vorwärts wie ein Tropfen, der einen Faden herunter-, aber bestimmt nicht wieder hinaufläuft. Die Straße zerschnitt Carlys Leben in zwei Teile. Hinter ihr blieben ihre Freunde zurück und ihre große, aussichtslose Liebe. Vor ihr lag ein unbekanntes Ziel am Meer. Um es zu erreichen, musste sie nicht nur ein uraltes Tabu brechen, sondern obendrein Tante Alissa anlügen, die ihr ein Leben lang Vater und Mutter gewesen war.

Das Schiff war schuld daran, dass sie hier war, wo sie nicht sein durfte. Schuld daran, dass sie Thores Bitte und endlich ihrer eigenen, verbotenen Sehnsucht gefolgt war.

Sie konnte sich nicht sattsehen daran, wie das Licht im Inneren des Bernsteins schimmerte. Winzig entdeckte sie ihr Spiegelbild darin, das ihr ratlos entgegenblickte. Doch seltsam – was war das? Neben ihrem eigenen Gesicht sah sie ein zweites. Es war älter und ganz gewiss nicht ihres, und es lächelte sie an.

Carly drehte sich um, sicher, dass jemand aus der Sitzreihe hinter ihr über die Lehne blickte.

Aber dort saß niemand. Alle drei Doppelsitze waren leer. Der Bus war kaum besetzt.

Verwirrt richtete sie ihren Blick wieder auf den Bernstein. Doch auf der blanken Oberfläche war nur ihr eigenes Gesicht zu sehen und ganz im Inneren ein Schatten, der vom Bug zum Kiel huschte und verschwand.

Wahrscheinlich fehlte ihr Schlaf. Gegrübelt hatte sie reichlich in den letzten warmen Nächten. Sie steckte das Schiff behutsam in ihre Tasche, kuschelte sich in die Ecke, schloss die Augen und dachte an den Sommernachmittag vor kaum zwei Wochen zurück, als sich alles zu verändern begann und ihr Leben zum zweiten Mal unaufhaltsam ins Rutschen kam.

Carly

1999

1

Der Professor und die Weißen Zwerge

Thore stand mit anderen Studenten schon vor ihrem Stammlokal, wo sie verabredet waren. Als Carly sich zu der Gruppe gesellte, winkte er sie ein Stück beiseite und legte ihr freundschaftlich den Arm um die Schultern, wie so oft in den letzten sieben Jahren.

»Carly, es tut mir so leid. Wir bekommen keine Sondergenehmigung mehr. Dein Vertrag läuft Ende des Monats endgültig aus. Du musst dir einen anderen Job suchen. Es wird ja auch Zeit, dass du eine richtige Anstellung bekommst.«

Carly nickte stumm.

Einer der Studenten gestikulierte wild.

»Herr Professor, ich habe eine Frage!«

»Gleich, gleich! Lasst uns erst reingehen, ich habe Durst!« Thore scheuchte seine Herde durch das schmiedeeiserne Tor in den Biergarten.

Carly flüchtete in dem Chaos unbemerkt auf die Toilette.

Eine Überraschung war Thores Nachricht nicht, eher die erwartete Katastrophe, deren sicheres Eintreffen sie bisher erfolgreich verdrängt hatte. Ihr war schwindelig, als hätten seine Worte den Boden unter ihr verschluckt. Für einen Moment fühlte sie sich wieder sechs Jahre alt und verlassen.

Als Carly ein Kind war, hatte sie gedacht, der Tod wohne unter Tante Alissas Teppich. Sie stellte ihn sich klein, schwarz und struppig, mit gemeinen Augen und einem kahlen Schwanz vor, wie das Plüschtier, das ihr ein wohlmeinender Kollege Tante Alissas einmal mitgebracht hatte. Sie war schreiend davongelaufen und nicht wieder aus ihrem Zimmer gekommen, bis Tante Alissa vor ihrem Fenster das schreckliche Wesen in der Mülltonne entsorgt und einen Stein daraufgelegt hatte.

Mit dem Tod war das nicht so einfach.

Es gehörte zu Carlys Aufgaben im Haushalt, freitags die Teppichfransen mit dem Teppichkamm ordentlich zu glätten. Sie machte das immer zuerst und achtete darauf, dass nirgends eine Lücke blieb, durch die der Tod hinausschlüpfen konnte. Danach trat sie sie fest, indem sie drauf entlanglief, sich möglichst schwer machte und dabei sorgfältig einen Fuß vor den anderen setzte.

Später lernte sie, dass der Tod sich davon nicht einsperren ließ, und noch später, dass er nicht nur dort wohnte. Er steckte in Abständen immer wieder den Kopf in ihr Leben.

Dann kam ihr Studium und mit ihm Thore Sjöberg. Thores Stimme, sein Augenzwinkern und seine himmelstürmenden Gesten verscheuchten für Carly den Tod so nachdrücklich, dass sie ihn und alle Vorsicht vergaß und wirklich zu leben begann.

Und jetzt? Nun, da sich Thores und ihre Wege trennen würden, was würde geschehen? Sie hatte nie darüber nachdenken wollen, aber jetzt, wo es soweit war, hatte sie das Gefühl, dass nichts mehr im Leben sicher war.

Carly seufzte, wischte mit einem feuchten Papier über ihr Gesicht und wagte sich aus dem kühlen Lokal wieder hinaus in den Sommer.

Die Blätter an den Kastanienbäumen winkten die klebrige Julihitze über den Biergarten hinweg. Nur gelegentlich öffnete ein kräftiger Windstoß eine Lücke. Dann huschte Sonnenlicht über den Kies, ließ die verschiedenen Getränke in den Gläsern aufleuchten und warf für einen Moment einen silbernen Schimmer auf die kurzen dunklen Haare von Thore.

Carly war seit Jahren seine studentische Hilfskraft gewesen. Obwohl ihr Studium bereits abgeschlossen war, hatten sie den Vertrag zweimal verlängern können, weil sie gut eingearbeitet war und sich mit der Planung der Astronomischen Tagung auskannte. Die war nun vorüber und ihre Zeit mit Thore auch. Sie musste sich einen Job suchen, was für frischgebackene Astronomen fast schwieriger war, als einen neuen Kometen zu entdecken. Aber das erschien ihr weniger bedenklich als die Aussicht, nie wieder täglich mit Thore zusammenzuarbeiten. Dieser Schrecken, den sie gerade noch so entschlossen hinuntergeschluckt hatte, breitete sich bei seinem vertrauten Anblick sofort wieder in ihr aus und ließ das Brausen der Hauptstadt und das Stimmengewirr um sie herum zusammenfallen in eine wattedicke Stille, in der sie allein war.

»He, Carly!« Jemand stieß sie in die Seite, so dass sie ihre Apfelschorle auf das rotkarierte Wachstuch verschüttete. Dankbar ließ sich eine Fliege darauf nieder. Wenigstens eine, die sich freute.

»Was?«

»Hast du schon das Poster mit den Messergebnissen fertig?

Für die Ausstellung im Planetarium?«, fragte Julius, ein übereifriger Student aus dem zweiten Semester, der es nicht erwarten konnte, dass sein Name an einer Wand hing, egal, wie kleingedruckt er auch war. Carly konnte ihn verstehen; es war noch nicht so lange her, dass es ihr genauso gegangen war. Jetzt waren ganz andere Dinge wichtig.

Sie lächelte ihm beruhigend zu. »Na klar. Ich hänge es morgen auf.«

Sie war noch jünger als Julius gewesen, als sie Thore kennenlernte. Neunzehn. Es war ihr allererster Tag an der Uni. Sie hatte seine Veranstaltung nur gewählt, weil im Verzeichnis stand: »Vorlesung. Von Roten Riesen und Weißen Zwergen. Professor Thore Sjöberg.« Alle anderen Veranstaltungen waren Seminare. Da muss man bestimmt etwas sagen, dachte Carly, aber in einer Vorlesung brauchte man nur zuhören. Für den Anfang erschien ihr das verlockend. Außerdem fand sie den Titel schön. Zwar wusste sie, dass Rote Riesen und Weiße Zwerge bestimmte Stadien im Leben eines Sterns bezeichneten. Aber es klang tröstlich märchenhaft. Noch fühlte sie sich verloren in der weitläufigen Uni. Fremd. Sie suchte ewig nach dem Raum mit der Nummer 114. Doch am Ende fand sie ihn, und bald war es, als führten hier alle Wege zu Thore Sjöberg.

Da Carly zwar gerade noch pünktlich, aber fast als Letzte hereinkam, musste sie sich auf einen der leer gebliebenen Plätze ganz vorne setzen. Offenbar fühlten sich die anderen Erstsemester ebenso unsicher und hatten sich nach hinten verkrümelt. Der Professor fegte direkt nach ihr herein, nahm die Kurve eng und blieb vor der Tafel stehen. Aus dem Stapel Papier, den er unter den Arm geklemmt hatte, segelten einige Seiten neben Carlys linken Fuß und blieben auf dem Boden liegen. Sie hob sie auf und reichte sie ihm.

So begegnete sie schon in der ersten Minute seinem schnellen Lächeln, das fortan zu ihrem Leben gehörte. Mal im Vordergrund, mal hintergründig, aber unverrückbar gegenwärtig wie eine alte Zeichnung an der Wand, die immer wieder durch den neuen Anstrich hindurchschien.

Einen langen Augenblick blieb er stehen und sah Carly nachdenklich an. Ein Moment der Stille entstand zwischen ihnen, schwebte beinahe greifbar im Raum, bis er weiterging. Danach würdigte er sie während seines Vortrags keines Blickes mehr. Warum auch, sie war eine von vielen. Er war eifrig bemüht, diesen vielen die Weißen Zwerge näherzubringen, ihre Oberflächentemperatur und was sie bedeutete. Er langweilte sie nicht mit zu vielen Zahlen, sondern flocht Mythen und Sagen zu den betreffenden Sternen ein.

Es waren aber nicht nur seine Worte, mit welchen er die Studenten dermaßen in Bann zog, dass jeder einzelne kerzengerade auf seinem unbequemen Stuhl saß und lauschte, ohne auch nur einen Blick auf das grüne Frühlingsleuchten vor dem Fenster zu werfen. Es war sein Schritt, seine Art, sich wie ein Tänzer zu der Musik seiner Begeisterung durch den Raum zu bewegen und dabei mit den Armen zu dirigieren, als sei seine Vorlesung ein Schöpfungsakt. Gelegentlich lösten sich seine Schnürsenkel und folgten ihm eine Weile wie zierliche Schlangen ihrem Beschwörer. Dann bückte er sich und band sie zu, ohne in seinem Redefluss auch nur einmal zu stocken.

Als er am Ende der Vorlesung ebenso schwungvoll verschwand, wie er gekommen war, segelten erneut drei Seiten unter Carlys Tisch. Sie lief ihm nach.

»Herr Professor!«

Er blieb kurz stehen, nahm ihr die Zettel ab, ließ ihr noch ein Lächeln da und war schon um die Ecke.

»Wow!«, sagte eine blonde Studentin neben Carly. »Der sieht gut aus, findest du nicht?«

Carly fand, dass er ganz normal aussah. Seine dunklen Haare, die trotz ihrer Kürze an einigen Stellen unordentlich hochstanden, passten nicht zu den skandinavischen Vorfahren, die sein Name vermuten ließ, aber sonst war an seinem Aussehen nichts Außergewöhnliches. Er war nicht ganz einen Kopf größer als Carly, und sein sandfarbener Pullover war ausgeleiert. Seine Augen allerdings, ja, da machte etwas neugierig; sie waren irgendwo zwischen grau und blau, dazu waren je nach Lichteinfall auch grüne Spuren darin und gelegentlich ein Blitzen oder ein Sturm. So musste das Meer aussehen, das sie nur von Bildern her kannte. Das Meer ... aber halt, hier durfte sie nicht weiterdenken! Das Tabu, das ihr Tante Alissa von klein auf eingeprägt hatte, galt auf seltsame Art immer noch. Wenn sie es nicht beachtete, wachte möglicherweise der Tod unter dem Teppich auf. Das hatte sie damals geglaubt. Jetzt war es Gewohnheit, Tante Alissa zuliebe.

Thore Sjöbergs Augen jedenfalls konnte man lange ansehen. Irgendetwas an ihm ließ ein stummes Echo in ihr zurück.

In der nächsten Vorlesung drängten sich die Studenten noch dichter. Es gab nicht viele Dozenten, die mit ihrer Begeisterung fürs Thema dermaßen anstecken konnten. Carly wählte diesmal einen Platz weiter hinten, doch als der Professor an ihr vorbeilief, verhielt er kurz, sah ihr in die Augen und fragte: »Kennen wir uns nicht?«

Ehe sie antworten konnte, stand er schon an der Tafel. Später suchte er in seiner Aktentasche herum, fischte schließlich einen Schlüssel aus seinem Jackett und steuerte auf Carly zu.

»Könnten Sie mir wohl ein paar Kopien aus meinem Büro holen? Raum 221. Der Stapel muss auf dem Tisch liegen. Den finden Sie.« Er drückte ihr den Schlüssel in die Hand.

Sein Büro war ein vollgestopftes Chaos. Der gesuchte Stapel lag auf einem Stuhl, nicht auf dem mit Büchern bedeckten Tisch. Auf dem Boden vor der Tür lagen noch zwei Zettel mit handschriftlichen Notizen. Vorsichtshalber nahm sie sie mit. »Ah, prima, da ist ja mein Konzept!«, freute er sich. »Würden Sie die Kopien gleich verteilen?«

Als sie nach der Veranstaltung sah, wie er sich bemühte, den Overheadprojektor unter einen Arm zu klemmen und seine Aktentasche und mehrere Bücher unter den anderen, nahm sie ihm die Bücher stillschweigend ab. Ebenso sein Jackett, aus dem Kugelschreiber fielen.

In seiner Vita las sie, dass er achtundzwanzig Jahre älter war als sie. Nicht alt genug, um so zerstreut zu sein, aber er war mit seinen Gedanken häufig in wissenschaftlichen Sphären unterwegs. Insofern bediente er gelegentlich das gängige Bild des typischen Professors, der nicht ganz von dieser Welt ist. Dazwischen wirkte er jung und ausgelassen, wollte alles über alle wissen, war sich nicht zu schade, auf einer Feier mitzutanzen, im Schneidersitz zwischen den Studenten auf dem Gras zu sitzen oder abends mit ihnen in der Pizzeria zu essen.

Dieses erste Sommersemester war aufregend, voller neuer Eindrücke und Herausforderungen. Schneller, als gedacht, war es vorbei. Thore und Carly waren in eine Art Routine verfallen: Sie sammelte auf, was er verlor, schwatzte der Bibliothekarin die Bücher ab, die er nicht mehr ausleihen durfte, weil er nie welche zurückbrachte, und setzte sich für ihn mit dem Kopierapparat auseinander, wenn ihm die Zeit fehlte. Es hatte sich so ergeben.

In der Sommerpause bemerkte sie, dass ihr sein Lächeln fehlte und sein Tanz vor der Tafel, seine ausholenden Gesten zu den Sternen hin.

»Das ist furchtbar peinlich!«, vertraute sie dem Rasenmäher an. »Es könnte sein, dass ich mich in meinen Professor verliebt habe. Was für ein Klischee! Schlimmer geht's nicht.«

Obendrein war Thore verheiratet, mit einer sehr sympathischen rothaarigen Frau, und Zwillinge hatten sie auch noch. Er hatte ihr die Familie einmal vorgestellt, als sie ihn im Büro abholte. Carly beschloss, in Zukunft einen großen Bogen um Thore Sjöberg zu machen. Das konnte so schwer nicht sein. Die Uni war weitläufig genug, die Fakten und Geschichten über die himmlischen Zwerge und Riesen kannte sie nun, und sie musste Studienarbeiten schreiben und sich auf Prüfungen vorbereiten.

Im Herbst klügelte sie sich für das neue Semester einen Stundenplan aus, der am Freitagvormittag zwei unvermeidbare Freistunden aufwies.

»Komm doch mit«, sagte Daniela, mit der sie sich angefreundet hatte. »Es gibt ein spannendes Seminar über Sonnenflecken. Da will ich reinschnuppern. Allein hab ich keine Lust.«

»Na gut, wenn du mir mit dem Computerkurs hilfst …«

»Geht in Ordnung.«

Carly trottete hinter Daniela in den Seminarraum und grübelte dabei immer noch über ihren Stundenplan. Ein Blatt Papier segelte vor ihre Füße. Sie wusste es, bevor sie den Blick hob. Thore Sjöberg stand vor ihr, und sein Lächeln war in den Sommermonaten keine Spur dunkler geworden.

»Es ist eine Stelle für eine studentische Hilfskraft ausgeschrieben«, sagte er, »haben Sie Lust?«

»Ähm ...« Carly dachte an ihren allzu vollen Plan. Aber auch an ihr Konto. »Bin ich denn dafür qualifiziert? Und gibt es nicht jede Menge Bewerber?«

»Ich habe die Stelle ja so ausgeschrieben, dass sie nur auf Sie passt.« Er strahlte sie an, seiner Sache sicher. Es war das letzte Mal, dass er Carly mit »Sie« angeredet hatte.

In den folgenden Jahren gab es kaum einen Tag ohne Thore. Er war ein Workaholic und hatte häufig auch noch am Spätnachmittag etwas für sie zu tun, verbrachte mehr Zeit in der Uni oder in der Sternwarte als zu Hause. Oft saßen sie an den Abenden im Biergarten, nicht anders als heute. Allein, wenn es etwas zu organisieren oder diskutieren gab, oder mit Studentengruppen, die sie gemeinsam betreuten. Carly konnte sich nicht vorstellen, wie ihr Alltag ohne Thore aussehen sollte. Die Zukunft schien leer, unbewegt und brüchig ohne seine Geschichten und Gesten, ohne die Funken in seinen Augen, die nie ihr, sondern immer dem Leben an sich galten. Und ohne seine offenen Schnürsenkel.

Von Anfang an waren sie nie nur Professor und Studentin gewesen. Zwischen ihnen war etwas Erfrischendes, Unzerbrechliches, eine rätselhafte Schwingung, eine wie selbstverständliche

Verbindung, die in keine Schublade passte. Sie würde wohl nie dahinterkommen, was es war.

Oder bildete sie sich alles nur ein, und er hatte sich seinerseits an sie gewöhnt wie Professor Higgins an Eliza in »My Fair Lady«? Obwohl der Vergleich gefährlich war. Immerhin gab es unterschiedliche Versionen dieser Geschichte.

Sein Blick traf ihren über den Tisch hinweg, während er der allzu blonden Studentin neben sich lauschte. Er lächelte Carly zu; er kannte sie zu gut, wusste genau, was sie dachte.

»Willst du auch noch was trinken?«, fragte der gelockte Student von vorhin.

Sie beobachtete Thores Hände, die Bilder in die Luft malten, um die Form eines neuentdeckten Sternennebels zu beschreiben.

»Ja, bitte. Dasselbe.« Solange das schräge Licht den Saft in ihrem Glas sommergolden leuchten ließ, würde dieser Abend vielleicht einfach nie vorübergehen.

2

Alte Töne und wer die Welt dreht

Wochenende. Dem Wind war die Luft ausgegangen, und die Schritte der Menschen waren schwer, als hätte die Hitze die Straßen verstopft. Manchmal hasste Carly die Stadt, in der sie aufgewachsen war. Oft sehnte sie sich nach weitem Land, nach sauberer Luft. Ihre Hausmeisterwohnung war noch relativ kühl, aber sie hielt es an diesem Nachmittag trotzdem nicht dort aus. Der Nudelsalat, den sie sich gemacht hatte, reichte mindestens für zwei. Sie steckte ihn in ihren Rucksack und radelte zum Hinterhof der Großfamilie Fiedler, die nach und nach fast ein ganzes Mietshaus geentert hatte. Bei Orje Fiedler fand sie immer Trost.

Sie hatte zwar auch ihre mütterliche Freundin Teresa. Die wäre eine bessere Wahl gewesen, wenn Carly über Thore reden wollte. Aber Teresa war im Krankenhaus und wollte wie immer keinen Besuch. Und Miriam, mit der Carly seit der Schule befreundet war, war segeln. Am Ende war es wie so oft eben ihr bester Freund Orje, der für sie da war.

Auf ihr Klingeln öffnete er prompt.

»Dich schickt der Himmel!«, lachte er.

»Mich oder den Nudelsalat?«

»Beides. Komm rein. Oder besser, lass uns rausgehen. Die Wohnung ist unerträglich.«

Er ging ihr durch das angenehm zugige Treppenhaus voraus

in den Hinterhof, wo ein paar seiner kleinen Neffen im Schatten spielten und Oma Jule einen gießkannenähnlichen Limonadenkrug bewachte.

Carly kannte Orje länger als Thore. Eigentlich hieß er Georg, wie sein Großvater und mehrere andere Vorfahren. Aber alle diese Georgs hatte man Orje gerufen, und dabei blieb es. Einer davon war legendär in Berlin gewesen.

Den vorerst jüngsten Orje hatte sie neun Jahre zuvor an einem stürmischen Novembertag kennengelernt. Trockene Blätter flogen ihr um die Ohren, während sie ziellos durch die Straßen lief. Carly war ratlose achtzehn, und alles schien ihr gerade noch grauer und bedrückender als der Himmel. Die Angst vor den Abiturprüfungen lag ihr scharfkantig im Magen, und obendrauf lastete der heutige Vormittag, an dem sie fast vor der ganzen Schule in Tränen ausgebrochen wäre.

Dabei hätte sie jubeln müssen. Frau Giesing, die den Kunstkurs leitete, hatte vor Wochen einen Wettbewerb ins Leben gerufen. Ein Schuljubiläum mit einem Tag der offenen Tür stand an, und es gab leere Vitrinen im Treppenhaus, die nach Dekoration verlangten. Frau Giesing trug ihrem Kurs auf zu schnitzen.

Carly hatte ihren erschreckend großen Holzblock skeptisch hin und her gedreht. Das Material lag angenehm in ihren Händen, aber ihr fiel nichts dazu ein. Den Kunstkurs hatte sie wie viele andere nur belegt, weil dabei ein paar Punkte heraussprangen, die nichts mit Formeln, Zahlen oder lateinischen Vokabeln zu tun hatten. Doch dann sah sie aus dem hölzernen Klotz ein Auge an – ein Astloch. Dahinter eine kleine Maserung im Holz. Auf einmal konnte sie sich einen Fisch vorstellen. Ein Fisch hatte eine ganz einfache Form, das würde sie ja wohl zuwege bringen! Zaghaft setzte sie ein Messer an. Nach ein paar Stunden hatte sie wie der Rest der Klasse die Handhabung einigermaßen heraus. Es machte ihr zunehmend Freude, wie das schlichte Wesen unter ihren Händen erkennbar wurde.

Nun glättete sie unter Frau Giesings Anleitung die Oberfläche mit immer feinerem Sandpapier. Zum Schluss rieb sie sie mit Holzöl ein und polierte sie, bis der Fisch glänzte, als wäre er gerade aus dem Wasser gesprungen. Nachdem sie ihr Werk abgeliefert hatte, vergaß sie es prompt.

Und dann lauerte ihr Frau Giesing gestern früh schon am Eingang auf, stürzte auf Carly zu und packte sie am Arm.

»Carlotta!«

Was habe ich ausgefressen?, dachte Carly erschrocken. Dann sah sie, dass Frau Giesing strahlte.

»Carlotta, du hast den ersten Preis gewonnen! Im Wettbewerb! Die Jury hat tatsächlich deinem Fisch den ersten Platz zugesprochen. Und psst, bis zur Verleihung ist das geheim!«

Benommen stieg Carly die Treppe hinauf. Ihr Fisch hatte gewonnen. Sie hatte noch nie einen Preis gewonnen!

Abends erzählte sie Tante Alissa davon.

»Schön, Carly, freut mich«, sagte diese zerstreut.

»Verwandte sind zur Preisverleihung eingeladen«, erzählte Carly zaghaft. »Für die gibt es auch eine Führung durch die Schule und ein kleines Theaterstück von der vierten Klasse.«

»Sehr schön. Aber ich habe eine Besprechung im Museum wegen der Restaurierung der Anubis-Statue. Du brauchst mich doch nicht, oder?«

»Nein.« Carly hatte nichts anderes erwartet.

Ihren Bruder Ralph brauchte sie gar nicht erst fragen. Der würde sich in der Bank nicht freinehmen, nur weil seine kleine Schwester einen Fisch geschnitzt hatte.

Aber hey, sie hatte gewonnen, darauf kam es doch an!

Das Theaterstück der Kleinen war süß und witzig, und Carly lachte mit den anderen. Dann wurden die Preise vergeben. Ein Fünftklässler hatte eine Figur aus leeren Büchsen gebastelt. Ein Neuntklässler ein Musikinstrument erfunden. Eine Arbeitsgruppe für Handarbeit eine Lampe erschaffen. Carly applaudierte mit allen anderen. Die Aula war voller Familien mitsamt Onkeln, Tanten und Cousinen, die alle glückwünschend und strahlend über die Geehrten herfielen. Dann der dritte Preis: Ein Junge hatte einen Garten aus Origami gezaubert. Der zweite Preis: die Kohlezeichnung eines Mädchens, das die Schule vor hundert Jahren zeigte.

»Und jetzt bitten wir die Siegerin des Wettbewerbs Carlotta Templin auf die Bühne!«, rief die Direktorin. Carly stieg die Stufen hinauf.

Die Direktorin hielt Carlys Fisch in die Höhe.

»Eigentlich nur ein Fisch. Ein einfaches Wesen, eine schlichte Form. Was uns daran überzeugt hat, ist seine Lebendigkeit. Die offensichtliche Lebensfreude. Er scheint mitten im Sprung zu sein – einem Sprung in die Zukunft. Und wenn man sein Gesicht betrachtet, ist es eine verheißungsvolle Zukunft. Daher waren wir uns einig, dass er den ersten Preis verdient hat. Herzlichen Glückwunsch, Carlotta Templin!« Die Direktorin überreichte ihr einen goldfarbenen Pokal auf einem kleinen Marmorsockel. Carly bedankte sich und gesellte sich hastig auf die Seite zu den anderen Preisträgern. Doch die waren alle von ihren jeweiligen Familien umringt – kleine Geschwister, große Geschwister, stolze Eltern. Überall Eltern. Der Grundschulchor sang ein Ständchen, bevor alle von der Bühne durften. Carly stand allein. Die Freude und der Stolz, die sich in ihr ausgedehnt hatten wie eine große, schimmernde Seifenblase, platzten abrupt, wandelten sich erst in einen Klumpen in ihrem Magen, dann in einen scharfen Schmerz, weil niemand da war, mit dem sie das Glück ihres großen Moments teilen konnte. Irgendwann war der Chorgesang vorbei. Carly flüchtete von der Bühne und aus der Aula, verdrängte während der letzten Schulstunden ihre Traurigkeit.

Auf dem Heimweg schummelte der kalte Wind runde, weiche, melancholische Töne zwischen dem Straßenlärm in ihre Ohren. Sie lehnte sich gegen die nächstbeste Litfaßsäule. Die Tränen ließen sich nicht mehr schlucken und rollten nasskalt in den Kragen ihrer Jacke.

Bis die Musik verstummte und sie jemand behutsam an einem ihrer kurzen Zöpfe zog, in die sie ihre ungebärdigen rotbraunen Locken immer noch manchmal zwang.

»Kann ich dir helfen?«

Sie drehte sich um und sah in sanfte graue Augen. Der dazugehörige Junge schien kaum älter als sie selbst zu sein, trug ein rotes Halstuch und eine Schiebermütze und lächelte sie verständnisvoll an. Er hatte feine honigfarbene Haare, die ein wenig zu lang waren.

Carly schniefte. Er reichte ihr ein Taschentuch.

»Wie heißt du?«

»Carlotta. Danke.«

»Ich bin Orje. Orje Fiedler.«

Erst jetzt sah sie das Instrument, das neben ihm auf einem hochrädrigen Wagen stand.

»Ist das ein Leierkasten?«

Er strich zärtlich darüber.

»Eigentlich heißt es Drehorgel. Ja, das ist Friederike.«

»Spielst du noch was?«

Er sah sie prüfend an, nahm ihr das feuchte Taschentuch aus der Hand und reichte ihr ein neues.

»Gerne, aber nicht hier. Komm mit.«

Er schob die Drehorgel behutsam über das gnadenlose Kopfsteinpflaster um eine Ecke, durch eine offene Tür und einen Gang. Carly zögerte.

»Komm!«, wiederholte Orje.

Vor ihnen öffnete sich ein Hinterhof. Carly blieb staunend stehen. Neben einer Schaukel, auf der zwei Kinder spielten, gab es einen Springbrunnen, umgeben von Kübelpflanzen. Sie entdeckte Zitronen und Mandarinen. Oleander verbreitete dem Novemberwetter zum Trotz süßes Spätsommeraroma.

»Meine Oma lässt die Pflanzen immer bis zum ersten Frost draußen. Dann kommen sie in den Keller«, erklärte Orje.

Die Kinder kamen auf ihn zugerannt.

»Meine Nichten«, sagte er.

»Orje, wer ist das? Warum weint sie?«

»Das ist Carlotta. Und damit sie nicht mehr weint, holt ihr einen Kakao bei Oma Jule, ja? Setz dich, Carlotta.« Er wies auf einen Korbstuhl.

Dann rückte er Friederike in Position, fingerte an der Seite herum, um irgendeine Einstellung vorzunehmen, und begann, die Kurbel zu drehen.

Die Töne stiegen mit dem vom Hinterhof besänftigten Wind auf, ließen sich unsichtbar um Carly herum auf den Steinen nieder, blieben in den Zitronenbäumen hängen.

Orje drehte gleichmäßig die Kurbel. Wenn eine Melodie zu Ende war, fummelte er geheimnisvoll an Friederike herum und spielte dann die nächste. Mit jedem Lied wurde Carlys Schmerz ein wenig leichter.

Sie erkannte das alte Berliner Lied von der Emma auf der Banke an der Krummen Lanke und musste lächeln, weil Tante Alissa das früher manchmal gesummt hatte, wenn Carly nicht einschlafen konnte. Tante Alissa kannte keine Kinderlieder. Orje sah ihr Lächeln, lächelte erfreut zurück, ließ die Musik ausklingen und setzte sich neben Carly auf einen Schaukelstuhl.

»Wie machst du das, dass Friederike immer ein anderes Lied spielt?«, fragte sie.

»Ich verschiebe die Walze ein ganz kleines Stück. Auf der Walze sind acht Lieder«, erklärte Orje. »Es sind sogar mehrere Walzen im Familienbesitz. Daher kann sie auch einige modernere Lieder. Lange war es Tradition, dass jede Generation ein oder sogar zwei Walzen anschaffte. Sie sind sehr teuer. Manche sparten jahrelang darauf, andere sollen sie am Kartentisch gewonnen haben. Heute stellt man sie so gut wie nicht mehr her, es ist zu aufwendig. Modernere Orgeln haben Lochbänder oder sogar Computersteuerung. He, Mia, da seid ihr ja. Das ist aber kein Kakao!«

Wichtig schob die Kleine das Tablett auf einen wackeligen Tisch. »Nee. Oma Jule hat gesagt, wenn einer traurig ist, gibt's keinen Kakao, dann gibt's Seelensaft.«

»Noch besser!« Orje reichte Carly einen dampfenden Becher.

»Seelensaft?«

»Oma Jules Geheimrezept. Hilft gegen alles. Verrätst du mir jetzt, warum du so traurig warst?«

Carly kostete vorsichtig. Herrlich! Es wärmte von innen, nicht nur den Magen, auch die Gedanken. Sie erzählte Orje, warum sie so traurig gewesen war. Er lauschte interessiert und schwieg mit ihr an den richtigen Stellen.

»Deine Musik hat mir so geholfen«, fuhr sie dann fort. »Bestimmt hilfst du vielen Menschen auf der Straße mit deinen Liedern.«

»Zum Glück muss ich nicht von der Straßenmusik leben«, sagte er nachdenklich. »Ich bin Maler. Kein Künstler, sondern in einer Malerfirma. Ich habe mich darauf spezialisiert, Bordüren und Friese um Türen und Fenster und oben an die Wände zu malen. Muscheln, Blumen, Schwalben. Was du willst. Ich kam darauf, als ich die Friederike aufgemöbelt habe.« Stolz zeigte er ihr das feine Dekor auf dem alten Holz.

»Warum heißt sie Friederike?«

»Sie ist über zweihundert Jahre alt. Friedrich der Große verlieh Drehorgeln an versehrte Kriegsveteranen, damit sie sich ihr Brot verdienen konnten. Einer meiner Was-weiß-ich-wie-viel-Ur-Großväter war so einer. Auf geheimnisvolle Weise blieb die Orgel in Familienbesitz. Man sagt, er war auch ein sehr geschickter Kartenspieler. Orje hieß er, wie alle ältesten Söhne seither. Manchmal nahm er sein Holzbein ab und legte es auf die Orgel. Man erzählt sich, dass er ein geheimes Münzfach darin hatte.« Er strich über das Gehäuse. »Es ist eine Bagicalupo. Das ist der Mercedes unter den Drehorgeln. Bagicalupo war eine italienische Drehorgelbauerfamilie. Berlin entwickelte sich damals zum

Mekka der Drehorgelbauer.« Orje schmunzelte. »Wenn ich als Knirps meinem Opa zugesehen habe, wie er die Friederike spielte, da dachte ich, wenn er die Kurbel bedient, sorgt er dafür, dass die Welt sich weiterdreht. Er war ein Magier für mich, auch weil er damit ein Lächeln auf die Gesichter der Menschen zauberte. Er und alle Orjes davor. Wenn ich die Musik höre, geht es mir ähnlich wie dir vorhin. Ich habe das Gefühl, die Stimmen der Toten sind alle darin lebendig geblieben.«

Carly war, als sähe sie die lange Ahnenkette der Fiedlers hinter ihm stehen und ihr zufrieden zuzwinkern. Ihre Eltern entdeckte sie nicht, auch nicht die kleine Valerie. Vielleicht riefen die Töne nur diejenigen, die mit Musik zu tun gehabt hatten, als sie lebten.

Und die anderen? Gab es für sie auch einen Klang, ein Zauberwort, um die Erinnerung lebendig werden zu lassen?

Die Dämmerung senkte Nebel auf den Hof. Oma Jule kam heraus. Sie reichte Carly kaum bis zur Schulter, aber sie funkelte geradezu vor Lebendigkeit.

»Kommt rein, Kinder«, sagte sie, »es wird kühl!«

Drinnen gab es Orjes Geschwister und die kleinen Nichten und einen Haufen verschiedener Verwandter, die Carly auch in den Folgejahren nie lernte auseinanderzuhalten, und sie spielten Fang-den-Hut und lachten bis spät in den Abend. Von da an gehörte Carly wie selbstverständlich zu dieser uferlosen, herzlichen Familie dazu. Sie war dankbar dafür, weil sie so etwas nicht kannte.

Vielleicht hätte sie auch irgendwann zu Orje gehört. Doch dann fegte Thore in ihr Leben.

»Ich verstehe dich nicht!«, sagte Miriam Jahre später zu Carly. »Orje ist in jeder Hinsicht wunderbar. Verständnisvoll, vergnügt, ein bisschen verrückt und zum Vernaschen süß.« Miriam liebte Alliterationen und Männer, die anders waren. »Was hast du nur an ihm auszusetzen?«

»Überhaupt nichts! Orje ist wie ein Bruder für mich. Der tollste Bruder, den man sich nur wünschen kann.«

Miriam stöhnte. »Bruder! Du hast doch schon einen Bruder.«

»Ralph? Der ist weder verständnisvoll noch vergnügt. Und am allerwenigsten verrückt.«

»Aber Orje und du, ihr seid doch wie ... wie ... na, unzertrennlich eben.«

»Ich kann mir auch gar nicht mehr vorstellen, ihn nicht zum besten Freund zu haben. Aber ... na ja, du weißt schon. Tausendmal berührt – und es hat eben *nicht* Zoom gemacht.«

»Ihm geht es da anders«, behauptete Miriam. »Also, ich würd' ihn nehmen. Sofort.«

Carly lachte. »Probier dein Glück!«

»Hat keinen Zweck«, sagte Miriam düster. »Bist du so blind? Der hat eine teuflische Engelsgeduld. Der wartet einfach auf das zweitausendste Mal.«

Und so war es geblieben. Orje war geduldig für Carly da. Immer. Oft saß sie bei ihm, wenn er auf Straßenfesten spielte, hörte zu und las die Gesichter der Passanten. Orje hatte nur einen Fehler: Er war nicht Thore. Aber er brachte sie zum Lachen, und er hörte ihr zu.

Eine Zeitlang war Carly mit einem Biologiestudenten zusammen und Orje mit einer Sängerin. Sie wollten leben, nicht ewig warten auf etwas, das nicht geschehen würde. Es war schön, und sie unternahmen viel zu viert, aber es ging vorbei, und Carlys und Orjes Freundschaft blieb.

So saßen sie also an diesem heißen Nachmittag unter Oma Jules Zitronenbäumen und aßen Nudelsalat. Orje versuchte, sie aufzuheitern. »Du wirst einen Job finden«, sagte er. »Sterne gibt es überall.«

»Aber keine Sternwarten oder Institute, die unerfahrene Astronomen suchen.«

»Es wäre gut für dich, wenn du von diesem Professor wegkämst«, brummelte er, ohne sie anzusehen.

»Wenn ich aus Berlin wegmuss, sehen wir beide uns auch nicht mehr oft«, gab Carly zu bedenken.

»Trotzdem«, sagte er. »Du siehst in dem Sjöberg doch eigentlich nur den Vater, den du nicht hattest.«

Carly schüttelte den Kopf. Thore … ja, vielleicht war er auch ein Vater für sie. Doch er war viel mehr. Die unwillkürlichen Blicke in Gesellschaft anderer, wenn jeder wusste, was der andere dachte, die gleiche Freude an denselben Geschehnissen, demselben Buch, oder dasselbe Schmunzeln über eine Begegnung, das Füreinander-da-Sein, ohne jemals Fragen zu stellen – es verband sie so viel. Und wenn es nur eine besondere Freundschaft war, so war das immer noch etwas Wunderbares. Dass Orje Thore aus Eifersuchtsgründen in der Ersatzvaterrolle sehen wollte, war allerdings verständlich. Es wäre auch logisch gewesen, dass Carly auf Ersatz aus war. Orje wusste, wie sehr sie seine Großfamilie mochte, die Wuseligkeit, das Stimmengewirr, die Umarmungen. Das Lachen, das aufbrandete, wann immer die Fiedlers zusammen waren, und wenn es beim Geschirrspülen war. In Carlys Leben hatte es das nie gegeben. Zumindest konnte sie sich nicht daran erinnern. Sie war sechs gewesen, als sich ihre Welt veränderte, und wusste nur, was ihr wortkarger, kühler Bruder Ralph erzählt hatte. Tante Alissa redete nie darüber.

»Alissa kehrt grundsätzlich alles Wichtige unter den Teppich«, hatte sie einmal eine Nachbarin sagen hören. Seitdem war sie überzeugt, dass der Tod unter dem roten Teppich im Wohnzimmer lebte. Auf dem Teppich war ein schwarzes Muster, das grimmigen Löwenköpfen ähnelte. Und drum herum die Fransen, die mit ihnen den Tod bewachten.

»Hättest du dich nicht wenigstens in Rune verlieben können?«, fragte Orje. »Der ist nur drei Jahre älter als du, wusstest du das?«

Rune. Thores kleiner Halbbruder. Sie hatten ihn auf einer von Thores Geburtstagspartys kennengelernt, und Orje hatte sich sofort mit ihm angefreundet, weil er mitreißend Mundharmonika spielte. Rune war völlig anders als Thore. Ein Bär von einem Mann mit einem donnernden, herzlichen Lachen. Er lebte in Thores Heimat Dänemark und hatte einen hinreißenden Akzent. Carly hatte mit ihm getanzt und herumgealbert und sich dabei die ganze Zeit heimlich nach Thore umgesehen. Rune hatte zu den Melodien gesungen, mit einer wunderschönen Bassstimme, und dabei immer wieder die Töne dermaßen versemmelt, dass sie nur am Kichern gewesen war. Zum Glück fand das Rune selbst komisch.

»Ich dachte eigentlich, der wäre was für Miriam«, meinte sie. »Aber wer weiß, am Ende werde ich ihn womöglich fragen müssen, ob er mir einen Job in Dänemark besorgen kann.«

Oma Jules Seelensaft

1 Liter Streuobstwiesenapfelsaft
1 unbehandelte Zitrone
8–10 EL Holundersirup
1 TL Nelken
½ Zimtstange
1 Liter Wasser
Omas Geheimnis

Zitrone dünn schälen und auspressen. Zitronenschalen, Nelken und Zimtstange im Wasser einige Minuten köcheln und wieder herausfischen. Holdundersirup und Zitronensaft dazugeben. Streuobstwiesenapfelsaft dazugießen. Heiß trinken. Im Sommer mit kaltem Sprudel und Eiswürfeln servieren. Erfrischt und löscht den größten Durst.
Und Omas Geheimnis bleibt leider geheim!

3

Post, Abschied und das himmlische Katzenauge

Carly war erst halb wach nach dem langen Abend bei Orje, wusste aber sofort, was der morgendliche Krach, das anschließende Schleifgeräusch und der laute Fluch zu bedeuten hatten. Hastig stellte sie ihre Teetasse ab und lief aus der Haustür.

»Herr Wielpütz, haben Sie sich verletzt?«

Sie zog das umgestürzte Fahrrad vorsichtig unter dem Briefträger hervor, der verschämt grinsend im Rinnstein lag, stellte es auf und reichte ihm eine Hand, um ihn hochzuziehen.

»Aber nein, Frau Templin, ich doch nicht!« Er strahlte sie an.

Gemeinsam machten sie sich daran, die verstreute Post aufzusammeln, die aus seinen Packtaschen geschleudert worden war. Carly fragte sich nicht zum ersten Mal, warum ein Briefträger, der nicht Fahrrad fahren konnte, grundsätzlich dermaßen gutgelaunt war. Sie hätte es ihm gerne nachgemacht.

»Der hier ist nass geworden, soll ich ihn schnell trockenföhnen?«

»Ach was! Der Herr Annighof kennt mich doch. Dem macht das nix. Hier, für Sie! Schönen Tach noch!«

Zweifelnd betrachtete Carly die Umschläge in ihrer Hand. Vorsichtshalber setzte sie sich auf die Treppenstufen. Die Zahnarztrechnung hatte sie erwartet. Das andere waren Absagen. Carly brummelte vor sich hin. Die von der Sternwarte auf dem Wendelstein war keine Überraschung. Aber in die Landessternwarte von Thüringen in Tautenburg hatte sie ein wenig mehr Hoffnung gesetzt. Thore hatte dort ein gutes Wort für sie eingelegt. Doch es gab einfach keine freien Stellen!

»Ach, Abraham. Ich bin gespannt, wovon ich meine Miete demnächst zahlen soll«, sagte sie zu dem Rosenstock neben der Treppe. Sie hatte ihn nicht so getauft. Abraham Darby, so hieß die Sorte. Das stand auf einem verblichenen Schild um den Stamm des betagten Stocks, der den ganzen Sommer über bis in den Herbst hinein aprikosenfarbene Blütentrauben über Gartentor und Treppe hängen und den passenden Duft in die Welt fließen ließ. Carly hatte sich schon als kleines Mädchen mit ihm angefreundet und angefangen, mit ihm zu sprechen. Manchmal tat sie es immer noch. Schließlich wohnten sie zusammen. Sie bewirtete ihn mit Wasser und Dünger, und er winkte ihr mit seinen langen Ranken fröhlich zu, wenn sie zum Tor hereinkam. Warum ihm nicht ein paar Worte widmen? Es fühlte sich tröstlich an. Jetzt ließ er ein Blütenblatt in ihren Schoß fallen, auf den Absender aus Tautenburg.

»Das Schlimme ist, ich bin gar nicht richtig enttäuscht«, vertraute sie Abraham an. Das konnte sie nicht einmal Thore sagen. Sie war stolz auf ihren guten Abschluss und das Wissen, etwas zu Ende gebracht zu haben. Aber schon länger trieben sich Zweifel in ihr herum, ob sie das Richtige gelernt hatte. Ob sie das wirklich den ganzen langen Rest ihres beruflichen Lebens machen wollte? Astronomie, das war heutzutage eben kaum noch »Sterne gucken«, wie sie einmal gedacht hatte. Das waren hauptsächlich Zahlen. Wenn man Beobachtungsdaten benötigte, musste man ein halbes Jahr vorher einen Antrag stellen, um an ein Fernrohr zu dürfen an einer der wenigen Sternwarten, die noch ein eigenes Teleskop hatten. Das hieß, ein sogenanntes Vorblatt auszufüllen, bei dem es sich um zehn Seiten technischer Angaben handelte: Wo lag der Stern, wie hell war er, warum wollte man die Daten und wozu? Irgendein Komitee entschied dann darüber, ob das Anliegen wichtig genug war, um ihm den Vorzug gegenüber anderen Interessenten zu geben. Wie oft hatte sie das für Thore erledigt! Am Ende bekam er meist, was er wollte; er hatte eine Menge Durchsetzungsvermögen.

Aber Carly hatte die Zahlen und die Anträge satt. Es genügte ihr, auf dem Rücken im Gras zu liegen und die vertrauten Sternbilder zu suchen: Pegasus mit Füllen, Orion, Leier, Schwan, Plejaden, Kassiopeia, Perseus, Giraffe … Ein Märchenland da oben, das zu jeder Jahreszeit andere Geschichten erzählte. Ein kleines Teleskop genügte, um auch die Mondmeere und die Saturnringe oder Kugelsternhaufen zu bestaunen.

Sie vermutete, dass es Thore manchmal ähnlich ging. Er hatte zwar kein Problem mit Zahlen, Kurven, Statistiken. Aber die Sternbilder verführten auch ihn immer wieder dazu, aus der griechischen Mythologie zu zitieren und das eine oder andere hinzuzudichten. Sein augenblickliches Projekt befasste sich mit der Frage, warum manche Galaxien schwächer leuchten als andere.

Er führte Untersuchungen über Anzahl und Alter ihrer Sterne durch, um Hinweise darauf zu finden. Aber ebenso erfand er Geschichten, wo das Licht geblieben sein könnte. Dann kam der Erzähler in ihm durch; nichts hielt ihn auf dem Stuhl, und seine Augen blitzten, als hätte sich das fehlende Licht genau dorthin verirrt.

Carly bemerkte eine blütenschwere Ranke, die abzubrechen drohte, und band sie sorgfältig hoch. Den Draht hatte sie für solche Notfälle in den Pusteblumen zu Abrahams Füßen versteckt, die sie als Hausmeisterin eigentlich hätte wegstechen sollen.

»Unkraut!«, würde Frau Jensen, die Hausbesitzerin, wettern, wenn sie wieder einmal vorbeikam. Aber auf die hatte schon Tante Alissa nicht gehört.

Tante Alissa. Die war der Anlass für Carlys Astronomiestudium gewesen. Sie tat sich schwer damit, Kindern etwas zu erklären, besonders, wenn es um Gefühle ging oder um Trost. Einmal aber hatte sie so etwas wie eine Sternstunde gehabt.

Carly war sieben. Andere Kinder in der Grundschule wurden von ihren Eltern abgeholt oder auf Ausflügen begleitet. Sie hatte keine Eltern mehr und fing an, Fragen zu stellen. Ob die Toten noch irgendwo waren und ob es stimmte, dass dieser Ort der Himmel war. Tante Alissa hielt wenig vom Christentum. Sie war Naturwissenschaftlerin durch und durch. Aber sie brauchte eine kindgerechte Antwort, denn Carly ließ nicht locker und weinte sich in den Schlaf.

In ihrer Not schwatzte Tante Alissa dem Direktor des Museums, in dem sie arbeitete, etwas ab. Sie hatte ihn nie zuvor um etwas gebeten. Er war so verblüfft, dass er nicht Nein sagte. An dem Abend legte Tante Alissa Carly beim Gutenachtsagen einen kartoffelgroßen, länglichen Stein in die Hand mit einer seltsam glatten, glänzenden Oberfläche, auf der an einigen Stellen Blasen, Kringel und Risse wie geheime Zeichen zu sehen waren. Er war sehr schwer; schwerer als gewöhnliche Steine von gleicher Größe, wie Carly sie oft in den Grunewaldsee geworfen hatte, um die Kreise auf der Wasseroberfläche zu wecken.

»Das ist ein Meteorit«, sagte Tante Alissa. »Wir haben im letzten Herbst Sternschnuppen gesehen, weißt du noch?«

Ja, daran konnte sich Carly erinnern. Sterne, die vom Himmel fielen, so etwas vergaß sie nicht.

»Wenn sie auf der Erde ankommen, kühlen sie ab, und das hier bleibt übrig. Das ist Post aus dem Himmel.«

»Von meinen Eltern?«, fragte Carly aufgeregt.

»Post aus dem Himmel«, wiederholte Tante Alissa nachdrücklich.

Carly, die stolz darauf war, dass sie im Gegensatz zu manchen Kindern in ihrer Klasse schon mit ganzen Büchern zurechtkam, drehte den Stein hin und her und betrachtete die seltsamen Muster, die beinahe wie Wörter aussahen.

»Aber ich kann sie nicht lesen!«

»Wenn du groß bist, wirst du es eines Tages können. Gute Nacht!«

Wer hatte schon Eltern, die Post aus dem Himmel schickten. Sternenpost! Carly spürte, wie der Stein in ihrer Hand warm wurde. So schlief sie ein, und durch ihre Träume huschte ein Funkeln.

Von da an sah sie die Sterne anders. Als ihr Bruder Ralph ihr einen drehbaren, nachtleuchtenden Sternglobus schenkte, lernte sie alle Sternbilder auswendig und zweifelte nie daran, dass der Nachthimmel ihr ein Stückchen Zuhause war und sie die Sterne zu ihrem Beruf machen würde.

Als an der Uni erste Zweifel aufkamen, war ihr schon Thore passiert und das Fach zu wechseln für sie damit ausgeschlossen. Meistens machte es ja Spaß. Und die Zeichen auf den Meteoriten konnte sie nun auch lesen: Sie sagten immerhin etwas über

Herkunft und Beschaffenheit und Schmelztemperaturen aus. Außerdem ergänzte Thore den fehlenden Zauber bei weitem. Woher sie den allerdings ohne ihn nehmen sollte, war ihr schleierhaft. Sie hatte noch zwei Tage Vertrag bei ihm, jedoch ihre Stundenzahl war schon abgearbeitet. Es blieb nichts mehr zu tun.

Sie fühlte sich verloren. Missmutig zupfte sie an den Pusteblumen herum, pflückte eine und blies die Samen in den Wind. Die wussten auch nicht, wo sie landen würden.

Hoffentlich wurde Teresa bald aus dem Krankenhaus entlassen. Sie war dort schon öfter gewesen, meist wegen ihrer Bandscheiben oder ihrer Hüfte. Danach half ihr Carly mit dem Wohnungsputz, den Einkäufen und den Balkonpflanzen. Teresa wusste dafür Rat in allen Lebenslagen, durchschaute nadelscharf Carlys Schwächen, entdeckte aber auch ihre Stärken und tröstete sie nebenbei mit ihren Kochkünsten. Teresa war ursprünglich eine Freundin Tante Alissas gewesen. Mit der hatte sie sich irgendwann zerstritten, aber Carly und Teresa waren stets wunderbar miteinander ausgekommen. Teresa hatte das Mütterliche, das Tante Alissa völlig fehlte. Vielleicht hatte sie eine Ahnung, was Carly nun mit ihrem Leben anfangen sollte, ohne Thore und ohne klares Ziel.

Wie auf Kommando klingelte ihr Handy. Aber es war nicht Teresa, sondern Thore. Immer noch machte Carlys Herz diesen albernen, unvernünftigen Hüpfer, wenn sie seine Stimme hörte. Nach all den Jahren!

»Ich weiß, du hast deine Stunden durch«, sagte er, »aber ich habe einen Stapel Bücher ins Büro gelegt, mit Zetteln, du verstehst schon, da wäre noch einiges ganz dringend zu kopieren. Könntest du vielleicht … heute noch …?«

Er wusste natürlich, dass sie noch nie Nein gesagt hatte. Wie froh sie über diese kleine Galgenfrist und die Ablenkung war, ahnte er wahrscheinlich nicht.

Kaum hatte sie aufgelegt, rief Miriam an. »Kommst du mit schwimmen? Zum Insulaner?«

»Kann nicht, muss arbeiten.«

»Das hat ja zum Glück bald ein Ende. Na gut, dann frag ich Orje.«

»Mach das. Viel Spaß!«

Vielleicht würde es ja doch noch klappen zwischen Orje und Miriam, dann brauchte sie ihm gegenüber auch nicht mehr dieses diffuse schlechte Gewissen haben.

Carly schnitt eine Rose von Abrahams langen Armen, radelte zur Uni, fischte den beträchtlichen Stapel Bücher aus dem üblichen Chaos und brachte den Kopierer im Flur auf Touren. Sie kannte seine Macken, wusste, wie man den Papierstau entfernte und wo man dagegenhämmern musste, wenn er streikte. Die Stunden, die sie mit dem brummigen alten Gerät verbracht hatte, waren längst nicht mehr zählbar. Irgendwie hing sie sogar an dieser Maschine. Sie schalt sich eine sentimentale Ziege, legte den Stapel Kopien ordentlich beschriftet auf den Tisch und stellte die Rose in ein Marmeladenglas, das sie schon oft mit Blumen gefüllt hatte, um die kühle Nüchternheit des Büros zu erschüttern. Sie konnte nicht anders. Wenigstens waren Abrahams Blüten ja nicht ungehörig rot. Der Duft mischte sich in den Geruch des Kopiertoners.

Als sie die Bürotür zum letzten Mal abschloss, klingelte ihr Handy erneut. Thore.

»Bist du fertig? Ich kann dich abholen, bin schon fast auf dem Parkplatz. Wenn du Zeit hast, könnte ich noch deine Hilfe in der Sternwarte gebrauchen. Bring die Kopien bitte mit.«

Im Auto saßen Rita, seine Frau, und die Zwillinge Paul und Peer, die Carly hatte heranwachsen sehen und auf die sie oft aufgepasst hatte. Carly wurde mit lautem Hallo begrüßt. Sie hatten sich von Anfang an verstanden, alle, auch Carly und Rita.

»Ich setz die anderen bei meiner Schwiegermutter ab, dann fahren wir noch ins Gartencenter und in die Sternwarte«, erklärte Thore.

Im Gartencenter steuerte er auf die Teichabteilung zu. »Wir brauchen Pflanzen für den Teich im Sternwartegarten. Du hast mehr Ahnung als ich, was nehmen wir?«

Hinter der Sternwarte gab es einen kleinen Kräutergarten, Obstbäume, ein Stückchen Rasen und den Teich. Hin und wieder werkelte jemand in den Beeten herum; Carly hatte es gern getan. Vor Monaten waren Rohre auf dem Grundstück verlegt worden. Dazu musste der Teich geleert und die ganze riesige Plastikschale aus der Erde gehoben werden. Seitdem stand sie verloren an die Hauswand gelehnt. Heute hatte sich Thore, der Gärten liebte, ohne viel darüber zu wissen, aus irgendeinem Grund in den Kopf gesetzt, den Teich wiederzubeleben.

Carly suchte also Seerosen, Fieberklee, Schwanenblumen und Schwertlilien aus und war froh, dass sie ihre alten Jeans anhatte. Zum Schluss stopften sie den Kofferraum voller Säcke mit Teicherde. Als sie die im Sternwartegarten wieder ausgeladen hatten, waren Carly und Thore schon beide von oben bis unten mit Schlamm bespritzt und grinsten sich in gewohnt stillem Einverständnis über die schmutzigen Stapel hinweg an. So liebte Carly ihn am meisten: wenn dieser Mann der Sterne der Erde so nahe war. Dann war er ganz er selbst.

Sie erinnerte sich an einen Märztag, an dem sie nach Seminarende einen Spaziergang durch den Botanischen Garten machen wollten. Dort war kein Einlass mehr, es war zu spät. Thore ließ sich jedoch nie von etwas abbringen.

»Komm«, sagte er und zog sie um die Ecke, wo ein verschlossenes, unbenutztes Gartentor den dornenbewehrten Zaun unterbrach. Darunter war ein Spalt, ein paar Handbreit hoch. »Wir kriechen!« Schon zog er sein Jackett aus, drückte es ihr in die Hand und robbte auf dem Bauch hinüber.

»Und wenn sie uns erwischen?«

»Komm schon!«

Er trug sein Lausbubengrinsen. Wer konnte da widerstehen? Er würde es auch auf sämtliche Parkwächter anwenden. Mit Erfolg. Carly reichte ihm die Jacke durch die Gitterstäbe und folgte ihm. Wie immer. Erdverschmiert und glücklich durchstreiften sie in der schrägen Abendsonne die taufeuchten Anlagen, bis die Dämmerung das Licht verschluckte und am Himmel die Venus zwinkerte. Sie sah Thore noch heute vor sich, wie er auf der weiten Krokuswiese stand. Die meisten Menschen wissen nicht, dass Krokusse duften. Carly aber konnte den Geruch jenes Tages noch immer in ihrer Erinnerung wecken, und das Violett und Safrangelb des Blütenteppichs hatte sich zusammen mit Thores Lachen und seinem leichten Schritt für immer in ihr Gedächtnis geschrieben.

»Fass an!«, sagte er jetzt. Zu zweit versuchten sie, die Kunststoffwanne in das Erdloch zu schieben, doch schließlich mussten sie einsehen, dass das allein nicht zu machen war. »Schau nach, ob irgendwo noch jemand ist«, bat Thore.

Carly fand in der Sternwarte niemanden mehr; es war längst zu spät. Den warmen Tag hatten offenbar alle mit einem frühen Feierabend gekrönt.

»Ruf Orje an!«, schlug Thore vor.

Während Orje Thore mit Argwohn betrachtete, hatte Thore absolut nichts gegen Orje. Warum auch. Orje und Miriam waren wahrscheinlich nebenan im Schwimmbad, fiel Carly ein.

»Klar, wir sind gleich da«, sagte Orje dann auch fröhlich in ihr Ohr. »Ich habe eh schon einen Sonnenbrand. Und Miriam ist anstrengend!«

Kurze Zeit später kamen sie angeschlendert, unverschämt sauber und bestens gelaunt. Das mit dem »Sauber« dauerte nicht lange, aber wen störte das an diesem Sommerabend. Zu viert bugsierten sie die sperrige Plastikschale an die richtige Stelle, füllten sie mit Erde, buddelten die Pflanzen ein und wurden dabei immer ausgelassener. Miriam warf mit Erde nach Orje, während Thore Carly aus dem Schlamm zog, in dem sie ausgerutscht war.

»So!«, sagte er zufrieden. »Was haltet ihr von einem Picknick, während das Wasser einläuft?«

Er fischte einen Korb hinter dem Birnbaum hervor und warf Orje eine Flasche zu.

»Mach schon mal den Sekt auf, bitte, ich hol noch was aus dem Kühlschrank.«

Miriam breitete ihr Handtuch aus und räkelte sich genüsslich.

Orje lehnte sich gegen den Birnbaum und bastelte am Sektkorken. Carly hockte auf den alten Kirschbaumstamm, der seit dem letzten Sturm schräg über der winzigen Wiese lag. So konnte es bleiben, dachte sie. Sie hätte jeden Tag mit Thore im Dreck wühlen können. Vielleicht hätte sie doch Gärtnerin werden sollen?

Als Thore mit einer Schüssel Kartoffelsalat in der einen und einer Tüte Buletten in der anderen Hand zurückkehrte, brachte er Julius und ein paar andere Studenten mit, die sich voller Stolz die fertige Plakatausstellung angesehen hatten.

Es wurde ein langer, leuchtender Abend. Irgendwann holte Thore zwei Fernrohre aus dem Schuppen. Orje seinerseits lief zum Auto und kam mit Friederike wieder. Die leicht melancholischen Töne kullerten zusammen mit dem Plätschern des Wassers über die Wiese und mischten sich mit dem Lachen der Studenten. Thore richtete das Fernrohr in Richtung des Sternbilds Drachen und winkte Carly heran.

»Guck, der NGC 6543! Ist er nicht grandios?«

Sie kannte den bläulichen planetarischen Nebel, der diese unromantische wissenschaftliche Bezeichnung trug. Nur war er ihr noch nie so schön erschienen. Man nannte ihn auch Katzenaugennebel. Weil er genau so aussah. Unvorstellbar viele Lichtjahre entfernt und doch so nahe.

Wenn dieses gewaltige himmlische Auge sehen könnte, würde das Bild von ihr und Thore erst in all diesen Lichtjahren bei ihm ankommen. Dann wären sie schon lange Staub und die Erde mit ihnen; die Sonne dann auch nur noch ein Weißer Zwerg.

Hinter ihnen sang Orje, beflügelt durch den Sekt, zusammen mit Miriam unter dem Birnbaum zu Friederikes Melodie.

Wer kennt der Schatten Macht,
in blauer Tropennacht.
Wer kennt der Sterne Gunst und Neid.
Spiel noch einmal für mich, Habanero,
denn ich hör' so gern dein Lied.
Spiel noch einmal für mich von dem Wunder,
das doch nie für dich geschieht …

Thore goss den letzten Sekt ein, trank einen Schluck und reichte den Pappbecher an Carly weiter. Sie setzte sich neben ihn, roch sein Aftershave und den Schlamm an seinem Hemd. Hätten Orje und Miriam ihnen nicht gegenübergesessen und Julius und die anderen im Gras gelegen, hätte sie sich wahrscheinlich blamiert und an Thores Schulter gelehnt. So trank sie nur den Sekt aus und fragte sich, ob er diesen Abend absichtlich als Abschiedsparty für sie inszeniert hatte. Und natürlich um den Teich in Ordnung zu bringen. Es sähe ihm ähnlich. Er schlug gern zwei Fliegen mit einer Klappe.

Diese Stunden waren perfekt gewesen, ein weiterer unzerbrechlicher Beitrag für ihre innere Erinnerungsschatzkiste.

Und doch hatte Carly das Gefühl, die Zukunft wäre ohne Boden, wie eine Nacht ohne Sterne.

Aber heute war heute, und heute waren die Sterne hell.

4

Einbruch mit Rose

Die Hitze lag lähmend über der Stadt. Carly werkelte lustlos im Haus herum. Sie war müde von der langen Nacht und bemüht, die Bilder von Thore, die seit gestern in ihren Gedanken umhertrieben, für immer in ihrer Erinnerung festzuhalten. Auch der Klang seiner Stimme sollte bei ihr bleiben und die lebendigen Schatten, die sein Gestikulieren in der Abendsonne auf die Wiese malte.

Sie schrieb eine Bewerbung, brachte sie zum Briefkasten, las die Stellenanzeigen in der Zeitung, döste in Abrahams Gesellschaft und machte sich gegen Abend ans Unkrautjäten. Die Pusteblumen ließ sie stehen, aber gegen die Vogelmiere musste etwas getan werden, sie erstickte alles.

Da stieß ihre Hand im wirren Grün auf etwas Eckiges. Ein Brief, an Carly adressiert! Den mussten sie und Herr Wielpütz übersehen haben, als am Vortag seine Post aus den Packtaschen geschleudert worden war. Sie wischte die Erde ab. Erfreut erkannte sie die Handschrift. Teresa! Teresa schrieb tolle Briefe, allerdings meist nur, wenn sie verreist war. Wahrscheinlich hatte man sie wegen ihrer Hüfte wieder zur Kur geschickt. Sie benutzte nie Papier, sondern stets einen ganzen Stapel Postkarten, die sie eng beschrieb und durchnummerierte, von eins bis fünf oder sogar von eins bis neun. Die steckte sie alle zusammen in einen Briefumschlag und scheute auch das Porto nicht.

»Dann siehst du gleich die Bilder von dem Ort, wo ich bin, und kannst dir alles vorstellen«, meinte sie. »Papier ist langweilig.«

Oft waren es Bilder vom Meer, die Carly begierig sammelte. Von Tante Alissas Ängsten hielt Teresa nichts.

Carly steckte das dünne Kuvert in die Tasche. Allzu viele Karten waren diesmal offenbar nicht darin, aber sie wollte den Brief später mit sauberen Händen lesen.

Sie waren so hell und so lang, diese Sommerabende. Carly arbeitete sich vertieft durch den ganzen Garten, und als sie fertig war, war es zu ihrer Überraschung schon fast zehn Uhr. Ihr Magen knurrte ärgerlich. Sie wusch sich, fischte einen Joghurt aus dem Kühlschrank, und weil immer noch ein Rest Tageslicht am Horizont spielte, setzte sie sich auf die Treppe, um Teresas Brief zu lesen.

Es waren gar keine Postkarten. Es war nur eine Karte, eine Doppelkarte. – Und die hatte einen schwarzen Rand.

Carly verschluckte sich am Joghurt, stellte den Becher ab, ohne hinzusehen. Er fiel um und tropfte zur Freude der Ameisen unter der Treppe rosafarbenen Erdbeergeschmack über beide Stufen.

»Für alle, die sich erinnern«, stand in schwarzen Lettern auf der Innenseite gedruckt. »Teresa Lessing ist am 19. Juli verstorben. Die Beerdigung fand anonym statt.«

Carly konnte nicht glauben, was sie las. Sie lief ins Haus, ohne es zu merken, hielt die Karte unter die Küchenlampe. Die Buchstaben blieben trotzig, was und wo sie waren.

Aber die Handschrift auf dem Umschlag war unzweifelhaft die Teresas. Eine brennende Wut stieg in Carly auf, weil das leichter war als Schmerz. Teresa hatte es also vorher gewusst und ihr nichts gesagt! Was zum Teufel fiel ihr ein, ihre eigene Todesanzeige zu schreiben? Und dafür auch noch einen normalen Umschlag ohne Trauerrand zu benutzen, so dass man nicht vorgewarnt war? Und das Ganze dann erst nach der Beerdigung abschicken zu lassen, so dass niemand sie auf diesem Weg hatte begleiten und um sie trauern dürfen?

Aber wie typisch Teresa! Sie hatte nie erlaubt, dass jemand sie im Krankenhausnachthemd oder auch nur unfrisiert zu Gesicht bekam. Sie hatte eben nicht gewollt, dass jemand sie in einer Urne sah.

Doch das Trauern, verflixt, das konnte sie Carly nicht verbieten!

Die Tränen allerdings steckten in Carlys Hals fest und nahmen ihr die Luft. Sie schluckte, doch der harte Klumpen ließ sich nicht bewegen. Hastig wählte sie Tante Alissas Nummer, aber die war nicht da. Ach ja, fiel ihr ein, die war auf Exkursion in Ägypten, auf der Suche nach antiken Tonscherben. Tante Alissa liebte die Wüste, weil sie das Gegenteil von Meer war.

Aber wer konnte ihr dann sagen, was mit Teresa passiert war? Da war doch diese komische Nachbarin gewesen, die bei Teresa manchmal die Blumen goss. Widerwillig, weil sie den Katzengeruch in der Wohnung nicht mochte. Carly suchte im Telefonbuch. Nach dem achten Klingeln antwortete endlich jemand.

»Frau Bigalke …? Hier ist Carlotta Templin. Eine Freundin von Teresa Lessing, wir sind uns mal begegnet …«

»Mädchen, wissense nich, wie spät det is …?!«

Carly sah erschrocken nach. Dreiundzwanzig Uhr dreißig.

Herrje! Aber darauf konnte sie jetzt keine Rücksicht nehmen. Sie brauchte Gewissheit.

»Entschuldigung, Frau Bigalke, aber ich habe eben erfahren ... Können Sie mir bitte sagen, was passiert ist?«

»Det weeß ick doch ooch nich. Die hat ja nie wat erzählt. Aber die Frau, die die Katzen abjeholt hat, die hat wat von Krebs jesaacht. Darmkrebs. Hat ja ooch nich zu knapp jefuttert, die Frau Lessing.«

»Frau Bigalke, wissen Sie, auf welchem Friedhof die Beerdigung stattgefunden hat?«

»Nö. Ick war ja nich einjeladen. Un nu jute Nacht! Kieken se det neechste Mal uff de Uhr!«

Carly starrte den Hörer an. Wie sollte sie sich denn nun von Teresa verabschieden?

Sie tat, was sie in Notfällen immer tat. Sie rief Orje an. Der hatte nie etwas an einer Uhrzeit auszusetzen.

»Was ist passiert?«

Sie erzählte ihm alles, so gut sie es in Worte fassen konnte. Er hatte Teresa gekannt. Oft hatten sie sie zusammen besucht.

»Kannst du kommen? Mit Friederike? Wir müssen auf den Friedhof!« Er hörte die zitternden Ausrufezeichen in ihrer Stimme.

»Ich bin gleich bei dir. Zieh dir eine Jacke an!«

Er hatte nicht gesagt: »Was, jetzt gleich?« oder »Mitten in der Nacht? Das kann doch bis morgen warten.« Er sagte nur: »Zieh dir eine Jacke an!«, weil er wusste, dass sie das sonst vergessen hätte.

Warum nur konnte sie diesen Mann nicht lieben?

Sie griff nach der erstbesten Jacke, schnitt von Abrahams Ranken die allerschönste Rose ab und wartete auf den Treppenstufen, die Arme um die Knie geschlungen. Sie dachte an früher.

Der Tod war also doch wieder unter dem Teppich hervorgekommen.

Dabei hatte Carly den Teppich entsorgt, als sie die Wohnung übernommen hatte, weil Tante Alissa einen Österreicher geheiratet und zu ihm auf einen Berg gezogen war.

»Das hat sie nur gemacht, weil sie dort vor dem Meer in Sicherheit ist«, hatte Carlys Bruder boshaft bemerkt. »Ich wette, der arme Kerl weiß gar nichts von ihrer Meeresphobie und dass er nur Mittel zum Zweck ist.«

Nun, Ralph verstand nichts von Liebe. Tante Alissa war endlich glücklich mit ihrem Franzl, und nicht nur, weil er auf einem Berg wohnte.

Die Sache mit der Teppichentsorgung war Carlys Bedingung gewesen, obwohl Alissa natürlich nicht ahnte, warum. Der Tod war zu oft auf geheimnisvolle Art unter dem Teppich hervorgekrochen, egal, wie fest Carly die Fransen getreten hatte.

Einmal wegen Valerie, die sie aus der Vorschule kannte. Carly und Valerie waren jahrelang unzertrennlich gewesen, hatten lange barfüßige Sommernachmittage zusammen lesen gelernt, Murmelbahnen gebaut und Wasserschlachten veranstaltet. Valerie besaß ein Lachen, das sich durch die Tage zog wie die silbernen Spinnwebfäden im Herbst. Es endete unweigerlich mit einem lustigen kleinen »Hicks«. Bis Valeries hüpfender Schritt sich, als sie elf Jahre alt war, an einer Straßenecke mit der ebenfalls überschäumenden Lebensfreude eines jungen Mannes auf seinem ersten Motorrad traf.

Carly hörte seitdem niemals mehr ein Kinderlachen, ohne unwillkürlich auf dieses »Hicks« zu warten, das nicht kam.

Später war es Amal, der indische Nachbarsjunge. Amal war für Carly der große Bruder, der Ralph nicht mehr sein konnte, weil er ausgezogen war und in einer fremden Stadt studierte. Amal half ihr mit den kleinen Pflichten: Blätter zusammenkehren, Fußmatten ausklopfen. Er erklärte ihr die Mathehausaufgaben, wenn Tante Alissa überfordert war. Er erzählte ihr Geschichten und verjagte die älteren Mädchen, die Carly hänselten, weil sie in der Hausmeisterwohnung wohnte. Wenn Carly etwas angestellt hatte, bezauberte er sogar Tante Alissa mit seinen nachtschwarzen Augen und seinen Grübchen, bis Carly verziehen war, weil in Amals Gegenwart niemand grollen konnte.

Doch Amal fuhr jeden Sommer mit seiner Familie nach Indien, und auf einer dieser Reisen sank die Fähre, auf der sie unterwegs waren.

Tante Alissa fühlte sich bestätigt in ihrer Überzeugung, das Meer sei zutiefst böse. Carly aber befürchtete, dass sie nicht richtig auf die Fransen aufgepasst hatte.

Als Tante Alissa ausgezogen war, nahm die Müllabfuhr den Teppich endlich mit. Der riesige, knallorange Wagen fraß ihn fauchend auf, mitten in der erwartungsvollen Stille eines gewitterschweren Morgens. Ralph verlegte danach brummelnd mit einem Freund zusammen das Laminat. Carly wollte keine Teppiche mehr in ihrer Wohnung haben. Weder mit noch ohne Fransen.

Orje fuhr vor und hupte. Carly sprang auf, kletterte in den alten VW-Bus. Orje umarmte sie kurz und herzlich und drückte ihr eine enorme Taschenlampe in die Hand. »Welcher Friedhof?«

Jetzt brach sie doch in Tränen aus. »Ich weiß es nicht!«

Orje fischte Taschentücher aus dem Handschuhfach und drückte entschlossen aufs Gaspedal.

»Ich glaube, darauf kommt es auch nicht an. Nicht bei anonymen Bestattungen.«

Schweigend fuhren sie durch die menschenleere Stadt. Hier draußen schlief sogar Berlin.

Es dauerte nicht lange bis zum nächsten Friedhof, der weit und still und grün war. Das heißt, jetzt war er nicht grün, sondern dunkel. Sehr dunkel. Carly fand das wohltuend. Hier konnte man ihre Traurigkeit nicht so gut sehen. Über die Taschenlampe waren sie aber doch froh, als sie Friederike aus dem Auto auf den Wagen mit den hohen Rädern schoben und sich auf den Weg machten.

»Hoffentlich ist nicht abgeschlossen«, murmelte Orje.

Carly blieb erschrocken stehen. Daran hatte sie nicht gedacht. Orje drückte die schmiedeeiserne Klinke.

»Mist. Natürlich ist abgeschlossen. Aber das haben wir gleich!« Er griff sein Friederike-Werkzeug aus dem Rucksack, mit dem er sonst Schrauben nachzog und andere geheimnisvolle Sachen anstellte.

»Ich will nicht, dass du Ärger bekommst!«, flüsterte Carly.

»Psst. Teresa hätte es gefallen.« Orje steckte behutsam etwas in das große Schloss. »Ist doch weit und breit keiner da. Und ich schließe nachher wieder zu.«

Ja, Teresa hatte leidenschaftlich gerne Krimis gelesen. Nachts in einen Friedhof einzubrechen wäre ganz ihr Ding gewesen.

Aber die Polizei würde das kaum überzeugen.

Das Tor öffnete sich mit einem leisen Klick. Orje leuchtete mit der Taschenlampe auf einen Wegweiser.

»Hier lang geht es zu der Stelle für die anonymen Beerdigungen«, sagte er und zeigte auf einen Pfad, der zwischen einer geduckten Kiefer und der Statue einer Frau im Dunkel verschwand. Carly kannte den Friedhof. Und die Statue. Immer wenn sie sie sah, lief ihr ein Gruseln über den Rücken. Im Krieg hatten hier Grabenkämpfe stattgefunden. Die Statue hatte jemand für einen lebendigen Menschen gehalten und von hinten erschossen. Das Loch in Herzhöhe mit den aufgerissenen Rändern war deutlich zu sehen.

Sie fanden die Wiese, die von einem nachdenklichen Engel bewacht wurde, der im letzten harten Winter eine Flügelspitze verloren hatte. Sterne waren heute nicht einmal zu erahnen, aber es fiel wenigstens kein Regen. Es ging auch kein Wind. Die Nacht hatte die Hitze kaum vertreiben können. Der Hochsommer klebte vierundzwanzig Stunden am Beton der Stadt, und die Friedhofsanlage war zu klein, um für Abkühlung zu sorgen.

»Wo?«, fragte Orje leise.

Carly lief hin und her, suchte auf dem gleichförmigen Platz nach einer Stelle, wo sie sich Teresa näher fühlen konnte, und blieb schließlich neben einer einzelnen Margerite stehen, die dem Rasenmäher entkommen war. Teresa hatte Margeriten geliebt.

»Hier!«

Orje schob Friederike zu ihr hin und fummelte am Klavierholzheber herum.

»Welche Melodie …?« Er wusste selbst nicht, warum er so leise sprach, waren sie doch im Begriff, recht laut zu werden.

Carly stand mit geschlossenen Augen und dachte fest an Teresa, rief ihr dunkles Lachen zurück, das wie ein freundliches Erdbeben war, ihre tiefe Altstimme, wenn sie Geschichten vorlas, das warme Verständnis in ihren Augen und den gutmütig-strengen Zeigefinger. Ihre Neugier auf alles, ihre Lebenslust.

»Nichts Trauriges«, sagte sie entschlossen. »Wir feiern, dass es sie gab! Wie sie war. Dass wir sie kennen durften.«

»Dann habe ich die richtige Walze eingelegt«, sagte Orje und begann, die Kurbel zu drehen, die Friederike einige der alten Berliner Lieder entlockte, die Teresa gern gehört hatte. »Unter Linden«, »In Rixdorf ist Musike«, »Das Lied von der Krummen Lanke«, »Bolle« und »Berliner Luft«.

Nach dem dritten Lied war es Carly, als wäre Teresa ihnen ganz nahe. Und auch, als wäre Teresa nicht allein, sondern als hörten noch andere zu, die hier unter dem Gras im Schatten des alten nachdenklichen Engels namenlos ihren Frieden gefunden hatten.

Carly weinte, aber die Tränen taten immer weniger weh. Orje drehte die Kurbel gleichmäßig mit der einen Hand; mit der anderen strich er Carly eine feuchte Strähne aus dem Gesicht.

Wie schon einmal hatte Carly das Gefühl, die vielen Generationen von Orjes, deren warme Hände den abgewetzten Holzgriff von Friederikes Kurbel gedreht hatten, wären tröstlich anwesend. Vielleicht nahmen sie gerade Teresa in Empfang. Sie musste sogar lächeln über diesen Gedanken.

»Geschichten dürfen ruhig verrückt sein, wenn sie guttun«, hatte Teresa einmal gesagt.

Am Ende wechselte Orje mit Carlys Hilfe doch noch die Walze. Er hatte das schwere Ding tatsächlich im Rucksack mitgeschleppt, um zum Abschluss das »Ave Maria« zu spielen. Jetzt sang er auch dazu, mit seiner klaren, schönen Stimme. Zu ihrer eigenen Überraschung stimmte Carly ein.

Ein lauer Nachtwind kam auf, trieb die Töne und den Gesang zwischen den hohen Kiefern zu den Wolken hoch. Es roch nach wilden Himbeeren und Benzin.

Als das Lied zu Ende war, war es Carly seltsam leicht zumute, und in ihr blieb das Gefühl, dass es irgendwo für Teresa genauso war.

Orje reichte ihr etwas. »Hier!« Nun flüsterte er wieder. Er wandte sich ab, um seinen Rucksack aufzusetzen und Friederike startklar zu machen.

Carly fand eine Kerze und ein Feuerzeug in ihrer Hand. Ach, Orje! Er hatte wirklich an alles gedacht. Sie stellte die Kerze sorgfältig neben die Margerite, nicht zu dicht, und zündete sie behutsam an. Abrahams Rose legte sie daneben.

Irgendwo in der Ferne schlug ein Hund an.

»Komm!«, sagte Orje und streckte die Hand nach ihr aus.

Leise machten sie sich auf den Rückweg. Nur Friederikes Räder knirschten auf dem Sand.

Orje bekam das Schloss problemlos wieder zu. Vor dem Tor wartete keine Polizei. Offenbar hatte sie außer den Toten niemand gehört.

Als Orje sie zu Hause absetzte, war es drei Uhr morgens. »Ist alles in Ordnung mit dir, oder soll ich noch mit reinkommen?«, fragte er.

»Nein, alles gut. Du musst ja morgen arbeiten. Danke, Orje! Du hast mir so geholfen.« Sie umarmte ihn fest.

Carly steckte den Schlüssel ins Schloss und wartete, bis das Motorengeräusch um die Ecke verschwunden war. Dann zog sie ihn wieder heraus und stieg auf ihr Fahrrad. Sie konnte jetzt nicht ins Bett. Stattdessen radelte sie zur Sternwarte, schloss ihr Rad an und ging den schmalen Weg weiter, der bis ganz nach oben auf den Aussichtspunkt führte. Sowohl Orje als auch Thore wären nicht begeistert davon, dass sie sich im Dunkeln allein herumtrieb, von Tante Alissa ganz zu schweigen. Aber Carly hatte das manches Mal getan. Einmal hatte sie eine ganze Nacht am Grunewaldsee verbracht und beobachtet, was der Mond auf das Wasser zeichnete.

Jetzt setzte sie sich auf die Wiese und sah auf die Lichter der Stadt, hörte, wie gleichzeitig mit den Vogelstimmen die Motorengeräusche erwachten, sah den Horizont hinter den Gebäudesilhouetten erst grau, dann blau, schließlich silbern und dann golden werden. Es hatte sie immer seltsam berührt, dass dieser Berg aus Trümmern und Müll aufgeschichtet worden war: dass irgendwo unter ihr verbeulte Teekannen schlummerten und die Reste alter Matratzen, auf denen Menschen sich geliebt und geschlafen hatten; Fensterkreuze, durch die jemand in die Wolken geträumt, und Schuhe, die jemand getragen hatte. All diese Bruchteile Leben hatten das Stückchen Erde, auf dem sie saß, dem Himmel ein wenig entgegengehoben. Sie gaben den Sträuchern, die hier wuchsen, Halt für ihre Wurzeln, und den Teleskopen der Sternwarte einen Standort, obgleich die Stadt um sie herum längst zu groß und hell geworden war, um sie noch wirklich gebrauchen zu können. Aus all den Scherben war ein sicherer Boden unter Carlys Füßen geworden. Dieses Gefühl beruhigte sie immer wieder.

Als die Sonne aufgegangen war, fuhr sie nach Hause.

Auf der Treppe saß jemand. Seine Haltung war ihr so vertraut, dass die alte, verbotene Zärtlichkeit sie schon von weitem überflutete, ehe sie ihn bewusst erkannt hatte. Thore! Thore, der wusste, wie früh sie immer aufstand, und in keiner Weise darüber erstaunt war, dass sie schon unterwegs war. Thore, von dem sie befürchtet hatte, dass sie in Zukunft so gut wie nichts mehr mit ihm zu tun haben würde.

Er hielt eine Brötchentüte in der Hand, und sein Schnürsenkel war wieder einmal offen. Sein schnelles Lächeln mit der kleinen Zahnlücke oben vertiefte die Schatten in seinen Stirnfalten, die Carly immer wie eine beinahe leserliche Handschrift erschienen waren.

»Ich möchte dir ein Angebot machen«, sagte er.

5

Eine Frage zum Frühstück

Carly und Thore hatten oft zusammen gefrühstückt, meist in der Sternwarte, und dabei Projekte besprochen oder Seminare geplant. Seine Frau Rita war Ärztin; sie hatte morgens häufig Dienst in der Klinik. Die Zwillinge schliefen gelegentlich bei Freunden, vor allem jetzt in den Sommerferien. Thore war frühmorgens voller Tatendrang, auch Carly war Frühaufsteherin, und so hatte sich diese Gewohnheit entwickelt.

Allerdings hatte sie nun, da ihre Zusammenarbeit beendet war, nicht damit gerechnet, ihn auf ihrer Türschwelle zu finden.

Sie stellte ihr Fahrrad ab. Als sie sich umdrehte, sah er ihre Augen. »Was ist los?«, fragte er.

Sie setzte sich neben ihn und erzählte.

Er war immer ein guter Zuhörer. Als sie fertig war, schwieg er eine Weile mit ihr.

»Die Aktion war genau richtig«, sagte er dann. »Besser hättet ihr eine liebe Freundin nicht verabschieden können. Ich wette, sie freut sich da oben über die gute Geschichte!«

Er lachte sein warmes Lachen, tief aus dem Bauch heraus. Niemand hatte sie je so gut trösten können, nicht einmal Orje. Sie hatte immer das Gefühl gehabt: Wenn etwas den Tod und alles Dunkle sicher unter den Teppich bannen konnte, dann war es Thores Lachen.

Auf einmal war der Morgen heller.

Carly raffte sich auf, fand ihren Schlüssel. Kochte Tee, suchte Honig, selbstgemachte Rosenmarmelade von Abraham und Käse. Thore nahm ihr das Tablett aus der Hand und brachte es auf den kleinen Tisch im Vorgarten, unter dem alten Apfelbaum.

»Weißt du noch, ich war doch vor einiger Zeit ein paar Tage an der Ostsee«, begann er, während er ihr Tee einschenkte.

»Auf der Beerdigung deiner Cousine?«

»Genau. Henny Badonin. Sie war zwölf Jahre älter als ich. Als Kind und Jugendlicher habe ich mehrmals die Ferien bei ihr verbracht. Es war zauberhaft dort. Sie erzählte mir die tollsten Dinge über die Sterne und das Meer, die Blumen und die Wolken. Mit Kindern konnte sie gut umgehen. Sonst war sie menschenscheu, lebte zurückgezogen allein in ihrem Haus, das sie von ihren Großeltern geerbt hatte. Das letzte Mal war ich Ostern 1961 dort. Dann riegelte die DDR ihre Grenzen ab, und wir haben den Kontakt verloren. Nach dem Mauerfall habe ich sie noch einmal besucht. Sie hat sich gefreut, aber ich habe doch gemerkt, dass sie am liebsten allein war. Und nun hat sich herausgestellt, dass sie mich zu ihrem Erben gemacht hat.«

Carly musste lächeln. Wie er das sagte, hörte es sich an, als wäre er von einer Krankheit befallen worden.

»Soso, eine Erbcousine also! Herzlichen Glückwunsch.«

»Das sagst du so. Jetzt haben wir ein altes Haus an der Ostsee, das wohl von oben bis unten mit Kram und Möbeln vollgestopft und mit Sicherheit sehr renovierungsbedürftig ist. Es steht da, und keiner kümmert sich darum.«

»Könnt ihr es nicht vermieten? An Sommergäste?«

»Nicht in dem Zustand. Und den ganzen Ärger! Dafür haben wir keine Zeit. Mietverträge, Instandhaltung. Da müsste immer wieder jemand vor Ort sein. Wir haben ja schon mit unserem eigenen Haus Sorgen. Im Moment haben wir auch noch die Nilkreuzfahrt gebucht. In einer Woche geht's los.«

Rita und Thore machten vorzugsweise im Süden Urlaub. Griechenland, Ägypten, Italien. Wenn überhaupt. Carly konnte sich tatsächlich weder Thore noch Rita vorstellen, wie sie in einem kühlen Klima Betten für Gäste bezogen und Rüschenvorhänge bügelten.

»Also verkaufen?«

»So schnell wie möglich. Und da hatte ich die Idee!«

Thore machte eine bedeutsame Pause, schmierte sich ein Brötchen mit der Rosenmarmelade. Nach dem ersten Bissen hob er anerkennend die Augenbrauen. »Köstlich! Ich wusste gar nicht, dass man Rosenblätter essen kann!«

Carly schielte besorgt in ihre Teetasse. Thores Ideen waren so gefährlich wie das Leuchten in seinen Augen und das Grübchen in seinem Kinn. Meist kosteten sie Carly eine Menge Zeit und brachten sie dazu, Dinge zu tun, die sie sich selbst nicht zutraute. Übersetzungen, Kongresse, Veröffentlichungen. Allerdings lohnten die sich auch meistens auf ihrem Konto. Und dem ging es gerade gar nicht gut.

»Außerdem, Carly, du brauchst doch einen Job«, fuhr er dann fort. »Ich hätte da was zeitlich Begrenztes. Du fährst nach Ahrenshoop, sagen wir, vier Wochen, wohnst in dem Haus, kümmerst dich um den Garten, sichtest alles, was in den Räumen ist, sortierst ein paar Sachen aus, entsorgst zum Beispiel die Kleidung. Packst die persönlichen Papiere zusammen, die du findest. Notierst die schlimmsten Schäden, damit uns ein eventueller Gutachter nicht allzu sehr reinlegen kann. Dann habe ich einen Überblick, und entweder lassen wir den Rest entrümpeln, oder wir verkaufen es möbliert. Für dich wären es gleichzeitig Ferien an der See. Mal eine Abwechslung. Es ist höchste Zeit dafür! Bewerbungen schreiben kannst du mit deinem Computerdings von dort aus genauso gut.«

Für Computer konnte er sich nicht begeistern und machte nur das Nötigste an der Sternwarte damit. Privat nie. Er mochte nichts, was Knöpfe oder Tasten hatte, es sei denn, es handelte sich um ein Teleskop. Er hatte noch nicht bemerkt, dass ihm die ganze Welt des Wissens, nach der er so unendlich hungrig war, sekundenschnell greifbar geworden wäre. Ein Klick, ein Buch. Vielleicht war es gut so; bei Büchern kannte er kein Maß.

Carly selbst fühlte sich wohl im Internet: Sie fand es großartig, dass man in Sekunden jede benötigte Information fand, und sie schrieb dort ein öffentliches Weblog, ein Tagebuch, in dem sie ihre Gedanken über Sterne, den Garten und das Leben überhaupt unterbrachte. Diese Idee hatte sie von alten Freunden aus Amerika. Noch taten das nicht viele, schon gar nicht in Deutschland; sie hatte sogar einen Medienpreis damit gewonnen. Lesen konnte es, wer Lust hatte, und sie hatte darüber Freunde gefunden. Manchmal kam ein Kommentar aus Amerika, aus Japan oder Australien, von jenseits aller Meere. Aber Thores ernsthafter Wissensdurst ließ ihm für solche Kindereien ohnehin keine Zeit.

Thore aß sein Marmeladebrötchen so zufrieden, als hätte er gerade das Rad erfunden.

»Da wird natürlich einige Arbeit auf dich zukommen, aber über die Bezahlung werden wir uns einig.« Er strahlte sie an, in der gewohnten Gewissheit, dass sie nicht Nein sagen konnte. Nicht zu ihm.

Aber diesmal hatte er eines vergessen.

Hinter ihm stand unsichtbar Tante Alissa, die Augenbrauen in größtem Entsetzen hochgezogen, eine zitternde Hand abwehrend erhoben. Carly hätte schwören können, dass sie ihre Stimme hörte: »Alles, Kind, nur nicht ans Meer! Das überlebe ich nicht; nicht noch einmal, ich könnte keine Minute ruhig schlafen, das weißt du doch, denk doch an …!« Der Satz blieb unvollendet, wie immer.

Thore drehte sich verwundert um, weil Carly so angestrengt über seine Schulter hinwegstarrte. Natürlich war da niemand außer einem knorrigen Ast des Apfelbaums.

»Thore, das geht nicht«, sagte Carly. »Ich muss …«

Was musste sie eigentlich? Änderte sich nicht ohnehin gerade alles? Nein, Tante Alissa änderte sich nicht. Nie. Und Carly war Tante Alissa etwas schuldig. Abgesehen davon war Alissa ein Mensch, dem man um keinen Preis wehtun wollte. Nicht einmal Ralph hatte das je fertiggebracht.

Thore beugte sich vor, sah sie forschend an, ein leichtes Schmunzeln um die Mundwinkel.

»Was musst du? Immer noch Rücksicht auf Tante Alissa nehmen? Vielleicht wäre es ein sehr guter Zeitpunkt, einmal auf dich selbst zu hören?«

Er hatte es also nicht vergessen. Natürlich nicht; niemand kannte Carly so gut wie er. Miriam nicht, Orje nicht, Tante Alissa und Ralph schon gar nicht. Thore wollte erneut zwei Fliegen mit einer Klappe schlagen: ein eigenes Problem lösen und Carly dazu bringen, wieder einmal über ihren Schatten zu springen und über sich hinauszuwachsen. Geschadet hatte ihr das noch nie.

Nur würde sie es wie immer allein tun müssen.

Tante Alissa war aus den Schatten verschwunden. Stattdessen sah Carly ein anderes Bild vor sich. Ihre eigenen Füße im Sand, noch sehr klein, im flachen, warmen Wasser. Daneben Tante Alissas Füße, knochig, der zweite Zeh länger als der große. Da war noch mehr, am Bildrand, aber sie bekam es nicht scharf. Etwas in ihr sträubte sich dagegen.

»Ich kann nicht einfach wegfahren. Ich hab die Hausmeisterverpflichtungen.«

Thore lehnte sich zurück. »Da gibt es bestimmt Möglichkeiten. Besprich es mit Orje«, sagte er. »Oder mit Ralph. Aber du musst dich bald entscheiden. Ich muss eine Lösung finden, bevor wir nach Ägypten fahren. Vermutlich könnte ich einen der Studenten fragen, Julius vielleicht. Aber es ist eine sehr persönliche Sache. Du weißt genau, was ich aufheben möchte und was nicht. Bei den Büchern zum Beispiel.«

Ja, die Bücher. Sie musste lächeln. Keine Romane, aber eine bestimmte Sorte Erzählungen. Und alles, was mit Philosophie zu tun hatte. Gedichte kaum, aber historische Reiseberichte. Er hatte zwar keinen Platz mehr dafür, aber er würde sie alle nehmen.

»Ich hätte für diese Sache gern jemandem, dem ich blind vertrauen kann«, fuhr er fort und sah sie mit seinem Thore-Blick an. Typisch. Ein geschicktes Kompliment, und doch meinte er es genauso, wie er es sagte. Weil es eben so war zwischen ihnen und immer so sein würde.

Verwirrt räumte Carly das Geschirr zusammen. Thore war schon am Gartentor, als er innehielt, in seiner abgegriffenen Aktentasche suchte und zurückkam. Er stellte etwas auf das Tablett.

»Das hatte ich fast vergessen. Das wollte ich dir schenken, egal, wie du dich entscheidest. Henny hat es mir vererbt, es lag in dem Umschlag mit dem Testament. Es war ihr Glücksbringer. Als Kind habe ich damit gespielt, es hat mich fasziniert.«

Im Sonnenlicht glänzte ein fingerlanges, kunstvoll gearbeitetes Schiff mit silbernen Segeln und Tauen und einem Rumpf aus honigfarbenem Bernstein. Carly starrte es an. Sie fand es so zart und bezaubernd, dass sie nicht gleich wagte, es zu berühren.

»Ooooh!«, brachte sie nur heraus.

»Du kannst es ruhig annehmen«, kam Thore ihrem Einwand zuvor. »Du hast einen Glücksbringer im Moment nötiger als ich, und ich musste sofort an dich denken, als ich es aus dem Umschlag zog. Übrigens siehst du Henny ähnlich. Das ist mir damals gleich aufgefallen, als du in meine Vorlesung kamst.«

Nur deshalb also hatte er sie damals so angestarrt. Carly seufzte. Wieder eine Illusion weniger. Aber vielleicht half ihr das, sich von Thore zu lösen.

Das kleine Schiff zog sie magisch an. Sie nahm es nun doch in die Hand.

»Danke! Es ist wunderschön!«

»Melde dich! Tschüss!«

Thores Vorschlag ließ Carly keine Ruhe. Sie beschloss, wieder einmal Orje um Rat zu fragen. Wann würde sie seine Geduld wohl überstrapazieren?

Sie fand ihn im Hof unter den Zitronenbäumen, wo er sorgfältig die Claviszähne Friederikes einfettete.

Natürlich hörte er Carly zu.

»Und? Was meinst du?«, fragte sie schließlich.

Er drehte probehalber an der Kurbel. Ein paar nachdenkliche Töne fielen Carly vor die Füße.

»Du brauchst das Geld«, sagte er, praktisch wie immer. »Und Abstand täte dir wahrscheinlich wirklich gut. Die Hausmeisterpflichten – das bisschen Fegen, Gießen, Treppeputzen, das kann ich auch, da mach dir keine Gedanken. Der Meister hat uns sowieso auf Kurzarbeit gesetzt. Viele Kunden sind im Urlaub. Ist nix los.«

»Und Tante Alissa?«

»Die muss es ja nicht wissen. Sie ruft dich doch sowieso nur auf dem Handy an. Noch ist sie in Ägypten, und danach wird sie nicht gleich nach Berlin kommen, sondern froh sein über ihren Hof in den Bergen.«

»Aber ich kann doch so schlecht lügen.«

»Und wenn schon. Herr Wielpütz kann auch nicht Fahrrad fahren und ist trotzdem Briefträger. Du erzählst es ihr ja. Hinterher! Ich bin sonst auch nicht für so was. Aber das ist eine knifflige Sache.« Er drehte sich plötzlich heftig zu ihr um. »Mensch, Carly, du kannst diese Meergeschichte nicht für immer vor dir herschieben, nur wegen der Angst deiner Tante. Du kannst kein ganzes Leben verbringen, ohne in die Nähe einer Küste zu kommen.« Er fasste sie an den Schultern, sah ihr in die Augen. »Ich kenne diese Sehnsucht in dir. Nach Antworten. Nach Erinnerungen. Und vor allem nach dem Meer. Weißt du nicht mehr, vor Jahren, als wir mit Ralph in eurem Stammbaum heimlich nach

Ahnen gesucht haben, die Fischer, Seemann oder Kapitän waren, um eine Erklärung für diesen Drang in dir zu finden? Tante Alissa hat uns erwischt, hat uns die Ahnentafel weggenommen, ehe wir viel lesen konnten, und ist weinend aus dem Zimmer gelaufen. Danach hast du nie wieder davon gesprochen. Aber deshalb ist das doch nicht weg. Willst du ewig darum herumschleichen? Dann wirst du nie herausfinden, was du willst!«

Orje ließ sie los und wandte sich wieder Friederike zu. »Die Diskussion ist ohnehin überflüssig«, sagte er mehr zu sich selbst. »Du wirst es sowieso tun. Weil es Thore ist, der dich gefragt hat.«

Er polierte wieder an Friederike herum. Bekümmert betrachtete Carly seinen gebeugten Rücken. Er hatte recht.

»Spielst du mir was?«, fragte sie kläglich.

»Gleich.«

»Mancher findet mehr, als er sucht«, sagte Oma Jule hinter ihnen dunkel und schenkte gekühlten Seelensaft ein. »Besonders am Meer!«

»Mach ihr nicht noch mehr Angst, Oma«, sagte Orje. »Hier, spiel selbst, Carly, das beruhigt. Macht den Kopf frei.«

Carly drehte die blankgewetzte alte Kurbel so gleichmäßig wie möglich, so, wie Orje es ihr einmal gezeigt hatte. Die gleichförmige Bewegung glättete die aufgeschreckten Wirbelstürme in ihrem Denken tatsächlich.

Unter Linden, unter Linden ..., spielte Friederike.

Ob es die dort auch gab – an der See?

Am Ende war es das kleine Schiff, das den Ausschlag gab. Es ließ ihr keine Ruhe, immer wieder landete ihr Blick darauf. Sie hatte es in der Küche auf die Fensterbank gestellt. Zu jeder

Tagesszeit sah es anders aus. Hell wie der Sommer im Mittagslicht, dann wie im Sturm auf See, als ein Wolkenschatten darauf fiel. Später wie in einem Traum, als es die bläuliche Dämmerung einfing. Sie sah es so lange an, dass die Segel nach einer Weile in einem geheimnisvollen Wind zu knattern schienen. Das Schiff trug eine Fracht: ihre alte Sehnsucht nach dem verbotenen Meer, die jetzt mit Macht aus ihrem Inneren aufstieg, wo Carly sie eingeschlossen hatte. Thores Angebot hatte sie geweckt, und das kleine Schiff gab ihr Gestalt und Hoffnung.

Abends klingelte sie bei Ralph. Sie musste ihm zumindest Bescheid sagen. Ein langes Gespräch würde es nicht werden. Sie wusste nie so recht, worüber sie sich mit ihm unterhalten sollte. Carly war sechs gewesen, als Tante Alissa die Kinder zu sich genommen hatte; Ralph vierzehn. Er hatte nicht mehr viel mit seiner kleinen Schwester anzufangen gewusst. Mit achtzehn war er ausgezogen.

Jetzt hatte er Besuch: eine seiner gepflegten Gesellschaften mit Kollegen von der Bank. Wie immer wirkten er und Christiane in ihrer ganzen imposanten Größe wie frisch gebügelt und bewegten sich in einer dezenten Wolke aus Rasierwasser und französischem Parfüm. Carly zog unwillkürlich die Nase kraus.

»Tut mir leid, wenn ich ungelegen komme, aber es ist wichtig«, sagte sie.

»Schon gut, komm in mein Büro«, sagte Ralph mit einem halb belustigten, halb ärgerlichen Blick auf ihre abgetragenen Jeans und ihr T-Shirt mit dem Planetenaufdruck. Er schleuste sie durch das Wohnzimmer, in dem man sich gedämpft über Aktienkurse unterhielt.

Er stellte sie sogar vor: »Meine Schwester Carlotta, sie hat gerade ihr Astronomiestudium abgeschlossen.«

Carly bedankte sich höflich für die gemurmelten Glückwünsche und schob sich hastig in das kleine, ordentliche Büro, nicht ohne sich im Vorbeihuschen einen Teller Häppchen vom Buffet zu angeln. Sie liebte Häppchen: Pumpernickelscheibchen mit Krabben darauf, Oliven, Schafskäse, Cracker mit exotischer Pastete.

Ralph hörte sich geduldig an, was sie zu sagen hatte. Es beschlich sie der Verdacht, dass er es nicht allzu sehr bedauerte, die Gespräche draußen zu versäumen. Nachdenklich nahm er eine Garnele von ihrem Teller. Für Ralph und Carly waren Krabben, Garnelen und Fisch lange Zeit wie für andere Kinder Schokolade gewesen: selten und besonders. Bei Tante Alissa kam nichts auf den Tisch, das im Entferntesten mit dem Meer in Verbindung gebracht werden konnte. Nicht einmal Fischstäbchen, denen man ihre Herkunft beim besten Willen nicht mehr ansah.

»Mach es!«, sagte er schließlich.

Erstaunt sah sie ihn an. Aber er hatte offenbar nicht die Absicht, diesen Rat zu begründen.

»Aber wenn du mit Tante Alissa telefonierst ... du kannst doch noch weniger schwindeln als ich!«

»Wenn Tante Alissa mich fragt, ob ich dich gesehen habe und es dir gutgeht, kann ich das wahrheitsgemäß bejahen«, sagte er förmlich. »Sie wird mich nicht fragen, ob du an die Ostsee gefahren bist.«

Carly war schon wieder am Gartentor, als er ihr nachgelaufen kam. Seine Schritte knirschten auf dem geharkten weißen Kiesweg.

»Warte!«

Den polierten Messingknauf schon in der Hand, drehte sie sich überrascht um. Sie hatte gerade darüber nachgedacht, wie erstaunlich es gewesen wäre, wenn Ralphs Tor gequietscht hätte.

Nun wunderte sie sich noch mehr, denn unvermittelt umarmte er sie fest.

»Pass auf dich auf, ja?«

Zu ihrer Verblüffung sah sie Tränen in seinen Augen, die sogar in seinen sauber frisierten Bart überliefen. Sie konnte sich nicht erinnern, ihren Bruder jemals weinen gesehen zu haben. Nicht mal, als er sich beim Schlittenfahren das Bein gebrochen hatte. Jetzt, in diesem Moment, erschien es außerdem völlig unangemessen. Wenn das Teleskop von der Sternwarte sich auf seine Stelzfüße gemacht und vor ihrer Haustür aufgetaucht wäre, hätte sie nicht verwunderter sein können.

Den ganzen Weg nach Hause hatte sie das Gefühl, ein Erdbeben hätte ihre Welt zutiefst erschüttert.

Sie schlief kaum in dieser Nacht. Dreimal beschloss sie, Thore doch abzusagen, aber wenn sie eindöste, fuhr das glänzende Schiff durch ihre Träume.

Am nächsten Morgen nahm sie das Telefon mit nach draußen, setzte sich neben Abraham und rief in der tröstlichen Nähe seines Duftes Thore an.

»Okay«, sagte sie entschlossen.

»Wunderbar! Kannst du übermorgen losfahren? Ich hol dich morgens ab und bringe dich zum Bus, dann können wir unterwegs alles Nötige besprechen. Nach der Kreuzfahrt komme ich einen Tag oder zwei nach Ahrenshoop, dann kannst du mir alles zeigen, was du erreicht hast, und ich kann ein paar Sachen mitnehmen.«

Die Bücher, meinst du, dachte Carly mit belustigter Zärtlichkeit.

Übermorgen. Schon. Natürlich. Was hatte sie erwartet? So war er, ungeduldig, machte Nägel mit Köpfen.

Sie steckte ihre Nase tief in eine von Abrahams Blüten, um sich zu beruhigen. Sie würde das Meer sehen! Das verbotene Meer, von dem sie nur die Erinnerung an ihre Kinderfüße im Wasser hatte, an wundersame Weite, an den Nachklang eines schwellenden Rauschens und an einen geheimnisvollen Schimmer zwischen Himmel und Erde.

Sie würde sogar Thore am Meer sehen. Vielleicht einmal mit ihm am Strand entlanglaufen. Eine solche Stunde wäre ein bleibender, funkelnder Schatz für ihre Erinnerungskiste. Diese konkrete Aussicht, vorstellbarer als alles andere, ließ sie aufspringen und ihren Koffer suchen.

Wind. Am Meer gab es Wind, fiel ihr ein, also den Anorak einpacken. Überhaupt: Pullover, Jeans, Shirts, fertig. Schicke Klamotten würde sie nicht brauchen, um ein Haus auszuräumen und einen Garten in Ordnung zu bringen. Sie buchte das Busticket, schrieb eine Liste für Orje, was er zu tun hatte. Damit das nicht so viel war, verbrachte sie den Folgetag damit, das Treppenhaus samt Fenstern zu putzen, die Wege zu fegen, die schmale Rasenfläche zu mähen.

»Mach's gut, Abraham«, sagte sie zu dem Rosenstock an dem Morgen, an dem Thore vorfuhr, um sie abzuholen. Mit Schwung hob er ihren Koffer ins Auto.

»Ich bin gespannt, was du mir erzählst, wenn wir uns wiedersehen«, sagte er munter. »So ein altes Haus ist immer ein Abenteuer.«

Sie genoss es stets, mit ihm im Auto zu sitzen. Er hatte eine angenehme Fahrweise, und es war so vertraut-gemütlich allein mit ihm in dem kleinen Raum.

»Und wenn ich nicht weiß, was ich mit manchen Dingen tun soll?«

»Du hast völlig freie Hand. Ansonsten lass es einfach stehen, oder räum es in die Garage, dann können wir das besprechen, wenn ich komme.«

»Gibt es denn eine Garage?«

»Keine Ahnung!« Er lachte über sich selbst.

Wie würde sie sein Lachen vermissen! Aber sie musste sich ohnehin daran gewöhnen, dass es nicht mehr Teil ihres Alltags war.

Die Stadt rauschte grau lärmend an ihnen vorbei, sprunghaft im Stop-and-go-Verkehr. Aus den Gullys zog der vertraute Gestank, den die Sommerhitze unter ihr braute, gnadenlos zu den offenen Fenstern herein. Leere Zigarettenschachteln scharrten im Windwirbel der Lastwagen über den löchrigen Asphalt, bis sie sich im Rinnstein am Hundekot verfingen.

Carly würde auch sie vermissen, diese Stadt, die sie hasste und liebte zugleich. Doch sie sehnte sich fort, schon seit einiger Zeit. Und wenn es nur ein Aufatmen lang war.

Thore war es wieder einmal gewesen, der ihr den Impuls dazu gegeben, der ihr dieses Geschenk gemacht hatte: die Gelegenheit und den Schubs.

Es lag an ihr, etwas daraus zu machen.

Blieb nur die Frage, was?

Er umarmte sie zum Abschied. Für einen kurzen, kostbaren Moment lehnte sie sich in seine Arme, fand dort Mut.

»Melde dich heute Abend, wenn du angekommen bist«, sagte er und lächelte sie an. Sie sah in seinen Augen, dass er genau wusste, wie ihr zumute war.

»Ach, fast hätte ich es vergessen. Hier!« Er drückte ihr einen Schlüssel in die Hand, der an einer fliegenden Möwe hing. Sie war aus Holz geschnitzt.

Ein fröhliches Winken, dann war Thore fort.

Carly fand ihren Bus, zeigte ihr Ticket, stieg ein. Sie betrachtete die kleine Möwe, die fein gearbeitet und bemalt war. Sie hatte einen dunklen Kopf und schien Carly aus blanken Augen verschmitzt zuzublinzeln. Unter ihrem Flügel waren Buchstaben eingeritzt: »J. G. für H.«

Der Bus fuhr an. Carly atmete tief durch. »Dann lass uns also fliegen«, sagte sie in der Deckung des Motorenbrummens leise zu der kleinen Möwe.

Abrahams Rosenblütenmarmelade

15 Rosenblüten, frisch (am besten am frühen Morgen gepflückt;
Sorte: Abraham Darby, es geht aber auch jede andere)
1½ Liter Wasser
1 Handvoll Rosenblätter, bunt gemixt
1 Pck. Gelierzucker (2:1)
3 Zitronen, ausgepresst
1 Pck. Vanillezucker

Die Rosenblüten in kochendes Wasser geben und 5 Minuten ziehen lassen. Danach die Rosenblüten auspressen und das Wasser durch ein Haarsieb gießen. Mit dem Zitronensaft, den gezupften Rosenblättern, dem Vanillezucker und dem Gelierzucker nach Packungsanleitung auf dem Gelierzucker kochen und gleich in ausgekochte Gläser füllen.

6

Notizen am Spiegel

Der Bus trug sie durch eine geschwungene Weite goldbrauner Felder, manche abgeerntet, andere erwartungsschwer reif. Am Straßenrand zogen Striche von Mohn und Kornblumen vorbei. Die waren Carly als Kind wie Märchenwesen erschienen, wenn sie ihnen im Urlaub begegnete. In Berlin gab es sie nicht.

Je weiter sie nach Norden kamen, desto mehr bezog sich der Himmel. Hin und wieder fuhr ein Wind ins Getreide, drückte Wellen hinein, als wolle er das Meer vorwegnehmen. Am liebsten wäre Carly ausgestiegen und durch die Gerste getobt.

Sie hatte zu viel Beton gesehen in den letzten Jahren, wurde ihr bewusst. Doch Thore und die eigenartige Hassliebe zu ihrer verrückten Heimatstadt hatten sie gehalten. Jetzt, da am Horizont kein Haus zu sehen war bis auf ein paar einsame Höfe, war auf einmal etwas anders, als wäre ein Bruch durch ihr Leben gegangen. Etwas hatte sich verschoben; sie fühlte sich leicht, frei auf Zeit.

Mit diesem heiteren Freiheitsgefühl schlief sie irgendwann ein, den Schlüssel mit der Möwe noch immer in der Hand. Sie wachte auf, als jemand sie anstieß.

»Sie haben etwas verloren«, sagte eine freundliche Stimme und hielt ihr den Schlüssel entgegen.

»Oh, danke ... wo sind wir?«, fragte Carly verwirrt.

Die Fensterscheiben trugen jetzt silbrige Tropfen, in denen sich eine fremde Landschaft brach: ein Mosaik aus krummen Kiefern und geduckten Häusern.

»Gerade an Wustrow vorbei. Wo wollen Sie denn hin?«

»Ahrenshoop.«

»Dann ist es nicht mehr weit. Ich wohne dort.« Ein strahlendes Lächeln begleitete diese Worte. Carly konnte gar nicht anders, als zurückzustrahlen.

»Ich bin Synne«, sagte die Frau mit den langen blonden Haaren und blauen Augen. Carly stellte sich blitzartig die Wikinger vor, von denen sie abstammen könnte. »Ich denke, wir können uns duzen, meinst du nicht?« Sie schien etwa in Carlys Alter.

»Ja klar. Ich bin Carlotta. Carly.«

»Willkommen, Carly. Willst du hier Urlaub machen?«

»Na ja, ich habe so etwas wie einen vierwöchigen Ferienjob.«

»Fein, vielleicht sehen wir uns ja mal. Ich arbeite im *Strandgut*, das ist eine kleine Galerie. Wir verkaufen Bilder der ansässigen Künstler. Du hast vermutlich gehört oder gelesen, dass Ahrenshoop ein Künstlerdorf ist. Oder war. Die großen Zeiten sind lange vorbei. Aber doch nicht ganz. Komm einfach mal in den Laden.«

»Gerne. Aber jetzt muss ich erst den Sanddornweg finden.«

Sie waren gerade an einem gelben Ortsschild vorbeigerumpelt, das Carly verriet, dass sie ihrem Ziel ganz nahe war. Neue Aufregung wurde in ihr wach.

»Wir steigen gleich aus, in Ahrenshoop Mitte. Dann läufst du ein Stück die Hauptstraße weiter, biegst in eine Straße ein, die *Am Schifferberg* heißt, und dann ist es die zweite Straße rechts. Das heißt, es ist wirklich nur ein Weg, wie der Name sagt. Nur

Mut, in Ahrenshoop kann man sich nicht verlaufen, die Halbinsel ist hier viel zu schmal.«

Der Bus hielt klappernd an. Synne sprang heraus und half Carly mit ihrem Koffer.

»Da entlang!«, zeigte sie. »Viel Glück! Und vergiss nicht: Besuch mich mal im *Strandgut*!«

Carly sah sich um. Auf der schmalen Hauptstraße war beinahe so viel Verkehr wie in Berlin. Gegenüber erhob sich ein Deich, dahinter ein Dickicht aus Kiefern, Silberpappeln und Sanddornbüschen. Sie lief in die Richtung, die ihr Synne gewiesen hatte, an kleinen Häusern vorbei, die jedes ein anderes Gesicht trugen und fast alle ein Schild »Zimmer belegt«. Der Koffer polterte hinter ihr her, und ein feiner Sprühregen hüllte sie ein, aber in der unerwarteten Windstille war er weich, eine Berührung wie ein Willkommen. Sie ließ die Kapuze ihrer Jacke unten.

Am Schifferberg. Sie fand das Schild ohne Schwierigkeiten. »Berg« war reichlich übertrieben, aber die Seitenstraße führte tatsächlich aufwärts. Hier waren die Häuser ein wenig größer, standen in großzügigeren Gärten, leicht verwildert die meisten. Moosige Schindeln oder gemütliche Reetdächer beschirmten sie. Statt von Gartenzäunen waren viele Grundstücke von niedrigen Wällen aus rundlichen Feldsteinen umgeben. Carly beschloss prompt, dass sie sich den Sanddornweg fünf genauso wünschte: mit einer solchen Feldsteinmauer rundum und, vor allem, einem Reetdach!

Endlich bog sie in den Sanddornweg ein. Der Asphalt endete hier, der Weg bestand aus festgetretenem Sand. Fast wäre sie an der Nummer fünf vorbeigelaufen. Die hölzerne Pforte war zurückgesetzt in einem Feldsteinwall, wie sie ihn erhofft hatte. Junge Silberpappeln wuchsen zu beiden Seiten, so dass man den Eingang leicht übersehen konnte. Das niedrige Tor war ungewöhnlich. Carly fuhr staunend mit dem Finger darüber. Es war geschickt aus silbrigen, unregelmäßigen Ästen und Wurzelstücken zusammengefügt, die aussahen, als wären sie von Wind, Sand und Wasser glattgeschliffen worden. Treibholz, vermutete Carly, die das Meer zwar seit ihrer frühen Kindheit nicht gesehen, wohl aber heimlich Bücher und Bildbände verschlungen hatte. Rechts und links standen Pfosten, die ein kleines Dach mit moosbedeckten Schindeln trugen. Zwei leere Haken hingen davon herab.

Carly öffnete den schlichten Riegel. Das Tor schwang leicht auf. Sie schloss es sorgfältig hinter sich, zögerte den Moment hinaus, in dem sie dem Haus begegnen würde. Der eine Pfosten am Tor hatte zwei Astlöcher, die sie wie Augen ansahen. Sie fühlte sich seltsam schüchtern, als wäre sie im Begriff, irgendwo unrechtmäßig einzudringen.

Vor ihr führte ein schmaler Sandpfad über ungemähten Rasen einen Hügel hinauf. Links wuchsen drei junge Birken aus einer einzigen gemeinsamen Wurzel. Ein Stück weiter oben rechts vom Pfad neigte sich eine Trauerbirke über eine Bank. Der Pfad endete an einem weiteren Steinwall, der von weißem Hornkraut und blauen und weißen Glockenblumen überwuchert war. Dahinter duckte sich das Haus.

»Tatsächlich! Ein Reetdach!« In ihrer Begeisterung hatte Carly es laut gesagt. Erschrocken flog eine Bachstelze aus dem Gras auf.

Das Dach saß dick und gemütlich auf dem kleinen, länglichen Haus wie eine Glucke auf ihren Eiern. Darunter waren die Hauswände weiß, aber im unteren Teil lugten einzelne Feldsteine aus dem Putz hervor. Die Fensterrahmen und -läden waren von einem ausgeblichenen Grün. Ein paar ausgetretene Holzstufen führten zu einer Loggia, an der wilder Wein und ein fast verblühter Blauregen wucherten. Dahinter fand Carly die Haustür, welche die offenbar landesüblichen Schnitzereien trug, die ihr schon unterwegs aufgefallen waren: oben eine Sonne, unten stilisierte Glockenblumen, und in der Mitte blickten sich zwei Möwenköpfe an. Rechts neben der Haustür hing eine hölzerne Bank an zwei Ketten. Carly starrte sie verzückt an. Das kannte sie nur aus amerikanischen Filmen. Links führte eine kleine Stiege steil von der Loggia auf eine winzige tiefliegende Terrasse herunter.

Alles war still, selbst der Nieselregen war lautlos. Carly steckte den Möwenschlüssel ins Schloss, ließ ihre Hand aber wieder sinken. Sie hatte zwar nicht das Gefühl, hier unwillkommen zu sein. Aber ihr war, als wäre sie im Begriff, in eine Geschichte einzugreifen, die nicht die ihre war.

Sie ließ den Koffer in der Loggia stehen, deren Dach einigermaßen dicht schien, und ging die Stufen wieder hinunter zurück in den Garten.

Rundum war nichts zu sehen als ein paar Giebel im Grün der Silberpappelwipfel und Kiefern. Ganz hinten war der Himmel silbern am Horizont: ein Schimmer unter dem Grau wie ein Versprechen.

Dort musste das Meer sein. Doch das Meer konnte warten. Es hatte schon so lange gewartet.

Sie legte sich auf den Rücken ins Gras, roch die fremde Luft, die nach Zitronenmelisse, Klee, Kiefern und nassem Sand schmeckte und nach etwas anderem, an das ganz dunkel eine Erinnerung in ihr aufstieg. Der kühle Sprühregen auf ihrem Gesicht war ein Segen nach der staubigen, übelriechenden Hitze der Hauptstadt.

Und die Stille. Eine Stille, wie sie sie noch nie gehört hatte. Einer gewaltigen Welle gleich rollte diese Stille vom Hügel herab über Carly hinweg und in sie hinein, sog die Sorgen, den Lärm, die Trauer der letzten Zeit auf wie Löschpapier, schaffte Raum in ihr für Neues. Einen Augenblick lang durchflog sie Furcht. Der Himmel war so weit, so hoch hier. War sie ganz allein in dieser Stille? Wo waren alle Worte, alle Stimmen, die vielen Schritte auf Asphalt, die Motoren, die Sirenen, das Quietschen der Bremsen? Befand sie sich überhaupt noch in der ihr zugedachten Welt? Dieser Hauch, der durch das Gras schlich und für einen Moment die Silberpappeln bewegte, hatte er sie nicht schon in eine Ferne mitgenommen, gewichtslos gemacht, aufgelöst in diesem lockenden, leuchtenden Silbergrau über einem ungekannten Land?

Doch dann unterbrach ein Laut die Stille, ganz dicht an ihrem Ohr. Die Bachstelze war neben ihr gelandet, flötete mit schiefgelegtem Kopf zwei Töne und flog wieder auf. Carly fühlte die feste Erde in ihrem Rücken, spürte ihr Herzklopfen, erinnerte sich an ihren Körper, als wäre er ihr vorübergehend fremd geworden.

Sie sprang auf, plötzlich voller Neugier.

Der Schlüssel drehte sich leicht im Schloss. Ein dämmriger Flur empfing sie, an dessen Ende sie eine Treppe erkennen konnte. Links stand eine Tür offen.

Was für eine Küche! Sie hatte drei Fenster in drei Richtungen, nahm also das gesamte Ende des Hauses ein. Der Tür gegenüber befand sich das Waschbecken mitsamt einer großzügigen hölzernen Arbeitsplatte, links der Tür Kühlschrank und Schränke. Die Hälfte des Raumes wurde von einer Essecke dominiert. Die weiß verputzte Eckbank war gemauert und mit Kissen im verwaschenen Grün der Fensterrahmen belegt, auf der anderen Seite des schweren Holztisches standen gemütliche Korbstühle. Carly war begeistert; sie liebte Korbstühle und ihr Knarzen, wenn man sich hineinsetzte. Sie waren nicht lackiert, sondern hatten denselben silbergrauen Schimmer wie das Gartentor, so, als hätten sie lange draußen gestanden.

In der anderen Ecke befanden sich eine leere Staffelei, an der eine Schürze hing, und ein Tisch, voll mit Werkzeug, Zeichenpapier, Pinseln und dergleichen.

Carly fischte die Tüte mit Brot, Käse und Äpfeln aus ihrem Koffer und deponierte sie in dem betagten Kühlschrank, der ziemlich laut brummte, aber offenbar tatsächlich kühlte. Sie spülte einen Becher aus schwerem grünen Glas aus, der im Waschbecken stand, ließ das Wasser eine Weile laufen, kostete. Es schmeckte weicher als in Berlin, aber unbedenklich.

Während sie stand und trank, fiel ihr Blick auf ein Wandbrett über der Spüle. Darauf lag ein seltsam geformtes Stück Treibholz, nicht flach wie die für das Gartentor verwendeten, sondern rundlich, mit geschwungenen Enden in alle Richtungen und einer Art Gesicht an einem Ende. Es ähnelte entfernt einem freundlichen Kugelfisch. Carly strich mit dem Finger über die seidige Oberfläche. Da sah sie einen Zettel darunter liegen. Es war ein Kassenzettel. »1 kg Tomaten, 100 g Mortadella, 1 Vollkornbrot«, las sie.

Darunter stand ein handschriftlicher Satz in schwarzer Tinte.
Joram Grafunder lebt. Als ich heute nach Hause kam, lag dieses Holz vor meiner Tür. Wer sonst als er hätte es mir gebracht? Er muss leben! Niemand glaubt es. Ich habe immer gespürt, dass er noch hier ist; dies ist die Antwort. Oder jedenfalls der Anfang einer Antwort.

Das Datum war der dreißigste April. Henny Badonin war Ende Mai gestorben, Thore hatte es erwähnt. Für die Antwort, die sie suchte, war ihr nicht viel Zeit geblieben.

Wer war Joram Grafunder? Hatte er das hölzerne Gartentor geschaffen? In welcher Beziehung stand er zu Henny Badonin? Das »muss« hatte sie dick unterstrichen. Also war Joram Grafunder wichtig für sie gewesen. Und offenbar hielt man ihn für tot, ohne Gewissheit zu haben.

Unwillkürlich sah Carly auf den Boden. Gab es hier etwa auch einen Teppich? Einen, unter dem der Tod auf einen gewissen Joram Grafunder und danach auf Henny Badonin gelauert hatte?

Doch da waren nur blanke Dielen. Wunderschöne, lange Dielenbretter, dunkel vom Alter.

Carly schüttelte den Kopf über sich selbst und machte sich auf, den Rest des Hauses zu erforschen. Sie hatte sich noch nie gefürchtet allein in Häusern. Eine Zeitlang hatte sie in der Urlaubszeit auf die Häuser anderer Leute aufgepasst, um sich etwas dazuzuverdienen. Auf Thores alte Villa übrigens auch. Dort hatte es nachts Geräusche im Gebälk gegeben, und das Parkett hatte geknarrt, als sei er ständig anwesend.

Im Flur gab es noch eine Tür gegenüber der, die zur Küche führte. Sie öffnete sich in ein Wohnzimmer, das eine Menge Bilder an den Wänden, aber nur wenige Möbel beherbergte: ein Sofa, einen Sessel und einen kleinen Beistelltisch, einen Fernseher in einer Ecke und ein asymmetrisches Regal. Kein Teppich. Carly war auf einmal hundemüde. Sie setzte sich einen Augenblick, um ein Gefühl für den dämmrigen Raum zu bekommen. Die Fernbedienung lag auf dem Tisch, doch der Fernseher reagierte nicht. Bestimmt war er ausgesteckt, aber Carly hatte weder Lust, den Stecker zu suchen noch den Lichtschalter. Auf dem Tisch lag auch eine Zeitschrift. *Ambiente*, las Carly. Darauf saß eine kleine Ente, aus Holz geschnitzt. Sie sah der Möwe am Schlüssel ähnlich, nur hatte sie ein eigenartiges Gesicht, fast menschlich. Absichtlich dümmlich sah sie drein und trug die dazu passende Frisur. Eine ziemlich gelungene Karikatur. Carly drehte sie um und fand, was sie halb erwartet hatte: dieselben kleinen Buchstaben. Für H. von J. G.

Aus der Zeitschrift lugte ein Zettel. Diesmal eine ganz andere Handschrift auf einem linierten Stück Papier wie aus einem Schulheft.

Dies ist eine Ambi-Ente, stand da. *Sie muss diesen einzigartig geistlosen Artikel auf Seite sieben verfasst haben. Deine Bilder sind grenzenlos bereichernder für jedes Ambiente als die abgebildeten Scheußlichkeiten. Fortsetzung folgt, Joram.*

Carly schlug Seite sieben auf und las eine Lobrede auf ein paar abstrakte Gemälde. Sie konnte Joram nur recht geben, was diese betraf. Die Zeitschrift war laut Datum fünf Jahre alt. Jorams Lob und die Ente mussten Henny also viel bedeutet haben, wenn sie noch immer den Tisch besetzten.

Langsam wurde Carly neugierig auf diesen Joram Grafunder. Und auf Henny. Sie hatte also gemalt. Die Bilder an den Wänden? Doch es war zu dunkel geworden. Carly verschob es auf morgen und warf noch einen Blick in die beiden Nebenzimmer: ein sehr kleines Büro voller Papierkram und so etwas wie eine Bibliothek. Bücher für Thore also. Schön. Aber viel mehr interessierte sie jetzt ein Bett.

Oben führte die Treppe geradewegs in einen kleineren Flur, der in ein Badezimmer mündete. Rechts und links gab es jeweils ein Schlafzimmer mit gemütlich schrägen Wänden. Carly drückte im erstbesten den Schalter neben der Tür und blinzelte in das plötzliche Licht. Ein großes Bett stand da, mit vier seltsamen Pfosten darum; obendrauf lag ein aufgeschlagenes Buch. Noch mehr Bücher und eine Tasse auf einem Nachttisch, Kleider über dem Fußende und einem Stuhl, eine Schachtel auf dem Fußboden. Henny, wie es schien, war manchmal genauso unordentlich gewesen wie Carly.

Hier konnte sie nicht schlafen. Das hätte sich wirklich angefühlt, als verletze sie eine Privatsphäre. Irgendwann musste sie hier aufräumen, aber das schob sie erst einmal weit von sich. Ein Echo von Henny Badonin war in diesem Raum ganz deutlich lebendig, ebenso wie der Duft ihres Parfüms, der heiter in der Luft lag. Carly schloss die Tür, öffnete die andere und atmete durch. Hier herrschte eine ganz andere Atmosphäre. Zwei einzelne weiße Betten standen, offenbar frisch bezogen, an den Wänden, eins direkt unter einem halbrunden Giebelfenster, eines an der Längswand. Es gab einen schlichten weißen Kleiderschrank und einen Stuhl sowie eine Frisierkommode mit einem runden Spiegel, an dessen Rahmen ein paar weiße Muscheln klebten.

Carly holte einen Schlafanzug und ihr Waschzeug aus dem Koffer und ging ins Bad.

Dort war an die Seite des Spiegels mit Tesafilm eine weitere linierte Schulheftseite geklebt.

Liebe Henny, heute ganz früh war ich am Waldrand, auf der Boddenwiese. Es war eine Grabesstille, wie ich sie noch nie erlebt habe: Kein Wind, kein noch so leises Geräusch, nicht einmal das Licht hat sich bewegt, als die Sonne dann aufging. Da habe ich mich wirklich gefürchtet und gedacht, ich sei auf einer anderen Welt. Es war eine nur sekundenlange, aber elementare Furcht mit Herzklopfen und flauem Magengefühl, jedoch keine Angst dabei ...

Hast du so was schon mal erlebt, nicht in dir zu sein, sondern Lichtjahre weit weg?

Ich frage dich das, weil ich mir unter meinen Freunden niemanden vorstellen kann, dem ich das zutraue – außer dir eben!

GUT, DASS ES DICH GIBT!

Fortsetzung folgt, Joram.

Die Großbuchstaben waren förmlich in das Papier geprägt. Joram musste seinen Kugelschreiber sehr nachdrücklich geführt haben, als er das schrieb.

Carly spürte, wie die Gänsehaut ihre Arme entlanglief, dann ihre Kopfhaut.

War das nicht genau das gewesen, was sie vorhin im Garten gefühlt hatte, ehe sie das Haus betrat?

Sie wollte jetzt nicht darüber nachdenken. Sie wusch sich

flüchtig, streckte sich dann dankbar unter der Bettdecke aus, der ein leichter Zitronenduft anhaftete.

Durch das Fenster ahnte sie am Himmel einen rötlichen Nachklang des Sonnenuntergangs, der schon lange vorbei sein musste. Der Himmel benahm sich hier anders als zu Hause.

Gegenüber an der Wand hing eine zarte Kreidezeichnung von drei Schwalben, die über ein Stück Wiese flogen. Vorn waren die Kräuter und Blumen scharf gezeichnet, in liebevollem Detail, hinten wurde alles unscharf, verschwamm im Licht eines heißen Sommertages.

Wo Thore wohl geschlafen hatte in jenen Sommern als Kind?

Da fiel ihr ein: Sie hatte ja versprochen, ihm heute noch Bescheid zu sagen, wenn sie gut angekommen war.

Sie sah auf die Uhr. Zu spät. Das würde bis morgen warten müssen. Sie nahm noch behutsam das Schiff aus ihrer Tasche und stellte es auf das Fensterbrett. Nun war es wieder hier, wohin es gehörte. Obwohl kaum noch Licht da war, leuchtete es wie von innen.

Carly kuschelte sich ein. Vielleicht hatte Thore vor so langer Zeit genau hier geträumt, in diesem Bett.

Sie ließ sich in die Müdigkeit hineinfallen, mit dem eigenartig vertrauten Duft in der Nase, der durch das offene Fenster drängte.

Doch sie nahm nicht den Gedanken an Thore mit in ihre Träume, sondern die Zeilen Joram Grafunders.

7

Lebendige Spuren

In der Nacht wachte Carly auf, weil draußen der Wind erzählte, ein Wind, den sie so nicht kannte. Hier war er allein in der Luft, ungestört von Stadtverkehr. Sie kniete sich aufs Bett und rüttelte an dem halbrunden Fenster. Erst klemmte es, dann öffnete es sich mit einem Quietschen, das wie ein Aufschrei in der Stille wirkte. Carly lehnte sich hinaus. Über ihr wölbte sich schützend das Reetdach und verwehrte den Blick auf den Zenit, der Horizont hingegen breitete sich fast anmaßend vor ihr aus. Der Wind hatte die Regenwolken in eine fernere Landschaft geschoben und die Sterne zutage gefördert. Aber was für Sterne! Fast hätte Carly sie nicht wiedererkannt; für einen Augenblick war es, als hätte ihr Aufbruch ans Meer sogar den Himmel umgekrempelt. Es waren unfassbar viel mehr als gewohnt. Größer, heller, strahlender. Näher sogar.

Natürlich, es fehlte das störende Streulicht der Großstadt, der Schmutz in der Luft. Das war alles – aber es war ungeheuerlich, was das für einen Unterschied machte! Auf den zweiten Blick erkannte sie erleichtert ihre Freunde wieder, fand Adler, Herkules, den Großen Bären. Die Milchstraße – so hell und klar, so märchenhaft hatte Carly sie noch nie gesehen. In der Andromeda entdeckte sie einen Sternennebel, den man zu Hause nicht ohne Fernrohr sehen konnte. Wie hieß er doch noch?

Ob Thore in Berlin gerade eine seiner späten Nächte am Fernrohr verbrachte?

Carly war nun hellwach. Sie stand auf, tastete sich nach unten, fand einen Lichtschalter im Flur. An der Garderobe hing eine weite, taubenblaue Strickjacke. Carly zögerte einen Moment und nahm sie dann vom Haken. Die Jacke roch leicht nach demselben zitronigen Waschmittel wie die Betten – und nach Hennys Parfüm. Kurz entschlossen zog Carly sie an und trat nach draußen. Die Loggia war zu überwachsen, um den Himmel zu sehen. Barfuß lief sie auf den Rasen. Jetzt sah sie den Schwan, die Leier, Kepheus. Alle waren, wo sie hingehörten.

Bis auf Carly.

Henny Badonins weiche Jacke fühlte sich gut an, wohnlich und freundlich. Carly kuschelte sich hinein und steckte die Hand in die Tasche. Ein Zettel knisterte. Er war beschrieben, aber es war zu dunkel, um ihn zu lesen. Sie glaubte, liniertes Papier und Jorams Handschrift zu erkennen, und amüsierte sich über sich selbst, als sie einen erwartungsvollen Hüpfer freudiger Neugier spürte. So war es bestimmt Henny ergangen, wenn sie Briefe von Joram bekommen hatte. Lag es daran, dass sie Hennys Jacke trug und Hennys Gefühle noch darin hingen wie ihr Parfüm?

Nein. Henny und Joram interessierten sie, weil es ähnlich schien wie mit Thore und ihr. Joram sprach von Freundschaft. Henny aber heftete seine Worte an den Spiegel und ließ sie jahrelang auf dem Tisch herumliegen. So handelt nur, wer liebt. Immerhin hatte Carly Thores Zettel nie an den Spiegel geklebt.

»Aber aufgehoben hast du sie alle, auch wenn da nur stand: Bitte kopieren!«, redete ihr Verstand dazwischen.

Ja, aufgehoben hatte sie alle, irgendwo in eine Schublade gestopft oder in Bücher gelegt, damit sie sie einmal wiederfand und darüber lächeln konnte, wenn alles nur noch Geschichte war und seine Gültigkeit verloren hatte. Oder würde es das nie? Sie konnte die Zettel nicht entsorgen, weil es seine Schrift war, die Sprache seiner Hand, ein Stück Thore.

Das heißt, einige wenige hatte sie tatsächlich weggeworfen. Die, auf denen er – was selten geschah – mehr oder weniger versehentlich mit »*Dein Thore*« unterschrieben hatte. Die warf sie fort, weil es nicht stimmte.

Irgendwo in der Ferne hallte ein einsames, unheimliches Geräusch. Ein Fuchs, der bellte? Nein, dafür war es zu tief, zu laut. Kurze Zeit später kam eine Antwort, dann kehrte wieder Stille ein bis auf den Wind und das rhythmische Rauschen vom Meer her. Wellenrauschen. Daran erinnerte sie sich. Aber sie war jetzt zu müde, um sich tiefer zu entsinnen.

Drinnen war es still und warm. Sie hängte Hennys Jacke zurück an die Astgabel der Garderobe, die, wie sie jetzt bemerkte, auch aus Treibholz gezimmert war. Den Zettel aus der Tasche legte sie auf den Tisch, sie würde ihn morgen lesen. Doch dann fiel ihr ein, dass sie unbedingt wissen wollte, was das für ein Nebel im Sternbild Andromeda gewesen war. Jetzt ihren Computer im Koffer zu suchen, hatte sie keine Lust. Sie ging durch das dunkle Wohnzimmer und öffnete die Tür zu der kleinen Bibliothek, die sie am Abend gesehen hatte. Dort fand sie auch den Lichtschalter, der eine gemütliche Stehlampe mit einem goldgelben Schirm aufweckte. Zwei Schmetterlinge waren darauf gezeichnet, zart, eher angedeutet, wie ein Traumbild.

Bücher für Thore, o ja, davon gab es hier genug. Landschaftsgärtnerei, Lexika, Lyrik, Liebesromane – gut, die Letzteren waren nichts für Thore. Die Stelle mit den Naturwissenschaften fand sie schnell. Blumenführer, Schmetterlingsführer, Muschelführer ... Sternatlas. Na, bitte! M 31, der Andromeda-Nebel, Spiralgalaxie, mit Begleitgalaxie M 110 und M 32. Natürlich, Thore hatte ihr einmal die Spiralarme im Teleskop gezeigt. Sie stellte das Buch zurück, dabei fiel ein quadratischer Notizzettel heraus. Er stammte von einem dieser Blocks, die als Werbung von den Apotheken verteilt werden. »Rheumolin«, stand oben in roten Blockbuchstaben gedruckt. Darunter Hennys Handschrift.

Joram, Naurulokki und ich sind wie Wega, Atair und Deneb. Ein harmonisches, ausgewogenes Zusammenspiel, trotz der unabänderlichen Distanz zwischen uns. Wir ergänzen uns, erzeugen ein Leuchten. Allein sind wir nichts, nichts, wovon es nicht unzählige andere gäbe, verloren in der Masse ...

Wer, bitte, war Naurulokki? Das wurde ja zu einer Schnitzeljagd in anderer Leute Leben.

Wega, Atair und Deneb. Die jeweils hellsten Sterne aus der Leier, dem Adler und dem Schwan: das Sommerdreieck.

Henny hatte sich also auch für Sterne interessiert, zumindest am Rande. Nicht überraschend, wenn man in einem Land lebt, über dem der Himmel so überwältigend tiefschwarz und funkelnd in der Nacht liegt. Hatte Thore sein Interesse von hier bekommen? Der Anblick musste ihm als kleinem Jungen ebenso wundersam erschienen sein.

Joram, Naurulokki und ich sind wie Wega, Atair und Deneb ...

Ein guter Gedanke. Irgendwie trafen Thore und Carly sich da draußen auch, in jenem Leuchten, unvorstellbare Lichtjahre entfernt. Trafen sich durch ihr gemeinsames Staunen, ihre Faszination, ihr Wissen und waren sich dort nahe, wenn auch auf andere Art als eine, die hätte geschehen können, wenn alles anders gelaufen wäre. In jenen Lichtpunkten da draußen im All liefen ihre Wege zusammen, auf eine klare und unbedenkliche Art.

Eine tröstliche Vorstellung.

Danke, Henny und Joram, wo auch immer ihr seid, dachte Carly. Was war mit ihnen geschehen?

Gähnend kehrte sie in das Zimmer unter dem Dach zurück.

Ehe sie zurück ins Bett kroch, holte sie den Meteorit aus ihrem Rucksack, den ihr Tante Alissa damals geschenkt hatte und der sie seither begleitete. Inzwischen wusste sie zwar, dass es sich nicht um rätselhafte Post von ihren Eltern handelte. Aber geheimnisvoll war er dennoch. Meteoriten geben Aufschluss über die Kohlen- und Wasser- und andere Stoffe, die aus dem All auf die Erde kamen, über den Sternenstaub, aus dem alles Leben entstand. Also doch Post vom Himmel.

Carly legte ihn sorgfältig auf die Fensterbank ins Sternenlicht neben das Schiff und hatte das Gefühl, nun hier eingezogen zu sein, auch wenn es nur für einen Monat war.

Draußen war es wieder still geworden. Der Wind war verstummt. Vielleicht war das Schweigen in dieser Landschaft so allgegenwärtig, weil die Stille unter den Reetdächern nistete wie die Schwalben, deren leere Nester Carly über sich entdeckte. Das Reet schluckte die Geräusche ebenso, wie es isolierte und im Sommer für Kühle, im Winter für Wärme sorgte. Carly dachte an Berlin, an die harten Ziegel- und die flachen, heißen Teerdächer, und spürte keine Sehnsucht danach.

Irgendetwas, vielleicht Staub aus dem Reet, ließ sie niesen. Sie suchte im Seitenfach ihres Rucksacks nach Taschentüchern; dabei fiel ein Zettel zu Boden. »Danke für deine Hilfe, und habe eine gute Zeit! Genieße sie, du hast es verdient! Bis bald, Thore.«

Carly strich über die Handschrift und legte den Zettel unter den Meteoriten auf der Fensterbank. Es schien, als ob sich Hennys Gewohnheiten in diesem Haus wie von allein fortsetzten.

Das Klingeln ihres Handys weckte sie. Erschrocken sah sie auf die Uhr. Schon acht! So lange hatte sie seit einer Ewigkeit nicht geschlafen.

Thores Stimme klang beneidenswert munter an ihrem Ohr, wenn es auch in der Leitung mächtig knisterte. Der Empfang war schlecht. Sie lehnte sich aus dem Fenster in den Morgen.

»Wie geht es dir?«

»Keine Ahnung. Hier ist alles so ... anders. Lebendig und still zugleich. Aber im Haus scheint auf den ersten Blick alles in Ordnung zu sein. Keine Pfützen auf dem Boden und so.«

»Ich bin dir wirklich dankbar, dass du das machst. Wir werden das Geld aus dem Verkauf dringend brauchen. Das Dach der Villa leckt wieder. Wir werden es ganz neu machen müssen. Und die Heizung gibt den Geist auf. Warmes Wasser haben wir nur sporadisch.«

»Sag mal, wie ist Henny Badonin gestorben?«

»Eines natürlichen Todes. An Herzversagen. Zu Hause. Mehr weiß ich auch nicht.«

»Und weißt du etwas über einen gewissen Joram Grafunder? Und eine oder einen Naurulokki? War das ein Hund? Vielleicht ein Schiff?«

»Nein, nie gehört ... wie kommst du darauf?«

»Briefe. Du hast doch gesagt, ich soll die Papiere sortieren.«

»Ja, mach das einfach, wie du denkst. Noch irgendwas Wichtiges?«

»Kannst du dich an viel von damals erinnern? Wo hast du geschlafen? Woran denkst du, wenn du an Henny denkst?«

Thore schwieg, dachte nach.

»Geschlafen? In einem Dachzimmer ... einem weißen Bett, und da war eine Zeichnung von Schwalben. Warum? Und Henny ... klein war sie, zierlich, wie du, mit einem entschlossenen Schritt. Ich hatte Respekt vor ihr. Sie erzählte viel und sehr anschaulich über Sterne, sie waren so hell dort.«

»Hast du daher dein Interesse für Astronomie?«

Erstauntes Schweigen.

»Darüber habe ich noch nie nachgedacht. Möglich. Sie hatte ein Fernrohr, und ich durfte es benutzen. Das war meine erste Begegnung mit einem.« Thore lachte. »Du scheinst ja da auf erstaunliche Dinge zu stoßen. Du, erzähl es mir, wenn ich zurück bin. Wir müssen jetzt los. Pass auf dich auf!«

»Du auch. Gute Reise!«

Carly legte auf und sah sich um. Ob ein Echo von Thores Kinderträumen hier irgendwo haften geblieben war?

Die gezeichneten Schwalben jedenfalls flogen noch genauso munter über die Wiese wie damals.

Vor dem Fenster breitete sich der ungemähte Rasen in hellem

Sonnenlicht. Jenseits des wild überwachsenen Zauns zum westlichen Nachbargrundstück sah sie ein Haus mit moosigen Schindeln, auf dessen Terrasse ein bärtiger Mann hantierte. »Papa!«, rief eine Kinderstimme. Ein blonder Kopf beugte sich aus einem Fenster und rief dem Mann etwas zu; er antwortete, und dann kam das Lachen. Ein kindliches Lachen, das mit einem lustigen »Hicks« endete. Carly erstarrte. Valeries Lachen! Ein wenig älter, aber dieselbe Melodie darin – und eben dieses markante »Hicks«, das sie nach ihrem Tod nie wieder gehört hatte, obwohl sie bei jedem Kinderlachen noch immer unwillkürlich darauf wartete.

Beglückt und befremdet zugleich schloss sie hastig das Fenster. Sicher würde sie die Nachbarn noch kennenlernen. Jetzt gerade war ihr das alles zu viel.

Sie zog sich an, abgeschnittene Jeans und das erstbeste T-Shirt. Hoffentlich hatte Henny Tee in der Küche. Ohne Tee lohnte das Leben nicht, und sie hatte vergessen, welchen einzupacken. Einkaufen stand heute als Erstes auf ihrem Plan.

Einen Wasserkocher fand sie nicht, aber einen wunderbar altmodischen Teekessel von der Sorte, die fordernd pfeift, wenn das Wasser kocht. Carly war begeistert. So einen hatte Tante Alissa gehabt, als Carly ganz klein war ... oder? Die Hand am Herdschalter, hielt sie erschrocken inne. Das Bild vor ihrem inneren Auge, die Hand am Teekessel – das war doch nicht Tante Alissas große Hand! Hatte der Teekessel ihrer Mutter gehört? War es eine Erinnerung von ... davor?

Sie schüttelte den Kopf und schaltete energisch den Herd ein. Zu ihrer Erleichterung funktionierte er. Jetzt war es nicht mal neun Uhr, und sie war schon über mehr Fragen gestolpert, als sie an einem Tag begegnen wollte. Wurde der Aufenthalt hier eine Schnitzeljagd nicht nur nach dem Leben von Henny und Joram und dem rätselhaften Naurulokki, sondern auch nach Thore und nach ihr selbst?

Carly öffnete mehrere Schranktüren, entdeckte diverses Geschirr, Putzmittel, Konserven und endlich Tee in einer runden Keramikdose mit einer Libelle darauf. Die Dose beschwerte einen Zettel. Carly wunderte sich schon nicht mehr darüber. Sie stellte sich Henny vor, eine zierliche, weißhaarige Frau, wie sie ihre Post öffnete, hier am Küchentisch stehend, vielleicht beim Teekochen, und wie sie die Briefe las und bestimmte Seiten daraus sorgfältig unter den erstbesten Gegenstand legte, damit sie ihrem Alltag nahe blieben und sie sie wieder lesen konnte, wenn ihr danach war. Vielleicht war sie vergesslich geworden und wusste es, umgab sich deshalb mit Notizen. Mit ihren eigenen und mit Jorams, damit sie beide ihr nicht verlorengingen.

Es war Jorams Schrift.

Ich verstehe übrigens nicht, dass viele Menschen ihr Zuhause nicht nutzen im Sinne von drin leben und wohnen, sondern nur als Behälter für Möbel und als Schlafstätte oder als möglichst nicht zu berührende Repräsentationsfläche für Sauberkeit und Wohlstand. – Wirklich wohnen ist doch eine Tätigkeit! Doch wem sage ich das. Dir ist das, von allen Menschen, die ich kenne, am klarsten bewusst und am tiefsten gelungen. Das geht aber nur, wenn man seinen wirklichen Ort gefunden hat. Vielleicht liegt es daran, dass die meisten Menschen ihren wirklichen Ort eben nicht finden …

Darunter war eine Anmerkung von Henny.

Was für ein schönes Kompliment. Aber ohne Jorams Beitrag wäre das hier niemals so gründlich und richtig mein Zuhause geworden. Mit dem Schreibtisch für Naurulokki fing es an ...

Carly war neugierig auf den Schreibtisch. Aber sie wusste, wenn sie jetzt anfing, die Zimmer zu durchsuchen, würde sie von tausend Dingen abgelenkt werden und von den Konservendosen leben müssen, weil sie heute nicht mehr zum Einkaufen kam. Deshalb aß sie eine Scheibe Käse, stürzte ihren Tee hinunter, zog Hennys Jacke an, weil die so bequem war, und schloss die Tür ab. Draußen blieb sie stehen. Dunkle, melodische Töne kamen lockend von irgendwoher. An einer krummen Kiefer hing ein Windspiel aus verwitterten hohlen Ästen, auf Fäden gezogen und an einen hölzernen Ring gehängt, in der Mitte ein Klöppel in Form eines großen Steins mit einem Loch darin, der sanft in der Brise schaukelte und die Töne aus dem Holz rief. Das war eindeutig Jorams Werk. Er war tot oder verschwunden, und doch hallte seine Stimme auf diese Weise noch nach, über die Wiese und die Ecken von Hennys geliebtem Haus, lebendig gegenwärtig. So wie Valeries Lachen anscheinend auch. Hier gab es keinen Teppich, unter dem der Tod lauern konnte. Waren hier stattdessen, auf seltsam versöhnliche Weise, die Toten zugegen? Alles schien möglich an diesem Ort.

An der Hauswand lehnte ein Fahrrad. Carly war begeistert. Genau, was sie brauchte. Sie wischte mit der Hand darüber. Es war mitternachtsblau, und darauf war mit silbernen Buchstaben von Hand der Name »Albireo« gemalt. Albireo. Der helle Kopfstern des Schwans! O ja, Henny musste sich wirklich für die

Sterne interessiert haben. Vielleicht ein Grund, warum sich Carly ihr so beunruhigend nahe fühlte.

Es gab ein Fahrradschloss, in dem der Schlüssel steckte, und eine Tasche, die am Lenker befestigt war. Carly steckte eine Hand in die Tasche und zog etwas Eckiges heraus. Es war die Tüte einer Buchhandlung. Darin steckte zusammen mit dem Kassenzettel ein schmales Buch. »Meeresrauschen«, las Carly. »Gedichte von Nils Pickert«. Das war unheimlich. Offenbar Hennys letzter Einkauf. Sie war nie dazu gekommen, es zu lesen.

Carly schlug den Band an einer willkürlichen Stelle auf.

Neubeginn

Wind zerzaust mein altes Leben,
Lässt, was mir noch unbekannt,
Bis in meine Mitte beben.

Was auch immer ich getan
Soll ab heute nicht mehr gelten:
Hinter mir der Ozean,
Vor mir völlig neue Welten.

Wie passend! Als hätte es der unbekannte Herr Pickert für sie geschrieben. Zumindest die ersten Zeilen trafen haargenau auf sie zu.

Den einzigen Supermarkt zu finden war nicht schwer, denn es gab nur die eine Hauptstraße. Carly packte Hennys Tasche voll mit frischem Brot, Joghurt, Obst und Tee und auf was sie sonst noch Appetit hatte. Vor allem Fischbrötchen, die es an einem Stand vor der Tür gab. An der Kasse gingen ihr die vielen Touristen auf die Nerven, und sie sehnte sich nach Hennys stillem Haus und der Geborgenheit des Reetdachs, als wäre sie dort schon immer zu Hause gewesen. Diese Erkenntnis berührte sie unangenehm. Für die Hausmeisterwohnung, in der sie aufgewachsen war, hatte sie so etwas nie empfunden.

Auf dem Rückweg fiel ihr ein Laden auf.

Strandgut. Galerie. An- und Verkauf.

War das nicht der Laden, in dem Synne arbeitete?

Tatsächlich. Das Klingeln der Ladentür rief Synne prompt auf den Plan. »Guten Tag. Was kann ich für Sie tun?« Dann erkannte sie Carly. »Ach, hallo! Schön, dass du reinschaust. Hast du dich schon eingelebt?«

»Ich arbeite dran. Sag mal, du kennst doch hier sicher alle Leute?«

»Na ja, alle ... die alteingesessenen schon. Andere kommen und gehen. Die Künstler vor allem sind eigenwillig. Sie schwärmen vom Ort, und dann sind sie nach ein paar Jahren doch wieder weg.«

»Kennst du jemanden namens Naurulokki?«

»Naurulokki?« Synne runzelte die Stirn. »Das ist finnisch. Es bedeutet Lachmöwe. Die zierlichen mit dem schwarzen Kopf, weißt du. Warum?«

»Nur so. Und weißt du etwas über einen Joram Grafunder?«

»Joram Grafunder? Und ob. Hier!« Synne zeigte auf einen niedrigen Tisch, auf dem Zeichnungen ausgebreitet waren. Offenbar fanden dort Kundengespräche statt. Er war von unregelmäßiger Form, mit wunderschöner Maserung. »Den hat er gemacht. Er war ein bekannter Tischler hier. Künstler eigentlich. Aber er nahm keine Aufträge an, ließ sich nie festlegen. Stellte nur her, was ihm Freude machte, und nur Einzelstücke.«

»Ist er tot?«

»Tja. Man geht davon aus. Aber seine Leiche ist nie gefunden worden. Er machte einen Spaziergang und kam nicht zurück. Angeblich hat ihn an diesem Tag jemand im Wald gesehen, im Ahrenshooper Holz. Dann niemand mehr. Schon einmal, vor Jahrzehnten, ist hier ein Künstler auf diese Weise verschwunden. Aber warum all diese Fragen?«

Carly strich über die matt glänzende, seidige Oberfläche des Tisches, die ihre Hand unwiderstehlich anzog. »Ich soll ein Haus ausräumen und zum Verkauf vorbereiten. Es gehörte einer Henny Badonin, und dort ...«

»*Henny Badonin?!*« Synne starrte sie entgeistert an. »Du wohnst im Haus von Henrike Badonin?«

Henny

1952

8

Die Schiffe

Der Lichtblitz traf genau ihr rechtes Auge. Geblendet blieb Henny stehen. Fast hätte ihr langer Baumwollrock sie zu Fall gebracht – und hatte sie nicht eine Hand auf ihrer Schulter gespürt, die sie zurückgehalten hatte? Verwirrt sah Henny sich um, aber hinter ihr war niemand. Klein Liv, mit der sie sich eben noch ein Wettrennen geliefert hatte, verschwand weiter vorn hinter den Fliederbüschen, ohne etwas zu bemerken. Auch die anderen liefen dort, ins Gespräch vertieft.

»Natürlich hatte der Kursleiter recht. Du hast den Schatten wirklich falsch gezeichnet!«

Der Wind kam vom Meer und trieb Myras Stimme zurück zu Henny. Nicholas' Antwort konnte sie nicht mehr verstehen, nur den Widerspruch hören, der darin lag. Sie lächelte zärtlich und wandte ihre Aufmerksamkeit dem Gegenstand zu, der sie so frech angeblitzt hatte.

Vor dem *Kunstkaten* hatten wie jeden Freitag Händler ihre Marktstände aufgestellt. Hobbymaler ebenso wie echte Künstler, auch Töpfer waren dabei. Die meisten davon kannte sie. Mit einigen hatte sie selbst Malkurse besucht, der eine oder andere hatte schon eines ihrer Bilder für sie verkauft.

»Henny Badonin! Was kann ich für dich tun?«

»Hallo, Oskar. Was macht dein Rheuma?«

Henny wollte Zeit gewinnen. Oskar stellte Schmuck her, aus

Silber, Leder und Bernstein. Er verkaufte seine Waren hier und am Hafen, seit Henny sich erinnern konnte. Als sie klein war, hatte er ihr und Nicholas Bonbons aus Sanddornsirup zugesteckt. Er machte sie immer noch selbst. Sie schmeckten wie ein warmer Sommertag am Meer.

Auch jetzt noch hatte er ein paar Tütchen mit den orangefarbenen Leckereien auf seinem Verkaufstisch liegen. All das änderte nichts daran, dass er knallhart verhandelte. Wenn er sie aus seinen eisblauen Augen so scharf ansah wie jetzt, fühlte sie sich wie neun statt neunzehn.

Die Frühlingssonne stand tief. Ihre Strahlen schafften es gerade noch über die Dünen, streiften den Strandhafer und trafen auf ein silbernes Segel, das ihr Licht gespiegelt und geradewegs in Hennys Auge geworfen hatte. Behutsam nahm Henny das kunstvolle Schiffchen, das kaum länger als ihr Finger war – der, an dem ein Ring glänzte –, und hob es in die Höhe. Sie entdeckte, dass nur die Segel und filigranen Taue aus Silber waren. Der Rumpf bestand aus einem goldgelben, durchsichtigen Bernstein. In ihm schien das Sonnenlicht für immer gefangen zu sein. Nicht das kühle von heute, sondern das dicke, warme vom letzten Sommer, in dem Nicholas und sie sich verlobt hatten. Das zarte Schiff lag schräg in ihrer Handfläche, den Bug zum Himmel gerichtet, wie bereit zum Aufbruch. Ein geheimnisvoller lautloser Wind legte all seine Kraft in die geblähten Segel. Als könnte das leuchtende Gefährt ihre Hoffnungen und Träume überallhin tragen, egal, was für Wellen da kommen mochten.

»Das Rheuma macht, was es immer macht. Und das da kostet genau das, was dransteht!« Oskar wies mit seinem Pfeifenstiel auf das Schild, das in der Lücke lag. Rechts und links davon standen zwei identische Schiffchen, nur der Rumpf des einen war noch heller, der des anderen dunkler, honigfarben.

»Komm schon, Oskar. Myra hat den meisten Bernstein gefunden, den du verarbeitest. Sie verkauft ihn dir zu einem Spottpreis. Da bekomme ich doch Sonderkonditionen?« Sie legte den Kopf schief und schenkte ihm ihr bestes Lächeln.

Oskar bemerkte wohl, dass die Sonne Hennys lange rotbraune Locken mindestens so zum Leuchten brachte wie den Bernstein, aber er ließ sich nicht beirren.

»Du bist aber nicht Myra.«

»Wir sind fast Schwestern.«

»Nachbarinnen, Henny, Nachbarinnen. Willst du das Schiff oder nicht?«

Sie wollte das Schiffchen wieder zurückstellen, doch sie konnte sich nicht davon trennen. Sie hatte das dringliche Gefühl, dass es zu ihr gehörte. Dass es Unglück bringen würde, wenn sie es nicht mit sich nahm, ja, dass sie es brauchen würde.

Immerhin hatte sie letzte Woche eines ihrer Aquarelle an einen Touristen verkauft, zu einem, wie sie fand, unverschämt hohen Preis.

»Woher hattest du die Idee? Du hast doch sonst immer nur Schmuck gemacht, nichts zum Hinstellen?«, fragte sie, während sie im Stillen rechnete.

»Ja, das war seltsam«, erklärte Oskar bereitwillig. Die Gelegenheit zu einer Geschichte ließ er nie aus. »Ich war neulich am Weststrand, bei Morgengrauen, nach dem Sturm. Dachte, es kann nicht sein, dass immer nur Myra die besten Bernsteinstücke findet.«

»Sie hat nun mal ein Gespür dafür. Ich glaube, sie riecht sie sogar.«

»Muss wohl so sein. Ich habe nur drei längliche Stücke in einem Tangklumpen gefunden, kaum brauchbar. Ich bückte mich danach, und als ich mich aufrichtete, saß der Claas auf dem Ende der Buhne. Direkt vor meiner Nase!«

Überrascht lachte Henny auf. »Der Sturmflut-Claas? An den glaubst du nicht wirklich?«

»Bis zu dem Augenblick bestimmt nicht. Seemannsgarn, dachte ich immer. Hab ich schon als kleiner Bengel nicht geglaubt, die Geschichten. Dass der vor Sturmfluten warnt, seit hundert Jahren oder mehr. Dass er einer ist, der in so einem Sturm ertrunken ist.«

»Myras Vater behauptete, er hätte ihn in der Nacht gesehen, ehe der Krieg anfing«, erinnerte sich Henny.

»Die Rieke von der Räucherei meint sogar, er hätte ihren verlorenen Ehering aufgefischt. Und Touristenkinder sollen erzählt haben, dass er sie zurück an den Strand geschoben hat, als ihr Boot abtrieb. Aber ich habe nichts geglaubt, nichts, bis der da vor mir saß. In langer, leinener Hose!«

Oskar paffte mit seiner Pfeife aufgeregte Rauchwolken unter das Marktstanddach.

Henny hörte auf, über ihre Finanzen nachzudenken.

»Was hat er gemacht?«

»Angesehen hat er mich. Und dann hat er gesagt, Oskar, hat er gesagt, die Bernsteine sind zwar nicht groß, aber du kannst Schiffe daraus machen. Drei Schiffe mit silbernen Segeln.«

»Der hat mit dir gesprochen?«

»Hat er.« Oskar nickte nachdrücklich. »Erst dachte ich, es sind die Wellen an der Buhne, der Wind – aber es war kein Wind, es war still, wie immer nach einem Sturm. Kaum ein Plätschern, nichts. Er sprach mit mir. Fast habe ich die Bernsteine fallen lassen.

›Bist du der Claas?‹, habe ich ihn dann gefragt.«

Henny unterdrückte ein Kichern. »Woher wusstest du, dass er nicht irgendein Tourist mit seltsamen Badehosen war, der früh schwimmen ging?«

Kaum zu glauben, Oskar wurde rot unter seinem buschigen Bart.

»Er ... der war nicht ganz ... also, er war sozusagen durchsichtig. Ein bisschen. Ich konnte den Horizont sehen. Auch hinter ihm.«

»Oskar – kann es nicht sein, dass du in der Sturmnacht davor ein paar Glas Grog getrunken hast? So zum Aufwärmen?«

»Natürlich hab ich das. Wie auch nicht? Das mache ich in jeder Sturmnacht. Aber ich habe hinterher noch nie einen Claas gesehen. Oder sonst was! Mich trinkt keiner unter den Tisch, Mädel, das weißte wohl!« Oskar war gekränkt.

»Und was hat er gesagt?«, beeilte sich Henny zu fragen.

»›Ja, ich bin der Claas, und du könntest drei Schiffe machen, Schiffe mit silbernen Segeln und dem Leuchten einer alten Sonne im Herzen.‹

›Das werden aber sehr kleine Schiffe‹, habe ich gesagt.

›Es ist gut so. Sie werden mehr tragen können, als du weißt. Sie werden dies und jenes mit dem Wind fort- und auch wieder hertragen, wenn die Zeit gekommen ist.‹

›Und was soll ich mit diesen Schiffen machen?‹, habe ich gefragt.

›Sie werden ihren Weg selbst finden‹, antwortete er.

›Und wenn ich sie nicht mache?‹

Da war er fort. Von einem Augenblick zum anderen verschwunden. Ich bin nach Hause gegangen, habe einen Kaffee und einen Schnaps getrunken und wollte alles vergessen. Aber ich konnte die Bernsteine hin und her drehen, egal wie, sie sahen aus wie die Rümpfe dreier Schiffe. Es ließ mir keine Ruhe, bis sie fertig waren.«

Die Sonne war gewandert und beleuchtete jetzt das dunklere Schiffchen. Ob man die drei überhaupt trennen durfte? Der Sonnenstrahl brachte Henny eine Erleuchtung.

»Da sie dir so unheimlich sind, bist du sicher froh, wenn du sie los bist. Wenn ich sie alle drei nehme, bekomme ich doch Rabatt?«

Oskar zog verblüfft an seiner Pfeife, aber sie wusste, jetzt hatte sie ihn an der Angel.

»Henny! Wo bleibst du?« Nicholas' Ruf schwappte über die Düne wie eine unsichtbare Welle.

Sie spürte das aufregende Kribbeln in ihr aufsteigen, das seine Stimme stets in ihr auslöste, ähnlich wie das kühle Wasser, wenn das Jahr frisch und neu war und sie das erste Mal nach dem Winter die Schuhe auszog und an den Wellenrändern entlanglief.

»Ich komme!«

Sorgfältig verstaute sie das Päckchen in ihrer Rocktasche, ihre Geldbörse in der anderen. Eine Handtasche wollte sie sich nicht angewöhnen, sosehr ihre Großmutter auch schimpfte. Da sie sich die Kleider selbst nähte, konnte sie die Taschen so groß machen, wie sie wollte.

»Wiedersehen Oskar, und noch gute Geschäfte!«

»Erzähl das bloß nicht weiter ... du weißt schon!«, rief er ihr nach.

»Klar, Oskar!«

Aber sie nahm sich vor, Oskars Frau bei Gelegenheit zu fragen, was Oskar denn so in seinen Grog mischte. Vielleicht sollten sie den bei der Hochzeit servieren, das konnte lustig werden.

Den Gedanken an die unsichtbare Hand, die sie auf ihrer Schulter gespürt hatte, schob sie beiseite.

Nicholas stand am Flutsaum, die Hände in den Taschen seines Trenchcoats vergraben, und sah ihr ungeduldig entgegen. Henny lehnte sich an ihn.

»Du bist immer so verfroren. Es ist doch Frühling!«

Sie trug keine Jacke und fand den Wind sanft. Warum wirkte Nicholas, der größer und älter war als sie, nur immer so zerbrechlich?

»In einem warmen Land sollten wir leben«, sagte er, den Blick auf den Horizont gerichtet, »mit Palmen.«

»Ärgerst du dich immer noch über den Kursleiter?«

»Dich lobt er ja nur.«

»Ich habe bei dem Thema gar nicht erst versucht, Schatten zu zeichnen. Sag, wollen wir bei unserer Hochzeit Grog anbieten?«

»Grog? Im Juli?«

»Na ja. Wo ist Myra? Ich hab was für euch!«

Nicholas wies Richtung Leuchtturm. Myra hockte mit Liv im Sand und baute ihr eine Burg. Der Wind hob Myras kurzen Petticoat und ließ sie auf ihren langen Beinen wie eine umgestülpte Tulpenblüte aussehen. Liv schüttete sich aus vor Lachen, aber Myra störte das nicht.

»Komm!«

Henny zog Nicholas in die Richtung des Lachens. Was hätte sie nur in den Kriegsjahren und danach ohne Myra gemacht? Myra, die ihr eine große Schwester gewesen war, die immer irgendwo Lebensmittel nicht nur für ihre eigene Familie, sondern auch für Henny und ihre Großeltern aufgetrieben hatte. Myra, die ewig Praktische, die nichts wirklich ernst nahm und in jeder Situation Grund für Heiterkeit fand oder Anlass für eine trockene Ironie, die alles leichter machte.

»Kaum zu glauben, dass Liv schon sieben ist«, sagte Nicholas. »Myra hätte diesen Arzt aus Berlin heiraten sollen, der ihr damals in der Sturmnacht geholfen hat, Liv zur Welt zu bringen. Vielleicht würde sie dann jetzt nicht in diesen unmöglichen Röcken herumrennen.«

»Spießer! Ja, der Arzt war nett. Immerhin hat sie ihn zu Livs Patenonkel gemacht. Aber er hatte eine Verlobte in Berlin, das weißt du doch. Außerdem ist er nicht Livs Vater.«

»Erzeuger, meinst du. Glaubst du, dass dieser dänische Kapitän irgendwann wiederkommt? Kann deine Tante in Dänemark nicht nach ihm suchen? Oder unser Freund Flömer?«

»Meine Tante eignet sich nicht zum Detektiv, und Flömer mischt sich nie ein. Und Myra kennt von dem Kapitän nur den Vornamen. Der war doch damals bloß wegen der Schwarzmarktgeschäfte hier. Das war eine kurze Affäre, keine Liebe.

Myra ist eben geschickt. Statt wie andere Lebensmittel einzutauschen, hat sie für ihren Bernstein Liv bekommen.«

»Und einen Sack Kartoffeln und eine Dose Kaffee«, sagte Myra, die den letzten Satz mitgehört hatte. Sie stand auf, klopfte den Sand von ihrem Rock und strich sich eine aus ihrem Zopf entwischte blonde Strähne hinter die Ohren. Dass sie Mutter war und acht Jahre älter als Henny, sah man ihr nicht an, fand Henny. Myra sah jung aus und glücklich.

»Das war zwar nicht geplant, aber das Beste, was mir passieren konnte. Er hatte unglaublich blaue Augen, aber ich brauche keinen Mann, der mir sagt, wo's langgeht.« War das ein mitleidiger Blick, mit dem sie Henny streifte?

Alle drei beobachteten das Kind, das jetzt im Sonnenglitzern die Wellen entlangtanzte, sich bückte und mit dem Finger Bilder in den Schaum malte, der auf dem Sand trocknete.

Henny fischte nach dem Päckchen in ihrer Tasche, das so wenig wog, dass sie erst glaubte, es verloren zu haben.

»Willst du nicht endlich vernünftige Kleider tragen?«, fragte Myra. »Diese selbstgenähten Baumwollschlabberdinger gehen doch wirklich nicht mehr. Nicholas, rede ihr die aus.«

»Ich denk nicht dran, Petticoats zu tragen. Ich fühl mich gut so. Frei«, sagte Henny.

»Ich will sie genau so haben, wie sie ist«, sagte Nicholas zufrieden und legte ihr den Arm um die Schultern.

»Vorsicht! Schaut mal.«

Behutsam schlug Henny das Seidenpapier auseinander. Die Sonne fuhr in die gebauschten silbernen Segel und warf Lichtfunken in alle Richtungen.

Henny sah, wie einer über Nicholas' Stirn fuhr, ein anderer über Myras Nase tanzte.

»Eins für jeden!«, sagte Henny. »Damit wir nie vergessen, wie es jetzt ist. Sie sollen diesen Augenblick für immer in sich bewahren.«

Sie überreichte Nicholas feierlich das eine zierliche Gefährt und gab ihm einen Kuss dazu, salzig vom Wind, der plötzlich stärker wurde.

Den Schatten, der für einen Moment den Bernstein von innen heraus verdunkelte, als sie das Schiff in Nicholas' Hand legte, bemerkte sie nicht.

Das andere gab sie Myra mit einer festen Umarmung.

»Es ist wunderschön!« Myra hielt es gegen den Himmel, der sich zusammen mit ihrem Gesicht in der kleinen Wölbung spiegelte, mit winzigen Wolken, die im Inneren des Rumpfes umherhuschten, wenn sie es bewegte. »Und so fein gearbeitet!«

»Ja, ich wusste auch nicht, dass Oskar das kann. Er muss irgendwie ... inspiriert gewesen sein.« Henny schmunzelte.

»Wirklich schön«, staunte auch Nicholas. »Danke, mein Schatz. Aber war das nicht viel zu teuer?«

»Ach was. Sie sollen unsere Glücksbringer sein und uns für immer begleiten. Die Zeiten werden besser und besser. Es werden mehr Touristen kommen, und sie werden unsere Bilder kaufen. Wir zeichnen ihre Sehnsüchte, die sie in ihre kaputten Städte mitnehmen, um darin Mut zu finden. Wir werden genug verdienen und können uns im Garten ein Atelier bauen. Wenn wir verheiratet sind, werden unsere zwei Schiffchen zusammen auf der Fensterbank stehen, über das Meer schauen und unsere Träume beschützen.«

»Ein schöner Gedanke. Vielleicht können wir uns dann sogar eine Hochzeitsreise leisten. Mit einem richtigen Schiff. Dorthin, wo es warm ist.« Nicholas umfasste sie von hinten, und sie lehnte sich an ihn.

»Wenn du möchtest. Ich brauche das nicht. Ich will nirgendwo anders sein als genau hier. Lass uns unsere Erinnerungen an diesen Augenblick, wie er jetzt ist, in die Laderäume unserer Schiffe füllen. Dort im Bernstein ist alles für immer sicher aufgehoben und kann uns in dunklen Stunden leuchten. Das funkelt immer noch, wenn wir alt sind.«

»Da passt aber nicht viel rein.« Nicholas lachte über ihre Phantasien.

»Du wirst dich wundern.« Sie löste sich aus seiner Umarmung und stupste ihm einen tadelnden Zeigefinger auf die Nase. »Ich lege das Gelb vom ersten Löwenzahn und den Geruch vom Frühlingswind in mein Schiff, zusammen mit dem Geschmack der Wellen heute. Ein Lachen von Liv und die Sandburg, die Myra für sie gebaut hat. Einen Kuss von dir und die Art, wie du die Stirn in Falten legst, wenn du über die Verrücktheiten nachdenkst, die ich erzähle. Den Traum, den ich heute Nacht von unserem zukünftigen Atelier hatte, und die Idee für eine bestimmte Zeichnung, die mir noch nie gelungen ist. Einen Sanddornbusch von der Steilküste und ein Stück Treibholz vom Weststrand. Ach, und noch so vieles …«

»Das könntest du alles auch auf ein Bild malen, dann könnte ich es sehen.« Nicholas waren die Wege manchmal unheimlich, die Hennys Gedanken gingen. Er konnte ihr nicht immer folgen.

»Nein. Es gibt Dinge, die man nicht malen kann. Aber in meinem Schiff sind sie jetzt sicher.«

Sie hielt es noch einmal gegen die Sonne, dann verstaute sie es sorgsam in ihrem Rock.

»Der Himmel von heute ist auch darin, für immer jetzt.« Myra wies auf die kleinen Wolken, die in dem dunklen Bernstein trieben. Vorsichtig verstaute sie es in einer eleganten Handtasche.

Nicholas hielt seines auch gegen die Sonne, aber Henny war sich nicht sicher, ob er etwas darin sah. Doch sein Lächeln war echt.

»Danke für das wunderschöne Geschenk!« Er steckte es zärtlich in die Innentasche seines Mantels, der ihm zu weit war und ihn jünger aussehen ließ. »Wir müssen zurück in die Malschule, die Pause ist vorbei!«

»Ja, lass uns nicht noch einmal des Meisters Unmut erregen«, meinte Myra ironisch.

»Du hast gut reden, du nimmst ja nur zum Spaß teil. Wir wollen bald von der Kunst leben können!«

»Du nimmst das zu ernst, Nicholas. Wer kann schon von der Kunst leben?«

»Das sieht man an deinen Bildern, dass du es nicht ernst nimmst. Immer nur große, knallbunte Blumen. Meinst du, die kauft jemand?«

Henny war es gewöhnt, dass Nicholas und Myra stritten. Sie mochten sich trotzdem. Henny ließ die beiden vorausgehen. Hochzufrieden mit ihrem Tag und ihrem Leben nahm sie Livs sandige Hand.

Hinter ihnen warf der zunehmende Wind einen schäumenden Brecher den Strand hinauf. Er ließ die Sandburg von unten her bröckeln, dann tonlos in sich zusammenfallen. Nachdrängende Wellen schrieben weiße Zeilen auf den Sand. Fast wie Schrift, dachte Henny, als sie sich noch einmal umwandte. Als ob ich es lesen sollte. Sie fröstelte, fasste Livs Hand fester und beschleunigte ihren Schritt.

Die Wellen füllten und verwischten die Abdrücke von vier Paar bloßen Füßen. Von den Spuren blieben nur kleine Tümpel, auf denen ein Bild des Abendhimmels trieb.

Carly

1999

9

Gespräche

Erschrocken zog Carly die Hand zurück. »Ja, wieso? Kennst du sie auch?«

Synne schnaubte. »Ob ich Henrike Badonin kenne? Ich spare seit Jahren, um mir eines ihrer Bilder kaufen zu können! Das heißt, ich versuche es«, setzte sie hinzu. »Sparen ist nicht wirklich meine Stärke.«

»Die sind so viel wert? Ich wusste nicht, dass sie bekannt ist.«

»Bekannt – na, wohl nur hier im Umkreis. Und unter Liebhabern. Wir haben auch schon Bilder nach Amerika verkauft. Ihr war es egal, wie viel sie dafür bekam. Aber Elisa, meine Chefin, weißt du, die setzt die Preise fest. Und sie meinte, für ein Badonin könne man gar nicht genug bezahlen. Sag, wie viel von ihren Bildern hängen im Haus? Oder stehen auf dem Dachboden oder im Keller?«

»Ich habe mich noch nicht so genau umgesehen«, gestand Carly. Sie dachte an das Geld, das Thore so nötig brauchte, um das Dach seiner Villa zu sanieren. Er würde sich freuen. Mit solchen Schätzen hatte er sicher nicht gerechnet.

»Wenn ich welche finde, würdest du – habt ihr einen Gutachter oder eben jemanden, der den Wert schätzen könnte?«

»Elisa, das macht Elisa, sie versteht jede Menge davon und ist fair. Die musst du da nicht zweimal fragen. Wir wollten schon immer gern das Haus sehen. Aber Henny Badonin ließ niemanden rein. Sie war sehr lieb und freundlich und umgänglich, aber Besuch wollte sie nicht.«

»Sie ließ überhaupt niemanden in ihr Haus?«

»Also, der Briefträger erzählt, dass Joram Grafunder ein- und ausging. Und Anna-Lisa Hellmond. Aber das war's auch schon.«

»Anna-Lisa Hellmond?«

»Das dreizehnjährige Mädel von nebenan. Sie hat keine Mutter mehr und hat sich bei Henny anscheinend wohlgefühlt. Jakob Hellmond fährt die Touristen in seinem alten Zeesboot auf dem Bodden spazieren, er hat nicht immer Zeit für seine Tochter.«

Das musste das blonde Mädchen mit dem »Hicks« im Lachen sein. Sie vermisste Henny sicher.

»Was ist mit ihrer Mutter passiert?«

»Autounfall, schon vor Jahren«, sagte Synne. »Aber, wegen der Bilder! Meinst du, ich könnte dich mal besuchen? Vielleicht kannst du mir eines der kleineren verkaufen?«

»Das kann ich nicht entscheiden, da muss ich den Erben fragen. Was gefällt dir so an ihren Bildern?«

Carly sah sich in der Galerie um. Es ging recht bunt und bewegt zu an den Wänden. Auf den meisten Werken schwappten hohe Wellen, segelten Boote im Sturm, ballten sich Wolken oder glühten Sonnenuntergänge.

»Ich liebe dieses Land, weißt du«, sagte Synne. »Henny Badonin war eine der ganz wenigen Künstlerinnen, die den Zauber verstehen und einfangen und ausdrücken können, so wie ich ihn empfinde. Das ist schwer zu erklären. Mit Worten geht das kaum, aber Henny mit ihrer Rötel- oder Pastellkreide und ihren Kohlestiften, die konnte es. In ihren Bildern ist Ruhe und Bewegung zugleich. Der Wind, die Leichtigkeit, die Sehnsucht, das

Drängen. Die Schwalben: Wenn sie Schwalben malte, flog man mit ihnen, spürte den Wind, hörte sie zwitschern. Die Farben sind so unaufdringlich, zart, und doch ist da immer so eine leuchtende Lebendigkeit.« Synnes Hände malten Bögen in die Luft, als könnte sie dort die Worte fischen, die sie suchte. »Und ihre Bilder hören nicht auf, sind nie geschlossen, sondern haben weiche Ränder, so, als würden sie im Dunst verlaufen und man bräuchte nur einen Schritt zu tun, um den Rest zu sehen, um mittendrin zu stehen. Da ist Platz, da ist wirkliche Weite. Ihre Motive sind so echt, als könnte man sie anfassen, und doch liegt immer ein Traum darüber und ein wenig Einsamkeit. Ich wüsste auch schon, wo ich so ein Bild aufhängen würde.« Synnes Augen blitzten noch blauer als sonst.

»Ich werde Thore fragen, bestimmt kannst du eins haben«, sagte Carly, ein wenig benommen von so viel Begeisterung und sehr neugierig geworden. »Und ich freue mich, wenn du mich besuchst und wenn deine Chefin die Bilder schätzen könnte. Vielleicht auch ein paar Sachen von Joram Grafunder. Aber bitte, lass mir noch ein paar Tage Zeit, um mich zurechtzufinden, ja? Ich melde mich. Und vielen Dank für all die Informationen!«

Carly wunderte sich über sich selbst. Fast ging es ihr wie Henny: Eigentlich wollte sie nicht, dass jemand das Haus betrat. Nicht ehe sie alles gesehen, alle Zettel gefunden und gelesen hatte. Dabei war Synne ein Glücksfall. Schließlich war es Carlys Job, das Haus zum Verkauf vorzubereiten, den Inhalt schätzen zu lassen. Wer konnte ihr dabei besser helfen als diese nette Zufallsbekanntschaft, die fach- und ortskundig war und obendrein die nötigen Kontakte besaß!

Und doch hatte Carly diesen Impuls, Hennys Bilder beschützen zu müssen.

Kopfschüttelnd stieg sie auf das Fahrrad. Bevor sie abbog, zögerte sie, sah hinüber zu den Kiefern am Deich, hinter dem das Meer flüsterte, rauschte, rief.

Aber noch war sie nicht so weit. Während sie die Straße hinaufradelte, fiel ihr ein, wie sie früher einmal ein Bild von einem Segelschiff an die Wand über ihr Bett geheftet hatte, einem wunderschönen Windjammer, dessen unzählige Segel sich großartig im Wind bauschten. Tante Alissa hatte es sofort abgenommen und durch ein Museumsplakat ersetzt, auf dem ägyptische Pferde einen Streitwagen zogen.

»Mädchen mögen doch Pferde!«, hatte sie fast flehentlich gesagt. Und Carly hatte das Abenteuerbuch über einen Jungen, der als blinder Passagier auf einem Segelschiff unterwegs war, noch tiefer unter den alten Winterpullovern im untersten Schrankfach versteckt.

Was Henny wohl alles gemalt hatte? Ob es unter den Bildern auch eines von einem Segelschiff gab? Vielleicht würde Thore es ihr verkaufen, als Andenken an diesen Sommer. Carly trat in die Pedale. Als sie das Fahrrad durch die Gartenpforte schob, blieb der Henkel ihrer Einkaufstüte an einem abstehenden Treibholzast hängen. Eine Zitrone flog heraus und rollte ins ungeschnittene hohe Gras am Feldsteinwall. Als Carly sich auf die Suche danach machte, stieß sie sich den Zeh an etwas Hartem.

»Autsch!«

Sie ertastete eine Ecke und zog schließlich ein großes Holzbrett hervor, an dem zwei kurze rostige Ketten hingen. Unter Spinnweben und Mooskrümeln entdeckte sie geschnitzte Buchstaben mit Spuren weißer Farbe. Mit beiden Händen zerrte sie an dem schweren Holz, aber die Graswurzeln und feuchte Erde wollten das eine Ende nicht freigeben.

»Kann ich helfen?«, fragte eine freundliche Bassstimme.

Carly zuckte zusammen; da bückte sich schon jemand und hob das Brett auf.

»Ich bin Jakob Hellmond, der Nachbar«, sagte der zu der Stimme gehörige Mann, zu dem Carly weit aufsehen musste. Er lächelte sie aus einem gepflegten schwarzen Bart heraus an, in dem Silber schimmerte. Seine Augen waren von einem tiefen Karamellbonbonbraun, und er trug eine Kapitänsmütze. Wunderbar. Genau so hatte sie sich einen Kapitän immer vorgestellt, auch wenn dieser keinen Windjammer über die Ozeane, sondern ein Touristenboot über einen Brackwassersee steuerte. Sie schätzte ihn auf knapp vierzig.

»Carly Templin. Danke!«

Sie betrachtete das Brett, wischte mit der Hand die Wurzelfasern und Lehmspuren ab. »Nauru... Naurulokki!«, las sie.

»Das gehört da oben hin. Ist wohl ein Opfer des letzten Sturms geworden.« Jakob Hellmond wies auf die beiden leeren Haken unter dem kleinen Schindeldach über der Pforte.

»Und ich dachte, Naurulokki wäre ein Mensch. Oder ein Schiff oder ein Hund!«

»Nein, Henny Badonin nannte seit ein paar Jahren das Haus so. Die meisten Häuser hier haben Namen. Soll ich das wieder aufhängen?« Er untersuchte die rostigen Ketten. »Ich glaube, das hält noch.«

»Warten Sie.« Carly fuhr mit dem Finger die Buchstaben nach. Kleine Steine klemmten darin, und die Farbe in den Rillen war abgeblättert. »Ich möchte es erst saubermachen und neu streichen.«

»Ziehen Sie hier ein?«

»Nein, ich soll das Haus im Auftrag des Erben aufräumen.« Vom Verkaufen mochte sie gerade nicht sprechen. Das Aufräumen kam ja schließlich zuerst.

»Dann bring ich Ihnen das Schild hoch auf die Terrasse. Es ist schwer.« Er schulterte das Brett und marschierte auf das Haus zu, stolperte. »Hoppla!« Überrascht sah er nach unten. »Seit wann wachsen hier Zitronen?«

»Entschuldigung. Die hab ich gerade gesucht.« Carly schob das Fahrrad neben ihm her. »Kannten Sie Henny Badonin gut?«

»Sie lebte sehr zurückgezogen. Wir haben uns gegrüßt, ein paar Worte gewechselt, mehr nicht. Aber meine Tochter hat sich bei ihr wohlgefühlt. Mit Kindern konnte sie wohl besser umgehen als mit Erwachsenen.«

Er stieg nicht die Stufen zur Loggia hoch, sondern nahm den Pfad links daran vorbei, der auf die kleine Terrasse vor dem Küchenfenster führte. Dort legte er das Brett über die Armlehnen eines Stuhls.

»Hier können Sie gut dran arbeiten«, sagte er. »Da ist die Kellertür«, er wies auf ein paar Stufen, die nach unten zu einer Holztür führten. »Mit Sicherheit finden Sie dort Farben, Pinsel und was Sie sonst noch benötigen. Sagen Sie einfach Bescheid, wenn Sie Hilfe brauchen!«

»Wissen Sie, warum das Haus Naurulokki heißt?«, fragte Carly. »Synne sagte, das ist finnisch für Lachmöwe.«

»Nein. Aber ich nehme an, Joram Grafunder hat das Schild gemacht. War vielleicht seine Idee. Er konnte Finnisch und Dänisch. Und er hat auch die Windbretter da oben geschnitzt.« Er wies auf die gekreuzten Bretter am First. »Eigentlich sind da Pferdeköpfe üblich. Wenn sie nach außen blicken, sollen sie Gefahr vom Haus abweisen. Wenn sie sich anblicken, soll es das Glück einladen. Hier aber sind es Möwenköpfe.«

Tatsächlich. In diesem Fall blickten sie nach außen in den graublauen Himmel. »Die Möwenköpfe an der Tür blicken sich an«, sagte Carly.

»Na, dann klappt ja in diesem Haus hoffentlich beides«, meinte Jakob. »Bis dann.« Er tippte sich an die Mütze.

Schade, sie hätte seinem Bass noch lange zuhören können. Ob er Seemannsgarn spinnen konnte? Den Touristen Geschichten erzählte, gegen das Windbrausen an, mit dieser Stimme, in der ein unterschwelliges Beben und geheimnisvolles Donnern lag?

Aber jetzt mussten die Einkäufe in den Kühlschrank. Carly ließ das Brett allein, trug ihre Tüten in die Loggia und suchte nach dem Hausschlüssel.

»Hallo!«, rief da jemand am Tor und kam auch schon herein. Der Briefträger. Dieser konnte offenbar Fahrrad fahren. »Ich hab hier was!« Er wedelte mit einem dicken Umschlag. »Wohnen Sie jetzt hier? Sind Sie mit Frau Badonin verwandt?«

»Ich nicht, aber mein Auftraggeber.«

Carly nahm den Umschlag entgegen.

»Das war ja 'n ganz schöner Schock, als ich die Frau Badonin gefunden hab«, sagte er und lehnte sich an die baufällige Balustrade, bereit für ein Schwätzchen.

Carly ließ fast den Schlüssel fallen.

»Sie haben …?«

»Ja, ich hab sie entdeckt. Ich hab ihr oft die Post durch das Küchenfenster gereicht, wenn sie da drin arbeitete. Deswegen bin ich meist gleich auf die Terrasse gegangen. Sie hatte ja immer Farbe an den Händen, wenn sie malte, und mochte nicht zur Tür gehen und alles schmutzig machen. Aber an dem Tag saß sie draußen, im Stuhl. Es war so ein schöner Tag, Mai, alles grün und frisch, kein Tag zum Sterben.« Er machte eine dramatische Pause, verschränkte die Arme vor der Brust. »Von hinten dachte ich, sie genießt die Sonne. Sie hatte sich zurückgelehnt. War aber ungewöhnlich für sie, nur so dazusitzen. Ich hab hallo gesagt, wollte sie ja nicht erschrecken. Aber sie hat nicht geantwortet. Na gut, schläft sie also, dachte ich und wollte die Post leise auf den Tisch legen. Und dann hab ich's gemerkt. Sie hatte die Augen offen, und sie guckte in die Wolken. So kleine helle Schäfchenwolken waren das, an dem Tag. Solche hat sie oft gemalt. Und sie sah auch aus, als ob sie irgendetwas Bestimmtes gesehen hätte. Aber wer oder was immer das war, es war nicht mehr aus dieser Welt.«

Er schwieg.

Carly stand immer noch mit dem Schlüssel und dem Umschlag da, sah ganz deutlich vor sich, was er beschrieb.

»Ich hab sie angefasst, sie war eiskalt. Dann hab ich den Arzt gerufen. Bin bei ihr geblieben, bis der kam, es kam mir unanständig vor, sie allein zu lassen. Sie hatte eine Muschelschale in der Hand, mit so Spuren von Röhrenwürmern drauf, aus Kalk – sah fast aus wie eine Schrift.«

Er schwieg.

Carly gab sich einen Ruck. »Möchten Sie einen Tee?«

»Nee, muss gleich weiter. Aber ein Wasser vielleicht?«

»Klar, Moment.«

Sie schloss endlich auf, brachte die Tüten in die Küche und kam mit einem Glas zurück.

»Wissense«, sagte er, »ich glaube, ohne den Herrn Grafunder war sie nicht mehr glücklich. Nicht so richtig zu Hause auf der Welt. Hamse schon gehört, was mit dem passiert ist?«

»Ich dachte, das weiß man nicht.«

Er blickte geheimnisvoll in das grüne Glas.

»Stimmt. Der ist angeblich ins Ahrenshooper Holz gegangen und wurde nie wieder gesehen. Wie der Maler damals, vor Jahrzehnten. Aber ich glaub das nicht. Ein Schiffer hat mir erzählt, er hätte den noch im Hafen gesehen. Und ein Kapitän meinte, er hätte ungefähr zu der Zeit einen Fremden mitgenommen. Der wollte nach Dänemark, hat aber kaum ein Wort gesprochen. Ich könnt mir vorstellen, der ist einfach abgehauen. Hatte immer eine Schwäche für Skandinavien. Hier wollten alle seine Sachen kaufen, haben ihm Druck gemacht. Dabei war er noch ungeselliger als die Frau Badonin. Ich denk, der wollte weg, ohne Worte drüber zu machen. So wie die, die Zigaretten holen gehen …«

»Meinen Sie denn, der hätte Frau Badonin einfach alleingelassen?«

»Dem trau ich alles zu, so finster wie der manchmal geguckt hat. Brummig war der. Und die waren ja kein Liebespaar oder so. Glaub ich. Aber richtig verwunden hat die das nicht. Stand immer am Gartentor und hat geguckt. Hat mich gefragt, ob kein Brief dabei ist.«

»Ich habe eine Notiz gefunden. Sie glaubte, er lebt noch.«

»Sag ich doch. Der lebt noch, bloß woanders. Hatte immer diesen Blick, als wollte er eigentlich weit weg sein. Ist leicht zu verschwinden, wenn ein Hafen in der Nähe ist.«

Irgendwo in der Nähe erklang plötzlich das heisere, hallende Geräusch, das Carly schon in der Nacht gehört hatte. Diesmal war es noch lauter. Sie zuckte zusammen.

Der Briefträger lachte.

»Das sind nur die Hirsche! Da sind auch welche einsam, suchen die Weibchen. Brunftzeit. Sie sind wohl aus der Stadt, oder? Gehense mal essen unten, im Café Namenlos. Schmecken gut, unsere Hirsche. Nu muss ich aber los!« Er reichte ihr das Glas. »Schönen Tach noch!«

In dem Umschlag war der Katalog einer Firma für Farben, Kreiden, Pinsel und dergleichen. Nachdenklich räumte Carly die Einkäufe weg, machte sich ein Müsli. Sie kratzte gerade die Schüssel leer, als ihr Handy klingelte.

Sofort klangen ihr blechern-vertraute Töne entgegen. *Das ist die Berliner Luft, Luft, Luft …!*

»Ich wollte bloß, dass du mal hörst, wo du hingehörst!«, sagte Orje, als das Lied zu Ende war. »Friederike lässt grüßen. Wie geht's dir da oben?«

Seine Stimme wurde abwechselnd lauter und leiser, wie das Meer in der Ferne.

»Der Empfang ist schlecht hier!«

»Was sagst du?«

»Der Empfang …!«, brüllte Carly in das winzige Mikrofon, dem der Wind zu groß war.

»Dann schreib mir … E-Mail … oder … Weblog!«, hörte sie gerade noch, ehe das Gespräch weg war.

Gute Idee. Das würde ihr vielleicht auch helfen, ihre Gedanken zu sortieren.

»... wo du hingehörst ...«, hatte Orje gesagt.

Berlin! Carly konnte sich die Stadt gerade kaum vorstellen. Lärm, graue Häuser, viele eilige Menschen, Gestank. Es schien absurd.

Sie würde ein Weblog schreiben, oder »Blog«, wie es neuerdings genannt wurde. Darin konnte sie alles notieren, was sie erfuhr, auch was das Inventar anging. Daraus konnte sie dann eine Aufstellung für Thore machen. Was ein Internettagebuch ist, würde er wohl nicht wissen. Das Wort Weblog war ja zum Teil von »Logbuch« abgeleitet. Passte also ans Meer.

Sie war stolz auf ihren tragbaren Computer. Wo hatte sie ihn nur gelassen? Ach ja, noch im Koffer, oben. Nicht viele hatten so einen. Dafür hatte sie lange von ihrem Lohn gespart. Und, o Wunder, sie hatte tatsächlich einen modernen Telefonanschluss in Hennys Wohnzimmer entdeckt. Eine Dreiersteckdose; eine davon passte für ihr Modemkabel. Offenbar hatte Henny die Steckdose kürzlich austauschen lassen. Wahrscheinlich hatte es aber eher am Telefonapparat gelegen, denn der war eindeutig kaputt.

Ehe sie zu schreiben anfing, brauchte sie erst einen Tee, um all das Gehörte zu verdauen. Während der alte Kessel zu summen begann, fiel ihr Blick auf eine Muschelschale, die auf dem Regal zwischen den Gläsern lag. Seltsame wurmförmige Muster aus Kalk zogen sich darüber wie geheimnisvolle Schrift. Carly zog sie vorsichtig mit dem Finger nach. Das war also das Letzte, was Henny Badonin berührt hatte. Eine ungewöhnlich große Miesmuschel, blau schimmernd. Ein Geschenk von Joram? Suchend sah sie sich um, aber es lag kein Zettel dabei. Natürlich nicht;

jemand musste Henny die Muschel ja aus der Hand genommen und hier abgelegt haben. Der Arzt sicherlich. Was sie Henny wohl bedeutet hatte?

Carly trank ihren Tee draußen auf den Stufen. Nachmittägliche Ruhe hatte sich über den Garten gelegt, der mitleiderregend verwildert aussah. Ich müsste den Rasen mähen, dachte sie. Aber nach all den Geschichten hatte sie nicht wirklich Lust, in einem fremden Keller nach dem Rasenmäher zu suchen. Dann doch lieber der Computer.

Auf halber Treppe nach oben fiel ihr ein Bild an der Wand auf. Eine Kohlezeichnung, mit einem Hauch blauer Kreide ergänzt. Sie zeigte einen Leuchtturm in den Dünen, mit angedeuteten Möwen drum herum. Und Wind. Schwer zu sagen, woran man den Wind erkannte, aber man sah ihn, hörte ihn. Ja, da war die Leichtigkeit und das Leuchten, von dem Synne gesprochen hatte. Und unten in der rechten Ecke der Buchstabe H. Durch den oberen Raum im H flog eine stilisierte Möwe.

Carly träumte sich in das Bild, an den Fuß des Leuchtturms, da hörte sie das Geräusch. Es kam von oben, aus dem Zimmer, in dem sie geschlafen hatte. Ein Klirren, dann ein Poltern.

Sie erstarrte, klammerte sich mit plötzlich weichen Knien an das Treppengeländer und versuchte, sich zu erinnern, ob sie das Küchenfenster geschlossen hatte, bevor sie einkaufen ging.

Zum ersten Mal wurde ihr bewusst, wie allein sie mit dem Haus war. Und jetzt? Sollte sie nach draußen schleichen und bei Jakob Hellmond Hilfe holen?

Henny

1953

10

Das Haus und die Träume

Henny lag wach in ihrem Bett und sah den Morgen über den Horizont schleichen. Sie war zu glücklich, um wieder einzuschlafen. Verträumt betrachtete sie das alte Gemälde an der Wand, das sie schon als Kind geliebt hatte. Ihre Oma Matilda hatte es einst geerbt. Es zeigte den Leuchtturm, der in alten Zeiten auf einer vorgelagerten kleinen Insel gestanden haben sollte und der 1852 in einer Sturmflut zerstört worden war. Das Bild war mit »Cord Kreyhenibbe, 1849« signiert. Hennys Ururgroßvater. Sie hatte noch drei andere Werke von ihm in der Gegend ausfindig machen können, aber sie standen alle nicht zum Verkauf. Cord Kreyhenibbe war 1825 geboren worden. Er war Fischer und Maler gewesen und hatte sogar ein paar Jahre als Lehrer im bekannten Künstlerhaus Lucas gearbeitet. Aus dessen Archiv hatte Henny diese leider spärlichen Informationen.

Über dem Leuchtturm stand der fast volle Mond am Himmel und beleuchtete gespenstische Brecher, die gegen eine Seite des Turms peitschten, als habe der Maler gewusst, dass die See den Turm mitsamt der Insel drei Jahre später verschlingen würde. Ein Boot war an der Treppe zum Turm vertäut, und oben auf der Treppe konnte man die Silhouette eines Mannes in einem wehenden Umhang erkennen. Das Boot sah nicht sehr vertrauenerweckend aus, aber als Kind war Henny in ihrer Phantasie mit ihm auf manches Abenteuer gefahren. Sie liebte die Dunkelheit mit ihren Rätseln. Alle Formen und Gestalten sahen dann anders aus; aus krummen Kiefern wurden Riesen und Feen, aus den Dünen Wüsten oder Gebirge. Sie segelte und ruderte durch alle Landschaften, die sie sich ausmalen konnte, und manchmal fuhr der Mann im Umhang mit ihr. Meist saß er am Steuer, denn Henny hielt sich lieber am Bug auf, um zu sehen, was vor ihr lag.

Aber jetzt war sie erwachsen und verlobt und begann, sich selbst einen Namen als Künstlerin zu machen. Beruflich sah sie Cord Kreyhenibbe als ihren Paten an.

Die feuchte Nachtluft trieb den Duft nach Meer und Frühsommer durch das offene Fenster. Unter dem Giebel begannen sich die Schwalben zu regen. Sie waren kurz vor dem Flüggewerden. Wie das wohl war, wenn man auf unerfahrenen Schwingen den allerersten Flug wagte, sich in die klare Luft stürzte, mutig ins Ungewisse, mit dem uralten Wissen, fliegen zu können, weil man dafür geboren war?

Gewiss so wie sie sich jedes Mal fühlte, wenn sie einen Pastellstift oder ein Stück Kreide in die Hand nahm oder auch einen Pinsel. Egal, wenn sich damit nur die Bilder auf das Papier zaubern ließen, die sie festhalten wollte für die Ewigkeit. Bilder, die den Betrachtern zeigen sollten, wie Henny ihre Welt sah, die sie so faszinierte. Sie las Dinge in den Wolken und den endlos wechselnden Farbströmungen auf dem Meer, die sonst niemand erkannte. Auf ihren Bildern machte sie das den Betrachtern zum Geschenk.

Gestern hatte sie wieder zwei verkauft, auf einem Kunstmarkt in Zingst. Vielleicht würde sie Nicholas doch die Reise zur Hochzeit schenken können, nach der er sich so sehnte. Es würde ihn aufheitern. Er war äußerst schwermütig in letzter Zeit. Aber Henny war zuversichtlich, dass sich das ändern würde, wenn sie erst einmal verheiratet waren. Bald war es soweit! Myra hatte ihr gestern das Kleid anprobiert. Wo sie den schimmernden hellen Stoff aufgetrieben hatte, wollte sie nicht verraten, wahrscheinlich wieder bei einem leicht dubiosen Tauschhandel. Henny fragte besser nicht nach. Sie wollte ihre Freude über Myras Kunstwerk nicht trüben. Myra konnte wundervoll nähen. Schlicht und elegant war das Kleid, und trotzdem besaß es eine fröhliche Leichtigkeit, die zu Henny passte, und ein paar dezent in den Gürtel und an den Armen eingeflochtene Bänder im Rotbraun von Hennys langen Locken und dem Grün ihrer Augen. Unten am Saum waren mit feinem Garn zarte Muscheln eingestickt und oben auf den Schultern einige fliegende Möwen. Henny konnte nicht erwarten, es für Nicholas zu tragen.

Sie würde ihn im Garten heiraten – oder doch am Strand? –, und er würde hier einziehen, in das Haus, das sie so liebte und das jetzt ganz ihr gehörte. Sicher würde Opa Winfried zur Hochzeit kommen. Zum Glück hatte er nie bereut, dass er nach Oma Matildas Tod zurück in seine Heimat gezogen war und Henny das Haus überschrieben hatte.

»Eigentlich gehört es ja sowieso dir, Mädchen. War schließlich ein Geschenk von deinen anderen Großeltern«, hatte er gesagt, etwas widerwillig. Er sprach nicht gern von damals. Warum eigentlich? Henny neigte zu der Ansicht, dass ihr Vater, dieser berüchtigte Hendrik Badonin, ihr einen großen Gefallen tat, als er sich aus dem Staub machte, nachdem seine Frau bei Hennys Geburt gestorben war. Sie konnte sich keine besseren

Eltern vorstellen als Winfried und Matilda. Sie waren herzlich, heiter und lebensfroh, und der einzige Unterschied, den Henny zu anderen Kindern spürte, war, dass sie Oma und Opa sagen musste.

»Wir wollen nie vergessen, dass es die Susanne gegeben hat«, sagte Oma Matilda, wenn Henny sie darauf ansprach. Es gab auch noch Tante Simone, aber die lebte in Dänemark. Als Henny dreizehn war, war Simone zu Besuch gekommen, um Opa und Oma ihr Baby zu zeigen, den kleinen Thore. Henny war hingerissen von dem Wesen, das im Kinderwagen unter der jungen Trauerbirke lag und sie glucksend aus dunklen Augen anblinzelte. Tante Simone redete als Einzige über Hennys Vater und ließ kein gutes Haar an ihm.

»Der Hendrik wollte halt schon immer in einer Großstadt leben. Er hielt sich für einen Künstler, aber seine Bilder waren völlig talentfrei«, hatte Oma Matilda daraufhin erklärt. »Ich glaube auch nicht, dass er deine Mutter wirklich heiraten wollte. Er war viel zu unstet und lebenslustig. Aber seine Eltern, die hatten ein vornehmes Hotel in Zingst und wünschten sich, dass ihr Sohn einen Erben zeugt. Sie haben ihn unter Druck gesetzt. Als du geboren wurdest, fand er, er hätte genug getan, und hat sich abgesetzt. Man hat nie wieder etwas von ihm gehört – bis auf ein Gerücht, dass er im Krieg umgekommen ist, in Dresden wohl. Die alten Badonins waren heilfroh, dass wir dich großziehen wollten. Sie waren so wütend auf ihren Sohn, weil er nur ein Mädchen gezeugt hatte, und vor allem, weil er sie mit dem Betrieb hat sitzenlassen, dass sie alles verkauft haben und nach Italien ausgewandert sind. Für dich haben sie, um ihr Gewissen zu beruhigen, das Haus hier gekauft, damit du immer ein Zuhause hast.«

»Ein Zuhause wäre überall gewesen, wo ich euch habe«, hatte Henny geantwortet.

Aber sie konnte sich trotzdem nicht vorstellen, irgendwo anders zu leben. Und nun durfte sie dieses Leben mit Nicholas teilen.

»Henrike Ronning. Henrike und Nicholas Ronning, das Künstlerehepaar«, sprach sie laut aus. Es klang gut, fand sie. Ganz in der Ahrenshooper Tradition. Aber sie malte nicht, weil sie in einem Künstlerdorf wohnte, und auch nicht, weil sie sich nach Ruhm sehnte. Sie malte, weil es sie frei machte.

Die Zukunft breitete sich so hell und voller Versprechen vor ihr aus, dass Henny das Gefühl hatte, ihr Glück liege in der Luft wie etwas, das nicht stillhalten konnte. So ein Glück musste unzerstörbare Spuren im Haus hinterlassen, da war sie sich sicher.

Sie stellte es sich als eine Kraft, eine Art Wind vor, einen unsichtbaren Wirbel, der die silbernen Segel des Schiffchens auf dem Nachttisch aufbauschte, raschelnd unter dem Dach umherhuschte, dann aus ihrem Zimmer hinaus durch den Flur fuhr, in das andere Zimmer tanzte und wieder zurück. Sie glaubte nicht, dass diese Kraft je vergehen würde. Sicher wuchs sie mit den Jahren. Vielleicht wäre sie noch da, wenn Henny und Nicholas längst tot waren, und erzählte den Schwalben von ihnen.

Carly

1999

11

Hennys Gewürze

Im nächsten Moment hörte Carly ein ängstliches Zwitschern und Flattern von oben und lachte über sich selbst. Natürlich! Sie hatte nicht das Küchenfenster offen gelassen, sondern das über ihrem Bett. Und vor dem nisteten die Schwalben unter dem Reetdachgiebel.

Carly hatte lange genug Parterre gewohnt, um zu wissen, wie leicht ein Wesen von draußen hereinhuscht. Und wie man sie fängt. Oft waren die frechen Berliner Spatzen in ihrer Küche gelandet.

Verängstigt saß die Schwalbe auf einem Bilderrahmen und blickte wild umher. Zwecklos, mit den Händen nach ihr greifen zu wollen. Carly sah sich suchend um. Der Papierkorb, aus Peddigrohr geflochten, war schwer, zu dunkel, barg Verletzungsgefahr. Ihr fiel etwas ein. Hatte sie nicht ein Seidentuch gesehen, bei ihrem flüchtigen Blick in Hennys Schlafzimmer?

Hastige Bewegungen vermeidend, schlich sie aus dem Zimmer und öffnete Hennys Tür. Ja, da auf dem Stuhl lag das zarte Tuch in Meeresfarben.

Beim ersten Versuch, es über die Schwalbe zu werfen, flüchtete der Vogel, flog gegen die Wand und landete auf der Nachttischlampe. Der zweite Wurf gelang. Durch das Tuch konnte sie den kleinen Körper behutsam greifen. Sie lehnte sich aus dem

Fenster und schlug die Zipfel wieder zurück. Für einen Moment sahen Carly und die Schwalbe einander an, saß der versehentliche Gast still in ihrer Handfläche. Dann ein Schwirren, schon war sie weg, ein eiliger Punkt hoch im Blau unter ihren Weggefährten. Carly war erleichtert; offensichtlich war kein Flügel verletzt.

Sie schüttelte den Seidenschal aus und strich ihn glatt. Nun, da sie damit herumgewedelt hatte, hing auch in diesem Zimmer Hennys Parfüm in der Luft. Die Schwalbe war fort, und es herrschte tiefe Stille, trotzdem hatte Carly das deutliche Gefühl, nicht allein im Haus zu sein. Die unsichtbare Anwesenheit von Henny, die lautlose Gegenwart von Joram Grafunder waren spürbar, als müsste sie nur einen Schritt in die richtige Richtung machen, um ihnen gegenüberzustehen. Es war unheimlich und eigenartig angenehm zugleich. Carly brachte das Tuch zurück in Hennys Zimmer, sah sich scheu um.

Das Bett war eindeutig Joram Grafunders Werk. Die vier Pfosten waren schlanke Baumstämme, nicht ganz gerade gewachsen, mit Astlöchern wie Augen und von Wind, Wasser und Sand glattgeschliffen. Die Seitenbretter schlicht, aber ebenso verwittert, mit dem seidigen Schimmer natürlich entstandenen Alters. Joram verwendete offenbar grundsätzlich kein neues Holz.

Neben dem Bett auf einem schlichten Tischchen, das zwar alt, aber sicher nicht selbstgemacht war, lagen zwei Bücher. Zuoberst, aufgeschlagen, »Grashalme« von Walt Whitman. Ein Buch, von dem auch Carly nie genug bekam. Darunter fand sie zu ihrer Verblüffung »Garp« von John Irving. Henny musste also durchaus Humor gehabt haben, trotz ihrer Ungeselligkeit und dem ernsten Ton ihrer Notizen.

An der Wand hingen nebeneinander vier gleich große Bilder in identischen Rahmen. Sie zeigten das Haus mit einem Stück Garten zu allen Jahreszeiten. Für den Herbst hatte Henny Rötel benutzt, für den Winter Kohlestifte, der Frühling schmeichelte sich in Pastellfarben ein, so leicht und duftig, als könnte er im nächsten Moment verflogen sein. Der Sommer war nachdrücklicher, hier waren die Konturen deutlicher, die Farben tiefer, Kohlestift ergänzte Kreide. Fein und zärtlich wirkten die Bilder; Carly stand lange davor und sehnte sich nach einer eigenen Möglichkeit, sich so ausdrücken zu können. Sie kannte die Sterne beim Namen – aber ändern konnte sie sie nicht, nicht umgestalten und neu zusammenfügen, nicht ihr Wesen herauskitzeln durch eine Farbnuance oder neue Form.

Henny hatte ihr Haus geliebt, das war eindeutig. Mit Ehrfurcht, nicht mit Besitzerstolz. Sie hatte es porträtiert wie einen nahestehenden Menschen. Carly dachte an Hennys Satz auf dem Zettel.

Joram, Naurulokki und ich sind wie Wega, Atair und Deneb. Ein harmonisches, ausgewogenes Zusammenspiel; trotz der unabänderlichen Distanz zwischen uns. Wir ergänzen uns, erzeugen ein Leuchten ...

Unter dem Nachttisch stand ein weißer Pappkarton. Henny hatte mit grünem Filzstift ein paar einzelne Gräser an die Seite gezeichnet. Der Deckel lag lose und schief darauf. Carly nahm ihn ab, sah, dass der Karton voller Zettel war. Sie nahm den obersten heraus, er war auch von dem »Rheumolin«-Block abgerissen.

Joram ist flüchtig wie die Schwalben, immer unruhig, innerlich nur auf der Durchreise. Wenn er hier ist, bei mir auf Naurulokki, ist er völlig da, für den Moment, fühlt sich auch angekommen, glaube ich. Doch er bleibt nicht. Er schlägt keine Wurzeln. Nicht hier, und ich weiß nicht, ob im Leben überhaupt. Ich hebe alles auf, was er schreibt, um mir später einmal beweisen zu können, dass er da war. Ich lege seine Spuren im Haus, falls meine eigene Vergesslichkeit schlimmer wird. Ich will ihm begegnen, auch wenn er nicht da ist. Er tut dasselbe, indem er mir Möbel bringt aus einem Holz, das schon Stürme und Untergang überstanden hat. Er gestaltet das Haus mit. In seiner eigenen Wohnung hat er fast nichts, aber er will trotz allem, dass etwas von ihm bleibt. Aber es sind nicht nur die Dinge, sondern auch seine Worte, die ich festhalten will. Irgendwann wird er nicht wiederkommen.

Carly war unbehaglich zumute. Es gehörte sich nicht, anderer Leute Tagebuch zu lesen, und das hier war so etwas Ähnliches. Mit den Zetteln, die offen im Haus herumlagen, war es etwas anderes. Hastig schloss sie den Karton und schob ihn zurück. Sie würde sich zwar irgendwann damit befassen müssen, aber nicht jetzt. Nicht ohne Rücksprache mit Thore.

Thore – warum war er nicht hier? Nur kurz, ein Wortwechsel, ein Lachen, und alles wäre wieder hell und leicht. Sie wünschte sich in sein Seminar zurück. Oft hatte er hinter ihr gestanden, wenn er zu den Studenten sprach; so konnte sie ihm die nötigen Bücher reichen. Zwischendurch neigte er sich vor, um dem Publikum näher zu sein, und legte dabei den Finger in ihre Armbeuge, wie um seinen Worten Nachdruck zu verleihen oder als wäre sie ein Thermometer, an dem er die Aufmerksamkeit seiner Zuhörer ablesen konnte. Es war eine Angewohnheit, er merkte es nicht einmal. Carly spürte diese Berührung in den eigenartigsten Augenblicken immer noch. Doch Thore war weit, und Joram und Henny, so unsichtbar anwesend sie auch waren, nahmen Carly nicht zur Kenntnis.

An der anderen Wand fiel ihr ein Gemälde auf, dunkel, offenbar alt. Es zeigte einen Leuchtturm in einer stürmischen Vollmondnacht und war mit dem Namen »Cord Kreyhenibbe« signiert. Eine seltsame, abenteuerlustige Atmosphäre strahlte es aus. Das hätte sie auch gerne an der Wand gehabt, als Kind. Aber wenn Tante Alissa schon bei dem harmlosen Segelschiff so entsetzt gewesen war, was hätte sie wohl zu so einem Sturm gesagt?

Auf der Fensterbank stand eine Frau, aus einem Stück Treibholz, so lang wie Carlys Unterarm. Helles Holz, glattgeschliffen von Wind und Wellen, mit dunklen Maserungen, die mit wenigen Strichen ergänzt worden waren. Hier und da war der Form mit einer behutsamen Kerbe nachgeholfen worden. Die Frau stand aufrecht, in Kleid und Umhang, leicht vorgebeugt wie gegen den Wind, und sah in den Himmel. Sie war so ausdrucksvoll, dass Carly sie lange ansah, sanft mit dem Finger über die seidige Oberfläche strich. Die Figur wirkte würdevoll und einsam.

Carly fuhr zusammen, als sie schließlich auf die Uhr sah und bemerkte, wie spät es war. Sie hatte ja ihren Computer holen wollen, als die Schwalbe sie abgelenkt hatte. Das Blau, in das die Schwalbe aufgestiegen war, lockte. Carly nahm den Computer mit nach draußen. Auf der kleinen Terrasse vor der Küche stand ein geeigneter Tisch, und das Kabel war zum Glück lang genug, um es durch das offene Fenster zu legen.

Sie hatte schon die Hände auf der Tastatur, als ihr Handy piepte. »Irgendwann musst du ans Meer gehen!«, schrieb Orje.

Natürlich. Er kannte sie gut genug, ahnte, dass sie dazu noch keine Zeit … na schön, keinen Mut gehabt hatte, obwohl das nahe Rauschen zu ihr sprach, ebenso der hohe Himmelsbogen, der hinter den Dünen so leuchtend anders war.

Ein Blog braucht eine Überschrift, ein Thema. Carly dachte kurz nach. Schließlich fiel ihr ein geeigneter Titel ein.

Ausflug unter den Teppich

Ich nenne das Blog so, nicht weil ich hier den Tod treffen werde, von dem ich als Kind annahm, dass er dort wohnt, sondern weil Tante Alissa noch viel mehr unter den Teppich gekehrt hat. Die Erinnerungen an unsere Eltern, Ralphs kalte Distanziertheit, meine Fragen nach dem Meer und das Tabu, mit dem sie das alles belegte. Die Frage, ob sie uns überhaupt haben wollte. Und warum sie in der viel zu kleinen Hauswartwohnung blieb, die Treppe fegte und früher noch Kohlen schaufelte, obwohl sie als Wissenschaftlerin gut verdiente.

Diese Fragen wird mir hier niemand beantworten, aber wenigstens ist hier Platz, sie zu stellen. Hier können sie sich austoben, mangels Teppich. Und die neuen Fragen gleich dazu, ehe ich es genauso mache wie Tante Alissa. Vielleicht finde ich heraus, was ich mit dem Rest meines Lebens machen möchte. Tante Alissa war froh, dass ich mich mit Astronomie beschäftigt habe, denn was könnte weiter weg vom Meer und somit sicherer sein als die Sterne?

Und ich – was will ich?

Hier auf Naurulokki – so heißt das Haus und das Grundstück, es bedeutet Lachmöwe, aber ich weiß nicht, warum – kommt mir alles groß vor, obwohl es klein und gemütlich ist, gerade richtig eigentlich. Hier merke ich erst, wie beengt wir gewohnt haben. Hier ist Luft zum Atmen und zum Denken – oder ist es nur, weil die Luft so sauber ist? Im Moment ist mir, als ob ich es nie wieder ertragen könnte, den zähen Dunst von Berlin oder irgendeiner anderen Stadt zu atmen.

Das Einzige, was mir von Berlin gerade fehlt, sind die Töne von Friederike.

Nein, Orje, ich war noch nicht am Meer. Ich muss mich erst zurechtfinden. Ich habe doch auch einen Job zu erledigen. Das Schlimme ist, ich weiß nicht, wo ich anfangen soll. Das Haus ist nicht leer, es ist nicht einmal unbewohnt. Die Menschen, die hier waren, sind fort und trotzdem sehr anwesend. Hier gibt es keinen Teppich, unter dem etwas verschwindet. Sie haben die Hinweise ungeniert herumliegen oder -stehen oder -hängen lassen. Es erscheint mir nicht richtig, sie umzuräumen, zu sortieren, zu verkaufen, wegzugeben. Aber ich muss, oder? Es kommt nicht in Frage für mich, Thore zu enttäuschen. Und es wäre ein Alptraum, wenn irgendein anonymes Umzugsunternehmen oder ein Räumungsdienst hier in ein paar Stunden alles zusammenraffen und entsorgen würde. Ich fühle mich verantwortlich dafür, dass hier nichts – verletzt wird. Ist das zu verstehen?

Ich werde einen Anfang finden, mich durchfummeln. Als wir Handarbeiten machen mussten, habe ich nie auch nur einen Topflappen zustande gebracht, aber ich war groß darin, verwirrte Fadenknäuel neu aufzuwickeln.

Am besten fange ich ganz von vorn an. Gestern habe ich das Namensschild gefunden, das über das Gartentor gehört. Ich werde es streichen und wieder aufhängen und mich dann durch den Garten und Raum für Raum voranarbeiten. Ich kann aber nicht sagen, wie schnell das geht, denn es liegen überall Bruchstücke von Geschichten herum, Hinweise auf Henny und ihren Joram. Es geht mich nichts an, und doch habe ich das

Gefühl, zu Recht neugierig zu sein. (Jetzt weiß ich auch, warum es neu-GIERIG heißt.)

Tante Alissa behauptete damals, ein Meteorit sei Post vom Himmel. Ich habe sie nie so recht lesen können, diese Himmelspost. Aber Hennys Zettel und Bilder, Jorams Briefe und Möbel, das ist wie Post, die ich lesen kann – und irgendwie habe ich das Gefühl, es ist wichtig, dass ich es tue. Für sie, für mich.

Und was die Antworten angeht – vielleicht finde ich hier doch welche, auch auf die alten Fragen. Es ist durchaus möglich, dass einige davon im Meer schwimmen.

Nun muss ich in den Keller, Farbe suchen, für das Schild. Wenn das Schild hängt, lebt Naurulokki wieder, dann hat es seine Würde zurück.

Carly speicherte, schickte die Blogadresse an Orje und an Miriam und schloss den Computer. Ihr Magen knurrte. In der Küche suchte sie nach einem Dosenöffner, fand ihn in einer Schublade zwischen Pinseln. Es dauerte ein wenig, bis sie hinter seine eigenwillige Mechanik kam, aber schließlich gelang es ihr, die Dose gebackene Bohnen zu öffnen, die sie so gern mochte, wenn es schnell gehen sollte. Während die Bohnen in einem schmiedeeisernen Topf auf dem Herd köchelten, sah sie sich nach einem Gewürzregal um, entdeckte es in einer Nische neben einem Schrank. Salz – sie übersalzte ihr Essen grundsätzlich, behauptete Orje – und Paprika fischte sie vom obersten Brett und bemerkte dann erst, dass auf dem unteren nicht nur gerebelter Majoran, Curry und Schabzigerklee zu finden waren, sondern, ordentlich daneben aufgereiht und in derselben Größe wie die Gewürzgläser, Farbdosen standen. Blau, Weiß, Grün, Braun.

Carly zog die beiden kleinen Schubladen unter dem Regal auf

und wunderte sich schon nicht mehr, dass die eine mit Muskatnüssen und Zimtstangen und die andere mit Pastellkreiden und Kohlestiften gefüllt war.

Henny hatte ihr Leben mit Farben gewürzt.

Die Pastellfarben zogen Carly an. Wie gern hatte sie früher mit bunter Kreide im Garagenhof auf die Pflastersteine gemalt – und Tante Alissa hatte alles mühsam mit dem Schlauch wegspritzen müssen. Unter einem Stapel alter Exemplare der »Ostsee-Zeitung« sah sie einen Zeichenblock mit Teeflecken an der Seite. Während sie am Küchentisch ihre Bohnen löffelte, probierte sie mit der anderen Hand gedankenverloren die Kreiden aus. Keine Formen, nur Farben, die man verreiben, mit dem Finger ineinander verwischen konnte. Am Ende sah es fast aus wie der Himmel, so wie aus dem Fenster oben, hinter dem grünen Kiefernstreifen am Deich. Nicht unzufrieden zeichnete Carly mit einem Kohlestift ganz klein die Schwalbe hinein, die in ihrer Hand gesessen hatte, als ferne Silhouette vor den Wolken.

Sie lehnte ihr Werk an die Wand, stellte den Teller ungewaschen in die Spüle und nahm den weißen Farbtopf und zwei verschieden harte Pinsel mit hinaus auf die Terrasse vor dem Fenster. Sie lag geschützt inmitten diverser verwilderter Büsche. Eine eigenartige Umzäunung umgab sie: lauter einzeln eingesetzte runde Holzbalken, bizarr verwitterte Pfeiler, die in ungleicher Höhe aufragten und oben dünner wurden. Sie waren von Löchern durchsetzt, in denen Muschelschalen steckten und runde weiße Erhebungen, die vermutlich auch einmal lebendig gewesen waren. Es wirkte entfernt wie ein eigenartiges Stonehenge.

Carly betrachtete das Brett, das immer noch über den Armlehnen des Stuhls lag, auf den es Jakob Hellmond gelegt hatte.

Verkrusteter Schlamm füllte die geschnitzten Buchstaben. Mit dem härteren der Pinsel begann sie sorgfältig, Rille für Rille zu säubern.

»Hallo!«, sagte eine leise Stimme.

Carly zuckte zusammen, sah auf. Im Eingang zur Terrasse, dort, wo ein Pfeiler weggelassen worden war, stand das zierliche Mädchen mit den kurzen blonden Haaren, das sie von weitem auf dem Nachbargrundstück gesehen hatte. Das Mädchen mit dem »Hicks« am Ende ihres Lachens, das vor vielen Jahren einmal jemand anderem gehört hatte. Sie trug etwas in der Hand und sah Carly mit großen Augen unter zu langen Ponyfransen unschlüssig an.

»Hallo!« Carly lächelte sie an. »Bist du Anna-Lisa?«

Das Mädchen nickte, kam zögernd einen Schritt näher.

»Hier«, sagte sie und legte etwas auf den Tisch. »Henny mochte so was, ich dachte, Ihnen gefällt es vielleicht auch.«

Es war ein dunkles Stück Treibholz, armlang, gebogen, am Ende ausgefranst. Entfernt sah es aus wie ein Pferd im Wind, mit Augen und Mähne.

»Das ist aber hübsch.« Carly strich mit dem Finger darüber. »Du vermisst Henny, nicht?«

Anna-Lisa nickte und sah zu Boden, der Pony fiel über ihre Augen. Es musste ihr ähnlich gehen wie Carly mit Teresa. Der Gedanke an Teresa tat immer noch weh, jeden Tag. Aber Carly war erwachsen. Mit dreizehn ist alles so viel schwerer.

»Hast du das da auch gefunden?« Carly wies mit dem Pinsel auf das kugelfischähnliche Holzstück in der Küche, das Henny hatte glauben lassen, Joram Grafunder sei noch am Leben.

»Ja, ich hab es ihr vor die Tür gelegt. Als Überraschung. Sie war immer so traurig, seit Joram weg ist.«

Weg. Sie hatte nicht »tot« gesagt.

»Was glaubst du, was mit Joram passiert ist?«

»Er ist weggeflogen«, sagte Anna-Lisa seelenruhig. »Kann ich Ihnen helfen?« Ohne auf eine Antwort zu warten, nahm sie den anderen Pinsel und fing am anderen Ende an, die Buchstaben zu reinigen.

»Sag bitte Du zu mir. Ich bin Carly. Was meinst du mit weggeflogen?«

»Er hat oft gesagt, er würde am liebsten mit den Gänsen wegfliegen und mit den Kranichen. Im Herbst stand er immer nur da und hat ihnen nachgesehen. Als ich noch kleiner war, hat er mir Nils Holgersson vorgelesen.« Anna-Lisa pustete heftig in eine Rille, ein wenig Staub setzte sich auf ihre Stupsnase. »Und er hat erzählt, dass er einen Freund hat mit einem Segelflugzeug. Das würde er sich eines Tages ausleihen und damit so weit fliegen wie möglich. Er wollte herausfinden, wohin der Wind zieht und wo er aufhört, meinte er.«

»Und du glaubst, das hat er gemacht?«

»Bestimmt.«

»Warum ist er nie wiedergekommen?«

»Henny war ja dann nicht mehr da. Oder vielleicht hat er das Ende vom Wind noch nicht gefunden. Hast du Tee?«

»Tee ist eine gute Idee.«

Carly setzte den gemütlichen Wasserkessel auf. Beide pinselten in einträchtigem Schweigen am Schild herum, bis er pfiff.

»Wo hast du den denn her?«, fragte Anna-Lisa empört, als sie den ersten Schluck getrunken hatte.

»Aus eurem Supermarkt. Warum?«

Anna-Lisa rümpfte die Nase.

»So was hätte Henny nie gekauft. Das schmeckt doch nicht. Es gibt einen Teeladen im Dorf, da musst du hingehen!«

»Versprochen. Mach ich. Aber jetzt können wir streichen.«

Carly öffnete den weißen Farbtopf, rührte um und tauchte den Pinsel hinein. Anna-Lisa folgte ihrem Beispiel. Sorgfältig zogen sie Linie um Linie nach.

»Weißt du, was das für Balken hier um die Terrasse sind?«, fragte Carly. »Hat Joram das gemacht?«

»Ja, die hat er mit Henny alle vom Strand hergeschleppt, als die Buhnen neu gemacht wurden. Das sind die Balken von der alten Buhne. Sie waren nicht mehr fest genug. Die waren schrecklich schwer zu tragen, weil sie doch voller Salzwasser waren. Wie Schwämme, sagte Henny. Aber Joram meinte, das würde toll aussehen und zu Naurulokki passen. Er hat sie alle eingegraben, das hat ein paar Wochen gedauert. Henny hat sich gefreut, weil er dazu so oft hier war. Und es sieht wirklich toll aus.«

»Ja, das tut es. Weißt du, was das runde Weiße ist?«

»Das sind Seepocken. Wenn sie leben, strecken sie kleine Arme wie Federn aus ihren Schalen und fangen sich Futter. Es sieht aus, als ob sie winken. Warst du noch nie am Meer?«

»Doch. Doch, war ich. Aber das ist sehr lange her. So, das Schild muss jetzt trocknen. Glaubst du, es wird heute Nacht regnen? Lass es uns lieber auf die Loggia legen, da wird es nicht nass.«

Nachts träumte Carly von der Schwalbe in ihrem Kreidebild. Sie flatterte, flog und wurde größer, immer größer, verwandelte sich erst in eine Wildgans, streckte sich dann und wurde ein Kranich. Auf ihr ritt jemand, ein Junge, nein, ein Mann. Sie kannte sein Gesicht – es war nicht Thore, nein, auch nicht Orje, es war – ihr Bruder Ralph. Er segelte mit dem Wind, doch der Wind hatte kein Ende, er war bockig und schlug Wirbel, drückte den Kranich zu Boden: Aber es war kein Boden, es war Meer! Es waren schäumende, spritzende, himmelhohe Wellen, und der Vogel stürzte, stürzte hinein, bis die Gischt ihn und seinen Reiter verschluckte. Carly wartete und wartete, doch nichts tauchte wieder auf. Der Wind aber schwieg jetzt, und es blieb nur eine schwarze, tonlose Fläche.

Henny

1953

12

Der erste Preis

Seltsam. Ein Sturm im Juli? Die Schafskälte war im Juni diesmal ausgeblieben. Vielleicht hatte sie sich verspätet? Nadelscharf fuhr der Wind unter Hennys Kleid und schlug ihr den Zopf um die Ohren. Am Horizont glühte dunkelrot ein letzter Streifen vom späten Sonnenuntergang. Henny kniff die Augen zusammen. Lief da vorn nicht jemand? Eine Silhouette, gegen den Wind gebeugt?

»Nicholas!«, schrie sie gegen das Brausen an.

Es hätte ein Tag zum Feiern sein sollen. Henny hatte mit ihrer Bildserie vom Weststrand gewonnen bei der überregional bekannten Sommerausstellung im Kunstkaten. Mit diesem ersten Platz war nicht nur eine bedeutsame Anerkennung, sondern auch eine Geldsumme verbunden. Nicholas mit seinem Porträt in Öl von Henny hatte den dritten Platz ergattert und für ein anderes Gemälde von niedrig fliegenden Kranichen einen hervorragenden Preis erzielt. Myra hatte nichts gewonnen, dafür aber sage und schreibe all ihre drei ausgestellten überdimensionalen Blumenbilder verkauft. Sie strahlten eine geradezu unverschämte Kraft aus, ein Leuchten, das den Menschen in der Nachkriegszeit offenbar wohltat.

Bei der Bekanntgabe der Ergebnisse hatte Henny Nicholas im Gewühl aus den Augen verloren. Sie sah ihn noch unter der schrägen Kiefer auf der Düne stehen, in seinem blauen Pullover, erst im Gespräch mit irgendwem, dann allein. Sie hatte auf dem

Weg zu ihm bestimmt hundert gratulierende Hände schütteln müssen, und als sie die Kiefer erreicht hatte, war er fort und blieb verschwunden. Nachmittags lief sie sogar ins Ahrenshooper Holz, weil sie wusste, er ging oft in den Wald, wenn er nachdenken wollte. Doch auch dort fand sie ihn nicht.

»Lass ihn in Ruhe!«, riet Myra. »Der braucht manchmal Zeit für sich.«

»Aber warum heute? Es gib doch so viel Grund, sich zu freuen! Wir haben alle drei Erfolg gehabt! Da muss man sich doch *zusammen* freuen!« Henny verstand die Welt nicht mehr.

Myra öffnete den Mund, besann sich eines Besseren und schloss ihn wieder. »Ich will im Katen aufräumen helfen«, sagte sie. »Und du geh nach Hause! Der taucht schon wieder auf.«

Henny folgte ihrem Rat, doch sie fand keine Ruhe. Stundenlang saß sie auf der Fensterbank und hielt nach ihrem Verlobten Ausschau. Wie die Frauen früher, dachte sie, die aufs Meer starrten und darauf warteten, dass die Schiffe zurückkamen, mit denen ihre Männer hinausgefahren waren, manchmal monatelang. Es war Tradition, zwei bunte Keramikhunde an das Fenster zu stellen. Schauten sie nach außen, voneinander weg, hieß es, dass der Hausherr auf See war. Schauten sie einander an, bedeutete es, dass der Mann zurück war und man ihn besuchen konnte, bevor er wieder fortmusste. Manche der Keramikhundepaare drehten sich für immer den Rücken zu, weil wieder einmal ein Schiff verschollen oder gesunken war.

Die Frauen starrten trotzdem weiter aufs Meer, weil immer das Gefühl blieb, dass im nächsten oder übernächsten Moment das ersehnte Schiff am Horizont auftauchen oder das Gartentor unter einer festen Hand aufschwingen würde.

Immer wieder einmal tauchte ein Verlorengeglaubter tatsächlich auf, nach einer Ewigkeit noch.

Die Sonne rutschte unter schweren Sturmwolken hervor, warf einen schwachen rötlichen Strahl in Hennys Fenster. Die silbernen Segel des kleinen Schiffes fingen das Licht und glühten im selben Rot. Der honiggoldene Bernsteinrumpf hätte ebenfalls aufleuchten müssen. Doch er blieb dunkel, als wäre das Grau des Nachmittags dauerhaft in ihm eingeschlossen.

Henny hielt es nicht mehr aus. Sie lief zum Strand. Vielleicht ging Nicholas dort spazieren. Obwohl es unwahrscheinlich war bei diesem Wetter, da er doch Kälte so hasste.

Was war nur los mit ihm, nun, da sie das Geld für die von ihm ersehnte Reise in den Süden beisammen hatten?

Als sie über die Dünen kam, war die Sonne bereits untergegangen. Henny kämpfte sich vorwärts, nur weil sie nicht umkehren wollte. Dass Nicholas hier jetzt herumwanderte, in Gedanken vertieft oder auf der Suche nach einem Motiv, glaubte sie nicht. Sie wollte dem fremden Gefühl von Unheil davonlaufen, das in ihr anstieg wie die Sturmflut.

Doch da war wirklich ein Mann! Größer als Nicholas und in einen Umhang gehüllt, kam er ihr entgegen. Als sie auf gleicher Höhe waren, fasste er sie an den Schultern. Seltsamerweise machte er ihr keine Angst. Sie sah in helle Augen, denen sie vertraute.

»Geh nach Hause! Aber oben, auf der anderen Seite des Deichs! Das ist ein übler Wind heute, und man kann den Wellen nicht trauen, die er sät! Geh, Kind!«

Sie kannte den Mann nicht, meinte aber, seine imposante Gestalt schon einmal auf dem Hafenfest in Prerow gesehen zu haben. Einer von der Seenotrettung vielleicht, der die Menschen lieber warnte, bevor er sie aus dem Wasser ziehen musste.

Erst zu Hause, als sie in ihrem Zimmer das nasse Kleid auszog, fiel ihr Blick auf Cord Kreyhenibbes Gemälde, und sie fand, dass der Mann vom Strand mit dem Umhang genauso aussah wie der, der am Fuß des Leuchtturms stand.

Wie hatten die Frauen wohl früher ihre Männer erkannt, wenn sie bei üblem Wetter heimkehrten?

Wenn sie heimkehrten.

Wo nur war Nicholas?

Auf nassgeweintem Kopfkissen schlief Henny nach Mitternacht ein, die Freude über ihren ersten Platz längst vergessen. In der Hand hielt sie das kleine Schiff. Im Dunkeln glänzte es nicht mehr, aber in ihm war der Moment geborgen, in dem sie Nicholas' Wärme im Rücken gespürt, seine Stimme in ihr Ohr geflüstert hatte und sich Livs Lachen mit Myras mischte, während Nicholas und Henny sich küssten und Salz und Frühling schmeckten. Ganz tief im Inneren des Schiffes flüsterte ein Echo der sanften Wellen jenes Tages, doch es wurde von dem Toben draußen verschluckt.

Carly

1999

13

Nach der Geisterstunde

Carly wachte zitternd auf. Der Wind rauschte tatsächlich in der ungebrochenen Schwärze draußen, der man in der Stadt nicht begegnen kann. Die Decke war vom Bett gerutscht. Sie schloss das Fenster gegen die Erschütterung der Böen, stolperte die Treppe hinunter und wickelte sich in Hennys Jacke. Schaltete den Herd ein, stellte den Wasserkessel darauf. Irgendwo zwischen den Farbdosen hatte sie Kamillentee gesehen – ja, da.

Nachdem sie sich eine Zeitlang mit beiden Händen an die heiße Tasse geklammert hatte und die Wärme in ihrem Magen die Angst löste, machte sie sich auf die Suche nach ihrem Handy. Sie musste Ralph anrufen. Jetzt! Ein Blick auf die Uhr zeigte anderthalb Stunden nach Mitternacht. Und wenn schon. Sie war ihrem Bruder seit über zehn Jahren so gut wie nie auf die Nerven gegangen. Die dafür nötige Nähe hätte er nicht zugelassen. Christiane schon gar nicht.

Carly kuschelte sich in den abgewetzten Sessel in der Bibliothek neben die Schmetterlingslampe mit dem goldgelben Schein. Die Nähe von Büchern tat gut, beschwor für sie Thores Nähe herauf.

Sie ließ es hartnäckig klingeln, stellte sich vor, wie Ralph im Bett die Decke über die Ohren zog, während Christiane endlich murrend in ihrem spitzenbewehrten französischen Nachthemd die Treppe herunterschwebte und das Telefon vom staubfreien Designertisch hob.

»Hallo?« Erwartungsgemäß klang Christianes Stimme so spitz wie ihre künstlichen Fingernägel.

»Hier ist Carly. Entschuldige, aber ich muss Ralph sprechen.«

»Weißt du, wie spät es ist?«

»Ralph hat mir vor dreiundzwanzig Jahren beigebracht, die Uhr zu lesen.« Christiane weckte stets ihre schlechtesten Seiten.

Wenigstens war der Empfang nachts offenbar besser.

»Ist jemand gestorben?«, fragte Christiane sarkastisch.

»Heute nicht. Bitte gib mir trotzdem meinen Bruder.«

Im Hintergrund hörte sie Ralph. »Christiane? Was ist los?«

»Deine durchgeknallte Schwester. Vielleicht hättest du ihr nicht nur das Lesen der Uhr, sondern auch Benehmen beibringen sollen. Ich gehe schlafen! Wenn ich noch kann.«

»Carly? Was ist passiert?«

»Nichts. Ich hatte einen schlimmen Traum. Warum hast du geweint, neulich am Gartentor?«

Früher, ganz früher, ehe die Welt sich verändert hatte, war sie nach bösen Träumen in sein Bett gekrochen, und er hatte alles verscheucht, was noch davon in ihr herumirrte. Daran erinnerte sie sich. Aber das war nicht der Grund, warum sie ihn angerufen hatte. Sie brauchte eine Antwort.

Er erinnerte sich auch.

»Vielleicht, weil du nicht mehr in mein Bett krabbelst?«

»Ralph, bitte. Es ist wichtig!«

Sie hörte, wie er irgendwohin lief und die Tür hinter sich schloss. Wahrscheinlich die Küche. Etwas klapperte.

»Suchst du jetzt Krabben im Kühlschrank?«

»Keine da. Nur Petit Fours.« Sie hörte förmlich, wie er die Nase rümpfte. Er mochte nichts Süßes. An Nikolaus hatte Tante Alissa Paprikachips und Käsewürfel in seinen Stiefel gefüllt.

Ein Stuhl scharrte. Sicher legte er jetzt die Füße auf die Heizung, die noch gar nicht an war. Christiane hasste diese Angewohnheit.

»Ralph.«

»Carly, ich ... du warst auf einmal so weit weg. Nicht nur, weil ich wusste, wo du hinfährst. Sondern davor. Die Jahre, alle. Wir sind uns so fremd geworden. Das hat plötzlich wehgetan. Ich weiß nicht, was du machst. Was du denkst. Ich weiß gerade nicht mal, was *ich* denke. Christiane, und ... ach, das ist alles so merkwürdig und so kompliziert. Ich kann dir das nicht so eben in der Geisterstunde am Telefon erklären.«

»Die Geisterstunde ist längst vorbei. Du hast also auch Fragen unter dem Teppich!«

»Wie bitte? Was für ein Teppich?«

»Ist jetzt nicht wichtig. Benutzt du manchmal das Internet?«

»Klar. Börsenkurse und so.«

»Wenn du wirklich wissen willst, was ich denke, kannst du das nachlesen, hier ...« Sie nannte ihm die Blogadresse, die bisher nur Orje und Miriam kannten. Auf Ralph war sie gar nicht gekommen. Aber es ging ihn etwas an. Es war derselbe Teppich.

»In Ordnung. Sehr gerne.« Er gähnte. »Carly ...«

»Ja?«

»Ist der Traum jetzt weg?«

»Ja. Erst mal. Tut mir leid, dass ich Christiane geweckt habe.«

»Sie wird es überleben. Schlaf gut, ja?«

»Du auch.«

Sie lehnte sich im Sessel zurück. Es war schön gewesen, Ralphs Stimme zu hören. Was er wohl dachte? Das wusste sie tatsächlich schon lange nicht mehr. Christiane hatte kaum merklich alles Denken und Fühlen zwischen ihnen in die Flucht geschlagen. Aber Christiane allein war nicht schuld an der Entfremdung.

Auf dem Tisch neben ihr lag etwas Rundes. In Gedanken versunken nahm sie es in die Hand. Es fühlte sich seidig an, fügte sich angenehm in die Wölbung ihrer Hand; ein matter Glanz lag darauf. Sie betrachtete es näher. Es war aus sehr leichtem Holz, irgendwo zwischen kegel- und birnenförmig, leicht schief. Offenbar war das Ding aus Scheiben zusammengeleimt, immer abwechselnd eine helle und eine dunkle, unterstützt von einem großen Nagel, der mitten hindurch ging. Sein abgewetzter Kopf bildete die blanke Spitze.

Carly sah auf dem Tischchen nach, sie kannte ja mittlerweile Hennys Angewohnheiten. Tatsächlich, da lag der Zettel mit Jorams Handschrift.

Das ist ein Kreisel. Sollte jedenfalls einer werden. Ich habe ihn früher einmal zur Probe für mein Gesellenstück angefertigt. Der Schwerpunkt stimmt nicht ganz, aber mit viel Geduld bekommst du ihn wunderbar zum Kreiseln. Es funktioniert nur dann, wenn du selbst im Gleichgewicht bist mit deinen Gefühlen. Je öfter du ihn in die Hand nimmst, desto glatter wird die Oberfläche, bekommt diesen Glanz, den keine Politur hergibt, sondern nur Hautfett, durch die Berührung menschlicher Hände mit Holz.

Darunter befand sich eine Notiz von Henny.

Heute habe ich es geschafft, nach all den Jahren zum ersten Mal. Es war ein guter Tag: Joram war da, wir haben zusammen gelacht und geschwiegen; später ist mir eines dieser seltenen Bilder gelungen, mit denen ich völlig zufrieden bin, und schließlich ging ich nach Sonnenuntergang schwimmen. Danach war diese glückliche Stille in mir, und ohne es lange zu versuchen ging das mit dem Kreisel.

Darunter, auch in Hennys Schrift, die aber kleiner war, unsicherer, ein weiterer Vermerk.

Es ist mir nie wieder gelungen.

Aber in den Händen gehalten haben musste sie ihn oft, mit einer Zärtlichkeit, die Joram galt.

Carly versuchte es, gemeinsam mit der Stille der Nacht, in der nur gelegentlich der Wind aufrauschte. Der Kreisel trudelte sofort auf der Seite aus. Wie sollte es auch anders sein, wenn noch so viel offen war. Schließlich legte sie ihn, warm geworden von ihren Händen, sorgfältig auf den Zettel zurück.

Sie knipste die Lampe aus, saß noch einen Moment in der Dunkelheit. Hellwach jetzt, lauschte sie auf den Wind. Er klang nicht bedrohlich, wie im Traum. Er lockte, rief. Und er war nicht allein. Er trug ein anderes Rauschen, ein anderes Rufen in sich: das der Wellen, die draußen am Strand zum ersten Mal seit damals so nahe waren.

Das Meer. Es war Zeit! Genau jetzt. Sie würde zum Meer gehen, solange der beredte Wind bei ihr war und die kühle Nacht, die den Horizont schluckte. Vor Dunkelheit fürchtete sie sich nicht, auch nicht vor Sturm. Der hohe, ungebrochene Himmel, die gleißende, in der Hitze schimmernde stille Weite und der ferne, gerade Horizont jenes lang vergangenen Sommermittags: *Das* hätte ihr Angst gemacht. Ihre kindlichen Alpträume waren voll grellem Licht gewesen, nicht dunkel.

Carly schaltete in der Bibliothek das Licht aus und ging in den Flur.

Das Licht von dort fiel auf den Kreisel und schimmerte auf dem Holz, auf dem Carlys Berührung einen aufgefrischten Glanz hinterlassen hatte.

Sie zog sich an, ersetzte Hennys Jacke durch ihren Anorak, steckte das kleine Bernsteinschiff und ihre Taschenlampe ein, ohne die sie seit den Campingtagen mit Miriam nie verreiste.

Draußen waren keine Sterne sichtbar, auch kein Mond. Der Wind kam vom Meer. Unter seinem Druck beugten sich die Kiefern über das Land, noch eine Spur dunkler als die Nacht. Irgendwo im Wald röhrte ein Hirsch. Carly atmete die kühle Luft tief ein.

In den Häusern brannte nirgendwo mehr Licht, nur die wenigen Straßenlaternen streuten ein paar Schatten zu Carlys Füßen. Auf einmal fehlte ihr Thore so sehr, dass es schmerzte, ein scharfes Brennen wie früher, wenn sie sich wieder einmal in einen Ameisenhaufen gesetzt hatte. Nur diesmal von innen. Sie kannte das schon, da musste sie durch, irgendwann ließ es nach.

Sie vermisste das Helle in seiner Stimme, seinen Arm um ihre Schultern, sein unvermutetes Auflachen, den Ernst und die Neugier in seinen Augen, wenn er zuhörte. Die zärtliche Art, wie er mit erhobener Hand seine Worte unterstrich. Seine Angewohnheit, mitten im Lauf stehen zu bleiben, wenn er etwas besonders leidenschaftlich erklären wollte oder wenn ihm eine Frage einfiel. Die Eile, mit der er sich meist selbst voraus war. Sie vermisste sogar die Angst, die sie um ihn hatte, wenn sie ihm die Müdigkeit anmerkte, die daher kam, dass er zu allem Ja sagte, jeden Vortrag, jedes Projekt annahm, immer an beiden Enden brannte, kaum schlief aus Angst, einen Bruchteil vom Leben zu versäumen.

Immerhin hatte er jetzt Urlaub, das war gut.

Sie hatte für einen Augenblick das Gefühl, ohne ihn keinen Schritt vorwärts bewältigen zu können. Doch das kleine Schiff in ihrer Tasche gab ihr Kraft. Dieser Gang zum Meer, das war sowieso etwas, das sie alleine machen musste.

Hier und heute aber, allein am Rande des Landes in der nebelschweren Nacht, wurde ihr mit einer Gewissheit, die seltsam über ihr Alter und ihre Erfahrung hinausging, etwas klar. Ihre Gefühle für Thore waren nie nur das Verliebtsein einer Studentin in ihren Professor gewesen, nie das Klischee, das sie befürchtet hatte, nie Einbildung, nie flüchtig, nie Gewohnheit.

Egal, was für Lieben und Beziehungen es noch in ihrem Leben geben würde, egal, wie fern Thore ihr sein mochte, er würde immer diese Bedeutung für sie haben, würde unvermeidlich und willkommen im Hintergrund ihr Leben prägen. Er war eine unvergängliche, besondere Liebe, der zu begegnen man das erstaunliche Glück haben kann und deren Glanz und Schmerzlichkeit gleichermaßen gegenwärtig bleiben. Geschliffen zwar vom Geschehen und von der Zeit wie Jorams Treibholz, aber ebenso lebendig wandelbar und ebenso unsinkbar wirklich. Eine Liebe, die für den, der sie erfahren hat, alles bewegt, alles erschüttert, alles möglich macht. Sie bleibt auch nach einem Vierteljahrhundert gültig, ändert auch dann noch den Geschmack einer Schneeflocke, den Unterton einer Melodie. Alles, was einem begegnet, färbt sie heimlich eine Spur anders.

Diese Liebe schließt nicht aus, dass man wieder und anders lieben kann. Bei dem bloßen Gedanken daran, derjenige könnte einmal nicht mehr gegenwärtig sein, geht ein Bruch durch die eigene Welt, der alles scharfkantig gegeneinander verschiebt. Und doch sorgt sie dafür, dass es ein unerschütterliches Stück festen Boden gibt, ganz gleich, was sich sonst gerade im Leben auflöst.

Alles, was noch kam, würde nicht statt dieser Liebe gelten und gelingen, sondern trotzdem und gerade deswegen.

Thore hatte sie hierhergeschickt, aber sie musste ihren Weg ohne ihn gehen. Hier war der nächste Schritt das Meer, die Begegnung mit ihrer anderen Sehnsucht und mit ihrer Angst zugleich.

Am Deich, dem Schutzwall zwischen Land und Meer, duftete es nach reifem Sanddorn. Ihr fiel ein, dass Anna-Lisa ihr Sanddorntee empfohlen hatte. Gleich morgen würde sie welchen kaufen und dann vielleicht mit Anna-Lisa Kekse dazu backen. Es tat einem Haus, das lange allein gelassen worden war, gut, wenn es nach selbstgebackenen Keksen roch.

»Lenk nicht ab, Mädchen!«, befahl sie sich selbst und folgte dem Bohlenweg die Düne hoch. Wäre der Sand nicht trotz der Dunkelheit hell gewesen, hätte sie jede Orientierung verloren. Das Wellenrauschen, vom Wind verwirbelt und gegen den Deich und den Waldstreifen geworfen, schien von überallher zu kommen.

Oben hörten die Bohlen auf; Sand rieselte in Carlys Schuhe. Sie bückte sich, zog sie aus und band sie mit den Schnürsenkeln an ihrem Gürtel fest.

Eigenartig vertraut, das Gefühl von Sand unter ihren Sohlen, als lägen nicht zwanzig Jahre zwischen heute und dem letzten Mal. Sicher, sie hatte unzählige Sommer hindurch barfuß in der Sandkiste gespielt. Aber das hier war etwas völlig anderes.

Die Muschelschalen zwischen den Zehen, dann der Übergang vom warmen, lockeren Sand zum feuchten, festeren, federnden am Flutsaum. Nasser Tang, vom Meeresgrund losgerissen und von den Wellen dem Land vor die Füße geworfen: Diesen modrigen, salzigen, dunkelgrünen, geheimnisvollen Duft nach Leben hatte sie nicht vergessen. Sie bückte sich, tastete nach den glitschigen Strängen. Ein Stück Blasentang zerplatzte unter ihrer Berührung mit einem kleinen Knall. Damit hatte Ralph sie früher geärgert, dort an dem anderen, wärmeren Ozean. Offenbar wuchs diese Pflanze in beiden Meeren. Die Taschenlampe fest umklammert, folgte Carly der dunklen Spur, die der aufgeworfene Tang entlang des Flutsaums legte, spürte dem Gefühl an ihren Füßen nach, hörte auf das mächtige doppelte Rauschen von Wind und Wellen und mochte den Blick nicht heben, bis sie etwas blendete. Sie zuckte zusammen. Weit in der Ferne sah sie das Blinken, rhythmisch, dreimal, dann eine lange Pause, dann wieder. Der Leuchtturm, natürlich! An den Wänden in Synnes Galerie hatte sie mehrere Bilder davon gesehen, und da war ja auch Hennys Zeichnung, die auf halber Treppe hing. Der schmale Lichtstrahl wirkte fast lächerlich in der Weite, von der sein Schein Carly eine Ahnung aufzwang. Er spiegelte sich für Momente auf der windzerzausten Fläche, zeichnete weißes Funkeln auf dunkle Wellen und löschte gleich wieder alles. Carly setzte sich. Ihr war schwindlig, als hätte sich nicht das Licht, sondern der Boden bewegt.

Wieder sah sie das Bild vor sich, nur umfassender diesmal: ihre nackten Kleinmädchenfüße im Sand, daneben Tante Alissas knochige mit dem langen mittleren Zeh, auf der anderen Seite schmale Frauenfüße mit silberweiß lackierten Nägeln. Die Füße ihrer Mutter! Das Meer war warm, der Tang ringelte sich leuchtend grün im flachen Wasser, und die Sonnenhitze lag schwer auf ihren Schultern. Die beiden Frauen hielten Carly bei den Händen, schwangen sie lachend vor und zurück, bis die Stimme ihres Vaters kam: »Los, flieg, Fischchen!«

Die Frauen ließen sie los, und sie flog in seine Arme. Er stand hüfthoch im ruhigen Wasser; ihr war schwindlig während der einen Sekunde in der Luft, aber sie zweifelte nicht daran, dass er sie sicher auffangen würde.

Das hatte sie nicht gewusst, dass die Stimme ihres Vaters noch so lebendig war, nur verschüttet in ihrem Gedächtnis.

Kälte überspülte Carlys Zehen. Der Wind wurde stärker, verwehte das Bild in ihrem Kopf, schob die Wellen höher. Carly starrte auf den weißen Saum. Jede Welle lief in einer anders geschwungenen Linie auf dem Sand aus. Wie Schreibschrift, die wirkte, als würde sie jeden Moment lesbar, nur um sich gerade dann zurückzuziehen, im Wasser aufzulösen oder im Sand zu versickern. Carly stand auf, lief wie gebannt immer weiter, immer in eine Richtung, den Blick auf diese bewegten Schnörkel gerichtet, die zwischendurch vom Leuchtturm scharf erhellt wurden, als wollte er ihr helfen, die Botschaft zu entziffern. Ihre Jeans waren längst bis zum Knie durchnässt und schwer vom Meerwasser, eisige Nadeln prickelten in ihren Beinen. Sie war dankbar für dieses konkrete Gefühl auf ihrer Haut, auf das sie sich konzentrieren konnte. Alles andere mischte sich zu einem unkontrollierbaren Strudel; die schmerzliche Sehnsucht nach Thore, die bruchstückhaften, auf einmal überdeutlichen Erinnerungen aus einer anderen Zeit, das Erstaunen, ihrer alten Angst ein neues Stück entgegengetreten zu sein, und über alledem der Triumph, die brausende Euphorie: Sie war am Meer! An ihrem Meer, an das es sie seit einer Ewigkeit zog, das immer wieder ihre Gedanken, Fragen und Träume beherrscht hatte, selbst wenn sie in die Sterne sah oder mit Thore lachte. Sie flog auf dieser salzigen Euphorie, flog wie damals, in jenen hellen, sorglosen Sekunden.

Dann wagte sie es doch. Wagte einen Blick dahin, wo hinter der Dunkelheit der Horizont sein mochte, und erschrak: Eine Ahnung von Helligkeit machte sich dort breit, und, als sie zum Land sah, über den Kiefern erst recht. Die Dämmerung drohte, und für die war sie nicht bereit. Die würde den Blick auf die Weite freigeben. Hastig verließ Carly den Flutsaum, rannte die Dünen hinauf, doch noch war der nächste Bohlenweg, der nächste Strandübergang nicht in Sicht. Der Wind hatte nachgelassen, es fing an zu regnen. Sie zog die Kapuze ihres Anoraks hoch. Um die aufsteigende Panik zu unterdrücken, fing sie an zu singen, das erste Lied, das ihr in den Kopf kam, eines der Lieder von Friederike: *Oh Susanna, oh don't you cry for me* ...

Gut, dass sie niemand hörte. Singen war nicht ihre Stärke,

aber es half. Eine Lücke öffnete sich im Waldstreifen, ein Bohlenweg kam in Sicht. Sie zog eilig ihre Schuhe wieder an und folgte ihm zur Straße. Dort wusste sie auf einmal nicht, in welche Richtung sie gehen musste. War es überhaupt noch die richtige Straße? Sie musste stundenlang gelaufen sein. Wo lag Naurulokki? Aber sie konnte nicht einfach hier stehen bleiben. Also ging sie los. Die Chance, die Richtung zu treffen, lag immerhin bei fünfzig Prozent.

Sie verlor jedes Zeitgefühl. Die Dämmerung schien nicht näher zu kommen, wahrscheinlich weil die Regenwolken stetig dunkler und schwerer wurden. Ein Auto fuhr vorbei und hielt an. Ein Mann stieg aus und ging ihr entgegen.

»Verzeihung, aber kann ich helfen?« Er bückte sich, sah ihr unter ihrer Kapuze ins Gesicht. »Nanu – meine neue Nachbarin auf Zeit! Was um Himmels willen machen Sie hier?«

Jakob Hellmond! Was für ein Glück.

»Ich habe mich verirrt«, gab sie kleinlaut zu.

»Allerdings. Wenn Sie nach Hause wollen, ist das die falsche Richtung. Steigen Sie ein, ich fahre Sie.«

Ohne auf Antwort zu warten fasste er sie am Arm und schob sie ins Auto.

»Aber Sie wollten doch irgendwohin?«

»Fischen. Ich wollte zum Hafen, wo mein Boot liegt. Aber das läuft nicht weg. Der Regen wird sowieso stärker, als ich dachte. Hier, trinken Sie.« Er reichte ihr eine Thermoskanne.

Mit klammen Fingern schraubte sie den Deckel auf und goss sich einen Schluck ein. Tee, kochendheiß, wie herrlich! Und wenn sie sich nicht irrte, verbarg sich ein dezenter Schuss Rum darin. Durch den Dampf aus der Kanne zusammen mit ihrer aufsteigenden Müdigkeit sah sie Jakob Hellmond wie durch einen Nebel. Gedankenverloren betrachtete sie seine Hände auf dem Lenkrad. Schmale Hände für einen Fischer. Sie passten zu seinen karamellbonbonsanften Augen. Er fragte nicht, warum sie mitten im Regen in der Morgendämmerung auf der Straße herumlief, sondern schwieg angenehm. Am Tor von Naurulokki hielt er an. »Alles in Ordnung mit Ihnen, oder soll ich Sie reinbringen?«

»Alles bestens. Vielen Dank für den Tee und fürs Bringen.«

»Kein Problem. Aber gehen Sie jetzt schlafen! Ich sehe morgen mal nach Ihnen. Anna-Lisa sagte, das Schild kann aufgehängt werden. Gute Nacht – oder besser, guten Morgen!«

Sie hatte das Treibholztor schon hinter sich geschlossen, da ließ er noch einmal das Fenster herunter.

»Übrigens, Carly – das Meer hat auf alles eine Antwort. Aber es hat auch sehr viel Zeit. Es dauert, ehe man sie hören kann.« Ohne das Fenster wieder zu schließen fuhr er an.

Langsam lief Carly den Abhang hinauf. Die regennasse Wiese duftete. Unter den Büschen zirpte eindringlich ein Chor Grillen. Verzaubert lauschte sie einen Moment. Von dieser feinen, melancholischen Musik am Ende des Sommers konnte sie nie genug bekommen.

Als sie die Tür aufschloss, hatte sie das Gefühl, noch nie an einem Ort und in einer Zeit so tief zu Hause gewesen zu sein.

14

Kellerschätze

Fragend blinzelte Carly die Zimmerdecke an. Spinnweben in den Ecken! Auch die Lampe da oben war ihr fremd. Schön. Zart, aus Papier, mit Möwen darauf. Die musste Henny gezeichnet haben ... Henny! Carly setzte sich auf. Jetzt wusste sie wieder, wo sie war. Gestern Nacht – nein, wohl eher heute Morgen, als das freundliche Schweigen von Naurulokki ihr beim Aufschließen der Haustür entgegengekommen war, hatte sie auf diese Stille lauschen wollen und herausfinden, warum sie sich so geborgen darin fühlte. Sie war ins Wohnzimmer gegangen und hatte sich aufs Sofa gesetzt, weil sie auf einmal so müde war, dass ihr die Treppe unüberwindbar schien.

Dann musste sie eingeschlafen sein. Ihre Jeans waren von den Knien abwärts immer noch nass, ihre Beine waren steif. Von dem erstaunlichen Zuhausegefühl von gestern war nur ein schwaches Echo geblieben. Kalt war ihr auch. Mühsam rappelte sie sich auf. Da half nur eins: eine heiße Dusche.

Sie kramte frische Wäsche aus ihrem Koffer, den sie noch nicht ausgepackt hatte, und stellte sich dankbar unter den dünnen, aber wunderbar heißen Strahl. »Dusche entkalken«, machte sie sich eine mentale Notiz.

Im Schrank neben dem Waschbecken fand sie saubere, nach Zitronen duftende Handtücher. Dabei fiel ihr ein, dass sie die Waschmaschine suchen musste, falls es hier eine gab. Vermutlich im Keller. Die Wäscheleine hatte sie im Garten schon entdeckt.

Neben den Handtüchern lag ein Stapel ordentlich zusammengelegter Baumwollkleider. Die hatte Henny offenbar am liebsten getragen; ein ähnliches hing im Schlafzimmer über dem Stuhl. Carly hatte auf einmal keine Lust auf Jeans. Sie nahm das obere Kleid vom Stapel und probierte es an.

»Klein, zierlich, ein bisschen wie du«, hatte Thore über Henny gesagt. Tatsächlich. Seine Erinnerung musste stimmen, denn das Kleid passte in Schultern und Taille genau, und dass es ihr fast bis zu den Knöcheln reichte, war offenbar so gedacht. Es war sandfarben mit einem dezenten weißen Gräsermuster, und es war unglaublich gemütlich. Sie konnte Henny verstehen, dass sie sich darin wohlgefühlt hatte.

»Kleider entsorgen«, hatte Thore aufgezählt, als er überlegt hatte, was es hier zu tun gab. Entsorgen, was für ein Wort! Dieses hier würde sie behalten und die anderen vielleicht auch. Henny hatte sicher nichts dagegen. Irgendwie passte es ihr nicht nur äußerlich.

Müde war sie immer noch, aber sie fühlte sich leicht. Das Kleid kam ihrer Stimmung entgegen. Sie war tatsächlich am Meer gewesen! Gut, wirklich gesehen hatte sie es noch nicht, nicht bei Tageslicht, aber gefühlt, gerochen, gehört. Sie war ihm begegnet: ihrem Traum und ihrem Alptraum.

Ein Tee weckte sie vollends auf. Dankbar spürte sie die Wärme im Magen. Anna-Lisa hatte allerdings recht, es gab besseren. Vielleicht würde ihr eine Radfahrt in den Ort guttun. Die Tasse in der Hand, trat sie auf die kleine Loggia hinaus. Es regnete immer noch, und wie! Die Luft roch himmlisch. Im Haus war es ein wenig stickig. Staubig. Sie erinnerte sich an die Spinnweben, die sie vorhin entdeckt hatte. Ein guter Tag für einen Hausputz. Dabei konnte sie gleich einen Überblick über die Bilder und Möbel gewinnen. Vielleicht rief Thore bald an. Sie musste endlich mit ihrer eigentlichen Aufgabe beginnen.

Das Schild stand immer noch an das Geländer gelehnt. Sie beugte sich darüber, hob es an. Gut sah es jetzt aus, frisch und freundlich. Sie fuhr mit dem Finger darüber, um die Farbe zu prüfen. Trocken. Aber was war das? Sie spürte eine Unebenheit an der Kante. Da steckte ein gefaltetes Stück Alufolie in einem Spalt, als hätte jemand sein Kaugummipapier dort versteckt. Vorsichtig zog sie es heraus, faltete es auseinander. Das Papier darin hatte modrige Stellen, aber sie konnte Jorams Schrift noch lesen.

Ich bin nicht beleidigt, wenn du das Schild nicht aufhängen magst. Mach das nur, wenn du findest, es passt. Ich weiß, du hast in all den Jahren, die du hier lebst, noch nie den Namen für das Haus gefunden, der dir genau passend erschien. Es ist nur so: Als ich das Haus das erste Mal sah, wie es auf dem Hügel saß mit dem Reetdach, das nass und dunkel war vom Regen, und mit den weißen Wänden darunter und drum herum deine Blumen, alle weiß wie die Gischt und blau wie die Wellen, da musste ich an eine Lachmöwe denken, die gerade auf dem Meer gelandet ist. Weil sie auch so einen gegen das Weiß abgegrenzten dunklen Kopf hat. Naurulokki, das ist Finnisch für Lachmöwe. Ich finde, das ist ein guter Name für das Haus. Ich habe den Garten das ganze Jahr hindurch beobachtet und bemerkt, dass du wirklich nur weiße und blaue Blumen hast. Krokusse, Anemonen, Vergissmeinnicht, Hornkraut, Schleifenblumen, Margeriten, Rittersporn, Eisenhut, Glockenblumen, Astern ... »Das *passt am besten zum Himmel und zum Meer«, hast du mir später erzählt, »und außerdem schenkt es dem Geist und der Seele Ruhe.«*

Ich finde immer Ruhe bei dir. Aber die Lachmöwe steht für Leichtigkeit und Heiterkeit, und die braucht es auch. Außerdem sind sie so zierlich und lebendig wie du. Herzlichen Glückwunsch übrigens!

Darunter war etwas in Hennys Schrift geschrieben.

Joram hat mir das an meinem Geburtstag frühmorgens vor die Haustür gelegt. Später kam er vorbei und brachte noch die Möwenköpfe für die Haustür. Wir haben beides zusammen angebracht, und er hat mir passende Windbretter für die Giebel versprochen. Ich habe ihm erzählt, wie sehr mich die Pferdeköpfe anöden, jedes Haus hat sie, das ist so eintönig. Naurulokki, das braucht etwas Eigenes. Etwas Leichteres. Ja, Naurulokki, das passt! Das ist der Name, den ich schon lange gesucht habe. Ein schöneres Geschenk hätte er mir nicht machen können. Niemand kennt mich so gut wie Joram. – Ob es wohl mit Nicholas eines Tages auch so gewesen wäre?

Wer, bitte schön, war denn nun wieder Nicholas? Carly faltete den Zettel behutsam zusammen und steckte ihn in die Tasche. Sie sah sich um. Es war ihr noch gar nicht aufgefallen, aber um das Haus herum blühten tatsächlich nur blaue Astern, Eisenhut und weiße Dahlien, weiße Rosen, letzte Blüten an einem blauen und einem weißen Schmetterlingsflieder. Keine Sonnenblumen, kein Mädchenauge, keine roten Rosen. Nur Blau und Weiß, wie der Himmel und das Meer. Nur ein Löwenzahn blinzelte im Rasen. Der war mit dem Wind gekommen und hatte Henny nicht um Erlaubnis gefragt.

Eine Bö trieb den Regen unter das Dach. Carly lehnte das Schild wieder gegen die Wand.

»Wollen wir das nicht gleich aufhängen?« Jakob Hellmonds tiefe Stimme hinter ihr ließ sie herumfahren.

»Verzeihung, ich wollte Sie nicht erschrecken. Ist alles in Ordnung nach dem Abenteuer letzte Nacht?« Er strahlte sie an.

Ihr fiel auf, dass er seinen Bart gestutzt hatte. Das stand ihm gleich viel besser. Machte ihn jünger.

»Wunderbar. Danke noch mal.«

»Keine Ursache. Kommen Sie, das kann jetzt an seinen Platz!« Unternehmungslustig hob er das Schild an.

»Es regnet doch so!«

»Na und?« Er klemmte sich das Brett unter einen Arm und fischte mit der freien Hand in seiner Tasche, förderte eine Art Schiffermütze ähnlich seiner eigenen zutage und setzte sie ihr mit Schwung auf. »So! Kommen Sie!«

Carly musste lachen und folgte ihm durch das nasse Gras. Es roch wundervoll.

»Ich wollte eigentlich mähen«, fiel ihr ein.

»Nicht bei dem Wetter. Es läuft ja nicht weg. Henny mochte es auch lieber wild.«

Er hatte etwas Mühe, die Kette in die Haken am Torbogen zu fädeln, die im Wind schaukelten. Schließlich hing das Schild wieder dort, wo es hingehörte. Ein seltsamer Stolz flackerte in Carly auf. Es sah richtig so aus. Nun lebte das Haus wieder, hatte seine Würde zurück.

Jakob Hellmond beobachtete sie. »Jetzt ist es wieder ein Zuhause«, sagte er zufrieden.

»Nicht für mich. Ich bin nur vier Wochen hier.«

»Sie sind JETZT hier, also ist es jetzt Ihr Zuhause. Man muss da zu Hause sein können, wo man ist. Joram ist daran zerbrochen, dass er das nie konnte. Außer vielleicht hier. Für Momente.«

»Was, glauben Sie, ist mit ihm passiert? Lebt er noch?«

Jakob schwieg einen Moment. »Das spielt nicht wirklich eine Rolle. Joram gehört zu den Menschen, die anwesend bleiben, selbst wenn sie nicht mehr da sind.«

Wie er das sagte, klang es so normal. Carly war sich komisch vorgekommen, weil sie im Haus ständig das Gefühl hatte, Joram und Henny wären gegenwärtig.

»Haben Sie Joram gut gekannt?«

»Niemand hat Joram gut gekannt. Niemand außer Henny. Aber er ist ein paarmal mit mir auf den Bodden rausgefahren, auf dem Boot, frühmorgens. Er wollte wieder einmal den Wind in den Segeln hören, sagte er. Und Treibholz fischen. Vielleicht haben Sie ja auch mal Lust?«

Der Bodden war nicht das Meer. Sie hatte es im Lexikon nachgeschlagen. Ein Bodden ist ein flaches Küstengewässer, Brackwasser, das durch Landzungen vom Meer abgetrennt und nur durch ein paar schmale Arme damit verbunden ist. Ahrenshoop lag auf so einer schmalen Landzunge zwischen Meer und Bodden.

»Irgendwann sehr gerne«, sagte Carly. Es ging nicht, dass sie von Windjammern träumte und sich dann nicht einmal traute, auf einem simplen Fischerboot mitzufahren. »Aber erst muss ich mich um das Haus kümmern. Ich habe noch keinen richtigen Anfang gefunden. Überall stoße ich auf Geschichten. Ich komme mir vor wie ein Eindringling.«

Das war ihr so herausgerutscht. Komisch, so was sagte sie sonst nur zu Thore.

»Am besten beginnen Sie im Keller«, schlug Jakob vor. »Da packt man die Geschichten gleich an der Wurzel.«

Erstaunt sah sie ihn an.

»Was ist? Als Seemann kenne ich mich mit Geschichten aus. Seemannsgarn, Sie wissen schon. Außerdem sind alle alten Häuser voller Geschichten. Ich habe schon oft eines ausgeräumt. Hier an der Küste hilft man sich bei so was.«

Carly zögerte.

Er sah sie verständnisvoll-belustigt an. »Soll ich mitkommen?«

Sie musste lachen. »Ich glaube nicht, dass Henny da eine Leiche versteckt hat.«

»Vielleicht gibt es ja etwas anderes, das Sie raufgetragen haben möchten. Aber eine Bedingung hätte ich. Ich steige nur mit Leuten in Keller, die mich duzen!«

Seinem spitzbübischen Grinsen war schwer zu widerstehen.

»Geht in Ordnung.«

Zurück unter dem schützenden Dach der Loggia, nahm sie seine Mütze ab und reichte sie ihm.

»Danke.«

Er wehrte ab. »Behalte sie. Die wirst du noch brauchen. Steht dir übrigens gut. Nimm es als Willkommensgeschenk. Statt Salz und Brot. Mit so einer Mütze gehörst du hierher.«

»Danke!«, sagte sie zum zweiten Mal und fragte sich, wie oft sie das noch im Laufe der Zeit zu ihm sagen würde.

Jakob ging ihr voraus, öffnete die kleine Tür am Ende des

Flurs und stieg die schmale Treppe hinunter, fand den Lichtschalter. »Da muss eine Neue rein«, sagte er und beäugte kritisch die müde Glühbirne, die an einer nackten Fassung hing. »Henny kann den Keller nicht sonderlich gemocht haben, sonst hätte sie nie so etwas Hässliches geduldet.«

Gemeinsam sahen sie sich um.

»Uih!«, sagte Jakob.

Eine ganze Wand war von Stapeln aus Treibholz verdeckt. Wild durcheinander türmten sich dicke Äste, dünne Zweige, bizarre Wurzeln bis zur Decke.

»Jorams Vorrat«, stellte Carly fest.

»Und Hennys.« Jakob zeigte auf eine andere Ecke, in der Eimer voller Sand, Kartons mit Pappröhren, alte Töpfe und Tüten mit Kieselsteinen standen. Seltsame Bündel verschieden langer Schnüre lagen auf einem Hocker, und mit weißen Muscheln gefüllte Gläser leuchteten trotzig gegen die muffige Düsternis an.

»Ich dachte, sie hat gemalt? Wozu ist das alles?«

»Sie hat auch Kerzen gemacht. Wir haben alle Wachsreste für sie gesammelt, und daraus goss sie neue Kerzen. Frag Anna-Lisa, sie hat oft dabei zugesehen und mitgemacht.«

Er schob eine Kiste beiseite. »Hier ist was Nützliches!«

»Eine Waschmaschine! Dem Himmel sei Dank.« Carly dachte an ihre Jeans von gestern und ihren begrenzten T-Shirt-Vorrat. Sie konnte ja nicht ausschließlich in Hennys Kleidern herumlaufen.

Jakob drückte versuchsweise ein paar Knöpfe, öffnete die Tür und spähte hinein, prüfte den Wasserhahn. »Scheint in Ordnung zu sein. Wenn nicht, sag mir Bescheid.«

Carly betrachtete immer noch die Holzstapel. »Was, um Himmels willen, soll ich mit dem ganzen Holz machen?«

»Frag Synne oder Elisa vom *Strandgut*. Kann sein, dass andere Künstler Interesse daran haben. Wenn nicht – ich werd mich mal umhören. Treibholz ist wunderbares Kaminholz. Macht bunte Flammen, wegen der Salze. Es wird sich bestimmt jemand finden. Jemand, der das selbst abholt und auch die Treppe raufträgt.«

Carly wanderte um die Stapel herum, fand in einem Winkel einige Marmeladengläser, von denen eines geplatzt war und einen interessanten Geruch ausströmte, und Konservendosen, die sich gefährlich nach außen wölbten. Vorsichtig suchte sie nach den Haltbarkeitsdaten.

»Upps!« Jakob nahm ihr eine aus der Hand. »Die nehme ich gleich mit, ehe sie dir hier unten um die Ohren fliegen. Ich hab noch Platz in der Tonne.« Er fand eine alte Tüte, füllte sie behutsam mit den verdorbenen Vorräten.

»Hier ist noch was.« Eine Zeltplane, auf der Schimmelflecken geheimnisvolle Landkarten malten, bedeckte einen großen unförmigen Gegenstand. Carly zog daran und musste niesen.

»Warte!« Jakob stellte die Tüte an der Treppe ab und kam ihr zu Hilfe. Gemeinsam schlugen sie die Plane zurück. Jakob pfiff leise durch die Zähne.

»Wahnsinn!«, flüsterte Carly.

Die Skulptur – oder war es ein Möbelstück? – war aus Holz, aber diesmal nicht aus Treibholz. Nichts daran war bizarr.

Glatt, geschwungen und anmutig stand die Form vor ihnen, den Hals stolz erhoben, den Kopf auf Carlys Augenhöhe. Das trübe Licht der Glühbirne, die im Zug von der offenen Tür her leicht schaukelte, ließ die Gestalt bewegte Schatten werfen. Es sah aus, als ob sie sich zum Starten sammelte. Gleich, beim nächsten Atemzug oder Lufthauch, würde sie die Flügel strecken und sich in den Himmel schwingen. Der muffige Keller und das bedrückte Licht nahmen ihr keine Spur ihrer Würde.

Sie stand am Anfang einer Reise. Am Anfang einer Suche nach dem Ende des Windes.

»Nils Holgerssons Wildgans!«, sagte Carly andächtig. »Anna-Lisa hat erzählt, dass Joram ihr daraus vorlas und dass er ...«

Jakob strich über das mattglänzende Holz. »Joram. Ja. Joram Grafunder, der nie zu Hause, der immer unterwegs war und nie ankam. Zumindest innerlich.«

Carly trat näher heran. »Natürlich. Da ist ein Zettel!« In Hennys Handschrift diesmal, größer geschrieben und in einer Plastikhülle, war er mit einem Stück Tesafilm auf den Rücken der Figur geheftet. Diese Mitteilung war dazu gedacht, gefunden zu werden.

Das ist Joram Grafunders Gesellenstück. Er wollte es mir schenken, aber ich habe gesagt, ich bewahre es nur für ihn auf. Ich weiß, dass er daran hängt wie an keinem anderen Stück. Er behält nie etwas, lebt aus Kartons, mag keine Spuren seines Daseins ansammeln. Dieses eine wenigstens soll seines bleiben.

Die Gans war aus hellem und dunklem Holz zusammengefügt; es war die gleiche Technik wie bei dem Kreisel. Gleichzeitig streckten Carly und Jakob eine Hand aus, um behutsam über die glatte Oberfläche zu streichen. Staub flog auf.

»Die darf hier unten nicht vergammeln«, sagte Carly entschieden.

»Henny wollte sie nicht benutzen, weil sie sie doch für Joram aufgehoben hat«, sagte Anna-Lisa von der Treppe her. »Da seid ihr also. Ich hab euch von draußen durch die Luke gehört.«

Sie kam herunter und strich der Gans zärtlich über den Hals.

»Joram und ich wollten immer, dass sie sie benutzt. Sie ist nicht nur als Figur gedacht. Man kann drauf sitzen, seht ihr, so ...« Sie setzte sich rittlings auf den Rücken des beeindruckenden Vogels, legte die Hände auf dessen Kopf und stützte ihr Kinn darauf. »So kann man gut nachdenken, oder man sitzt so, zum Träumen« – Anna-Lisa drehte sich um, lehnte sich bequem gegen den Hals und stützte die Füße auf die Schwanzfedern, »oder so«, sie lehnte sich gegen den einen halberhobenen Flügel und legte die Beine auf den anderen. Nun war es fast wie in einer Hängematte. »So kann man sich gut ausruhen.«

»Ein geniales Design«, staunte Jakob.

»Wir bringen sie hoch, ja?« Carly hob den Schwanz versuchsweise an. »Zum Glück ist das ziemlich leichtes Holz.«

Jakob fasste die Gans am Hals. »Na, dann. Vorsichtig.«

Das Wunderwerk war sperrig, aber sie bugsierten es Stück für Stück zu dritt die enge Stiege hoch.

»Ist ja wohl runtergekommen«, schnaufte Jakob, »dann kommt sie auch wieder hoch.«

Schließlich stand die Gans unverletzt im Flur, wo sie noch größer wirkte als im Keller.

»Hier kann sie nicht bleiben, da kommt keiner vorbei«, stellte Jakob fest. »Überlegt euch was, ich hole noch die muffige Plane und die Mülltüte rauf.«

Carly sah sich im Wohnzimmer um.

»Hier wäre Platz. Hier ist es eigentlich ziemlich kahl.«

»Nee.« Anna-Lisa schüttelte heftig den Kopf. »Die muss in die Bibliothek. Zu den Büchern. Da sind Henny und Joram am liebsten gewesen. Und dann kann man da gleich drauf sitzen und lesen.«

»Das wird aber ziemlich eng.«

»Wir könnten den kleinen Tisch da rüber ins Wohnzimmer stellen, dann ist Platz. Zwei Tische braucht man hier nicht!«

»Ich glaube, du könntest meinen Job besser erledigen als ich. Das Haus aufräumen, meine ich«, sagte Carly, während sie das Tischchen aus der Bibliothek evakuierten.

»Ich kann dir ja helfen. Papa, komm, die Gans soll hier hin!«

Schließlich hatten sie die neuentdeckte Mitbewohnerin in der Ecke vor ein Bücherregal platziert, wo sie aus dem Fenster schauen konnte.

»Ehe sie in den Keller kam, haben Joram und ich beide da drauf gesessen, und er hat mir vorgelesen«, sagte Anna-Lisa traurig.

»Das kann ich auch«, behauptete Jakob, nahm auf dem breiten Gänserücken Platz und zog Anna-Lisa auf seinen Schoß. »Gib mir ein Buch!«

Erfreut beugte sie sich vor und zog ein schmales Bändchen aus dem Regal. »Das hier, bitte!«

William Saroyan, »Ich heiße Aram«. Es war lange her, seit Carly das gelesen hatte, aber sie hatte es geliebt.

Während Anna-Lisa sich zwischen den Flügeln der hölzernen Gans genussvoll gegen Jakob lehnte, rollte sie sich auf dem Sessel zusammen und lauschte auch. Er las von dem Großvater und seinem Enkel, die mitten in einer Wüste Granatäpfel anbauten. Sie kämpften einen aussichtslosen Kampf gegen Dürre und Schädlinge und verloren dabei ihre Ersparnisse, aber schließlich ernteten sie einige Granatäpfel. Es war ihr Traum gewesen, und sie hatten ihn sich erfüllt.

Während Jakob las, schien es Carly, als verlöre seine Stimme an Tiefe. Plötzlich war es Thore, den sie hörte. Thore, der so oft am Ende eines Seminars eine Geschichte vorgelesen hatte. Dann aber war es auf einmal Tante Alissas Stimme in ihrem Ohr, Tante Alissa, die tapfer aus der »Archäologischen Zeitschrift« vorlas, von Königsgräbern und Mumien, denn Kinderbücher hatte sie nicht und hielt auch nichts davon. Und schließlich war es die Stimme ihres Vaters, die sie gestern am Strand gehört und bis dahin vergessen geglaubt hatte. Sie war wieder da, deutlich, irgendwo zwischen Thores hellerer und Jakobs tiefdunkler. Von Segelschiffen las er und von einem frierenden Wassermann.

»So!« Jakob stand auf und scheuchte mit einer entschiedenen Bewegung die Erinnerungen zurück zwischen die Bücher. »Ich muss los, ich habe einem Ehepaar aus Stuttgart eine Zeesboottour versprochen!«

»Kann ich noch hierbleiben, Papa?«

Jakob sah Carly fragend an.

»Wenn sie dich nicht stört? Es sind halt noch Ferien ...«

»Stört? Ich brauche sie dringend. Ich weiß nämlich nicht, wo der Staubsauger ist. Und der Staubwedel. Und womit man Holzmöbel behandelt!«

»Ich weiß das«, sagte Anna-Lisa triumphierend und zog sie in den Flur. Dort wies sie auf eine unauffällige Tür unter der Treppe. »Da ist die Besenkammer.«

»Na, dann viel Spaß!« Jakob setzte seine Mütze auf. »Bis später, ihr beiden!«

Carly sah ihm nach. Dann machte sie sich daran, mit dem Staubwedel die Spinnweben und vielleicht noch mehr Erinnerungen einzufangen, während Anna-Lisa die Gans mit duftendem Bienenwachs polierte, als könnte sie damit Joram heraufbeschwören.

15

Tee und Fledermäuse

Es regnete nicht mehr, aber der Nachmittag lag grau und stürmisch auf dem Weg. Gegen den Wind gebeugt, radelte Carly im Schutz von Jakobs Schiffermütze in den Ort. Sosehr sie es genossen hatte, mit Anna-Lisa im Haus herumzuwerkeln, so sehr brauchte sie jetzt Zeit, mit ihren brodelnden Gedanken allein zu sein.

»Was machst du mit den Kissen?«, hatte Anna-Lisa gefragt. Die knallgelben Kissen hatten auf dem Sofa gelegen. Carly war damit auf dem Weg zum Keller, in dem ja nun Platz war für unerwünschte Sachen.

»Ich mag kein Gelb!«, erklärte Carly.

»Vielleicht findet der, der das Haus kaufen wird, die Kissen gemütlich?«

»Bis dahin will ich sie aber nicht sehen.«

Dass sie Gelb nicht nur nicht leiden konnte, sondern dass es gegen alle Vernunft eine alte Angst in ihr weckte, ein abgrundtiefes Unbehagen, brauchte Anna-Lisa nicht zu wissen. Dass in Hennys Garten nur weiße und blaue Blumen blühten, passte wunderbar.

Jedoch seit Carly die störenden Kissen in den Sack gestopft und ins kühle Dunkel unter dem Haus befördert hatte, wo laut Jakob die Geschichten ihre Wurzeln haben, ging ihr die Stimme ihres Vaters nicht mehr aus dem Kopf. Einmal aus den Tiefen ihrer Erinnerung geweckt, klang sie nach, hallte durch ihre Gedanken, stellte Fragen, dann wieder verstummte sie. Carly sehnte sich danach, mehr von ihr zu hören.

Überhaupt lagen wirre Sehnsüchte, halbvertraute Gesten und lautlose Stimmen in der Luft. Das übermütige Rauschen und Glänzen in den Silberpappeln erinnerte sie an Orje, den sie vermisste. Erst jetzt, da er nicht mehr in der Nähe war, fiel ihr auf, welche Leichtigkeit er in ihren Alltag gebracht hatte. Auch Anna-Lisas Lachen mit dem »Hicks« war wie ein Echo einer seltsam gegenwärtigen Valerie durch die Räume gegeistert.

Die niedrigen Kiefern zeichneten mit ihren windgebeugten Ästen Gesten in den schweren Himmel, gleich Thores Händen in einer lebhaften Diskussion. Über dem Deich malten pastellenes Licht und verschieden graue, vogelförmige Wolken ein Bild, als sei es von Henny. Und fast flog Carly mit dem Rad kopfüber, als ihr der Sturm ein Stück Rinde vor die Füße warf, so bizarr gebogen, dass Joram bestimmt etwas daraus gemacht hätte. Sie hob es auf und legte es in den Fahrradkorb. Als sie den Teeladen erreichte und dessen helle, duftende Wärme betreten konnte, war sie erleichtert.

»TeeTraumTüte«, stand über der Tür, »Inhaber: Daniel Knudsen.«

Demzufolge war der verblüffend lange, dünne Mann, der sich hinter die Theke gefaltet hatte und sorgfältig eine Blechdose polierte, vermutlich der Daniel, von dem Synne bei der Beschreibung der wenigen Geschäfte vage und ohne weiteren Zusammenhang gesagt hatte: »Daniel ist ein Schatz.«

Ein durchdringender, aber angenehmer Blick traf sie, ging

dann an ihr vorbei zu dem blauen Fahrrad mit dem silbernen Schriftzug, das sie vor dem Schaufenster an einen Baumstumpf gelehnt hatte.

»Sind Sie das Mädchen, das in Henny Badonins Haus wohnt? Synne hat's mir erzählt«, sagte er.

»Ja, sie und Anna-Lisa haben mich zu Ihnen geschickt, weil alle über meinen Tee aus dem Supermarkt schimpfen.«

»Das lässt sich beheben. Was mögen Sie denn am liebsten?«

»Schwarz. Kräftig. Assam. So was in der Richtung. Aber ich brauch auch was, was den Gästen schmeckt. Anna-Lisa. Synne. Und Jakob.«

»Sie haben sich wohl schon gut eingelebt, was?«

»Das darf ich gar nicht. Ich muss ja bald zurück.«

»Zurück zu was?«, fragte er interessiert und warf dabei seinen direkten Blick über die schmale Brille hinweg genau in ihr kurzes Erschrecken.

Ja, zurück zu was? Zu einem Bruder, der ihr fremd war? Zu einer unerfüllbaren Liebe und zu einem lieben Freund, dessen geduldige Hoffnung sie immer wieder enttäuschen würde? Zu zielloser Arbeitslosigkeit in einer lärmenden Stadt voller Abgase?

»Gute Frage«, sagte sie. »Im Moment möchte ich viel lieber über Tee nachdenken!« Daniel Knudsen war anscheinend jemand, dem man auf seine Fragen unwillkürlich offen antwortete.

Bereitwillig kramte er im obersten Regal herum. Das ging bei ihm ohne Leiter. Carly entdeckte ein Haarbüschel auf seinem ordentlich gekämmten Hinterkopf, das spitzbübisch in die Höhe stand und an ein frischgeschlüpftes Vogeljunges erinnerte. Aromen aus Zimt, Orangen, Kräutern und allerhand Geheimnisvollem breiteten sich beinahe sichtbar um ihn aus. Er angelte einen kleinen Korb von der Theke, füllte ihn sorgfältig mit bunten Tüten. »Das ist eine Auswahl, die eigentlich allen gerecht werden sollte.«

»Kannten Sie Joram Grafunder?«, fragte Carly.

»Flüchtig. Er war Kaffeetrinker. Meistens. Außer wenn es ihm nicht gutging. Er hat den Rahmen da oben gemacht.« Sein langer Arm wies auf ein großes Bild über der Theke. Geschwungenes Treibholz umrahmte die sepiafarbene Kreidezeichnung eines einsamen Strandes.

»Und das Bild ist von Henny«, ergänzte Carly.

»Ja. Ihre Kunst passte gut zusammen.«

»Nur ihre Kunst?«

»Das habe ich nie herausgefunden.« Er tippte die Preise in eine ächzende altmodische Kasse.

»Warten Sie … was war Hennys Lieblingstee? Und Jorams? Sie sagten, er trank Tee, wenn es ihm nicht gutging? Warum ging es ihm nicht gut?«

»Er mochte sich nicht immer. Hier, das war sein Tee. Wellenschatten. Kräftiger Assam, Ihre Geschmackrichtung. Aber mit Sanddorn darin.«

»Geben Sie mir davon auch, bitte. Und Henny?«

»Sie mochte alles, in dem eine Prise Zimt war. Hier, der zum Beispiel: Küstensturm. Möchten Sie den auch?«

»Ja, bitte. Was ist Ihrer Meinung nach mit Joram passiert? Lebt er noch?«

»Nein. Ich denke, er ist ertrunken. Jeden Morgen ging er schwimmen. Allein. Im Morgengrauen. Auch bei Sturm und Kälte. Er war nicht mehr der Jüngste. Hatte manchmal Lungenprobleme. Es war leichtsinnig. Das musste irgendwann schiefgehen. Wer das Meer unterschätzt, lebt gefährlich. Ich halte es für möglich, dass er es darauf anlegte. Er wollte vielleicht, dass das Meer ihm die Entscheidung abnimmt.«

»Aber man hat ihn nie gefunden.«

»Das hat nichts zu bedeuten. Das Meer gibt vieles nicht zurück. Die Strömungen sind heimtückisch. Auch nahe am Strand.«

»Henny glaubte, er lebt noch. Anna-Lisa glaubt, er sei weggeflogen. Es scheint eine Menge Theorien zu geben.«

»Das hätte ihm gefallen. Er machte gern ein Geheimnis aus sich.« Daniel drückte ihr die Tüte in die Hand. »Ich hoffe, Ihre Gäste werden jetzt mit dem Tee zufrieden sein und Sie auch.«

»Da bin ich mir sicher. Danke!«

Schon auf dem Weg zur Tür, entdeckte sie einen Tisch in einer Nische, der ihre Schritte ablenkte. Tischdecken und Kissen lagen darauf. Das grobe und dennoch weiche Gewebe zog ihre Hand sofort an. Schlichte hellgrüne und apricotfarbene Muscheln aus einem feineren Stoff waren sparsam auf einem dicken, sandfarbenen Kissen appliziert. Carly konnte nicht widerstehen. Dieses Kissen gehörte nach Naurulokki. Henny hätte es auch gekauft, sie wusste es einfach.

Daniel verstaute es in einer weiteren Tüte und trug dabei ein Schmunzeln im rechten Mundwinkel, das sich häuslich in ihrem Gedächtnis niederließ.

»Henny hätte das auch gekauft«, sagte er.

Sie verließ den Laden ungern. Es duftete so gemütlich, und überhaupt wohnte eine sehr angenehme Atmosphäre darin. Gerade als sie die Tüte auf dem Gepäckträger verstaut hatte, kam Daniel herausgelaufen und drückte ihr noch etwas in die Hand. »Ich glaube, der passt besonders gut zu Ihnen. Tschüss!« Schon schloss sich die Tür wieder hinter ihm. Carly musste lachen. Er war aus dem Laden geschossen wie ein sehr langbeiniger Kuckuck aus einer Uhr. Auf dem Teetütchen in ihrer Hand stand »Sandspuren«, und es roch nach Beeren und Honig und irgendeinem geheimnisvollen Gewürz.

Zu Hause verstaute sie die Tüten im Regal, aus dem sie die vertrockneten Farben genommen und Jakob mitgegeben hatte. Dabei fiel ihr das pferdeähnliche Stück Treibholz in die Hand, das Anna-Lisa ihr geschenkt hatte. Nachdenklich drehte sie es hin und her. Da fehlte einfach etwas. Sie hielt das Stück Rinde daran, das ihr unterwegs vor die Füße geweht war. Ja! Sie stöberte auf dem vollgekramten Tisch in der Küchenecke, mit dem sie sich noch nicht weiter befasst hatte. Wie sie vermutet hatte, hatte Henny hier offenbar ihre Kerzen gegossen und ähnliche Arbeiten verrichtet. In dem Durcheinander fand sie Bindfaden und Wachsreste. Beides benutzte sie, um das Rindenstück am Holz zu befestigen.

Perfekt! Pegasus! Jetzt passte es. Sie knüpfte die Figur an der Lampe fest, so dass sie fröhlich mitten in der Küche schwebte. Anna-Lisa würde es gefallen.

Hmm, eigentlich sollte sie hier aufräumen und nicht weiteren Unsinn stiften. Wahrscheinlich lag es an Daniels Tee. »Sandspuren« schmeckte ausgezeichnet. Das rätselhafte Gewürz darin oder auch der beerige Geschmack nach Sommerwäldern und Unbekümmertheit machten offenbar übermütig. Sie hätte auch das Kissen nicht kaufen dürfen. Sie sollte das Haus bestimmt nicht noch voller machen. Aber wenn es möbliert vermietet werden sollte, steigerte das Kissen ja gewissermaßen den Wert. Oder sie konnte es mit nach Berlin nehmen. Als Andenken.

Beim Gedanken an die Stadt rümpfte sie unwillkürlich die Nase. »Zurück zu was?«, hallte Daniels Stimme in ihr nach.

Unter ihrer Sohle klebte es. Sie bückte sich, bemerkte, dass sie Rinden- und Wachskrümel verstreut hatte. Unter dem Tisch lag noch etwas. Ein Zettel! Hennys Handschrift unter dem gewohnten »Rheumolin«-Werbeaufdruck. Erfreut goss Carly sich noch eine Tasse »Sandspuren« ein und nahm Tee, Zettel und das neue Kissen mit in die Bibliothek. Dort machte sie es sich auf Jorams Wildgans bequem. Das Kissen war dabei sehr nützlich, ergänzte den hölzernen Rücken zu einem ausnehmend bequemen Sitz. Nach dem Putzen und der Fahrradtour tat es gut, die Füße hochzulegen.

Ich habe eine Muschel gefunden, sprachen Hennys Worte lautlos von dem Papier in ihrer Hand. Carly nahm einen tiefen Schluck. In der abendlichen einsamen Stille in der kleinen Bibliothek waren Hennys Gedanken so nahe, so lebendig. Henny war nicht mehr da, aber was ihr durch den Kopf gegangen war, verlor dadurch nicht an Gültigkeit.

Ich werde ihr Grab besuchen, nahm sich Carly vor, gleich morgen, ihr Blumen bringen.

Aber diese Muschel ist nicht nur irgendeine Muschel, schrieb Henny. *Es ist eine Miesmuschel, wie die unzähligen, über die wir achtlos am Strand gelaufen sind. Die unter unseren Füßen zerbrochen sind. Oder in der Brandung. Oder an der Zukunft. Aber diese hier ist größer. Sie muss stärker gewesen sein als die anderen und ein beachtliches Alter er-*

reicht haben. Ihre Oberfläche trägt einen ungewöhnlichen, tiefen und wechselvollen blauen Schimmer, wie der Himmel zu unserer liebsten Tageszeit, in der Abenddämmerung. Du sagtest einmal, diese Stunde wäre ein Spalt zwischen den Welten, der es einem erlaubt, sich hindurchzumogeln. Ich weiß nicht, in welche Welt du dich gemogelt hast, auf was für einer Reise du bist, aber für mich ist die Muschel ein Brief von dir. Die Röhrenwürmer haben diese Zeichen darauf geschrieben, die deiner Handschrift ähnlich sehen, jedenfalls in der Dämmerung. Natürlich kann ich sie nicht lesen, doch darum geht es nicht. Auf diese Weise gibt mir das Meer in deinem Namen zu verstehen, dass du nicht fort bist: nicht so weit fort, als dass du mir nicht noch nahe bist. Ich spüre deutlich dein Wesen, deine Gegenwart, wenn ich diese Muschel ansehe.

Deshalb also hatte Henny an ihrem Todestag diese Muschel in der Hand gehalten: weil sie zu ihr von Joram sprach. Wahrscheinlich hatte sie oft so gesessen, hatte gespürt, wie die Schale warm wurde in ihrer Hand.

Das Meer in Jorams Namen!

Hatte das Meer ihr, Carly, nicht auch in ihres Vaters Namen seine Stimme wiedergegeben? »Flieg, Fischchen!« und die Geschichte vom frierenden Wassermann ...

Und sie traute sich noch nicht einmal, dem Meer ins Auge zu sehen.

Das musste sich ändern!

Die Stille war auf einmal bedrückend. Sie holte ihren Computer, schaltete ihn ein. Orje hatte einen Kommentar auf ihrem Blog hinterlassen. Miriam auch.

Es ist langweilig ohne dich. Orje ist es auch langweilig ohne dich. Wahrscheinlich werde ich bald verreisen, warum sollst nur du etwas erleben. Abenteuer, komplett mit Toten und Verschwundenen! Mal sehen, vielleicht hole ich unser altes Zelt aus dem Keller, schnappe mir irgendwen und fahre mal wieder nach Dänemark. Was meinst du, dieser schnuckelige Student, Julius hieß der, wär der nicht für so was zu haben …?

Carly schüttelte lächelnd den Kopf. So war Miriam eben. Sollte sie sich irgendwann für einen bestimmten Mann entscheiden, würde dem bestimmt nicht langweilig.

In Orjes Kommentar lag mehr Ernst.

Berlin ist noch grauer ohne dich. So viel Musik kann ich gar nicht machen, um das auszugleichen. Wie soll ich schlafen, wenn ich weiß, dass niemand mich mit einem unlösbaren Problem aus dem Bett klingelt oder einer nicht zu bewältigenden Portion Nudelsalat vor der Tür steht? Aber ich lese aus deinen Worten, dass Naurulokki dir guttut. Es klingt nach einem hellen, luftigen Ort, der manches leichter machen könnte. Ich bin gespannt, wie es weitergeht. Was hast du heute gemacht? Wer ist dir begegnet? Was hast du gefunden?

Ach, Orje, Wahlbruder, bester Freund und Vertrauter! Auch seine virtuelle Gegenwart tat wohl.

Sie startete einen neuen Artikel und wusste dann doch nicht, womit sie den füllen sollte. Sie mochte Orje nicht erzählen, dass sie Jakobs Fischermütze trug, und nichts von Daniels rührend hochstehendem Haarbüschel. Nicht davon, dass jeder Baum, der im Wind gestikulierte, zu ihr von Thore sprach. Auch nicht, dass sie ein Kissen für Naurulokki mit einem Gefühl der Befriedigung gekauft hatte, als ob sie sich dort für die Ewigkeit einrichten wollte.

Anna-Lisa ist ein Lichtblick. Wir haben viel Spaß gehabt und dabei alles blankgeputzt. Aber es ist nur der Staub weg. Es ist weiterhin alles voller Gedanken und Geheimnisse. Jorams und Hennys, ganz lebendig. Und die Fragen, die man hier unter keinem Teppich einsperren kann, flattern frei herum wie Fledermäuse, in unsichtbaren Schwärmen, kriegen sich in die Haare und stoßen sich die Köpfe an der Decke. Ich kann sie nicht einfach mit einem Seidentuch einfangen und an die Luft setzen wie die Schwalbe.

Ich habe die Stimme meines Vaters wiedergefunden, und die geistert nun herum und sucht nach der meiner Mutter. Und ich war noch immer nicht bei Tag am Meer. Den richtigen Tag dafür muss ich noch suchen ... genau wie die Bilder, die Henny irgendwo versteckt haben muss. Ich bin mir sicher, dass sie noch mehr gemalt hat als die paar, die hier an den Wänden hängen. Laut Synne hat sie ganz wenige verkauft, nur wenn sie Geld brauchte.

Carly schloss den Computer. Da war noch etwas, das ihr keine Ruhe ließ.

»Das Meer gibt nicht alles zurück«, hatte Daniel gesagt und nicht geahnt, wie viel diese Wahrheit, so alt wie die Seefahrt, mit ihrem Leben zu tun hatte.

Wenn Joram wirklich ertrunken war, dann würde das vielleicht zum Teil erklären, warum sie sich Henny so nahe fühlte.

Umso mehr, wusste sie plötzlich, musste sie herausfinden,

was mit Joram geschehen war. Um Hennys willen. Um Jorams willen. Und für sich selbst.

Irgendwo musste sie anfangen mit dem Beantworten der teppichlosen Fledermausfragen.

16

Geheimnisse

Der Wind hatte die Regenwolken mit sich genommen, in die Richtung, in die nach Anna-Lisas Überzeugung Joram mit ihm auf Reisen gegangen war. Warm und freundlich wartete der Morgen im Garten. Carly hatte eine Thermoskanne mit »Küstensturm« gefüllt, dem Tee, den Henny am liebsten getrunken hatte, und sie zusammen mit einem Käsebrot im Fahrradkorb verstaut, nebst einer offenbar selbstgekneteten Kerze, die sie auf dem Küchenwerktisch gefunden hatte. Jetzt schnitt sie taufeuchte Blumen: Staudenglockenblumen, weißen Phlox, Eisenhut, frühe Astern, späte Margeriten. Sommerflieder, Dahlien. Dazwischen zarte Gräser und Farne.

Sie hätte die paar hundert Meter zur Kirche auch zu Fuß gehen können, aber sie hatte sich mit Hennys Fahrrad »Albireo« angefreundet. Auf ihm wehte ihr die frische, saubere Luft so angenehm um die Nase. Sie schloss Albireo an einem Laternenpfahl an, öffnete die niedrige schmiedeeiserne Pforte. Steinplatten führten zum Kirchenportal. Zu ihrem Erstaunen las sie Namen darauf. »Jonas Olufsen«, »Friederijke Hegemeier«. Verwittert, aber noch gut erkennbar. Hier hatte man alte Grabsteine für den Fußweg verwendet! Wahrscheinlich waren die Steine so knapp auf der schmalen Halbinsel. Es berührte sie unangenehm, darauf zu treten. Sie verließ den Weg, spazierte um die Kirche herum. Dahinter fand sie die Gräber. Der Friedhof war winzig;

nach den weitläufigen Berliner Friedhöfen erschien er wie ein unvollständiges Bild. Die wenigen neueren Gräber entdeckte sie in der hinteren östlichen Ecke, wo der Lichtkegel der Morgensonne in die Reihen fiel.

Henrike »Henny« Badonin. Ein schlichter unbehauener Naturstein inmitten von Lavendel, blauen Astern und weißer Akelei.

Carly stand eine Weile davor, fast schüchtern. Es war merkwürdig, dass sie in Hennys Haus wohnte, darin umräumte, über ihre Sachen entschied, und das alles, ohne sie gekannt zu haben. Aber so war es nun einmal. Und es ging etwas sehr Freundliches von dem Grab aus. Sie hatte nicht das Gefühl, dass Henny über ihren Besuch verärgert wäre. Im Gegenteil. Schließlich legte sie behutsam den Strauß vor den Stein.

»Aus deinem Garten«, sagte sie.

Vorn neben der Akelei lag ein runder Findling, auf den sie sich nach kurzem Zögern setzte, um ihr Brot zu essen.

»Der Morgen ist so schön, ich musste raus«, erklärte sie, »und da dachte ich, ich frühstücke mit dir. Dann sind wir uns vielleicht nicht mehr so fremd, und es macht nichts, dass ich deine Kleider trage.« Sicherheitshalber sah sie sich um, ob auch niemand zuhörte, doch sie war allein mit der Stille und den Toten, und der einzige vorhandene Teppich bestand aus den Grasbüscheln, die sich an den unbeständigen Sandboden klammerten. Der Tee schmeckte nach Holz, Beeren, Honig und Wiese, passte zu Henny, zu ihrem Parfüm, ihrem Stil, ihrem Haus. Carly beugte sich vor, goss einen Schluck in die Erde. Warum nicht? Es sah ja keiner, und Henny, da war sie sich sicher, hätte gelächelt.

Da fing etwas ihren Blick, ein blauer Schimmer, hinter den Astern an den Grabstein gelehnt.

Eine große Miesmuschel, auf die Röhrenwürmer helle Zeichen geschrieben hatten.

Hennys Muschel aber lag zu Hause auf dem Küchenregal.

Zu Hause? Hatte sie wirklich »zu Hause« gedacht?

Und Joram?

Auf diese Weise gibt mir das Meer in deinem Namen zu verstehen, dass du nicht fort bist, nicht so weit fort, als dass du mir nicht noch nahe bist …

War er also doch in der Nähe, wie Henny bis zum Schluss behauptet hatte? Hatte er die Muschel dorthin gelegt?

Carly spürte, wie ein Kribbeln ihre Wirbelsäule hinauflief.

Zur Beruhigung goss sie sich noch einen Becher Tee ein, fühlte, wie die Wärme sich in ihr ausbreitete.

Wie mochte Henny nur zumute gewesen sein, als Joram verschwand? Sie versuchte, sich vorzustellen, dass Thore von heute auf morgen nicht mehr da wäre. Wenn sie ihn nicht anrufen, nicht auf ein Wort, nicht auf eine Berührung, nicht auf ein Wiedersehen zählen könnte, nicht wüsste, wie es ihm ginge, ob er noch lebte. Nicht wüsste, was passiert war. Ob er einen Unfall hatte, ein Verbrechen geschehen oder ob er freiwillig gestorben oder gegangen war. Und wenn er gegangen war, wohin.

Der bloße Gedanke verursachte hilflose Verwirrung in ihrem Kopf und einen dumpfen Schmerz ohne Horizont.

Was wusste sie von Joram? Er war Künstler gewesen, der mit Holz offenbar leichter umging als mit Menschen, aber nur im Notfall Aufträge annahm oder etwas verkaufte. Lieber verschenkte er seine Werke. Einer, der Wohnen als eine Tätigkeit, eine Kunst, ja eine Gnade ansah und Henny dabei half, indem er ihr Haus verschönerte, füllte, ihm einen Namen gab, der aber selbst nur knapp möbliert zur Miete hauste, nichts aufhob, am liebsten keine Spuren hinterließ. Dem es manchmal nicht gutging, weil er »sich nicht immer mochte«, wie Daniel Knudsen gesagt hatte, und der außer Henny keine Freunde wollte. Er hatte jedoch Humor, wie die »Ambi-Ente« bewies, und Henny hatte ihm etwas bedeutet. Aber was und wie viel?

Carly und Thore verband eine Seelenverwandtschaft (seine Worte), eine intellektuelle Affäre und eine zärtliche platonische Freundschaft. Sie vermutete, dass es bei Joram und Henny sehr ähnlich, wenn nicht genauso gewesen war.

Nur, dass Thore und sie auch andere Freunde hatten: Familie, Kommilitonen, Kollegen. Joram und Henny dagegen schienen jeder für sich, aber auch miteinander allein gewesen zu sein, absichtlich, ihre Freundschaft eine einsame Insel inmitten einer Anzahl wohlgesinnter Nachbarn und Bekannten, die sie nach Möglichkeit nicht ins Haus ließen, mit Ausnahme der kleinen Anna-Lisa. Wie hatte Henny geschrieben?

Joram, Naurulokki und ich sind wie Wega, Atair und Deneb. Ein harmonisches, ausgewogenes Zusammenspiel; trotz der unabänderlichen Distanz zwischen uns. Wir ergänzen uns, erzeugen ein Leuchten. Allein sind wir nichts ...

Wega, Atair und Deneb, das Sommerdreieck, hell in der weiten Schwärze des Himmels.

Allein sind wir nichts ...

Wie allein musste Henny gewesen sein ohne Joram. Aber sie

hatte noch Naurulokki gehabt und das Echo von Jorams Gegenwart. Sie hatte seine Nähe gespürt, obwohl er nicht mehr da war.

So, wie Carly die Stimme ihres Vaters gehört hatte.

Die Kerze in ihrer Tasche duftete nach Bienenwachs und Honig. Neben allen Grabsteinen standen Windlichter für die Kerzen, keine Flamme hätte dem Seewind ohne diesen Schutz standgehalten. Carly nahm den Deckel hoch und entfernte ein altes, abgebranntes Licht.

Darunter lag ein Zettel! Sie zögerte, nahm ihn dann heraus. Gab es ein Postgeheimnis für Tote? Aber sie hatte ja alle anderen Zettel auch gelesen. Und wenn dieser von Joram war, dann musste sie es wissen. Dann lebte er noch.

Doch es war nicht Jorams Schrift, sie sah völlig anders aus. Es war auch kein Zettel, es war ein ganzer Brief.

Liebste Henny,

ich habe einen furchtbaren, gnadenlosen Fehler gemacht, damals, vor so langer Zeit. All diese Zeit hätte uns gehören können! Doch ich konnte nicht anders. Aber du sollst wissen, dass du in allen Bildern warst, die ich seitdem gemalt habe. Wenn Menschen darin vorkamen, war es jedes einzelne Mal dein Gesicht, deine Silhouette, dein Schatten. Das waren die einzigen Bilder, die gut waren, die lebten und ein Publikum ansprachen. Meine Landschaften, selbst Abstraktes: handwerklich ausgezeichnet, aber es blieb alles kalt, berührte niemanden. Das ist und bleibt meine Strafe. Auch diese Insel, die mir noch und wieder Heimat sein sollte, ist fremd ohne dich. Unerträglich! Alles verschließt sich, auch der Blick. Ich kehre zurück in mein Exil und werde jämmerlich genug sein, um weiter-

hin dein Lächeln und die alten Träume in deinen Augen zu malen und zu verkaufen, damit ich meine Miete bezahlen kann, denn ich tauge für nichts anderes ... und das, obwohl ich weiß, dass es dich anekeln würde, wenn du wüsstest, dass du in immer mehr amerikanischen Wohnzimmern hängst. Andere Frauen würden sich geehrt fühlen, doch du hattest nie auch nur einen Anflug von Eitelkeit. Ganz im Gegensatz zu mir. Du kannst froh sein, dass du mich früh genug losgeworden bist, und ich hoffe, du bist glücklich gewesen. Ich habe nicht gewagt, Myra danach zu fragen ...

Weißt du noch, früher, als wir – oder war es nur ich? – davon geträumt haben, in den Süden zu reisen, da habe ich dir versprochen, die schönste aller Muscheln für dich zu finden. Inzwischen war ich an vielen Stränden und habe die großartigsten Muscheln gefunden. Aber heute, als ich wieder hier an unserem Strand war nach so vielen Jahren, habe ich diese blaue Miesmuschel gefunden und festgestellt, dass es für mich keine schönere gibt. Sie trägt die Farben unseres Himmels, wenn es Abend wird. In ihr braust die Musik unseres Meeres. Nun löse ich – zu spät – wenigstens ein Versprechen ein, das ich dir gegeben habe, und schenke sie dir.

Nicholas

Carly schluckte. Ihre Hand zitterte, als sie den Zettel wieder zusammenfaltete und zurück in das Windlicht legte. Sie stellte den kleinen schmiedeeisernen Teller darauf und dann die Kerze, zündete sie an. In der hellen Sonne war die Flamme kaum zu sehen.

Henny hatte Nicholas erwähnt, in einer ihrer Notizen. *Niemand kennt mich so gut wie Joram. – Ob es wohl mit Nicholas eines Tages auch so gewesen wäre?*

Nachdenklich schlenderte Carly die Grabreihen entlang. Sie hatte so viel anderes zu tun, aber es war schwer, sich auf die Gegenwart zu konzentrieren, wenn die Vergangenheit Briefe schrieb.

Der letzte Stein fing aus dem Augenwinkel ihre Aufmerksamkeit. Er war alt, dunkel, stand schief und halb verweht im Sand. Das Grab daneben war schon aufgegeben worden. Kamille und verwilderte Margerite wucherten auf beiden, zusammen mit Brennnesseln und Wegerich. In den Buchstaben wuchsen Flechten, doch sie waren noch deutlich.

Simon Grafunder.

Ohne Jahreszahlen.

Wer war Simon Grafunder?

Hätte sie eine zweite Kerze gehabt, hätte Carly sie gerne hier angezündet. So zog sie nur die Brennnesseln heraus, entfernte ein paar braune Blätter und eine Kaugummihülle und richtete die Margeriten auf.

Die Kirche war offen. Sie war klein und ungewöhnlich gebaut, in der Form eines umgedrehten Kahns, geschützt von einem Reetdach. Schifferkirche hieß sie denn auch schlicht. Leise trat Carly ein. Seltsam geborgen fühlte sie sich in dem hölzernen Gewölbe. Von der Decke hingen Schiffsmodelle, und die Schiffe trugen die Namen »Glaube«, »Liebe«, »Hoffnung«, mit weißer Handschrift etwas ungeschickt auf den Bug gepinselt.

Das wäre eine schöne Kirche für eine Hochzeit, dachte sie. Ich würde gern einmal auf eine Hochzeit gehen. Aber das sieht weder bei Orje noch Miriam danach aus. Vielleicht Synne und Daniel?

Aber auch dafür schien es keine Anzeichen zu geben.

Ob Henny als junge Frau davon geträumt hatte, hier diesen Nicholas zu heiraten? Was war passiert?

»Guten Tag!« Carly hatte den Pfarrer nicht gesehen, hinten in der dunklen Ecke. Er musste hinter dem Altar etwas sortiert haben, jetzt richtete er sich auf und sprach sie an.

»Kann ich Ihnen helfen?«

»Ich wollte mir nur die Kirche ansehen. Sie ist so eindringlich schön. Und außergewöhnlich.«

»Sie ist gerade renoviert worden. Dem Himmel und den Menschen hier sei Dank.«

Er ging ihr entgegen. Jung für einen Pfarrer, fand sie.

»Sind sie hier schon lange tätig?«

»Hier und anderswo auf Fischland-Darß. Drei Jahre. Ich hoffe, es werden noch viele mehr.«

»Kannten Sie einen Joram Grafunder? Und eine Henny Badonin?«

»Ich habe Henny Badonin beerdigt. Das war seltsam. Niemand kannte sie gut, und dennoch kamen sehr viele zur Beerdigung. Die Kirche war überfüllt. In den Gottesdienst ist sie nie gegangen, aber wenn sonst niemand in der Kirche war, saß sie oft hier, in der letzten Bank. Ich habe einmal versucht, mit ihr zu sprechen, doch das hat sie nur vertrieben. Darum habe ich sie in Ruhe gelassen. Aber für den Weihnachtsmarkt hat sie ein Bild gespendet. Von dem Erlös konnten wir die alten Schiffsmodelle instand setzen lassen.«

»Und Joram Grafunder?«

»Er hat nach einem Sturm einige Schäden repariert. Spontan und kostenlos. Er war so geschickt mit Holz. Aber er sprach kaum. Ich hatte das Gefühl, er war ein sehr einsamer Mensch. Und da war etwas in seinem Blick ...«

»Was, glauben Sie, ist mit ihm passiert?«

Der Pfarrer räusperte sich, wich ihrem Blick aus. »Ich halte es für wahrscheinlich, dass er ... dass es sich um einen Suizid handelt. Ich sagte ja, da war etwas in seinen Augen ... und er hatte eben nicht viele soziale Kontakte.«

»Ich habe da draußen einen alten Grabstein gesehen. Simon Grafunder.«

»Ja. Simon Grafunder war Joram Grafunders Bruder. Er starb mit dreizehn. Mehr weiß ich auch nicht. Es steht im Kirchenbuch. Die Familie war offenbar nicht lange hier ansässig und ist danach fortgezogen. Joram Grafunder zahlte regelmäßig für den Erhalt des Grabes, kehrte aber erst viel später nach Ahrenshoop zurück.«

»Danke.«

Carly steckte Münzen in den Opferstock und verließ die dämmerige Kirche. Die helle Wärme draußen war beruhigend nach all den alten Spuren.

Es war perfektes Strandwetter – eigentlich. Sie brauchte nur die Hauptstraße zu überqueren und den Deich, Albireo an einem der Sanddornsträucher abzustellen und wie alle anderen Touristen zum Meer zu schlendern. Einfach so.

Aber hatte sie nicht einen Job zu erledigen? Die Zeit drängte. Hatte sie sich sonst immer auf Thores Anruf gefreut, fürchtete sie sich jetzt beinahe davor. Außer ein paar wirren alten Geschichten hatte sie noch nichts zu bieten. Es war Zeit zu handeln. Jetzt, da sie sich bei Henny gewissermaßen vorgestellt und sie um Verzeihung gebeten hatte, konnte sie wenigstens anfangen, den Kleiderschrank auszuräumen. Denn dessen Inhalt fiel bestimmt nicht unter »möbliert vermieten«.

Das war nicht die beste Idee gewesen, stellte sie bald fest, denn auch der Schrank erzählte von Vergangenem.

Draußen vor dem offenen Fenster dagegen hörte sie ferne Stimmen der Gegenwart, in den Seewind geflochten: spätsommerglückliche Kinder, die am Strand den Wellen Tropfen stahlen und silbern Richtung Himmel warfen. Eltern, die hinterhertobten, als fiele dabei für kostbare Stunden sämtliches Erwachsensein von ihnen ab. Möwenschreie dazwischengestreut, die wie das Salz selbst einen solchen Tag würzen und zu einer besonderen Erinnerung machen, noch ehe er vorbei ist.

Genauso war es früher auch gewesen, sie konnte sich daran erinnern, jetzt wieder. Die Geräusche weckten die Bilder in ihr. Wäre sie Henny gewesen, hätte sie sie zeichnen können. Doch sie schob sie beiseite, konzentrierte sich auf ihre Arbeit.

Hennys Unterwäsche war rührend altmodisch und dünn vom langen Gebrauch. Carly fühlte sich wie ein Unmensch, als sie sie in einem Plastiksack versenkte. Sie fand eine Menge langer Unterhosen und praktischer derber Arbeitshosen und Fischerhemden mit Farbflecken. Die drei besten Fischerhemden hob sie auf, die konnte sie vielleicht noch brauchen, für Gartenarbeit. Auch zwei Pullover rettete sie und einen ganzen Stapel der weichen Baumwollkleider. Am Ende war der Schrank nur halb geleert. Dafür entsorgte sie alle Schuhe, die ihr ohnehin zu klein waren. Es wäre ihr auch zu weit gegangen, in Hennys Schuhen herumzulaufen, wenn sie schon in ihrem Haus wohnte und ihre Kleider trug – und momentan irgendwie auch ihr Leben. Ihr fiel ein indianischer Spruch ein, der über Tante Alissas Schreibtisch gehangen hatte: *Bitte lass mich meinen Nachbarn nicht kritisieren, bevor ich nicht eine Meile in seinen Mokassins gelaufen bin.*

Oben im Schrank fand sie einen Männerpullover, der ganz sicher nicht Henny gepasst hatte. Er roch auch nicht nach Henny. Sondern nach Holz und nach Tabak und nach – ja, Joram, vermutlich.

Waren sie doch ein Paar gewesen? Oder hatte er ihn unten vergessen, und Henny hatte ihn in ihren Schrank gelegt, um etwas von ihm in der Nähe zu spüren? Seinen Geruch greifbar zu haben? War das nach seinem Verschwinden gewesen oder vorher?

Carly legte den Pullover zurück.

Henny

1953

17

Im Dunkeln

Henny schob den dicken Schnee von der Bank unter der Kiefer und setzte sich. Die Kälte berührte sie nicht, ihr war ohnehin kalt, schon lange. Nicholas zu vermissen war ein ständiges tiefes Frösteln. Dazu kam der Schmerz über seinen Verrat und die offene Frage nach dem Warum, die sie keine Ruhe finden ließ.

Seit dem Sommer hatte sie nur mit Kohle gezeichnet. Schwarzweiß. Dazu passte jetzt erst die Landschaft um sie herum. Gestern hatte es begonnen zu schneien, und alles war gnädig mit lautlosem Weiß bedeckt, das scharfe Kanten rundete und Henny wohltat. Als die letzten Flocken austrudelten und die Abendsonne ein gedämpftes Licht auf den letzten Tag des Jahres warf, zog sich Henny an, steckte etwas in ihre Tasche und wanderte Richtung Boddenwiesen. Dort war die Stille ungebrochener als am Strand im Dezemberwind. Sie liebte diesen Weg, aber ihr Ziel war der Friedhof.

Sie besuchte das Grab ihrer unbekannten Mutter Susanne und ihrer Oma Matilda, nach deren Trost sie sich sehnte. Nun saß sie auf der Bank und drehte das Bernsteinschiff in ihrer Hand hin und her. Vom Sonnenlicht war nur ein fahler Streifen über dem Horizont geblieben, der nicht ausreichte, um die Segel aufblitzen und den Bernstein leuchten zu lassen. Das Schiffchen spiegelte nur die Farblosigkeit der Schneelandschaft wider, auf die der Wind hier und da Sand gewirbelt und braune Spuren hinterlassen hatte. Wie Oma Matildas Marmorkuchen, dachte Henny traurig. Noch immer hatte sie den Geruch des frisch gebackenen Kuchens in der Nase, der immer da war, wenn sie ihn am nötigsten brauchte. Die liebevollen Kringelmuster, die Oma Matilda ganz besonders schön geschwungen hinbekam, und der Geschmack nach Geborgenheit ... Eine Träne tropfte auf ihren Ärmel.

»Sie sitzen da schon viel zu lange in der Kälte. Kann ich etwas für Sie tun?«

Als sie aufsah, hockte ein Mann in einem dunklen Mantel vor ihr. Alles an ihm war dunkel. Seine Kleidung, seine etwas zu langen Haare, in denen Schneeflockensterne hingen, seine Wimpern und – nein, seine Augen waren nicht dunkel, sondern blau, stellte sie fest, aber eben ein dunkles Blau – oder doch rauchgrau? meergrün? Unmöglich, es festzustellen in diesem Licht. Auf jeden Fall waren sie ungewöhnlich groß, oder wirkten in der frostklaren Dämmerung so.

»Ich wollte Sie nicht erschrecken.«

»Waren Sie auch an einem Grab?«, fragte Henny. Sie brauchte Zeit, um aus ihren Gedanken zurückzufinden.

»Ja. Mein Bruder liegt hier. Simon Grafunder. Ist lange her. Wir haben früher einmal eine Weile hier gelebt.«

»Grafunder?« Henny runzelte die Stirn und sah ihn dann erstaunt an. Eine Erinnerung tauchte zögernd in ihr auf. »Joram? Bist du nicht auf unsere Schule gegangen, zwei Klassen über mir? Wohnst du wieder in Ahrenshoop?«

»Nein, ich bin nur auf der Durchreise.« Er schob ihre Mütze etwas höher, sah sie näher an. »Henny! Du warst das Mädchen mit den manchmal grünen Augen und den schönen Zeichnungen, die im Schulflur aufgehängt wurden.«

»Und von dir habe ich mal eine Holzfigur auf dem Weihnachtsbasar gekauft.«

»Gut möglich.«

»Dein Bruder war lungenkrank, nicht?«, erinnerte sich Henny.

»Ja. Er hatte Mukoviszidose. Und wen hast du besucht?«

»Eigentlich wollte ich etwas beerdigen.« Henny sah auf das kleine Schiff in ihren Händen.

»Versenkt man Schiffe nicht eher?«

»Na ja. Es steht für eine Liebe. Eine Zukunft.«

Er stand auf, klopfte Schnee von seinen Handschuhen.

»Findest du, die Zukunft hat es verdient, mit der Liebe gleich mitversenkt zu werden?«

Henny sagte nichts, saß reglos.

Er tippte mit dem Finger auf die silbernen Segel. »So ein Schiff kann auch die Richtung ändern. Plötzlich kommt ein neuer Wind aus einer anderen Richtung, und es saust los in frische Gewässer.«

»Oder man nimmt ein anderes Schiff. Wie er …« Henny brachte es nicht über sich, seinen Namen auszusprechen. Tat sie es, war ihr sofort Nicholas' Geruch nahe, sein schiefes, melancholisches Lächeln, die kleinen Fältchen in den Augenwinkeln, der Geschmack auf seinen Lippen, die ausholende Geste, wenn er seinen Arm um sie legte.

Da sie keine Anstalten machte aufzustehen, setzte sich Joram neben Henny.

»Was ist passiert?«

»Zwei Wochen vor der Hochzeit ist er verschwunden. Er hat sich nicht verabschiedet. Nicht bei mir, nicht bei seinen Eltern.

Kein Wort, kein Brief. Myra hat es in Hamburg herausgefunden, Wochen später. Er stand auf der Passagierliste eines Dampfers nach Amerika.«

Henny war im Dunkeln kaum noch erkennbar. Er nahm gerade noch wahr, dass sie das Schiffchen in ihrer Hand gegen den letzten Lichtstreifen am Horizont hob.

»Es leuchtet nicht mehr.« So, wie sie es sagte, klang es, als sei der Punkt hinter dem Satz ein Punkt hinter allem.

»Ist das euer Glücksbringer?«

»Meiner. Dachte ich. Er hat einen eigenen, ein eigenes Schiffchen.«

»Na, dann kann deins ja immer noch funktionieren. Es kommt immer darauf an, wie man etwas beleuchtet. Schau mal.« Joram Grafunder fischte etwas aus seiner Manteltasche, knipste eine Taschenlampe an, steckte sie Henny zwischen die kältesteifen Finger, legte seine über ihre Hand und richtete den schmalen Lichtkegel auf das Schiff.

Silbern blitzten die Segel auf, streuten helle Funken in Hennys Haar und auf Jorams Stirn. Honiggolden leuchtete der Bernsteinrumpf, erinnerte an warme Tage voller Licht.

»Oh!«, staunte Henny. »Im Dunkeln sieht es ja noch schöner aus!«

»Siehst du. Es kann noch leuchten. Du selbst hast es in der Hand. Und ich bringe dich jetzt nach Hause. Schau, es schneit wieder, und der Wind klingt nicht gut. Komm!« Er zog sie hoch.

Der helle Kreis des Lichtkegels huschte vor ihnen über den weißen Boden. Joram ging voraus, Henny folgte widerspruchslos in seinem Windschatten. An einem Blätterhaufen zwischen zwei Gräbern blieb sie stehen, überlegte ein letztes Mal, ob sie das Schiff dort hineinstecken sollte, wo es im Frühling mit dem Laub im Boden versinken, von Sturm und Sand verschüttet werden würde.

Joram blieb stehen.

»Komm!«, sagte er streng.

Henny war froh, als das Taschenlampenlicht endlich ihr Haus einfing.

»Ein schönes Zuhause«, sagte Joram. »Sei froh, dass du eines hast.«

»Hast du keines?«, fragte Henny erschrocken.

»Ich bin dafür nicht gemacht. Wie gesagt, ich bin nur auf der Durchreise. Immer.«

»Willst du reinkommen? Wir könnten zusammen anstoßen. Ich kann einen Sekt holen, und wir trinken ihn in der Loggia, machen ein Feuer ...«

»Vielen Dank, aber nein. Ich bin an Silvester traditionell allein. Ich wünsche dir Glück, Henny. Denk daran, morgen ist ein neues Jahr!«

Zu ihrer Überraschung beugte er sich zu ihr herunter und küsste sie, so leicht, dass sie sich später nicht sicher war, ob sie es sich eingebildet hatte.

Er war schon ein paar Schritte den Weg hinunter, als er umkehrte und ihr die Taschenlampe in die Hand drückte.

»Hier. Falls dein Schiff mal wieder Licht braucht.«

Als die Kirchenuhr Mitternacht schlug, schlief Henny fest. Auf der Fensterbank stand aufrecht das Schiff. Daneben lag die Taschenlampe.

Oma Matildas Marmorkuchen

200 g Butter, weich
150 g Zucker
1 Pck. Bourbonvanillezucker
1 Msp. geriebene Zitronenschale
einige Tropfen Rumaroma
6 Eigelb
6 Eiweiß
1 Msp. Salz
120 g Zucker
280 g Mehl
½ Pck. Backpulver
100 ml Milch, lauwarm
20 g dunkles Kakaopulver

Die wirklich weiche Butter mit 150 g Zucker und Vanillezucker, Zitronenabrieb und Rumaroma cremig rühren. Eier trennen. Die Eidotter einzeln nacheinander in die Butter-Zucker-Masse rühren. Die 6 Eiweiß mit der Msp. Salz halbfest schlagen und mit den restlichen 120 g Zucker zu Schnee schlagen. Mehl mit Backpulver mischen. Abwechselnd zuerst etwas Mehl auf die Butter-Zucker-Eidotter-Masse sieben, dann etwas lauwarme Milch dazugießen und eine Portion Eischnee darauf geben. Mit einem Holzlöffel, der idealerweise in der Mitte ein Loch hat, alles unterheben. (Das ist sehr wichtig – kein Rührgerät einsetzen.)

Wenn alles untergehoben und sorgfältig vermischt ist (geht relativ leicht, da der Teig locker bleibt), die Kuchenform mit Butter ausstreichen und mit Mehl bestäuben. Die Hälfte des Teiges in die Form füllen. Den restlichen Teig mit dem Kakaopulver dunkel färben. Dazu siebt man das Pulver in die verbliebene Teigmasse, um Klümpchen zu verhindern. Den dunklen Teig auf die helle Teigmasse in die Form füllen und mit einer Gabel spiralförmig unterziehen. Beide Teigsorten vermischen sich dadurch zum Marmormuster.

Im vorgeheizten Backofen bei 160° Umluft ca. 50 Minuten backen (Ober- und Unterhitze 180°).

Oma Matilda hat den Kuchen anno dazumal mit Puderzucker bestreut und mit geschlagener Sahne serviert.

Carly

1999

18

Die Westentaschenharke

Wirklich weitergekommen war Carly nicht mit dem Aufräumen. Aber immerhin hatte sie drei Säcke gefüllt, die sie nach unten schleppte und im Flur abstellte. Sie würde Jakob um Hilfe bitten müssen. Oder Synne.

»Hier hilft man sich mit so was«, hatte Jakob gesagt.

Aber sie wollte nicht mit leeren Händen zu Jakob. Kurz entschlossen fing sie an, einen Teig anzurühren. Der Duft von Backwerk würde Naurulokki guttun nach dem Wühlen im Schrank, das alten Staub aufgewirbelt hatte. Mal sehen, wie ihre Erdnussbutter-Kekse bei Jakob und Anna-Lisa ankommen würden.

Der Duft fand sogar seinen Weg in den Wind. Vor dem offenen Küchenfenster räusperte sich jemand.

»Tach! Hier riecht es aber gut. Die Post!«

Der Briefträger. Der, der Henny die Briefe durchs Küchenfenster gereicht hatte, wenn sie malte.

Carly öffnete das Fenster weiter.

»Die Kekse sind noch nicht fertig, aber Sie können einen Rest Teig naschen.«

»Mmmmh, lecker. Die Frau Badonin hat nie gebacken. Nur der Herr Grafunder manchmal. Und kochen konnte der!«

»Joram Grafunder konnte kochen?«

»Doch. Der stand hier öfter, rührte in den Töpfen, und es duftete. Besser als aus den Restaurants unten. Manchmal durfte ich kosten. Einmal hatte er eine Erkältung und wollte wissen, ob er zu viel Rosmarin in die Suppe getan hat. Hier ist eine Postkarte für Sie.«

Carly war sich sicher, dass er sie schon gelesen hatte. Aber sie legte sie beiseite. Unter seinen Augen mochte sie die Karte nicht lesen, egal, von wem sie war, Orje oder doch Thore.

An diesem Abend begleitete sie der Duft nach Plätzchen die Treppe hinauf bis ins Bett. Sie kuschelte sich zufrieden ein. Das Haus lebte wieder, fand sie. Nicht nur in der Vergangenheit, sondern auch wieder im Jetzt.

Ein Geräusch weckte sie, war durch das offene Fenster aus der bisher lautlosen Nacht in ihren unruhigen Traum gefallen. Sie war froh darüber, etwas war ihr unbehaglich gewesen. Erleichtert befreite sie sich von der Decke, lehnte sich hinaus in die Kühle, wo über dem Land der erste Anflug von Dämmerung zu ahnen war. Am Himmel blinzelte die gute alte Venus, der Morgenstern. Eine Erinnerung an Thore flog sie an: »Die Umlaufbahn der Venus ist sehr erdnahe – nur 38 Millionen Kilometer entfernt.«

Die Geräusche kamen vom Nachbargrundstück. Sie sah Jakobs Silhouette: Er belud sein Auto. Wenn er um diese Zeit aufbrach, hatte er vor, auf dem Bodden fischen zu gehen. Mehr aus Spaß als um des Verdienstes willen. Er lebte von den Touristen, die er tagsüber mitnahm, obwohl er auch gelegentlich etwas Fisch verkaufte. Carly aber ahnte, dass diese Zeit, die er draußen auf dem Wasser für sich allein hatte, ihm viel bedeutete, ob er etwas fing oder nicht.

Hastig lief sie hinunter, warf sich Hennys Jacke über und packte von den Keksen, die sie gestern zum Abkühlen auf den

Blechen hatte liegen lassen, eine großzügige Portion in eine Dose. Sie dufteten gut. Prüfend biss sie in einen hinein. Ja, sie schmeckten nach Sommer und Kindheit und Picknicks auf Wiesen. Oder Seen.

Sie hatte ihre Schuhe nicht mit Absicht vergessen, aber das taufeuchte Gras unter ihren Sohlen beglückte sie. Durch ein Loch in der Hecke drückte sie sich nach nebenan. Jakob war gerade im Begriff einzusteigen.

»Hey, warte!«

Er zuckte zusammen, spähte in die Schatten.

»Carly! Ist was passiert?«

»Nein«, schnaufte sie, »hier, ich wollte dir das nur mitgeben.« Sie drückte ihm die Dose in die Hand.

Belustigt sah er im Scheinwerferlicht ihre nassen Füße und das Nachthemd unter der Jacke.

»Wieso schläfst du nicht?« Er schnupperte an den Keksen. »Mmmh, danke! Das wird mir den Morgen erhellen. Magst du nicht mitkommen?«

Auf ein Boot? Auf das Wasser? Bloß nicht! Aber wie sollte sie ihm das erklären? Carly zögerte, dann fiel ihr ein, was sie im Traum bedrückt hatte.

»Ich kann nicht, ich muss weiter aufräumen. Es kommt bald ein Interessent für das Haus!«

»Oh.« Er klang nicht begeistert.

Irgendwo näherte sich ein Auto; das Brummen hallte durch die ruhige Nacht und entschärfte die Stille zwischen ihnen.

Die Postkarte gestern war von Peer und Paul gewesen.

»Papa hat gesagt, wir sollen dir schreiben. Das mit dem Telefonieren aus Ägypten klappt nicht gut. Er hat auf dem Flughafen einen Mann getroffen, der an dem Haus Interesse hat. Herr Schnug heißt der. Er wird sich in den nächsten Tagen bei dir melden und sich alles angucken. Ferien sind cool. Bei Cousine Conny ist es lustig. Viele Grüße, Peer und Paul.«

Die Vorstellung, dass irgendein Herr Schnug besitzergreifend durch Naurulokki trampeln würde, gefiel ihr nicht. Aber das war der Deal gewesen.

»Dann viel Erfolg und: Danke noch mal! Ich werde auf dem Wasser an dich denken. Wenn du später Hilfe brauchst, sag Bescheid. Anna-Lisa wird vermutlich sowieso bei dir auftauchen.«

Jakob griff nach der Autotür, verharrte aber, ehe er einsteigen konnte, zum zweiten Mal erschrocken.

Auch Carly stand erstarrt.

Hinter ihr stiegen unüberhörbare Töne Richtung Venus. Es waren nicht die Hirsche.

Es war die »Emma auf der Banke an der Krummen Lanke«.

Friederikes Töne. Orje!

Sie drehte sich um, da tauchte er schon zwischen den Büschen auf.

»Orje!« Wie gut es tat, so unvermutet jemanden Vertrautes zu sehen. Sie sprang in seine Arme, er wirbelte sie einmal herum und stellte sie dann streng wieder auf die Beine.

»Das sieht dir ähnlich, im Dunkeln herumzuturnen!«

»Und du? Wo kommst du um diese Zeit her?«

»Ich bin die Nacht durchgefahren. Weißte doch, ich fahr am liebsten nachts, da hat man Platz auf der Strecke und Ruhe zum Denken.«

»Guten Morgen. Ich bin der Nachbar«, sagte Jakob.

»Oh, das ist Orje, ein alter Freund aus Berlin«, beeilte sich Carly, ihn vorzustellen. »Und das ist Jakob Hellmond, er hat mir sehr geholfen – hab ich dir ja erzählt, in dem Blog.«

Die Männer gaben sich die Hand; der gegenseitige prüfende Blick verpuffte in der Dunkelheit.

»Also dann«, sagte Jakob. »Ich muss los.« Er stieg ein; diesmal hielt ihn nichts auf.

Carly sah dem warmen Glühen seiner Rücklichter nach.

»Hast du einen warmen Tee für mich?«, fragte Orje.

»Na, aber so was von Tee. Alle Sorten, die du dir vorstellen kannst. Und frisch gebackene Kekse!«

»Klingt gut. Wirst du jetzt zur Hausfrau?«

»Nicht so, wie ich sollte. Bald kommt ein Interessent, und ich bin noch nicht weit gekommen.«

»Na, aber nach dem, was du erzählst, sieht das Haus doch ganz ordentlich aus. Und der Interessent muss sich ja erst mal äußern. Vielleicht will er es tatsächlich möbliert, dann wird es einfacher. Ich kann dir heute helfen!«

»Erzähl, was machst du hier?«

»Ich habe eine Genehmigung, am Sonntag in Prerow auf dem Seebrückenfest zu spielen. Da dachte ich, ich kann ein verlängertes Wochenende nehmen und dich besuchen. Vor allem ...«

»Vor allem was?«

»Ich dachte, du brauchst jemanden, der mit dir zum Strand geht.« Verlegen fummelte er an Friederikes Bremsen herum und begann, sie auf die Terrasse zuzuschieben.

Carly packte ihn von hinten am Kragen und umarmte ihn gleich noch mal.

»Du bist unglaublich. Genau das brauche ich! Ich schaffe es nicht alleine.«

Das hatte sie nicht einmal vor sich selbst zugeben wollen. Jetzt, da Orje es ausgesprochen hatte, war es auf einmal nicht schwer.

Orje sah sich anerkennend in der Küche um, während eine Ahnung von Tag über die Baumwipfel schlich und Carly Frühstücksutensilien auf einem Tablett versammelte.

»Das Haus hat was«, sagte er. »Eine besondere Atmosphäre. Sie kommt einem entgegen, verspricht etwas. Wie sagte dein Joram – Wohnen ist eine Tätigkeit? Ein interessanter Gedanke.«

»Nicht mein Joram. Wenn, dann Hennys Joram.«

»Aber er fasziniert dich. *Sie* faszinieren dich.«

»Immerhin bin ich sozusagen in ihr Leben geschlüpft. Für ein paar Wochen. Und ihre Kleider passen mir.«

»Apropos Kleider. Du hast eine Gänsehaut. Zieh dir was an!«

Er passte schon wieder auf sie auf. Es fühlte sich gut an.

Sie lief nach oben und schlüpfte in eines von Hennys Baumwollkleidern. Auf diesem waren Schwärme kleiner Möwen auf blauem Untergrund unterwegs.

Orje betrachtete sie erstaunt. »Ich glaube, ich habe dich noch nie in einem Kleid gesehen. Sie passen dir wirklich! Mehr noch, es passt zu dir. Irgendwie überraschend.«

Sie musste lachen.

»Ich wundere mich selber.«

Ihm fiel etwas ein.

»Ich muss noch was aus dem Auto holen. Klasse Gartentor übrigens.«

Kurze Zeit später kam er mit einem dicken Strauß aprikosenfarbener Rosen wieder.

»Blüten von Abraham!« Carly war begeistert. »Den vermisse ich wirklich.«

»Dachte ich mir. Es geht ihm gut. Hast du eine Vase?«

»Bestimmt.« Carly sah sich um. »Da oben auf dem Regal. Kommst du da ran?«

Es gelang ihm so gerade, die bauchige Keramikvase herunterzuangeln. Dabei fiel etwas zu Boden. Orje stellte die Vase unter dem Wasserhahn ab und bückte sich.

»Ein Zettel, auf dem steht etwas«, stellte er fest. »Und ... ui!«

»Zeig!«

Orje hielt die fein gearbeitete Miniaturausgabe einer Harke hoch, kaum länger als sein Zeigefinger. »*Hab ich heute früh aus Zahnstochern gemacht. Für dich*«, las er vor. »*Steck sie in die Tasche, dann kannst du unterwegs bei Bedarf jedem zeigen, was eine Harke ist! Gruß, Joram.*«

Orje fing an zu lachen.

»Dieser Joram gefällt mir auch.«

»Siehste.« Carly war damit beschäftigt, Abrahams Blüten wirkungsvoll anzuordnen. Orje fasste sie bei den Schultern und drehte sie zu sich herum.

»Ich finde, das ist ein Zeichen«, sagte er und steckte die Harke behutsam in die kleine Tasche vorn in Hennys Kleid. »Pack das Frühstück ein. Wir gehen an den Strand und zeigen dem Meer, was 'ne Harke ist!«

»Jetzt? Sofort?«

»Ja. Jetzt. Sofort. Um diese Zeit sind noch keine Touristen am Strand. Die Sonne geht bald auf. Komm. Jetzt oder nie! Ich bin bei dir. Du hast Jorams Harke. Und du weißt ganz genau, dass Thore dich hauptsächlich deswegen hierhergeschickt hat. Also?«

Das war gemein! Er kannte sie zu gut, wusste, dass sie Thore nie enttäuschen würde, nicht am Ende als Feigling dastehen wollte, weil sie die Chance nicht nutzte, die er ihr geschenkt hatte.

»Na, dann. Okay. Okay!«

Sie goss den Tee in die Thermoskanne, schmierte hastig ein paar Brote, packte die Eier und Salz dazu, ein paar Kekse, und alles in eine von Hennys Einkaufstaschen. Orje nahm sie ihr ab.

»Los!«, sagte er und ging voran, ohne sich umzudrehen.

Carly schlüpfte in ihre Sandalen, folgte ihm trotz der Beklemmung, die sich kalt in ihr ausbreitete. Sicherheitshalber war sie kurz hinaufgerannt und hatte das kleine Bernsteinschiff in ihre Tasche gesteckt. Hennys Glücksbringer konnte nicht schaden, vielleicht trug das Schiff sie über die Angst. Und das Kratzen von Jorams Harke durch den dünnen Stoff ließ sie trotz allem schmunzeln.

Was wollte sie mehr? Orje war bei ihr, Thore und Joram standen unsichtbar hinter ihr, sogar Daniel, dessen Tee in der Thermoskanne gluckerte. Auch Henny war gegenwärtig, zumindest durch ihr Kleid und das Schiff.

Auf diese Weise gibt mir das Meer in deinem Namen zu verstehen, dass du nicht fort bist ..., hatte sie geschrieben.

Gut, dann sollte das Meer sie, Carly, jetzt in Jorams Namen und im Namen ihrer Eltern begrüßen. Und ihm und Thore und sich selbst würde sie zeigen, was eine Harke ist, indem sie sich nicht fürchtete! Trotzig machte sie sich in Orjes vertrautem Schutz auf den Weg.

Das erste Licht folgte ihnen.

Hell lag der Sand der Dünen in der Morgendämmerung, und Schweigen lag noch vor dem Deich, als Orje ihr die Hand reichte, um sie die Böschung heraufzuziehen. Er hatte nicht den Umweg zum Strandübergang genommen, sondern Carly schnurstracks durch den Streifen Kiefernwald geführt. Vielleicht fürchtete er, sie würde einen Rückzieher machen. Oder es war nur, weil er einer war, der immer den geradesten Weg ging.

Carly achtete auf ihre Füße; an den knorrigen Wurzeln, unter denen der Wind den Sand abgetragen hatte, konnte man leicht hängen bleiben. Auch war der Blick nach unten sicherer. Dumpf klangen ihre doppelten Schritte auf dem Bohlenweg, der die Düne hinaufführte. Oben nahm Orje sie bei der Hand und zog sie wortlos mit sich. Zusammen stolperten und rutschten sie den sandigen Hang hinab.

Unten umfing er sie fest von hinten, so dass sie seine Wärme und seinen Atem spüren konnte und die Sicherheit, mit der er aufrecht stand. Sanft legte er die Hand unter ihr Kinn, und zwang ihren Blick, dem Horizont nicht mehr auszuweichen.

Hinter ihnen ging über dem Land die Sonne auf, schickte die erste verhaltene Wärme über die Wiese, auf der die Tropfen zu funkeln begannen. Das Funkeln breitete sich aus, blitzte zitternd in den Kiefernzweigen und im Dünengras, ließ die Muschelscherben und den nassen Seetang am Flutsaum aufleuchten, verhielt kurz angesichts der langen Schatten, die Carly und Orje über den Strand warfen, und zündete schließlich auf dem ersten Wellenkamm, der gerade rauschend auf sie zurollte. Von dort lief es auf das Meer hinaus, umfing eine immer größere Weite und traf am Ende auf den Himmel, der genau dort einen durchsichtigen Streifen aus Pfirsichfarben und Hellgrün trug.

Diese freundlichen Farben waren vor zwanzig Jahren nicht da gewesen, nur ein dunstiges, brennend weißes Hitzeflimmern.

Carly hielt den Atem an. Sie glaubte, sich aufzulösen in der Helligkeit und der unglaublichen bewegten Weite, nach der sie sich gesehnt und vor der sie sich dennoch, von Tante Alissa bestärkt, seit jenem ewig vergangenen Tag mit so tiefem Entsetzen gefürchtet hatte.

Oder war es gerade diese Angst, die sich jetzt auflöste?

Eine Möwe rief durchdringend, segelte über ihre Köpfe hinweg, landete dicht neben ihnen, sah sie prüfend an, krächzte noch einmal seltsam und begann, ihre Flügel zu putzen.

Das Meer in deinem Namen ...

Eine Möwe in deinem Namen ...

Wieder stieg die Stimme ihres Vaters an die Oberfläche ihrer Erinnerung. »Flieg, Fischchen!«

Unwillkürlich hatte sie es laut gesagt.

»Wieso eigentlich Fischchen?«, fragte Orje.

Carly musste sich erst wieder darauf besinnen, dass es Worte gab, hangelte sich zurück in die Gegenwart.

»Weil ich so gern im Wasser war. Und dann hatten wir dieses Ding am Laufen. Immer wenn Ralph oder ich sagten: ›Das kann ich nicht‹ oder ›Das geht nicht‹, antwortete unser Vater: ›Sogar Fische können fliegen‹, und dann holte er das Lexikon und zeigte uns das Bild von den fliegenden Fischen.« Jetzt wusste sie es wieder.

»Dann warst du also mal so ein kleiner Wasserfloh, der gerne schwimmen ging«, sagte Orje und stellte sich mit Vergnügen die sechsjährige Carly vor.

Floh? Hatte er Floh gesagt? Das Wort sprang wie ein Flummi in ihrem Gedächtnis herum, auf der Suche nach etwas.

Das Rauschen der Wellen war so nahe, so sanft und brausend und gewaltig und großartig zugleich. Damals hatte es dieses Rauschen nicht gegeben; alles war glatt und still gewesen. Die Katastrophe war lautlos und zunächst unbemerkt geschehen, nicht mit einem Knall und einem Scheppern, wie man es von einem Unglück erwartet. Deshalb war es so schwer gewesen zu glauben, dass es überhaupt passiert war.

Das Wasser kam Carlys Füßen näher, jede Welle trug etwas von dem angespülten Seetang wieder hinaus und mit ihm einen Teil von ihrer Unsicherheit, dem Gefühl, der Boden unter ihren Füßen wäre nicht sicher, nicht wirklich.

Das Rauschen trug sie, berauschte sie, jetzt wusste sie, wo das Wort »berauschen« herkam. Sie hätte ewig zuhören können.

Die Wellen spülten schließlich frei, wonach das Wort »Floh« in ihr gesucht hatte. Die Stimme ihrer Mutter gesellte sich zu der ihres Vaters: »Floh! Komm endlich raus!«

Und Ralphs Stimme, irgendwo aus dem Wasser: »Ich komm ja schon, gleich, noch eine Minute …!«

Das hatte sie völlig vergessen, dass Ralph so ein lebendiges Kind gewesen war, das nie stillsaß, ständig etwas plante und ausprobierte. Mit ihren kurzen Beinen hatte sie nie mit ihm Schritt halten können. Schwer zu glauben, wenn sie an den heutigen bedächtigen, vorsichtigen Ralph dachte, der nie etwas ohne Plan tat, wenn er es überhaupt wagte.

Er musste sich früh geändert haben. Sicher genau an jenem Tag. Alles hatte sich geändert.

Aber sie waren beide noch da. Fischchen und Floh.

Sie würde den Floh in Ralph wiederfinden.

Wie sie die Stimmen ihrer Eltern wiedergefunden hatte.

»Das Meer gibt nicht alles zurück, was es nimmt«, hatte Daniel gesagt.

Aber manches eben doch.

Die Stimmen lebten noch, wenn auch lautlos. Wenn jemand tot ist, was geschieht mit seinen Worten? Die Worte sterben nicht, sie haben dieselbe Bedeutung wie zuvor. Sie verlieren nicht ihre Gültigkeit. Hennys Worte, Jorams Worte. Obwohl sie beide nicht gekannt hatte, waren auch sie lebendig in ihr und erklärten ihr etwas, änderten ihre Welt, warfen Lichter in sie.

Wie der Tag auf das Meer.

Orje hielt sie immer noch fest, aber auch die Sonnenwärme war schon so stark, als könnte man sich daran anlehnen.

Sie drehte sich um, umarmte Orje. »Es ist so ... schön«, flüsterte sie. »Und«, sie sah erstaunt zu ihm auf, »ich habe Hunger!«

Sie suchten sich ein Plätzchen in einer Kuhle vor den Dünen. Noch nie hatten ihr ein Honigbrot und ein Keks so geschmeckt, obwohl auch Sand zwischen ihren Zähnen knirschte. Sie spülte ihn mit Daniels »Küstensturm« hinunter.

Als sie den Becher absetzte, blieb ihr Ärmel an etwas hängen. Sie sah an sich herunter. Jorams Harke in ihrer Tasche! Sie zog sie heraus und hielt sie triumphierend hoch.

»Es hat geklappt!«, sagte sie lachend.

»Siehst du«, sagte Orje zufrieden. »Wir sind stolz auf dich, Joram und ich!«

Die Möwe, zu der sich inzwischen eine weitere gesellt hatte, hüpfte hoffnungsvoll heran. Orje warf ihr einen Brotkrümel zu.

Vor der Buhne sprang ein Fisch aus dem Wasser, eine kleine, fröhliche Silhouette vor all dem weiten Glitzern.

Flieg, Fischchen!, dachte Carly.

Warum nur hatte sie vergessen, dass das möglich war?

Jetzt musste sie nur noch herausfinden, wohin.

19

Ein toller Hecht

»Wo fangen wir mit dem Aufräumen an?«, fragte Orje unternehmungslustig. »Nutze den Tag! Heute hast du einen Sklaven.«

Carly sah sich zweifelnd um. Der Werktisch in der Küchenecke sah am wüstesten aus, und der ominöse Herr Schnug wollte bestimmt die Küche sehen.

Nein, er würde alles sehen wollen. Die Bibliothek war vollgestopft bis unter die Decke, und Bücherkisten waren schwer, da war es gut, wenn einer mit anfassen konnte. Dann war da noch das kleine Büro, in das sie bisher nur einen Blick geworfen und es angesichts der Papierhaufen schleunigst ignoriert hatte.

Thore hätte mit den Büchern begonnen.

»Fangen wir mit den Büchern an«, sagte sie also, »im Keller sind Kartons.«

Mit viel Gerumpel, weil dabei ein Stapel Treibholz umfiel, holten sie drei Kartons nach oben. »Thore«, schrieb Carly mit Filzstift auf einen, »Carly« auf den zweiten und »Antiquariat oder Spende« auf den dritten.

Weil Carly am besten wusste, was Thore würde haben wollen, reichte Orje ihr die Bücher stapelweise von oben herunter, während sie alles auf die Kartons verteilte. Er war dabei wesentlich schneller.

»Wenn du dich immer wieder festliest, kommen wir nicht weiter. Lesen kannst du das in Berlin!«

»Nee, das hier ist ja für Thores Kiste. Erich Fried, den mag er.«

Orje seufzte, bekam aber unvermutet Unterstützung von Carlys Handy, dessen Klingeln sie aus ihrer Lektüre riss. Sie lief nach draußen, dort war wenigstens rudimentärer Empfang.

»Das war dieser Herr Schnug!«, sagte Carly bekümmert, als sie eilig zurückkam, damit Orje nicht allzu viel heimlich in die Antiquariatskiste schmuggeln konnte. »Der will schon übermorgen Nachmittag kommen!«

»Dann lass uns weitermachen!«

Schweigend arbeiteten sie, während vor dem offenen Fenster die Bachstelzen zierlich in der steigenden Spätsommerwärme herumstaksten. Orje wischte sich den Schweiß von der Stirn.

»Du hast Spinnweben um die Ohren«, stellte Carly fest und zupfte sie fort. »Ich hole uns was zu trinken.«

»Nein, lass uns Pause machen. Ich muss an die Luft. Zwei Drittel haben wir geschafft.«

»Gute Idee. Ich muss auch nachsehen, ob ich Bettwäsche finde, damit ich dir Hennys Bett zurechtmachen kann.«

»Brauchst du nicht. Ich habe mein Zelt mitgebracht. Ich möchte endlich mal wieder in einem Zelt schlafen. Außerdem muss ich es testen. Ob es noch dicht ist und alle Stangen da sind. Miriam will es sich ausleihen.«

»Sie will wirklich nach Dänemark? Mit dir?«

»Um Himmels willen. Und so viel Urlaub habe ich auch nicht mehr.« Fröhlich pfeifend verschwand er Richtung Auto.

Carly schmierte Brote, rührte eine Zitronenlimonade an. Aus dem Küchenfenster sah sie, wie Orje ein einigermaßen flaches Stück Rasen wählte und großzügig Stangen, Planen und Heringe um sich ausbreitete. Hinter ihm tauchte Anna-Lisa auf. Orje schüttelte ihr ernsthaft die Hand. Kurze Zeit später steckte Anna-Lisa den Kopf zum Fenster herein.

»Orje braucht einen Hammer«, sagte sie wichtig. Es hörte sich an, als würde sie Orje schon seit Jahren kennen. Carly verkniff sich ein Schmunzeln. So war es immer mit Orje und Kindern. Er konnte mit ihnen umgehen wie der Rattenfänger von Hameln. Sie händigte Anna-Lisa den Hammer aus.

So glücklich und vertieft, wie die beiden mit den Stangen herumhantierten und versuchten, die Heringe tief genug in die sandige Erde zu schlagen, schienen sie nicht hungrig zu sein. Carly wollte sie nicht stören und ging zurück in die Bibliothek, um das letzte Regal auszuräumen. Inzwischen waren die Kartons voll, sie musste zwei weitere hinzunehmen. Traurig sahen die leeren Fächer aus. Der Blick der hölzernen Wildgans wirkte vorwurfsvoll.

Mit einem abgegriffenen englisch-deutschen Wörterbuch fiel ihr eine Seite aus einem Brief von Joram vor die Füße.

… es ist wie Melancholie als Sucht für einige Zeit, in der die erschöpften Gedanken wieder Energie aufnehmen können. Ich kann diese Zustände schon aus meiner Kindheit erinnern. Dann habe ich gebastelt, anstatt mit den anderen zu spielen …

Aus der Ferne schmuggelte sich Anna-Lisas Lachen zwischen Jorams Worte, die einmal Henny gegolten hatten. Carly hatte das Gefühl, er spräche sie nun zu ihr, stünde hier neben den Kisten. Sie wusste, wie der junge Joram sich gefühlt hatte. Wie oft war sie früher von den anderen fortgelaufen, hatte sich eine Ecke unter der Hecke gesucht, wo sie allein sein konnte mit ihren Gedanken. Als hätte Joram diese gerade gelesen, fuhr er fort.

Du sprichst von ›einsam‹ und ›allein‹ sein. Alleinsein bedeutet für mich absolute Ruhe, in der ich nur ich selber bin oder sein kann. Da stört mich niemand. Einsamsein geht komischerweise inmitten vieler Leute am besten, bevorzugt auf Partys mit Smalltalk – weswegen ich da ja auch nicht hingehe. Es ist für mich eine fremde Welt ohne Substanz darin – rausgeworfene Zeit. Viele behaupten ja, ich lebte zu sehr zurückgezogen – aber ich brauche das, wenn ich kreativ sein will. Jemand, der nachts um vier auf der Terrasse dem Sturm zuhört, ist zuallererst glücklich, später dann müde, aber nicht einsam, nur rein physisch alleine.

Henny hatte darunter notiert: *Unter Menschen fühle ich mich nicht nur auf Partys einsam – aber im Haus und Garten nie, vor allem seit Jorams Möbel mit mir hier wohnen.*

Nachdenklich steckte Carly den Brief in die Tasche. Von Anfang an hatte sie das Gefühl gehabt, mit Henny vieles gemeinsam zu haben, aber offenbar verhielt es sich mit Joram ähnlich.

Carly war nicht nur gern nachts unterwegs, sie war zeitweise auch gern allein, immer schon, und Partys hasste sie, wie auch die Innenstadt. Je größer das Menschengedränge, desto ausgeschlossener fühlte sie sich. Woher das kam, wusste sie nicht. Weil Tante Alissa anders war als die Eltern der anderen, weil Carly nicht in eine Stadt gehörte, weil sie ihren Professor liebte und nicht einen Studenten ihres Alters, weil sie sich nicht für Klamotten interessierte? Egal, sie hatte es hingenommen, wie es eben war. Nur mit Thore war das anders gewesen. Mit ihm hatte sie sich nie einsam gefühlt. Die unsichtbare Glaswand, die sie gelegentlich zwischen sich und anderen spürte, war wie aufgelöst, wenn sie mit ihm zusammen war. Bedingt war das auch mit Orje so und, vor sehr langer Zeit, mit Ralph.

Heute Morgen war sie kurz irritiert gewesen, als Orje auftauchte. Sie genoss jeden Tag auf Naurulokki, das Alleinsein mit den Gerüchen, Farben und Geräuschen im Haus und in der Landschaft und den vorläufigen Abstand zu allem, was Berlin für sie bedeutete. Zumindest hatte sie das gedacht. Aber nun fiel ihr auf, wie wohl und gelöst sie sich mit den Menschen hier fühlte – ganz anders als zu Hause. Jakob, Anna-Lisa, Synne, Daniel. Sogar der Briefträger. Neu war das und ungewohnt. Aber angenehm.

Hastig wischte sie mit einem nassen Tuch den Staub aus den leeren Regalen, schob die übervollen Bücherkisten in eine ordentliche Reihe und lief in die Küche. Dort belud sie ein großes Tablett mit Broten, Keksen und der Limonade.

»Picknick!«, rief sie, stellte das Essen auf dem Tisch unter der Trauerbirke ab und bewunderte das Zelt, das tatsächlich beinahe gerade stand.

»Sind wir nicht gut?«, fragte Orje. »Ohne Anna-Lisas geschickte Hände hätte ich das nie fertiggebracht!«

»Phantastisch. Und die Bücherregale sind auch leer!«

»Du hast aber nicht etwa die Kisten geschleppt?«

»Wie denn? Ich krieg sie nicht mal hoch. Außerdem weiß ich nicht, wohin damit.«

»In den Schuppen. Da müsste Platz sein«, meinte Anna-Lisa gelassen.

Carly sah sie entgeistert an.

»Schuppen? Es gibt einen Schuppen? Wo?«

»Da oben. Komm!«

Anna-Lisa führte sie den Abhang hinauf, am Haus vorbei, wo oben an der Grundstücksgrenze eine verwilderte Hecke mäanderte. Hinter drei Sommerfliederbüschen, an denen noch einzelne schmetterlingsbesetzte blaue und weiße Blüten in den Himmel zeigten, stand eine geräumige Holzhütte.

»Noch schiefer als das Zelt, aber stabil«, stellte Orje fest.

»Hinter die Büsche hab ich noch nie geguckt«, sagte Carly verblüfft. »Gibt es hier noch mehr Geheimnisse?«

»Glaub nicht.« Stolz öffnete Anna-Lisa die Tür.

»Ein Rasenmäher!«, freute sich Carly.

»Soll ich den Rasen gleich mähen? Ich mag den Geruch so! Und hier am Hang ist das nicht so leicht«, bot Orje an.

»Das wäre toll. Nötig ist es. Aber vorher essen wir was. Hier drin ist wirklich Platz für die Kisten!«

Der Schuppen war erstaunlich aufgeräumt. Bis auf Gartengeräte, eine Schubkarre, zwei Farbeimer und einen Gartentisch mit abgeblätterter Farbe, auf dem Samentüten und Saatschalen standen, beherbergte er nur leeren Raum.

Orje nahm den Rasenmäher gleich mit.

»Halt, Orje, da muss noch Benzin rein!« Eifrig schleppte Anna-Lisa einen Trichter und einen Kanister an. Einträchtig beugten sie sich über den Schraubdeckel.

»Ich geh schon mal den Tisch decken«, sagte Carly belustigt.

Der Platz unter der Trauerbirke hatte es ihr angetan. Er fühlte sich besonders an. Richtig. Als hätte sie genau hier Wurzeln wie der alte Baum.

Zu dritt saßen sie um den Tisch, und Anna-Lisa füllte beflissen Orjes Glas, sobald er es geleert hatte. Er bedankte sich höflich. Vor dem Tor hielt Jakobs Auto. Carly erkannte es am Motor.

»Dachte ich mir doch, dass du hier bist«, sagte Jakob zu Anna-Lisa. »Wie ich sehe, bist du schon versorgt.«

»Hast du was gefangen?«

»Ja – einen tollen Hecht, und den kann ich unmöglich allein essen! Unterwegs habe ich Synne getroffen und sie für heute Abend eingeladen. Sie will Daniel mitbringen. Und ich dachte, Carly möchte mal einen Boddenhecht kosten. Sie sind selbstverständlich auch eingeladen«, sagte er zu Orje.

»Aber Papa, dann könnten wir ja auch hier grillen, so wie früher mal an meinem Geburtstag mit Joram und Henny.«

»Da musst du Carly fragen. Vielleicht ist es Zeit, dass Naurulokki Geselligkeit erlebt.«

Carly fühlte sich von Jakobs guter Laune angesteckt.

»Unbedingt«, sagte sie.

Orje warf ihr einen erstaunten und erfreuten Blick zu.

»Da ist es ja gut, dass ich Friederike mit habe«, meinte er.

»Wer ist Friederike?«, fragte Anna-Lisa argwöhnisch.

»Komm mit, ich zeig sie dir«, sagte Orje. »Du wirst sie mögen. Und dann mähen wir den Rasen. Du zeigst mir, wie man den Motor startet, ja?«

Jakob sah ihnen nach. »Da haben sich ja zwei gefunden. Und wie geht es dir?«

»Leere Bücherregale machen traurig. Aber auch ein gutes Gewissen. Heute sind wir vorangekommen.«

»Dann habt ihr ein schönes Essen verdient. Ich bringe jetzt die Einkäufe nach Hause und bereite alles vor.«

»Willst du die Sachen nicht gleich hier lassen? Wenn wir hier grillen, helfe ich dir natürlich. Wir tragen einfach alles in die Küche.«

»Gut, aber den Hecht abschuppen und ausnehmen, das mache ich bei mir. Das gibt zu viel Unordnung. Ich habe einen Extraplatz im Hof dafür, der ist Kummer gewohnt.«

Zusammen schleppten sie die Tüten den Abhang hoch, während Friederike die Töne der »Berliner Luft« in den Sommerwind mischte.

»Die Berliner Luft hättest du ruhig zu Hause lassen können«, rief Carly ihm zu. »Die Ahrenshooper ist viel besser!«

»Eine Walze mit Shanties habe ich leider nicht«, meinte Orje.

»Mir gefällt es!«, strahlte Anna-Lisa, die an der Kurbel drehen durfte und mit irrwitzig wechselndem Tempo der »Berliner Luft« eine ganz neue Note verlieh.

»Jetzt mähen wir aber den Rasen!« Energisch zog Orje den Mäher in Position, bemühte sich, den Motor zu starten.

Anna-Lisa musste lachen.

»Nee, so musst du an der Schnur ziehen, guck!«

Bald schob Orje den Mäher durch die verwilderte Wiese, malte dabei Herzen und Kringel, während Anna-Lisa ihm vorauslief und Margeriten, Butterblumen und wilde Schafgarbe pflückte, bevor sie der Klinge zum Opfer fielen.

Das Wetter blieb sommerlich sanft, der Himmel bis auf ein paar Federwolken ungetrübt, und genauso fühlte sich Carly, während sie Stühle zusammensuchte, einen weiteren Tisch an den unter der Birke stellte und Anna-Lisas Blumenstrauß mitten darauf platzierte. Dafür nahm sie eine bauchige Keramikvase, die sie in Hennys Zimmer gefunden hatte und die ihr so gut gefiel, dass sie Thore fragen wollte, ob sie sie behalten durfte. Sie war offensichtlich handgetöpfert, leicht unregelmäßig, mit einer Form, die ihre Hand immer wieder verlockte, darüber zu streichen, mit einem zarten Gräserrelief und einer wolkigen, pastellfarbenen Mattglasur. Wenn man sie umdrehte, fanden sich auf dem Boden eingeritzt die Buchstaben PP und ein stilisierter Vogel.

»Weißt du, wer die gemacht hat?«, fragte sie Jakob, der seinen Grill über den nun manierlich glatten Rasen auf sie zurollte.

Prüfend hob er die Vase hoch und betrachtete die Initialen mit der kleinen Zeichnung.

»Das ist ein Kormoran«, stellte er fest. »Nein, weiß ich nicht, aber frag doch Synne. Wenn es ein ortsansässiger Töpfer ist, weiß sie das.«

Der Hecht war der größte Fisch, den Carly je gesehen hatte. Bewundernd sah sie zu, wie Jakob ihn geschickt innen und außen mit Zitrone beträufelte, ihn salzte und pfefferte und liebevoll eine Füllung bereitete, während die Gewürze einzogen. Jakob hackte Sardellenfilets, mischte sie mit Hackfleisch und Paniermehl, füllte den Hecht damit und nähte ihn zu. Dann halbierte er eine Menge Tomaten und Paprika.

»Die legen wir einfach mit auf den Grill«, sagte er, »und Kartoffelsalat ist im Kühlschrank. Fertig. Wo ist Orje?«

»Hier!« Orje und Anna-Lisa kamen mit zufriedenen Mienen in die Küche geschlendert, reichlich mit Gras dekoriert.

»Das habt ihr fein gemacht«, lobte Carly, »Da bekommt dieser Herr Schnug gleich einen besseren Eindruck vom Grundstück.«

»Och, Carly, kannst du nicht hier wohnen bleiben?«, fragte Anna-Lisa. »Ich will nicht, dass schon wieder jemand weggeht. Und ich will keinen Herrn Schnug.«

Carly musste lachen.

»Momentan habe ich nicht mal eine Arbeit, weißt du. Ich kann mir kein Haus kaufen!«

»Aber wir sollten noch schnell die Kisten in den Schuppen

bringen, damit du wenigstens diesen Job fertig bekommst«, meinte Jakob.

»Klar!«, stimmte Orje zu.

Mit Mühe wuchteten sie die Kisten auf die Terrasse.

»War da nicht eine Schubkarre im Schuppen?«, fragte Carly.

»Mensch, klar! Komm, Anna-Lisa, wir holen sie!«

Anna-Lisa ließ sich das nicht zweimal sagen und wurde von Orje bald in übermütigem Galopp den Hang hinunterkutschiert.

»So habe ich sie lange nicht lachen hören!«, sagte Jakob. »Ihr tut ihr gut.«

»Sie mir auch.«

»Hallo, hallo! Bin ich zu früh?« Es war Daniel, der mit einer gewaltigen Thermoskanne über den Rasen kam. »Ich habe meinen besten Eistee mitgebracht.«

»Ich habe drüben einen Zettel angehängt, dass wir hier sind«, sagte Jakob zu Carly. »Daniel, du kommst genau richtig zum Kistenschleppen!«

Zu dritt schafften die Männer die Bücher mit der Karre ruckzuck in den Schuppen. »Oder soll ich die Carly-Kiste gleich in mein Auto packen?«, fragte Orje.

»Nein, Thore muss die schon noch mal durchgucken. Ich kann die ja nicht einfach klauen.«

»Rita wäre dir dankbar.«

»Trotzdem. Im Schuppen ist Platz, das kann dem Herrn Schnug ja wohl egal sein.«

»Die Kohlen sind so weit, der Hecht kann drauf«, verkündete Jakob. Mit Daniels Hilfe platzierte er den Fisch auf dem Rost.

»Hallo! Hier riecht es aber gut!« Synne, in einem wallenden

vergissmeinnichtblauen Sommerkleid, schlüpfte strahlend durch die Hecke. »Jakob, auf deiner Terrasse stand noch ein Korb mit Baguette, den habe ich gleich mitgebracht!«

»Ich wusste doch, dass noch was fehlt.« Jakob umarmte sie herzlich. Daniel tat es ihm nach.

Orje verschluckte sich bei Synnes Anblick an einem halbgegrillten Stück Paprika. Belustigt stellte Carly die beiden einander vor. Synne begrüßte Orje höflich, packte dann aber Carly an beiden Schultern. »Carly, bitte, zeigst du mir jetzt endlich Hennys Bilder?«

»O nein!«, sagte Jakob energisch. »Wenn das passiert, kommt ihr eine Stunde lang nicht wieder, und der Hecht ist in fünfzehn Minuten fertig. Das könnt ihr nach dem Essen machen.«

»Hier, koste den Eistee! Meine beste Mischung!« Daniel drückte Synne ein Glas in die Hand.

Synnes Lachen kullerte hell durch den Garten.

»Die wievielte neue beste Mischung ist das diesen Sommer?«

Orje zog Anna-Lisa am Ärmel. »Hilfst du mir, noch Teller zu holen?«

In der Küche klapperte er unnötig laut mit dem Geschirr und fragte allzu beiläufig: »Sag mal, dieser Daniel und Synne, sind die zusammen?«

»Verliebt, meinst du?« Anna-Lisa schüttelte den Kopf. »Die sind bloß gute Freunde, so wie Carly und du.«

»Du beobachtest aber gut«, sagte Orje.

»Ich will mal Künstlerin werden wie Henny. Aber ich möchte nicht immer nur Sand und Bäume zeichnen, ich will Menschen malen. Magst du Künstlerinnen?«

»Klar mag ich Künstlerinnen. Ich male ja auch – nur nicht Kunst, sondern eher Dekorationen.«

»Synne mag keine Künstler, glaub ich. Sie schimpft immer, dass die zickig sind.«

Carly, die vor dem Fenster auf der Terrasse noch einen Stuhl holte, schmunzelte. Da bahnte sich ja ein nettes Durcheinander an.

Zusammen fanden sie sich wieder unter der Birke ein. Anna-Lisas Lachen wetteiferte mit Synnes, Jakobs Bassstimme fügte sich dazu mit Orjes Tenor und Daniels hellerer Färbung nahtlos zu einem heiteren Chor, wie ihn Carly kaum um sich kannte. Eine tiefe Zufriedenheit füllte sie, so rund wie der Geschmack des fangfrischen Hechts mit dem Meersalz und der Zitrone und dem rauchigen Aroma der Glut.

»Das ist schön, dass wir hier grillen«, sagte Anna-Lisa. »So sind Joram und Henny auch dabei.«

So einfach war das.

Jakob hat recht, dachte Carly, Naurulokki braucht Geselligkeit. So wie jetzt sollte es hier immer sein.

Was wohl der unbekannte Herr Schnug mit dem Haus anfangen würde? Sie stellte ihn sich ähnlich steif und gebügelt vor wie ihre Schwägerin Christiane. Er feierte bestimmt keine spontanen Grillpartys. Entweder übte er Golf auf dem Rasen, oder er gab Empfänge und servierte Kaviar.

Aber wenn das stimmte, war er vermutlich auch zahlungsfähig. Und Thore brauchte das neue Dach.

Friederikes Töne holten sie aus ihren Grübeleien. »In Rixdorf ist Musike …«

»Komm, Carly«, sagte Daniel, fasste ihre Hand, ehe sie zögern konnte, »hier ist zwar nicht Rixdorf, aber tanzen können wir trotzdem.«

Jakob hatte irgendwo Gartenfackeln aufgestöbert. Die Flammen kämpften in der Dämmerung tapfer gegen den aufkommenden Seewind an.

»Hier, Anna-Lisa, du kannst die Friederike spielen, du weißt ja schon, wie!« Orje schob sie in Position und legte ihre kleinen Hände auf die Kurbel. »Wenn es zu anstrengend wird, hörst du auf.«

Orje zog Synne mitsamt ihren Schmetterlingsärmeln in den Tanz, während Jakob behutsam Bratäpfel in die verbleibende Glut bettete.

Daniel roch nach Tee, Kräutern und Meer.

Morgen, dachte Carly, als er sie geschickt um Orjes Zelt herum steuerte, morgen gehe ich wieder an den Strand.

Jakobs gegrillter Hecht

1 Hecht (ca. 1,5 kg)
1 Zitrone
30 Gramm weiche Butter
3 Tomaten
3 Zweige Zitronenthymian
2 Zweige Rosmarin
1 Bund Frühlingszwiebeln
1 Zwiebel
3 Knoblauchzehen
Salz
Pfeffer
2 EL süßer Senf
½ Tasse Paniermehl
Alufolie
Olivenöl

Den Hecht unter klarem, fließendem Wasser abspülen und trockentupfen. Innenseiten mit Salz und Pfeffer würzen und etwas Zitrone in den Fisch träufeln.
Die Frühlingszwiebeln in feine Ringe, Tomaten in kleine Würfel schneiden. Zwiebel und Knoblauch schälen und feinhacken. Kräuter ebenfalls feinhacken. Nun die Zutaten mit der Butter in

eine Schüssel geben und mit dem süßen Senf und dem Paniermehl zu einer zähen Masse vermengen. Kräftig salzen und pfeffern.

Hecht mit dieser Masse füllen. Der Fisch wird nun stramm in mit Olivenöl bestrichene Alufolie gewickelt und für ca. 15–20 Minuten auf den Grill gelegt. Nach der Hälfte der Zeit den Hecht wenden.

Nach der Garzeit den Hecht aus der Alufolie wickeln, aus den Gräten lösen und mit Zitrone beträufeln.

Dazu Baguette und gegrilltes Gemüse servieren.

Statt des Hechts kann man auch jeden anderen Fisch vergleichbarer Größe nehmen, z. B. Wolfsbarsch.

20

Schritte auf der Brücke

»Ich muss nach Hause, Kunden anrufen und Papierkram machen. Und Anna-Lisa sollte ins Bett.« Jakob sah sich um. »Hab ich was vergessen?«

»Deinen Brotkorb«, meinte Synne und drückte ihn ihm in die Hand.

»Wenn wir noch was finden, bring ich's morgen rüber. Danke für den tollen Hecht und den wunderschönen Abend!« Carly umarmte ihn spontan. Jakob hielt sie einen Moment fest.

»Ich muss auch los.« Daniel zog seine Jacke an. »Synne, soll ich dich mitnehmen?«

Orje beobachtete Carly und Jakob, lauschte aber gespannt auf Synnes Antwort.

»Nein, Carly will mir noch die Bilder zeigen.«

»Stimmt. Tschüss, Jakob, Anna-Lisa, Daniel. Komm, Synne. Aber sei nicht enttäuscht, es sind nicht viele.«

»Und wenn es nur eins wäre, wäre ich nicht enttäuscht. Aber – sie hat doch immerzu gemalt und nur ganz wenige verkauft. Es müssten eine Menge Bilder da sein!«

»Der Briefträger sagte auch, sie hätte fast jeden Tag gemalt. Glaubst du, sie hat sie irgendwo ausgelagert?«

»Kann ich mir schwer vorstellen. Oh, wie schön!« Synne hatte die Leuchtturmszene auf halber Treppe entdeckt.

Sie dort wieder wegzubekommen erwies sich als schwierig.

Orje war es schließlich, der sie weiter zu den Schwalben im Gästezimmer führte, ihr dann die Naurulokki-Bilder in Hennys Zimmer und schließlich die verschiedenen Möwenporträts, Strand-, Wald- und Wiesenszenen im Erdgeschoss zeigte.

»Selbst wenn ich mir eins leisten könnte, ich wüsste nicht, für welches ich mich entscheiden sollte!«, sagte Synne. »Gut, dass nicht noch mehr da sind!«

Carly musste lachen.

»Wenn du mir eine Liste machst, was für einen Wert sie haben, und ich Thore erzähle, wie sehr du damit geholfen hast, macht er dir bestimmt einen Sonderpreis oder schenkt dir eins.«

»Meinst du wirklich?« Synne drehte ein paar aufgeregte Tanzschritte. Orje betrachtete sie bewundernd. »Dann frage ich gleich Montag Elisa, wann sie kommt und die Bilder schätzt! Und jetzt lasse ich euch in Ruhe.«

»Ich bringe dich nach Hause«, bot Orje an. »Ich brauch noch Bewegung und mehr von der guten Ostseeluft.«

Carly dachte daran, wie oft er an diesem Tag schon auf die Leiter gestiegen war, von dem Spaziergang zum Strand, der Kistenschlepperei, dem Rasenmähen und dem Tanzen ganz abgesehen.

»Der Hecht hatte ja auch so viele Kalorien«, meinte sie ernst.

Orje ignorierte sie und hielt Synne höflich die Tür auf. Carly hörte das Treibholzgartentor hinter ihnen zufallen.

Wie sie sich schon an dieses Geräusch gewöhnt hatte! Sie ertappte sich bei dem Gedanken, dass sie es gern den Rest ihres Lebens hören würde. Menschen, die täglich kamen und gingen, und das hölzerne Tor, das sie willkommen hieß und freundlich verabschiedete.

So sehr sie den geselligen Abend genossen hatte, so angenehm war jetzt die plötzliche Stille. Carly räumte in der Küche auf, nahm dann ihren Computer und setzte sich in den Sessel in der Bibliothek unter die Schmetterlingslampe mit dem gemütlichen Licht.

Ich war am Meer! Mit dem Tageslicht. Und was für ein Licht! Ohne Orje hätte ich das nicht geschafft. Seit heute früh ist alles anders. Für mich ist die Welt viel größer geworden. Keine schwarzen Flecken mehr auf meiner Landkarte. In Zukunft muss ich keine Küste mehr meiden. Irgendwie war es vorher, als könnte der Boden zerbröseln, auseinanderfallen, wenn ich dem Meer zu nahe komme und mit ihm den Erinnerungen. Seit dem Sonnenaufgang am Strand ist alles in Bewegung gekommen in mir, ist flüssig und leicht um mich herum. Es macht mir immer noch Angst, aber es ist auch ein wildes Glück, ein Triumph, eine Neugier, die überallhin will. Ich möchte auf ein Boot, ich möchte sogar schwimmen gehen, aber das geht noch nicht, das ist zu viel.

Jetzt muss ich mich erst um Naurulokki kümmern. Übermorgen kommt der Interessent, und es graut mir jetzt schon davor, einem Fremden das Haus anpreisen zu müssen. Auch wenn ich hier nur Gast bin, aber diesen Moment der ersten Begegnung mit dem Meer, mit den Stimmen meiner Eltern, das werde ich für immer mit Naurulokki und diesem Land hier in Verbindung bringen. Das Meer wird mich für immer an dieses Haus und seine Geschichten, an Henny und ihre Bilder, an Joram und seine Westentaschenharke erinnern und an das verlorene Lachen von Valerie, das in Anna-Lisa lebendig ist.

Draußen schwieg eine inzwischen windstille Nacht. Das schläfrige Rauschen der Wellen klang nicht mehr so fern wie noch gestern. Die Sommersternbilder leuchteten klar: Schwan, Adler und Drache flogen über dem Haupt des Herkules. Das Sommerdreieck war vollständig, ungetrübt von Wolken: Deneb, Wega und Atair standen hell über dem First von Naurulokki.

Bevor sie ins Bett ging, stellte Carly eine Flasche Wasser, einen Apfel und eine Schachtel Kekse in Orjes Zelt, das noch immer leer war.

Sie war froh, dass Synne ihm gefiel. Wie sehr sie Orjes unausgesprochene Hoffnungen mit der Zeit belastet hatten, bemerkte sie erst jetzt. Anscheinend hatte sie Tante Alissas Gewohnheit, Probleme unter den Teppich zu kehren, direkt übernommen. Es war ja auch so praktisch.

Als Freund aber war er unverzichtbar.

Mit dem ersten Licht wachte sie auf, wünschte den Schwalben auf dem Bild einen guten Morgen und schlüpfte eilig in das Kleid von gestern.

Der Reißverschluss von Orjes Zelt war geschlossen. Dahinter klang ein leises Schnarchen.

Sie war schon fast am Deich, als sie bemerkte, dass sie ihre Schuhe wieder einmal vergessen hatte. Aber was machte das schon! Dieser Erde konnte sie gar nicht nahe genug sein, und hier war sie sauber. Es türmten sich keine Hundehaufen, keine Zigarettenkippen, keine leeren Dosen oder kaputten Bierflaschen auf dem Bürgersteig.

Nicht einmal ihre Angst lag ihr mehr im Weg.

Ein Dunstschleier füllte den Morgen, verwischte den Übergang zwischen Himmel und Meer und zauberte ein weiches Licht, das die Landschaft Hennys Bildern ähnlich machte. Carly lief am Flutsaum entlang, fing an zu rennen, immer noch mit einem inneren Beben, von dem sie nicht wusste, wie viel davon Angst war und wie viel Glück. Silbern stob das Wasser unter ihren Schritten auf.

Orje deckte auf der Terrasse den Frühstückstisch, als sie durch das Treibholztor eintrat. Zufrieden betrachtete er den nassen Saum ihres Kleides.

»Hier, hab ich dir mitgebracht.« Sie steckte ihm etwas in die Tasche seines Hemdes: keine Harke, sondern eine große weiße Muschel, die einen Streifen in den Farben des gestrigen Sonnenaufgangs trug.

»Danke!«

»Nein. Ich wollte *dir* danke sagen. Du hast mir das Meer geschenkt – und noch so einiges andere.«

Er sah ihr in die Augen.

»Und dank dir habe ich Synne kennengelernt. Wir haben bis zum Morgen geredet. Ich weiß nicht, was daraus wird, aber etwas ist – anders. Neu.«

»Du glaubst nicht, wie mich das freut.«

»Und Jakob?«, fragte Orje.

Carly dachte an den leisen Donner in Jakobs Stimme, dem sie ewig zuhören konnte, und daran, wie richtig sich seine Mütze auf ihrem Kopf anfühlte.

»Weiß nicht«, antwortete sie.

»Sagte Oma Jule nicht, am Meer findet man mehr, als man sucht?«

Sie hielten sich eine Weile fest. Es war ein Abschied und ein Neuanfang.

»Lass uns frühstücken«, sagte Orje schließlich etwas heiser. »Und zieh dir vorher etwas Trockenes an!«

»Du wirst wohl nie aufhören, auf mich aufzupassen, was?«

»Worauf du dich verlassen kannst!«

Sie lief zurück und gab ihm einen Kuss. Jetzt konnte sie es.

»Dem Himmel sei Dank!«

Die Meeresluft machte Appetit. Gerade wollte Carly in ihr Brot mit der Sanddornmarmelade beißen, die Daniel ihr mitgebracht hatte, als in der Küche ihr Handy klingelte. Hastig stieg sie durch das Fenster. Vielleicht meldete sich Thore endlich! Sie wollte ihm so dringend erzählen, dass sie am Meer gewesen war.

Ohne ihn wäre sie nie hierhergekommen. Unvorstellbar!

Doch als sie die Stimme hörte, verschluckte sie sich.

»Tante Alissa!«

Carly schnitt eine verzweifelte Grimasse. Orje betrachtete sie interessiert.

»Wie geht es dir ... prima ... ja, ich weiß, dass der Empfang schlecht ist! Nein, nicht mir ist schlecht, es geht mir wunderbar, der Empfang ist schlecht ... die Hinterhöfe, du weißt doch ... bei Orje im Hof, ja ...« Carly gestikulierte wild, zeigte auf Friederike und machte Kurbelbewegungen.

Orje verschluckte ein Lachen und tat ihr den Gefallen, spielte ein Bruchstück »Berliner Luft«.

»Hörst du, Orje und Friederike grüßen dich ... Ja, ich weiß, die Luft bei dir auf dem Berg ist besser als die Berliner. Genieße sie ... Ich melde mich ... Tschüss, Tante Alissa!«

Carlys Appetit war vergangen. Bekümmert betrachtete sie das Marmeladenbrot.

»Ich konnte es ihr nicht sagen. Nicht am Telefon. Sie würde keine Nacht schlafen, bevor sie mich nicht wieder in Berlin wüsste.«

»Ich denke, im Moment hast du das Richtige getan. Iss dein Brot.«

»Ich habe sie angelogen.«

»Das ist eine sogenannte weiße Lüge. Im Moment besser für alle Beteiligten. Wenn du zurück bist und sie dich gesund vor sich sieht, kannst du eine Beichte ablegen. Jetzt kümmerst du dich erst um deinen Job und um dich selbst. Wir haben nämlich was vor. Lektion zwei.«

»Lektion zwei?« Carly war in Gedanken noch bei Tante Alissa.

»Wir gehen auf die Seebrücke. In Prerow. Ich spiele dort heute anlässlich des Seebrückenfestes, deswegen bin ich doch hier.«

»Die Seebrücke?«

»Eine Seebrücke ist kein Boot. Sie schwankt nicht, du kannst nicht herausfallen und nicht untergehen und bist doch auf See, weit über dem Wasser. Die in Prerow ist dreihundertvierundneunzig Meter lang, aber wir gehen nur so weit raus, wie du möchtest. Und dann noch drei Meter mehr.«

»Okay. Seebrücke. Wenn du meinst.« Carly hatte Zweifel. Sie konnte sich nicht wirklich etwas darunter vorstellen. »Wo führt sie hin?«

»Zu gar nichts. Man nähert sich ein Stück dem Horizont, verlässt ein Stück den Strand. Man flaniert. Und dann kehrt man wieder um. Man kann auch eines der Schiffe besteigen, die dort anlegen. Aber heute fährt keins.«

»Eine Brücke, die nirgends hinführt? So was bauen Menschen? Klingt angenehm verrückt.«

»Na ja. Für manche ist es nur ein Platz zum Anlegen. Für andere ein Weg zu ihren Träumen, zu einer Pause vom Alltag, zum Himmel, ohne fliegen zu müssen. Zu einem unverstellten Blick, zu Weite und Wellen, ohne seekrank zu werden. Und für wieder andere einfach nur ein Platz, um Souvenirs zu verkaufen oder zu angeln.«

»Und für dich?«

»Ich – ich werfe dort meine Musik in den Wind und in die Träume der Brückenläufer und frage mich, wo sie wohl landet.«

»Hört sich gut an.«

»Dann mach dich fertig. Ich lade währenddessen Friederike ins Auto.«

Als Carly das Tor hinter sich schloss, saß Anna-Lisa schon auf dem Rücksitz.

»Wir nehmen Anna-Lisa mit, Jakob hat es erlaubt«, sagte Orje.

»Fein!«

Auf dem Weg nach Prerow staunte Carly über die Vielfalt der Landschaft auf dieser schmalen Halbinsel. Sie fuhren durch einen regelrechten Urwald, passierten kniehohe Wiesen, auf denen der Wind Wellen in die Gräser strich, und erhaschten Blicke auf kleine Häfen. Hier gab es viel zu entdecken. Alles sprach sie merkwürdig an, als hätte es ihr etwas Dringendes zu sagen.

Orje fing plötzlich an zu singen. »*My Bonnie is over the ocean ...*«
Carly sah im Rückspiegel, wie Anna-Lisa ihm einen bewundernden Blick zuwarf und mit einstimmte. Auf einmal fühlte sie sich

leicht. Seit Orje hier war, bemerkte sie erst richtig, dass es Sommer war, Ferienzeit. Urlaubsstimmung. Tante Alissa und die Teppichfragen nahmen nicht mehr den gesamten Raum ein.

Orje hielt an einem Parkplatz, mitten in einem belebten Ort.

»Gut, dass wir so früh sind«, sagte er. »Später hast du hier keine Chance! Wir lassen Friederike erst mal im Auto, gehen auf die Seebrücke, essen was, und dann such ich mir einen Platz zum Spielen.«

So lang hatte Carly sich die Seebrücke nicht vorgestellt. Dreihundertvierundneunzig Meter klingt nicht viel, wenn man es als Zahl hört. Aber wenn es ein Weg ist, unter dem sich nur Luft und bewegtes Wasser befinden, vor dem man sich bis gestern noch zutiefst gefürchtet hat, scheint es der Anfang der Unendlichkeit.

Schnurgerade führte dieser zerbrechliche hölzerne Weg zum Horizont, wies unerbittlich darauf wie ein langer Finger. Am Ende lag der Himmel.

Zwischen den Planken sah Carly bei jedem Schritt den Abgrund und das Meer.

»Sieh nicht nach unten! Guck nach vorne!«, sagte Orje.

Anna-Lisa war fröhlich vorausgelaufen, ihre Schritte hallten auf dem Holz.

Carly konzentrierte sich auf die Wolken. Eine sah aus wie eine Schildkröte, die bald von einem galoppierenden Fohlen überholt wurde. Der Wind frischte auf, zerrte an ihren Locken. Sie wünschte, sie hätte Jakobs Mütze aufgesetzt. Kälter wurde es auch, und das Licht heller, es blendete fast. Rund um sie herum glitzerten und plätscherten die Wellen, ein Chor gespiegelter Sonnenstrahlen.

Orje nahm sie bei der Hand. Sie versuchte, ruhiger zu atmen.

Die Luft roch frisch, schmeckte salziger, freier, ganz anders als sonst, machte gierig, immer mehr und tiefer davon zu kosten.

Dann war der ungewöhnliche Weg zu Ende. Endete an einer beruhigend soliden hölzernen Reling, an der Anna-Lisa und andere Menschen lehnten und sich an der Weite nicht sattsehen konnten.

»Dreh dich um«, sagte Orje.

Fern, erstaunlich fern lag das Land hinter ihnen. Der Strand nur ein heller Streifen, die Menschen hektische Ameisen und die Häuser Perlen hinter der Dünenkette.

Sie standen mitten im Meer, auf dem Meer, und Carly fühlte sich gleichzeitig unsicher und großartig.

»So ähnlich muss es für eine junge Schwalbe sein, wenn sie zum ersten Mal fliegt«, sagte sie und streckte in ihrem Übermut die Arme zum Himmel. Sofort war sie von einem Schwarm kreischender Möwen umringt.

»Die denken, du willst sie füttern«, sagte Anna-Lisa lachend.

»Hier!« Orje steckte Carly zwei Kekse zu. Sie warf einen Krümel nach dem anderen in den Wind und staunte, wie geschickt die Möwen sie im Flug fingen.

»Wenn Henny hier wäre, würde ich sie bitten, mir ein Bild davon zu malen«, sagte sie. »Von dem Weg, der in den Himmel zeigt. Von der Brücke, die zu den Möwen führt. Von diesem Tag, der auch eine Brücke zwischen Vergangenheit und Zukunft ist.«

»Wer weiß. Vielleicht findest du noch eins«, meinte Orje. »Komm, dir ist kalt. Wir suchen uns was zu essen.«

Der Weg zurück war viel kürzer. Auf Anna-Lisas Wunsch entschieden sie sich für Pizza statt Fisch, und Orje spendierte

Carly hinterher an einem Stand noch eine eingelegte Gurke, »weil das ist wie früher am Grunewaldsee, weißt du noch …?«

Als sie Friederike ausgeladen hatten, stellten sie fest, dass die Seebrücke inzwischen gesperrt war, weil dort das Feuerwerk für den Abend aufgebaut wurde. Aber sie fanden eine geeignete Stelle in der Nähe, am Rand eines runden Platzes.

Kurze Zeit später kam ein offiziell aussehender Mann auf sie zu.

»Haben Sie dafür eine Genehmigung?«

Anna-Lisa blickte erschrocken, aber Orje fischte gelassen ein Papier aus seiner Tasche.

»Alles klar«, sagte der Ordnungshüter und verkrümelte sich.

Orje spielte »Mackie Messer« und »Freut Euch des Lebens« und »Bolle reiste jüngst zu Pfingsten«. Die Töne trotzten dem Wind, fanden ihren Weg in die Gedanken der Menschen und brachten Schwung in ihre Schritte.

»Viel geben die aber nicht dafür«, stellte Anna-Lisa beim Blick auf die wenigen Münzen fest.

»Findest du? Sieh in ihre Gesichter«, sagte Orje.

»Sie lächeln. Ganz viele freuen sich. Als ob sie an was Schönes denken.«

»Siehste.«

Anna-Lisa beugte sich vor und sah ihn fragend an.

»Du sammelst das Lächeln, oder?«

Er zog sie an einer weißblonden Strähne.

»Sozusagen.«

Ein Mann blieb vor ihnen stehen, zog nachdenklich an seiner Pfeife und wies dann mit dem Stiel auf Friederike.

»Das ist eine Bagicalupo, oder?«

Orje hörte auf zu spielen.

»Sie kennen sich aus?«

»Mein Großvater hatte eine. Sagen Sie, sind Sie interessiert an einer Walze? Ich habe eine mit Seemannsliedern zu verkaufen. Die passen besser hierher als Ihr Bolle.«

»Warum wollen Sie die verkaufen?«

Der Mann reichte ihm die Hand.

»Henning Weritz. Die dazugehörige Orgel wurde bei einem Scheunenbrand vernichtet. Die Walzen waren im Haus. Die anderen habe ich schon vor Jahren verkauft, aber der, der sie nahm, hatte kein Interesse an Shantys.«

Carly sah das Leuchten in Orjes Augen.

»Ich müsste sie mir ansehen«, sagte er.

»Selbstverständlich. Sie ist in gutem Zustand. Hören Sie, ich will kein Vermögen daran verdienen. Ich fände es schön, wenn sie wieder gespielt wird. Kommen Sie auf dem Rückweg einfach vorbei. Ich wohne in Prerow.« Er drückte Orje eine Karte in die Hand.

»Meinst du, das lohnt sich für dich? Shantys in Berlin?«, fragte Carly, als sie später Friederike einluden.

»Ich mag das Meer. Du jetzt auch. Ich werde noch öfter herkommen. Oder wir. Es gibt viele Orte, wo ich spielen könnte. Und wenn ich Synne vielleicht manchmal besuche ...«

»Das ist ein guter Grund.«

Henning Weritz führte sie auf seinen Dachboden, der vollgestopft war mit alten Dingen und Carly beglückte. Die tiefe Abendsonne fiel durch das Giebelfenster, ließ staubige Gegenstände geheimnisvoll aufleuchten. Während die Männer verhandelten, stöberten Anna-Lisa und Carly ausgiebig herum.

Ganz hinten an einem Holzbalken lehnte ein Ölbild. Klare Farben, feine Konturen. Etwas daran zog Carly sofort an. Sie vergaß Anna-Lisa und Orje, die Stimmen verschwanden aus ihrer Wahrnehmung. Zuerst war es die Atmosphäre, das Licht, das sie gefangennahm. Warm und seltsam wild zugleich. Carly hockte sich davor. Eine Düne, auf der krumme Kiefern und verwitterte tote Stämme, silbern geschliffen von Wind und Sand, in einen Abendhimmel ragten. Davor am Strand stand barfuß eine zierliche junge Frau. Sie trug ein schlichtes langes Kleid mit einem Möwenmuster, ihre langen rotbraunen Locken waren wirr und wehten leicht im Wind. Für einen Moment dachte Carly, sie hätten sich bewegt. Die Frau lächelte den Betrachter an, offenbar in der Erwartung, er würde ihre Freude teilen. Ihre rechte Hand war flach ausgestreckt, und in der Handfläche lag etwas Schimmerndes.

Carly nahm das Bild in die Hand, drehte es ins Licht.

Das Bernsteinschiff! *Ihr* Bernsteinschiff mit den silbernen Segeln, eindeutig. Aber nicht nur das: Es waren drei Schiffe, alle identisch, nur der Rumpf des einen war eine Spur dunkler, der des anderen heller. Carly betrachtete die Signatur.

Nicholas Ronning, 1953.

Carly drehte die Leinwand um. Schon bevor sie die Bleistiftnotiz sah, war sie sich sicher.

»Henny Badonin am Strand von Ahrenshoop« stand da.

Daniels Sanddornmarmelade

750 ml Sanddornsaft
500 g Gelierzucker 2 : 1
200 ml Orangensaft
Saft von einer Zitrone
1 Vanilleschote

Gelierzucker gut mit dem Sanddornsaft vermischen. Unter Rühren langsam bei mittlerer Hitze aufkochen, Vanilleschote dazugeben und ca. 5 Minuten kochen lassen. Gelierprobe machen (Topf dabei vom Herd ziehen) und eventuell 1–2 Minuten lang weiterkochen, bis die Marmelade bei der Gelierprobe die gewünschte Konsistenz zeigt. Währenddessen mittelgroße Gläser mit heißem Wasser auskochen und auf einem frischen Geschirrtuch kopfüber abtropfen lassen. Sobald die Gelierprobe gelingt, den Topf vom Herd nehmen, den Orangensaft gut unterrühren und die Marmelade mit einem Einfülltrichter oder einer Suppenkelle in die bereitgestellten Gläser füllen. Deckel sofort fest verschließen, und die Marmelade aufrecht stehend abkühlen lassen.

21

Licht auf dem Wasser

»Ich dachte, du solltest Naurulokki räumen und nicht den Dachboden eines Henning Weritz«, meinte Orje, der versuchte, im Rückspiegel über den Haufen Gegenstände auf dem Sitz neben Anna-Lisa noch etwas zu sehen.

»Aber ich freu mich so über die Lampe für mein Zimmer!« Anna-Lisa rutschte glücklich auf dem durchgesessenen Polster hin und her. »Und Papa werden die geschnitzten Hechte als Buchstützen gefallen, die Carly für ihn ausgesucht hat. Vielleicht auch, *weil* Carly sie ausgesucht hat«, fügte sie verschmitzt an.

»Und Thore braucht natürlich unbedingt das Buch über Himmelskunde von 1725 mit Ledereinband und Goldschnitt.« Orje grinste Carly an.

»Ich konnte es doch nicht dort vergammeln lassen!«, protestierte sie. »Und dass ich das Bild von Henny haben musste, ist doch klar. Wo wohl die anderen beiden Schiffe geblieben sind?«

»Schade, dass er nicht wusste, wie sein Vater zu dem Bild kam. Immerhin war er fair mit den Preisen. Dass du Henny so ähnlich siehst, hat wohl geholfen. Und die Walze für Friederike ist ein Glückstreffer.«

»Oma Jule wird staunen, wenn du damit ankommst. Damit erhältst du die Familientradition aufrecht. Musst du wirklich heute Nacht schon zurück nach Berlin?«

»Ich muss doch morgen arbeiten. Nachher treffe ich mich noch kurz mit Synne, und dann geht's los.«

»Kommst du bald wieder?«, fragte Anna-Lisa von hinten.

»Bestimmt. Jetzt kann Friederike Shantys, da muss ich ja ab und zu ans Meer mit ihr.«

»Es war gut, dass du da warst«, sagte Carly leise.

Jeder aus einem anderen Grund zufrieden, trugen sie ihre Beute den Hang hinauf. Auf halbem Weg blieb Carly so plötzlich stehen, dass Orje ihr mit der schweren Walze in den Rücken puffte.

Auf der Treppe vor Naurulokkis Haustür saßen zwei vertraute Figuren. Sie sahen genau gleich aus und durften gar nicht da sein. Peer und Paul! Allein schon ihre Silhouetten versetzten Carly einen Stich; sie waren Thore allzu ähnlich. Ihre Locken, ihre Gesten, ihre Art zu laufen. Nur dass sie jetzt schon fast größer waren als er. Als sie Carly bemerkten, stürmten sie ihr auf langen, dreizehnjährigen Beinen entgegen und redeten wie immer gleichzeitig auf sie ein.

»Endlich! Wir haben auf dich gewartet!«

»Wir wollten dich besuchen ...«

»... und mal ans Meer ...«

»... und das Haus sehen, ehe es verkauft wird ...«

»... und Cousine Conny musste weg, und wir mögen doch den Hans nicht ...«

»... da dachten wir ...«

»... wir sind mit dem Bus gefahren, war ganz einfach ...«

»... und dem Hans haben wir ja auch einen Zettel hingelegt.«

»Hunger haben wir jetzt aber auch!«

»Da ist es ja gut, dass ich eine Menge Pizza im Ofen habe«,

sagte Jakob, der unbemerkt herübergekommen war und Anna-Lisa eine Jacke um die Schultern gelegt hatte, amüsiert in die plötzliche ratlose Stille hinein.

»Ihr seid *abgehauen*?« Carly fand ihre Stimme wieder.

»Den Hans stört das bestimmt nicht, und wir haben doch aufgeschrieben, wo wir sind. Papa hat nie was dagegen, wenn wir bei dir sind!« Sogar ihre Stimmen waren wie ein helleres Echo ihres Vaters.

»Er hat ganz bestimmt was dagegen, dass ihr allein durch die Gegend fahrt und nicht vorher gefragt habt. Und ich übrigens auch!«

»Komm schon, Carly. Nur für einen Tag. Du zeigst uns das Haus, wir gehen schwimmen, und morgen Nachmittag können wir zurückfahren. Obwohl, der Bus ist ganz schön teuer!« Paul hängte sich bei ihr ein. Carly fragte sich, wie genau er wohl wusste, dass sie gegen seinen Augenaufschlag so gut wie machtlos war – weil es Thores Augen waren. Sogar die vertrauten Denkfalten waren ansatzweise auf der glatten Kinderstirn zu erahnen.

Inzwischen gesellte sich auch Synne zu dem lebhaften Grüppchen auf dem Rasen.

»Ich wollte dich abholen«, sagte sie zu Orje. »Was haben wir denn hier für zwei nette junge Herren?«

»Peer und Paul«, seufzte Carly. »Freunde aus Berlin. Ausgebüxt.«

»Ach herrje. So viel Besuch hat es zu Hennys Zeiten nicht auf Naurulokki gegeben. Vielleicht solltest du ein Hotel daraus machen. Orje, ich wollte dich fragen, ob du einen Tag länger bleiben kannst. In Wustrow eröffnet eine Freundin von mir morgen einen Laden, und ich dachte, du könntest da vielleicht spielen.«

Peer und Paul waren nicht die Einzigen mit einem überzeugenden Augenaufschlag, dachte Carly. Sie hatte eine Eingebung und fügte ihren eigenen Blick gleich hinzu.

»Orje, das wäre toll, dann könntest du die beiden Ausreißer mit nach Berlin nehmen!«

»Das könnte ich auch jetzt gleich.«

»Nein. Sie sind hungrig und müde und gehören nachts nicht auf die Autobahn. Ich bin mir sicher, du hast Überstunden, die du abbummeln kannst. Ruf deinen Chef an. Da drüben an der Hausecke hast du den besten Empfang.«

Orje sah sich in der Runde um. Synne betrachtete ihn sehnsüchtig, die Jungs strahlten ihn voller Hoffnung an, Carly blickte flehend und Jakob ermunternd.

Wortlos trollte er sich um die Ecke und kehrte bald zurück.

»Geht in Ordnung!«

»Dann habe ich einen Plan!«, verkündete Jakob. »Wir essen jetzt alle gemeinsam bei uns Pizza. Danach machen Synne und Orje sich einen schönen Abend, die Kinder packen wir ins Bett, und ich entführe Carly eine Weile, weil ich ihr etwas zeigen möchte.«

»Aber wir haben doch noch gar nichts gesehen. Es sind Ferien, da müssen wir nicht so früh ins Bett.«

»Stopp!« Jakob hielt die Hand hoch, und siehe da, es herrschte erwartungsvolles Schweigen. »Erstens habe ich nichts von gleich gesagt. Zweitens, wenn ihr rechtzeitig schlafen geht, lade ich euch alle morgen früh zu einer Zeesbootfahrt auf dem Bodden ein.«

Carly wurde unbehaglich bei der Vorstellung, aber begeisterter Jubel erstickte ihren Protest.

»Können wir dann wenigstens im Zelt schlafen?«, wollte Paul wissen.

»In Ordnung. Ich mach mich klein«, lachte Orje.

»Alles klar. Es gibt hier genug Decken. Und ich sage jetzt schleunigst zu Hause in Berlin Bescheid«, sagte Carly.

Sie war froh, dass sie die beiden nicht in Hennys Zimmer einquartieren musste. »Ihr braucht mich aber morgen nicht zum Bootfahren, oder? Ich muss mich um diesen Herrn Schnug kümmern!«

»Der kommt doch erst nachmittags. Bis dahin sind wir längst wieder zurück«, versicherte Jakob.

Jakobs Pizza schmeckte nach Sommer und Sorglosigkeit. Es blieb kein Krümel übrig, und eine großzügige Portion Eis folgte.

Orje holte Friederike.

»Wenn ich morgen spielen soll, muss ich die Walze ausprobieren.«

Mit Begeisterung kurbelte er »*Rolling home*«, »*Ick hew mol en Hamburger Veermaster sehn*« und »*Wir fahren übers weite Meer*« in den Sommerabend, der heute, fand Carly, schon ein wenig nach Herbst roch. Es wurde bereits früher dunkel als noch vor einigen Tagen. Sie hatte das Gefühl, die Zeit flöge mit den Tönen davon, und sie hätte sie gern festgehalten – mitsamt den lachenden Gesichtern, dem Duft nach Salz und Gras und Kräutern, dem Leuchten der späten Pusteblumen in der Dämmerung. Und mit den Stimmen. Orje hatte angefangen zu singen, Synne stimmte ein, und Jakob fügte seinen Bass hinzu, in dem so ein wunderbares Grollen lag. Carly liebte Gewitter; wenn sie Jakob zuhörte, hatte sie stets das Gefühl, eines stünde tief und bereit am Augusthimmel.

*»Unser Schiff gleitet stolz
durch die schäumenden Wellen.
Es strafft der Wind
unsre Segel mit Macht.
Seht ihr hoch droben
die Fahne sich wenden ...«*

Carly dachte an morgen. Wenn sie sich nicht mit Jakob und Orje auf ein Boot wagte, das noch nicht einmal auf dem Meer, sondern nur auf dem Bodden fuhr, dann würde sie sich nie trauen. Kneifen galt nicht. Mit etwas Glück würde sich die besungene »Macht des Windes« morgen in Grenzen halten.

Wohin sich aber ihre Fahne wenden würde, wenn ihr kurzer Aufenthalt hier vorbei war, blieb dann trotzdem offen.

Peer und Paul waren in ihrer Begeisterung, hier zu sein, so fürsorglich zu Anna-Lisa, dass diese über ihre Schwärmerei für Orje fast hinweggetröstet wurde. Carly beobachtete halb besorgt, halb belustigt, wie sie dem Thore'schen Charme ebenso rasch erlag wie einst Carly selbst. Wie hätte Anna-Lisa auch eine Chance gegen diese doppelte Ausführung haben sollen?

Zufrieden mit sich selbst und müde von der Seeluft, waren die drei ziemlich leicht ins Bett zu bekommen. Orje und Synne verkrümelten sich schon vorher. Jakob betrachtete Carly fragend.

»Auch müde – oder noch Lust auf den kleinen Ausflug?«

»Müde – aber zu neugierig, um Nein zu sagen.«

Wenn die Zeit schon wegfliegt wie die Schwalben, will ich sie wenigstens nutzen, dachte sie.

Jakob fädelte sich durch den dichten Verkehr auf der einzigen, schlechtbeleuchteten Hauptstraße, an den kleinen Dörfern Born und Wieck vorbei, und bog irgendwo auf einen stockdunklen Pfad ab. Vor einem Sperrschild ließ er den Wagen stehen und stieg aus.

»Komm! Und pass auf, wo du hintrittst.«

Er hatte eine erstaunlich helle Taschenlampe mit, die den schmalen Sandpfad, der mitten durch den Wald führte, einigermaßen beleuchtete. Als sie stolperte, nahm er ihre Hand. Kurze Zeit später blieb sie erschrocken stehen, als das Röhren eines Hirschs durch die Bäume hallte.

»Das war längst nicht so nahe, wie es klang. Außerdem haben die mehr Angst vor uns als wir vor ihnen«, erklärte Jakob. »Aber es wirkt immer wieder beeindruckend.«

»Überraschend. Aber ich mag es, seit ich weiß, was es ist. Es ist, als ob das Land eine Stimme hat. Oder vielleicht auch nur der Herbst.«

Er zog anerkennend an ihrem Mützenschirm.

»Ich glaube, du gehörst schon halb hierher.«

»Morgen kommt dieser Herr Schnug«, sagte sie halb zu sich selbst.

»Vergiss den Herrn Schnug. Wir sind gleich da. Wie spät ist es?«

Carly entzifferte ihre Uhr.

»Dreiundzwanzig Uhr zwanzig. Warum?«

»Perfekt. Komm!« Ungeduldig zog er sie einen Abhang hoch.

Die krummen Kiefern hörten auf, jetzt standen sie oben auf einer Düne. Der Wind schlug ihr die Haare ins Gesicht, ungeduldig steckte sie sie unter der Mütze fest. Vor ihnen rollten weiße Brandungsstreifen auf sie zu. Von links kreiselte ein breiter Lichtstrahl über das Wasser heran, beleuchtete für einen Augenblick Jakobs Umriss in seinem dicken Fischerpullover, dessen Fusseln silbern aufglänzten, und wanderte weiter in den Wald.

»Der Leuchtturm am Darßer Ort«, erklärte Jakob. »Der ist jetzt ganz nahe, wir stehen östlich davon. Und dort ist die Seebrücke, siehst du?«

In der Ferne ragte sie ins schimmernde Wasser wie ein knochiger Finger der Küste, erkennbar nur durch die Laternen, die an ihr befestigt waren. Heute Morgen hatte sie Carly noch Angst gemacht, jetzt war sie eine alte Freundin.

»Pass auf, gleich geht es los!« Jakob legte, wie Thore so oft, einen kameradschaftlichen Arm um ihre Schultern. Er bot durch seine Größe einen hervorragenden Windschutz, was in Thores Fall nicht funktioniert hätte. Carly brachte es fertig, nicht zusammenzuzucken, obwohl sie aufgrund dieser vertrauten Geste eine scharfe Sehnsucht nach Thore unvermittelt in den Magen traf. Jakob schien es zu spüren und nahm den Arm wieder fort, um damit in die Ferne zu zeigen.

»Schau, die Fähre!«

Hell erleuchtet zog das riesige Schiff am Horizont entlang wie eine Erscheinung.

Und dann knallte es, die Wellen glühten erst tiefrot, dann grün auf. Gleichzeitig setzte Orchestermusik ein, die angenehm gedämpft und gefolgt von einem kleinen Echo über das Wasser hallte. Jetzt fiel es Carly ein. Die Seebrücke war ja gesperrt worden, weil das Feuerwerk aufgebaut wurde! Sie liebte Feuerwerk, aber dass das am Meer unendlich viel beeindruckender wirkte als in Berlin, darüber hatte sie natürlich nie nachgedacht.

Großartig stiegen die Funkenbilder und Lichtfontänen in den Himmel, synchron zu der mal bombastischen, mal leisen Musik. Leuchtkugeln explodierten, streuten bunte Sterne in den dunklen Himmel, malten sogar Schmetterlinge. Es war so ganz anders, ein Feuerwerk völlig ohne Stadt, die mit ihren Lichtern und Gebäuden ablenkte. Was Carly aber am tiefsten verzauberte, war die Art, wie sich die Farben in den Wellen spiegelten, die ganze riesige, bewegte Wasserfläche golden, silbern, blau, rot und grün im Wechsel aufleuchten ließ. Dazwischen Dunkelheit, als stünde sie mit Jakob im leeren Raum. Und dann wieder ein zitternder, rauschender Glanz um sie herum, während sie die Vibrationen der Musik unter ihren Füßen im Sand spürte.

Jakob und die See hatten ihr ein Märchen geschenkt, und sie ließ sich beglückt und ungeniert in kindliches Staunen fallen. Sie hatte die Zeit festhalten wollen: Für einen Moment war es jetzt möglich – solange der hölzerne Finger der Seebrücke wie im Größenwahn die Nacht bemalte.

Zurück auf Naurulokki, standen wieder nur die Sterne am Himmel, die dort hingehörten. Das Sommerdreieck zwinkerte auf das Zelt herunter, aus dem Carly ruhiges Atmen hören konnte. Herkules würde bald für dieses Jahr hinter dem Horizont verschwinden; auch ein Zeichen, dass der Sommer zu Ende ging.

In der Nacht träumte sie von glühend bunten Wellen, über die sie in einem Boot mit knatternden Segeln fuhr, und sie konnte nicht über Bord gehen, weil ein Mann in einem Fischerpullover sie festhielt.

Das Segel knatterte nicht, als sie am nächsten Morgen in dem kleinen, malerischen Hafen standen und Jakob einem nach dem anderen die Hand reichte, um sie aufs Boot zu ziehen. Der Wind, so behauptete Jakob, war genau richtig, nicht mehr und nicht weniger, als man brauchte.

»Warum haben Zeesboote braune Segel?«, wollte Paul wissen.

»Und warum heißen die Zeesboot?«, hakte Peer nach.

»Zeesen nannte man die Schleppnetze, mit denen gefischt wurde. Zeesboote gibt es schon sehr lange. Früher lebte man vom Fischfang. Heute lohnt sich das nicht mehr. Die Fischer haben die Segel früher mit Ockerfarbe, Holzteer, Lebertran und Gerblauge aus Eichenrinde und Rindertalg imprägniert, um sie länger haltbar zu machen, dadurch wurden sie braun. Die Farbe hat man aus traditionellen Gründen beibehalten. Diese Segel gehören zum Gesicht der Landschaft.«

Carly zögerte, aber Peer und Paul, die schon an Bord waren, beugten sich vor und streckten ihr beide eine Hand entgegen.

So waren es Thores Kinder, die, wie er selbst so oft, ihr über eine weitere Angst hinweghalfen und ein weiteres Tabu für immer in den Wind jagten.

Sie hielt den Atem an, als ihre Füße auf dem schwankenden Deck landeten, aber weder die Welt noch das Boot gingen unter, und es wurde auch nicht unaufhaltsam auf das Wasser hinausgezogen.

Orje stand ruhig neben ihr an der Reling. Seine Gegenwart

gab ihr Halt, und nach einer Weile bemerkte sie, dass das Gefühl, auf diesen braunen Segelschwingen gemächlich und leicht über das Wasser zu fliegen, zu ihr passte, als wäre sie dafür geboren.

Es wunderte sie nicht einmal. Es bestätigte ein altes Gefühl, das sie nur aus den Tiefen des Teppichs und der Loyalität Tante Alissa gegenüber wieder hatte befreien müssen.

Die Sonne kämpfte sich zwischen Zügen aus Schäfchenwolken hervor. Flüssiges Licht füllte den Bodden wie eine Erinnerung an das Feuerwerk von gestern Abend. Hoch über den zwei Masten kreisten Möwen. Gelegentlich sprang ein Fisch.

»*Flieg, Fischchen!*«

Das hier war wirklich wie Fliegen.

»Na, wie gefällt es dir?« Jakob, die Hand sicher am Steuer, strahlte zu ihr herunter.

»Wunderbar! Danke!« Sie sahen sich an, und der Moment dehnte sich. Er war dem Kapitän, von dem sie in Anna-Lisas Alter und darüber hinaus geträumt hatte, so ähnlich.

Hinter ihm malte Peer, der Synne etwas erzählte, mit den Fingern in die Luft, auf genau dieselbe Weise wie Thore, wenn er vor der Tafel stand und Vorträge hielt.

22

Käufer und Nachbarn

Carly hatte den würzigen Seewind noch in der Nase und das hohe braune Segel vor Augen, als sie gegen Abend in der Küche saß und in das Blog schrieb. Sie wollte ihre Gedanken sortieren und Orje, der mit Peer und Paul schon wieder sicher in Berlin gelandet war, auf den neuesten Stand bringen.

»Erzähl mir alles über Herrn Schnug!«, hatte er beim Abschied gesagt. »Dieses Haus ist mir auch schon sympathisch. Man möchte, dass es in gute Hände kommt.«

»Schade, dass Papa es nicht behält«, sagte Peer. »Hier könnten wir tolle Ferien machen!«

Nach dem Bootsausflug hatte Carly ihnen Naurulokki gezeigt. Die Dachzimmer gefielen ihnen, die von Joram gezimmerte Garderobe, die hölzerne Gans und der Keller. Das Reetdach mit den Windbrettern und die geschnitzte Haustür. Es hörte sich so richtig an, als ihre Schritte über die Treppe tobten und ihre noch kindlichen Stimmen um die Ecken hallten. Als wären sie immer schon hier gewesen. Carly sah förmlich vor sich, wie Henny mit ihnen Kerzen bastelte, wie Joram im Keller das Treibholz mit ihnen sortierte.

»Wir können ja noch mal mit ihm reden!«, meinte Paul hoffnungsvoll.

»Oder wir bleiben und vergraulen den Herrn Schnug«, schlug Peer vor.

Orje zog ihn am Ohr.

»Dann kommt ein anderer«, sagte er. »An eurer Stelle würde ich den Ball flach halten nach eurem ungenehmigten Ausflug.«

Diesen Gedanken des Vergraulens hatte ich auch, schrieb sie in das Blog. Eigentlich hätte sie alles andere tun sollen, als hier am offenen Fenster sitzen und ihren Gedanken nachhängen.

»Das wird selbstverständlich noch entsorgt«, hatte sie mit aufgesetzter Souveränität zu Herrn Schnug gesagt, als er angesichts der Papierstapel auf dem Schreibtisch zusammengezuckt war. »Ich musste mich zuerst um dringendere Angelegenheiten kümmern.«

Wie der Schreibtisch wirklich aussah, wusste sie immer noch nicht, es war ja kein Quadratzentimeter frei.

Wenn der Herr Schnug so gewesen wäre, wie ich ihn mir vorstellte – hochnäsig und steif, Porschefahrer im Lacoste-Shirt, dann hätte ich diesem kindischen Ich vielleicht nachgegeben und ihn abgeschreckt, schrieb Carly. *Aber er fuhr einen alten Käfer. Er hatte nette Augen und ein ebensolches Lächeln. Und zu allem Überfluss kam er mit einem Dahlienstrauß.*

Orje zuliebe unterschlug sie die Tatsache, dass Herr Schnug ihren Dank für den wirklich schönen Strauß zurückgewiesen hatte.

»Den Auftrag, Ihnen diese Blumen zu überreichen, gab mir Herr Sjöberg, als wir uns auf dem Flughafen kennenlernten«, erklärte er.

Entwaffnet steckte Carly ihre Nase in die Blüten, damit er ihre Verlegenheit nicht sah.

»Verflixt, Thore!«, dachte sie. Er wusste, dass sie Dahlien mochte. Vielleicht hatte er einfach nur nett sein wollen, aber ebenso wahrscheinlich war es, dass er ahnte, wie ihr zumute war, und das Schnug-Vergraulen geschickt verhindern wollte.

Am Ende lag es aber nicht an dem Strauß Blumen, dass sie den Herrn Schnug nicht nur bereitwillig herumführte, sondern ihm auch einen von Daniels besten Tees servierte.

Er war so offen und so hin- und hergerissen. Das Haus gefiel ihm, aber es ist zu klein für ihn. Er stand in der Stube und stieß sich fast den Kopf an der Decke, hatte eigentlich kaum Platz, sich zu bewegen. Er meinte, er bräuchte ein großes Büro. Und erzählte, seine Frau hätte Möbel geerbt, die sie hier gerne unterbringen würde.

»Schade«, hatte er gesagt und sich anerkennend umgesehen. »Hier sind wundervolle Möbel. Aber die könnte ich leider nicht übernehmen.«

»Es gibt wahrscheinlich bereits einen Interessenten dafür«, beruhigte Carly ihn widerstrebend. »Eine Galerie im Ort. Der Künstler hat sich hier einen Namen gemacht.« Sie brachte es nicht fertig, von Joram in der Vergangenheitsform zu sprechen. Wenn er noch lebte … außerdem war er auch so anwesend. Carly war sich sicher, dass er lauschte, irgendwo aus den Schatten unter dem Dach, prüfend, ob der Herr Schnug des Hauses würdig wäre: ob er wohnen konnte. *Wohnen ist eine Tätigkeit*, hatte Joram an Henny geschrieben. Seit sie Naurulokki liebgewonnen hatte, gab Carly ihm recht. Vor lauter Wohnen war sie kaum zum Arbeiten gekommen.

Zum Glück schien Herr Schnug nicht pingelig zu sein und

wirkte obendrein so, als verstehe er tatsächlich zu wohnen. Allerdings wahrscheinlich nicht hier. Er war zu groß und zu bewegungsfreudig. Im Gegensatz zu Thores filigranen Gesten waren die des Herrn Schnug ausladend. Sie benötigten Raum, ebenso wie seine Stimme, die vernehmlich gegen die Wände stieß.

»Ich hoffe, Professor Sjöberg findet bald einen Käufer für dieses wunderschöne Anwesen«, sagte er zum Abschied und schüttelte ihr heftig die Hand. »Möglicherweise kann ich helfen, ich kenne da jemanden. Vielen Dank für den Tee – wo, sagten Sie, ist dieser Laden?«

Carly gab ihm Daniels Karte.

Den Strauß ordnete sie in einer Vase und überlegte, wer wohl demnächst Sträuße in den Flur von Naurulokki stellen würde.

Wer auch immer es sein wird, ich hoffe, sie sind so nett wie der Herr Schnug und haben ein Gefühl für schöne Plätze, für Häuser – für dieses Haus. Und ich wünsche mir, dass Jorams Möbel bleiben dürfen, schrieb sie in das Blog.

Das hoffe ich auch, kommentierte Orje dort wenige Minuten später. *In dem Haus ist irgendwie – Musik. Stille Musik. Es spricht mich auch an. Aber ich denke, du kannst zuversichtlich sein. Solche besonderen Orte ziehen meist nur diejenigen Menschen an, die das spüren und zu schätzen wissen. Bis dahin genieße es. Du hast ja noch ein paar Wochen Zeit.*

Carly schaltete den Computer aus. Genau. Da war noch Zeit. Darum würde sie auch erst morgen das Gebirge auf dem Schreibtisch in Angriff nehmen. Es war ein langer Tag gewesen, ein Tag voller Stimmen. Orje, Jakob, Anna-Lisa und die Jungs. Herr Schnug. Aus den Schatten, unhörbar gegenwärtig, Joram.

Und dann das Bild von Henny, das jetzt in der Küche an der Wand lehnte. Es war so lebendig, dass es Carly ganz unruhig machte. Nun war sie noch weniger allein im Haus als zuvor.

Hatte nicht Herr Schnug vorhin kritisch die welken Rosen betrachtet, Hennys weiße Rosen, die an der Loggia rankten und am Tor? Carly würde dem Abend Gesellschaft im Garten leisten und sich darum kümmern. Das gehörte schließlich auch zu ihren Aufgaben. Neben dem Fenster hing eine Gartenschere, dort, wo man von außen nach ihr greifen konnte, wenn man sie eben mal brauchte und nicht extra ins Haus gehen wollte. Genau dort hätte Carly sie auch hingehängt.

Ach, Henny, dachte sie, wir hätten uns bestimmt gut verstanden.

Sie vermisste Teresa so sehr. Mit ihr hätte sie wunderbar über ihre Gefühle für Naurulokki, für Henny und Joram reden können. Teresa hatte so etwas ohne viele Erklärungen begriffen, hatte Geschichten daraus gesponnen, und dann gewann alles eine Leichtigkeit und eine neue Perspektive.

In der Dämmerung leuchteten die gefallenen Blütenblätter auf dem von Orje gemähten Gras, zeigten an, wo es verwelkte Köpfe abzuschneiden gab. Carly dachte an Abraham Darby und ob Orje vielleicht gerade dabei war, ihn zu gießen.

Außer Abraham vermisste sie nichts an Berlin.

An der Westgrenze des Grundstücks standen weiße Hortensienbüsche. Carly wanderte selbstvergessen daran entlang und schnitt auch hier die braun gewordenen Dolden ab.

»Hmpf!«, machte plötzlich eine Stimme.

Carly fuhr zusammen.

»Kümmern Sie sich jetzt um das Haus?« Die Stimme klang alles andere als begeistert.

Carly spähte über den Zaun und entdeckte eine ältere Dame, groß gewachsen und in kerzengerader Haltung, die Carly von ihrer überlegenen Höhe aus mit missbilligendem und sehr scharfem Blick fixierte. Das blaugestrichene Holzhaus mit dem moosbedeckten Dach auf dem Nachbargrundstück hatte Carly schon bewundert, aber noch nie jemanden dort gesehen.

»Guten Tag«, sagte sie freundlich. »Ja, ich habe den Auftrag, das Haus für den Käufer vorzubereiten, der noch gesucht wird.«

»Hmpf. Sind Sie mit dem Erben verwandt?«

»Nein. Ich bin nur angestellt.«

»Aha.« Die Stimme verlor eine Spur an Barschheit. »Dann nehmen Sie sich nur in Acht vor dem.«

Carly war belustigt. Schon manche Studenten hatten auf Thore geschimpft, weil er bei Prüfungen sehr streng war. Doch noch nie hatte jemand von ihm gesprochen, als sei er ein Ungeheuer. Und dieser Dame reichte er höchstens bis zur Schulter.

Aber etwas sagte ihr, es wäre besser, der unwirschen Dame in dieser Sache nicht zu widersprechen.

»Er ist ja nicht hier, er ist in Ägypten«, sagte sie beruhigend.

»Hmpf! Lässt Sie die Dreckarbeit machen, was? Ich bin übrigens Myra Webelhuth. Wenn Sie Hilfe brauchen, sagen Sie ruhig Bescheid.«

»Vielen Dank. Jakob Hellmond hat mir zum Glück schon viel geholfen.«

»Hmpf.«

Frau Webelhuth schien nicht nur von Thore Sjöberg, sondern von Männern im Allgemeinen nicht allzu viel zu halten.

Dafür steckten ihre langen Beine allerdings in ziemlich kessen Shorts, fand Carly, als ihre seltsame Nachbarin ohne weiteres Wort ins Haus stapfte. Und sie standen ihr ihrem Alter zum Trotz nicht schlecht. Eigentlich hatte Carly sie noch über Henny ausfragen wollen. Sicher wohnte Frau Webelhuth schon länger hier. Na gut, dann ein andermal – es würde schon noch eine Gelegenheit geben.

Oben am Hang schnitt sie auch den verwelkten Schmetterlingsflieder, zog ein paar vertrocknete Vergissmeinnichtpflanzen aus dem Boden, richtete umgefallene Astern auf. Tau glitzerte, ihre Socken wurden feucht. Es duftete nach Heidekraut, Kiefern und Meer. Im Wind trieben gedämpft die Rufe verschlafener Möwen. Drüben schimmerte Licht in Jakobs Fenstern. Durch die offene Haustür Naurulokkis sah sie unter der Lampe im Flur als Schattenriss den Dahlienstrauß in der bauchigen Vase stehen. Niemand wollte in diesem Augenblick etwas von ihr. Die Vergangenheit und die Zukunft schliefen schweigend irgendwo hinter dem dunklen Horizont, streuten ausnahmsweise kein Bild in ihre Gedanken. Unten am Tor stieg Nebel aus der Senke auf, verwischte die weißleuchtenden Sterndolden der wilden Möhre. Hätte jemand Carly und die Zeit genau in diesem Moment eingefroren, hätte sie nichts dagegen einzuwenden gehabt. Sie stellte sich das als ein Bild vor, gemalt von Henny und unverrückbar aufgehängt unter dem sturmfesten Reetdach.

Henny

1958

23

Muscheln und Meinungen

Der Sommerabend duftete nach Kiefern, Meer und Sommerflieder. An der Ostgrenze des Gartens, zu Myras Haus hin, leuchteten die Kugelblüten der weißen Hortensienbüsche, die Hennys Oma Matilda einst gepflanzt hatte. Henny und Myra saßen auf der untersten Treppenstufe vor der Haustür und sahen Thore und Liv zu, die mit selbstgemachtem Pfeil und Bogen auf einen Strohsack zielten, auf den Thore eine Zielscheibe aus Zeitungspapier geheftet hatte.

»Kaum zu glauben, dass die beiden schon dreizehn sind«, meinte Myra. »Sie benehmen sich immer noch wie Kinder.«

»Sie *sind* Kinder, Myra. Bei uns war das anders. Es war Krieg, wir mussten eher erwachsen werden. Ich hoffe, sie bleiben noch lange Kinder.«

»Stört dich Thore nicht? Du magst doch sonst keinen Besuch im Haus.«

»Kinder stören mich nicht, im Gegenteil. Ich kann gut malen, wenn sie da sind. Thore macht die Tage bunter. Ich bin froh, dass ich ihn Tante Simone wenigstens in den Ferien abnehmen kann. Es geht ihr nicht gut mit ihrer multiplen Sklerose. Und Thore gefällt es hier.«

In dem Moment kam der Junge angerannt, atemlos.

»Henny, können wir nachher das Fernrohr rausholen? Zeigst du mir noch mehr Sterne? Ich mag ihre Namen!«

»Können wir. Aber es muss erst richtig dunkel sein. Das dauert noch. Macht euch doch eine Limonade, Liv und du! In der Küche sind Zitronen.«

Bald hörten die beiden Frauen wildes Klappern durch das offene Fenster.

»Meldet sich Livs Patenonkel eigentlich manchmal?«

»Der Doktor Friedrich aus Berlin? Na ja. Er schickt ihr kleine Pflichtgeschenke zum Geburtstag und zu Weihnachten. Ist eben auch nur ein Mann.«

»Das ist doch aber immerhin etwas. Mehr als …« Henny verstummte, starrte auf ihre nackten Füße zwischen den hellen Dolden der wilden Möhre.

»Du wartest nicht etwa immer noch auf eine Nachricht von Nicholas? Mädchen, sieh den Tatsachen ins Auge: Er ist ein Verräter. Ein Egoist. Er war immer schon schwach. In der Schule hat er abgeschrieben und es nie zugegeben, und später konnte er es nicht verkraften, dass deine Bilder besser waren als seine. Und wenn er sich bis jetzt nicht gemeldet hat, wird er es nie mehr tun. Er hat den Zeitpunkt längst verpasst, wird sich einreden, es wäre ohnehin zu spät. Er macht es sich leicht, wie immer.«

»Das behauptest nur du. Er hat sich nie etwas leichtgemacht. Und seine Bilder waren wunderschön.«

»Na, du hast jedenfalls mehr Anerkennung erhalten, und das nicht ohne Grund. Und du würdest noch mehr bekommen, wenn du nicht jeder Einladung zu einer Ausstellung aus dem Wege gehen und all deine Bilder verstecken würdest.«

»Ich verkaufe genug.«

»Ja, gerade nur so viel, dass es zum Leben reicht.«

Henny lachte.

»Leben ist doch genug! Mehr als leben kann man nicht. Ich habe alles, was ich brauche.« Sie sah einer Motte nach, die aus dem Gras aufflog und in den Abendhimmel flatterte, der so tiefblau war wie die Schale einer der schönsten Miesmuscheln. Am Horizont über den Dünen lag der Rest des Tages als goldener Strich. Das Gras war weich unter ihren Sohlen, und aus der Küche klang helles Lachen. Unter dem Reetdachgiebel schwatzten sich die Schwalben in den Schlaf.

»Ich bin glücklich, Myra. Jetzt wieder. Anders als früher, aber doch. Ruhiger und tiefer.«

Myra sah sie prüfend von der Seite an.

»Fast glaube ich dir das sogar. Du hast dich verändert, seit du neulich fort warst, auf dieser Nordseeinsel. Und da ist etwas Leichteres in deinen Bildern. Eine Art frischer Wind.«

»Es war unglaublich dort auf Amrum. Der Wind ist so scharf und salzig, der pustet dir alle Spinnweben aus dem Gehirn, alle Müdigkeit und wirren Gedanken. Wenn Ebbe ist, kannst du auf dem Meeresboden laufen, stundenlang. Da kommt man der Wirklichkeit ganz nahe, ohne dass sie wehtut. Oder jedenfalls kann man es aushalten. Und um den Leuchtturm herum gibt es weite Dünentäler, in denen man allein sein kann, ohne sich auch nur eine Spur einsam zu fühlen. Auf einmal hatte ich keine Angst mehr davor – vor dem Alleinsein. Da waren die Möwen und wilde Kaninchen und – ach, ich kann es nicht erklären. Ich habe mich nicht mehr verlassen gefühlt. Irgendetwas hat mich befreit.«

Henny pflückte eine Pusteblume, blies die feinen Schirmchen in den Wind.

»Und dann habe ich abends am Strand eine Muschel gefunden. Eine Wellhornschnecke, aber sie war besonders groß und hatte eine sehr ungewöhnliche rötliche Färbung. Ganz in der Nähe hatte die Ebbe eine Erhebung im Sand freigegeben, die wie ein Herz geformt war.« Henny stocherte mit einem Zweig in der Erde herum, wartete auf Myras spöttisches Lachen. Es kam nicht. Myra war immer eine gute Zuhörerin gewesen, wenn Henny eine Sache ernst war.

»Und weiter?«, fragte Myra nur.

»In dem Moment fühlte es sich an wie eine Botschaft von Nicholas. Da steckte sogar eine Möwenfeder im Sand, wie eine Schreibfeder. Als ob mir das Meer in seinem Namen etwas mitteilte, was er mir nicht selbst sagen konnte. Weißt du noch, wie er mir versprochen hatte, für mich die schönste Muschel der Welt zu finden? Und jetzt lag da diese Muschel neben dem Herz, und mir wurde klar, dass unsere Liebe ehrlich und wirklich war, damals. Das Meer war und ist Zeuge. Und nur weil Nicholas sie nicht weiterführen konnte, aus welchen Gründen auch immer, verliert diese Zeit nichts an Gültigkeit. Das, was das Meer damals gesehen hat und was ich dem Bernsteinschiff anvertraut habe, das ist noch immer wahr. Es gibt nur keine Fortsetzung. Aber es bleibt in mir, Teil meines Lebens. Nicholas wird einen Grund gehabt haben. Ich hoffe, er ist jetzt auch glücklich. Du hast doch gesagt, es geht ihm gut?«

»Ich habe gesagt, dass er in Amerika angekommen ist und dass er dort Bilder verkauft. Mehr herauszufinden wollte ich meinem Bernsteinkunden in Texas nicht zumuten, ich will ihn nicht vergraulen. Aber das genügt ja.«

»Ja. Mir genügt es. Er lebt. Und ich fühle mich wieder frei, wenn ich male. Ich möchte nirgends anders sein. Ich habe dich, und ich habe das Meer, und meine Geschichte ist noch nicht zu Ende. Das hat mir das Meer auch gesagt.«

»Und wer ist dieser Joram Grafunder?«

»Wie bitte?« Überrascht blickte Henny auf.

»Der dir den seltsamen Fisch aus Treibholz vor die Tür gelegt hat, als du auf Amrum warst. Ich habe die Blumen gegossen, schon vergessen? Ich habe das Ding in die Küche gelegt, damit es nicht nass wird, und da war ein Zettel dran, offen, ohne Umschlag.

Bin mal wieder auf der Durchreise. Wollte nicht stören. Danke für die Blumen auf Simons Grab. Der Pfarrer hat's mir verraten. Gute Fahrt dem Bernsteinschiff! Joram Grafunder.

»Ach so. Der ging früher eine Weile in unsere Schule. Da warst du schon nicht mehr dort. Ich hab ihn dann wiedergetroffen, später.«

»Und seitdem legst du Blumen auf das Grab seines Bruders?«

»Ich bin doch sowieso dort wegen Oma Matilda.«

Thore und Liv kamen aus der Küche.

»Jetzt ist es dunkel genug, Henny! Die Sterne sind da. Können wir das Teleskop holen?«

»Ja, aber seid vorsichtig, und wascht euch vorher den Zitronensaft von den Fingern!«

Myra stand auf, klopfte sich Rosenblätter von ihrem kurzen Rock.

»Ich freue mich sehr, dass es dir bessergeht, Henny. Aber …«

»Was aber?« Henny konnte Myras ernsten Blick in der Dunkelheit nur erahnen.

»Ich glaube, dass du deine Bilder versteckst, weil du doch fürchtest, dass ich recht habe. Damit, dass Nicholas nicht ertragen konnte, dass deine Kunst seiner überlegen war.«

»Kunst ist nicht überlegen. Kunst ist verschieden.«

»Wie auch immer. Nicht alle sind wie Nicholas, weißt du. Andere werden dich nicht ablehnen, weil du gut bist. Deine Bilder sind einzigartig. Viele Menschen sollten sie sehen. Sie machen solche Freude! Und du könntest reichlich verdienen.«

Henny stand auch auf.

»Ich habe, was ich brauche«, wiederholte sie.

An der Tür klapperte es. Thore bugsierte vorsichtig die drei Beine des Teleskops hindurch.

»Henny, zeigst du mir noch mal Atair? Der war im Sommerdreieck, oder?«

Carly

1999

24

Gelb

Carly setzte sich sofort nach dem Frühstück vorsichtig, aber entschlossen auf den altersschwachen Stuhl im Büro, der ganz bestimmt nicht von Joram gemacht worden war, und betrachtete zaghaft die Papierstapel auf dem Schreibtisch, der den halben Raum einnahm.

»Am besten einfach anfangen«, sagte sie sich. Sie hatte einen Müllsack neben sich und verbrachte die nächsten zwei Stunden damit, Werbung darin zu versenken, alte Zeitungen, gebrauchte Briefumschläge. Einige Mahnungen über unbezahlte Bücher und Blumenerde sowie eine Wassernachzahlung steckte sie in ein Kuvert, das sie gleich an Thore adressierte. Besser, das nicht noch länger liegen zu lassen.

Als sie einen Stapel Abrechnungen in einen leeren Ordner heftete, fiel ein Bündel Weihnachtskarten vom Tisch und mit ihnen ein kleines hölzernes Kästchen. Es war eindeutig von Joram geschnitzt. Auf dem Deckel befand sich ein Astloch, das deutlich schon einem Gesicht mit einem Augenzwinkern geähnelt hatte, ehe Joram mit ein paar einfachen Schnitten eine Weihnachtsmannmütze ergänzt hatte.

Carly strich über das Holz, lächelte über das Augenzwinkern und öffnete den Deckel. In der Schachtel befand sich feiner Sand – und natürlich ein Zettel von Joram.

Das ist Reservestreusand für den Weihnachtsmann, wenn es am Nordpol so glatt ist, dass die Rentiere nicht richtig rennen und starten können. Der geht aber auch als Schlafsand, damit du weihnachtlich träumen kannst. Einen frohen vierten Advent, Fortsetzung folgt, Joram.

Carly stellte die Schachtel nebenan in das fast leere Bücherregal. Nach einer weiteren halben Stunde Postsortieren schmunzelte sie immer noch vor sich hin. Der Sand für den Weihnachtsmann hatte sie völlig aus dem Konzept gebracht. Sie dachte an Joram, an Rentiere, dann an Träume, und erst jetzt wurde ihr plötzlich bewusst, dass sie am Vortag tatsächlich auf einem Boot unterwegs gewesen war. Die Tage davor war sie mehrmals am Strand gewesen. Gestern jedoch war sie mit den anderen auf den Wellen und dem Wind geflogen. Sie hatte große Fortschritte gemacht in den wenigen Tagen hier, auch wenn sie noch nicht schwimmen gegangen war! Auf einmal fühlte sie sich leicht: voller Triumph und Verblüffung über sich selbst, Dankbarkeit gegenüber Jakob und Orje und Thore, die ihr das alles ermöglicht hatten, und Glück über ihre neue Freiheit. Es hielt sie nicht mehr im Zimmer. Jorams rennende Rentiere weckten in ihr den Wunsch zu laufen.

Der Übermut ließ sie wieder einmal ihre Schuhe vergessen. Aber wozu Schuhe, wenn es so warm war. Inzwischen war es Mittag, einer dieser windstillen Spätsommertage, die trotzig noch einmal alle Hitze des Sommers versammeln. Sie lief die Straße hinunter, rannte nun tatsächlich, weil der Asphalt so heiß war, und dann wieder, weil das Rennen zu ihrer Stimmung passte. Es war so viel passiert; sie musste sich selbst einholen.

Ein Rudel Fahrräder versperrte fast den engen Übergang zum Strand. Es würde unschön voll sein da unten, bei diesem Wetter, um diese Tageszeit. Carly bog nach rechts ab auf den grünen Weg unten am Deich entlang, der eingerahmt war von Sanddornbüschen, die schwer an ihren reifen Beeren trugen. Es duftete nach ihnen und nach Sonnenwärme auf Kiefern. Hier lief es sich angenehm, auf Gras und gefallenen Kiefernnadeln. Sie rannte weiter, weil es sich gut anfühlte und hier niemand war, der sie sah. Erst als sie außer Atem war, verließ sie den Weg, lief die Düne hinauf durch ein Birkenwäldchen und entdeckte oben eine sandige Kuhle zwischen blühenden Heckenrosen. Was für ein wunderbarer Platz zum Ausruhen. Außer Atem ließ sie sich bäuchlings hineinfallen.

Direkt vor ihren Augen schwankten zwei Löwenzahnblüten im Wind. Zwei knallgelbe Punkte nebeneinander im gleißenden Mittagslicht, genau vor dem silberdunstigen Horizont.

Von einem Atemzug zum anderen waren über zwei Jahrzehnte ausgelöscht. Carly war wieder sechs Jahre alt, lag an einem heißen, windstillen Tag bäuchlings im Sand an einem tropischen Ferienstrand und beobachtete zwei gelbe Punkte, die sich auf den dunstigen blauen Streifen zubewegten, an dem sich Himmel und Meer trafen. Es musste wunderschön sein dort, vielleicht konnten die Boote vom Wasser aus direkt ein Stück in den Himmel fahren.

»Bring mir einen Seestern mit, so einen ganz großen!«, hatte Ralph den Vater gebeten.

»Mir auch einen Stern!«, hatte Carly eilig angefügt. Für sie waren Seesterne die Samen von Sternen, die vom Himmel fielen wie Nüsse zu Hause vom Baum. Dass sie nicht leuchteten, war ja klar, diese Sterne waren ja noch klein. Logisch fand Carly auch, dass man genau dort, wo man vom Meer in den Himmel fahren konnte, die meisten davon finden würde.

»Mensch, Carly«, lachte Ralph, »Mama und Vater fahren nicht in den Himmel, die fahren doch nur bis zu der Insel da hinten.«

»In zwei Stunden sind wir wieder da. Naja, vielleicht auch in drei.« Vater stand im Wasser. Obwohl Carly eigentlich schon zu groß dafür war, schwangen Tante Alissa und Mama sie an den Händen hin und her. »Flieg, Fischchen!«, sagte Vater, und Carly wurde losgelassen und flog direkt in seine Arme. Er drehte sich mit ihr einmal im Kreis, so dass ihre Zehen das Wasser aufspritzen ließen und für einen Augenblick einen Ring silberner Tropfen um sie beide zogen. Dann stellte er sie am Strand ab.

»Wir sollten los, Nelia«, sagte er. »Sonst müssen wir die Kajaks noch eine Stunde länger bezahlen. Danke, dass du auf die Kinder aufpasst, Alissa.«

»Sehr gerne, Kai, das weißt du doch!« Tante Alissa strahlte Vater immer an, wie sie sonst niemanden anstrahlte. Sie war meistens ernst, aber wenn Vater da war, war sie anders, irgendwie heller und leichter.

Die schmalen gelben Boote, in die immer nur ein Mensch hineinpasste, lagen bereit. Vater hatte sie von Fred geliehen, der nicht nur Boote verlieh, sondern auch leckeres Bananeneis verkaufte, das seine Frau machte.

»Zieh die Schwimmweste an, Nelia!«

»Du weißt doch, dass ich die Dinger nicht mag.«

»Und du weißt, dass man sie trotzdem anzieht. Auch du«, lachte Vater und küsste sie.

Fred kam dazu, sah auch noch mal nach, ob die Schwimmwesten richtig saßen, und gab dann beiden Booten einen ordentlichen Schubs aufs Wasser hinaus. Für Ralph und Carly hatte er ein Bananeneis mitgebracht.

Weil die Boote so gelb waren und die Schwimmwesten auch, konnte man sie immer noch als Punkte im Blau sehen, als das Eis alle war.

»Sie müssen an der Insel vorbeifahren und landen auf der Rückseite, denn vorne ist kein Strand. Da wachsen nur Mangrovenbäume«, erklärte Tante Alissa.

Schließlich wurden die Punkte so klein, dass sie in dem Blau verschwanden.

»Jetzt haben sie den Himmel und die Sterne gefunden«, meinte Carly zufrieden.

Ralph schüttelte nur den Kopf über seine kleine Schwester.

»Tante Alissa, hilfst du mir die Luftmatratze aufblasen?«

Es dauerte, bis sie mit der kleinen Plastikpumpe genug Luft in die Matratze bekommen hatten. Dann schipperten Ralph und Carly lange darauf herum, während Tante Alissa am Ufer nach Muscheln suchte und dabei aufpasste, dass die Kinder nicht zu weit abtrieben. Als sie müde waren, gingen sie rauf ins Hotel, tranken Limonade und aßen Donuts. Tante Alissa verteilte sorgfältig neue Sonnencreme.

»Ich kann das alleine!«, wehrte sich Ralph. »Lass uns wieder runtergehen, Mama und Papa müssen bald zurück sein. Ich will sehen, ob sie Seesterne mitgebracht haben!«

Das Licht draußen war weicher geworden, die Sonne stand tiefer, auch wenn sie noch lange nicht untergehen würde. Die Möwen und Pelikane, die vorhin in der brütenden Mittagshitze geschlafen hatten, waren munter geworden und jagten nach Fischen. Es waren wieder mehr Touristen unterwegs. Am Horizont war nur ein Segelboot zu sehen. Carly fing an, eine Sandburg zu bauen. Nach einer Weile kam Fred, diskutierte mit Tante Alissa, tippte auf seine Armbanduhr und ging wieder.

»Dann müssen sie wohl doch noch eine Stunde bezahlen«, meinte Tante Alissa. »Typisch Nelia, sie kann einfach nicht pünktlich sein.«

Carly buddelte einen Graben um ihre Sandburg und füllte mit ihrem kleinen Eimer Wasser hinein. Wenn ihre Eltern noch nicht mit den Sternen kamen, konnte sie Ralph vielleicht überreden, ihr einen Krebs für den Graben zu fangen. Als Burgungeheuer sozusagen. Ein echtes Burggespenst war ja schwer zu fangen, besonders bei Sonnenschein.

Aber Ralph war nicht in der Stimmung, und auch Tante Alissa sah noch ernster aus als sonst. Sie starrten nur noch auf den Horizont und suchten nach den gelben Punkten. Fred kam wieder, mit Sorgenfalten auf der Stirn und noch einem Bananeneis für die Kinder. Carly wunderte sich. Zwei Eis an einem Tag, das hatte es noch nie gegeben. Während sie das Eis schleckten, starrte Fred auch auf den Horizont, diesmal mit einem riesigen Fernglas, das Carly nicht gefiel. Es war schwarz und bedrohlich. Ralph konnte es kaum halten, als er auch hindurchsehen wollte. Den Rest vom Eis hatte er in den Sand fallen lassen. Nach einem weiteren Wortwechsel und erneutem Tippen auf die Uhr sprach Fred in eine Art Telefon mit einer Antenne, das knisterte und knackte. Er sagte etwas von »Küstenwache«.

Tante Alissa setzte sich zu Carly und half ihr, die Burg mit

Muscheln zu dekorieren, aber ihre Stimme war seltsam hoch und ihre Hand zitterte.

»Ich will, dass Mama kommt!«, sagte Carly.

»Es kann sein, dass sie erst morgen kommen. Vielleicht wollen sie auf der Insel übernachten. Das wäre doch ein tolles Abenteuer«, sagte Tante Alissa mit dieser ungewohnten Stimme. »Auf jeden Fall wird es spät. Ich werde dich jetzt ins Bett bringen.«

Inzwischen stand die Sonne schon tief und rot über dem Horizont. Am Himmel knatterte ein Hubschrauber und draußen waren Boote mit grellen Lichtern unterwegs.

Das Burggespenst war jetzt doch da. Es saß irgendwo klein und hart und kalt in Carlys Magen und flüsterte ihr zu, dass die beiden winzigen gelben Punkte, die mit ihren Eltern im Blau verschwunden waren, nicht wieder größer werden und näher kommen würden. Heute nicht und morgen nicht.

Sie aß nie wieder etwas, das nach Bananen schmeckte.

25

Holzweg

Carly, steif vom langen Liegen, drehte sich mühsam auf den Rücken und sah in den Himmel. Sie fühlte sich, als wäre sie lange unterwegs gewesen. Die Welt um sie herum war zu ihrem Erstaunen unverändert. Eine Weile konzentrierte sie sich darauf, ruhig Luft zu holen. Sie fühlte sich überraschend leicht. Dieser lang vergangene Tag war in alter Lebendigkeit aus seinem Grab unter dem Teppich auferstanden, und es war ihr nichts passiert! Sie hatte sich nicht in diesem Blau aufgelöst. Sie fühlte sich auch nicht bodenlos verlassen wie damals. Im Gegenteil. Dieses alte Gefühl war zum ersten Mal verschwunden. Sie suchte danach, aber dort, wo es gewesen war, war nichts. Nur eine ungewohnte Leere.

Trotzdem hatte sie für heute genug von allem Blau.

Sie wandte sich vom Meer ab. Vom Himmel auch. Statt die Richtung nach Naurulokki einzuschlagen, überquerte sie die Straße. Hier begann der einzige Weg in den Wald, den sie Ahrenshooper Holz nannten. Es war ein Urwald, naturbelassen. Die Sonne malte einzelne Lichtflecken auf den schmalen Pfad, doch die alten Baumkronen waren so dicht, dass der Himmel kaum zu ahnen war. Selbst die Luft schien grün. Für einen Moment dachte Carly, die Erde bewege sich, bis sie bemerkte, dass sich junge Blindschleichen auf dem Weg sonnten. Von ihren Schritten aufgeschreckt, schlüpften sie in die dunklen Ritzen der gefallenen

Bäume oder zwischen altes Laub. Carlys Gedanken taten es ihnen gleich. Hier gab es weder Gelb noch Blau, das Grün und die tiefen Schatten taten ihr wohl. Kein Meeresrauschen wagte sich hierher, und der Wind, der in den Ästen erzählte, war ein anderer als am Strand. Sie verbannte die Gesichter und die Stimmen ihrer Eltern für den Moment hinter dieses Grün und diese Stille, folgte dem Pfad geradeaus.

Doch auf dieser Halbinsel führten offenbar alle Wege zu den Toten. Ihr fiel ein, dass in genau diesem Wald vor Jahrzehnten ein bekannter ansässiger Künstler verschwunden war. Verschwunden, genauso wie Joram. Synne hatte ihr davon erzählt. Man rätselte noch heute, was aus ihm geworden war. Im Bodden ertrunken, sagte man, oder von den Russen erschossen und im Wald vergraben. Carly blieb stehen. War da nicht ein Rascheln gewesen? Es wurde dunkler, oder war nur der Wald hier so dicht? War sie überhaupt allein hier? Das Kribbeln in ihrem Nacken kam nicht nur von ihrem Sonnenbrand. Die alten Baumstämme wirkten wie stille Figuren, auf einmal sah sie Gesichter in ihnen und Arme, die lautlos in alle Richtungen griffen. Von der Straße draußen, von dem Dorf und den Touristen war nichts mehr zu ahnen, der Urwald war eine Welt für sich. Für einen Augenblick fragte sie sich, ob die Welt draußen noch da sein würde, wenn sie den Wald wieder verließ. Falls sie den Weg hinaus überhaupt fand. Da fiel ihr ein, dass es ja nur diesen einen Weg gab, und selbst dieser war eine Sackgasse. Er hörte kurz vor der anderen Seite des Waldes einfach auf, wie eine Geschichte, die zu Ende ist. Sie hatte sich das am ersten Tag auf der Karte angesehen. Verirren konnte sie sich also nicht.

So unheimlich es hier war, so sehr faszinierte sie dieser Ort. Es lag ein schimmernder und gleichzeitig dunkler Zauber darüber, eine herausfordernde Verwunschenheit, Geheimnis und Verführung. Im Baumdickicht war das Meer weder zu hören noch zu ahnen, und diese Abwechslung tat ihr wohl. Carly ging tiefer in den Wald, fühlte sich wie Rotkäppchen. Statt des Wolfs traf sie drei Hirsche, die vor ihrem Schritt die Flucht ergriffen, bevor sie ihnen nahe genug gekommen war, um mehr als ihre Silhouetten zu sehen. Auf einem gefallenen Stamm ruhte sie sich eine Weile aus, stellte sich vor, ein Baum zu sein, der hier wuchs. Hier, nur hier an genau diesem Ort stehend, das ganze Leben lang, von Anfang an, durch alle Jahreszeiten, Frost, Hitze, die Wurzeln immer tiefer in das Land treibend, die Spitze in den Himmel, im Gespräch mit dem Wind, vom Sturm ungebrochen bis auf ihren letzten Tag, an dem sie fiel. Der Gedanke war angenehm. Carly dehnte ihn aus, vergaß die Zeit, bis die sinkende Sonne einen schrägen Strahl zwischen den Stämmen hindurchmogelte. In dem Lichtkegel tanzten funkengleich Mücken, und nun wünschte sich Carly, eine von ihnen zu sein, lautlos, selbstvergessen und leicht auf der Dämmerung kreisend. Sie trat näher, entdeckte, dass dieses filigrane Ballett über einer tiefen Pfütze stattfand. Das Wasser darin war braun und doch glasklar. Sie sah gelbe Blätter auf der Oberfläche treiben, erste Herbstblätter, und auf dem Grund lagen andere, ebenso in Farbe und Form unversehrt. Ein Echo von Grün und Blau schaukelte als Spiegelung dazwischen: ein zweiter, tieferer Himmel. Es war wie ein Abbild dessen, was sie in den letzten Tagen erlebt hatte.

Die Lebenden treiben auf der Oberfläche, dachte Carly, doch die Toten, in der Tiefe ruhend, haben nichts von ihrem Leuchten und ihrer Wirklichkeit verloren. Es ist nur nicht mehr ihre Zeit, aber das heißt nicht, dass ihre Zeit an Gültigkeit verloren hat. Die Stimmen meiner Eltern, ihre Gesten, ihre Anwesenheit waren wahr und sind es noch, nur anders. Jorams und Hennys Gedanken sind so gegenwärtig wie die goldenen Blätter dort unten im Schlamm. Teresa, Amal, Valerie schimmern klar sichtbar auf dem Grund meiner Erinnerung.

Carlys Spiegelbild schwebte irgendwo zwischen den oberen und den gesunkenen Blättern, sah beiden ins Auge, bis sie ihre Hand in das kühle Wasser tauchte. Die Bewegung zog die lebendigen Blätter von der Oberfläche in einen Strudel; die auf dem Grund ruhenden wirbelten auf. Beide trafen sich in der Mitte, vermischten sich.

Genau so ist es gerade, dachte Carly.

Merkwürdig beglückt beschloss sie, den Waldweg heute nicht zu Ende zu gehen. Es wurde zu dunkel. Sie kehrte um und sah auf dem Rückweg so viele interessante Wurzeln und Äste liegen, in denen sich angedeutete Gestalten fanden, dass sie Jorams Gegenwart deutlich zu spüren glaubte: Es war, als ginge er neben ihr und wiese sie darauf hin. Am liebsten hätte sie die kleineren Stücke alle mitgenommen, doch sie dachte an den Haufen Holz im Keller und daran, dass sie das Haus räumen und nicht füllen sollte. Nur ein geschwungenes Wurzelstück, über das sie stolperte, behielt sie dann doch in der Hand. Es ähnelte so deutlich einer fliegenden Möwe, dass sie nicht widerstehen konnte.

Zögernd trat sie auf die Straße hinaus, entschlossen, möglichst bald wieder diesen Wald zu besuchen, der wie ein Lebewesen war, freundlich und gefährlich zugleich.

Sie war müde, doch wie berauscht von den Geschichten, in die sie heute geraten war, und beschloss daher, einen Umweg an Daniels Laden vorbei zu machen. Zwar waren die Geschäfte schon geschlossen, aber Daniel hatte die Angewohnheit, abends oft noch in dem Strandkorb zu sitzen, der in dem kleinen Vorgarten stand. Dort servierte er manchmal besonderen Kunden Teeproben.

Tatsächlich saß er da, nippte an einem dampfenden Becher Tee und beobachtete die dunkelrosa Wolken, die über den Kiefern Richtung Westen unterwegs waren.

»Störe ich?«, fragte Carly.

»Hallo, Carly!« Er klang erfreut. »Magst du dich setzen?«

So ein Strandkorb war etwas Gemütliches. Die Schale seines Daches stutzte den Himmel auf ein handliches Maß zurück. Aus ihm heraus störte das Blau ihren Blick nicht mehr, außerdem war es jetzt samten sanft. So geborgen in der Muschel aus Korbgeflecht, in Daniels tröstlicher Gesellschaft, in der Hand die warme Teetasse, die er ihr wie selbstverständlich gereicht hatte, beschloss Carly, jetzt und für immer auch mit dem gleißenden mittäglichen Blau Frieden zu schließen.

»Heute habe ich einen alten Tag wiedergefunden«, erzählte sie.

»Alte Tage sind wie guter Tee«, sagte Daniel. »Ihr Aroma bleibt erhalten. Man mag es, oder man mag es nicht, aber diese indischen Blätter zum Beispiel erzählen auch nach Jahren in einer Dose noch von der Sonne, in der sie gewachsen sind, und von der Erde, die sie ernährt hat. – Und, war er bekömmlich, dein Tag?«

»Besser als ich dachte.«

»Das freut mich.«

»Übrigens, ich wollte fragen, ob du unter Umständen Interesse an einem Regal hättest, das Joram gemacht hat. Nur für den Fall, dass der nächste Besitzer die Möbel nicht übernehmen möchte. Ich finde, es würde wunderbar in deinen Laden passen.«

»Interesse auf jeden Fall, aber ich bin kein Krösus.«

»Na ja, Elisa muss die Teile erst schätzen, aber mit Thore kann ich reden. Er ist Teetrinker. Für einen Korb deiner besten Sorten würde er dir das Stück bestimmt überlassen.«

»Sehr, sehr gerne.«

Inzwischen war es stockdunkel geworden, nur ein schwaches Echo vom Sonnenuntergang sah noch über die Kiefern. Daniel stand auf und zündete eine Fackel an, die ein paar Schritte entfernt im Sand steckte. Kaum saß er wieder neben Carly, tanzten schon weiße Motten um die Flamme.

Wie die Fragen in meinem Kopf, dachte Carly. Der Erinnerung, um die sie lange furchtsam und fasziniert gekreist war wie die Insekten um das Feuer, war sie heute begegnet, und sie hatte sich nicht verbrannt. Aber es blieb so vieles offen. Sie war noch nicht schwimmen gegangen. Warum? Mit Orje und Miriam war sie oft genug im Schwimmbad gewesen, hatte ganze Nachmittage am und im Wannsee mit ihnen verbracht. Aber dort konnte man das andere Ufer sehen. Hier gab es nur das randlose Blau, und sie fürchtete sich davor. Sie hatte darüber auf ihrem Blog geschrieben, und Orje hatte geantwortet: *Du musst ja nicht im Meer schwimmen – freu dich einfach wieder auf den Wannsee.*

Aber Carly wusste, es gehörte zu den Dingen, die sie tun musste. Sie war es ihrem Vater schuldig und sich selbst.

»Flieg, Fischchen!« Er hätte es von ihr erwartet. Außerdem

lockte sie die blaue Weite, jede Welle rief nach ihr. Es ging ihr mit dem Wasser wie den Motten mit dem Licht.

Und dann war da noch das Geheimnis um Joram. Joram, in den sie auf seltsame Weise ein bisschen verliebt war. Wenn schon ihr Vater nie wiedergekommen war, so wollte sie wenigstens herausfinden, was mit Joram passiert war. Viel Zeit blieb ihr dafür nicht mehr.

»Wann und wo hast du Joram eigentlich das letzte Mal gesehen?«, fragte sie in die behagliche Stille hinein.

Daniel starrte nachdenklich in sein Teeglas.

»Das war oben am Darßer Ort. Im September wahrscheinlich. Am Strand beim Leuchtturm. Er stand und sah aufs Meer hinaus, als hätte er dort etwas Bestimmtes entdeckt. Ich habe ihm einen Gruß zugerufen, aber ich glaube, er hat mich nicht gehört. Es war stürmisch. Außerdem war das bei ihm nicht ungewöhnlich. Manchmal war ihm nicht nach Reden.«

»Wusstest du, dass er einen Bruder hatte, der als Kind gestorben ist?«

»Wirklich?« Daniel fischte eine Mücke aus seinem Tee. »Nein. Interessant. Er wirkte auf mich immer wie jemand, der nicht ganz ist. Das klingt blöd, aber es fiel mir auf, weil ich seine Möbel eben deshalb so schön finde, weil sie besonders ganz zu sein scheinen. Ganz in sich, ganz rund und ganz richtig. Ist schwer zu beschreiben.«

»Ich weiß, was du meinst«, sagte Carly. »Mir geht es genauso. Man berührt sie gern und fühlt sich wohl in ihrer Nähe. Ich dachte, Joram müsste so ähnlich gewesen sein.«

»Wenn du mehr über Joram wissen möchtest, unterhalte dich mit Flömer. Kennst du Flömer schon?«

»Flömer? Nein, wer ist das?«

»Flömer ist ein alter Kapitän. Er ist neunundachtzig Jahre alt und hat jedes einzelne davon hier am Ort verbracht, wenn er nicht auf See war. Heutzutage ist er ein wenig schweigsam geworden. Aber es lohnt sich sicher, ihn anzusprechen, wenn du Fragen hast. Du findest ihn fast immer im Althäger Hafen. Den solltest du dir sowieso ansehen, das ist ein Ort, der dir gefallen wird.«

Er sagte das mit so viel Gewissheit, als ob er sie schon eine Ewigkeit kennen würde.

»Wie komme ich dahin?«

»Am besten mit dem Fahrrad. Nimm den Weg, der an der Kirche vorbei Richtung Bodden führt. Er beschreibt einen Bogen am Bodden entlang und endet direkt am Hafen. Eine wunderschöne Tour.«

»Und wie heißt Flömer mit Nachnamen?«

»Flömer *ist* sein Nachname. Niemand weiß, wie er mit Vornamen heißt. Wahrscheinlich hat er ihn selbst vergessen. Du wirst ihn daran erkennen, dass er ein Stück Kreide hinter dem Ohr trägt.«

»Kreide?«

»Frag ihn am besten selbst, warum«, meinte Daniel lächelnd.

Irgendwo hinter dem Strandkorb klapperte etwas.

»Daniel?«

Synne tauchte in einem weißen Kleid aus dem Dunkel auf wie ein dünnes, fröhliches Gespenst. »Ach, Carly, da bist du! Ich hab schon bei dir geklingelt. Elisa ist von ihrer Reise zurück. Sie hätte übermorgen Zeit, sich die Bilder und Möbel anzusehen. Daniel, ich brauche etwas von Elisas Tee. Wenn sie morgen merkt, dass in der Galerie keiner mehr ist, ist mein Job weg. Dann kann ich Orje in Berlin beim Streichen helfen.«

Sie klang nicht, als ob das eine Katastrophe wäre.

»Na klar, ich geh den Tee holen«, sagte Daniel.

Synne setzte sich auf einen Stein. Mit ihren langen Haaren und dem Kleid sah sie im Fackellicht aus wie die kleine Meerjungfrau.

»Glaubst du, Orje würde hierherziehen?«

Carly überlegte. Sie dachte an die Fiedlerinsel. An Oma Jule und die vielen Nichten. An Orje auf dem Dahlemer Weihnachtsmarkt, an Orje an einem Sommerabend auf dem Ku'damm.

»Ich weiß es nicht. Wenn er liebt, ist bei ihm alles möglich. Aber ich kenne niemanden, der so sehr Berliner ist wie Orje. Der wird immer Berliner bleiben, selbst wenn er dich heiraten, mit dir zehn Kinder bekommen und den Rest seines Lebens hier verbringen würde.«

Synne hielt einen Ast in die Fackelflamme.

»Was ist es nur, das uns Menschen manchmal einen Ort mit solcher Zärtlichkeit lieben lässt, dass wir unser ganzes Leben daran hängen? Nichts wird mich hier wegbewegen, nicht einmal Orje. Wie ist das mit dir und Berlin? Oder hast du noch einen anderen Ort? Ich hatte eigentlich von Anfang an das Gefühl, du passt genau hierher. Im Gegensatz zu den Touristen.«

»Die Frage stellt sich nicht. Astronomen werden hier nicht gebraucht. Ob ich an Berlin hänge, weiß ich selbst nicht.«

»Das mit Orje, das ist *wirklich* ernst.« Fast hätte sich Synne die Finger verbrannt, eilig ließ sie den Stock in den Sand fallen.

»Du sollst nicht immer kokeln«, sagte Daniel streng. »Hier ist

Elisas Tee.« Er drückte ihr eine Tüte in die Hand. »Und jetzt, Kinders, so nett eure Gesellschaft auch ist, ich gehe nach Hause.«

Synne sprang auf.

»Carly, kann ich Elisa sagen, dass übermorgen okay ist? Kann sie da die Bilder sehen, so gegen zehn?«

»Das wäre wunderbar. Es wird höchste Zeit, dass ich vorankomme mit Naurulokki. Danke.«

Wenn Carly gewusst hätte, dass sie erst im Dunkeln nach Hause kommen würde, hätte sie eine Taschenlampe mitgenommen. Es war so finster auf dem Grundstück, dass sie schmerzhaft gegen die Treppe stieß, nachdem sie sich den Weg zum Haus hinaufgetastet hatte. Vor der Tür lag Post. Als sie im Flur das Licht einschaltete, hatte sie den Gedanken, Henny und Joram hier zu überraschen – vielleicht für einen Moment einen Blick auf ihre sonst unsichtbare Anwesenheit zu erhaschen. Doch es fielen nur ein paar Dahlienblätter aus dem Strauß zu Boden.

Carly legte die Post in die Küche, kuschelte sich dankbar in Hennys Jacke, in der sie sich inzwischen zu Hause fühlte, und betrachtete das möwenförmige Holz, das sie im Wald mitgenommen hatte. Auf Hennys Werktisch fand sie eine Öse, die sie in den Rücken der Möwe bohrte, und ein Stück Sandpapier, mit dem sie die Oberfläche sorgfältig glättete. Im Flur über der Haustür war ein leerer Haken an der Decke. Der hatte sie schon von Anfang an gestört. Jetzt malte sie der Möwe mit Bleistift noch dezente Augen und hängte sie triumphierend so auf, dass die Tür gerade noch aufging, ohne dagegenzustoßen.

»Hier hast du Wind zum Fliegen. Und wenn jetzt jemand reinkommt, der nicht hierhergehört, kannst du was fallen lassen.«

Jetzt merkte sie erst, wie müde und hungrig sie war. Kein Wunder. Sie hatte eine Zeitreise gemacht. Carly schmierte sich ein Käsebrot, ohne sich hinzusetzen, sah beim Kauen die Post durch, die immer noch für Henny kam. Eine weitere Mahnung von einem Zeitschriftenversand, eine Einladung zu einer Vernissage in einem Künstlerhaus, ein Kleiderkatalog und eine Postkarte. Ob Thore ihr aus Ägypten geschrieben hatte? Unwahrscheinlich. Er hatte noch nie eine Postkarte geschrieben. Aber er hatte ihr auch noch nie einen Blumenstrauß geschenkt, und nun standen Dahlien im Flur.

Doch die Karte war nicht aus Ägypten. Sie war aus Dänemark. »Skagen« stand unter dem Bild.

Carly kannte die Schrift auf der Rückseite.

Der Text begann mit »Liebe Henny« und endete mit »Fortsetzung folgt, Joram.«

26

Flömer

Carly wachte mit der Sonne auf. Mit einer dampfenden Teetasse in der Hand wanderte sie barfuß ins Büro. Sie hatte sich vorgenommen, endlich den Schreibtisch zu Ende aufzuräumen, denn der gehörte auf jeden Fall zu dem Inventar, das Elisa schätzen sollte. Sie hatte immerhin schon so viel Platz darauf geschaffen, dass man erkennen konnte, dass es sich um ein ungewöhnliches Stück handelte.

Auf der freien Fläche lag die Postkarte von Joram. Ungläubig hatte sie sie gestern wieder und wieder gelesen. Einfach war das nicht, denn er hatte in einer ungewöhnlich winzigen Schrift so viel wie möglich auf die Karte gequetscht, zum Glück hatte sie Übergröße.

Liebe Henny!

Es tut mir leid, dass ich ohne ein Wort verschwunden bin. Ich bin in Skagen, sitze im Sand auf Grenen, das ist eine schmale Landzunge an der nördlichsten Spitze Dänemarks. Es ist unglaublich hier! Das ist genau meine Sorte Ort, nur müsste man allein sein. Leider verjagen jede Menge Touristen die tiefe Poesie. Trotzdem bin ich in meiner eigenen Stille Zeuge der Begegnung zweier Meere. Nordsee und Ostsee treffen hier aufeinander. Man hat die Möglichkeit, mit jedem Fuß in einem anderen Meer zu stehen. Die Wellen stoßen zusammen, und für einen Moment kann das Wasser nur noch Richtung Himmel. Es ist wie eine schäumende, flüchtige und doch ewige Feier. Diese Vereinigung zeichnet eine Linie, die von meinen Füßen direkt zum Horizont weist. Endlich einmal eine Welle, zu der man nicht quer steht oder denkt, sondern die ein Weg ist oder ein Tor, zumindest ein Wegweiser. Etwas, das führt, etwas, das lockt. Beständig und doch immer in fließender Bewegung. Schade, dass du nicht hier bist. Wahrscheinlich wärest du mitgekommen, wenn ich dich gefragt hätte. Dies ist der erste Ort, an dem ich das Gefühl habe, für immer bleiben zu können. Nein, falsch: der zweite. Denn ich habe über das nachgedacht, was du mich gefragt hast. Die Antwort überrascht mich. Ich brauche noch ein wenig Zeit, aber dann ...

Fortsetzung folgt, Joram.

Der Poststempel war vom fünften November. Das war einige Zeit, nachdem Joram zuletzt gesehen worden war. Aber warum kam die Karte *jetzt* an, Monate später? Nun ja, vielleicht gab es noch mehr Briefträger, die nicht Fahrrad fahren konnten. Vielleicht hatte sie irgendwo gelegen, so wie Teresas Brief im Gras.

Es war ein merkwürdiges Gefühl, eine Karte von Joram zu lesen, die Henny nie zu Gesicht bekommen hatte.

Joram war also im November in Dänemark gewesen. War er tatsächlich einfach in Skagen geblieben? Warum hatte er dann nicht noch mehr Briefe oder Karten geschrieben?

Carly versuchte, sich auf den Schreibtisch zu konzentrieren. Sie heftete die letzten uralten Rechnungen ab, die zum Teil schon vergilbt waren und die Thore wahrscheinlich wegwerfen würde. Aber sie wollte ihn zuerst fragen. Die verstaubten Kunstmagazine ordnete sie kurzentschlossen dem Altpapier zu. Unter dem letzten Haufen entdeckte sie ein kleines, abgegriffenes Adressbuch. Sie steckte es zusammen mit Jorams Karte in ihre Hosentasche. In der Küche suchte sie nach einem weichen Lappen, mit dem sie behutsam die Staubschichten von dem befreiten Schreibtisch entfernte. Jetzt erst wurde sichtbar, dass die Arbeitsfläche aus aneinandergefügten Bohlen gefertigt war, von Wind und Wetter glattgeschliffen und von jahrelanger Sonne silbrig gefärbt. Der Grund, warum von den Papierstapeln keiner zu Boden gefallen war, war eine Art Zaun aus rundgeschliffenen Treibholzstücken an der hinteren Kante und beiden Seiten. Nein, kein Zaun, eine Landschaft. Die geschwungenen Holzstücke wirkten wie sanfte Dünen, und in der linken hinteren Ecke ragte ein Ast auf, den Joram durch behutsames Schleifen und andeutungsweises Schnitzen in einen Leuchtturm verwandelt hatte. In der anderen Ecke hielt ein schalenförmig ausgehöhltes Holzstück Notizzettel. Daneben steckte in einem Astloch ein Füllfederhalter.

Die Beine des Schreibtischs waren aus vier annähernd gleich dicken Stämmen, keiner davon war gerade, sondern jeder hatte eine charakteristische Note. Als Carly sich bückte, um sie zu untersuchen, entdeckte sie einen Zettel, der mit zwei Reißzwecken an die Unterseite der Platte geheftet war.

Der Schreibtisch ist das Herz eines Hauses. Am Schreibtisch begegnest du dir selbst viel mehr als vor einem Spiegel. Ich finde, dieser gehört hierher, und ich wünsche dir viele lebendige Stunden daran. Joram.

Bestimmt hatte Henny hier die meisten ihrer Briefe an Joram geschrieben, vielleicht auch ihre Bilder entworfen. Wahrscheinlich hatte sie auch hier gesessen und gegrübelt, was mit Joram geschehen war. Ob er einen Unfall gehabt hatte. Oder ob er sie einfach verlassen hatte, auf die eine oder andere Art.

Carly kramte das Adressbuch aus ihrer Tasche. Es waren nicht sehr viele Adressen darin vermerkt. Sie fand die von Thore, die Telefonnummern von Synne und Daniel, der Buchhandlung und zwei Ärzten, die Adresse von Elisa.

An das Alphabet hatte sich Henny nicht gehalten. Schließlich fand Carly, was sie suchte. Joram Grafunder hatte in Born in einer Straße namens »Am Mühlenberg« gewohnt. Carly blickte auf die Uhr. Es war noch nicht einmal Mittag. Hier im Büro sah es jetzt recht anständig aus. Sie vermerkte den Schreibtisch unter »Möbel« als letztes Stück auf der Liste, die sie für Elisa angelegt hatte. Die beiden Dünenlandschaften an den Wänden hatte sie schon unter »Bilder« eingetragen. »Fertig«, sagte sie laut. Die Liste legte sie in den Flur unter die Vase mit dem Dahlienstrauß. Dann griff sie ihren Anorak und zog Turnschuhe an. Die Karte der Halbinsel hatte sie inzwischen im Kopf. Das Dorf Born lag nicht weit entfernt am Bodden.

An diesem Tag wehte ein kühler Wind, der nach dem kommenden Herbst schmeckte. Ebenso kühl wirkte das weiße, streng würfelförmige Haus am Mühlenberg. Anders als die meisten Häuser in dem verschlafenen Ort, durch den Carly neugierig geradelt war, war das Dach nicht reetgedeckt, sondern aus glänzenden Ziegeln. Im Vorgarten lag wichtig ein englischer Rasen ohne Beete und ohne Gänseblümchen. Eine lange dünne Frau, die eine Schürze über einer Hose mit Bügelfalten trug, war damit beschäftigt, Tischdecken auf eine Leine zu hängen.

Carly blieb zögernd am Gartentor stehen.

»Kann ich Ihnen helfen?«, fragte die Frau.

»Guten Tag. Hat hier einmal ein Herr Joram Grafunder gewohnt?«

»Ja. Rubinger. Ich bin die Hauseigentümerin. Sind Sie mit dem verwandt?«

»Nein. Ich kümmere mich um den Nachlass seiner Freundin. Ich habe alte Briefe gefunden und weiß nicht, ob ich sie entsorgen soll. Wissen Sie, wo er sich aufhält?«

»Er ist im letzten Herbst verschwunden. Ich wüsste auch gerne, wo er sich aufhält. Er schuldet mir noch die Miete. Aber ich nehme an, er liegt auf dem Grund des Meeres oder jemand hat ihn irgendwo verscharrt. Besonders umgänglich war er nicht, wissen Sie. Freunde schien er auch nicht zu haben. Nur diese Frau, von der er Briefe bekam. Bandin oder so ähnlich.«

»Henny Badonin. Was ist mit seiner Wohnung?«

»Vielleicht ist er ja auch einer dieser Mietnomaden. Der Polizei war er allerdings nicht bekannt. Ich habe die Wohnung wieder vermietet, nachdem sie drei Monate leer stand und kein Geld mehr einging. Aber Sie kommen mir gerade recht. Herr Grafunder hatte kaum Sachen, nur eine alte Matratze, die ich entsorgt habe, einen sehr schönen Holztisch und dann dieser vollgestopfte Seesack. Den können Sie mitnehmen, ich möchte ihn endlich loswerden, steht mir nur im Weg rum. Die Polizei hat ihn schon durchsucht. Verwandte hat der Grafunder ja nicht, sagt die Polizei. Kommen Sie rein.«

Carly folgte ihr einen schnurgeraden Weg entlang.

»Hat die Polizei sonst noch etwas gesagt?«

»Nein. Der ist als vermisst gemeldet, und fertig. Das interessiert die nicht weiter. Denen schuldet er ja kein Geld!«

Sie ließ Carly in einem sehr sauberen Flur stehen und verschwand im Keller, wo es rumpelte. Kurz darauf tauchte sie mit einem riesigen, wenig sauberen Seesack auf, den sie Carly hastig in die Arme legte.

»Vielleicht taucht der Grafunder ja irgendwann bei Ihnen auf. Dann können Sie ihm sagen, wenn er die ausstehende Miete bezahlt, kann er seinen Tisch wiederhaben. So lange behalte ich den als Entschädigung.«

»Kann ich diesen Tisch mal sehen?«

»Wenn es sein muss.« Ungnädig öffnete die Frau eine Tür und gestattete Carly einen kurzen Blick in ein Wohnzimmer, in dem der Holztisch das einzig attraktive Stück war. Seine Platte war unregelmäßig geformt und wurde von einem Fuß getragen, der aus einer einzigen komplizierteren Wurzel bestand. Carly spürte sofort den Wunsch, das Stück mit nach Naurulokki zu nehmen. Hierher gehörte es ganz sicher nicht. Vielleicht konnte sie wenigstens Elisa dafür interessieren. Aber es bestand ja immer noch die Möglichkeit, dass Joram wiederkam.

»Können Sie mir bitte noch sagen, wo ich die zuständige Polizei finde?«

»Prerow. Hafenstraße. Auf Wiedersehen!«

Carly war sich nicht sicher, worüber sich Frau Rubinger mehr freute: den Seesack loszuwerden oder Carly. Nach mehreren Fehlversuchen schaffte sie es, den schweren Sack quer auf den Gepäckträger zu wuchten.

Vorsichtig radelte sie Richtung Prerow.

»Nein, wir haben keine neue Spur im Fall Grafunder«, gab ein freundlicher Polizist ihr dort Auskunft. Im Gegensatz zu Frau Rubinger schien er erfreut, sie zu sehen. Offenbar war sie eine willkommene Abwechslung zu seinem Sudoku-Rätsel.

»Es ist eine Postkarte vom November angekommen, die er aus Skagen geschickt hat. Vielleicht hilft diese Information weiter.«

Er fischte eine verstaubte Akte aus einem Schrank und notierte etwas darin.

»Unsere Kollegen in Dänemark sind ohnehin informiert«, sagte er. »Es war bekannt, dass er die Absicht geäußert hatte, dorthin zu reisen. Außerdem hat er kurz vor seinem Verschwinden einen größeren Betrag von seinem Konto abgehoben. Das darf ich Ihnen eigentlich nicht erzählen, aber ich habe die Frau Badonin gut gekannt, und … sie tat mir leid. Sie war so unglücklich wegen dem Herrn Grafunder. Wenn man nicht weiß, was passiert ist, werden die Leute nicht fertig damit. Ich habe ihr immer alles gesagt, was wir wussten, aber es war eben nicht viel.«

»Was glauben Sie persönlich, was geschehen ist?«

»Bonbon?« Er hielt ihr er eine Schale hin. »Nun, er war ein Sonderling. Blieb nirgends lange. Hatte keine Anstellung, war freischaffender Künstler. Man weiß ja, wie die sind. Ich denke, er ist irgendwo unterwegs. Hat vielleicht einfach vergessen, dass er zurückkommen wollte. Wenn er das überhaupt wollte. Natürlich kann auch ein Unfall passiert sein. Oder ein Raubüberfall. Aber dann gibt es meist eine Leiche. Die meisten, die als vermisst gemeldet wurden, sind irgendwann wiederaufgetaucht.«

Auf dem Weg nach Hause musste Carly fünfmal anhalten, weil der sperrige Sack vom Fahrrad rutschte.

Joram hatte also eine größere Summe abgehoben. Das tut man nicht, wenn man Selbstmord begehen möchte. Oder wollte er damit nur bis nach Dänemark kommen und dann dort ...

Sollte sie den Seesack auspacken? Zu gern hätte sie gewusst, was darin war. Vielleicht gab es einen Hinweis. Doch es kam ihr nicht richtig vor. Wenn Joram noch lebte, und sie kramte hier in seinen Privatsachen? Sie war ja nicht einmal mit ihm verwandt.

So stellte sie den Sack erst einmal ins Büro. Sie konnte jedoch nicht ganz widerstehen, löste die Schnur ein wenig, die die Öffnung verschloss, und schnupperte hinein. Im Inneren roch es entfernt nach Holz, Leder und dem Aftershave, dessen Duft auch an dem Pullover in Hennys Zimmer haftete. An der Schnur hatte sich ein graubraunes, leicht lockiges Haar verfangen, bei dessen Anblick Carly die Augen feucht wurden, weil Joram dadurch plötzlich noch gegenwärtiger schien als ohnehin.

Der Wind hatte nachgelassen, die Sonne kämpfte sich durch die Schleier und warf warmes Spätsommernachmittagslicht in den Garten. Es war noch Zeit genug für eine weitere kleine Radtour. »Frag Flömer«, hatte Daniel gesagt.

Jetzt, da der Seesack in der Ecke stand, als hätte Joram ihn persönlich dort gerade abgestellt, ließ ihr die Sache keine Ruhe mehr. Hatte er Henny wirklich eiskalt verlassen, nach allem, was an Wärme in seinen Briefen und Nachrichten stand und in seinen Werken zu spüren war? Das konnte, das durfte nicht sein.

Der Weg über die Wiesen war noch schöner, als Daniel ihn beschrieben hatte. Wolkige Mengen von Pusteblumenköpfen schwebten über dem hohen Gras, in das der Wind zärtliche Wellen zeichnete. In der Ferne bewegten sich braune Segel wie riesige Schmetterlinge auf dem Bodden. Einmal stieg Carly ab, um auf die bodenlose Stille zu lauschen. Eine solch uneingeschränkte Ruhe war ihr noch nie begegnet. Diese Stille war wie ein anderes Meer, gewaltig und beglückend.

Zu kurz war der Bogen, den der Weg zum Hafen hin beschrieb. Carly hätte für immer so weiterfahren können. Doch bald verschluckte für einen Wimpernschlag ein hoher Schilfgürtel die Sicht, dann tauchten wie aus einem Bild Bootsstege in einer kleinen Bucht auf, dahinter Reihen hölzerner Häuschen. Zwei Zeesboote schaukelten an einem Steg, an einem anderen ein Ruderboot. Niemand war zu sehen bis auf einen Mann, der am Ende eines Steges auf einem Pfosten saß und mit den Beinen baumelte. Carlys Schritte warfen eine Melodie hölzerner Klänge in die Abendstille, als sie sich ihm näherte. Er drehte sich nicht um, aber sie musste auf der richtigen Spur sein, denn plötzlich trat sie auf ein großes K, das jemand mit Kreide auf das Holz geschrieben hatte. Dieses K war das Ende eines Wortes, das Carly als »Nebelbank« entzifferte.

Der Horizont, auf den der Steg zuführte und auf den der Mann blickte, leuchtete glasklar, nur ein aprikosenfarbiger Strich lag auf dem Blau. Von Nebel war weit und breit nichts zu sehen.

Der Mann trug einen ärmellosen blaugrünen Strickpullover und eine lederne Schirmmütze. Hinter seinem großzügigen Ohr steckte ein Stück Kreide.

»Guten Tag, Herr Flömer.«

Als er sich zu ihr umwandte, sah sie erst, dass er tatsächlich sehr alt war. Für seine Augen aber galt das nicht.

»Das ›Herr‹ ist nicht nötig«, sagte er. »Alles nur Ballast.«

Carly zeigte auf das Wort auf dem Steg.

»Warum ›Nebelbank‹?«

»Es ist das Wort, das heute meine Gedanken eingeladen hat. Nebelbank. Es klingt wie etwas, auf dem man sich niederlassen kann. Etwas Weiches, Veränderliches, Geheimnisvolles. Es kann freundlich sein, aber auch gefährlich. Man kann sich darin verlieren. Oder darauf unterwegs sein. Eine Bank, die sich der Landschaft anpasst und dem darauf Ruhenden. Eine, die nicht greifbar ist. Nicht dauerhaft. Eine, die vom Wind abhängig ist. Ich mag es, ein Wort in der Landschaft zu notieren, so dass wir uns Auge in Auge gegenüberstehen können und uns gegenseitig betrachten.«

»Darf ich auch mal?« Carly zeigte auf die Kreide hinter seinem Ohr.

»Selbstverständlich. An den Rändern der Meere ist Platz für alle Wörter.« Er reichte ihr die Kreide.

»Seesack«, schrieb Carly auf das von vielen Schritten ausgetretene Holz.

Sie gab Flömer die Kreide zurück und setzte sich ihm gegenüber auf den anderen Pfosten.

»Seesack«, sagte sie vor sich hin, versuchte, sich Flömers Denkweise zu Hilfe zu nehmen. »Flüchtiger als ein Koffer. Etwas, das größer oder kleiner wirkt, je nachdem, wie viel man hineinfüllt. Leicht oder schwer. Es ist immer noch ein bisschen Platz, egal, wie vollgestopft er ist. Platz für Holzstücke und Werkzeuge. Platz für Erinnerungen, Platz für den Klang der See,

Platz für Ideen und Wissen und für Sehnsucht. Sehnsucht nach der Ferne, nach Wind. Sehnsucht nach jemandem, den man verloren hat. Sehnsucht nach jemandem, den man zu gerne hat, um ihm nahe zu bleiben.«

»Meinst du Joram Grafunder? Woher kennst du ihn so gut?«

Flömer war ein guter Zuhörer. Sie erzählte ihm die ganze Geschichte, von Naurulokki, Jorams Zetteln und Möbeln und auch von dem Seesack, den man ihr heute anvertraut hatte.

»Ich mag nicht hineinsehen, irgendwie gehört sich das nicht. Obwohl schon ein Polizist und ganz bestimmt diese Frau Rubinger darin herumgewühlt haben.«

»Das scheint auch nicht nötig zu sein. Du weißt offensichtlich, was darin ist. Die Bohlen für den Schreibtisch, den du erwähntest, hatte er übrigens mir abgeschwatzt. Sie stammen von meinem alten Bootssteg.«

»Wie lange kannten Sie ihn?«

»Er hat mich schon als Junge zusammen mit seinem Bruder zum Fischen begleitet. Sie hingen sehr aneinander, die beiden. Ich kannte Joram lange, aber niemand kannte ihn gut.«

»Außer Henny Badonin. Aber auch ihr hat er nicht gesagt, warum er ging und nicht wiederkam. Was glauben Sie, wo er ist? Lebt er noch?«

Flömer schwieg eine Weile. Eigentlich hätte eine Pfeife zu ihm gepasst, dachte Carly. Aber seine Hände lagen ruhig auf seinen Knien.

»Ich weiß es nicht«, sagte er schließlich. »Ich kann es nicht fühlen, weil Joram jemand ist oder war, der ohnehin in der Landschaft bleibt. Er ist in jedem Stück Holz, das mir begegnet. In jedem seltsamen Gedanken, der mich trifft. Seine Worte sind im

Nordwind unterwegs. Für mich ist er nicht fort. Nach beinahe neunzig Jahren ist dieser Ort für mich voll von Menschen, die nicht fort sind, auch wenn sie niemand mehr sieht außer mir. Es ist nicht wichtig, wer davon lebt und wer nicht.«

Hatte sie nicht Ähnliches kürzlich schon einmal gehört? Es musste an diesem Land liegen, dass die Grenze zwischen den Lebenden und den Toten verschwamm. Wie in dem Tümpel im Wald mit den goldenen Blättern.

Der aprikosenfarbige Strich am Horizont war verschwunden. In hohen und tieferen Blautönen senkte sich die Dämmerung in die Bucht. An den Stegen flammten einzelne Lichter auf, spiegelten sich zitternd im Wasser.

Carly angelte sich noch einmal die Kreide hinter Flömers Ohr hervor.

»Joram Grafunder«, schrieb sie auf den Steg. Das Holz war in der aufkommenden Dunkelheit kaum noch zu sehen. Die weißen Buchstaben schienen in der Luft zu schweben.

»Welches Wort fällt Ihnen dazu als Erstes ein?«, fragte sie.

»Strömung«, schrieb Flömer darunter. »Joram war einer, der ständig von einer Strömung gezogen oder getrieben wurde. Darum konnte er nie ankommen. Den meisten Menschen ist nicht bewusst, dass es auch an Land Strömungen gibt. Alles hängt mit den Strömungen zusammen. Sie kommen von dort, in der Luft und im Wasser«, er breitete beide Arme weit zum Meer hin, »und sie machen an Land nicht halt. In der Dämmerung erkennst du es am ehesten, dann gibt es nur noch die Blautöne. Und irgendwann fließen sie wieder zurück. Am Ende«, sagte Flömer, »am Ende läuft alles auf dieses Blau hinaus. Darin kannst du alles verlieren und alles finden.« Er zeichnete den hellblauen

Streifen am Horizont, das letzte Echo dieses Spätsommertages, mit dem Zeigefinger nach.

Gemeinsam sahen sie zu, wie die Nacht sich darüberlegte.

»Wer war Nicholas?«, fragte Carly in die Dunkelheit.

»Nicholas ... Er war mit Henny verlobt, doch er verschwand vor der Hochzeit.«

»Aber warum? Er war auch Künstler, nicht? Ich habe ein Bild auf dem Dachboden eines Henning Weritz gefunden. Es zeigt Henny und ist mit ›Nicholas Ronning‹ signiert.«

»Henny mit den drei Schiffen? Das ist das Bild, für das Nicholas den dritten Preis auf der Sommerausstellung im Kunstkaten bekam. Er hat es nie abgeholt. Es war der Tag, an dem er verschwand. Der alte Otto Weritz war damals der Galerist. Er hat das Bild vermutlich aufgehoben, weil er dachte, Nicholas kommt eines Tages zurück. Es gehörte ja ihm.«

»Aber warum ging er fort? Oder ist er verschwunden – vermisst – wie Joram?«

»Nein, er lebt jetzt in Amerika.« Flömer räusperte sich. »Er wird seine Gründe gehabt haben. Henny hatte etwas, was nicht alle Menschen haben. Etwas Klares, Strahlendes. Und manche stehen nicht gern im Schatten.«

Die Milchstraße leuchtete hell über Naurulokki, als Carly ihr Rad durch die Pforte schob. Sie war auf der Hauptstraße zurückgefahren, die lautlosen Wiesen waren ihr im Dunkeln zu unheimlich, vor allem nach Flömers Worten von den Menschen, die nicht fort waren.

Gedankenverloren starrte sie in den fast leeren Kühlschrank, als es an der Tür klopfte. Sie zuckte zusammen. Wer konnte das jetzt noch sein? Jakob? Den hatte sie heute nicht einmal von weitem gesehen. Sie hatte ihn vermisst, fiel ihr auf.

Doch draußen stand nicht Jakob.

Es war ihr korrekter Bruder Ralph, in jeder triumphierend erhobenen Hand ein fettiges, tropfendes Päckchen.

»Hier gibt es überall Fischbrötchen!«, verkündete er strahlend. Es klang, als hätte er soeben persönlich das achte Weltwunder entdeckt.

Ralphs Lieblingsfischbrötchen

2 Brötchen (schön knusprig frisch)
2 EL Remoulade
2 Gewürzgurken
2 Blätter Eisbergsalat
2 Kräutermatjesfilets
¼ Gemüsezwiebel

Brötchen halbieren und die Hälften dünn mit Remoulade bestreichen. Salatblätter auf die unteren Hälften legen. Kräutermatjes auf Küchenkrepp gut trockentupfen, damit die Brötchen nicht so schnell durchweichen. Dann je ein Matjesfilet auf die Salatblätter legen. Gewürzgurken in dünne Scheiben schneiden und das Matjesfilet damit belegen. Gemüsezwiebel in Scheiben bzw. Ringe schneiden, belegen. Obere Hälfte vom Brötchen leicht andrücken. Gleich servieren.

Henny

1998

27

Hennys Frage

Es war Frühherbst. Vorhin war sie am Strand gewesen, war barfuß am Wasser entlanggelaufen. Bald würde es zu kalt sein. Die Wellen flüsterten in demselben Ton wie an dem so lange vergangenen Tag, der in ihr lebendig war wie gestern. Henny griff nach dem Schiff in der Tasche ihres langen Baumwollkleides, dessen Saum nass geworden war. Sie hielt den Bernstein gegen die tiefstehende Sonne. Darin schimmerte jener alte Tag für sie ungebrochen golden, flüsterte Nicholas' Stimme zärtlich in ihr Ohr, spürte sie seine Hand warm um ihre. Dort leuchteten ihre alten Träume.

Sie hatte viele davon wahrgemacht, auch ohne Nicholas. Sein Verrat hatte ihr das Licht nicht genommen, nur anders gefärbt. Sie hatte Zeit für ihre Kunst gehabt und Mengen von Bildern gemalt, die besser und tiefer waren als alles, was sie damals für möglich gehalten hatte. Sie konnte ungestört wohnen und unterwegs sein in ihren Bildern, ihrer Landschaft und ihrem Zuhause.

Und sie liebte wieder.

Das Silber spiegelte das Licht und ließ Funken über Hennys Arm hüpfen. Der stille, zeitlose Wind, der die Segel unternehmungslustig blähte, hatte nicht nachgelassen, nicht in all den sechsundvierzig Jahren.

Henny steckte das Schiff zurück in ihre Tasche, ging gedankenverloren weiter. Sie genoss das kalte Wasser an ihren Knöcheln, den Sand, der sich mit jedem Schritt ihrer Sohle anpasste.

Jäh fuhr sie zusammen, als eine Hand sich von hinten kaum merkbar auf ihre Schulter legte.

»Frage ihn! Wir haben alle nicht ewig Zeit. Die Tage sind kostbar!«, raunte eine Männerstimme in ihr Ohr.

Henny fuhr herum und sah einen leeren Strand. Nur weit hinten, am »Windflüchterhaus«, lief ein Pärchen, so fern, dass sie kaum größer als Möwen wirkten.

Sie spürte, wie sich die Haare an ihren Armen aufrichteten. An jenem Tag, den sie gerade aus ihrer Erinnerung heraufbeschworen hatte, war dasselbe geschehen. Sie hatte eine unsichtbare Hand auf ihrer Schulter gespürt, die sie anhalten hieß. Die Worte des alten Oskar kamen ihr in den Sinn.

»Es war der Sturmflut-Claas ...«

Henny erholte sich allmählich von ihrem Schreck. War der Sturmflut-Claas doch kein Kind des Grogs, den Oskar an kalten Abenden getrunken hatte? Er war nicht der Einzige, der dieser rätselhaften Gestalt begegnet war. Viele hatten erzählt, er hätte sie vor schlimmen Fluten gewarnt oder vor anderen Gefahren.

Henny kniff die Augen zusammen, betrachtete forschend den Himmel. Nein, nach einem Wetterumschwung sah es nicht aus. Sie kannte die scheinbar harmlosen Wolken, die die ersten Vorboten eines Herbststurms waren.

Aber auch das Leben selbst konnte von einer Sturmflut heimgesucht werden, und das ganz ohne vorherige Wolken.

Konnte der Claas also Gedanken lesen? Woher wusste er, dass sie Joram eine Frage stellen wollte, sich aber nicht traute? Nun, wenn man schon seit über hundert Jahren spukte, musste man wohl viele Lieben kommen und gehen gesehen haben ...

»Und wenn ich ihn damit ganz in die Flucht schlage?«, fragte sie laut in den Wind hinein.

»Die Tage sind so kostbar ...« Sie wusste nicht, ob der Wind die Worte von der See zu ihr hingetragen hatte oder ob sie nur in ihrem Denken widerhallten.

Jetzt saß sie im Abendlicht auf den Stufen von Naurulokki und sah Joram entgegen, der durch das Gartentor kam. Zärtlich betrachtete sie ihn, seine vertraute behutsame Bewegung, mit der er den Riegel am Tor schloss, sein leicht hinkender Gang, weil er Arthrose im rechten Knie hatte. Er war wetterfühlig, besonders im Herbst und Winter. Henny mochte seine abgetragene Strickjacke und das Weiß, das wie edler Raureif seinen dichten Bart säumte. Und seine Augen, dachte sie, als er näher kam und sein Blick den ihren traf. Wie konnte der Blick eines so ruhelosen Mannes bewirken, dass sie sich dermaßen geborgen, ruhig und zu Hause fühlte? Sie waren groß und voller Licht und Geschichten, diese Augen, und er wusste es nicht einmal.

Sie waren sich so vertraut, dass sie schon längst nicht mehr aus Höflichkeit aufstand, um ihn zu begrüßen. Er blieb vor ihr stehen, stellte einen Fuß auf die Stufen, um sein Knie zu entlasten, und reichte ihr etwas.

»Ich fand das Holz gestern ganz weit draußen auf der Kirr und dachte sofort an dich.«

Henny betrachtete die Figur, die er in ihre Hände gelegt hatte.

Es war ein von Wind und Wellen geschliffenes Stück Ast, hell mit dunkler Zeichnung, so lang wie Hennys Unterarm. Eindeutig eine Frau mit Kleid und Umhang. Sie stand aufrecht, blickte in den Himmel. Elegant war sie, ein klein wenig gebeugt wie gegen den Wind. Joram hatte nur ganz wenig daran verändert, eine kleine Einkerbung hier, ein ergänzender Strich dort.

»Sie ist wunderbar«, sagte Henny. »Aber so allein.«

Joram setzte sich neben sie. »Vielleicht finde ich bald ein zweites, geeignetes Stück, um ihr einen Gefährten zu geben.«

»Sieh doch im Keller nach.«

Er schüttelte den Kopf. Für Henny war die Treibholzsammlung im Keller ein unübersichtlicher Haufen, aber Joram kannte jedes der Stücke auswendig, das er einmal aufgehoben und als brauchbar wahrgenommen hatte.

»Da ist er nicht. Er wird mir sicher noch begegnen.«

Henny holte tief Luft. »Vielleicht hat sie ihn schon gefunden.«

Joram schwieg. Er hatte seine langen Beine übereinandergeschlagen und die Hände über dem Knie gefaltet, nicht nur aus Bequemlichkeit, sondern um es zu wärmen.

Wenn Henny sich zu etwas entschlossen hatte, zog sie es durch. Das war eines ihrer Lebensprinzipien.

»Joram, es funktioniert so gut mit uns beiden. Schon lange jetzt. Du fühlst dich wohl auf Naurulokki. Das, was du deine Wohnung nennst, ist eine Zumutung. Wir kennen unsere Schwächen, jeder von sich selbst und vom anderen. Wir haben beide früh gelernt, Kompromisse zu machen. Willst du nicht hier einziehen? Du könntest die oberen Zimmer haben, und ich mache mir ein Schlafzimmer aus dem Büro. Wir könnten sogar hinten eine Treppe nach oben bauen, dann hättest du einen eigenen Eingang.«

Joram lächelte.

»Ich brauche keinen eigenen Eingang.«

Er nahm Hennys Hand, sie lehnte sich an seine Schulter.

»Bist du sicher, dass hier Platz für mich wäre – neben Nicholas?«

»Schon lange. Das weißt du. Nicholas ist fern. Eine liebe Erinnerung. Meine erste Liebe ist es nicht, die dich zögern lässt. Es ist die Vorstellung von Nähe und vom Bleiben. Du weißt nicht, ob du es willst, und wenn, ob du es kannst. Wir könnten es ausprobieren, es müsste nicht auf Dauer sein.«

Joram schüttelte den Kopf.

»In unserem Alter wäre es für immer. Was auch immer wir jetzt entscheiden, wir werden es nicht mehr ändern. Gibst du mir Zeit? Ich muss nachdenken.«

»Soviel du brauchst. Wenn du jetzt gerade noch ein wenig hier mit mir sitzen bleibst.«

»Sehr gerne.«

Er ließ ihre Hand los und legte den Arm um sie. Zusammen sahen sie zu, wie der Abendnebel sich den Hügel herauf anschlich. Aus dem fernen Wald hallte das Röhren der Hirsche herüber, aber um Naurulokki herum lag Stille ohne Einsamkeit.

Carly

1999

28

Flieg, Fischchen!

Carly betrachtete ihren Bruder entgeistert. Sie hatte ihn seit einer Ewigkeit nur im Anzug gesehen, ohne einen einzigen Knick in der Bügelfalte. Jetzt trug er ein fröhlich blau und orange gemustertes Hemd und eine künstlich abgeschabte Jeans.

»Ralph! Was machst *du* hier?«

Er grinste sie an.

»Ich dachte, du brauchst jemanden, der mit dir schwimmen geht. Und ich wollte sehen, ob du deinen Professor endlich vergessen und einen anderen Frosch geküsst hast.«

Sie aßen die Fischbrötchen gleich auf der Treppe sitzend, wo man kleckern konnte, ohne dass das ganze Haus nach Fisch roch.

»Mmhhh. Herrlich!«

Ralph klang dermaßen zufrieden, dass sich das nicht nur auf den Fisch beziehen konnte.

»Es ist ja schön, dass du dir ausnahmsweise mal ein paar Urlaubstage gönnst, aber was sagt Christiane dazu, dass du hier bist?«, fragte Carly.

»Keine Ahnung. Wir haben uns getrennt. Und Urlaub habe ich auch nicht. Ich habe gekündigt.«

»*Was* hast du?!«

»Du hast ganz richtig gehört.«

»Aber ... was ist passiert?«

»Nichts. Das ist es ja. Seit Jahren passiert nichts. Die Bank ist voller Zahlen, und Christiane ist voller Klischees. Der *richtige* Besuch, der *richtige* Stil, das *richtige* Wellness-Programm. Dann bist du aus Berlin weggegangen, und nicht nur das, sondern sogar ans Meer. Du hattest den Mut, das Tabu zu brechen, einfach etwas zu ändern. Ich war neidisch und voller Bewunderung, und ich sehnte mich nach dem Gefühl, das wir früher hatten, wenn wir heimlich Fischbrötchen am Ku'damm gekauft haben.«

Carly hörte, wie er das leere Papier zusammenknüllte.

»Vor drei Tagen eröffnete mir Christiane, dass sie Karten für den Presseball ergattert hat. Weiß der Himmel, wie. Sie erwartete, dass ich begeistert bin, ihr ein sauteures Ballkleid kaufe, in dem sie aussieht wie eine ausgestopfte Praline – ebenso wie alle anderen Damen dort –, und sie begleite, um die *richtigen* Leute zu treffen. Zwei Stunden später in der Bank hielt der Filialleiter einen Vortrag über neue Aktienfonds, und ich bekam kein Wort mit, starrte immer nur auf seinen Kragen. Der war so eng, dass eine Hautfalte an seinem Hals darüberhing. Ich bekam selber keine Luft mehr und dachte nur an dich und dass du hier den frischen Wind um dich hast. Als der Vortrag vorbei war, habe ich meine Kündigung geschrieben und meinen Resturlaub beantragt, bin nach Hause gefahren, habe meinen Koffer gepackt, Christiane gesagt, dass ich mich von ihr und dem Presseball und den *richtigen* Möbeln trenne, und bin in ein Hotel gegangen, um zwei Tage nachzudenken. Jetzt weiß ich nur, dass ich nicht mehr *richtig* sein will. Der Rest wird sich finden. Du brauchst keine Angst haben, dass ich hierbleibe. Ich wollte nur sehen, wie es dir geht, und dann eine Weile ins Blaue fahren.«

»Solange du dabei nicht verschwindest wie Joram.«

Ralph hörte sie nicht. Er war aufgesprungen, zog Carly hoch und wirbelte sie herum wie früher.

»Hach, das Leben! Ich hatte vergessen, wie es sich anfühlt. Der Wind hier schmeckt genauso, wie ich es mir vorgestellt habe!«

»Ich habe meinen Bruder wieder!«, sagte Carly verwundert und beglückt. »Der Floh!« Sie zog ihn an beiden Ohren wie damals. »Lass mich runter! Ich hab Durst. Fisch will schwimmen.«

»In Ordnung. Zeig mir das Haus, und mach uns was von dem Tee, von dem du erzählt hast.«

Carly fummelte am Türschloss herum. Ralph stand hinter ihr und zupfte an einer ihrer Locken.

»Und morgen früh gehen wir schwimmen. Glaub ja nicht, dass du dich noch länger drücken kannst.«

In Carlys Magen regte sich ein beklommenes Gefühl, das nicht vom Fisch kam. Als sie die Tür öffnete, rieselten gelbe Blütenblätter aus dem Dahlienstrauß zu Boden.

Es war wie früher, wie ganz früher, als sie beide im »Schwalbenzimmer« unter dem Dach in den Betten lagen und sich im Dunkeln unterhielten. Nach einem Blick in Hennys Zimmer hatte sich Ralph für das zweite Gästebett in Carlys Stube entschieden.

»Das Henny-Zimmer wirkt mir zu bewohnt. Am Ende hat sie was dagegen.«

Er hatte gegrinst dabei, aber Carly wusste, was er meinte.

»Sag mal«, fragte Carly in die Dunkelheit hinein, »hat Tante Alissa dir mal erklärt, warum sie in der Hauswartwohnung geblieben ist? Nachdem sie mit ihrem Studium fertig war und die gute Anstellung im Museum bekommen hat, hätte sie sich doch etwas Besseres leisten können? Spätestens als sie uns zu sich nahm – wir hatten ja schließlich unsere Waisenrenten. Warum hat sie die Enge ertragen und die Arbeit mit dem Treppeputzen und Gärtnern und Schneeschieben auf sich genommen?«

»Ich hab sie danach gefragt. Sie meinte, die Enge hätte sie beruhigt – so hatte sie uns immer in Blick- oder Hörweite. Und auch die Lage im Erdgeschoss gab ihr Sicherheit. Den sicheren Boden um uns herum fand sie schön. Niemand konnte aus dem Fenster stürzen, und im Falle eines Brandes hätten wir uns leicht retten können. Sie muss das Gefühl gehabt haben, in einer engen, ebenerdigen Wohnung wäre die Wahrscheinlichkeit für Katastrophen am geringsten.«

»Aha. Ja, sie hatte immer Angst, uns nicht genug beschützen zu können.«

»Tante Alissas Psyche ist kompliziert, aber nicht ohne Grund. Wusstest du, dass sie ihren Freund bei einem Tauchunfall verloren hat?«

Carly setzte sich kerzengerade auf.

»Sie hatte einen Freund?« Es schien schwer vorstellbar. Ein Interesse an Männern hatte sie an Tante Alissa nie wahrgenommen, bis Franzl kam.

»Ja, sie waren verlobt. Er war auch Archäologe. Sie haben zusammen einen renommierten Wissenschaftspreis gewonnen. Auf einer Expedition in Ägypten ging er tauchen, und etwas lief schief. Er hatte einen erfahrenen Tauchlehrer mit, aber sie kamen beide ums Leben.«

»Wann war das?«

»Zwei Jahre vor dem Unfall unserer Eltern.«

»Sie hatte also doppelt Grund, das Meer zu fürchten. Das erklärt alles.«

Ralph räusperte sich.

»Was?«, fragte Carly.

»Na ja, da ... war noch was.«

»Sag schon. Ich bin kein Kind mehr.«

»Sie war heimlich in Vater verliebt. Natürlich hatte sie ein rabenschwarzes Gewissen deswegen, obwohl er wohl nie davon erfuhr und Mutter auch nicht. Sie gab sich die Schuld am Tod unserer Eltern, was natürlich Blödsinn war. Als hätte sie mit ihren ungehörigen Gefühlen die Katastrophe heraufbeschworen.«

Das musste Carly erst verdauen.

»Kein Wunder, dass sie alles wiedergutmachen wollte, indem sie uns vor allem beschützte, besonders vor dem Meer. Ich staune aber, dass sie dir das verraten hat.«

»Es war an meinem achtzehnten Geburtstag. Sie war beschwipst. Du weißt, wie selten das bei ihr vorkommt. Und sie wollte mich warnen, weil ich zum ersten Mal verknallt war. In die Freundin meines Freundes.«

Carly kuschelte sich wieder unter ihre Decke.

»Arme Tante Alissa. Ich wusste, wie schwer sie es mit uns hatte, aber nicht, wie kompliziert das alles für sie war. O weh, sie würde bestimmt die Krise kriegen, wenn sie wüsste, dass wir beide am Meer sind!«

»Das wird sie gar nicht mitbekommen. Sie hat mir gestern am Telefon noch geschworen, dass sie ihren Hof in den Bergen die nächsten Wochen nicht verlassen wird. Die letzte Expedition war wohl sehr anstrengend. Ich glaube übrigens, seit sie ihren Franzl hat, geht es ihr besser. Der Mann strahlt eine Ruhe aus wie ein Berg. Lass uns jetzt schlafen, diese ungewohnte Seeluft macht mich hundemüde!«

Carly lauschte noch eine Weile auf sein Atmen, das ihr immer noch vertraut war, obwohl es zwanzig Jahre her war, seitdem sie ein Zimmer geteilt hatten. Es mischte sich mit dem leisen Wellenrauschen, das der Nachtwind über die Dünen trug.

Carly versuchte, nicht an ihre ungewisse Zukunft zu denken. Ohne diese Sorge wäre sie jetzt vollkommen glücklich gewesen.

In den silbernen Segeln des Bernsteinschiffs auf der Fensterbank spiegelte sich winzig die Mondsichel.

»Wach auf, Fischchen!«

Carly blinzelte verschlafen und sah Ralph mit einem blau verpackten Geschenk vor ihrer Nase herumwedeln.

»Was ist das?«

»Mach's auf, dann siehst du's.« Ralph ließ sich erwartungsvoll auf ihrer Bettkante nieder.

Zum Vorschein kam ein schimmernder blauer Badeanzug, über dessen Bauch ein Schwarm so albern grinsender Fische zog, dass Carly hell auflachen musste.

»Ich wollte nicht, dass du am Ende behaupten kannst, du hättest keinen Badeanzug. Zieh ihn gleich an. Frühstück ist auch schon fertig.«

»Danke. Er ist klasse.« Carly sah ihren Bruder beklommen an. »Warst du denn im Meer schwimmen, seit …«

»Ja. Einmal. Wie du siehst, hab ich's überlebt. Und jetzt bist du dran. Komm.« Er zog ihr die Bettdecke weg. »Ich gieß schon mal den Tee ein.«

»Ich muss doch weiter aufräumen. Die Zeit wird immer knapper, und später kommt Elisa, die Bilder schätzen.«

»Nix da. Es ist früh am Morgen. Das geht alles trotzdem.«

Carly hörte seine energischen Schritte auf der Treppe und seufzte. Er würde keine Ruhe geben. Da war wieder die Stimme ihres Vaters aus einer längst vergangenen Zeit: »Der Floh ist nicht zu bremsen, wenn er sich was in den Kopf gesetzt hat.«

Der Badeanzug passte perfekt. Sie zog Hennys Möwenkleid darüber.

Ralph hatte auf der kleinen Terrasse vor dem Küchenfenster gedeckt und ihr ein Brot mit Käse und Honig geschmiert, wie sie es mochte. Es hatte seine Vorzüge, einen großen Bruder zu haben.

»Bist du sicher, dass die Fische auf dem Badeanzug Salzwasserfische sind?«, fragte sie ihn mit vollem Mund. »Wir könnten auch im Bodden schwimmen gehen.«

»Unsinn. Das sind natürlich Universalfische. Bangemachen gilt nicht.«

Am Tor klapperte es.

»Hallo, ist jemand da?« Der Briefträger kam mit seiner üblichen wichtigen Miene um die Ecke und reichte Carly ein Kunstmagazin.

»Guten Morgen.« Mechanisch nahm sie es entgegen. »Sagen Sie, haben Sie eine Erklärung dafür, dass hier eine Postkarte ankam, die vor über einem halben Jahr in Dänemark abgeschickt wurde?«

»Ach, Sie meinen die von Joram Grafunder«, sagte er. Dass das Postgeheimnis theoretisch auch für ihn galt, ignorierte er ungeniert. »Ja, in Dänemark wurde nach einem Banküberfall eine Wohnung durchsucht, in der sich Waffen, Drogen und allerhand Diebesgut fanden. Darunter auch mehrere gestohlene Postsäcke.«

»Na, das ist wenigstens ein Grund.« Carly war erleichtert. Es war ihr unheimlich gewesen, Post von einem Totgeglaubten zu bekommen.

Der Kormoran, der gerne um acht Uhr am Ende der Buhne saß und nach Fischen spähte, sah an diesem Morgen zwei Menschen am Wellensaum stehen. Warum zögerten sie so? Fische gab es nun mal nur im Wasser. Der Kormoran fixierte die beiden, doch sie ließen sich viel Zeit, standen reglos. Offenbar hatten sie nicht vor, ihm etwas streitig zu machen. Er wandte den Blick wieder in die schimmernde Tiefe.

»Du machst den ersten Schritt erst dann, wenn du bereit bist«, sagte Ralph. »Wir haben Zeit. Ich könnte dich jetzt huckepack nehmen oder kurzerhand reinwerfen wie zu Hause in den Wannsee, und es fällt mir schwer, das nicht zu tun, weil ich dich so gerne kichern höre. Aber hier muss es deine Entscheidung sein.«

Der Wind hielt den Atem an. Er wartete auch auf Carlys Schritte ins Wasser. Am Horizont trieb eine Karawane von Schäfchenwolken. Die Wellen waren leise, nur gerade so hoch, dass sie sich am Strand brachen. Das Blau um Carly war hell, gedämpft, nicht so grell wie an jenem lang vergangenen Tag auf einer südlicheren Insel, dem Tag, als zwei gelbe Punkte nicht zurückgekehrt waren.

Ralph stand ruhig bis zum Bauchnabel im Wasser, streckte ihr die Hand entgegen.

»Hier ist es noch lange flach – bis zum Ende der Buhne, dort, wo der Kormoran sitzt.«

Es war nicht die Tiefe, vor der sich Carly fürchtete, sondern die Weite. Der Horizont, der so fern, so fern war und an dem sich alles in Dunst auflöste. Sie konnte nicht erkennen, wo das Wasser aufhörte und der Himmel anfing. Nur zu gut verstand sie die Menschen früher Kulturen, die die Erde für eine Scheibe hielten und fürchteten, man könne von ihrem Rand fallen. Genauso fühlte sie sich.

Aber damals war es nicht so gewesen. Sie war das Fischchen, Vaters Fischchen, das sich in jedem Wasser pudelwohl fühlte und sich vor keiner hohen Welle fürchtete. Carly kniff die Augen zusammen und stellte sich ihr sechsjähriges Ich vor, das sich unbekümmert in die Fluten stürzte. Sie strich entschlossen die Jahrzehnte dazwischen und sah nur ihren Bruder im Wasser auf sie warten. Wie damals. Sie wagte einen Schritt und noch einen, merkte, wie ihre Füße und Beine sich zu Hause fühlten, wie vertraut der Wellenschaum um ihre Knie kreiselte.

»Wie früher. Wie früher.« Sie sagte die Worte vor sich hin gleich einer Zauberformel.

Eine durchsichtige Garnele huschte gegen ihr Schienbein und erschrak noch mehr als Carly. Ein dunkler Fleck auf dem Boden erwies sich als Algenfeld. Die Pflanzen wanden sich um ihre Knöchel. Carly stolperte, spürte einen Moment neuen Schreckens, ehe sie sich mühelos mit einem energischen Ruck befreite. Das Wasser ging ihr nun über die Knie. Sie hatte Ralph erreicht, der sie anstrahlte, und nahm seine Hand.

»Schau!« Er deutete nach unten. Dort schwamm ein Schwarm streichholzgroßer Fische um ihre Beine.

»Deine Eskorte ist da, Fischchen.«

Auf einmal fühlte sie sich sicherer. Gemeinsam machten sie sich auf den Weg Richtung Horizont. Der Kormoran hob den

Kopf und sah ihnen zu. Das Wasser stieg Carly eiskalt bis zum Bauchnabel und sank dann zu ihrer Verblüffung wieder.

»Eine Sandbank«, sagte Ralph. »Die habe ich vorher gar nicht gesehen.«

Jetzt war das Meer wieder nur kniehoch. Sie drehten sich um. Das Land war erstaunlich weit weg, fand Carly, aber noch war sie nicht verlorengegangen. Fast fühlte sie sich betrogen. Da hatte sie allen Mut zusammengenommen, und nun stand sie wieder im flachen Wasser! Sie fasste Ralphs Hand fester.

»Lass uns reinrennen, wie früher!«

»Sicher? Wir können auch umkehren.«

»Auf keinen Fall. Jetzt nicht mehr!«

»Gut. Dann flieg, Fischchen!«

Sie rannten geradeaus, an dem Kormoran vorbei. Carly hielt den Blick auf die dritte Schäfchenwolke von links gerichtet. Die Schäfchen standen Wache, damit der Horizont Carly nicht verschluckte. Dann sah sie doch hinunter. Die Fische auf dem Bauch ihres Badeanzugs lachten noch immer. Keiner davon war gelb. Ralphs Badehose war froschgrün. Nirgends war etwas Gelbes in Sicht. Nichts würde passieren. Rechts und links von ihnen stoben silberne Tropfen hoch, fingen das Morgenlicht und warfen es trotzig dem Himmel zu.

»Flieg, Fischchen. Wie früher. Es ist wie früher«, flüsterte Carly und warf sich vornüber in eine Welle, die ihr entgegenkam. Hier draußen vor der Sandbank waren sie höher. Ralph ließ schleunigst ihre Hand los, damit sie schwimmen konnte.

Auf einmal war sie leicht, so leicht. Das Meer trug sie sicher. Der Fischschwarm huschte unter ihr, sie flog darüber.

»Juhuuuuuh!«, brüllte sie über das Glitzern auf der Oberfläche.

»Juhuuuuuh!«, brüllte Ralph zurück, der sich wachsam neben ihr hielt.

Carly schwamm weiter auf den Horizont zu, auf das Ende des Meeres, den Anfang des Himmels. Bis sie sich von einem Atemzug zum anderen *zu* leicht fühlte. Angst und Schwindel erfassten sie. Der Wind würde im nächsten Moment unter sie fahren und sie aus dem Wasser hoch und über den Horizont wirbeln, ins Nichts, so wenig wog sie, so wenig hielt sie. Wo war oben, wo unten? War sie überhaupt noch da oder nur ein durchsichtiges Wesen wie die Garnele von vorhin, von der nur die Knopfaugen und ein schwacher Umriss zu sehen gewesen waren?

Ralph sah die Panik in ihren Augen und war sofort neben ihr.

»Zeit, umzukehren. Gleich hast du wieder Boden unter den Füßen. Ich bin bei dir.«

Seine Hand auf ihrer Schulter verankerte Carly wieder. Sie konzentrierte sich auf die Dünen, auf die weiche helle Kurve der Bucht. Zu Hause, dachte sie, gleich wieder zu Hause. Sie sah schon den dunklen Felsen, der ein paar Meter vom Strand entfernt im Wasser lag.

Dann war Sand unter ihren Füßen, das Wasser fiel zurück, perlte silbern an ihr herunter, der Sand wurde warm und trocken, und dann lag sie keuchend am Flutsaum, drehte sich auf den Rücken und streckte die Arme in den Himmel.

»Ich war im Meer! Ralph, wir waren im Meer!«

Der Kormoran hörte ihr befreites Lachen über das Wasser hüpfen und flog davon. Er liebte seinen Frieden. Die Menschen waren zu seltsam.

Ralph warf sich neben Carly.

»Ja, wir waren im Meer! Ich bin stolz auf dich.«

»Wir waren im Meer, und wir sind trotzdem noch da. Und es war herrlich. Ralph, ich bin geflogen!« Carly wurde ernst. »Danke, Floh«, sagte sie und umarmte ihren Bruder, der sie ganz fest hielt. »Ich glaube, ohne dich wäre ich nach Berlin zurückgefahren, ohne es zu schaffen. Und dann hätte ich mich ewig geschämt, weil ich gekniffen habe.«

Sie setzte sich auf, schlang die Arme um die sandigen Knie. Die Schäfchenwolken waren davongesegelt, klar und gerade lag der Horizont auf dem Rand der Welt, aber er hatte nichts Bedrohliches mehr. Ihr Blick ruhte darauf aus, und es fühlte sich leicht und frei an. Nur ein grauer Strich trieb tief über dem Wasser, ganz fern. Diese Traurigkeit würde immer dazugehören, aber auch das silbergoldene Leuchten darüber.

Das Meerwasser trocknete auf ihrer Haut wie ein Segen nach einer Taufe. Sie spürte das Salz kribbeln. Am liebsten nie mehr duschen, dachte sie selig.

Der Wind hatte zugenommen. Eine Welle brach, schrieb eine unregelmäßige Zeile aus weißem Schaum vor Carlys Füße und zog sich wieder zurück. Im Sand blieb etwas liegen. Eine Muschel, dachte Carly, ich werde sie mir zum Andenken an diesen Tag mitnehmen. Sie stand auf, klopfte sich den Sand ab und stapfte auf die kleine Erhebung zu.

»Was ist?«, fragte Ralph, der sah, wie Carly erstarrte, als sie danach greifen wollte.

»Das … das ist ein Seestern!«

»Tatsächlich. Die findet man an der Ostsee nicht oft. Nicht am Strand, nur die Fischer.«

»Ralph! Weißt du noch, was wir Vater nachgerufen haben, an dem Tag? Was er uns versprochen hat?« Carly sah ihn mit großen Augen an.

»Einen Seestern«, sagte Ralph leise. »Er hat uns einen Seestern versprochen.«

Sie standen einen Augenblick still da und sahen auf ihren Fund hinab, ehe Carly sich bückte und ihn andächtig aufhob. Er war erstaunlich groß für einen Ostseeseestern, bedeckte fast ihre ganze Hand.

Carly dachte an Zeilen, die sie in einer Notiz Hennys gelesen hatte, über die Muschel, die sie gefunden hatte und die ihr wie eine Nachricht von Joram erschienen war.

»Das Meer in deinem Namen ...«, flüsterte sie. »Ralph, das Meer hat uns in Vaters Namen einen Seestern geschenkt. Er ist ... hier – spürst du das?«

Er legte einen nassen Arm um ihre Schultern.

»Ja. Ich spüre es auch.«

»Es fühlt sich alles ... leichter an als vorher«, sagte Carly staunend.

Draußen vor der Sandbank segelte der Kormoran in einem Aufwind.

Henny

1999

29

Der Wahrheitswind

An den Buhnen waren die Algen zu bizarren Vorhängen aus Eiszapfen erstarrt. Auf den Dünen trugen die gebeugten Gräser einen Pelz aus Raureif. Weiße Spitze säumte das Meer und knisterte unter Hennys Stiefeln. Die Mütze tief ins Gesicht gezogen, wanderte sie gegen den Wind an. Mal nahm er ihr den mühsam gewordenen Atem, manchmal blies er ihr die würzige Luft direkt in die Lunge. Sie liebte die erbarmungslose klare Kälte. Es war Ende Februar; bald würde der Frühling wieder versöhnliches Grün über die Sanddornbüsche und Silberpappeln pinseln. Die Luft würde weich werden und die Wellen zärtlich von Wärme und Licht erzählen. Doch jetzt fuhr der Winter noch einmal mit letztem grandiosen Nachdruck über die Küste. Dieser scharfe Wind vom Meer her ließ nichts anderes zu als nackte Wahrheiten.

Nicholas, dem sie vor so langer Zeit an diesem Strand das Bernsteinschiff geschenkt hatte, war heute nur noch ein Echo, ein fernes Flüstern im Rauschen von Wind und Wellen. Sie fand es schwer, sich seine Stimme ins Gedächtnis zu rufen, seine Augen. Sie hatte es sich nicht eingestehen wollen, aber irgendwo auf dem Weg hatte sie ihn losgelassen. Vielleicht erst, als sie Joram gebeten hatte, bei ihr auf Naurulokki zu bleiben. Vielleicht schon damals auf Amrum, als sie das Herz aus Sand im Watt entdeckt hatte; vielleicht auch genau in dem

Moment, als Joram vor neun Jahren erneut vor ihrer Tür aufgekreuzt war.

»Ich wollte mich bedanken für die Blumen, die du über die Jahre immer wieder auf meines Bruders Grab gelegt hast.«

Sie sah ihn an, wie er auf der Wiese stand. Der Abendnebel stieg um ihn auf, als sei er aus dem Nichts aufgetaucht, eine Gestalt aus einem halbvergessenen Traum.

»Bist du wieder einmal auf der Durchreise?«

»Diesmal bleibe ich eine Weile. Ich habe hier einiges zu tun, deshalb habe ich mir ein Zimmer genommen.«

Sein Rücken war gebeugter, sein Haar silbern, seine Augen müde, aber so groß, dunkelblaugrau und geheimnisvoll, wie Henny sie seit jenem Silvesterabend auf dem Friedhof in Erinnerung hatte.

»Willst du auf einen Tee hereinkommen?«

Joram zögerte. Henny konnte sein Widerstreben spüren, auch nur der Gefahr nahe zu kommen, an einem Ort Wurzeln zu schlagen. Am Ende kam er nicht herein, sondern Henny servierte den Tee auf der Terrasse vor dem Küchenfenster, und sie sahen zu, wie das Nachleuchten des Tages verlöschte, lauschten gemeinsam auf die Rufe der Hirsche, die aus dem herbstlichen Wald herüberhallten.

Tage später brachte er ihr einen Kerzenständer, aus rundlichen Treibholzstücken zusammengesetzt. Seidenweich war das von Wind und Wellen und Jorams Händen geschliffene Holz, als Henny mit dem Finger darüberfuhr. Er passte in das Haus, als wäre er dort gewachsen.

»Das ist ein besserer Dank als nur Worte«, meinte Joram verlegen und verschwand eilig.

Doch er kam wieder, und mit der Zeit fühlte er sich weniger unwohl, ging Henny in Haus und Garten zur Hand oder unternahm Spaziergänge mit ihr. Oft kam er nicht herein, sondern hinterließ in der Nacht Briefe oder Gegenstände vor ihrer Tür. Manchmal blieb er tage- oder wochenlang weg, dann wieder kam er täglich vorbei. Henny nahm ihn, wie er war. Seit Nicholas ohne Abschied und Begründung gegangen war, mitsamt der Liebe, die sie für gegeben gehalten hatte, war für sie nichts mehr selbstverständlich. Daher konnte sie mit Joram, wie er war, gut leben. Der Augenblick zählte, was danach kam, blieb ohnehin ungewiss.

Jorams Gegenwart wischte das Schmerzliche aus Hennys Erinnerungen an Nicholas und füllte eine Leere, die ihr nicht bewusst gewesen war.

Nicholas, von dem sie das niemals erwartet hätte, hatte sie verlassen; Joram aber, bei dem sie täglich damit rechnete, blieb überraschend lange.

Der Wind riss Hennys Schal zur Hälfte los und schlug ihn ihr um die Ohren. Mit einem Lächeln wickelte sie ihn neu. Das war eine der Wahrheiten, die ihr heute so klar erschienen. Sie hatte es lange nicht glauben wollen, aber es war möglich, wieder zu lieben. Es gab sie nicht, nicht für sie, die eine, einzige große Liebe. Wie die Wellen auf der Oberfläche des Meeres auftauchten, sich Richtung Himmel erhoben und wieder senkten, so konnte eine Liebe vergehen und eine neue folgen. Jede anders geformt und mit anderer Stimme, wie die Wellen. Bei manchen, wie Myra, waren es zahlreiche kleine. Bei ihr, Henny, waren es zwei große gewesen, die sie wie eine Flut erfasst hatten.

Die andere Wahrheit, von der der Sturm heute alle Schleier blies, war die Tatsache, dass ihr Motor ins Stocken geraten war. Ihr Herz war müde, spätestens seit der verschleppten Grippe im Winter. Der Kardiologe hatte es bestätigt. Sie sollte sich schonen und ihre Medikamente nehmen. Aber Henny war nicht nach schonen. Es gab ein Bild, das sie noch fertigstellen musste. Und sie wollte die Stürme spüren und den Frost und den Sand unter ihren Füßen, wollte Zeugin sein der Sonnenaufgänge, die die Winternächte beiseiteschoben, und der flammenden Abenddämmerungen über dem Horizont, solange sie noch hier war. Wie lange das sein würde, spielte keine Rolle. Das Bild noch fertigmalen, dann wäre sie frei. Niemand außer Myra würde sie vermissen, und Myra hatte ein Leben lang bewiesen, dass sie sehr gut allein klarkam.

Seit Henny die Muschel mit den Zeichen darauf gefunden hatte, spürte sie, dass Joram anwesend war. Ob er lebte oder nicht, war zweitrangig. Entweder war er ihr ein Stück voraus auf der Reise, die sie antreten würde, oder er würde ihr folgen. So oder so würden sie sich nicht allzu fern der Gegenwart treffen, draußen im Meer, wo sich alles traf – die Flüsse, die Enden aller Tage und die gelebten Leben – und in einem ewigen Tanz unter dem Himmel wogte und strömte.

Sie würden sich dort finden, und damit war auch die unbeantwortet gebliebene Frage hinfällig, ob Joram auf Naurulokki einziehen wollte. Ob er sich zum Bleiben entschließen konnte.

Henny dachte an ihren alten Freund Flömer, der mit den Schiffen gefahren und gekommen war und stets sagte: »Am Ende läuft alles auf das Blau am Horizont hinaus. Darin kannst du alles verlieren und alles finden.«

Fast wäre sie in ihn hineingelaufen, in den großen Mann, der ihr unbemerkt entgegengekommen war. Er kam ihr entfernt vertraut vor.

»Entschuldigung!«, sagte sie. »Ich war in Gedanken!«

Helle Augen sahen sie unter der Kapuze eines Umhangs an. Der Stoff war vom gleichen Grau wie die Wellen und der Himmel, fast durchsichtig wirkte die Gestalt dadurch.

»Das ist gut so. Dies ist der richtige Ort für Gedanken. Der Wind und die Weite werden sie aufnehmen und hüten. Die Wellen werden sie wiegen und bewahren.« Etwas an seiner Ausdrucksweise wirkte liebenswert altmodisch.

»Bis sie sich mit der Zeit auflösen«, erwiderte Henny.

»Die Zeit spielt keine Rolle. Im Meer ist alles gelöst, aber nichts löst sich auf.«

Die hellen Augen lächelten sie an, ein Finger tippte an eine unsichtbare Mütze, dann setzte ihr Gegenüber seinen Weg fort. Es hatte begonnen zu schneien. Verblüffend schnell war er im Grau nicht mehr zu sehen.

Jetzt fiel Henny ein, warum er ihr vertraut vorkam. Es war der Mann, dem sie vor vielen Jahren schon einmal am Strand begegnet war, als sie wegen Nicholas verzweifelt war. Der Mann, der dem Leuchtturmwärter auf dem Gemälde ihres Vorfahren Cord Kreyhenibbe ähnelte.

Jetzt wusste sie auch, was in dem Bild fehlte, das sie gerade malte.

Sie wickelte ihren Schal erneut fest und machte sich auf den Heimweg; ein plötzliches Gefühl der Dringlichkeit zog sie mit Macht an ihre Staffelei.

Es war fast Mitternacht. Oben knarzten die alten Balken, die das Reetdach hielten. Unten zog es durch die Küchenfenster; der Wind blies den Geruch der Winternacht samt ein paar Schneeflocken durch die Ritzen. Henny beachtete ihn nicht. Sie war nur äußerlich anwesend. Ihre Seele stand in ihrem Bild auf dem Landungssteg im Hafen. Es lag kein Schnee, es war eine Spätsommernacht. Der Abendstern leuchtete hoch über dem Mast eines Zeesbootes, das am Steg schaukelte. Der Stern und das Boot mit den traditionell dunkelbraunen Segeln spiegelten sich im stillen Boddenwasser. Am Stamm der krummen Kiefer, die oben an dem steilen Weg zur Straße und zum Deich hinauf stand, lehnte eine dunkle Gestalt in einem Umhang, die gestern noch nicht dort gewesen war. Ein großer Mann, leicht gebeugt. Er trug eine Laterne, doch man konnte sein Gesicht nicht sehen.

Am Horizont ging ein zunehmender Mond auf, ließ Helligkeit über das Wasser fließen. So sah man die drei Schiffe, die aus drei verschiedenen Richtungen entschlossen auf die Bucht zustrebten. Ihre Segel waren gebläht, obwohl das Wasser und die Bäume keine Spuren von Wind aufwiesen. Das Mondlicht ließ diese Segel silbern wirken wie die Oberfläche des Boddens. Die Rümpfe waren aus Holz, das golden und seltsam durchsichtig schien.

Die aufgewirbelten Spuren ihres Kielwassers unterbrachen die Stille in dem Bild.

Henny trat einen Schritt von der Staffelei zurück und kniff die Augen zusammen. Waren das Gesichter, die man da in den Wirbeln erkannte? Teil des Wassers und doch nicht? Im einen Augenblick sichtbar, dann wieder verschwunden? Hier ältere, dort jüngere, Frauen, Männer?

Henny biss nachdenklich auf ihre Unterlippe, tauchte den Pinsel ein, setzte hier einen Akzent, da einen Schatten, dort einen Glanz.

Carly

1999

30

Suchen und Finden

Carly und Ralph saßen auf der Treppe und warteten auf Elisa. Carly fühlte sich noch immer leicht und gelöst vom Schwimmen und träumte vor sich hin.

»Wie ist es«, schreckte Ralph sie auf, »hast du deinen Professor endlich losgelassen? Was ist mit diesem Jakob von nebenan, der klang vielversprechend, als du von ihm erzählt hast.«

Sie mochte ihm nicht sagen, dass sie ständig auf eine Nachricht von Thore wartete. Dass schon die Tatsache, dass Ralph seinen Namen ausgesprochen hatte, die alte Sehnsucht in ihr weckte. Immerhin waren hier auch schon halbe Tage vergangen, die so aufregend gewesen waren, dass sie kaum an Thore gedacht hatte. Das war doch ein gutes Zeichen, oder?

»Jakob ist sehr nett«, sagte sie.

»Nett! Nett ist auch der Briefträger.«

Mit Erleichterung hörte Carly Stimmen am Gartentor. Synne kam den Hügel herauf, energischen Schrittes gefolgt von einer kleinen, runden Frau mit einer weißen Igelfrisur, die von knallroten Strähnen durchzogen war.

»Das ist Elisa«, stellte Synne vor.

Wache braune Augen strahlten Carly an.

»Hallo. Wo sind die Bilder? Gibt es eine Liste?«

»Ja. Sie ist leider nicht sehr lang.«

Elisa musterte die Liste mit zusammengekniffenen Augen,

lief dann schweigend damit durch jedes Zimmer, stand länger vor jedem Bild, fuhr zärtlich über die Möbel von Joram, maß an Rahmen und am Schreibtisch herum und machte sich eifrig Notizen. Schließlich setzte sie sich an den Küchentisch und begann zu rechnen.

»Tee, bitte«, sagte sie, ohne aufzusehen.

Den hatte Carly schon fertig und stellte ihr eine große Tasse hin.

Dann zog sie sich mit Synne und Ralph auf die Terrasse zurück, um Elisa und ihre Zahlen nicht zu stören. Durch das offene Fenster sahen sie, wie Elisa schließlich einen Strich unter eine Summe zog und den Zettel Carly reichte.

»So ungefähr.«

Bekümmert betrachtete Carly den Zettel. Es war eine anständige Summe, aber nicht so beeindruckend, dass sie reichen würde, um Thores Haus zu renovieren. Insgeheim hatte sie gehofft, Hennys und Jorams Kunst würde so viel Gewinn bringen, dass Thore Naurulokki behalten konnte. Das hatte er zwar abgelehnt. Aber Peer und Paul hatte es hier so sehr gefallen. Vielleicht hätten sie ihn gemeinsam umstimmen können.

Elisa heftete die Liste an Hennys leere Staffelei und stellte sich mit in die Hüfte gestemmten Armen davor.

»Ich verstehe das nicht. Sie hat eine solche Menge Farben und Pinsel und Papier gekauft, ständig. Sie hat so viel gezeichnet. Sie war *immer* am Malen, immer kreativ.«

»Das hat der Briefträger auch erzählt. Sie war fast jeden Tag an der Staffelei, wenn er die Post brachte.«

»Also müssen noch irgendwo viel mehr Bilder sein. Es sei denn, sie hat sie an jemanden verkauft, den ich nicht kenne und von dem ich nichts weiß. Aber das glaube ich nicht. Sie verkaufte nur, wenn sie Geld brauchte, und sie gab verdammt wenig aus. Habt ihr im Keller nachgesehen?«

»O ja. Da waren nur die Gans und sehr viel Holz. Ich habe Anna-Lisa gefragt. Sie sagt auch, Henny habe immer gemalt, aber wo noch Bilder sein könnten, weiß sie nicht.«

»Habt ihr Myra Webelhuth gefragt?«

»Nein. Sie …«

»Sie ist furchteinflößend, nicht?«, half Synne.

»Unsinn. Sie mag nur keine Männer. Ich werde sie holen. Wenn jemand weiß, ob es mehr Bilder gibt, dann sie.«

Elisa marschierte entschlossen Richtung Nachbargrundstück.

»Soll ich mich verkrümeln?«, rief Ralph ihr amüsiert nach.

Elisa winkte ab. »Sie sind nur ein Bruder. Brüder sind ungefährlich.«

Synne lachte.

»Mein Bruder ist er nicht.«

»Ach, Synne. *Dich* zu beschützen hat selbst Myra aufgegeben.« Weg war sie.

»Ich mach mehr Tee«, sagte Carly und sah sich beklommen in der Küche um. Ob alles ordentlich genug war? Sie wollte keine Schelte von Myra Webelhuth riskieren. So etwas ging sie gern aus dem Weg.

»Was hat diese Myra gegen Männer?«, fragte Ralph.

Synne zog eine Grimasse.

»Sie hat ein Kind von einem Kapitän, der im Krieg Lebensmittel geschmuggelt hat. Er ist nie wieder aufgetaucht. Diese Tochter wurde wohl später ihrerseits von irgendeinem Mann sitzengelassen. Und dann hat sie natürlich diesem Nicholas nie verziehen, dass er Henny ohne ein Wort verlassen hat. Henny war wie eine kleine Schwester für Myra. Und zwar deswegen, weil Hennys Mutter bei der Geburt starb und Hennys Vater das Baby bei seinen Großeltern ließ und auf Nimmerwiedersehen verschwand – angeblich ist er später im Krieg gefallen. Auch das verbesserte nicht gerade Myras Meinung von Männern. Beinahe kann man sie verstehen. Der einzige Mann, den sie mag, ist Flömer. Die kennen sich ein Leben lang. Anscheinend vertraut sie ihm. Aber wer würde Flömer nicht vertrauen?«

Ralph sah aus dem Fenster und stieß einen leisen Pfiff aus.

»Wie alt, sagtet ihr, ist diese Frau Webelhuth?«

»Über siebzig jedenfalls. Warum?«

»Wenn sie keine Männer mag, warum trägt sie dann so heiße Höschen? Sie kann es sich übrigens leisten. Und das in dem Alter! Ich wünschte, Christiane könnte sie sehen. Das fände sie bestimmt nicht *richtig*. Ich find's klasse.«

Carly klapste ihm lachend auf die Finger.

»Benimm dich, sonst bekommt ihr Männerhass gleich neuen Schwung.«

Beeindruckt sahen sie, wie Elisa mit einer großen, schlanken Frau auf das Haus zukam, die fuchsienfarbene sehr kurze Shorts zu einer weißen Bluse und eine ebenfalls fuchsienfarbene Kette aus dicken Holzperlen trug. Ihre dichten Haare waren zu einem langen weißen Zopf geflochten. Carly musste sofort an das eine von zwei Bildern im Haus denken, die nicht von Henny waren. Es hing oben im Flur und zeigte eine große Mohnblume. Ganz anders als in Hennys Bildern gab es hier keine Feinheiten, aber die Blume strahlte eine ungenierte Lebenskraft aus, die das Bild anziehend machte. Signiert war es mit »Myra Webelhuth«. Carly hatte es mit einem Fragezeichen auf die Liste gesetzt, und Elisa es mit einem moderat ansehnlichen Betrag versehen.

»Ist sie als Künstlerin auch bekannt?«, fragte Carly.

»Nicht vom Namen her«, meinte Synne. »Aber wenn Leute ihre Bilder sehen, nehmen sie oft eins mit. Sie strahlen etwas aus, das guttut. Sommer eben.«

»Hallo.« Myra nickte in die Runde, als sie die Küche betrat. An Carly blieb ihr Blick hängen.

»Ist das nicht Hennys Kleid?«

»Ähm ... ja, ich ...« Carly fühlte sich ertappt.

Ein Lächeln zauberte ein verblüffendes Strahlen auf Myras Gesicht.

»Es steht dir. Du siehst Henny ähnlich. Es würde sie freuen. Wie oft habe ich versucht, ihr diese langen Fummel auszureden! Aber sie passten zu ihr. Warum ist es wichtig, mehr Bilder zu finden?«

Carly freute sich, dass Myra das »Sie« fallengelassen hatte, offenbar aufgrund der angeblichen Ähnlichkeit mit Henny. Es war wie eine Auszeichnung.

»Ich hatte gehofft, wenn die nötige Summe anders aufzutreiben wäre, dass ich die Besitzer überzeugen könnte, Naurulokki nicht zu verkaufen.« Carly erwähnte Thore vorsichtshalber nicht.

»Außerdem weißt du selbst, dass Hennys Bilder an die Öffentlichkeit gehören!«, mischte sich Elisa ein.

»Gute Gründe. Sehr gute Gründe. Hmmm. Erzählt hat sie mir nichts.« Myra zog die Stirn kraus, ging systematisch durch alle Räume, musterte die Möbel und Wände, sah in Schränke, klopfte an die Tapete, schüttelte den Kopf. Oben im Flur öffnete sie einen in die Wand eingelassenen Schrank, dessen Türen Carly bisher für ein schlichtes Holzpaneel gehalten hatte. Doch darin fanden sich nur Stiefel und Taschen. Schließlich wies Myra zur Decke.

»Habt ihr auf dem Dachboden nachgesehen?«

»Dachboden?«

Alle hoben den Kopf. In der Decke war eine viereckige Platte eingelassen, die, wie der Schrank, eine Dekoration zu sein schien. Carly war nicht auf die Idee gekommen, dass es einen Dachboden gab. Die Vorstellung, dass die ganze Zeit Gott weiß was über ihrem Kopf gelegen haben könnte, war unheimlich.

Ralph streckte die Hand aus, aber die Decke war zu hoch. Er griff nach einem Stuhl, der neben der Tür stand, doch Myra winkte ab, marschierte in Hennys Zimmer und zog eine Leiter hinter dem Kleiderschrank hervor.

»Als Kinder haben wir da oben manchmal gespielt. Aber es war sehr stickig.«

»Soll ich?« Ralph sah sich in der Runde um. Niemand widersprach.

Die Platte knarrte nicht, als Ralph sie anhob. Carly fand die Stille viel gespenstischer. Ralph steckte den Kopf durch die Öffnung. Muffige Luft, zum Schneiden dick, fiel in den Flur. Carly sah sie fast stauben. Ralph hustete.

»Viel Platz ist hier nicht. Nur ganz niedrig, der Raum. Und leer bis auf Vogelkot und eine Kiste. Wenn ich krieche, komm ich ran.«

Nach einigem Rumpeln nahm Carly die Kiste entgegen.

»Da oben sollte ich wohl noch putzen«, meinte sie.

Sie stellte die Kiste auf den Boden, und alle drängelten sich neugierig um sie, als sie ein verschlissenes Band löste und den Deckel hob.

Zum Vorschein kam kein Papier, wie alle erwartet hatten, sondern Stoff, der nach Mottenpapier roch. Feiner, champagnerfarbener Stoff. Carly zögerte.

Myra räusperte sich. »Nimm es ruhig heraus. Ich weiß, was es ist.«

Behutsam hob Carly den Stoff an.

»Ein Kleid!«

Ein langes Kleid, in das an Ärmeln und Taille dezente Bänder gezogen worden waren, in Rotbraun und Grün. Am Saum waren zarte Muscheln eingestickt und an den Schultern Möwen.

»Das ist wunderschön!«, sagte Synne andächtig.

Carly hatte es die Sprache verschlagen.

Elisa sah Myra an.

»Hennys Brautkleid, nicht wahr?«

»Ja. Ich habe es genäht.«

»Und sie hat es nie getragen«, sagte Carly traurig. »Wie schade.«

»Aber sie hat es aufgehoben. Sie muss trotz allem schöne Erinnerungen damit verbunden haben.« Synne strich ehrfürchtig über den Stoff.

Myra nahm das Kleid und hielt es Carly an die Schultern.

»Sag ich doch, du siehst ihr ähnlich. Es würde dir passen – und auch zu deinen Haaren und Augen.«

»Das ist lieb, aber es besteht gerade kein Bedarf.« Carly wurde rot. »Außerdem gehört es wohl zum Erbe. Ich werde es gut verpacken und dem Besitzer geben.«

Sie dachte an Anna-Lisa, die von Peer und Paul so beeindruckt gewesen war. Bestimmt würden die beiden in einigen Jahren Schwiegertöchter für Thore anschleppen.

»Sind Sie sicher, dass da oben keine Bilder sind?«, fragte Elisa Ralph.

»Ich bin überall herumgekrochen. Das Einzige, was da noch liegt, ist das Skelett einer Schwalbe.«

»Dann müssen wir die Suche wohl aufgeben. Wer weiß, vielleicht hat sie doch alles verkauft. An irgendeinen Touristen. Oder verbrannt. Das würde ich ihr auch zutrauen.«

»Warum hätte sie die überhaupt verstecken sollen?«, fragte Ralph.

»Weil sie mir eigentlich doch geglaubt hat, auch wenn sie es abstritt.«

Alle sahen erwartungsvoll Myra an und warteten auf die Erklärung.

»Ich habe ihr immer gesagt, dass Nicholas neidisch auf ihr Talent war. Er war auch gut. Sehr gut sogar. Aber ihm fehlte der magische Funke, der in Hennys Bildern lag. Er wusste, dass er immer in ihrem Schatten stehen würde. Diese Schmach konnte er nicht ertragen.«

Das also hatte Flömer mit seiner Andeutung gemeint, dachte Carly.

»Aber nur deswegen lässt man doch nicht die Frau sitzen, die man liebt!«, rief Synne empört. »Es muss noch einen anderen Grund gegeben haben.«

»Männer tun so etwas«, sagte Myra entschieden. »Und er war nicht nur zu feige, mit ihr zu leben, sondern auch noch zu feige, es ihr ins Gesicht zu sagen.«

»Wie können Sie so sicher sein, dass Nicholas nicht einen ganz anderen Anlass hatte? Henny hätte doch bestimmt keinen Mann geliebt, der so ... so ...« Carly konnte sich das nicht vorstellen.

»... so ein charakterloser Schwächling war? Oh, Nicholas hatte auch seine Vorzüge. Ja, sie hat ihn geliebt. Und ja, das war sein Grund. Ich habe ihn zur Rede gestellt. Ich habe ihn auf dem Friedhof erwischt, vor kurzem erst. An Hennys Grab. Er hat es zugegeben.«

»Und? Hat er es bereut?«, fragte Elisa.

»Was hätte das genützt? Ich habe ihn nicht gefragt. Außerdem ist er abgehauen. Wie immer.«

»Aber Nicholas war weg. Warum hätte sie ihre Bilder jetzt noch verstecken sollen?«, fragte Ralph verständnislos.

»Weil sie Angst hatte, mit Joram würde dasselbe passieren«, sagte Carly leise.

»Hmpf«, machte Myra. »Sie hat sich generell zurückgezogen, weil sie befürchtete, wegen ihrer Kunst abgelehnt zu werden.«

Später schickte Carly ihren Bruder, der sich im Ort umsehen wollte, auf dem Fahrrad los mit der Bitte, Elisas Angebot an Thore in den Briefkasten zu stecken.

»Es kann spät werden, Schwesterchen. Synne hat angeboten, mir allerhand zu zeigen.«

Carly drohte ihm mit dem Finger. »Synne ist mit Orje zusammen, vergiss das nicht.«

»Keine Sorge. Das Letzte, was ich jetzt brauche, ist eine Frau.«

Pfeifend verschwand er. Er war wirklich nicht wiederzuerkennen. Aber so gefiel er ihr besser. Zufrieden widmete sich Carly der Aufgabe, den Dachboden wenigstens rudimentär zu putzen. Das Schwalbenskelett ließ ihr keine Ruhe. Einen solchen Zustand hatte Naurulokki nicht verdient.

Sie fand dort oben doch noch etwas. Eine zerfledderte Zeitschrift mit einer Anleitung zum Kerzengießen, die sie mit nach unten in die Küche nahm. Um auszuruhen setzte sie sich an Hennys chaotischen Arbeitstisch und blätterte darin. Schwer klang das nicht. Und den Tisch musste sie ohnehin aufräumen. Sie begann, das herumliegende Material zu sortieren. Leere Farbdosen oder solche mit eingetrockneten Resten in den Müll. Verklebte Pinsel auch. Saubere leere Dosen auf die Seite, ebenso alte Papprollen, die als Kerzenform zu gebrauchen waren. Herumliegende Schnüre diverser Längen und Dicken identifizierte sie laut Anleitung als Dochte. Tüten mit Wachsresten, nach Farbe sortiert, fanden sich ebenso wie alte Kerzenreste, die eingeschmolzen und wiederverwendet werden konnten. Zwischen den Haufen Zeugs entdeckte Carly diverse Zangen, Pinzetten und Feilen, die sie in eine Küchenschublade sortierte.

Da der Müllsack, den sie zu füllen begonnen hatte, noch reichlich Platz bot, entsorgte sie gleich auch Teller und Tassen, die angeschlagen waren oder Risse hatten, ebenso wie hoffnungslos angebrannte Töpfe. Während sie sich durch die Schränke arbeitete, ließ sie auf dem Herd Wachs im Wasserbad schmelzen. Es duftete heimelig nach Weihnachten.

Bald sah die Küche entschieden ordentlicher aus als zuvor. Befriedigt suchte sich Carly eine leere Raviolidose und füllte sie mit feuchtem Sand. Dafür musste sie nicht an den Strand; oben auf dem Grundstück befand sich jede Menge Sandboden. Sie packte den Sand fest in die Dose und höhlte in der Mitte einen unregelmäßigen Zylinder aus. Quer über die Öffnung legte sie einen Bleistift, an den sie einen Docht gebunden hatte. Vorher hatte sie diesen in das heiße Wachs getaucht und abkühlen lassen, damit er gerade blieb. Nun musste sie nur noch das heiße Wachs vorsichtig in die Form gießen und abkühlen lassen. Das war spannend. Wie die Kerze wohl aussehen würde, die dabei herauskam?

Ihre Arme waren müde vom Räumen, Putzen und dem schweren Topf. Carly setzte sich an den Tisch, der jetzt jede Menge Platz bot. Einen Moment Ruhe hatte sie sich verdient. Draußen lag der Spätnachmittag zufrieden im Garten; in der Stille leuchteten die blauen Blüten des Eisenhuts und die weißen Dolden der wilden Möhre noch eindringlicher als sonst. Sie wussten, dass ihnen nicht mehr viel Zeit blieb. Die Tage wurden spürbar kürzer und die Nächte kühl.

Carlys Gedanken wanderten zu dem Brautkleid, das wieder einsam und ordentlich in der Schachtel lag, jetzt oben in Hennys Schrank. Es machte sie traurig. Sie stellte sich Henny darin vor, mit strahlenden Augen und fliegenden Locken, wie sie in den Armen eines schlanken, großen Mannes tanzte, dessen Gesicht Carly nicht erkennen konnte. Henny tanzte im Garten, von der Tür Naurulokkis den Hügel herunter bis zum Gartentor, barfuß zwischen Pusteblumen, eine blaue Blüte im Haar. Auf einmal waren sie am Strand. Henny tanzte am Saum der Wellen, die höher schlichen, ihr folgten. Der fliegende Saum ihres langen Kleides war nicht mehr zu unterscheiden von den weißen Schaumkronen, wurde eins mit ihnen. Die gestickten Möwen auf Hennys Schulter begannen zu flattern, flogen auf, stoben in einem Schwarm davon und verschwanden dort, wo man vom Meer in den Himmel fahren konnte. Der Mann, der Henny im Arm hielt, schien geschrumpft, war auf einmal kleiner als Henny, oder stand er nur tiefer im Wasser? Jetzt konnte Carly auch sein Gesicht erkennen, es war – Thore! Sie wollte ihn rufen, aber ein gewaltiger Lärm übertönte ihre Stimme, er konnte sie nicht hören ...

Carly schrak auf. Auf dem Boden rollte eine leere Blechbüchse aus, die sie offenbar im Schlaf mit dem Ellenbogen vom Tisch gestoßen hatte.

»Autsch!« Ihr Rücken schmerzte, als sie aufstand und sich nach der Dose bückte. Warum fühlte sie sich so bedrückt? Warum hatte sie ein schlechtes Gewissen? Sie forschte in ihrem Traum. Nein, was sie bedrückte, war das Gefühl, dass das Kerzenherstellen zwar eine feine Sache war – aber eine Zukunft konnte sie sich nicht aus Wachs formen. Seit sie hier war, hatte sie noch keine neue Bewerbung abgeschickt. Am liebsten hätte sie die Zeit angehalten. Einfach für immer hier in der Küche von Naurulokki sitzen, unter dem alten Reetdach geborgen, sich im Weiß und Blau der Blumen draußen, dem Flüstern des Meeres und den Möwenrufen ausruhen.

Prüfend drückte sie einen Finger in die Kerzenform. In der Mitte war das Wachs noch weich, außen fest. Perfekt. Mit einem langen Löffel grub sie die Kerze aus, drehte sie um, bürstete den überflüssigen Sand ab und schnitt den Docht auf eine vernünftige Länge zurück. Noch stand die Kerze schief, also schnitt sie sie mit einem Küchenmesser unten gerade. Eine interessante Form hatte sie, angenehm unregelmäßig, wie etwas natürlich

Gewachsenes. Sanftblau lag das Wachs in der sandigen Kruste. Einem Impuls folgend, kratzte Carly einige muschelförmige Löcher in diese Kruste, durch die das Blau nach außen hindurchleuchten konnte. Suchend sah sie sich um. Die Kerze brauchte einen Halter. Ein alter Porzellanteller erschien ihr langweilig. Da, das gekrümmte Stück Treibholz: wenn sie es herumdrehte, wurde es zu einem schiefen Dreibein, und an einer Stelle stand ein Aststummel hoch wie ein Dorn. Damit die Kerze das Holz nicht anbrennen konnte, bohrte Carly ein Loch in den abgeschnittenen Blechdeckel einer Konservenbüchse, steckte ihn auf den Aststummel und die Kerze obendrauf. Der Ast bohrte sich in das noch weiche Wachs. Carly konnte die Kerze in aller Ruhe geraderichten und stützte sie dann ab, bis sie völlig erkaltet war. Zufrieden betrachtete sie ihr Werk. Zukunft hin oder her, sie ahnte jetzt, was Henny an diesen künstlerischen Tätigkeiten glücklich gemacht hatte. Man vergaß die Welt um sich herum dabei völlig.

Draußen leuchtete der Himmel weich aprikosenfarben. Carly sah an sich herunter. So schmutzig war sie lange nicht gewesen. Erst der Dachboden, dann das Klecksen mit dem Wachs. Zum Glück hatte sie vorher ihre alten Jeans angezogen und nicht Hennys Möwenkleid.

Jetzt schwimmen!, dachte sie. Wieder schwimmen und sich leicht fühlen, über ihre Angst hinweggetragen vom Blau, wie heute früh. Das Meer konnte den Dreck und die Müdigkeit fortspülen und die letzten Reste des Schreckens, den es für sie so lange gehabt hatte.

Von Ralph war nichts zu sehen, aber das konnte sie jetzt allein – das wollte sie sogar allein, stellte sie fest.

Als sie am Strand ankam, lag er verlassen da. Die Touristen waren ohnehin weniger geworden; um diese Tageszeit waren alle fort, da es keine Sonne zum Bräunen mehr gab. Zum Glück war es windstill, das Meer spiegelglatt, trotzdem war die Luft bereits kühl. Ein Schwarm Mücken stürzte sich auf Carly. Aber das Wasser reflektierte unwiderstehlich das warme Orange des Himmels. Der nasse Sand am Wellensaum schimmerte bronzefarben. Carly watete in die Bahn aus goldenen Funken hinein, die vom Strand bis zur tiefstehenden Sonne wies, hungrig darauf, sich in diesen Farben zu verlieren. Überrascht stellte sie fest, dass das Wasser wärmer war als die Luft. Ganz allein war sie nicht. Der Kormoran saß wieder am Ende der Buhne und beobachtete sie, ein wenig spöttisch, wie ihr schien.

»Glaub nicht, dass ich so feige bin und wieder umdrehe«, sagte sie zu ihm und ließ sich fallen. Sie wusste ja nun, wie flach die See hier war. Mit ruhigen Bewegungen schwamm sie hinaus, wartete auf die Angst. Sie kam nicht, weder aus der leuchtenden Weite noch aus der klaren Tiefe.

»Siehste!«, sagte sie triumphierend zu dem Kormoran, als sie auf seiner Höhe ankam. Er schlug einmal mit den Flügeln, dann setzte er sich wieder zurecht.

Carly fühlte mit den Füßen nach dem Boden. Sie konnte ihn gerade noch erreichen. Noch ein paar Schwimmzüge, dann musste sie auf der Sandbank sein. Sie atmete tief ein und startete durch, lieferte sich auf der Sonnenbahn ein Wettrennen mit sich selbst. Tschüs, Angst, ich bin dir davongeschwommen! Sie stellte sich die Gräser auf dem Boden vor, die Tangfahnen, die Muscheln und kleinen Fische, die Garnelen. Über alle flog sie hinweg. Vielleicht sahen sie ihren Schatten und fragten sich, was für ein Wesen der Luft da über ihnen schwebte.

Dann traf ihr Knie auf Sand. Sie stand auf, ja, hier ging ihr das Wasser kaum bis zum Bauch. Wie weit weg der Strand war und wie die Dünen im letzten Sonnenlicht rötlich leuchteten! Selbst über den Kiefern lag ein Schimmer. Aber ein Wind war aufgekommen, der Carly frösteln ließ und in ihren Ohren unangenehm pfiff. Sie wandte sich zum Horizont, um der Sonne einen letzten Gruß zu gönnen, ehe sie sich auf den Rückweg machte. Doch das Funkeln verlöschte in dem Moment, als Carly sich umdrehte. Über den Horizont wälzte sich ein dicker grauer Streifen. Entweder hatte er die Sonne verschluckt, oder sie war gerade untergegangen. Zeit zum Aufbruch. Das Meer wirkte längst nicht mehr so einladend wie vorhin; die warme Aprikosenfarbe war schlagartig einem einheitlichen Bleigrau gewichen.

Carly beeilte sich, auf den Strand zuzuschwimmen. Sie fühlte sich von aller Tagesarbeit reingewaschen und wie in einem Rausch, aber nun sehnte sie sich nach einer heißen Dusche und danach, auszuprobieren, was für ein Licht wohl ihre Kerze in die Küche von Naurulokki werfen würde.

Der Strand jedoch wollte nicht näher kommen. Carly sah sich nach der Buhne mit dem Kormoran um, doch die war verschwunden. Sie drehte sich nach dem Horizont um und sah gerade noch, dass die wattegleiche graue Walze auf sie zurollte. Noch ehe sie begriff, was sie sah, umfing sie der dichte Seenebel wie ein feuchter Umschlag. Totenstille herrschte darin, er schluckte jedes Geräusch. Hätte sie sich nur nicht umgedreht! Jetzt war sie nicht mehr sicher, in welcher Richtung der Strand lag. Er konnte überall sein. Nun kroch die Angst doch in ihr hoch. Unter ihr war kein Boden spürbar, nur etwas Weiches berührte ihr Bein. Sie konzentrierte sich auf ihren Atem, kniff die Augen zusammen. Stellenweise wurde der Nebel für einen Moment heller, ehe ein neuer dichterer Schwaden herantrieb. Da, der Strich, das war er doch, der Strand? Und da stand ein großer Mann in einem Umhang und winkte heftig mit beiden Armen! Oder? Sie versuchte, seine schemenhafte Gestalt im Auge zu behalten, und schwamm mit aller Kraft auf ihn zu. Jeder Atemzug schnitt jetzt wie ein Messer in ihre Lungen. Ihre Beine fühlten sich an wie Gummi, nutzlos gegen die endlose Macht der Wellen. Kam der Mann näher? Nein, er war verschwunden. Aber halt, jetzt sah sie den dunklen Felsen aufragen, der nahe am Strand im Wasser lag.

»Bleiben Sie ruhig, ich bin da! Sie haben es fast geschafft!« Sie hörte erst seine Stimme, dann tauchte sein Kopf neben ihr aus dem Nebel auf, nass und dunkelhaarig wie ein Seehund. Weiche braune Augen und ein breites Lächeln blitzten sie freundlich an. »Soll ich Sie abschleppen?«

Carly war so erleichtert, dass sie sich plötzlich bärenstark fühlte. »Geht schon.« Jetzt konnte sie die dunklen Kiefern auf den Dünen erkennen, sie standen scheinbar im Nichts, wie schiefe Schriftzeichen. Wachsam blieb ihr Begleiter dicht hinter ihr, bis sie beide schnaufend am Strand lagen und sich gegenseitig genauer ansahen. Carlys Beschützer schien etwa in ihrem Alter zu sein.

»Ich bin Harry Prevo. Tut mir leid, dass unsere gute Ostsee dich so überrumpelt hat. Sie hat es manchmal faustdick hinter den Ohren, aber sie meint es nicht so. Meistens jedenfalls.«

»Carly Templin. Besten Dank für die Rettung.«

»Du hättest es auch so geschafft. Dann bist du die, die in Henny Badonins Haus wohnt? Daniel hat es mir erzählt. Zieh dich an, ich bring dich lieber nach Hause, nicht dass du dich im Nebel noch mal verläufst.«

»Wie hast du mich sehen können in dem Nebel?«

»Ich sah dich beim Spazierengehen auf der Sandbank, und als ich auf dem Rückweg war, war da nur noch der Nebel. Ich dachte mir, dass du überrascht worden sein könntest, und dann hörte ich dich rufen.«

»Ich habe nicht gerufen.«

Er blickte verwirrt. »Dann war es wohl das Plätschern.«

Sie war sich nicht sicher, ob er sie aus Ritterlichkeit begleiten wollte oder weil es eine Chance war, Henny Badonins Haus von innen zu sehen, aber es war ihr gleich. Sie war froh über seine Gegenwart, die die Angst zurück auf das graue Meer drängte, in eine Ferne, in der sie mitsamt dem Wasser im Nebel unsichtbar wurde.

Harry trug gar keinen Umhang, bemerkte sie; was sie von weitem für ein Regencape gehalten hatte, war eine dunkle Windjacke.

Als sie auf Naurulokki ankamen, fühlte sie sich verpflichtet, ihm eine Tasse Tee zum Aufwärmen anzubieten. Außerdem lag das Haus im Dunkeln. Ralph war noch nicht da, und sie mochte nicht allein hineingehen, nicht heute.

So saßen sie beide in der Küche, in Decken gewickelt, und plauderten im Licht von Carlys Kerze, die zu ihrer Verblüffung ganz wunderbar brannte.

»Toll!«, sagte Harry und drehte sie mit dem improvisierten hölzernen Halter hin und her. »Das ist mal was anderes. Aber ich könnte auch einen Ständer töpfern, ich habe da gerade so eine Idee.«

»Du bist Töpfer?«

Er strahlte sie an.

»Klar. Komm doch in den nächsten Tagen mal in meine Werkstatt, dann zeige ich dir alles.«

Später in dieser Nacht träumte Carly von einem Meer aus Kerzen auf verschiedenen seltsamen Unterlagen, das eine graue Wand zurückdrängte, bis diese hinter den Rand der Welt fiel und nur Blau übrig ließ, Flömers Blau, in dem man alles finden konnte.

31

Sommerträumlikör

Carly war von ihrem Abenteuer so müde, dass sie nicht hörte, wann Ralph nach Hause kam. Als sie lange nach der Sonne aufwachte und einen Blick zum Bett an der anderen Wand warf, sah sie dort nur einen Haarschopf unter der Decke hervorlugen. Leise schlich sie sich aus dem Zimmer.

Das schöne Sommerendwetter hielt. Carly deckte den Frühstückstisch auf der Terrasse, indem sie aus dem Küchenfenster heraus und wieder hinein stieg. Es war der kürzeste Weg. Sie war sich sicher, dass Henny das bis zu einem gewissen Alter auch gemacht hatte. Eigentlich durfte sie sich hier gar nicht erst dermaßen zu Hause fühlen. Das würde den Abschied nur noch schwerer machen. Aber was soll's, noch darf ich hier sein, dachte sie.

Während sie auf das Kochen des Teewassers wartete, betrachtete sie verträumt die dicke Kerze, bei deren Schein Harry und sie sich bis spät in die Nacht Geschichten erzählt hatten, als ob sie sich seit Jahren kennen würden. Sie erinnerte sich, wie die Flamme aus ihrem Sandgehäuse Lichter auf seine etwas zu langen dunklen Locken geworfen hatte und die unbeabsichtigten Schattenspiele seiner Hände an die Wand warfen. Wenn man die Kerze bei Tageslicht betrachtete, sah sie aus wie ein Kokon, aus dem irgendwann ein Schmetterling schlüpfen würde oder eine geheimnisvolle Nachtmotte.

Man könnte das Design verbessern, dachte Carly. Nicht nur

Löcher in die Kruste schneiden, sondern kleine Steine, Muscheln und Blätter mit eingießen, so, dass sie gerade außen am Wachs hafteten. Notfalls konnte man sie sicher mit einem extra Tropfen befestigen.

Sie sah sich um. Henny hatte noch so viele Wachsreste gesammelt, die in diversen Tüten und Dosen auf der Ecke des Tisches standen, wohin sie sie gestern geschoben hatte. Es wäre ein Jammer, sie wegzuwerfen, zumal die Methode mit dem Sand so effektiv war. Das wäre doch eine Gelegenheit, Abschiedsgeschenke für alle zu machen, die sie verteilen konnte, wenn sie fortmusste. Jakob, Elisa, Synne, Daniel, Flömer, Myra – sie alle hatten ihr geholfen und hatten ein handfestes Dankeschön verdient. Thore auch, und Tante Alissa, der sie irgendwann beichten musste, dass sie nicht nur am, sondern sogar im Meer gewesen war.

»Hey, Schwesterlein!« Sich die Augen reibend, kam Ralph in die Küche. »Wo warst du gestern? Ich habe versucht, dich anzurufen. Du hättest ins Café Namenlos kommen können. Da war Party mit Livemusik – ich habe mit Synne getanzt, und dann kam noch Elisa und dieser Daniel, netter Typ. Die haben da einen Krabbencocktail, sage ich dir, und auch die Cocktails von der anderen Sorte sind genial.«

»Ich habe mein Handy zu Hause gelassen, weil ich nicht wollte, dass es am Strand jemand klaut. Ich war nämlich noch mal schwimmen!«, verkündete Carly stolz.

Ralph wurde erstaunlich schnell hellwach. »Alleine?«

»Jawohl. Alleine. Und es war toll.«

Im Nachhinein machte ihr Abenteuer mit der Nebelbank Carly noch euphorischer. Sie hatte auch eine Gefahrensituation überstanden. Gut, mit ein wenig Hilfe – aber wie hatte Harry gesagt? »Du hättest es auch allein geschafft.« Ja, das hätte sie. Und die Angst, die hatte der Nebel mit sich genommen, hoffentlich für immer.

Ralph umarmte sie, schwang sie im Kreis.

»Hey! Ich wusste es! Das Fischchen fliegt wieder! Juhuuu!«

»Der Floh springt ja auch wieder.« Carly lachte ihn an. So zerknüllt und unrasiert wie heute hatte sie ihren Bruder noch nie gesehen. Aber wie lebendig er wirkte!

»Komm frühstücken. Und dann kannst du mir was helfen.«

»Was denn?« Argwöhnisch betrachtete er die alte Zinkwanne, die Carly auf die Terrasse gestellt hatte.

»Du kannst mir helfen, die Wanne mit Sand zu füllen. Und dann machen wir Kerzen.«

»Aha.«

Dieser Tag verging wie einer, der aus ihrer frühen Kindheit auf magische Weise in die Gegenwart gefallen war. Sie trugen die Wanne den Hang hinauf und mit feinem Sand gefüllt wieder herunter, klopften den Sand fest, buddelten völlig selbstvergessen Löcher hinein, neckten sich dabei. Mittags aßen sie eine Dose kalte Ravioli. Danach sammelten sie kleine Kiesel, Samenkapseln, Blätter, Muscheln und Hölzer im Garten und drückten sie in die Formen. Sie kleckerten mit heißem Wachs und kratzten es hinterher wieder vom Boden.

»Jetzt müssen sie abkühlen«, erklärte Carly atemlos, als sie das letzte Loch gefüllt hatten.

»Hier!« Ralph, der im Kühlschrank gestöbert hatte, reichte ihr ein Glas Saft.

»Lass uns solange schwimmen gehen«, schlug Carly vor.

»Du kannst wohl nicht genug bekommen? Heiß genug ist es ja.«

Carly konnte von ihrer neuen Freiheit tatsächlich nicht genug bekommen. Sie hatte schon so viel Zeit verschwendet. Jetzt blieb ihr hier nicht mehr viel davon, und die Tage, die sie noch hatte, wollte sie ausnutzen.

Also gingen sie schwimmen, jagten sich gegenseitig durch die Brandung, in der sich trotz der Wärme ein früher Herbstwind austobte.

Auf dem Heimweg kaufte Ralph für jeden ein Eis.

»Es ist doch schön, einen großen Bruder zu haben.« Carly schmeckte Sommer, Kindheit und ein unerwartetes neues Glück.

Kaum waren sie zurück auf Naurulokki und steckten neugierig prüfende Finger in das abgekühlte Wachs, hörten sie ein Auto am Gartentor vorfahren. Und was für eine Hupe! Es war die längst verbotene Sorte, die eine ganze Fanfare von sich gibt.

Carly erstarrte. Diese Hupe konnte nur *einem* Auto gehören. Miriams knallviolettem Käfer!

Da kam sie auch schon auf hochhackigen Schuhen und im Minirock den Hang heraufgestelzt. Sie ist ein bisschen wie Myra Webelhuth, dachte Carly. Aber die schaut nicht so fröhlich.

»Huhu, Kinder! Wie schön, euch zu sehen. Aber was machst du hier, und vor allem: Wer bist du und was hast du mit Carlys Bruder gemacht?«, fragte sie und betrachtete Ralph mit übertrieben aufgerissenen Augen. Er trug immer noch seine Badehose und darüber nur ein offenes Hawaiihemd.

Miriam pfiff leise durch die Zähne.

»Sonne, Sommer, Sex. Nicht, dass ich mich über diesen Wandel beschweren würde. Was macht ihr da eigentlich, Sandkastenspiele?«

Carly kicherte und umarmte ihre Freundin.

»Wie habe ich deine Alliterationen vermisst. Wolltest du nicht nach Dänemark?«

»Yes, genau dahin bin ich unterwegs. Ich nehme die Fähre von Rostock. Da war es kaum ein Umweg, bei dir vorbeizuschauen. Dein Blog hat mich neugierig auf Naurulokki gemacht. Krieg ich eine Führung? Ralph macht mir bestimmt solange einen Kaffee!« Sie plinkerte ihn mit mascarabekrümelten Wimpern an.

Er breitete die Arme aus.

»Wie könnte ich anders?«

»Komm mit, es wird dir gefallen.« Carly zog Miriam ins Haus. »Ralph, würdest du bitte aus dem Schuppen ein paar Holzstücke mitbringen, die wir als Kerzenhalter verwenden können? Wir müssen die Kerzen draufpieken, ehe sie innen ganz hart werden.«

Miriam war begeistert. »Echt schade, dass Thore das Haus nicht behalten mag«, meinte sie, als sie sich nach dem Rundgang ins Gras warf. »Da hätte er sich endlich mal nützlich machen und uns das Haus in den Ferien überlassen können. Bei all den unbezahlten Überstunden, die du für ihn gemacht hast, wär das locker drin.«

»Miriam! Du weißt doch, dass er das Geld braucht. Wenn wir Bilder gefunden hätten ... aber er hat ohnehin weder Zeit noch Lust, sich um das Haus zu kümmern.«

»Kümmern kannst du dich. Er könnte dich als Hauswart einstellen, biste doch sowieso.«

»Dann wäre für Mieter kein Platz mehr. Und mein Lebensziel ist Hauswart auch nicht. Setz mir keine unerfüllbaren Flausen in den Kopf, Miri. Ich hänge eh schon viel zu sehr an Naurulokki!«, flehte Carly.

»Schon gut. Tut mir leid. Ralph, eines muss man dir lassen: Du machst echt guten Kaffee.«

»Carly, wusstest du, dass im Schuppen ein Teleskop steht?«

Carly, die in den Himmel geträumt hatte, fuhr wie von einer Tarantel gestochen hoch.

»Teleskop? Hier?«

»Ja, ich bin beim Holzsuchen gegen etwas unter einer Plane gestoßen, das praktisch unsichtbar in einem Winkel stand. Unter der Plane war ein Teleskop. Nicht besonders groß, aber es scheint in gutem Zustand zu sein, wenn auch nicht gerade auf der Höhe der Zeit.«

»Das muss das Teleskop sein, mit dem Henny Thore die Sterne gezeigt hat, als er ein Kind war. Er hat es erwähnt. Könntest du es aus dem Schuppen holen?«

Er wies auf die Loggia. »Schon geschehen.« Da stand es, neben der Haustür. »Ich dachte mir, dass du es ausprobieren möchtest.«

Carly sprang auf. Zärtlich fuhr sie über das dicke Rohr und untersuchte die Linsen.

»Das ist ein gutes. Alt, aber gut. Herrlich, das probiere ich heute Nacht gleich aus. Hoffentlich bleibt es klar.« Skeptisch musterte sie den Himmel.

»Wolltet ihr nicht irgendetwas stechen, ehe es hart wird?«, erkundigte sich Miriam.

Carly schlug sich an die Stirn. »Mensch, die Kerzen!«

»Hier, die Hölzer stehen bereit, und ich habe auch schon Bleche draufgemacht.«

»Hey, Floh, du bist klasse. Wir könnten ein Gewerbe aufmachen. Templin & Templin, Kerzengießerei.«

»Klingt altmodisch, aber seriös«, fand Miriam.

Eine Weile arbeiteten sie konzentriert. Miriam packte mit an und hob die Wachsklumpen aus dem Sand. Carly bürstete den überflüssigen Sand ab, polierte Steinchen und Muscheln, legte eingegossene Blätter frei und schnitt Löcher in die Krusten. Ralph begradigte Böden und stach die Kunstwerke auf die Äste. Schließlich standen sechzehn Kerzen unterschiedlicher Form und Größe, auf bizarren Ständern befestigt, auf den hölzernen Treppenstufen Naurulokkis.

»Cool!«, verkündete Miriam.

»Das kann man wohl sagen.«

Sie waren so beschäftigt gewesen, dass sie nicht bemerkt hatten, dass Daniel den Gartenweg heraufgekommen war. Mit Harry Prevo im Schlepptau. »Harry hat mir von deiner Kerze erzählt, die er gestern Abend bewundern durfte. Ich wollte dich gerade bitten, noch welche davon herzustellen. Henny hat sie immer nur für den Eigenbedarf gemacht. Gelegentlich machte es ihr Spaß, aber sie malte lieber. Ich habe mehrfach versucht, sie zu überreden, mir Kerzen für den Laden zu machen. Ich könnte sie bestimmt gut verkaufen. Sie würden zwischen dem Tee wunderbar aussehen, und es ist Kunst von hier.« Er hockte sich hin und betrachtete die Steine und Muscheln an den Kerzen. »Die Idee mit den Treibholzständern ist genial.«

»Ich könnte aber auch …«, begann Harry.

»… Ständer töpfern, ich weiß.« Daniel lachte. »Dafür scheint erst mal kein Bedarf zu sein. Das hier ist origineller.«

»Du weißt doch gar nicht, wie originell meine Ständer sind!«, protestierte Harry.

Miriam lachte laut auf. Harry sah sie an.

»Hier ist ja was los«, sagte Miriam zu Carly. »Wenn ich nicht so entschlossen wäre, eine Dänemark-Tour zu machen, würde ich glatt hierbleiben und dir auf die Nerven gehen.«

»Dänemark? Ich könnte dir ein paar Tipps geben!«, bot Harry an.

»Danke. Ich fahr gern ins Blaue.«

»Da hast du was mit Ralph gemeinsam. Neuerdings«, meinte Carly. »Der will auch irgendwohin, er weiß nur nicht, wo.«

»Komm doch mit!«, sagte Miriam zu Ralph. »Wäre lustiger als allein.«

»Ich mit dir?«

»Früher hätte ich dich nicht mitgenommen. Da warst du langweilig und spießig. Aber jetzt fände ich es ganz vielversprechend.«

Ralph wandte sich zu Carly. »Was sagst du dazu?«

»Ich lehne jede Verantwortung ab.«

Ihr Bruder dachte nach.

»Okay. Gerne. Wenn du meinst, der alte Käfer hält uns beide aus. Wenn ich das Benzin bezahlen darf. Und wenn mir hier jemand ein Zelt leihen kann.«

»Meins reicht für zwei.«

»Nein. Wenn, dann nur mit einem eigenen Zelt.«

»Ich kann dir eins leihen«, sagte Daniel. »Kein Problem. Bekomme ich nun Kerzen, Carly? Ich mache auch eine Anzahlung, und wenn sie verkauft sind, kriegst du den Rest. Ich gehe jede Wette ein, das dauert nicht lange.«

»Du kannst die Hälfte haben. Der Rest ist für einen anderen Zweck gedacht.«

»Ich helfe dir beim Einladen«, sagte Ralph. »Und beim Ausladen kannst du mir gleich das Zelt geben. Wann willst du los, Miriam?«

»Eigentlich heute, aber jetzt ist es zu spät. Morgen früh – wenn ich auf dem Sofa schlafen darf, Carly?«

»Klar.«

»Bleibt doch noch ein bisschen, Daniel, Harry«, sagte Carly. »Es ist bald dunkel, dann könnten wir das Teleskop ausprobieren, das Ralph gefunden hat. Ich rufe noch Jakob an, das wär doch was für Anna-Lisa.«

»Wir fahren die Kerzen in den Laden, holen das Zelt und bringen auf dem Rückweg Fischbrötchen für alle mit«, schlug Daniel vor. »Bis dahin ist es dunkel genug.«

So trafen sie sich, als die Nacht den Hang heraufschlich, wie zu einer Verschwörung. Der Himmel meinte es gut mit Carly. Er war so klar, dass der nahende Herbst zu spüren war. Daniel und Ralph brachten nicht nur Fischbrötchen, sondern auch Synne mit. Harry hatte unterdessen in Hennys Küche Zutaten aufgestöbert, die Carly auch beim Aufräumen nicht entdeckt hatte, und daraus mit Jakobs Hilfe, der noch einiges von nebenan holte, eine Bowle gezaubert.

Sie versammelten sich unter der Trauerbirke. Miriam stellte

Teelichter in alten Gläsern um den Stamm, damit man wenigstens sah, was man aß und trank.

»Die Bowle ist lecker«, fand Ralph.

Carly murmelte vor sich hin, als sie versuchte, das Teleskop einzustellen.

»Irgendwas stimmt mit dem Fadenkreuz nicht.«

Anna-Lisa hüpfte aufgeregt herum. »Du musst dein Ziel ein bisschen rechts vom Fadenkreuz einstellen, damit es im großen Rohr zu sehen ist. Hat Henny mir mal erklärt.«

»Okay. Ein bisschen rechts. Tatsächlich! Klasse aufgepasst, Anna-Lisa. Dafür darfst du zuerst gucken.«

Wie dunkel es hier war! Carly hatte schon seit dem ersten Abend darüber gestaunt. Sie konnte diese Schwärze nicht fassen, und die Anzahl der Sterne, die hier mit bloßem Auge zu sehen waren. Ein Wunderwerk aus Funkeln, ein dichter Lichtteppich am Himmel, unter dem bestimmt kein Tod wohnte. Und jetzt, mit dem Fernrohr, sah sie Dinge, die im Lichtsmog von Berlin mit einem solch einfachen Instrument nie zu finden gewesen wären.

Carly zeigte ihnen den Zauber des Andromedanebels und die Schönheit ihres Lieblingskugelsternhaufens, stellte ihnen Deneb, Wega und Atair vor, erklärte ihnen die Sternbilder Schwan, Leier, Herkules und Pegasus. Sie wetteten darum, wer die meisten Satelliten innerhalb einer Viertelstunde entdecken konnte, und Anna-Lisa gewann. Während die anderen abwechselnd durch das Rohr spähten, lag Carly auf dem Rücken im taufeuchten Gras und war glücklich. Heute interessierten sie nicht nur die einzelnen Sterne, heute gehörte ihr der ganze Himmel, auch wenn dieser Ort, an dem sie sich zum ersten Mal in ihrem Leben ganz fühlte, nur geliehen war und obwohl Thore fehlte, der doch zu den Sternen gehörte. Die Bowle schmeckte auch ohne ihn nach Sommer, die Luft duftete nach Herbst, und in der Ferne vertraute ein Hirsch lautstark seine Sehnsucht der Nacht an.

»Alles gut, Fischchen?« Ralph streckte sich neben ihr aus.

»Könnte nicht besser sein. Würdest du für mich die Zeit anhalten?«

»Da fragst du wohl besser deine Sterne. Konnte Herkules nicht so was?«

»Nicht ganz.«

Jakob war für einen Moment verschwunden und kam mit einer großen Metallschale wieder, in der er mit Ralphs Hilfe ein Lagerfeuer entzündete, das Funken in den Himmel schickte und die Mücken in die Flucht schlug.

»Schade, dass Orje nicht da ist. Er könnte Musik machen«, meinte Anna-Lisa.

»Ja, schade …«, sagte Synne verträumt.

Ja, schade, dachte auch Carly. Aber Musik war trotzdem da, hörten sie das nicht? Sie waren wohl zu sehr daran gewöhnt. Sie würde sich nie daran gewöhnen, sie war so schön, die Musik von Naurulokki, die Musik der Landschaft.

Sie schloss die Augen und lauschte. Die Stimmen und das Lachen der anderen, gemischt mit verschlafenen Möwenrufen aus der Ferne, dem Flüstern der Silberpappeln im Wind, dem Rascheln von trockenem Strandgras oben am Hang, den gelegentlichen Rufen der Hirsche, dem Knacken der Funken im Feuer, und als Begleitung das stete, zeitlose Rauschen und Wispern der Wellen hinter den Dünen.

»Wovon träumst du, Carly?«

Harry warf ein dickes Scheit in die Flammen, die aufloderten und ihn mit seinen dunklen Locken und Augen und nachlässig offenem, zu weitem Hemd wie einen Druiden aus einer anderen Zeit wirken ließen. Er zwinkerte ihr zu.

»Ich sehe Geheimnisse in deinen Augen.«

»Ja, wovon träumst du, Carly?«, fragte auch Jakob, der ihr ein neues Glas Bowle in die Hand drückte und sich neben sie setzte.

»Es nützt ja nichts. Ihr seid leider keine Feen, bei denen ich einen Wunsch frei habe.«

»Woher willst du wissen, dass ich kein Fee-rich bin?«, wollte Harry wissen. »Wenn ich deine Wünsche nicht zu hören bekomme, kann ich natürlich nichts machen.«

»Ich hatte tatsächlich gerade einen Traum. Tagtraum geht ja bei Nacht nicht, also ist es ein Am-Feuer-Traum. Also schon ein Wunsch, ein Wunschtraum eben, der aber ein Traum-Traum bleibt, weil er kein Wahr-, kein Wirklichkeitstraum, also, nicht wahr werden kann … O je, ich glaube, ich bin beschwipst«, stellte Carly fest. »Was habt ihr in die Bowle getan?«

»Da war so ein Beerenlikör, den muss Henny noch gebraut haben, jedenfalls war es ihre Handschrift auf dem Etikett«, sagte Jakob. »*Sommerträumlikör*, stand da, irgendwas mit Sanddorn und Himbeeren und Blaubeeren.«

»Nein, wirklich? Dann ist Henny schuld an der Idee. Das sieht ihr ähnlich! Hicks«, sagte Carly anklagend. »Als hätte ich nicht schon genug Flausen im Kopf gehabt.«

»Und wie sehen jetzt diese Flausen aus?«, wollte Jakob wissen.

Auch die anderen rückten näher ans Feuer und stellten die Gespräche ein. Anna-Lisa war im Gras auf zwei Kissen eingeschlafen, jemand hatte sie sorgfältig zugedeckt.

»Lass hören, Fischchen.«

»Also, wir würden natürlich die Bilder finden, und sie wären so viel wert, dass Thore genug Geld für sein Haus hätte. Noch viel schöner wäre es, wenn wir gar nicht alle Bilder verkaufen müssten, sondern die schönsten behalten könnten, und Jorams Möbel auch. Dann würde ich mit Peer und Pauls Hilfe Thore und Rita überreden, Naurulokki zu behalten und als Ferienhaus zu vermieten. Ich würde mir hier in Ahrenshoop ein billiges Zimmer nehmen, mir einen Job suchen und mich als Hauswart um Naurulokki kümmern.« Carly hob die Hand, als Ralph den Mund aufmachte. »Ich weiß, ich weiß. Ich würde nichts verdienen und nichts aus meinem Leben machen, denn ich bin ja Astronomin, und lohnende Jobs, die ich annehmen könnte, gibt es hier nicht. Aber es ist nur ein Feuertraum, und den wolltet ihr doch hören? Also. Wenn ich dann in diesem nichtexistenten Job genug verdient hätte, würde ich oben auf dem Grundstück eine Art runde Hütte bauen, vielleicht aus dem Holz einer alten Buhne, so wie die Terrassenumrandung. Darauf kommt ein Dach, das man öffnen kann.«

»Eine Cabriolet-Hütte?«, fragte Harry.

»Ja, so könnte man es nennen. Da rein kommt dann Hennys Fernrohr, oder sogar ein besseres. Und an die Wände hängen wir das, was von Hennys Bildern übrig ist, am besten welche mit Sternenhimmel drauf, und vielleicht spendiert Myra Bilder, oder Elisa leiht welche als eine Art Ausstellung. Vielleicht gibt es hier Künstler, die Abend- und Nachtbilder gemalt haben. Wir könnten sie auch zum Verkauf anbieten, wenn die Künstler das wollen. Wir würden die Hütte mit den Kerzen beleuchten, die ich gemacht habe, und wir könnten sie dabei auch verkaufen – falls

Daniel die Probeexemplare loswird. Und dann würde ich den Touristen, die herkommen, die Sterne zeigen und erklären, wie ich es heute für euch gemacht habe. Ich könnte auch Geschichten zu den Sternbildern erzählen oder vorlesen, wie es Thore oft getan hat. Eine Art Ministernwarte, versteht ihr. Der Himmel ist hier so grandios dunkel, das bietet sich einfach an, und wir haben die Hügellage. Und im Urlaub haben die Leute Zeit für so was.«

Jakob setzte sich gerader.

»Hey, ich könnte den Leuten Nachtfahrten mit dem Zeesboot anbieten! Fahrten unter dem Sternenhimmel. Ich versetze sie in die richtige Stimmung und bringe sie dann zu dir, wo sie sich die Sterne noch näher betrachten und etwas über sie erfahren können.«

Carly prostete ihm zu und schwappte dabei Punsch auf sein Knie. »Hoppla. Das klingt großartig, Jakob!«

»Ich könnte einen Sternentee herstellen«, fiel Daniel ein. »Synne kann kunstvolle Verpackungen dazu bemalen, mit Sterne-über-dem-Meer-Motiven, stimmt's, Synne?«

»Na, klar! Wenn hier geträumt wird, will ich auf jeden Fall mitmachen. Orje könnte gelegentlich Musik machen, falls er eine Walze mit passenden Melodien auftreiben kann, Klassik vielleicht – sonst müssen die Seemannslieder herhalten.«

»Und ich mache Fischbrötchen«, verkündete Ralph. »Die Leute haben Hunger nach der Bootsfahrt, und dann bekommen sie schlechte Laune. Da muss was angeboten werden. Ich mache Fischbrötchen mit Sternendeko. Sternfrüchte und so. Oder Häppchen aus Brot in Sternenform, wir haben doch noch diese Ausstecher von früher bei dir zu Hause, Carly, oder?«

»Klar.«

»So eine Attraktion könnte Ahrenshoop sehr gut gebrauchen. Viel los in Sachen Entertainment ist hier nicht«, sagte Synne.

Miriam räusperte sich.

»Ich will ja kein Spielverderber sein. Aber für so was braucht man einen Gewerbeschein und Genehmigungen, und wenn es Catering gibt, auch eine Toilette, die der Norm entspricht, und so weiter und so weiter.«

Ralph drehte sich erstaunt um.

»Wer ist denn hier jetzt spießig?«

»Miri. Es ist doch nur ein Feuer-und-Bowle-Traum! Morgen werde ich wieder ganz brav Bewerbungen schreiben. Aber hey, es ist doch ein schöner Traum, oder?«

»Henny hätte er gefallen«, meinte Jakob. »Wir könnten noch mehr Windspiele machen wie das von Joram und sie vom Tor den ganzen Hügel herauf bis zum Fernrohr hängen, dann würden die Leute bei Sternenmusik den Weg finden.«

»Und wir könnten eine Bahn aus weißen Blumen an dem Weg entlangpflanzen, die im Dunkeln leuchten. Eine Erd-Milchstraße!«, fiel Carly ein.

»Perfekt. Dann brauchst du nur noch einen Namen für die Sternwarte.« Harry breitete die Arme aus. »Wer hat eine Idee? Jeder Traum verdient einen Namen.«

»Sternwarte ist zu hoch gegriffen. Vielleicht einfach *Kunst und Sterne*«, meinte Carly.

»*Sterne, Striche, Staunen*«, schlug Miriam vor.

»*Meersterne* klingt gut«, fand Synne.

»Nein!«, sagte Ralph. Er legte seine Hand auf Carlys. »*Seh-Sterne*! Mit H.«

Sie dachte an den Seestern, den ihnen das Meer in ihres Vaters Namen nach so vielen Jahren vor die Füße gespült hatte.

»Ralph! Das ist es! Genau das!«

»Ich könnte ein Schild schnitzen. Eins, das zum Tor und zu Naurulokkis Haustür passt«, bot Jakob an.

Stille. Jeder hatte ein anderes Bild von der Sommernachtsphantasie.

Schließlich war die Bowle getrunken, das Feuer heruntergebrannt. Die Äste glühten nur noch geheimnisvoll und warfen gelegentlich ein paar letzte Funken. Sie erreichten den Himmel nicht, sondern stürzten zischend ins nasse Gras, wo sie verlöschten.

»Schade«, sagte Harry. »Schade, dass ich kein wirklicher Fee-rich bin.«

Carly lächelte ihn an. »Du hast den Moment geschaffen, der einen Traum geboren hat. Irgendwas davon bleibt hängen, hier im Gras, so«, sie wedelte mit einer Grasblüte, die Samen auf Ralphs und Jakobs Füße streute, »und geht einmal irgendwo auf. Hicks.«

Ralph fasste sie am Arm.

»Und du gehst jetzt ins Bett!«

Bald ruhte die Nacht allein auf dem Hügel, und nur die Silberpappeln und das Meer erzählten von all den Träumen, die über die Jahre auf Naurulokki gesponnen worden waren, fein, flüchtig und silberglänzend wie die Spinnfäden des Altweibersommers, die in den Hortensienbüschen hingen.

Hennys Sommerträumbowle

1 Liter Wasser
3–4 TL Rooibos-Sanddorn-Sahne-Teeblätter
40 ml Sanddornsaft
30 g brauner Zucker
1 Dose Mandarinen
Eiswürfel aus 100 % Orangensaft
1 Schuss Beerenlikör (Sommerträumlikör)

Wasser kochen und den Sanddorn-Sahne-Tee wie beschrieben zubereiten. 3–5 Minuten ziehen lassen, dann absieben. Mit braunem Zucker süßen. Ca. 5 Stunden kalt stellen. Wenn der Tee gut durchgekühlt ist, geben Sie den Sanddornsaft und den Saft aus der Dose Mandarinen hinzu, kurz umrühren. Zum Schluss geben Sie noch die Mandarinen dazu und einen Schuss vom Sommerträumlikör aus dem Kühlschrank. Entweder die Eiswürfel in die Gläser füllen oder gleich in die Bowle geben.

32

Thores Neuigkeiten

Carly sah Miriams Käfer nach, in dem sich nebst Miriam auch Ralph und sagenhaft viel Gepäck befanden. Morgennebel trieb noch auf der Straße, während Naurulokki oben auf dem Hügel schon in rosagoldenem Licht thronte.

»Wenn ihr auf Campingplätzen seid, könntet ihr die Augen offen halten, ob ihr Spuren von Joram Grafunder seht. Treibholzmöbel, Skulpturen, irgendwas, oder ihr könnt fragen, ob ihn jemand kennt und gesehen hat«, hatte Carly ihren Bruder gebeten.

»Klar doch. Mach's gut, Fischchen. Wir melden uns!«

Ralph hatte sie fest umarmt. Sie würde ihn vermissen, aber vorerst musste er seinen Weg finden und sie ihren. Hauptsache war, dass sie einander wiederentdeckt hatten.

Die Stille im Haus hatte auch etwas für sich.

»Ihr seid mir näher, wenn sonst keiner hier ist, Joram und du«, sagte Carly zu dem Bild der jungen Henny mit den drei Schiffen, das in der Küche lehnte. Sie beschloss, den Schrank oben im Flur aufzuräumen, den Myra ihr gezeigt hatte.

Die Stiefel und diversen Taschen darin waren zwar nicht kaputt, sondern eher unbenutzt, aber verfärbt und muffig, manche sogar verschimmelt. In diesem Schrank stimmte etwas nicht mit der Belüftung. Sie würde Jakob bitten, Löcher in die Türen zu sägen, in Möwenform vielleicht. Egal, wer Naurulokki kaufte, so konnte das nicht bleiben. Nur ein kleiner Rucksack aus Stoff, der ganz vorne gelegen hatte, war abgewetzt, aber sauber und trocken. Darin fand Carly eine Tüte mit einem Rest Kekse, einen Zeichenblock, ein zusammengefaltetes Blatt Papier, Taschentücher und einen Filzstift. Sie trug den Müllsack hinunter und stellte ihn zu den anderen an die Tonne. Vielleicht konnte sie die Müllabfuhr überreden, die Säcke mitzunehmen, dann brauchte sie Jakob wenigstens damit nicht zu belästigen.

Dann setzte sie sich unter die Birke, faltete behutsam das Papier auseinander. Hennys Schrift, und darunter eine Zeichnung, nicht mit Kreide, Kohle oder Aquarell wie sonst, sondern offenbar mit dem Stift, mit dem Henny geschrieben hatte, ganz anders als ihr sonstigerStil. Wahrscheinlich unterwegs gezeichnet, vermutete Carly.

Manchmal träume ich von Jorams Augen. Er ist nicht da, und doch ist mir, als hätte er mich angesehen – von einer Düne aus oder einem Winkel im Haus. Als wäre seine Seele für einen Moment vorbeigekommen, und ich könnte ihn sehen. Der Mann hat Augen, in denen alles liegt, was diese Landschaft und das Leben hier ausmachen. Maleraugen und Geschichtenerzähleraugen! Sie haben alles gesehen, was es hier zu sehen gibt, viel mehr als andere Menschen – und sie haben nichts vergessen. Die Skulpturen, die er gemacht hat, die Geschichten, die er erzählt hat, haben Spuren hinterlassen. Von jenem ersten Tag auf dem Friedhof an haben diese Augen mich nicht mehr losgelassen. Sie sind von einem warmen, rauchigen Blau wie der Dunst an einem Spätsommertag, wenn die Ernte noch nicht vorüber ist, aber das erste Laubfeuer schon entzündet wird. Ein verhaltenes, dunkles Blau, weit und einsam wie der Horizont bei Sonnenaufgang. Ruhe ist darin wie der Mittag über den Boddenwie-

sen, gleichzeitig eine Ahnung von Geheimnissen und eine Ankündigung von Sturm, ein Gedanke an Wagemut. Auch Antworten deuten sich an, die er bis zum Ende für sich behalten wird und die es doch wert wären zu wissen. Verletzlichkeit und ein Schmunzeln über sich selbst verstecken sich im Hintergrund. Eine weise Traurigkeit streitet sich darin mit Neugier und dem Wissen um einen ganz erdigen, lebensnahen Zauber. Ach, ich kann seine Augen nicht beschreiben! Man möge über mich lachen, aber würde Joram behaupten, ein Wichtel oder Elf aus den skandinavischen Wäldern sei unter seinen Vorfahren gewesen: Ich würde ihm glauben. Wenn ich ihm in die Augen sehe, wird alles ganz still und klar in mir und ganz. Dann bin ich zu Hause. Gleichzeitig spüre ich, wie triumphierend bunt, leuchtend, groß und voller Musik das zerbrechliche Abenteuer Leben ist. Ich weiß aber ebenso, dass er nie ganz in dieser Welt heimisch sein wird. So war es am Anfang, und so wird es immer sein. Das ist Joram, und es macht die Gegenwart mit ihm umso kostbarer.

Behutsam brachte Carly das Blatt in das kleine Büro, suchte im Schreibtisch nach einer Klarsichthülle und steckte es hinein. Dann lehnte sie es in der Küche neben Hennys Bild. Jorams Augen auf dem kleinen Porträt sahen direkt in Carlys.

Henny hatte also auch Jorams Anwesenheit gespürt, wenn er nicht da war. Und nun spürte sie, Carly, diese auch, und Hennys noch dazu.

Wenn ein Fremder hier einzog – würde auch er sie wahrnehmen oder nie etwas von der stillen Gegenwart ahnen?

Ein Telefonklingeln riss sie aus ihren Gedanken.

»Thore!« Verflixt. Sie brauchte nur seine Stimme hören,

schlecht wie die Verbindung auch war, und schon war das Herzklopfen wieder da.

»Carly – ich komme dich heute Nachmittag besuchen. Ich muss sowieso in die Richtung, habe einen Vortrag in Rostock, und es gibt gute Nachrichten! So um eins müsste ich bei dir sein. Bis nachher!«

Puuh. Typisch Thore. Carly war gar nicht zu Wort gekommen.

Thore! Er kam her! Wie lange hatte sie ihn nicht gesehen.

Gut, dass sie den letzten Schrank vorhin aufgeräumt hatte. Carly lief mit einem Staubtuch von Zimmer zu Zimmer, rückte hier ein Bild gerade, dort einen Stuhl, wusch das Frühstücksgeschirr ab. Eigentlich ganz präsentabel jetzt, das Haus. Es war nicht so, dass sie ihren Job nicht gemacht hätte. Im Garten wäre noch einiges zu tun, Fensterläden müssten gestrichen werden …

Sie trug eins von Hennys Kleidern, meerblau mit einem weißen Wellenmuster am Saum, überlegte, ob sie etwas anderes anziehen sollte. Aber warum eigentlich? Sie fühlte sich wohl, und Thore hatte nie bemerkt, was sie trug – fast nie.

Sie stand am Tor, als er schwungvoll davor bremste.

»Carly! Gut schaust du aus!« Er umarmte sie herzlich. Sein Geruch war so vertraut, dass sie für einen Moment glaubte, zurück in Berlin zu sein.

Nachdem sie mit Ralph, Daniel, Jakob und Harry zusammen gewesen war, wirkte Thore überraschend klein.

»Lass uns erst durch den Garten gehen!«, sagte er.

Sie stiegen den Pfad hinauf. An der Trauerbirke blieb er stehen. »Ist die gewachsen! Sie war ganz klein damals. Ich konnte gerade darunter sitzen wie unter einem Regenschirm. Es war mein Lieblingsplatz. Hier habe ich an Ostern zum ersten Mal ein Mädchen geküsst.« Er lachte herzlich. »Ist das lange her! Aber schön war's!«

»Wen denn?«

»Ein Mädel aus der Nachbarschaft. Sie wollte nach den Ferien nichts mehr von mir wissen. Ich habe ihr geschrieben und angerufen, aber keine Chance.«

»Anscheinend hast du es gut verkraftet.«

»Du, das hat mich schwer getroffen und eine ganze Weile beschäftigt, aber ich war sechzehn und die Welt voller Abenteuer.« Er strahlte sie an, mit dem alten unwiderstehlichen Thore-Charme. Wie er wohl mit sechzehn gewesen war?

»Ist das alte Teleskop noch da?«

»Ja. Es funktioniert bestens.«

Er sah sich um. »Immer noch nur weiße und blaue Blumen. Meer und Wellen, Himmel und Wolken. Henny wollte es so, und dadurch war eine besondere Ruhe und Leichtigkeit im Garten.«

»Hast du meine Aufstellung der Bilder und Elisas Angebot bekommen?«

»Ja. Danke, gute Arbeit! Da lohnt sich der Verkauf der Bilder beinahe nicht. Vielleicht kann man den Preis des Hauses steigern, wenn man es mitsamt der Kunst anbietet. Dafür ist die Liste gut.«

»Alle denken, Henny muss irgendwo Bilder versteckt haben, weil sie immerzu gemalt hat, aber wenig verkauft. Weißt du etwas von einem Versteck im Haus?«

Thore runzelte die Stirn.

»Was? Nein. Das müsste ich doch kennen, wir haben hier oft

genug Verstecken gespielt. Ist aber nicht wichtig. Ich will kein Vermögen an dem Erbe verdienen, ich will lediglich die Villa sanieren und dieses Haus ohne viele Komplikationen loswerden. Und das Gute ist: Ich habe einen Käufer gefunden! Es ist noch nichts unterschrieben, aber so gut wie fest.«

Ein Klumpen, groß wie Tante Alissas unbeholfene Kartoffelklöße, setzte sich in Carlys Hals fest, und ein zweiter rutschte in den Magen. Was stellte sie sich so an, sie hatte doch gewusst, dass das unvermeidlich war.

»Doch der Herr Schnug?«

»Nein, aber es gefiel ihm so gut, dass er es einem Freund empfohlen hat. Der ist begeistert und kommt es nächste Woche ansehen. Ein Herr ... Herr ... ich komme nicht auf den Namen.«

Thore konnte sich nie Namen merken. Normalerweise soufflierte Carly ihm. Ohne sie würde er an der Uni in einige Fettnäpfchen treten.

Im Haus sah sich Thore zufrieden um. Oben im Schlafzimmer betrachtete er das Schwalbenbild.

»Seit du das am Telefon erwähnt hast, ging es mir nicht mehr aus dem Kopf. Als kleiner Junge habe ich es vor dem Einschlafen angesehen und mir vorgestellt, ich wäre klein wie Nils Holgersson und könnte auf dieser Schwalbe oben rechts fliegen und Abenteuer mit ihr erleben.«

»Wie Joram«, sagte Carly erstaunt, mehr zu sich als zu Thore.

»Wie bitte?«

»Komm mit in die Bibliothek, ich zeig dir einen Vogel, auf dem du sitzen kannst.«

Thore betrachtete die Holzgans mit Bewunderung, aber nur

kurz. Viel mehr interessierten ihn die Bücherkisten, die ruck, zuck im Auto landeten. Alle.

Tut mir leid, Rita, dachte Carly. Wo Thore die noch unterbringen wollte?

»Vielleicht solltest du das Haus doch behalten, damit du mehr Platz für Bücher hast.« Einen Versuch war es wert.

»Peer und Paul haben mir damit auch schon in den Ohren gelegen. Sie fanden es toll hier. Aber es geht nicht. Ich habe eine neue Vortragsreihe in Österreich angenommen. Für ein Haus an der Ostsee habe ich keine Zeit, kein Geld und ganz ehrlich auch kein Interesse. Und die schönen Erinnerungen gehen sowieso nicht verloren.«

Da war nichts zu machen. Carly kannte ihn und den Ton in seiner Stimme gut genug. Er interessierte sich für vieles, aber wenn ihn etwas nicht interessierte, dann ließ sich das durch nichts ändern. Zu ihrem Ärger musste sie mit den Tränen kämpfen, dabei hatte sie nicht wirklich erwartet, dass Naurulokki eine Chance bei Thore hatte. Zum Glück merkte Thore nichts, weil er damit beschäftigt war, in Schränke zu sehen und Fensterläden zu überprüfen.

»Gute Arbeit, Carly. Das Haus ist in einem wirklich präsentablen Zustand. Wenn du nächste Woche dem Freund vom Herrn Schnug alles zeigst, bin ich mir sicher, dass er es nimmt.«

»Wann kommt er denn?«

»Voraussichtlich am Freitag. Und damit kommen wir zum nächsten Thema. Ich hatte dir doch eine Überraschung versprochen. Weißt du was? Lass uns essen gehen! Ich habe gesehen, dass es das Café Namenlos noch gibt. Haben die nicht diesen wundervollen Hirschbraten?«

»Und den besten Kuchen der Welt«, sagte Carly gefasst. Es hatte keinen Sinn, um etwas zu trauern, das ihr nie gehört hatte. Aber sie musste wenigstens noch herausfinden, was mit Joram passiert war! Zum Glück hatte sie noch fast zwei Wochen Zeit.

»Joram Grafunder hast du nie kennengelernt, oder?«, fragte sie auf dem Weg ins Café.

Es war seltsam, mit Thore außerhalb Berlins unterwegs zu sein. Seltsam und wunderbar. Hier waren sie allein; kein Kollege, kein Student, keine Sekretärin, keine Familie, die Thore ablenkte.

»Joram Grafunder. Warte, doch. Er hat Henny einmal besucht, als ich hier war. Er hatte ungewöhnliche Augen, und er hat mir eine Geschichte erzählt. Von Wassergeistern. Oder waren es Waldgeister? Ich fand ihn nett, aber unheimlich. Jetzt erzähl, wie ist es für dich hier? Wie war es, am Meer zu sein? Hast du deine Angst überwunden? Trotz Tante Alissa?«

»Ich war sogar schwimmen! Thore, es ist so toll!« Spontan blieb Carly stehen und umarmte ihn. »Ich danke dir, dass du mich dazu gedrängt hast hierherzukommen. Es war richtig.«

Er drückte sie fest.

»Das hatte ich gehofft. Geahnt. Ach, das freut mich. Das Kleid steht dir übrigens gut.« Er runzelte die Stirn. »Habe ich dir schon gesagt, wie ähnlich du Henny siehst?«

»Ja. Myra sagt das auch. Komisch.«

»Myra? Myra Webelhuth? Die, die keine Männer mag? Die gibt es noch?«

»Ja, kennst du sie?«

»Na ja. Nicht wirklich. Ich bin ein Mann.«

Vielleicht hat Myra es gut, dachte Carly. Sicher war sie nie unglücklich verliebt.

»Komm, wir nehmen den.« Thore zog die Stühle an einem Tisch auf der Terrasse mit Meerblick heraus, im Schatten einer Heckenrose mit letzten großen Blüten, die im Wind flatterten wie Schmetterlinge.

Thore blätterte in der Karte.

»Was magst du trinken?«

»Sanddornsaft bitte.«

»Den magst du?«

»Ja. Er schmeckt wie das Land hier.«

»Mir war der immer zu sauer.«

Thore bestellte sich den Hirschbraten; Carly entschied sich für die Gemüseplatte. Sie hatte keinen Appetit und schob die glasierten Möhrchen hin und her.

»Was sind denn nun deine Neuigkeiten?«

Thore beugte sich strahlend vor. Carly beobachtete seine vertrauten Lachfältchen und die Linien auf seiner Stirn.

»Also. Ich habe etwas für dich! Für *uns*.«

Für *uns*. Es klang so bedeutungsvoll, wie er das betonte. Carly seufzte innerlich. Ja, es gab eine Art »uns«, und die war toll, aber sie wünschte sich etwas anderes. Wenn nicht mit Thore, gestand sie sich zum ersten Mal ein, dann mit jemand anderem.

»Stell dir vor, ich habe eine Stelle für dich! Fest und sicher! Alles schon besprochen!«

Thore lehnte sich zurück, sah sie erwartungsvoll an.

»Wie …? Was …?« Carly war verwirrt. An Arbeit hatte sie gerade am allerwenigsten gedacht.

»Da staunst du, was? Bei uns an der Sternwarte! Aber du

kennst mich ja, wie hartnäckig ich sein kann.« Thore war eindeutig sehr zufrieden mit sich. Bedeutete das, dass er sie unbedingt weiter in seiner Nähe haben wollte? Oder war es nur Bequemlichkeit, weil sie so gut eingearbeitet war, seine Marotten kannte und jederzeit für ihn da war? Carly schämte sich ihrer Gedanken. Die waren ihr selbst neu.

»Eine gutbezahlte mehrjährige Assistentenstelle. Du würdest natürlich nicht ausschließlich mir zuarbeiten, sondern auch an den Projekten der anderen beteiligt sein. Aber die kennst du ja alle. Sind doch in Ordnung, die Leute. Auf jeden Fall können wir weiter zusammenarbeiten! Gut, was?«

Carly trank an ihrem Saft und wartete auf die Freude, die unbändig in ihr hätte hüpfen müssen. Ein fester Job! Weiter mit Thore arbeiten, ihn jeden Tag sehen. Noch vor ein paar Wochen wäre das ihr größtes Glück gewesen, das Ziel ihrer Träume.

Aber sie spürte, dass die Freude in ihr ins Leere fiel. Sie lauschte ihr nach und hörte nur Stille.

Die Stille auf den Boddenwiesen, die Stille am Hafen, bei Flömer – danach sehnte sie sich auf einmal.

»Das ist ja 'n Ding«, sagte sie gedehnt.

»Das dachte ich mir, dass dich das überrascht. Ist schwer zu glauben, aber es gibt eben doch noch Wunder. Es gibt allerdings auch einen Haken. Du musst in einer Woche anfangen. Ich weiß, ich hatte dir vier Wochen Ostsee versprochen, aber wie es aussieht, hast du deine Angst schon überwunden. Und der Hausverkauf an den Freund von Herrn Schnug müsste bis dahin auch besiegelt sein. Aufgeräumt hast du ja schon, und vielleicht übernimmt er das meiste Mobiliar und die Bilder. Diesen Eindruck machte er jedenfalls auf mich. Wenn nicht, kann sich deine Elisa mit der Galerie darum kümmern. Also alles kein Problem, oder?«

Carly spürte, wie sich das merkwürdige Loch in ihr vertiefte, das ihre Freude geschluckt hatte. Kopfschmerzen hatte sie auch. Eine Woche weniger Naurulokki? Und Joram? Sie würde nie erfahren, was passiert war. Sie würde wieder in Berlin sein, trübes Grau und stickige Luft und hohe Häuser, Lärm ... Übelkeit stieg in ihr auf, sie konnte die Tränen kaum zurückhalten.

»Carly, Süße, was ist? Kommt das zu überraschend?« Er sah sie forschend an, fischte in seinem Jackett, reichte ihr ein Taschentuch. »Dir gefällt es hier, oder? Du hast dich in die Landschaft verliebt. Das passiert hier schnell.«

Carly schnaubte heftig. Das Tuch roch vertraut nach Thore. Sie würde sich wieder an Berlin gewöhnen, sie brauchte nur etwas Zeit.

»Selbst wenn. Hier braucht man keine Astronomen«, sagte sie.

»Eben. Und wenn du noch mutiger bist und alles deiner Tante Alissa beichtest, dann kannst du im nächsten Urlaub wieder hierherfahren. Es gibt genug Fremdenzimmer.«

Fremdenzimmer! Wie das klang! Sie fühlte sich nicht fremd hier. Von Anfang an nicht. Es war, als gehörte sie hierher, als hätte sie dieses schmale Stück Land immer schon gekannt.

Thore bestellte noch einen Eisbecher, den sie sich teilten. Er war der Meinung, dass ein Eisbecher allen Kummer heilen konnte, egal, wie alt man war.

Am Gartentor von Naurulokki setzte er Carly ab. Er hatte es eilig, pünktlich bei seinem Vortrag in Rostock zu sein.

»Du kannst ja der Form halber drüber schlafen. Spätestens übermorgen sagst du mir Bescheid, ja? Dann schicke ich dir den Vertrag.« Er umarmte sie fest, hupte zum Abschied, dann blieb von ihm nur eine Staubwolke auf dem Weg.

Carly lehnte sich an das Tor und betrachtete Naurulokki im Nachmittagslicht.

Es sah aus, als würde es auf sie warten.

Hoffentlich ist er wenigstens nett zu dir, dieser Freund von Herrn Schnug, dachte sie. Ich werde dich nicht beschützen können.

Sie setzte sich an ihren Computer und öffnete ihr Blog.

Ich habe wieder eine Zukunft. Einen festen Job! Meinen Traumjob. Dachte ich mal. Aber als ich davon träumte, wusste ich nicht, dass ich mich verlieben würde. In eine Landschaft. In ein Meer. In ein Haus. Ein wenig in einen verschwundenen Mann, den ich nie gesehen habe.

Als ich herkam, waren meine Wurzeln schon hier. So verrückt das klingt, so wahr fühlt es sich an. Joram schrieb von dem Unterschied zwischen Alleinsein und Einsamsein. Genauso geht es mir. Hier bin ich glücklich allein, mit dem Meer und dem Wind, nie so einsam wie in Berlin zwischen all den Menschen.

Nun, Thore hat recht. Ich kann wiederkommen – wenn auch nur als Gast. Als Fremde.

Carly klappte den Computer zu. Ihre Kopfschmerzen wurden schlimmer. Sie musste raus. Hastig lief sie nach oben, griff ihre Jacke – Hennys Jacke –, die sie aufs Bett geworfen hatte. Sie wollte in den Wald, wo es still und grün war.

War da eine Bewegung gewesen, in dem Bernsteinschiff auf der Fensterbank? Oder nur ein Wolkenschatten von draußen, der sich auf der schimmernden Oberfläche spiegelte wie so oft?

Nein, keine Wolken. Es war wie an dem Tag im Bus. Neben Carlys Gesicht spiegelte sich ein zweites. Nur diesmal kannte sie es.

Henny.

Henny

1999

33

Die Kraniche

Zärtlich staubte Henny das kleine Schiff ab, das so viele Jahrzehnte auf ihrer Fensterbank gestanden und ihren Schlaf bewacht hatte. Es war durch ihre Träume gefahren, mit ihr und ohne sie. Nie wurden seine Segel müde, stets fand es einen neuen Wind, der es zuversichtlich vorwärtstrieb. Wäre Joram damals nicht gewesen, auf dem Friedhof, hätte sie es beerdigt, und es wäre längst in lichtloser Erde zerfallen. So aber brachte es noch jeder Sonnenstrahl zum Schimmern, und manchmal richtete sie nachts die Taschenlampe darauf und dachte an Joram, an sein Lachen und an seine Hände, die so behutsam mit allem umgingen, was sie berührten, als wäre alles zerbrechlich.

Das Schiffchen trug nun vierfache Fracht: ihre Liebe zu Nicholas und die zu Joram, ebenso wie die zu Naurulokki und der Landschaft, in der sie ihr Leben verbracht hatte. Es war ein gutes Leben gewesen, voller Farben und Formen, deren Zauber sie auf Papier gebannt und immer wieder neu geschaffen hatte, voller Wind, Weite, Wellenmusik und auch Stille, wenn sie sich danach sehnte. Und unter Naurulokkis altem Reetdach war sie jederzeit geborgen gewesen, gleich, welche äußeren und inneren Stürme über sie hereinbrachen.

Henny wickelte das Bernsteinschiff in Seidenpapier und steckte es zusammen mit ihrem Testament in einen Umschlag, auf den sie eine Ecke des Daches mit Schwalben gezeichnet hatte. Sie wusste wohl, wie sehr Thore das Schwalbenbild geliebt hatte. Damals. Nachdem die DDR die Grenze dichtgemacht hatte, hatten sie den Kontakt zueinander verloren. Viel später einmal hatte Thore ihr eine Schachtel wundervoller Farben geschickt. Man sah, dass das Paket geöffnet worden war, und die Stasi hatte die Farben Gold und Silber aus dem Kasten genommen. Henny hoffte, dass die Kinder des Stasimannes sich gefreut hatten. Ihr machte es nichts aus. Das Silberglänzen auf dem Meer und das Gold auf dem Strandhafer bei Sonnenaufgang konnte auch die Stasi nicht unterschlagen. Henny hatte, was sie brauchte.

Nach dem Mauerfall hatte Thore sie noch einmal besucht. Jetzt war er Wissenschaftler, ganz und gar, ein Mann von Welt, und würde kein Interesse am abgelegenen Naurulokki haben. Und doch liebte er die Erinnerung daran genug, um dafür zu sorgen, dass es in gute Hände kam, dessen war sich Henny sicher. Sie sah ihn noch vor sich, wie er als Junge mit dem Bernsteinschiff gespielt und mit großen Augen durch das Teleskop geblickt hatte, wobei er mit ausholenden Gesten Geschichten über die Sterne erfand. Ein bisschen war er wie Joram, nur eiliger, hektischer, weniger konzentriert, aber viel kontaktfreudiger. Stolz war sie auf ihn, wie viel mehr als sie er jetzt über die Sterne wusste.

Ja, er würde für Naurulokkis Zukunft sorgen. Und Naurulokki selbst würde ebenfalls bewirken, dass das Richtige geschah. Henny war sich sicher, dass das Haus eine Seele hatte und sich zu helfen wusste. So viele Stürme waren durch das Reet gefahren und hatten so vieles von nah und fern erzählt, dass es weise geworden war. Das Reet barg auch die Spuren der Menschen, die unter ihm gelebt hatten: Die Stimmen, das Lachen und die Träume, die Sehnsüchte, Trauer und Hoffnungen flüsterten lautlos in den unzähligen kleinen Hohlräumen. Die ihrer Großeltern und die der Menschen, die lange vorher dort gelebt, ja, die das Haus erbaut hatten. Henny hatte sie alle gehört in den Nächten, die sie als Kind und als Erwachsene hier geschlafen hatte, und sie hatte alles in ihren Bildern festgehalten. Und von ihr und von Joram würde ebenfalls etwas bleiben.

Auch Joram war hier zu Hause, er wusste es nur nicht. Es war ein gutes, sicheres Gefühl.

Vielleicht wartete er auch schon auf sie, im Blau der Ferne irgendwo im Meer, und der Wind trug seine Stimme unter das Reetdach. Henny lauschte. Ja, sie hörte ihn.

Sie steckte den Umschlag ein und radelte zu ihrem Anwalt. Heute lag Frühling in der Luft. Begierig atmete sie tief ein.

Später kehrte sie zurück mit der Gewissheit, dass nun alles gut war.

Von ihrem Lieblingsplatz auf der Terrasse aus sah sie in den nächsten Wochen, wie sich der Frühling anschlich. Sie sah Schneeglöckchen verblühen und Krokusse und Hasenglöckchen ihre blauen Gesichter in die steigende Sonne wenden, die dem jungen Jahr Farbe gab.

Oft hielt sie die Muschel in der Hand, auf der Kalk die seltsamen Schriftzeichen hinterlassen hatte. Ihr war, als könnte sie sie jetzt lesen. Sie sagten ihr, dass Joram sie warten hieß, bis der Moment gekommen war. Dort stand, dass er sie einlud, mit ihm auf eine Reise zu gehen, mit den Kranichen, die unterwegs zum Meer waren.

Es war ein warmer, stiller Morgen, als sie die ersten Kraniche des Jahres hörte. Sie kamen aus dem Süden, leicht und frei und elegant auf kräftigen Schwingen. Sie flogen in sauberer Formation, ein dunkler Pfeil unter dem Himmel, der auf die See zeigte. Ihre glockenähnlichen Rufe fielen Henny in den Schoß. Wie ein kurzer Schmerz war es, als sie sie trafen. Dann hörte sie zwischen diesen Tönen einen anderen. Das Meer rief sie, in Jorams Namen. Sie war leicht jetzt, leicht und frei wie die Kraniche. Getragen vom Wind sah sie das Licht auf den Wellen.

Das Bernsteinschiff lag in seinem versiegelten Umschlag im dunklen Schreibtisch von Anwalt Elbrink, doch durch seinen Rumpf huschte ein Leuchten, vom Bug bis zum Heck, und warf ein Funkeln über die silbernen Segel, die ein zeitloser Wind füllte.

Carly

1999

34

Aus Erde geboren

Der Wald faszinierte Carly, zog sie magisch an und gruselte sie zugleich. Eingeklemmt zwischen Meer und Bodden, war er wie kein anderer Wald, den sie kannte. Grüner, dichter und wilder. Ein Urwald, in dessen Wachsen und Sterben sich seit Jahren niemand eingemischt hatte. Hier hatte sie noch weniger als auf Naurulokki das Gefühl, allein zu sein. Überall unsichtbare Gegenwarten, ein Rascheln und Huschen. Dass es Mäuse, Vögel, Blindschleichen und in der Ferne die Hirsche waren, war ihr klar. Doch wo war der verschollene Künstler geblieben, der hier verschwunden sein sollte und von dem alle noch erzählten – und wo vor allem Joram, den man angeblich ebenfalls hier zuletzt gesehen hatte oder auch nicht?

Hennys Gesicht, das sie aus dem kleinen Schiff angesehen hatte, machte ihr keine Angst. Sie hatte sich an Hennys spürbare Gegenwart gewöhnt, es war eine gute Gegenwart. Aber was wollte sie Carly mit diesem eindringlichen Blick aus dem Bernstein mitteilen?

»Schlafe drüber und sag mir dann Bescheid«, hatte Thore gesagt. Er hatte jedoch keine Zweifel gehabt, dass sie zusagen würde. Sie konnte sich nicht leisten, diesen Job nicht anzunehmen. Ihr fielen auch keine vernünftigen Argumente dagegen ein. Nicht einmal unvernünftige! Am liebsten wäre sie in diesem Wald geblieben und in einem hundertjährigen Schlaf versunken wie Dornröschen, dann müsste sie die Entscheidung nicht treffen, die sie von hier fortzwingen würde. War es Joram auch so gegangen? Hatte er sich nicht entscheiden können, ob er gehen sollte, »mit den Kranichen fliegen und das Ende des Windes suchen«, oder ob er endgültig bei Henny bleiben wollte?

Carly wusste nicht, wie lange sie zwischen den enormen Stämmen, aufragenden Wurzeln und gefallenen Ästen ziellos umhergelaufen war, als ein Käuzchen rief und sie bemerkte, dass es fast dunkel war. Erschrocken lief sie auf das Schimmern zu, das ihr zeigte, wo über dem Meer die Sonne untergegangen sein musste.

Erleichtert stand sie schließlich auf dem Deich. Es war herbstlich kühl, aber sie war zu aufgewühlt, um zu frieren, sie wusste nur, dass sie noch nicht zurückwollte. Sie hatte noch keine Antwort gefunden. Auch die Sterne hatten diese heute nicht, sie sprachen nur von Thore.

Ein Dreiviertelmond erhellte den Sand und die Gischt, als Carly den Strand erreichte. Sie hockte sich hin, begann, eine Sandburg zu bauen. Wie damals an jenem Tag, als sie ihre Eltern das letzte Mal gesehen hatte. Sie erinnerte sich an das Gefühl der feinen, sonnenheißen Körner, die durch ihre Finger rannen. Jetzt waren sie silberkühl. Am Flutsaum, wo der Sand feuchter war, baute sie ihre Burg, mit Hilfe eines flachen Stückes Treibholz schaufelte, buddelte und formte sie, krönte die Mauern mit Zinnen aus Kleckertürmchen und verzierte die Fenster mit weißen Muscheln. Sie vergaß sich selbst und die Zeit, bemerkte nicht, wie ihre Füße und Hände kalt wurden. Hier, zwischen dem Land und dem Meer, vor dem sie keine Angst mehr hatte, das wie in ihrer Kindheit zum vertrauten Freund und Gefährten geworden war, war sie frei wie Joram, falls er mit den Kranichen und Gänsen geflogen war. Erst als sie fertig war, begann sie wieder zu denken. An Joram und die Holzgans und Anna-Lisa, die erzählt hatte, dass Joram ihr aus Nils Holgersson vorgelesen hatte.

Gut, dachte sie, da ich nicht weiß, was ich entscheiden soll, könnte jetzt gern eine Fee vorbeikommen, mich kleinzaubern wie Nils, und dann würde ich in dieser Burg wohnen, das Meer an den Mauern rauschen hören, von den Fenstern aus den Sonnenuntergang betrachten und den ganzen Tag den Möwen und dem Kormoran zusehen. Nachts lege ich mich auf das Dach und zähle die Sterne. Und niemand wüsste, wo ich bin.

Sie blickte hinüber zu dem Kormoran, der wie immer am Ende der Buhne schlief. Sie konnte nur gerade seine Silhouette ahnen. Mit ihm hatte sie sich angefreundet. Er war fast immer auf seinem Platz, fischte, beobachtete sie oder schlief. Sein Blick fixierte sie durchdringend, wenn sie schwimmen ging, und manchmal, wenn sie am Strand war, flog er dicht über sie hinweg. Auch bei ihm hatte sie das Gefühl, dass er ihr etwas sagen wollte.

Nur was?

»Gehen Sie nach Hause! Es ist Mitternacht, und Sturm kommt auf!«

Vor Schreck wäre Carly fast in den Fluttümpel gefallen, der um ihre Burg herum entstanden war. Sie hatte nur das Rauschen der Wellen und des stärker werdenden Windes gehört wie eine Musik und nicht bemerkt, dass sich ihr ein Mann genähert hatte.

Er war groß, und der Wind ließ seinen Umhang flattern. Hatte nicht Harry einen solchen getragen, als er ihr neulich durch den Nebel zugewinkt und die Richtung zum Ufer gewiesen hatte? Ach nein, es war ja dann doch eine Jacke gewesen. Dennoch hatte sie diesen Mann schon irgendwo gesehen. Selbst im Mondlicht sah sie, dass er ungewöhnlich helle Augen hatte. Aber das Mondlicht verschwand jetzt immer wieder, wurde alle Augenblicke von jagenden dunklen Wolkenfetzen gelöscht.

»Das wird der erste Herbststurm, gehen Sie nach Hause!« In seiner Stimme war ein Drängen.

Carly spürte jetzt, wie eine Bö unsanft an ihren Haaren riss. Die Wellen liefen weiter den Strand herauf als zuvor. Als sie sich nach ihrer Burg umsah, ragte nur noch der höchste Turm einen Augenblick lang aus dem Wasser, bevor er zerfiel und versank.

»Danke, ich gehe schon!«

Der Wind hielt noch einmal für einen Moment den Atem an. Die Wellen zogen sich zurück. Der Mann mit den hellen Augen sah auf den Graben, der von ihrer Burg geblieben war.

»Wen hast du gesucht?«, fragte er. »Wer auch immer es ist: Das Meer wird ihn in deinem Namen grüßen. Im Meer geht nichts verloren, es löst sich nur. Nun lauf!«

Er wandte sich um und ging weiter. Carly lief den Deich hinauf. Als sie sich umdrehte, war der Mann in dem zerrissenen Mondlicht nur ein heller Fleck, seltsam transparent, und ganz verschwunden, als die nächste Wolkenlücke kam.

Es war nicht einfach, den Deich zu überqueren. Sie musste sich mit aller Kraft gegen den Wind stemmen, der ihr den Atem wegriss und über den Wald hinweg auf den Bodden hinausjagte. Jetzt schlug ihr auch Regen ins Gesicht, der Mond war endgültig verschwunden. Im Schutz der anderen Seite begriff sie zum ersten Mal wirklich, wozu ein Deich gut war.

Carly war durchgefroren. Sie duschte, wickelte sich in Hennys Bademantel und überlegte, ob sie beim Aufräumen einen Föhn gesehen hatte. Bis jetzt hatte sie ihre Locken in der Sommersonne trocknen lassen, aber dafür war diese Nacht eindeutig zu kalt. Es zog durch alle Fenster. Die würde der neue Besitzer dringend abdichten müssen. Aufs Geratewohl öffnete sie den Kleiderschrank in Hennys Zimmer. War da nicht in dem unteren Fach ein Föhn gewesen? Tatsächlich. Carly bückte sich danach. Mit dem Kabel fielen ein Stück Papier und ein länglicher Gegenstand heraus.

Ein Quirl. Ein Quirl, kaum länger als Carlys Hand, mit einem weißen Porzellankopf und einem Holzstiel.

Zur Ergänzung der Westentaschenharke, stand in Jorams Schrift auf dem Zettel. *Damit du nicht vergisst, dass es gelegentlich gut ist, sein Leben gründlich umzurühren!*

Umrühren – das heißt von Grund auf ändern, dachte Carly. Sie stand mit nassen Haaren im zugigen Flur, drehte den Quirl in ihren Fingern und wusste so plötzlich und hell wie der Blitz, der vor dem Fenster aufzuckte und ein Flackern von Schatten durch die Räume bis zu ihren bloßen Füßen schickte, dass sie sich ein völlig anderes Leben wünschte, als sie bisher angenommen hatte.

Keine wissenschaftliche Karriere. Kein Leben voller Zahlen und Anträge, keine entzauberten Sterne. Keine graue, stickige, stinkende Stadt unter einem schmutzigen, gestutzten Himmel, der nachts nie dunkel wurde.

Und, sosehr es schmerzte, keinen Thore mehr als wichtigsten

Menschen in ihrem Leben; keinen Thore, der wohl seine Familie, in erster Linie aber seine Wissenschaft liebte und immer als das Wichtigste ansehen würde; Thore, der in all seinen Gedanken bereits auf dem Sprung zum nächsten Stern war.

Der Seewind hatte in den letzten Tagen Carlys Sehnsüchte umgerührt wie Jorams Quirl. Dabei hatte sich einiges aufgelöst, war unsichtbar geworden wie Zucker im Tee. Einzig Carlys ganz alte, ursprüngliche Sehnsucht hatte er wieder vom Grund aufgewirbelt und zutage gefördert: die Sehnsucht nach dem Meer.

Sie wünschte sich ein Leben wie Joram Grafunders Augen. Voll blauer Weiten, frischem Wind und Geheimnissen. Wie hatte Henny geschrieben? Carly legte den Föhn beiseite und holte sich den Zettel.

Sie sind von einem warmen, rauchigen Blau wie der Dunst an einem Spätsommertag ... Ein verhaltenes, dunkles Blau, weit und einsam wie der Horizont bei Sonnenaufgang. Ruhe ist darin wie der Mittag über den Boddenwiesen, gleichzeitig eine Ahnung von Geheimnissen und eine Ankündigung von Sturm, ein Gedanke an Wagemut ... Verletzlichkeit und ein Schmunzeln über sich selbst verstecken sich im Hintergrund. Eine weise Traurigkeit streitet sich darin mit Neugier und dem Wissen um einen ganz erdigen, lebensnahen Zauber ... Wenn ich ihm in die Augen sehe, wird alles ganz still und klar in mir und ganz. Dann bin ich zu Hause. Gleichzeitig spüre ich, wie triumphierend bunt, leuchtend, groß und voller Musik das zerbrechliche Abenteuer Leben ist.

Ja, so ein Leben wünschte sich Carly, und vielleicht – auch einen Mann mit Augen wie Joram Grafunder. Irgendwann.

Der Sturm heulte um das Reetdach, zischte zwischen den Halmen. Irgendwo klapperte ein Fensterladen. Carly hatte sich dicke Strümpfe geholt und einen Tee gemacht, als alle Lampen ausgingen.

Jakob hatte erwähnt, dass bei Sturm gelegentlich der Strom ausfiel. Carly tastete nach einer Kerze und schlürfte bei ihrem Licht dankbar den heißen Tee. Gut, dass es dunkel war. Bei Licht hätte sie sich vor ihren eigenen neuen Träumen erschrocken, aber so waren sie kaum zu sehen. Sie musste dafür sorgen, dass sie sich wieder in ihre Winkel zurückzogen, bevor es hell wurde. Sie konnte sich diese Träume nicht leisten, denn sie hatten keine Wurzeln in der Realität. Tatsache war, dass Carly keine Bleibe und keinen Job hatte, außer in Berlin und bei Thore.

An Schlaf war dennoch nicht zu denken. Sie nahm die Kerze mit in die Bibliothek. Dort stand eine Petroleumlampe, wahrscheinlich genau für Gelegenheiten wie diese. Auch Henny musste Stürme und Stromausfälle erlebt haben. Möglich, dass sie dann getan hatte, was Carly tat: den schiefen Kreisel, den Joram gemacht hatte, in die Hand genommen. Immer wieder stellte sie ihn auf die blankgewetzte Spitze und gab ihm Schwung, doch er wollte und wollte nicht aufrecht stehen bleiben.

Er funktioniert nur dann, wenn du selbst im Gleichgewicht bist mit deinen Gefühlen, hatte Joram geschrieben.

Das Morgengrauen schob den Sturm über das Land davon. Um Naurulokki fand sich Stille ein. Der Strom ging wieder. Auf dem Rasen lagen abgerissene Äste der Silberpappeln und erste gelbe Herbstblätter. Ein Gartenstuhl war umgestürzt, aber sonst schien nichts passiert zu sein. Auch das »Naurulokki«-Schild hing noch am Tor.

Carly war seltsamerweise nicht müde, sondern hellwach. Für Hennys Kleider war es zu kühl. Sie zog sich ihre Jeans an und die Strickjacke und machte sich daran, die Äste aufzusammeln.

»Hallo! Wollte mal sehen, ob du den Sturm gut überstanden hast! Und dich entführen!«

Harry kam zum Gartentor herein.

»Hallo, Harry.«

»Hast du Lust, dir die Töpferei anzusehen? Nach dem Sturm ist heute nicht mit vielen Kunden zu rechnen, da hätte ich Zeit.«

»Klar, warum nicht?« Carly war froh über die Ablenkung. Dann konnte sie den Anruf bei Thore hinausschieben. »Ich mache nur das Haus zu.«

Im Flur fiel ihr etwas ein. Sie nahm den verwelkten Dahlienstrauß aus der handgetöpferten Vase, die ihr so gut gefiel, trug die Vase nach draußen und hielt sie Harry unter die Nase, so dass er die Signatur auf dem Boden und den stilisierten Vogel sehen konnte.

»Du kennst doch sicher alle Töpfer aus der Gegend. Weißt du, wer die gemacht hat?«

Harry war nur einen kurzen Blick darauf.

»Ach, nee. Der Kormoran. PP. Mein Bruderherz. Philip Prevo! Eines seiner besseren Stücke.«

»Du hast einen Bruder?«

»Ja, wir führen die Töpferei und den Verkauf gemeinsam. Nur ist er nach dem Tod unserer Mutter vor ein paar Monaten für einige Zeit nach Neuseeland gegangen. Er wollte dort von einem

Maori-Künstler etwas über Glasuren lernen. Ich glaube aber, er brauchte einfach Abstand.«

»So wie Ralph.«

»So ähnlich. Kommst du jetzt?«

»Unbedingt.« Da ihr die Vase so gut gefiel, dass sie beim Vorbeigehen im Flur jedes Mal mit der Hand darübergefahren war, weil Form und Struktur so angenehm waren, war sie jetzt wirklich neugierig, was es in der Töpferei alles zu entdecken gab.

Es war ein geducktes Haus mit einem moosbedeckten Reetdach, dessen First altersschwach eingesunken war.

»Gebaut um 1780«, erzählte Harry stolz.

Ehrfurchtsvoll sah Carly zu den Holzbalken auf und dem dicken Reet. Was dieses Haus wohl alles erlebt hatte – noch mehr als Naurulokki! Fast unheimlich.

Drinnen sah sie sich bewundernd um. Es roch feucht, angenehm und geheimnisvoll erdig. Der riesige Brennofen in der Ecke wirkte fremd in der Umgebung, weil er so modern, aus glänzendem Edelstahl, war. Alles andere passte wunderbar. Die große, noch fußbetriebene Töpferscheibe und mehrere kleinere auf hölzernen Werkbänken. Reihen von Messern, Feilen, Spateln und Drahtschlingen, sauber aufgereiht. Dosen mit Glasuren, die ähnlich aufregende Namen trugen wie Daniels Tees: Winterwald, Moostal, Tabak-Gold, Paradiesvogel, Eismeer. An einer Wand lagen viereckige Packungen mit rotem, weißem und dunkelbraunem Ton in durchsichtiger Folie. Carly stach vorsichtig einen Finger hinein. Weich. Angenehm.

»Du kannst ja gleich mal was töpfern, nur zum Spaß«, schlug Harry vor. »Ich zeige dir aber erst den Verkaufsraum.«

Dieser befand sich nebenan. Zwischen den altersdunklen dicken Holzbalken, die ihn durchzogen, wirkten die hellglasierten Vasen, Schalen, Kerzenhalter und Trinkbecher wunderschön. Sie waren zarter als die Vase auf Naurulokki, heiterer.

»Die hast alle du gemacht?« Carly fuhr andächtig mit dem Finger über die teils seidenglatten, teils strukturierten Oberflächen mit dem matten Schimmer.

»Ja – wenn man es raushat, ist es einfach. Komm, ich zeig's dir.«

Zurück in der Werkstatt, band er ihr eine Schürze um, setzte sie an eine der Werkbänke, stellte ihr eine der kleinen drehbaren Scheiben vor die Nase und klatschte einen großen Klumpen braunen Ton darauf.

»Du machst am besten immer wieder deine Hände feucht und die Oberfläche vom Material auch, dafür kannst du diesen Schwamm hier nehmen. Man kann Schalen auch aus einzelnen Tonrollen aufbauen, aber das ist komplizierter. Versuch einfach, ob du mit deinen Händen und durch das Drehen der Scheibe ein Gefäß formen kannst. Die Dicke der Wände muss möglichst gleichmäßig sein, sonst reißt es beim Trocknen oder spätestens beim Brennen. Ich geh in der Zeit einen Tee machen.«

Carly probierte eifrig herum. Der Ton fasste sich wunderbar an. Nur schien er seinen eigenen Willen zu haben. Die Wände der sehr schiefen Schüssel rissen hier und dort auf, kippten um, bekamen Löcher oder Klumpen. Alles ließ sich zwar flicken oder richten, aber es wurde und wurde nichts daraus, was die Bezeichnung Schüssel oder auch nur Gefäß verdiente.

»Verdammt!« Erbost klopfte Carly alles wieder zu einem

Klumpen zusammen, drückte unentschlossen darauf herum, griff einen Teil heraus und ballte die Faust drum rum, öffnete die Hand wieder.

Das sah doch aus wie ...

Sie klopfte und schob und rollte an dem Stück herum, griff sich eine von den Metallschlingen am Stiel, die herumlagen, und eine alte Nagelfeile, mit deren Spitze man Vertiefungen und Striche in den Ton drücken konnte. Sie formte hier etwas um, zog dort einen Zipfel heraus, setzte das Ganze auf die Scheibe, drehte sie mit zusammengekniffenen Augen, fummelte hier, strich dort glatt. Einmal hob sie den Kopf. Kam Harry gar nicht wieder? Sie hörte seine Stimme aus dem Verkaufsraum, anscheinend waren Kunden hereingekommen.

Sie setzte das fertige Stück beiseite, nahm sich ein zweites, größeres, und als Harry immer noch nicht kam, ein drittes.

Es war wie gestern, als sie die Sandburg gebaut hatte, aber noch stärker: Die Zeit löste sich auf, Carly vergaß sich selbst, ihre Sorgen, Thore, die Zukunft und die Welt. Nur ihre Hände und der Ton existierten noch. Sie war nicht mehr Carly. Sie wurde das Wesen, das sie formte, spürte, wie sie sich mit ihm bewegte. Sie tauchte mit ihm in die Wellen, sah das Schimmern der Oberfläche von unten, sah begleitende Schwärme silberner Fische. Streckte sich, schoss mühelos über dem Sandboden dahin, drehte sich im Spiel mit den Gefährten umeinander, war zu Hause, frei und leicht in diesem vertrauten Element.

Erst als sie fertig war, das endgültige Mal glättend den feuchten Schwamm über den Ton strich und wusste, alles war perfekt, wurde sie wieder Carly.

Aber eine andere Carly. Das nagende Unbehagen, die Zerrissenheit, Zukunftsangst und Unentschlossenheit waren verschwunden. In ihr war es klar und ruhig wie die See an einem stillen Sommermorgen. Sie wusste, was zu tun war. Die Zweifel waren fortgezogen wie die Schwalben und hatten einen hohen, hellen Himmel ohne schwarze Punkte hinterlassen.

»Natürlich dürfen Sie unsere Werkstatt sehen, während Sie sich entscheiden«, hörte sie Harrys Stimme sich der Tür nähern.

Ihm auf dem Fuß folgte ein großer Mann mit schweren Schritten, lauter Stimme und einem offenbar unerschöpflichen Vorrat an Ausrufezeichen.

»Guten Tag! Ich wusste nicht, dass Sie eine junge Künstlerin eingestellt haben! Und auch noch mit Humor! Gute Idee, gute Idee! Mensch, Prevo, warum sagen Sie das nicht gleich! *Das* ist es doch, was ich gesucht habe! Das *Besondere*! Was verlangen Sie dafür? Los, rücken Sie raus damit, Sie Geheimniskrämer! Ich bin auf alles gefasst, wir wissen doch beide, dass Sie ein Halsabschneider sind!« Er lachte dröhnend und hieb Harry auf die Schulter, der das nicht bemerkte. Denn er starrte verblüfft auf das, was sich auf Carlys Töpferscheibe befand.

35

Was der Kormoran hörte

Auf einer Eisscholle räkelten sich zwei Seehunde, der eine etwas größer als der andere. Einer spähte mit schräggelegtem Kopf in den Himmel, der andere beugte sich schnuppernd zum Wasser. An ihrer Position und den Schwanzflossen, die sich spielerisch und zärtlich zugleich berührten, sah man, dass sie einander sehr zugetan waren, langjährige Gefährten, so war anzunehmen. Ihre Form und Haltung war anmutig und gleichzeitig durch und durch heimelig seehündisch. Was aber an ihnen fesselte, waren ihre Gesichter: Verschmitzt und weise zugleich, lag eindeutig ein Augenzwinkern und ein Lächeln darin.

Harry öffnete den Mund und schloss ihn gleich darauf wieder. Der Kunde schob sich vor ihn, beugte sich herunter, so dass Carly einen Anflug von Whisky in seinem Atem roch.

»Donnerwetter. Meine Frau wird begeistert sein!«

Carly sah belustigt und verwirrt, wie Harry hinter dem breiten Rücken des Herrn eine halb komische, halb verzweifelte Pantomime aufführte. Mit seinen dunklen Augen, den wild hochstehenden Haaren und heftigen Gesten erinnerte er sie an Thore. Er applaudierte ihr, legte den Zeigefinger auf den Mund, rang dann die Hände, um ihr schließlich zu bedeuten, sie solle doch etwas sagen.

Nur was?

»Es tut mir leid, aber dieses … Werk ist schon vergeben.«

»Na gut, na gut, das überrascht mich nicht, aber bis wann können Sie mir ein ähnliches fertigstellen? Kommen Sie, über den Preis werden wir uns doch einig! Es eilt, wissen Sie! Meine Frau hat nächsten Monat Geburtstag!«

»Verhandeln Sie bitte mit Herrn Prevo. Dafür bin ich nicht zuständig«, sagte Carly wahrheitsgemäß und versuchte dabei, ein irres Kichern zu unterdrücken.

Harry erholte sich inzwischen, wurde wieder ganz Geschäftsmann.

»Lassen Sie uns das drüben besprechen, Herr Großklaus. Wir wollen die Künstlerin nicht weiter aufhalten. Haben Sie eigentlich schon den diesjährigen Sanddornlikör gekostet? Spezialität des Hauses? Nein? …«

Die Schritte und Stimmen wurden leiser.

Carly blieb etwas benommen sitzen und wartete darauf, dass Harry zurückkam.

War ihr »Werk« wirklich so gut? Nun, dem Herrn Großklaus hatte es gefallen. Sie bezweifelte allerdings, dass er ein Mann von Geschmack und Kunstverstand war. Seine Krawatte …! Es war auch egal, sollte Harry sehen, wie er aus der Nummer wieder herauskam.

Sie wusste nur, dass es sich *richtig* angefühlt hatte, die Seehunde zu formen. So richtig wie schon lange nichts mehr. Und zur Erinnerung an diesen Moment würde sie die Seehunde behalten, irgendein Großklaus hin oder her.

Carly war versucht, aus dem Fenster in den frühherbstlichen Mittag hinauszusteigen und nach Hause zu laufen, aber endlich hörte sie, wie Harry den Herrn mit den Ausrufezeichen verabschiedete. Gleich darauf kam er hereingestürmt.

»Carly, ich weiß nicht, wie du das angestellt hast, aber du *musst* ihm seine Seehunde machen! Er ist einer meiner besten Kunden. Weißt du, was er mir geboten hat?« Er hielt ihr einen Zettel unter die Nase.

Carly verschluckte sich, musste husten. Harry klopfte ihr heftig auf den Rücken.

»Warum hast du mir nicht gesagt, dass du töpfern kannst? Und dann so was!«

»Weil ich noch nie Ton angefasst habe. Höchstens Knete in der Grundschule, und dabei ist nichts rausgekommen. Und einmal ein Stück Holz, da ist dann immerhin ein Fisch draus geworden.«

»Hör sich einer die Frau an.« Harry löste Carlys Werk vorsichtig mit einem gespannten Draht von der Töpferscheibe, hob es hoch und spähte darunter.

»Tatsächlich. Keine Ahnung von nichts. Du musst die Figuren von unten aushöhlen, sonst explodieren sie beim Brand. Irgendwo eine Luftblase drin und – paff! Nur noch Splitter. Hier, mit diesen Drahtschlingen. Ich zeig's dir, hier, so! Du musst darauf achten, dass der Ton nirgends dicker oder dünner ist als an anderen Stellen, sonst entstehen schon beim Trocknen Spannungen und Risse.«

»Ich muss nach Hause, ich hab noch etwas zu erledigen.«

»Nix da.« Harry drückte sie auf ihren Stuhl. »Halbe Sachen werden hier nicht gemacht. Das kann nicht warten, der Ton wird sonst zu trocken. Dafür bringe ich dir auch endlich deinen Tee.«

»Hast du vielleicht auch ein Brötchen oder so?« Carly stellte fest, dass Kreativsein anscheinend riesigen Hunger machte.

Das mit dem Aushöhlen war knifflig, aber sie brachte es schließlich zuwege. Harry besserte streng hier und da nach und stellte die gar nicht so kleine Skulptur schließlich auf ein Gitter in eine Ecke.

»Da kann es von allen Seiten gleichmäßig trocknen und bekommt keinen Zug.«

»Wie geht es dann weiter?«

»Das muss zwei Wochen trocknen. Dann kann ich es brennen. Danach kannst du überlegen, ob du es so lassen oder farblos oder bunt glasieren willst. Oder du könntest vor dem Brand aus farbigem Tonschlamm ein paar Striche und Punkte setzen, die Augen betonen vielleicht.«

»Ich muss wohl noch viel lernen.«

Er sah sie hoffnungsvoll an.

»Heißt das, du machst dem Großklaus sein Geburtstagsgeschenk? Dass du dein Erstlingswerk behalten möchtest, verstehe ich ja. Aber es würde mir wirklich daran liegen, diesen Kunden nicht zu verärgern. Und außerdem, hey, das Geld könntest du doch gebrauchen! Da sind zwar die Material- und Brennkosten, aber es bleibt eine richtig gute Summe für dich übrig …« Er verstummte. »Ach so. Wirst du überhaupt lange genug hier sein?«

»Das wird sich zeigen. Wie spät ist es …? Auweia. Ich muss los!«

»Sagst du mir bis morgen Bescheid? Ich muss dem Großklaus sonst wenigstens absagen. Oder ihm etwas anderes anbieten – der Himmel weiß, was!«, rief er ihr hinterher.

»Versprochen!«

Die schmale Straße, in der das Haus lag, war noch näher am Strand als Naurulokki. Carly beschloss, am Meer zurückzulaufen. Sie zog die Schuhe aus und hüpfte übermütig am Wellensaum entlang. So leicht hatte sie sich schon lange nicht gefühlt. Das Töpfern war ein Rausch gewesen. Und mit der Entscheidung, die sie getroffen hatte, war sie im Reinen, obwohl sie keine Ahnung hatte, was das für Folgen haben würde und wie sie damit fertigwerden sollte.

Sie dachte an Jorams Quirl für Henny.

Damit du nicht vergisst, dass es gelegentlich gut ist, sein Leben gründlich umzurühren!, hatte er geschrieben.

»Jetzt hast du was angerichtet, Joram«, seufzte Carly.

Als sie an der Buhne bei dem Strandübergang auf der Höhe von Naurulokki ankam, sah sie den Kormoran am Ende sitzen.

Sie sah sich um, ob niemand in der Nähe war, legte dann die Hand an den Mund und rief: »Hey, Freund! Du hast mir heute Glück gebracht! Ich wünsche frohes Fischen!«

Zu Hause hätte sie mit dem Rosenbusch Abraham gesprochen, nun musste eben der Kormoran herhalten. Er lupfte einmal die Flügel, schüttelte sich und setzte sich wieder zurecht. Carly lachte und drehte sich um, um den Deich hochzulaufen.

Fast hätte sie Synne umgerannt, die dort mit in die Hüfte gestemmten Armen stand.

»Da hat aber jemand gute Laune. Hallo, Carly!«

»Hallo, Synne.«

Carly spürte, wie sie rot wurde. Es war vermutlich nicht einmal hier üblich, mit Vögeln zu sprechen. Plötzlich sehnte sie sich nach Flömer. Der würde das verstehen. Sie musste ihn dringend besuchen.

Synne begleitete Carly ein Stück.

»Ich muss in deine Richtung, ich will bei Daniel einkaufen. Du, was ich dir schon neulich sagen wollte, wegen Harry ...«

»Ja?«

»Er ist – na ja, er ist ein prima Kerl, nur ...«

»Was, ein Frauenheld? Ein Casanova?« Carly lachte.

»Nicht ganz. Man kann mit ihm unbedenklich Pferde stehlen, wie man so schön sagt. Aber für was Ernstes ist er eher nicht geeignet, würde ich sagen. Er ist halt – lebenslustig.«

»Synne, die besorgte Mutter steht dir nicht. Aber danke. Es kann trotzdem sein, dass Harry mein Glück ist. Ich muss los – viel Spaß beim Einkaufen, und grüß Daniel von mir!«

Sie ließ die verdutzte Synne stehen und rannte den Hügel zum Haus hinauf, einfach weil ihr nach Rennen zumute war. Unter der Trauerbirke warf sie sich rücklings ins Gras, um zu verschnaufen.

Ihr Übermut verflog. Es ließ sich nicht mehr aufschieben, sie musste Thore Bescheid sagen.

Das tat verdammt weh.

»Leicht ist das nicht mit dem Umrühren, lieber Joram«, murmelte sie, riss einen Grashalm aus und kaute wild darauf herum. Er schmeckte bittergrün und salzig.

Schließlich war Henny auch über Nicholas hinweggekommen. Mehr oder weniger jedenfalls. In Bezug auf Thore konnte Carly sich das zwar nur schwer vorstellen. Aber das half jetzt leider nicht weiter.

Carly raffte sich auf. An der Tür stellte sie fest, dass der Briefträger die Post einfach an das Küchenfenster gelehnt hatte. Eine Postkarte von Ralph.

Es ist klasse hier, Fischchen. Unglaublich schön, reichlich Fischbrötchen und Platz zum Nachdenken. War der richtige Entschluss, auch wenn deine Freundin völlig irre ist. Übrigens, wir haben auf einem Campingplatz kurz hinter der Grenze Tische und Hocker aus Treibholz entdeckt, die eindeutig von Jorams Hand stammen. Man kannte sogar seinen Namen. Aber seit zwei Jahren war er nicht dort. Leider keine Spur. Sorry. Pass auf dich auf, Dein Floh.

Das löste das Rätsel also nicht. Aber schön, dass es Ralph gutging. Und die Vorstellung, dass dort auf einem Campingplatz am Meer Tische und Stühle von Joram noch aufrecht standen und den Menschen Freude machten, tat Carly wohl.

Das hat aber alles nichts mit Thore zu tun, schalt sie sich. Sie sah auf die Uhr. Um die Zeit würde er in der Uni im Büro sein, die Sprechstunde für Diplomanden war gerade vorüber. Perfekt.

Sie stellte sich die langen, neonbeleuchteten, graffitiverschmierten Flure mit den unzähligen Türen vor, die engen Büros mit den sachlich-hässlichen Aluminiummöbeln, den abgetretenen Teppichboden, der nach Kunststoff stank. Ein Schauder lief ihren Rücken herunter. Auf einmal kam ihr das Gebäude, in dem sie so viele Tage verbracht hatte, wie ein Gefängnis vor. Dabei war es eine schöne Zeit gewesen.

Thores wegen.

Während sie, an das Küchenfensterbrett gelehnt, auf das Klingeln am anderen Ende lauschte, fiel ihr Blick auf das Bildnis der jungen Henny mit den drei Schiffen. Zum ersten Mal sah sie die Ähnlichkeit zu sich selbst, die die anderen schon längst erkannt hatten.

Nur deshalb war Thore damals an jenem ersten Tag vor ihr

stehen geblieben und hatte sie so lange und leicht verwirrt angesehen. Weil Carly ihn an seine Cousine erinnerte. Nicht weil er sie so toll fand.

Aber dann waren sie Freunde geworden.

»Thore Sjöberg. Ja, hallo?«

Carly musste schmunzeln. Immer diese Eile, diese Ungeduld in seiner Stimme. Er war sich stets selbst voraus. Dieses Gehetztsein, dem sie sich im Arbeitsalltag notgedrungen angepasst hatte, würde sie nicht vermissen.

Aber verflixt, der Klang seiner Stimme löste immer noch sofort das alte Herzklopfen aus. Ihre Hand zitterte, sie musste sich hinsetzen. Es war doch nicht so einfach, wie sie gehofft hatte.

»Thore, ich bin's.«

»Carly! Hey, Süße! Du, der Freund von dem Herrn Schnug ist einverstanden damit, die Möbel zu übernehmen. Er will in dem Haus nur gelegentlich einen Urlaub verbringen und es ansonsten an Feriengäste vermieten. Da ist ihm das sogar recht. Und die Bilder kannst du Elisa zum Verkauf anvertrauen. Ein Glücksfall, dass du diese kompetente Frau kennengelernt hast. Ich habe neulich auf dem Rückweg kurz in ihrer Galerie vorbeigeschaut. Der Herr kommt am Freitag das Haus ansehen, bitte zeige ihm alles. Er hat sich aber praktisch schon entschieden, und wenn es ihm gefällt, kannst du ihm gleich die Schlüssel übergeben und nach Berlin kommen, dann bist du rechtzeitig hier, um den neuen Job anzutreten.«

»Thore ...«

»Wir können den Vertrag am Wochenende unterschreiben, in unserer Pizzeria, was meinst du? Vielleicht will Orje auch kommen, dann feiern wir. Ist doch alles wunderbar gelaufen.

Du, ich muss los, ich habe noch einen Termin mit der Co-korrektorin von einer Diplomarbeit. Sehen wir uns am Samstag?«

»THORE! Warte!«

»Ja?«

»Thore, es tut mir leid, ich werde den Job nicht annehmen.«

Schweigen.

»Du wirst ... du willst nicht?«

Diese Möglichkeit hatte er offenbar nie in Betracht gezogen. Sie konnte es ihm nicht verdenken. Hatte sie jemals zu einem seiner Vorschläge Nein gesagt? Außerdem wusste er, wie nötig sie Arbeit brauchte. Und eine Zukunft.

Carly suchte nach Worten, um es ihm zu erklären, doch die hatten sich irgendwo im Sand verkrochen. Gerade noch, als sie mit ihren Händen den Ton geformt hatte, war alles so klar gewesen.

Aber er war Thore, und er verstand sie auch so, nachdem er sich von seiner Verblüffung erholt hatte.

»Da ist mein Plan, dich mit dem Meer zu versöhnen, also nach hinten losgegangen? Oder vielmehr, über das Ziel hinausgeschossen. Ich habe ja gemerkt, wie sehr du dich in die Landschaft verliebt hast. Wie glücklich du dort bist. Das hat mich so gefreut, dich so zu sehen. Dass ich meine beste Mitarbeiterin verliere, ist trotzdem traurig. Und jetzt?«

»Bist du mir böse?« Das hätte sie nicht ertragen können. Es war so schon schwer genug.

»Aber Carly, nic! Warum denn? Nur, was hast du jetzt vor? Muss ich mir Sorgen machen?«

»Ich glaube nicht. Ich muss einfach hierbleiben, ich kann nicht anders. Der Sommer ist vorbei, sicher kann ich den Winter über irgendwo ein billiges Fremdenzimmer mieten, solange keine Saison ist. Mit viel Glück finde ich einen Job – meinetwegen in dem kleinen Supermarkt, da war neulich ein Schild dran ...«

Verlockend war die Vorstellung nicht. Seit sie gestern die Sandburg gebaut hatte, schossen Carly jedoch eine Menge wirre Ideen durch den Kopf, die noch längst nicht so ausgereift waren, dass sie sie Thore am Telefon erzählen konnte. Die Kerzen zum Beispiel. Möglicherweise fanden die tatsächlich Käufer in Daniels Laden. Dann ihr kreativer Zufallstreffer. Ob es noch mehr Käufer wie Herrn Großklaus geben konnte? Und was war mit Gartenarbeit? Viele der Gärten, über deren Zäune und Mauern sie gespäht hatte, waren nicht gepflegt. Im Herbst gab es jede Menge zu tun ...

»Sprich doch mit dem Freund von dem Herrn Schnug. Vielleicht kannst du für ihn den Garten vom Haus in Ordnung halten. Möglicherweise auch das Haus, Betten beziehen und so.« Wie so oft bewegten sich Thores Gedanken auf ähnlichen Bahnen wie ihre.

»Das wäre toll!« Bei der Vorstellung, weiterhin tatsächlich zumindest eine Art von Beziehung zu Naurulokki zu haben, klopfte ihr Herz freudig wie eben noch beim vertrauten Klang von Thores Stimme.

»Aber eine Dauerlösung ist das nicht, das weißt du!« Jetzt klang er streng, ganz der Professor. »Du weißt und kannst zu viel, um das alles einfach hinzuwerfen. Hausmeister sein ist keine Berufung, weder in Berlin noch in Ahrenshoop.«

»Ich weiß. Eine ganz wilde Idee habe ich da auch schon, für später einmal. Jetzt muss ich erst mit Tante Alissa reden. Und mit Ralph, vielleicht will er die Hauswartwohnung in Berlin übernehmen, der hat ja keine Bleibe. Sag mal, wie heißt denn nun dieser Herr? Wenn er am Freitag kommt, muss ich ihn ja anreden können!«

»Ach, Carly. Keine Ahnung, ich kann mir seinen Namen nicht merken. Ohne dich werde ich Probleme bekommen. Ich sehe zu Hause nach und sag dir noch Bescheid, ja?«

Carly seufzte. Daran würde er nie im Leben denken.

Als sie aufgelegt hatte, blieb sie noch einen Moment sitzen, atmete tief durch. Traurigkeit stieg in ihr hoch wie eine Flut. Die jahrelange Zusammenarbeit mit Thore, sein Lachen jeden Tag, sein Arm um ihre Schultern, seine Geschichten, sein Augenzwinkern, die Gesten, mit denen er seinen Zuhörern die Sterne vom Himmel holte – das alles hatte sie aufgegeben, freiwillig weggeworfen! Und eine sichere berufliche Zukunft obendrein. Sie musste verrückt sein.

Doch unter der Trauer fühlte sie sich so leicht und frei, dass sie fast meinte, mit dem Kormoran eine Runde über die Dünen fliegen zu können. Eine zitternde, schwingende, atemlose Freude stieg in ihr auf. Die Zukunft war ungewiss, aber nagelneu! Voller Möglichkeiten! Und ganz allein ihre!

Als sie bemerkte, dass sie in Gedanken ebenso viele Ausrufezeichen benutzte wie Herr Großklaus, stellte sie fest, dass sie ihren Entschluss unbedingt jemandem erzählen musste.

Flömer! Nach Flömer hatte sie vorhin schon Sehnsucht gehabt. Und es war Abend. Flömerzeit.

Sie fand ihn auf dem Steg am Hafen; es hätte sie auch gewundert, wenn er nicht dort gewesen wäre. Es war, als käme er mit der Dämmerung, wäre ein Teil von ihr.

Was sie aber wunderte, war das Wort, das diesmal in weißen Kreidebuchstaben auf dem Holz leuchtete.

MORGEN.

»Hallo, Flömer.«

Sie setzte sich neben ihn, zog die Schuhe aus und ließ wie er die Füße in den Bodden hängen. Heute roch es deutlich nach Herbst. Auf dem Wasser trieben zwei gelbe Blätter, begegneten sich, schoben sich übereinander, trennten sich wieder und folgten jedes einer anderen Strömung.

»Warum ausgerechnet ›Morgen‹?«

»Ich hatte so ein Gefühl, dass es passt. Ein unscheinbares, aber großes Wort. Man kann es mit so unendlich vielen Dingen füllen. Freier Raum, der immer noch offen ist. Das Einzige, was drin ist, sind Möglichkeiten.« Flömer schnipste einen kleinen Kiesel ins Wasser. Gemeinsam sahen sie zu, wie die Ringe sich bis vor ihre Füße ausbreiteten. Ein Fisch schnappte danach, löste neue Ringe aus. »Es bedeutet große Verantwortung, ein Morgen so zu füllen, dass es nicht verschwendet wird. Aber was für eine aufregende, wunderbare Sache, findest du nicht?«

Spontan umarmte Carly ihn und gab ihm einen Kuss auf die wettergegerbte Wange.

»Danke, Flömer. Du bist genau das, was ich jetzt brauche. Woher weißt du immer alles?«

»Ich kann den Himmel und das Meer lesen und so manches andere, sonst hätte ich mein Schiff nicht jedes Mal wieder in diesen Hafen steuern können.«

»Ich werde hierbleiben. Hier in Ahrenshoop. Am Meer. Ich weiß noch nicht, wie ich es anstellen soll, aber ich bleibe. Hier bin ich zu Hause.«

Hier bin ich zu Hause. Der Satz fiel weich in den Abend, trieb im leisen Herbstwind über den Steg, dann mit den letzten tanzenden Mücken über die Wasseroberfläche, wo er sich mit dem triumphierenden Ruf eines fernen Hirschen traf und schließlich von einer kleinen flüsternden Welle eingefangen und weiter aus dem Bodden aufs Meer hinausgetragen wurde. Der Kormoran auf der Buhne lauschte mit schiefgelegtem Kopf und steckte dann zufrieden den Kopf unter den Flügel.

36

Überraschendes

»Carly? Ich habe Brötchen mitgebracht!«

Synne stand unten vor dem Küchenfenster. Carly sah belustigt zum Schlafzimmerfenster hinaus. Synne war also immer noch besorgt wegen Harry. Und neugierig.

»Ich komme, muss mir nur was anziehen!«

Sie hatte nicht verschlafen, sondern behaglich wach gelegen und an ihren Zukunftsplänen gearbeitet, die allerdings noch recht dürftig waren. Die Absage an Thore lag ihr auch noch im Magen. Aber dass sie hierbleiben würde, weiter jeden Morgen das Meer hinter den Dünen flüstern hören durfte und den Wind in den Silberpappeln, diese Aussicht hatte sie genossen. Die schmeckte nach Salz und Glück.

Bei Wellenschattentee und Sanddornhonigbrötchen erzählte sie Synne von ihrer Entscheidung.

Synne tunkte ihr Brötchen neben die Teetasse, so beeindruckt war sie.

»Du hast *deinem* Thore abgesagt? *So* ein Angebot? Alle Achtung. Bist du sicher?«

»Ich war mir noch nie so sicher. Und er war nie *mein* Thore.«

»Und jetzt?«

»Ich hoffe, du kannst mir helfen, ein billiges Zimmer zu finden. Wenn es kalt wird, sind sicher nicht mehr alle Pensionen ausgebucht, zumindest über den Winter. Wenn man lange bleibt, bekommt man die Zimmer günstiger, oder? Außerdem werde ich zum Supermarkt gehen, ob da noch der Zettel hängt, dass sie jemanden im Lager brauchen.«

»Mmh. Mensch, ich freu mich, dass du bleiben willst. Obwohl ich öfter in Berlin sein werde, wegen Orje. Das mit dem Zimmer werden wir irgendwie hinbekommen. Was hattest du eigentlich so lange bei Harry zu schaffen?«

»Keine Sorge, Synne. Ich bin schrecklich verliebt. Aber nicht in Harry, sondern in das Haus, den Himmel über der See, die Landschaft, die Leute, die Freiheit, die Stille, den Wind und die Luft.«

Carly erzählte ihr die Geschichte von den Seehunden und den Ausrufezeichen des Herrn Großklaus.

Wie schön es war, hier so schnell eine Freundin gefunden zu haben, mit der sie frühstücken und über alles reden und lachen konnte, über Männer, Hoffnungen und Seltsames, als wären sie zusammen aufgewachsen.

»Es war so merkwürdig, Synne. Meine Hände machten das alles von selbst, als ob ich gar nichts damit zu tun hätte. Als ob der Ton wusste, was er werden will, und mich steuerte. Es war wie eine Trance, ein kreativer Rausch.«

»Das ist nicht so seltsam. Ich habe das oft von unseren Künstlern gehört. Wahrscheinlich ging es Henny genauso, wenn sie malte, und Joram, wenn er mit Holz arbeitete.«

Das musste Carly erst verdauen. Beruhigend, dass es normal war, was ihr geschehen war. Aber dann fühlte sie sich Henny und Joram noch näher als ohnehin schon. Unheimlich.

Synne rührte beruhigt in ihrem Tee. »Deshalb also meintest du, Harry könnte dein Glück sein. Du hoffst, dass du noch mehr Sachen machen kannst und Harry Käufer dafür findet.«

»Ich weiß, dass das nur Spinnerei ist und nichts Sicheres. Aber hey, ich könnte es versuchen.«

»Klar kannst du. Und diese Seehunde möchte ich so bald wie möglich sehen. Aber jetzt muss ich los, Elisa und die Arbeit warten. Hast du noch mal nach Bildern gesucht? Ich hatte mir schon vorgestellt, wie toll es wäre, so eine richtige große Henny-Badonin-Ausstellung zu machen.«

»Wo denn? Ich weiß beim besten Willen nicht mehr, wo ich noch suchen soll. Außerdem würde das Naurulokki auch nicht helfen. Thore ist fest entschlossen und der Verkauf praktisch abgewickelt.«

»Schade. Bis dann, ich werde mich nach einem Zimmer umhören!«

Mit fliegendem Rock und Zopf verschwand Synne auf ihrem Fahrrad um die Ecke.

Carly schloss das Haus ab und radelte zu Harry.

»Gut, dass du kommst!«, rief er, zog sie herein. »Der Herr Großklaus hat schon wieder angerufen. Er fragte, ob du auch einen Lemuren machen kannst. Sein Freund hätte gern einen. Er steht auf die, seit er in Madagaskar war.«

»Lemuren? Was um Himmels willen ist das?«

»Na, so eine Art Affe oder Beuteltier, die dort leben. Hier, ich habe dir ein Bild aus dem Internet gesucht.« Er wedelte mit einem bunten Papier. »Er soll aber, ich zitiere Großklaus: ›auch diesen verschmitzten Gesichtsausdruck tragen, dieses hintergründige Lächeln, ohne affig zu wirken, haha. Aber selbstverständlich erst die Seehunde.‹ Die sollen übrigens größer sein als das Muster. Bei großen Stücken musst du den mit Schamotte vermischten Ton nehmen, das sind diese kleinen Stückchen hier, siehst du. Das macht den Ton stabiler.«

Carly betrachtete das Bild. So schwer sah das nicht aus. Trotzdem.

»Harry, ich habe keine Ahnung, ob ich das von gestern wiederholen kann. Das überkam mich einfach so. Auf Knopfdruck geht das sicher nicht. Versuchen kann ich es natürlich. Ich habe nämlich Zeit. Viel Zeit.«

Er sah sehr erleichtert aus.

»Wirklich?«

»Ja. Ich bleibe hier, und ich suche ein Zimmer und einen Job.«

»Hurra!« Er umarmte sie stürmisch. »Herzlich willkommen im Team. Ich biete dir eine Werkbank im Warmen und das Versprechen, deine Werke so gut wie möglich zu verkaufen. Leider habe ich weder eine Festanstellung noch ein Zimmer zu vergeben. Aber es wäre doch ein Anfang …?« Hoffnungsvoll und mit schräggelegtem Kopf sah er sie an. Carly musste lachen.

»Sehr gerne, wenn die Arbeitszeiten flexibel sind. Ich muss mir nebenbei einen richtigen Job suchen, mit dem ich wenigstens Miete und Dosenravioli bezahlen kann. Sag mal, muss dein Bruder so was nicht mitentscheiden? Du sagtest, ihr führt die Töpferei zu zweit?«

»Mein Bruder!« Harry wischte den abwesenden Philip mit einer Handbewegung beiseite. »Der ist mal hier, mal dort. Meistens dort. Irgendwo. Den hält es nicht lange an einem Fleck. Und wenn er nicht hier ist, hat er auch nix zu sagen. Aber wenn es dich beruhigt, wir haben schon öfter diskutiert, mit jemandem zusammenzuarbeiten, der anderes kann als Becher, Schalen, Vasen und Kerzenhalter. Übrigens kommt er bald nach Hause – hat er behauptet –, und dann kannst du ihn fragen, ob es ihm recht ist.«

»Na gut. Lass mich versuchen, ob ich auch auf Befehl etwas zustande bringe.« Carly inspizierte die Seehunde von gestern. »Die sind ja schon trocken. Jetzt sehen sie ganz anders aus. Viel besser. Aber kleiner.«

»Trocken sind sie nur von außen«, belehrte Harry sie. »Man nennt es auch lederhart. Und ja, der Ton schrumpft natürlich, wenn die enthaltene Feuchtigkeit verfliegt. Nimm für Großklaus' Seehunde am besten gleich diesen Klumpen. Er möchte ja, dass sie größer werden. Und es ist nicht gut, wenn du nachher anderen Ton dazunehmen musst. Verschiedene Stücke Ton, auch wenn sie genauso aussehen, trocknen unterschiedlich. Das gibt wieder Spannungen. So, ich lasse dich in Ruhe. Ich bin nebenan, wenn du mich brauchst.«

»Harry? Was ist deine Theorie zu Joram Grafunder? Wo ist er geblieben?«

»Joram Grafunder? Meine Eltern kannten ihn, er war locker mit ihnen befreundet. Sie schnitzten diese traditionellen Fischland-Haustüren, so wie die in diesem Haus, und auch Naurulokki hat ja so eine. Eigentlich alle Häuser hier. Da meine Eltern also mit Holz arbeiteten, hatten sie etwas gemeinsam mit Joram. Seit erst mein Vater und zwei Jahre später meine Mutter starb, habe ich ihn nicht mehr gesehen. Aber was soll schon passiert sein, es gibt nur zwei Möglichkeiten. Entweder ist er ohne ein Wort fortgegangen, weil er es wie mein Bruder nie lange irgendwo aushielt – das sieht ihm am ähnlichsten. Oder er ist mit einem

Boot rausgefahren oder schwimmen gegangen und ertrunken. Nicht immer findet man die Leichen, obwohl sie meistens irgendwo angespült werden, früher oder später. Hätte er irgendeinen anderen Unfall auf dem Land gehabt, hätte man ihn gefunden. Die Halbinsel ist zu klein, um darauf einen Menschen zu verlieren.«

»Es tut mir leid, dass deine Eltern auch tot sind.«

Er zuckte mit den Schultern.

»Schon gut. Ich hatte kein besonders gutes Verhältnis zu meinem Vater. Er war … jähzornig. Wie gesagt, ruf mich, wenn du etwas brauchst. Und vergiss das mit dem Aushöhlen nicht.«

Carly machte sich eifrig an die Arbeit. Nicht nur ihr möglicher Verdienst hing davon ab. Sie wünschte sich auch, dass die Schatten um Harrys Augen wieder verschwanden, die sie mit ihren vielen Fragen hervorgerufen hatte.

Der Tonklumpen jedoch wollte nicht, wie sie wollte. Das heißt: wie Herr Großklaus wollte. Er wurde lebendig, sobald sie ihn anfasste, das Gefühl von gestern ergriff sofort wieder von ihr Besitz. Nur konnte sie klopfen, formen und drücken, wie sie wollte, es ließ sich kein Seehund blicken. Carly klumpte alles wieder zusammen, vergaß Herrn Großklaus, Harry und ihr leeres Konto und ließ sich auf der stummen Sprache des Tons treiben wie auf Wasser. Ihre Hände fingen an zu streichen, zu drücken, in die Länge zu ziehen. Sie kniff die Augen zusammen, sah in der Form, die auf ihrer Töpferscheibe entstand, eine Gestalt auftauchen. Carly nahm die alte Nagelfeile zur Hand, die ihr gestern schon gute Dienste geleistet hatte. Sie ritzte, schnitzte, zeichnete Vertiefungen und Linien. Schnitt hier mit einer Drahtschlinge etwas heraus, fügte dort etwas an. Über das Anfügen las sie in einem herumliegenden Buch nach. Man musste beide Flächen einritzen, damit sie rau wurden, dann mit Tonschlamm aneinanderkleben und die Ansätze sauber verschmieren, ohne dass eine Luftblase eingeschlossen wurde, die sich beim Brand ausdehnen und die Figur sprengen würde.

Carly spürte, wie ihr Puls sich beschleunigte. Sie war eins mit dieser Figur. Es war kein Selbstporträt, sondern ihr seelischer Zustand, zur Form geworden. Eine Frau voller Hoffnungen und Sehnsucht, die von einer neuen Zukunft träumte und dabei Flügel spürte, die sie leicht machten wie die Möwen auf dem Wind.

Als sie sich am Ende vorschriftsmäßig an das Aushöhlen machte, beschlich sie ein sehr schlechtes Gewissen. Mit diesem Machwerk war sie Harry bestimmt nicht behilflich gewesen.

»Carly – wie läuft's?«

Harry kam mit einer Tasse Tee herein.

»Harry. Ich – es tut mir leid. Gleich morgen versuche ich es noch einmal mit den Seehunden, versprochen. Und auch mit dem Lemurendings. Es tut mir wirklich leid, ich wollte das nicht, es ist eben so passiert.«

»Schhh!« Harry legte den Finger vor den Mund, stellte vorsichtig den Tee ab, um nicht auf den Ton zu spritzen, und schlich um die Werkbank herum, drehte behutsam die Scheibe, betrachtete die Figur von allen Seiten.

»Mensch, Carly.«

»Ich weiß, ich weiß. Ich wollte wirklich den Auftrag erledigen. Ich schaffe das schon noch ...«

Er atmete tief ein.

»Kannst du nicht mal kurz die Klappe halten? Ich muss mich

erholen. Carly, das ist gut, das ist verdammt gut! Großklaus hin oder her, wenn du immer solche Sachen machst und wir sie professionell glasieren – und du wirst mit Erfahrung noch weitaus besser werden –, dann finden wir so oder so Käufer dafür. Obwohl«, er sah von Carly zu der Figur, »die hier solltest du wahrscheinlich wirklich behalten. Weißt du was, wir nehmen sie gleich mit hinaus in den Garten und machen ein Foto von ihr. Das lade ich auf unsere Website hoch und stelle dich damit als Mitarbeiterin vor. Gute Werbung, eine ganz neue Note für die Töpferei Prevo!« Zartlich schob er die Figur auf ein Blech, trug sie hinaus und holte seine Kamera.

Carly saß glücklich zwischen den letzten Gänseblümchen und sah ihm zu.

Es gab also doch eine Berufung für sie, und es waren nicht die Sterne, sondern Erde. Wer hätte das gedacht.

Carly bemerkte jedoch auch, dass sie völlig erschöpft war. Als hätte der Ton all ihre Kraft aufgenommen und in die Figur gebannt.

»Das kenne ich«, meinte Harry lächelnd. »Das geht mir auch so, wenn mir was Gutes gelungen ist. Geh nach Hause, die Seehunde können warten und der Großklaus auch.«

Sie radelte auf dem Deich entlang, genoss den Seewind auf ihrer heißen Stirn. Das Land hier war so schmal und zerbrechlich und wandelbar und flüchtig, genau wie die Menschen, und so lebendig und triumphierend und stolz und traurig und trotzig und wunderschön und ewig. Und sie gehörte jetzt hierhin, hier, wo jeder Tag, jeder Himmel anders aussah, jeder Wind anders sprach, der Löwenzahn noch im Herbst blühte, hier, wo alles wertvoll und nichts selbstverständlich war, denn der Sturm und die Flut konnten sich jederzeit nehmen, was sie wollten.

Beflügelt fuhr sie einen Umweg zu Daniels Laden. Sie brauchte ohnehin Tee, und auch ihn konnte sie wegen des Zimmers fragen. Je mehr Leute die Ohren und Augen offen hielten, desto besser.

Er war dabei, vor dem Haus die beim Sturm heruntergefallenen Äste zu Kaminholz zu zersägen.

»Hey, Carly! Schön, dich zu sehen. Ich wollte schon bei dir vorbeikommen, aber das hier hat länger gedauert, als ich dachte.« Er suchte in seiner Hosentasche und drückte ihr einen zusammengefalteten Umschlag in die Hand.

»Dein Anteil! Ich habe alle Kerzen verkauft bis auf eine, die ich im Laden als Muster behalten will. Sie sieht da so gut aus. Schau es dir an. Ich komme gleich.«

Tatsächlich brachte die Kerze zwischen den Tees, Kissen und Keramiktassen – die Carly nun ganz anders betrachtete – ein Stück raue Natur und gleichzeitig Gemütlichkeit in die Teestube. Ein Schild lehnte daran: »Leider ausverkauft. Demnächst wieder im Angebot.«

»Woher weißt du, dass es mehr geben wird?«, fragte sie Daniel, der hereinkam und versuchte, seine Hände sauberzuwischen.

Er lächelte.

»Weil Synne mir erzählt hat, dass du bleibst.«

»Na, der Buschfunk funktioniert ja gut hier. In Berlin gibt es das nicht.«

»Ich werde mich umhören nach einem Zimmer für dich«, versprach er.

»Am besten dann eines, in dem man mit Sand und Wachs herumspritzen darf. Das wird schwierig.«

Oder sollte sie Harry fragen, ob sie in einer Ecke seiner Werkstatt arbeiten durfte? Das würde ihn wohl kaum begeistern.

»Wir könnten die alte Lagerhalle neben dem Laden ausräumen. Da steht zwar erschreckend viel rum, aber ...«

»Was Aufräumen angeht, bin ich gerade in Übung. Und ich habe Zeit.«

»Ich freue mich, dass du bleibst.«

Carly bekam feuchte Augen. Es war gerade etwas viel auf einmal.

»Ihr seid so schrecklich nett, alle. Daran muss ich mich erst gewöhnen.«

Daniel sah sie scharf an und nahm sie dann kurzerhand brüderlich in den Arm.

»Ich vertrete nur Ralph, solange er nicht da ist. Du brauchst einen Tee. Hier, setz dich hin. Ich mach uns einen.«

Während der Kessel beruhigend sprudelte, warf Carly einen verstohlenen Blick in den Umschlag. Ui! Das konnte sich wirklich lohnen. Nicht so wie das Töpfern, aber doch. Und wenn sie beides schaffte ... Möglicherweise konnte sie das auch kombinieren. Ihre eigenen Kerzenhalter schaffen. Figuren, Skulpturen, mit Kerzen innen oder außen ... Die Ideen überschlugen sich in ihrem müden Hirn, machten ihr Angst. Sie wischte sich über die Stirn. Bekam sie Fieber?

»Das ist Schöpfungsfieber«, sagte Daniel beruhigend. »Hier, trink das. Henny wirkte auch immer so überhitzt, wenn sie ein

Bild fertig hatte und nicht wusste, welche von ihren Ideen sie als Nächstes bändigen sollte. Wenn es nicht mehr so neu ist, wirst du es lieben. Hast du denn früher nie bemerkt, dass du ein solches Talent hast?«

»Nein. Es muss die Atmosphäre von Naurulokki sein.«

»Oder von Ahrenshoop. Es war schon immer ein Künstlerdorf, weil gerade dieser Ort die Menschen inspiriert hat. Das Licht ist hier besonders, die Farben – und so manches andere auch.«

Auf Naurulokki angekommen, ging es Carly besser, aber eine Abkühlung bauchte sie noch immer. Sie zog ihren Badeanzug an, ein Kleid darüber und lief an den Strand. Sie schwamm zum Kormoran hinaus, bis ans Ende der Buhne. Er hatte sich an sie gewöhnt, flog nicht mehr auf, wenn sie kam, sondern blickte höchstens ärgerlich, weil sie die Fische verscheuchte.

Sie lehnte sich mit verschränkten Armen auf das wurmstichige Holz und planschte mit den Füßen.

»Verstehst du das? Ich habe das Gefühl, ich träume. Das kann alles nicht wahr sein. Hoffentlich wache ich nicht auf. Ich wünsche es mir so sehr, dass alles so wird, wie es sich vorhin angefühlt hat, als ich die Skulptur gemacht habe.«

Der Vogel erwiderte ihren fragenden Blick nachdenklich, behielt aber seine Antwort für sich.

Carly blieb lange im Wasser, bis sie erfrischt und fröstelnd die Düne hinaufkletterte. War das kühl geworden! Sie wickelte das Handtuch um ihr Kleid, aber es war zu feucht, um sie zu wärmen.

Vor der Eingangstür suchte sie nass, barfuß und zähneklappernd in der Rocktasche nach dem Hausschlüssel.

Da erhob sich jemand aus dem Stuhl auf der Terrasse.

Jemand Großes, sehr Schlankes mit einer sachlichen Brille und einem kurzen, weißgrauen Pferdeschwanz. Jemand, den sie lange nicht gesehen hatte und der gar nicht wissen konnte und sollte, dass Carly hier war. Jemand, der ihr sehr viel bedeutete und den sie dennoch hintergangen und erst kürzlich am Telefon angelogen hatte.

Carly ließ den altmodischen Schlüssel mit der geschnitzten Möwe aus ihrer klammen Hand fallen. Er landete schmerzhaft auf ihrem kalten großen Zeh.

»Tante Alissa!«

37

Ein Abend im Frühherbst

Carly starrte ihre Tante entgeistert an. Alissa war der letzte Mensch, den sie hier zu sehen erwartet hatte. Wenn sie das Brandenburger Tor plötzlich im Garten von Naurulokki gefunden hätte, hätte sie nicht verblüffter sein können.

Ihr verdrängtes schlechtes Gewissen brach wie eine Flutwelle über sie herein. Was hatte sie sich dabei nur gedacht? Sie war erwachsen. Schon lange. Warum hatte sie vor ihrer Abreise nicht einfach gesagt: »Tante Alissa, ich habe einen Job an der See, und ich werde ihn annehmen. Es wird Zeit, die alten Ängste loszuwerden. Mach dir bitte keine Sorgen, ich passe gut auf mich auf.«

Stattdessen hatte sie erst geschwiegen und dann am Telefon auch noch gelogen. Das hatte Tante Alissa wahrlich nicht verdient. Carly fühlte sich hundsmiserabel. Nass und verfroren, wie sie war, und nach der Aufregung der letzten Tage gaben alle Dämme nach. Sie warf sich Tante Alissa in die Arme und brach an ihrer Schulter in Tränen aus.

»E-e-es tut mir so leid! Ich hätte es dir sagen sollen, ich weiß auch nicht, ich wollte dir keine Angst machen, aber es war fies von mir ...«

Tante Alissa drückte sie verblüfft, aber fest an sich.

»Schon gut, Fischchen, es ist mindestens genauso meine Schuld, dass du dachtest, du kannst mir das nicht zumuten. Jetzt putzt du dir erst mal die Nase ...«

Tante Alissa schob Carly ein Stück von sich weg und suchte in ihrer Tasche. Carly musste unter Tränen lachen. Tante Alissa hatte ebenso wie sie nie ein Taschentuch dabei. Tränen waren in der Familie nicht üblich.

Carly wischte sich die Nase mit dem nassen Handtuch und erstarrte. Hatte ihre Tante sie gerade »Fischchen« genannt? Natürlich, sie kannte natürlich noch den alten Spitznamen. Aber seit jenem katastrophalen Tag am Strand von Florida hatte sie ihn nie wieder benutzt.

»Jetzt gehst du heiß duschen und ziehst dich warm an. Ich mache solange in dieser wunderschönen Küche, die ich schon eine halbe Stunde durch das Fenster betrachtet habe, einen Tee für uns. Und dann wünsche ich mir, dass du mich ans Wasser begleitest. Ich denke, wir werden rechtzeitig zum Sonnenuntergang dort sein.«

War das wirklich ihre Tante? Die, die schon das bloße Wort »Wasser« vermieden und sogar Fischstäbchen verbannt hatte? Carly schloss wortlos und verwirrt die Tür auf und trollte sich nach oben. Die heiße Dusche war himmlisch, aber in Carlys Kopf schaffte sie keine Klarheit.

Immer noch durcheinander, als wäre ein Außerirdischer zur Tür hereinspaziert, zog sie sich Hennys wärmstes Kleid an und die Strickjacke obendrüber. Hennys Sachen gaben ihr auf geheimnisvolle Weise Kraft. Sie föhnte flüchtig ihre Haare und schlich sich schließlich in die Küche – wie früher, wenn sie etwas ausgefressen hatte.

Tanta Alissa warf einen erstaunten Blick auf das Kleid. Carly hatte immer auf ihren Jeans und Cordhosen bestanden.

»Steht dir gut. Hier.« Sie drückte Carly eine dampfende Tasse in die Hand. »Schmeckt so gut wie beschrieben, dein Wellenschatten-Tee. Setz dich. Ich habe uns auch Brötchen geschmiert. Eine wirklich schöne Küche ist das. Was meinst du: Da der Käufer das Haus sowieso gelegentlich an Feriengäste vermieten wird, willst du ihn nicht fragen, ob er es im nächsten Sommer drei Wochen an uns vermietet? Ich könnte mit Franzl hier Urlaub machen, und du auch, wenn du magst. Das heißt, wenn ich nachher beim Anblick der See nicht in Ohnmacht falle. Ach, ich hatte vergessen, wie gut Kandiszucker schmeckt!«

Carly starrte mit offenem Mund ihre Tante an, die seelenruhig in ihrem Tee rührte.

»Tante Alissa, woher...«

»Woher ich das alles weiß – wie Wellenschatten-Tee schmeckt und dass ein Käufer gefunden wurde – und dass du überhaupt hier bist?« Tante Alissa schmunzelte. »Orje hat mir den Link zu deinem Blog geschickt.«

Carly verschüttete Tee.

»Aber ihr habt doch kein Internet auf dem Berg!«

»Denkst du. Sie haben ein Kabel gelegt, und prompt hat mir mein Franzl einen Computer geschenkt, damit ich mit dem Museum in Berlin in Kontakt bleiben kann. Orje wusste das, weil ich dir eine Postkarte mit meiner E-Mail-Adresse nach Berlin geschickt habe. Ich habe mir eine ganze Nacht um die Ohren gehauen und das Blog gelesen.« Tante Alissa hob einen strengen Finger. »Sei jetzt nicht böse auf Orje! Du magst das als Vertrauensbruch betrachten. Er aber hat es als Chance gesehen, dass wir uns endlich einmal aussprechen. Dass wir die alten Tabus unter dem Teppich lüften, und zwar am besten hier am Meer, ehe das Haus verkauft wird und du nach Berlin zurückkommst. Er fand außerdem, dass auch ich mich der Angst stellen sollte, nachdem es bei dir so gut geklappt hat. Er hatte selbst wahnsinnige Angst, deine Freundschaft zu verlieren, hat es aber trotzdem für das Beste gehalten. Du solltest ihn möglichst bald beruhigen.«

»Der kann dafür schon noch eine Weile zappeln!« Carly war gleichzeitig empört und erleichtert. Jetzt war es wenigstens raus. Alles. Außer der kleinen Tatsache, dass sie hierbleiben wollte. Bisher hatte sie es aufgeschoben, das Orje mitzuteilen. Und Synne hatte offenbar dichtgehalten.

»Weißt du, wenn ich von deinen wilden Theorien gewusst hätte, hätte ich den Teppich viel früher entsorgt. Ich fand ihn immer hässlich. Der war noch vom Vorgänger.«

»Warum hast du ihn dann behalten?«

»Weil der Boden so kalt und der Teppich so schön dick war«, meinte Tante Alissa praktisch. »Außerdem hattest du immer so einen Spaß daran, die Fransen glattzukämmen.« Sie hob die Schultern. »Dachte ich jedenfalls. Du weißt ja, ich war kein pädagogisches Genie. Und ich bin Wissenschaftlerin mit wenig Phantasie. Wie sollte ich ahnen, dass du Fannys Behauptung, ich würde alles unter den Teppich kehren, einschließlich dem Tod, wörtlich nahmst?«

»Ja, wie solltest du?«, stimmte Carly zu. »So konnte ich den Teppich mitsamt Inhalt wenigstens im Auge behalten. Ich wusste, wo er war, das war auch irgendwie beruhigend.«

»Es tut mir leid, dass ich euch mit meinen Ängsten so eingeengt habe. Und dass ihr eine fischstäbchenlose Kindheit erleben musstet.« Tante Alissa zwinkerte ihr zu.

Carly wurde rot.

»Es waren genauso unsere Ängste. Und seit ich den frischen

Fisch hier kenne, würde ich Fischstäbchen sowieso nicht mehr essen. Tante Alissa, du warst wundervoll. Es muss so schwer gewesen sein für dich damals!«

Tante Alissa wurde ernst und starrte in ihre Tasse.

»Ja. Das war es. Aber nicht wegen euch. Ihr wart meine Rettung. Ich weiß nicht, wie ich das sonst ausgehalten hätte. Die Alpträume jede Nacht. Dein Vater, meine Schwester, Marc. Ich habe ihre Gesichter gesehen, im Wasser, unter Wasser, immer wieder. Sie bewegten die Lippen, wollten mir etwas sagen, aber ich konnte sie nicht verstehen. Und immer, wenn ich ihnen die Hand reichen wollte, bin ich aufgewacht, oder eine große Welle trug sie fort.«

»Marc, war das dein Freund, der in Ägypten bei dem Tauchunfall umkam?«

»Mein Verlobter. Ja. Hat Ralph dir das erzählt? Marc und ich hatten den Friedrich-Kerringer-Preis für eine neue Methode der Säuberung und Erhaltung von Versteinerungen bekommen. Der war hoch dotiert, und wir wollten feiern. An dem Tag hatte ich jedoch eine Magenverstimmung und blieb an Land. Marc und der Tauchlehrer sind beide in einem Wrack hängen geblieben. Sie hätten gar nicht dort sein dürfen, es war verboten. Aber er war immer viel zu risikofreudig.«

Carly stand auf und umarmte ihre Tante von hinten. Wie weiß ihre Haare geworden waren! Trotzdem wirkte sie jünger als je zuvor.

»Aber jetzt bist du glücklich mit deinem Franzl?«

Tante Alissa lehnte ihren Kopf an Carly.

»Ja. Jetzt bin ich glücklich.«

Sie schwiegen ein wenig zusammen.

»Was hältst du davon, dass Ralph sich von Christiane getrennt hat?«, fragte Carly schließlich.

Tante Alissa schnaubte.

»Endlich! Ich dachte schon, er kommt nie darauf. In Gesellschaft dieser Person kann niemand glücklich werden. Wo ist der eigentlich?«

»In Dänemark. Mit Miriam.«

»Mit Miriam?« Tante Alissa lachte hell auf. Carly suchte in ihrer Erinnerung, ob sie dieses Lachen überhaupt schon einmal gehört hatte.

»Na, das ist jedenfalls mal eine Abwechslung. Komm, lass uns an den Strand gehen. Ehe ich den Mut verliere.«

»Du musst nicht.«

»Doch. Ich *muss*. Jetzt bin ich hier, jetzt muss ich. Orje hat völlig recht. Das ist die Gelegenheit. Jetzt oder nie. Du hast es geschafft, dann kann ich das auch.«

»Das finde ich auch. Hallo, Carlotta.«

Carly sah überrascht auf. Am offenen Küchenfenster stand Myra Webelhuth.

»Ich komme mit. Zur Unterstützung. Wenn du möchtest, Alissa.«

Jetzt verstand Carly gar nichts mehr. Tante Alissa lächelte.

»Sehr gerne, Myra. Wir kommen!«

Carly sah von einer zur anderen, entdeckte eine gewisse Ähnlichkeit. Beide Frauen groß, schlank und silberhaarig, nur Myras Zopf war lang. Beide von einer gewissen sachlichen Sprödigkeit – beim ersten Eindruck.

»Woher kennt ihr euch?«

Die Frauen lächelten beide verlegen.

»Wir kennen uns erst seit vorhin, als du hier nicht aufgemacht hast und ich nebenan geklingelt habe, weil ich dringend auf Toilette musste und halb verdurstet war. Myra hat mir ihre Bernsteinsammlung gezeigt, und dann sind wir ins Reden gekommen.«

»Es gibt Gemeinsamkeiten. Ich war auch mal alleinerziehend«, sagte Myra.

Hm. Myra vermisste sicher Henny, hatte seit ihrem Tod niemand Gleichgesinntes mehr zum Reden. Tante Alissa jedoch hatte außer Teresa, mit der sie sich dann verkracht hatte, nie eine andere Freundin gehabt. Und jetzt ausgerechnet die kratzbürstige Myra Webelhuth? Aber was wusste sie schon? Seit heute schien alles möglich.

Was war mit diesem Land, dass sich hier die Menschen so anders verhielten? Auch sie selbst hatte hier anders und schneller Freundschaften geschlossen als jemals irgendwo zuvor. Lag es an der offenen Weite des Meeres?

Flankiert von Myra, die entschlossen, aufrecht und mit festen Schritten ging wie ein Bodyguard, und Carly, die daran zweifelte, ob sie das Richtige taten, stieg Alissa mit zusammengepressten Lippen den Deich hinauf.

»Warte«, sagte Carly, bevor das Wasser in Sicht kam. Sie holte etwas aus ihrer Rocktasche und hielt es Tante Alissa hin.

»Wenn du das Blog gelesen hast, weißt du ja, was das ist.«

»Joram Grafunders Westentaschenharke!«

»Genau. Steck sie ein, dann kannst du der See zeigen, was 'ne Harke ist! Bei mir hat es auch funktioniert.«

Myra rümpfte die Nase, sagte aber nichts.

Tante Alissa lächelte etwas verkrampft und steckte die kleine Harke in ihre Jackentasche.

»Na, dann kann ja nichts schiefgehen. Auf!«

Ein Schritt noch zwischen den Kiefern hervor über den Dünenkamm, dann öffnete sich der Horizont vor ihnen.

Am Himmel trieben einige rötliche Wolken auf einem leichten, kühlen Frühherbstwind, der nach Tang und sterbenden Blättern roch. Die Sonne war dabei, wesentlich früher und weiter links unterzugehen als vor zwei Wochen noch.

Rotgolden schimmernd breitete sich das Meer zu ihren Füßen aus. Die Wellen unterbrachen ihre uralte Erzählung nicht, kamen angesichts des Wunders von Tante Alissa am Strand nicht einmal ins Stocken. Weder Henny, Nicholas noch Myra hatten sie je aus dem Rhythmus gebracht, und auch sonst nichts und niemand, auch keine Katastrophen an diesem oder einem fernen Ufer. Sie waren immer da gewesen und würden es immer sein. Wie beruhigend, fand Carly.

Tante Alissa blieb stehen und atmete tief durch. Ihre Hände waren an ihren Seiten zu Fäusten geballt, aber dann entspannten sie sich.

Sie ging weiter, ihre Begleiterinnen wachsam neben sich, setzte sich schließlich hin, den Blick auf den Horizont geheftet, ließ Sand durch ihre Finger rinnen, schwieg lange.

»Alles in Ordnung?«, fragte Carly endlich leise.

Tante Alissa sah sie an wie jemand, der aus einem langen Traum erwacht.

»Ja. Es ist – alles gut! Traurig. Vertraut. Schön. Aber nicht beängstigend. Tatsächlich nicht beängstigend! Das hätte ich nie erwartet.« Sie nahm die kleine Harke aus der Tasche, hielt sie in

Richtung Sonne und betrachtete sie mit einem zusammengekniffenen Auge, gab sie dann Carly zurück.

»Entweder hat die funktioniert, oder ich brauche sie nicht. Irgendwo auf dem Weg muss ich meine Angst verloren haben und habe es nicht gemerkt.«

»Das ist meistens so«, sagte Myra.

Tante Alissa zog die Schuhe aus, lief zum Flutsaum, spazierte noch etwas vorsichtig daran entlang, dann mit den Füßen im Wasser. Die Wellen wurden flacher, als wollten sie Tante Alissa nicht doch noch erschrecken.

Die anderen folgten ihr. Als die Sonne den Horizont berührte, zogen sie die Schuhe wieder an und setzten sich nebeneinander an den Fuß der Düne.

»So schön prickeln die Füße nur, wenn es kalt wird«, sagte Myra. »Man fühlt sich so lebendig.«

»Ja. Ich hatte vergessen, wie großartig es sich anfühlt. Aber ich will es nie wieder vergessen. Wir haben das Meer alle drei geliebt, weißt du, Kai, Nelia und ich.« Tante Alissas Hände spielten mit einer Muschel. »Es ist kein Wunder, Carly, dass du immer Sehnsucht danach hattest. Du hättest nicht in der Ahnentafel nach Fischern oder Seefahrern suchen müssen, um dir das zu erklären. Du hast es von deinen Eltern. Nicht umsonst waren sie beide Biologen. Die Veröffentlichungen deines Vaters über Meeresbiologie waren hoch angesehen, und deine Mutter war nie glücklicher, als wenn sie ihren Schülern die Flora und Fauna des Salzwassers beibringen konnte.«

»Ich konnte dich ja nicht danach fragen. Du bist immer ausgewichen, und es hat dich traurig gemacht. Ich wollte dich nicht traurig machen.«

»Ich weiß. Aber jetzt kannst du mich fragen.«

Myra saß schweigend daneben. Seltsam, aber ihre Gegenwart war in keiner Weise störend, obwohl sie fast eine Fremde war, sondern beruhigend.

Carly suchte nach Fragen. Merkwürdig, im Moment schien keine mehr so wichtig.

»Stimmt es, dass du in Vater verliebt warst?«

»Ja. Es stimmt. Du weißt selbst, dass Liebe nicht immer erlaubte Wege geht. Aber ich glaube nicht, dass er oder Nelia das je bemerkt haben. Ich habe ihnen keinen Anlass dazu gegeben. Ich hoffe es jedenfalls.«

»Hat man ... hat man sie je gefunden?«

Tante Alissa begrub die Muschel abwesend im Sand.

»Wir haben lange auf Nachrichten gewartet. Sehr lange. Ein Kajak wurde irgendwann an einem fernen südlicheren Ufer entdeckt. Nach Monaten teilten sie uns mit, dass man Nelia gefunden hatte, auf einer unbewohnten Insel. Sie war zwischen die Mangrovenwurzeln gespült worden. Sie trug keine Schwimmweste.«

»Aber sie hatte eine an, als sie losfuhren. Vater hat darauf bestanden, obwohl sie es nicht wollte, ich weiß es genau.«

»Ja. Möglicherweise hat sie sie wieder ausgezogen. Sie hatte so eine empfindliche Haut. ›Die Dinger scheuern so scheußlich‹, sagte sie immer. Aber Kai trug seine mit Sicherheit, und ihm hat sie auch nichts genützt. Ihn hat man nie gefunden. Man sagte uns, zwischen den beiden Inseln, dort wo deine Eltern hinausgepaddelt sind, gebe es eine gefährliche unsichtbare Strömung. Wer dort hineingezogen werde, der tauche sehr selten jemals wieder auf.«

»Ist sie ... hat man sie dort beerdigt?«

»Ja. Wir – ich – fand, sie sollte dort bleiben, in der Nähe deines Vaters. Es schien richtig.«

»Dann ist es das auch«, sagte Myra entschieden.

»Das glaube ich auch.« Carly lehnte sich an Tante Alissa.

Draußen auf der Buhne wachte der Kormoran.

Von Westen näherte sich am Strand eine Gestalt. Gegen die Sonne, die schon den Horizont berührte, sah man nur die leicht gebeugte Silhouette.

Carly setzte sich gerade.

»Ist das Flömer?«, fragte sie ungläubig. Irgendwie hatte sie sich Flömer nie irgendwo anders als am Hafen vorgestellt. Was natürlich unsinnig war.

»Tatsächlich. Flömer! Hallo!« Myra winkte ihn heran.

»Guten Abend, die Damen!« Flömer lupfte seine lederne Schirmmütze. Erstaunt betrachtete Tante Alissa das Stück Kreide hinter seinem Ohr.

»Flömer, das ist meine Tante Alissa«, stellte Carly vor. »Tante Alissa – ach, du hast das ja auf dem Blog gelesen.«

»Ja. Guten Tag.« Herzlich schüttelte Tante Alissa Flömers Hand. »Setzen Sie sich doch zu uns.«

»Ja, setz dich. Du schnaufst.« Myra klopfte einladend auf den Sand neben sich.

»Natürlich schnaufe ich. Was erwartest du? Ich war schon Matrose auf See, als du noch Windeln trugst.«

»Ich würde dich trotzdem vermissen.«

Tante Alissa hörte nicht zu. Sie betrachtete die Sonne, die zu einem glühenden Ball schrumpfte und hinter die Welt fiel. Die Wolken färbten sich violett, orange, feuerrot und zartgrün.

»Die wenigsten Menschen wissen, dass der Himmel erst nach Sonnenuntergang am buntesten wird«, meinte Myra. »Und dieses Grün, das gibt es nur hier. Die Touristen gehen immer schon, ehe sie ganz weg ist, und verpassen das Beste.«

»Ich glaube, dass Marc hier ist. Marc und Nelia und Kai«, sagte Tante Alissa. »So nahe, wie ich sie in meinen Alpträumen gesehen habe, so spüre ich sie jetzt hier im Wasser, aber nicht traurig. Ich dachte immer, sie machen mir Vorwürfe, schreien um Hilfe. Hier und heute ist mir, als wollten sie mir etwas ganz anderes sagen.«

»Wir haben einen Seestern gefunden. Die Wellen haben ihn uns vor die Füße geworfen, Ralph und mir. Dabei findet man die hier kaum. Erinnerst du dich, dass Vater uns an dem Tag einen mitbringen wollte?«

»Und das Meer hat ihn euch in seinem Namen gebracht. Das Meer ist so ewig, da läuft die Zeit anders, da verschwimmt die Grenze zwischen Leben und Tod, zwischen vergänglich und für immer. Hier ist sie nicht so wichtig, diese Grenze«, sagte Flömer seelenruhig.

Deshalb wohl sehe ich Hennys Gesicht im Bernsteinschiff, dachte Carly.

Die Nacht löschte die letzte Farbe aus den Wolken, nur ein weiches Glühen, ein Echo des Tages lag noch über dem Wasser.

Für einen Moment glaubte Carly, einen großgewachsenen Mann zu sehen, der hinter Flömer stand. Der Wind frischte auf, zerrte an seinem Umhang und drückte ihm die Kapuze ins Gesicht, auf dem ein Lächeln lag.

Doch es war wohl nur eine der krummen Kiefern auf der Düne gewesen, die in der klaren Luft und tiefen Dämmerung viel näher wirkte, denn als sie aufstanden und sich den Sand abklopften, war da niemand.

38

Vom Wind

Flömer war am Strand zurückgelaufen. Carly und Tante Alissa folgten Myras sicheren Schritten durch die Dunkelheit hinter dem Deich.

»Es fühlt sich alles so leicht an.« Tante Alissas Stimme klang jünger. »Orje hatte recht. Der Junge hat was gut bei mir. Es war richtig, die Dinge unter dem Teppich endlich zu lüften. Carly, es ist ein Jammer, dass ich uns das Meer so lange vorenthalten habe. Frag den neuen Besitzer des Hauses unbedingt nach der Ferienreservierung für nächsten Sommer, ja? Ich würde mich sehr darüber freuen.«

»Ja, das mache ich gerne.« Sie musste es Tante Alissa sagen. Jetzt, im Dunkeln war es leichter.

»Tante Alissa, da ist noch was.«

»Ja? Nur heraus damit.«

»Ich habe beschlossen hierzubleiben. Ich kann nicht anders. Ich suche mir ein Zimmer und eine Arbeit – erst mal. Mir ist bewusst, dass das leichtsinnig ist. Verrückt. Dass es hier nichts für Astronomen zu tun gibt. Aber ich muss es einfach tun.«

»Ja, wenn du es tun musst, dann ist das in Ordnung.«

»Das ist in Ordnung? Einfach so?«

»Es wird Zeit, dass etwas einfach mal einfach ist«, sagte Tante Alissa seelenruhig. »Du wirst den richtigen Weg für dich finden. Ich habe keine Zweifel.«

Carly blieb stehen und umarmte spontan den langen Schatten neben sich.

»Du bist so ein Schatz, Tante Alissa. Wenn wir dich nicht gehabt hätten!«

»... dann hättet ihr irgendwo in einer netten Pflegefamilie nach Herzenslust Fischstäbchen essen dürfen.«

»Fischstäbchen!«, schnaubte Myra. »Alissa, keine Sorge, ich werde Carlotta im Auge behalten.«

Als Nächstes gründet sie mit Synne den Beschützt-Carly-vor-Harry-Club, dachte Carly.

»Ich beziehe dir gleich das andere Bett. Wann musst du zurück?«, fragte sie.

»Morgen früh. Ich habe Termine in Berlin, ehe ich zurück nach Österreich fahre. Ich nehme ein Taxi zum Bahnhof.«

»Unsinn. Ich fahre dich hin«, widersprach Myra.

Es war wie früher, Tante Alissas Schnarchen zu hören. Zuvor hatten sie noch bis tief in die Nacht geredet. Carly hatte ihr vom Töpfern erzählt und dass Daniel ihre Kerzen verkauft hatte. Sogar von der wilden Idee, die aus Hennys Sommerträumlikör geboren war, mit Thores altem Fernrohr eine Touristenattraktion aufzuziehen. Es war noch nie so einfach gewesen, sich mit Tante Alissa zu unterhalten.

»Träume sind gut«, klang Tante Alissas Stimme beruhigend durch das mitternächtliche Zimmer, in dem Mondlicht durch die Ecken huschte und auch, da war sich Carly sicher, der eine oder andere vergessene Traum aus Thores Kindheit, der hier unter den Betten liegengeblieben war. »Man darf nur keine Angst vor ihnen haben.«

Auch ein Lächeln von Henny und eine von Jorams Weisheiten flatterten unsichtbar um die Lampe wie Motten. Carly spürte es deutlich. Alles war gut. Wenn da nur nicht der drohende Abschied von Naurulokki wäre. Aber sie würde in der Nähe bleiben, und vielleicht klappte das ja mit Tante Alissas geplantem Urlaub im nächsten Jahr.

Nur, es würde nicht dasselbe sein.

Carly setzte sich auf.

»Habe ich dir schon das kleine Bernsteinschiff gezeigt?«

»Nein, ich habe nur in dem Blog davon gelesen.«

Carly tastete nach ihrer Taschenlampe. Sie wollte kein Licht machen und die Stimmung verjagen, außerdem würde es nur blenden. Barfuß tapste sie zum anderen Bett hinüber.

»Hier.«

Sie gab Tante Alissa das Schiff in die Hand und richtete den Lichtstrahl darauf. Honiggolden schimmerte der Rumpf, als würde er selbst von innen heraus leuchten. Silbern funkelten die Segel, die sich in einem stillen Wind blähten.

»Toll!«, sagte Tante Alissa und drehte es bewundernd hin und her. Sie wollte es Carly schon zurückgeben, da fuhr sie zusammen, hielt es sich noch einmal näher vor das Gesicht und spähte angestrengt in den Bernstein.

»Was ist?«

»Ach, nichts.« Tante Alissa rieb sich heftig die Augen, legte das Schiff in Carlys Hand. »Wir sind beide müde. Lass uns schlafen, Fischchen. Es war ein langer Tag.«

Hatte sie etwa auch Hennys Gesicht gesehen?

Carly öffnete den Mund, schloss ihn wieder, stellte das Schiff behutsam auf die Fensterbank zurück und knipste die Lampe aus.

Es gab auch Dinge, über die man nicht reden musste.
»Gute Nacht, Tante Alissa!«

Am Morgen waren sie beide früh wach. Im klaren Herbstlicht zeigte Carly ihrer Tante das Haus in allen Einzelheiten. Tante Alissa strich anerkennend über die Holzgans, setzte sich an den Schreibtisch, stand eine Weile vor Hennys Bildern im Schlafzimmer, lauschte dem Wind im Reetdach. Im Garten sah sie sich anerkennend um.

»Blau und Weiß, das strahlt Ruhe aus, Frische, Leichtigkeit. Eine gute Idee. Weißt du, deine Henny ist mir auch sympathisch. Aber jetzt muss ich aufbrechen.«

Myra winkte schon vom Tor her.

»Es kann losgehen!«

Carly wollte ihre Tante am liebsten festhalten.

»Danke für alles! Es war so toll, dass du hier warst.«

Nachdem Myras altersschwaches Auto hustend um die Ecke verschwunden war, ging Carly allein durch den Garten. In allen Winkeln glitzerten Spinnweben feinsilbern wie die Segel des Bernsteinschiffs. Ebenso aus allen Winkeln blickte Carly Abschiedsschmerz entgegen. Sie hatte nur noch so wenig Zeit auf Naurulokki! Wenn der Käufer unterschrieben hatte, musste sie die letzten Sachen aus Hennys Zimmer holen, den Karton mit Briefen und Notizen, Bücher, etwas Schmuck und andere Dinge. Das würde wehtun. Was die einsame Frau aus Treibholz auf der Fensterbank dann wohl denken musste? Nun würde sie noch einsamer sein, und wer weiß, wohin Elisa sie verkaufte. Womöglich in eine Stadt.

Um eine Bleibe musste Carly sich auch dringend kümmern.

»Notfalls schläfst du ein paar Nächte auf meinem Sofa«, hatte Synne angeboten.

Was aus Joram geworden war, wusste sie immer noch nicht. Er war verloren irgendwo in der Zeit, allein. Carly war den Tränen nahe, schalt sich eine Heulsuse. Das nützte doch alles nichts. Am besten fuhr sie jetzt zu Harry und kümmerte sich um Herrn Großklaus' Seehunde.

Das tat sie, und zu ihrer und Harrys Erleichterung gelang ihr dieses Mal die Auftragsarbeit. Harry machte sofort Fotos und schickte sie an den ungeduldigen Kunden.

»Carlotta!«

Myra schoss aus ihrem Gartentor, als Carly gerade das von Naurulokki öffnen wollte.

»Deine Tante hat den Zug erwischt. Und hier, das ist für dich. Habe ich gerade gebacken. Sanddornmuffins. Die sind noch warm.« Sie drückte Carly einen Teller in die Hand.

»Mmmh, das duftet aber. Danke, Frau Webelhuth!«

»Na, da deine Tante und ich uns duzen, sollten wir das auch tun. Tschüs, mir brennt was an!«

Carly schloss das Tor hinter sich. Jorams Treibholztor. Ach, wie vertraut das alles in der kurzen Zeit geworden war! Warum nur hatte sie das Gefühl, dass ihre Seele hier zu Hause war, und nur hier? Das war albern. Vor ein paar Wochen hatte sie noch nicht einmal von der Existenz dieser schmalen Halbinsel gewusst.

Gedankenverloren stieg sie den Pfad hinauf und biss dabei in einen heißen Muffin. Verdammt gut! Er hatte einen flüssigen Kern aus warmer Sanddornmarmelade, schmeckte würzig und bittersüß wie der Herbstwind vom Meer und wie ihre Stimmung.

In den Abendwind und ihre Traurigkeit mischten sich Töne, vertraute Töne, genau wie sie es vor vielen Jahren getan hatten, als sie von der Preisverleihung gekommen war.

»Sweet Caroline …«

Die Melodie rollte durch die Dämmerung den Hügel herab, an den ihr liebgewordenen weißen Dolden der wilden Möhre vorbei, die wie Sterne auf der dunklen Wiese leuchteten, direkt vor Carlys Füße.

»Orje?«

Die Musik brach ab. Zögernd kam er hinter dem Holzzaun der Terrasse vor, ging ihr langsam entgegen. Aus seiner Haltung sprach das pure schlechte Gewissen.

»Orje!«

Carly stellte die Muffins ins Gras und sprintete auf ihn zu, sprang ihn an, warf ihn rücklings ins feuchte Gras. Sie setzte sich auf ihn und boxte ihn in die Rippen.

Jetzt, da er Synne hatte und alles zwischen ihnen geklärt war, jetzt ging so was. Es fühlte sich wunderbar an, ebenso wie die gelüfteten Geheimnisse zwischen Tante Alissa und ihr, das neue Wissen um ihr Talent und die Entscheidung, nicht nach Berlin zurückzugehen. In dem Tempo, wie sich gerade Probleme lösten und von ihren Schultern fielen, war es ein Wunder, dass sie vor Leichtigkeit nicht davonflog. So gesehen war es ein Glück, dass der Abschied von Naurulokki schwer genug wog, um sie am Boden zu halten.

»Du Schuft hast mich verraten!«

»Es tut mir leid. Es tut mir so leid. Ich hätte Tante Alissa den Link niemals schicken dürfen.«

Da mogelte sich ein letzter Strahl der sinkenden Sonne noch einmal zwischen den Wolken hervor, fiel Carly ins Gesicht, und Orje sah, dass sie lachte. Er setzte sich auf.

»Carly! Du bist mir nicht böse?«

Sie warf sich erneut auf ihn und umarmte ihn so fest, dass er nach Luft japste. Zusammen fielen sie ins Gras.

»Orje, du bist der Beste! Ich danke dir so sehr für den Schubs, den du Tante Alissa und mir gegeben hast. Jetzt ist alles gut. Allein hätte ich nie den Mut gehabt. Du bist ein wahrer Freund!« Sie küsste ihn auf die Wange. »Du brauchst nicht rot zu werden. Möchtest du einen heißen Sanddornmuffin?« Sie stand auf und angelte einer neugierigen Ameise den Teller vor der Nase weg.

Einträchtig saßen sie kauend auf der Treppe.

»Lecker! Ich hatte gar keinen Appetit mehr, aus Angst, du würdest nie wieder mit mir reden.«

»Was machst du überhaupt hier?«

»Ich bin zwei Tage bei Synne. Aber ich wollte erst das mit dir klären.«

»Da wird sie sich aber freuen. Los, geh zu ihr, und nimm Muffins mit. Warte, ich hole was zum Einwickeln, und du kannst mir solange *Sweet Caroline* zu Ende spielen.«

Als er fort war, machte Carly sich einen Tee und setzte sich wieder auf die Treppe. Das Licht aus der Küche fiel auf die kleine Terrasse in ihrer hölzernen Umrandung. Die Muscheln, die noch in dem verwitterten Holz der alten Buhne steckten, leuchteten weiß. Hinter Carly trieb der Wind raschelnde Herbstblätter in der Loggia um. An der Hausecke rüttelte er Klänge aus Jorams Windspiel. Fern im Wald röhrte erst ein Hirsch, dann ein zweiter, kurz darauf rief ein Käuzchen. Carly fuhr zusammen. Waren da nicht auch Stimmen im Wind? Nein. Wie oft hatte sie sich das eingebildet. Es war nur so, dass sie die unsichtbare Gegenwart von Henny und Joram manchmal so deutlich spürte, dass die Stille beinahe unnatürlich wirkte.

Wie gern hätte sie mit Henny über ihren unvernünftigen Entschluss hierzubleiben gesprochen. Über ihre künstlerischen Möglichkeiten geplaudert. Oder Jorams Meinung dazu gehört.

Ob das Haus glücklich werden würde?

Hinter den Dünen rauschte das Meer nachdrücklicher als noch vor zwei Wochen, als es sommerlicher war. Trotzdem hörte sie am Tor jetzt Geräusche. Sie hatte sich doch nicht getäuscht. Männerstimmen. Fremde.

»Hallo? Jemand da? Frau Templin?«

»Ja?« Carly sprang auf, zögerte.

»Keine Angst. Polizei! Wir müssten was mit Ihnen besprechen. Können wir hereinkommen?«

Ein flaues Gefühl breitete sich in Carlys Magen aus. Sie lief den Pfad hinunter, öffnete zwei Männern in Uniform das Tor. Einer trug eine Schachtel. Den anderen erkannte sie jetzt wieder, es war der, mit dem sie in Prerow wegen Joram gesprochen hatte.

»Was ist passiert?« Tante Alissa hatte einen Unfall gehabt,

schoss es ihr durch den Kopf. Oder Orje, war ihm auf dem Weg zu Synne etwas geschehen? Die verflixten Touristen rasten oft dermaßen die Hauptstraße entlang ... Oder Ralph, in Dänemark! War er ... war er etwa schwimmen gegangen und – gab es dort nicht auch gefährliche Strömungen ...? Carly wurde eiskalt.

»Nichts. Nichts, was Sie direkt betrifft, bitte beunruhigen Sie sich nicht. Können wir ins Haus gehen? Jensen, Malte Jensen, und das ist mein Kollege Sven Hering, den kennen Sie ja schon.«

Stumm ging Carly voraus und lotste die Männer in die Küche. Dort war Licht, dort duftete es nach Tee. Sie mochte die Polizisten nicht in das kühle, wenig benutzte Wohnzimmer bitten. Im Moment konnte sie sich nicht einmal erinnern, wo dort der Lichtschalter war.

Sven Hering sah sich etwas überrascht um und stellte die Schachtel auf dem Tisch ab.

»Darf ich Ihnen einen Tee anbieten?«, fragte Carly mechanisch.

»Nein, danke. Setzen wir uns doch.«

Das Scharren der Stuhlbeine hallte überlaut durch den Raum. Carly sah, wie sich die sonnengebleichten Härchen auf ihren Armen aufstellten.

Malte Jensen nahm ein Papier aus einem Hefter und warf einen Blick darauf.

»Sie sind Frau Carlotta Templin, ist das korrekt? Darf ich bitte Ihren Ausweis sehen? Nur der Form halber.«

Wieder Stuhlbeinscharren. Carly suchte ihre Tasche im Flur.

»Hier, bitte.«

»Danke. Frau Templin, Sie kannten den Herrn Joram Grafunder nicht, nach dem Sie sich bei meinem Kollegen erkundigt haben?«

»Nein. Ich kenne nur seine Kunst. Ich interessierte mich dafür, weil sich hier im Haus mehrere seiner Werke befinden.«

Sie konnte der Polizei schlecht erklären, dass Joram Grafunder sie von Anfang an fasziniert hatte. Vielleicht um Hennys willen, vielleicht aber auch, weil sie dämlich genug war, sich ein wenig in einen Mann zu verlieben, der ihr Großvater sein konnte und den sie nie gesehen hatte.

Malte Jensen räusperte sich. »Gut, gut. Dann trifft es Sie nicht persönlich, dass ich Ihnen mitteilen muss, dass Herr Grafunder tot aufgefunden wurde. Der kürzliche Sturm hat die Überreste zutage gefördert.«

»Frau Templin – ist alles in Ordnung? Soll ich Ihnen ein Wasser holen oder einen Schnaps?«, mischte sich Sven Hering ein. »Sie sind ja kalkweiß!«

»Nein, schon gut.« Carly nahm hastig einen Schluck Tee und war dankbar dafür, dass sie sich die Zunge verbrannte. Das war ein Schmerz, mit dem sie umgehen konnte.

»Was ist passiert?«

»Sie fragen sich sicher, warum wir zu Ihnen kommen. Nun, wir wussten, dass Herr Grafunder ein Testament in der Kanzlei Elbrink hinterlassen hatte. Aber solange er nur als vermisst galt, durften wir es nicht öffnen. Diese Sachlage hat sich nun geändert. Das Testament weist Frau Henrike Badonin als Alleinerbin aus. Nachkommen gibt es nicht, also wird auch niemand dieses Testament anfechten. Da jedoch Henrike Badonin ebenfalls verstorben ist, gilt nunmehr Herr Professor Thore Sjöberg als Erbe.

Diesen haben wir telefonisch erreicht, und er teilte uns mit, dass Sie ihn vor Ort vertreten. Er hat uns eine Vollmacht gefaxt, und wir sind befugt, Ihnen ordnungsgemäß ein paar Dinge zu übergeben, die wir bei der Leiche gefunden haben.«

Carly versuchte, einen bitteren Geschmack herunterzuschlucken und den Ausführungen des Beamten zu folgen.

»Dinge.«

»Nicht viel. Eine Videokamera. Sie funktioniert nicht mehr, da sie monatelang im Freien lag. Ebenso eine Armbanduhr, ein Lederhut, eine Brieftasche und eine Halskette mit Anhänger. Alles in der Schachtel. Professor Sjöberg sagte, Sie können damit verfahren, wie Sie möchten. Und da es keine Angehörigen gibt, ist er bereit, für das Begräbnis aufzukommen. Sie möchten es bitte organisieren. Ach ja, und über den Seesack, den die ehemalige Vermieterin des Verstorbenen Ihnen bereits übergeben hat, können Sie nun natürlich auch verfügen.«

»Malte, Frau Templin wollte eigentlich wissen, was Herrn Grafunder zugestoßen ist. Wie und wo er gefunden wurde.«

»Ach so, ja. Wenn es Sie interessiert. Es ist, hm, ungewöhnlich. Sie wissen, das sogenannte Ahrenshooper Holz ist ein naturbelassener Urwald. Steht unter Naturschutz. Daher gibt es bei Sturm Windbruch; häufig stürzen morsche Äste ab. So auch dieses Mal. Der Förster fand bei dem üblichen Kontrollgang nach dem Unwetter die Überreste eines Menschen. Er muss in den Baum gestiegen sein, laut einer Notiz, die wir in seiner Brieftasche fanden, um Videoaufnahmen vom Vogelzug zu machen. Er hat sich dort oben mit einem Ledergürtel gesichert, um nicht abzustürzen. Da er fast ein Jahr dort oben auf dem Ast gelegen haben muss, konnte die Todesursache nicht mehr genau festgestellt werden. Der Gerichtsmediziner vermutet jedoch einen Herzinfarkt. Es gibt keine Hinweise auf Verletzungen oder andere Ursachen. Es handelt sich eindeutig um Joram Grafunder, wie anhand des Gebisses und des gut erhaltenen Ausweises festgestellt werden konnte.«

»In den Baumkronen haben wir damals natürlich nicht gesucht«, sagte Sven Hering leise.

»Natürlich nicht«, sagte Carly benommen.

»Wir wollen Sie nicht länger aufhalten.« Malte Jensen stand auf. »Hier ist meine Karte. Sagen Sie dem Bestattungsinstitut, sie sollen sich bei uns melden. Bleiben Sie sitzen, wir finden schon raus.«

Sven Hering reichte ihr die Hand.

»Können wir Sie allein lassen?«

»Ja. Ja, alles in Ordnung. Vielen Dank.«

Der Tee war ausgetrunken, die Schritte der Polizisten längst in der Nacht verklungen. Die Stille war so dicht, dass Carly es schwerfiel zu atmen.

Sie hatte es gespürt, eigentlich von Anfang an. Dass Joram und Henny zusammen waren. Dass sie fort und gleichzeig anwesend waren, aber eben auf andere Weise.

Und doch hatte sie heimlich gehofft, dass alles ein Irrtum war und Joram Grafunder eines Tages mit einem Stück Treibholz in der Hand auf den Stufen von Naurulokki stehen und sie mit den Augen ansehen würde, die ihr aus Hennys Zeichnung entgegengeblickt hatten. Dass er lächeln und ihr von Henny erzählen würde und warum er nicht zu ihr zurückgekehrt war. Dass er Carly Dinge über Holz und Wildgänse lehren würde und ihr Mut machen, das zu tun, wovon sie neuerdings träumte.

Jedenfalls wusste sie jetzt, was sie an dem Wald so merkwürdig berührt hatte.

Langsam stand sie auf, nahm die Schachtel und ging hinauf in Hennys Schlafzimmer, wo auch der Seesack stand. Sie hatte ihn nie ausgepackt, sich ihn bis auf den einen Blick hinein nie angesehen, es wäre ihr wie eine Verletzung von Jorams Privatsphäre erschienen.

Sie stellte die Schachtel daneben, öffnete das Fenster, um die frische, klare Herbstnacht einzulassen, und streckte sich auf Hennys Bett aus, damit der Schwindel in ihrem Kopf sich legte. Sie hatte das Bett bisher nicht berührt, aber jetzt schien es der richtige Ort, wo sie um Joram trauern konnte. Sie weinte eine Weile still in die Kissen und nickte dann ein.

Nachdem sie eine Stunde geschlafen hatte, war ihr leichter ums Herz, und sie fühlte sich in der Lage, sich mit Jorams Sachen zu befassen.

Oben in der Schachtel lag die Brieftasche. Abgegriffen, schlicht, aus Leder, das vom Gebrauch glatt und dunkel geworden war. Innen der Ausweis, ein paar Bons von Einkäufen – Knäckebrot, Äpfel, Briefpapier. Ein getrocknetes Herbstblatt, ein Stück Rinde, das wie ein Gesicht wirkte.

Und, in einem Seitenfach, ein Brief. Die Ränder waren angeschimmelt, aber er war lesbar.

Liebe Henny,

in Skagen traf ich einen seltsamen Mann mit einem Umhang und hellen Augen. Vielleicht war er auch nur ein Traum, denn im einen Moment war er da, im anderen fort. Er sagte mir: Die Tage sind kostbar! Er hatte recht, ich spüre es. Meine Wandertage sind vorbei, ich ziehe nicht mehr mit den Gänsen und Kranichen, trotz der tiefen Sehnsucht, die sie im Herbst und Frühling in mir wecken. Ich steige auf Bäume, um ihnen nahe zu sein, mich mit ihnen frei zu fühlen, und ich habe ihren Flug mit der Kamera eingefangen, um ein wenig daran teilnehmen zu können. Auch um ihr Wesen, ihre Form zu verstehen und etwas davon wenigstens in meine Skulpturen einfließen zu lassen. Ich habe mein Leben lang das Ende des Windes gesucht; und stattdessen den Anfang gefunden. Er ist genau hier, auf Naurulokki, auf diesem schmalen Stück Land zwischen Meer und Bodden, und jetzt genügt er mir. Ich habe mich entschieden. Nur noch ein paar Tage, ein paar Aufnahmen, dann komme ich zu dir, um zu bleiben, wie du es wolltest. Weißt du noch, der Tag, als du mich darum gebeten hast und ich dir die Holzfrau geschenkt habe? Damals schon hatte ich den dazugehörigen Holzmann fertig, aber ich zögerte. Ich war immer bei dir und auf Naurulokki zu Hause, ich wollte es mir nur nicht eingestehen. Seit Simons Tod hatte ich Angst, mich an jemanden zu binden, aber wir beide sind doch längst zusammen. Vielleicht liebe ich Holz deshalb: Es wurzelt in der Erde, lebt dennoch im Wind, kann aber nicht fortfliegen. Es hat mich festgehalten, geerdet, gerettet. Nun tust du es. Lass die Kraniche für mich fliegen, und ich bleibe für dich! Habe nur ein wenig Geduld mit mir. Solange ich nicht da bin, berührt dich das Meer zärtlich in meinem Namen, wenn du abends schwimmen gehst, erzählt dir Geschichten, wenn du es hinter den Dünen rauschen hörst. Aber das weißt du … In Dänemark verkaufte ein Händler einen Anhänger aus einer Sternschnuppe. Einen kleinen Meteoriten. Das erinnerte mich so an dich und deine Sterne, an die Abende mit dir im Garten, wenn wir im All unterwegs waren, dass ich ihn kaufte und seither trage; ich spüre dann umso mehr, dass du im Geiste bei mir bist. – Ich muss jetzt los, das Abendlicht ausnutzen für die Aufnahmen und dann den Brief einwerfen.

In ein paar Tagen werden die Kraniche fort sein, dann kündige ich die Wohnung und komme zu dir, spätestens wenn es zu kalt zum Schwimmen geworden ist. Bis bald am Anfang des Winters.
Dein Joram

Unter seinen anderen Briefen hatte immer nur *Joram* gestanden, nie *Dein Joram*.

Carly faltete den Brief sorgfältig zusammen und legte ihn oben in die weiße Kiste mit den Gräsern drauf, die auf dem Nachttisch stand und in der Notizen und Briefe lagen.

In der Schachtel von der Polizei fand sie die kaputte Videokamera, dann die Uhr. Eine schlichte, elegante Armbanduhr, in deren Mitte ein kleiner Mond auch die Mondphasen anzeigte. Die Uhr war um halb zwei stehengeblieben, ob nachts oder mittags, würde ein Geheimnis bleiben. Sie zeigte einen zunehmenden Dreiviertelmond.

Carly zog sie auf, stellte die Zeit ein und schüttelte, lauschte. Nichts. Sie legte die Uhr neben sich auf Hennys Kopfkissen.

Sanft nahm sie die feine silberne Kette mit dem Anhänger heraus. Es war eine echte Sternschnuppe, nicht aus Stein, sondern aus Metall. Sie erkannte das sofort, am Gewicht, an der Oberfläche. Schwer war sie und unregelmäßig geformt, von der Reibung in der Erdatmosphäre glattgeschmolzen und von stumpfem Glanz. Carly hielt sie, bis das Metall die Wärme ihrer Hand annahm, dachte an Joram, dachte an Henny. Dann legte sie sich die Kette um den Hals, spürte tröstlich das Gewicht.

Draußen über dem offenen Fenster flüsterte ein aufkommender Wind im Reetdach. Er jagte über dem Meer die Wolken fort und gab die Sterne frei.

Joram sagt, er habe den Anfang des Windes gefunden, dachte Carly. Naurulokki liegt am Anfang des Windes. Wie schön. Und das Ende des Windes lebt in den Meeren, treibt die Strömungen um die Welt und mit ihnen das, was bleibt von Joram, Henny und den anderen.

Neben ihr begann die Uhr zu ticken.

Myras Sanddornmuffins (ca. 12 Stück)

4 Eier
200 g Zucker
150 g Butter
2 Pck. Vanillezucker
3 Tropfen Rumaroma
300 g Mehl
½ Pck. Backpulver
150 ml Milch
ca. 300–400 g Sanddornaufstrich
Puderzucker

Die Eier trennen, das Eiweiß steifschlagen und beiseitestellen. Eigelb, Butter, Vanillezucker und Zucker mit dem Rührgerät verrühren, bis die Masse hellgelb ist. Rumaroma dazugeben.
Mehl mit dem Backpulver vermischen und in die Masse sieben. Anschließend die Milch dazurühren.
Jeweils ca. 1 EL Teig in die Muffinformchen füllen und darauf einen Teelöffel Sanddornaufstrich setzen. Mit einem EL Teig bedecken, so dass der Aufstrich vollständig umschlossen ist.
Die Muffins bei 180 Grad (Ober- und Unterhitze) ca. 20 min. goldgelb backen.

Nach Belieben mit Puderzucker bestreuen. Oder einen Teelöffel Sanddornaufstrich mit etwas Wasser und Puderzucker zu einem Guss verrühren und die Muffins damit bestreichen.

39

Vermächtnisse

Der Seesack enthielt hauptsächlich abgetragene Kleidung. Außerdem Bücher über Holzbehandlung, Meeresströmungen, Wetterbeobachtung und den Vogelzug. Sorgfältig in einen Pullover eingewickelt fand Carly eine Leinentasche mit Werkzeug: Schnitzmesser, Feilen, kleine Sägen. Carly wendete sie hin und her, strich mit dem Finger darüber. Was für wundervolle Dinge Joram damit gezaubert hatte. Sie würde sie in Ehren halten. Zwar musste sie natürlich Thore fragen, ob er Interesse hatte, aber sie wusste, wie die Antwort lauten würde. Thore hatte schon Schwierigkeiten mit den Knöpfen am Teleskop oder am Radio; Werkzeug lag ihm ferner als die äußersten Galaxien am Rand des Alls.

Sie würde das Werkzeug benutzen, wenn sie töpferte. In lederhartem Zustand konnte man am Ton gut schnitzen und feilen, hatte Harry sie gelehrt. Das würde sich ein wenig so anfühlen, als könnte sie dazu beitragen, dass etwas von Joram weiterlebte.

Ganz unten entdeckte sie den Holzmann, in einen Schal gehüllt. Behutsam stellte sie ihn auf die Fensterbank neben die bisher einsame Frauenfigur, ganz nahe, so dicht wie möglich. Sie waren beide im wahrsten Sinne des Wortes aus demselben Holz geschnitzt, man sah es an der Färbung, der Zeichnung. Gemeinsam stemmten sie sich nun dem Wind entgegen, sahen hinaus auf das Meer. Carly fand es tröstlich.

Halt, da war noch ein Seitenfach im Seesack. Carly öffnete den Reißverschluss. Zwei Videokassetten! Carlys Herz machte einen Sprung. Die Aufnahmen, von denen Joram in dem Brief erzählt hatte? Natürlich, die waren bestimmt nicht alle in der Kamera kaputtgegangen. Er hatte von »letzten Aufnahmen« gesprochen. Also musste es vorher schon einige gegeben haben.

Sie dachte fieberhaft nach. Da klopfte es unten heftig an der Tür.

»Carly! Ich bin's, Jakob! Carly, ist alles in Ordnung?«

»Ich komme!«

Er betrachtet sie besorgt, als sie öffnete.

»Ich habe gesehen, dass die Polizei hier war. Ist etwas passiert? Kann ich dir helfen?«

»Vielleicht. Komm rein.« Sie hielt ihm die Kassetten vor die Nase.

»Du hast nicht zufällig einen Apparat, in den diese reinpassen?«

»Doch, hab ich. Warum?«

»Setz dich. Ich muss dir was sagen.«

Sie erzählte ihm alles. Er schwieg eine Weile.

»Traurig. Aber passend für Joram, dieser einsame, freie, seltsame Tod. Nicht auf der Erde, nicht im Himmel, sondern dazwischen. Er war immer – dazwischen. Soll ich morgen mit zum Bestattungsinstitut kommen?«

Sie sah ihn dankbar an.

»Das wäre toll. Du kanntest ihn wenigstens.«

»Wenn du willst, kann ich den Rekorder holen, und wir versuchen, ihn an den alten Fernseher hier anzuschließen. Du möchtest die Kassetten bestimmt lieber hier ansehen als bei mir drüben, oder?«

Er war so wunderbar.

»Danke, dass du das so einfach verstehst. Sie gehören nach Naurulokki, die Bilder – nein, Filme.«

»Gut, ich bin gleich zurück. Oder ist es dir zu spät? Morgen geht auch.«

»Nein, bitte. Ich könnte jetzt sowieso nicht schlafen.«

Bevor er ging, nahm er sie kurz in den Arm.

»Sei nicht zu traurig. Ganz zu Hause war er im Leben nie. Jetzt ist er frei – und sie sind zusammen, Henny und er, wo auch immer sie sind.«

»Ja, das spüre ich auch.«

Carly machte Tee, dann fummelte sie an dem Fernseher herum, den sie kaum benutzt hatte. Wer brauchte das schon, wenn es Meer und Himmel gab und warmen Sand unter den Fußsohlen. So alt, wie befürchtet, war der Apparat nicht. Jakob kehrte zurück und war hochzufrieden, als er die richtige Buchse für das Kabel entdeckte, das er mitgebracht hatte.

»Das müsste klappen. Gib her, die Kassetten.«

»Und Anna-Lisa?«

»Die schläft. Ich habe ihr einen Zettel hingelegt, falls sie aufwacht. Sie hat nachts keine Angst, sie ist es gewöhnt, dass ich manchmal fischen bin.«

Sie hätten den Film genauso gut bei Jakob ansehen können, denn in dem Moment, als die Aufnahmen über den Schirm flimmerten, verschwanden die Wände von Naurulokki um sie herum, und sie flogen mit den Wildvögeln, waren frei in der großartigen, zerbrechlichen Landschaft von Meer, Wald, Wiesen und Bodden.

Die von Joram gewählte Perspektive aus den Baumkronen war einzigartig. Mal sah man die Vögel von unten, scheinbar oder wirklich nahe, sah sie unter abendlichen Wolken fliegen oder im Regen; im nächsten Moment blickte man wie die Vögel von oben herab auf den Waldboden, sah die Regentropfen fallen, schließlich auf den Blättern zerstäuben oder sich in Pfützen auflösen.

Dann wieder musste Joram auf eine der Kiefern an den Dünen geklettert sein, ein andermal in eine Silberpappel. In einem Rahmen heller Blätter oder Nadeln, die Tau oder Raureif trugen, sah man Schwäne tief über das Meer fliegen, Möwen in der Brandung planschen, den Kormoran nach Fischen tauchen und Schwalben über dem Dünenkamm nach Mücken jagen, war Zeuge, wie Kraniche im Sonnenaufgang über einer nebligen Wiese ihre Formation ordneten. Zwischendurch aber lag Joram auch mit der Kamera rücklings im Sand, denn man spähte durch Strandgras, das im Wind tanzte, von unten an den langen Beinen eines Kranichs herauf dem Vogel in die Augen. Zwischendurch gab es stille Einstellungen nur von Wind, der in den Sand zeichnete, von einer Muschel in der Brandung, von einsamen Stränden im Morgendunst, von Treibholz, halb versunken.

Joram hatte keinen Kommentar zu den Aufnahmen gesprochen, auch keine Musik hinterlegt. Er ließ den Wind erzählen, das Meer rauschen, branden, flüstern, die Pappelblätter rascheln, den Sand rieseln, Frösche auf den Boddenwiesen quaken, und natürlich waren über allem immer wieder die Gespräche der Wildgänse und das markante, melancholisch-heisere Rufen der

Kraniche. Zusammen wob alles eine großartige Musik um die bewegten Bilder, vergänglich und ewig zugleich, eine Melodie, auf der man reisen, fliegen, getragen werden konnte und die einen ebenso wieder auf die Erde holte in dem unwiderruflichen Wissen, dass man hier und nur hier so lebendig und dermaßen zu Hause sein konnte.

Jakob und Carly saßen schweigend, als das zweite Band durchgelaufen war. Schließlich räusperte sich Jakob.

»Donnerwetter! Er war nicht nur in Bezug auf Holz ein Künstler.«

Auch Carly hatte Schwierigkeiten, ihre Stimme wiederzufinden. Ihr eigener Körper kam ihr für einen Moment schwer und fremd vor, so unterwegs war sie gewesen.

»Was für ein Vermächtnis. Das sollte die Welt sehen, nicht nur wir.«

»Ich könnte es behutsam schneiden – nur ein paar ganz kleine Fehler waren drin, einmal ist der Kamerariemen drauf, einmal lief die Aufnahme aus Versehen. Möglicherweise kennt Elisa eine Produktionsfirma, die interessiert wäre. Wenn dein Professor als Erbe der Rechte einverstanden ist, natürlich.«

»Das ist er mit Sicherheit.«

Es klopfte.

»Papa, Carly, macht auf!«

»Anna-Lisa!« Carly sprintete zur Tür. »Ist was passiert?«

»Nein, ich kann nur nicht schlafen. Was macht ihr da?«

»Komm her, Kleines. Ich muss dir was sagen.« Jakob zog sie auf seinen Schoß und erzählte ihr vorsichtig von Jorams Tod.

»Ich hab doch gesagt, er ist mit den Gänsen oder den Kranichen fortgeflogen. Er hat es gemacht wie die Schmetterlinge. Er hat seinen Kokon im Baum gelassen und ist weggeflogen.«

Verblüfft sahen sich Carly und Jakob an. Es klang so einfach und gar nicht falsch.

Und so leicht.

»Welche Vögel mochte Joram am liebsten, die Gänse oder die Kraniche, weißt du das, Anna-Lisa?«

»Auf jeden Fall die Kraniche. Aber er hat die Holzgans gemacht, weil das mit einem Kranich nicht gegangen wäre. Sie sind zu schlank, hat er gesagt, das wäre nicht stabil, und man könnte nicht drauf sitzen.«

»Ich mach uns einen Kakao«, sagte Carly.

Während sie Jakob noch half, das Kabel zusammenzurollen und alles wieder auszustecken, rutschte Anna-Lisa unbekümmert auf Socken herum, die auf dem glatten Boden wie Schlittschuhe funktionierten. Sie nahm Anlauf und sauste mit rudernden Armen durch die offene Tür bis in die Bibliothek. Ein Aufschrei ertönte, dann ein Bums und ein Klappern.

»Anna-Lisa! Hast du dir was getan?«

Carly und Jakob stürmten hinterher.

Anna-Lisa lag mit erschrockenen Augen auf dem Rücken. Neben ihr der Kopf und Hals der Holzgans.

»Bitte nicht böse sein, Carly! Ich bin ausgerutscht und hab mich am Kopf der Gans festgehalten, und da hat er sich gedreht und ist abgefallen! Es tut mir leid!«

»Aber das ist doch nicht so wichtig! Hast du dir wehgetan?«

Anna-Lisa rappelte sich auf.

»Nein, alles gut. Papa, kannst du das bitte wieder heil machen?«

»Klar kann er das. Komm, wir gehen solange Kakao machen.«

Jakob hob den abgefallenen Hals auf und betrachtete ihn von unten.

»Das ist nicht kaputt. Das ist ein Gewinde.« Er versuchte, das Teil wieder in das Loch am Gänsekörper zu drehen, stutzte, drehte es wieder ab und spähte durch die Öffnung.

»Da soll mich doch einer!« Seine Stimme hallte in dem hölzernen Körper wider, klang seltsam laut und dumpf.

»Was ist?«

»Da liegt was drin. Das ganze Ding ist hohl – natürlich, sonst hätten wir es ja kaum die Treppe raufbekommen. Irgendwo muss noch eine Öffnung sein. Warte«, er steckte seinen langen Arm durch das Loch, tastete.

»Da! Ein Riegel! Unter dem Rücken.«

Ein leises Knacken fiel in die gespannte Stille. Ein großes eckiges Stück aus dem Rücken löste sich sauber. Jakob hob es vorsichtig heraus und legte es beiseite. Er griff mit beiden Händen in den Körper der Gans, nahm eine große, dicke Mappe heraus, blickte einen Moment darauf und reichte sie Carly.

Andächtig nahm sie sie entgegen.

»Hennys Bilder!«, flüsterte sie. Sie wusste es in dem Moment, als sie die Mappe sah.

Ehrfürchtig blätterten sie den dicken Stapel durch. Kreide- und Kohlezeichnungen, Tuschezeichnungen, Aquarelle, manche sogar mit leuchtenden Acrylfarben gemalt. Hennys Begabung sprach aus jedem einzelnen. Der Betrachter wurde sofort auf eine Reise mitgenommen, wie in Jorams Film, nur anders. Man hörte das Meer und den Wind, spürte den Sand unter den Füßen, sah das Licht auf den Wellen glitzern und roch die Nebel auf den Wiesen, begegnete Hirschen und Faltern und Pusteblumen, wanderte zwischen verwitterten Baumskeletten am Strand, und über allem lag eine einsame Melancholie, widersprüchlich gepaart mit einer verführerischen, heiteren Leichtigkeit. Henny eben.

Die Ränder waren weich, verschwommen, wie meist bei Henny, so dass man das Gefühl hatte, die Szenen wären größer als das Papier, auf das die Künstlerin sie gebannt hatte, weit, grenzenlos, verfügbar, wenn man nur den einen Schritt hineinmachte.

»Das wird sogar Elisa die Sprache verschlagen«, sagte Jakob schließlich.

»Was, glaubst du, ist das alles zusammen wert?«, fragte Carly.

»Oh – viel! Da musst du Elisa fragen. Ich denke aber, damit könnte dein Professor sein Haus gründlich renovieren und Naurulokki noch dazu.«

Carly sprang auf.

»Ich muss telefonieren! Wie spät ist es?«

»Sehr spät. Ich bringe jetzt Anna-Lisa ins Bett. Und du solltest auch schlafen. Gute Nacht, Carly.« Er küsste sie auf die Wange. »Wenn du mich brauchst, melde dich, jederzeit!«

Schlafen! Carly war viel zu aufgeregt, um zu schlafen. Sie kannte Thore, er kam mit sehr wenig Schlaf aus und saß bis spät in die Nacht am Schreibtisch.

Er hob nach dem ersten Klingeln ab.

»Carly! Ist was passiert?«

Sie erzählte ihm von dem Film und vor allem von dem Fund der Bilder.

»Kannst du es dir jetzt nicht noch einmal überlegen mit dem Verkauf? Die Bilder werden genug einbringen.«

»Du weißt doch, das Geld allein war nicht der Grund. Wir können und wollen kein Haus an der Ostsee behalten. Außerdem ist es zu spät. Ich habe den Kaufvertrag unterschrieben. Ich wollte es dir morgen sagen.«

Carlys Knie wurden weich. Sie setzte sich. Blödes Huhn, schalt sie sich selbst, was hast du denn erwartet?

»Ich denke, er wollte es sich erst ansehen? Er kauft ein Haus, einfach so, ohne es zu kennen?«

»Er betrachtet es hauptsächlich als eine Investition. Offenbar gehört er zu denen, die sich schnell entschließen können. Ich bin sehr froh darüber.«

Investition! Was für ein gefühlskaltes, unfreundliches Wort. Das hatte Naurulokki nicht verdient.

»Kommt er denn gar nicht hierher?« Sie hatte doch mit dem Mann sprechen wollen. Ihn fragen, ob sie den Garten betreuen könnte. Und ob das mit Tante Alissas Urlaub möglich wäre. Hatte ihm zeigen wollen, welches Fenster klemmte, so dass man vorsichtig damit umgehen musste, und wo die Herbstzeitlosen wuchsen, die man im Frühling nicht versehentlich als Unkraut herausrupfen durfte.

»Hör zu, Carly, ich komme morgen am späten Nachmittag sowieso nach Ahrenshoop. Ich muss zum Grundbuchamt, muss auch die persönliche Unterschrift wegen Joram Grafunder auf der Polizei nachreichen und noch einige andere Dinge regeln. Lass uns alles dann besprechen, ja?«

Carly betrachtete die Bilder. Zu schade. Aber es stimmte, Thore hatte von Anfang an deutlich gemacht, dass er das Haus verkaufen würde. Und selbst wenn er seine Ferien darin verbringen und es den Rest der Zeit an gutzahlende Gäste vermieten würde, was hätte sie davon gehabt? Träume waren nicht das Leben.

Aber wie schön, dass wenigstens von Henny nun so viel mehr blieb. Die Bilder waren ein Schatz. Man könnte einen Bildband herausgeben, Postkarten, Kalender, vor allem eine Ausstellung machen. Am besten, sie sprach mit Elisa, bevor Thore morgen kam, dann konnte sie ihm bereits Vorschläge unterbreiten.

Sie schlief auf dem Sofa ein, mit dem Bild in der Hand, das ganz unten gelegen hatte und das sie am meisten faszinierte. Die leuchtenden Acrylfarben wirkten dreidimensional, als stünde man im Hafen auf dem Steg. Es war der Steg, auf dem Flömer meist saß. Jetzt, auf dem Bild, war niemand dort. Ein glasklarer Frühherbstabend senkte sich auf den Bodden, zu dem hin sich der Schilfgürtel öffnete. Am Himmel flog fern eine Formation Wildgänse nach Süden. Im ruhigen Wasser spiegelte sich der Himmel mit rosa, goldenen und grauen Wolken; über dem Horizont lag ein grüner Schimmer. Die Sonne war schon untergegangen; über dem Land hing eine Mondsichel. Was aber die Kraft und das Leben in dem Bild ausmachte, waren die drei Schiffe, die aus ganz verschiedenen Richtungen dem Hafen zustrebten. Ihre Segel blähten sich stolz im Wind, allerdings bog sich kein Baum in ebendiesem Wind, kein Schilf, und das Wasser schlug keine Welle. Dieser geheimnisvolle Wind gehörte den Schiffen allein. Das Licht auf dem Wasser spiegelte sich in ihren Segeln und ließ sie silbern wirken; ihre Rümpfe dagegen waren aus Holz in einem warmen, beinahe durchsichtigen Goldton. Eines war ein wenig heller, eines dunkler.

Den Mann, der an einer krummen Kiefer neben dem Steg lehnte, den Blick auf die Schiffe gerichtet, hatte Carly erst ganz zuletzt entdeckt. Er trug einen Umhang und hatte den Arm zum Gruß gehoben.

Kurz bevor sie eindöste, glaubte Carly, zwischen den Wolkenspiegelungen im Wasser Gesichter erkannt zu haben: die ihrer Mutter und ihres Vaters und noch andere, die sie nicht kannte oder deren Namen ihr nicht einfielen.

40

Zwei Briefe

Am Morgen wachte Carly vor der Sonne auf. Alles tat ihr weh von der unbequemen Lage auf der Couch. Sie fühlte sich wie gerädert und war doch hellwach.

Sie sammelte die Bilder ein und legte sie in die Mappe zurück bis auf das mit den drei Schiffen, das sie in der Küche neben Nicholas Ronnings Bild von Henny lehnte.

Danach duschte sie, frühstückte hastig und radelte zu Synne und Elisa in die Galerie.

Elisa war tatsächlich für zehn Minuten sprachlos, als sie die Mappe durchblätterte. Synne schniefte vor Rührung und Begeisterung in ein Taschentuch.

»Also eine Ausstellung im Kunstkaten als Allererstes. Kalender, Postkarten, einen Bildband. Das machen wir alles! Dein Professor muss nur die Genehmigung unterschreiben.« Elisa erholte sich schnell.

»Kannst du da was vorbereiten? Er kommt heute noch her. Du könntest die Papiere gegen Abend bei mir vorbeibringen«, schlug Carly vor.

»Aber sicher. Darauf kannst du dich verlassen. Synne, an den Computer, bitte, ich diktiere dir.«

Danach fuhr Carly bei Harry vorbei, um ihm die Neuigkeiten zu erzählen und ihm zu sagen, dass sie einiges zu erledigen hatte, ehe sie sich ernsthaft ans Töpfern machen konnte, obwohl die Ideen nur so in ihr brodelten.

Jetzt, da sie hierbleiben wollte, wusste sie, wofür sie arbeitete; nun machte alles einen Sinn.

In ihre Pläne versunken, öffnete sie die Tür zur Töpferwerkstatt und erschrak.

»Harry? Was ist?«

Die Sonne fiel über ihre Schulter genau auf Harrys Gesicht, der an seiner Werkbank saß, ein Papier in der Hand. Er war kalkweiß.

Carly lief zu ihm.

»Was ist passiert? Ist dir schlecht?«

»Ich weiß nicht. Es – ist nur so überraschend.«

»Magst du drüber reden?«

»Der Brief ist von unserem Anwalt. Er hatte Anweisung von unserer Mutter, ihn uns erst nach Joram Grafunders Tod auszuhändigen. Aus irgendeinem Grund wollte sie nicht, dass er es erfuhr. Sie hatte wohl Angst, er würde ihr Vorwürfe machen. Oder sie schämte sich, befürchtete Klatsch und Tratsch. Aber offenbar fand sie, wir sollten es eines Tages wissen. Was ja wohl richtig ist. Ich muss mich nur erst an den Gedanken gewöhnen.«

»An welchen Gedanken?«, fragte Carly geduldig. »Du weißt also schon, dass sie Joram gefunden haben? Wie kommt dein Anwalt so schnell zu der Information? Soll ich dir ein Glas Wasser holen?«

»Das hier ist ein Dorf. Ein Jäger hat gesehen, wie sie ihn abtransportiert haben. Das hat sich schon gestern Abend rumgesprochen. Und der Anwalt wohnt nebenan. Er liebt es, dramatische Botschaften zu überbringen. Wahrscheinlich hätte er zum Theater gehen sollen. Setz dich. Nein danke, kein Wasser.« Er winkte sie auf einen Stuhl.

»Ich hatte dir doch erzählt, dass Joram Grafunder lose mit meinen Eltern befreundet war. Sie arbeiteten alle mit Holz. Er war ja nie lange hier, aber ab und an trafen sie sich zum Fachsimpeln.«

»Ja, ich erinnere mich. Und? Was steht in dem Brief?«

»In dem Brief steht, dass mein Bruder nur mein Halbbruder ist. Joram Grafunder ist Philips Vater!«

»Oh.« Etwas Schlaueres fiel Carly nicht ein. Sie versuchte, sich das vorzustellen. Joram – der ungesellige Joram hatte eine Affäre gehabt? Und der ihr unbekannte Philip Prevo war Jorams Sohn?

»Wie soll ich das bloß Philip beibringen? Obwohl – wenn ich darüber nachdenke, vielleicht freut er sich sogar. Unser Vater war schwierig. Die zwei haben sich nie verstanden. Ich kam besser mit ihm klar.« Harry erholte sich allmählich.

Carly, die langsam begriff, was das bedeutete, freute sich auf jeden Fall. Joram hatte einen Sohn. Das hieß, von Joram war etwas geblieben. Nicht nur Kunst. Jemand, der lebte!

»Wie alt ist dein Bruder?«

»Achtundzwanzig.«

Dann war die Affäre zwischen Harrys Mutter und Joram also lange her. Da war er mit Henny noch nicht zusammen gewesen. Das beruhigte sie.

»Hast du ein Foto von Philip? Ich meine, würdest du mir eins zeigen?«

»Hier.« Harry zog etwas aus einem Regal und reichte es Carly.

Eine bunte Broschüre von der Töpferei. Außen war das Haus zu sehen. Als sie die erste Seite umschlug, sah ihr Harrys Gesicht entgegen – und noch eines. Ein schmales, waches Gesicht mit großen, geheimnisvollen Augen.

Mit Jorams Augen.

Carlys nächste Station war der Friedhof. Sie war so in Gedanken, dass sie fast an der Kirche vorbeigeradelt wäre. Dann hatte sie auch noch vergessen, wo sich Hennys Grab befand, und musste sich konzentrieren, um es wiederzufinden.

Aus ihrer Tasche nahm sie die Muschel mit den verschlungenen Zeichen heraus, die Henny bei ihrem Tod in der Hand gehabt hatte, um Joram nahe zu sein. Behutsam legte sie sie auf Hennys Grab, neben die, die Nicholas Ronning dort hinterlassen hatte. Zwei Muscheln, zwei Lieben.

»Siehst du, Joram ist doch bei dir geblieben, und ich hoffe, ihr seid jetzt zusammen auf allen Meeren der Welt unterwegs mit den Enden des Windes. Und stell dir vor, er hat einen Sohn ...«

Wie als stille Antwort segelten ein paar goldene Ahornblätter vor den Grabstein.

Carly war rechtzeitig zurück, um mit Jakob wie verabredet zum Bestattungsinstitut zu fahren. Das Wissen um Jorams Sohn behielt sie für sich. Es lag allein bei Harry zu entscheiden, ob er das außer seinem Bruder noch jemandem erzählen wollte.

»Jakob, hast du etwas länger Zeit – und würdest du den Anhänger mitnehmen?«

»Kein Problem.« Jakob war so wohltuend unkompliziert.

Sie veranlassten, dass Joram neben Henny beerdigt werden

würde. Auch das war erstaunlich einfach. Ahrenshoop war eben nicht Berlin.

Nach einem Abstecher zur Bank dirigierte Carly Jakob zu Jorams Adresse in Born.

»Puh, was für ein Drachen!« Jakob wischte sich über die Stirn, als sie der unfreundlichen Vermieterin die offene Miete gezahlt und den Tisch ausgelöst hatten.

»Aber du hast recht. Dieses wunderschöne Stück gehört nach Naurulokki!«

»Eigentlich schade – nur für irgendeinen Typ, der das Haus als Investition betrachtet. Aber immer noch besser, als wenn der Tisch in den Klauen dieser Xanthippe bleibt!«

Frau Rubinger hatte natürlich nicht mit angefasst, aber ein nettes Touristenpärchen, das vorbeikam, war so begeistert von dem Tisch gewesen, dass sie geholfen hatten, ihn auf den Anhänger zu wuchten.

»Da muss er jetzt bleiben, bis uns jemand hilft«, meinte Jakob, als er vor Naurulokki parkte.

»Elisa und Synne kommen heute noch, und Thore, der kann mit anfassen – zur Strafe, weil er das Haus verkauft hat.«

Ganz verziehen hatte Carly ihm das noch nicht.

Jakob war mit einer Touristengruppe zu einer Zeesboottour auf dem Bodden verabredet, versprach aber, danach in Sachen Tisch noch einmal vorbeizukommen.

Carly blieb nur noch, auf Thore zu warten. Ziellos trieb sie sich im Garten herum, wischte Staub im Haus, rückte Dinge zurecht. Mit beiden Händen strich sie über die Vase im Flur, die Vase mit dem Kormoranzeichen und der Signatur »PP«. Die Hände von

Jorams Sohn also hatten dieses Stück geformt, das sie so merkwürdig anzog. Ob sie ihn wohl einmal kennenlernen würde? Irgendwann musste er doch nach Hause kommen. Sich um die Töpferei kümmern oder zumindest nach dem Rechten sehen.

Oben lag noch Jorams Hut. Sie würde ihn für Philip Prevo aufheben. Und das Werkzeug auch. Bestimmt würde er gern etwas von seinem Vater haben.

Die Zeit verging erst gar nicht, dann begann sie zu rasen. Carly zog sich zweimal um, trank zu viel Tee. Ob sie schon ihre Sachen packen sollte? Ein so schnell entschlossener Käufer würde das Haus sicher sofort in Besitz nehmen wollen. Nun, viel hatte sie nicht, das war rasch in den Koffer geworfen. Sie würde erst hören, was Thore mit ihr besprechen wollte.

Wieder im Garten, setzte sie sich mit um die Knie geschlungenen Armen unter die Trauerbirke und lauschte auf das ferne Meer, sah dem Wind in den Silberpappeln zu und vermisste die Schwalben um den First, die bereits in den Süden gezogen waren.

Wie gern hätte sie es gesehen, wenn diese im Frühling zurückkehrten. Wie gern hätte sie gewusst, wie es sich anhörte, wenn eine dicke Schneeschicht auf dem Reetdach lag – ob die Stille dann *noch* tiefer war? Ein kleiner Weihnachtsbaum in der Bibliothek, oder in der Küche, das wäre auch schön gewesen ...

»Hör endlich auf zu träumen, Carlotta!«, schimpfte sie. »Vielleicht findest du ja ein Zimmer, über dessen Fenster auch Schwalben nisten. Die gibt es hier schließlich überall.«

Es fing an zu regnen, feine silberne Tropfen. Weil ihr danach war und sie nicht fror, blieb Carly sitzen. Vielleicht spülten sie alles weg, den Abschiedsschmerz, die Ungewissheit, was die Zukunft anging, das Überwältigende an all dem, was ihr in den letzten Wochen begegnet war.

Thores Auto hörte sie schon von der Straßenecke her, als er auf den Sandweg einbog. Sie hatte seinen Motor selbst in Berlin aus jedem Verkehrslärm herausgefiltert. Immer war sie ihm entgegengelaufen.

Aber jetzt hatte ein neuer Lebensabschnitt begonnen. Obwohl ihr Herz bei seinem Anblick immer noch einen Sprung machte, zwang sie sich, sitzen zu bleiben, stand erst auf, als er sie gesehen hatte und zum Tor hereintrat.

»Carly!« Er umarmte sie fest. Dass sie im Regen saß, störte ihn nicht. Wie oft hatten sie so etwas gemeinsam getan. »Gut siehst du aus!«

»Du auch.« Leider stimmte das. Das alte Funkeln in seinen Augen, die Energie in seinen Gesten zogen sie noch immer an. Doch er war ihr auch ferner. Er gehörte an einen anderen Ort, in ihr altes Leben. Und würde trotzdem immer ein Teil von ihr bleiben.

»Konntest du alles erledigen?«, fragte sie.

»Ja. Die Ämter hier sind zum Glück ruhiger und unkomplizierter als in Berlin.«

»Ja, das habe ich auch bemerkt. Elisa kommt nachher wegen der Bilder, wenn es dir recht ist«, sagte Carly.

»Sehr gut, dann kann ich das auch abhaken.«

Hm, ganz so hätte sie es nicht ausgedrückt, aber so war Thore eben. Mal wieder mit den Gedanken schon im nächsten Tag, beim nächsten Projekt, mindestens anderthalb Galaxien weg vom Hier und Jetzt.

»Möchtest du Tee? Kuchen?«

»Noch nicht.«

Er kramte geschäftig in seiner abgewetzten Aktentasche. Wie oft hatte sie die für ihn gefunden, wenn er sie verlegt hatte. Fast kamen ihr wieder die Tränen. Wie würde sie die vermissen, diese blöde Aktentasche und ihren Besitzer! Trotzdem hatte sie sich richtig entschieden. Warum sie sich da so sicher war, wusste sie nicht, aber es war eine Gewissheit, die sturmsicher in ihr ankerte.

Er zog ein Kuvert heraus.

»Hier, das soll ich dir geben. Lies es in Ruhe, ich sehe mich solange im Garten um.«

Schon war er hinter dem Haus verschwunden. Jorams Windspiel warf ein paar Töne um die Ecke, als Thore es mit der Schulter streifte.

Carly drehte den Umschlag hin und her. Kein Absender, nichts. Sie setzte sich auf die Stufen, öffnete ihn, zog ein Blatt heraus. Eine große, etwas unordentliche Handschrift. Tante Alissas Schrift! Wie kam Thore an einen Brief von Tante Alissa?

Liebe Carly, Fischchen,

mir ist in den letzten Tagen einiges klargeworden.

Ich habe euch mit der Hauswartwohnung kein richtiges Zuhause geboten. Ich war mit euch auch nicht auf Ferienreisen, wie es andere Kinder waren. Und was Weihnachts- und Geburtstagsgeschenke anging, war ich nicht besonders einfallsreich. Auch zum Abitur und zum Diplom hast du nur ein »Herzlichen Glückwunsch!« bekommen. All diese Dinge sind wohl unter dem Teppich gelandet. Aber das hatte ein Gutes: Wir haben eine Menge Geld gespart. Das hat sich friedlich auf dem Konto angesammelt, und ich habe es kaum bemerkt, hatte meine Gedanken ja immer bei Tonscherben, Knochen und Erdschichten (dafür habe ich aber auch nie über schlechte Zensuren geschimpft, immerhin). Außerdem: Erinnerst du dich, ich hatte dir erzählt, dass ich damals mit meinem Verlobten zusammen den hochdotierten Kerringer-Preis bekommen hatte. Diese Summe lag die ganzen Jahre im Depot und hat sich dort ungestört vermehrt. Sie war in guter Gesellschaft, denn da war auch noch das Erbe meines Vaters, das ohnehin zur Hälfte Nelia und damit euch zustand. Ich weiß, euer Großvater Maruhn war als Opa ein Fehlschlag – als Vater übrigens auch –, aber er war ein guter Fotograf und Geschäftsmann. Und zu guter Letzt brachten in den ersten Jahren die Veröffentlichungen deines Vaters noch einiges an Tantiemen ein, die natürlich ebenfalls euch gehören. Langer Rede kurzer Sinn: Ich möchte etwas gutmachen und bin in der Lage, dies zu tun. Es wird Zeit, dass du ein Zuhause bekommst. Und ehe du protestierst: Ja, für Ralph ist noch ebenso viel da, wenn er seinen Platz gefunden hat.

Also: Naurulokki gehört dir. Ich habe mit deinem Thore alles geregelt. Fühle dich nicht daran gebunden, wenn sich deine Träume eines Tages ändern sollten. Es ist auf jeden Fall eine gute Investition. Aber solange du dort glücklich bist, freue ich mich mit dir und besuche dich gerne, wann immer du möchtest.

Nun fühle dich wohl, und viel Glück mit deinen Plänen. Ich bin gespannt.

In Liebe, deine verrückte Tante

41

Eine Rose aus Berlin

Unbemerkt war Thore zurückgekehrt. Er saß neben Carly, als sie aufblickte, hielt ihr ein Taschentuch hin und legte seinen Arm um sie. Dankbar lehnte sie sich an, bis sie sich annähernd gefasst hatte.

»Glücklich?«, fragte er.

»Glücklicher geht nicht.«

»Du glaubst nicht, wie mich das freut. Das war zwar nicht, was ich im Sinn hatte, als ich auf die Idee kam, dich hierherzuschicken – aber das Ergebnis gefällt mir. Ob es dir noch gefällt, wenn ich in den Ferien Peer und Paul zu dir schicke, werden wir ja sehen.« Er zwinkerte ihr zu.

»Seit wann weißt du es?«

»Seit gestern. Der Freund von Herrn Schnug konnte sich nicht endgültig entschließen. Dann stand deine Tante vor meiner Tür. Du kannst dir denken, wie gern ich ihr sofort meine Zusage gegeben habe. Wir sind direkt zum Anwalt, es war ja alles vorbereitet, samt Termin. Hier sind übrigens die Papiere, Beantragung des Grundbucheintrags und so weiter. Und die zwei anderen Schlüssel.«

Carly nahm den dicken Umschlag ehrfürchtig entgegen und fragte sich, wann sie das alles wirklich begreifen würde. Sie trug die Papiere und Tante Alissas Brief in das Büro, legte sie mitten auf den Schreibtisch. Auf *ihren* Schreibtisch! Sie würde alle ihre

Angelegenheiten von diesem Schreibtisch aus regeln können. Dem wunderschönen Schreibtisch, den Joram für Henny geschaffen hatte. Oder?

»Thore? Was ist mit den Möbeln?«

Das mit den Möbeln war ja nun viel komplizierter, als er ahnte, fiel ihr ein. Zwar hatte Joram Henny die Möbel geschenkt – bis auf den Tisch –, aber wenn Philip Prevo Jorams Sohn war, dann hatte der, wenn nicht sogar einen rechtlichen, so doch zumindest einen moralischen Anspruch auf das Erbe.

Thore winkte ab.

»Alles mitverkauft. Gehört zum Haus. Mit anderen Worten dir.«

»Aber das sind doch nicht nur Möbel. Jorams Möbel sind Kunst.«

Doch Carly war erleichtert. Wenn das so war, konnte sie in Ruhe mit Harry darüber sprechen und die Sache irgendwann mit Philip Prevo regeln.

»Wir hatten ja Elisas Liste. Wir haben uns auf einen Sonderpreis geeinigt.« Er musste lachen, als er Carlys besorgtes Gesicht sah.

»Carly, Süße, ich wollte nie reich werden durch Naurulokki. Es ist alles gut. Henny würde sich sehr freuen, dass du hier lebst und in ihrem Sinne auf das Haus aufpasst. Ach, und hier ist noch etwas.«

Er reichte ihr einen Blumentopf, in dem eine junge Rosenpflanze eine einzige Blüte trug.

»Abraham Darby!«

»Du hattest mir mal einen Strauß geschenkt. Einige Zweige haben in der Vase Wurzeln gezogen, und ich habe sie eingepflanzt. Zwei davon blühen jetzt in meinem Garten, und ich dachte, du hättest diesen vielleicht gern, um ihn hier einzupflanzen. Ein Stück Kindheit und Vergangenheit. Alte Wurzeln im neuen Zuhause. Ein alter Freund, sozusagen.«

Niemand außer Thore wäre auf diese Idee gekommen, nicht einmal Orje. Wie gut er sie kannte. Seelenverwandt, immer noch und für immer.

»Ich träume. Ich kann nicht glauben, dass ich nicht träume!«

»Wenn du gleich noch mal den schweren Tisch schleppen musst, wirst du es glauben. Was ist denn so unglaublich?« Jakob stand in der Tür.

»Jakob!« Carly flog ohne nachzudenken in seine Arme. »Jakob, Tante Alissa hat Naurulokki gekauft! Ich kann hierbleiben! Es ist meins, meins, meins! Wenn das nicht eben doch ein Traum ist.«

Thore betrachtete Jakob leicht misstrauisch.

Dieser sah ihn über Carlys Schulter hinweg auffordernd an.

»Würden Sie uns helfen mit dem Tisch? Er ist unten im Hänger, unter einer Plane.«

Während sie sich noch mit dem schweren Möbelstück abplagten, kam Orje um die Ecke. »Carly, ist Synne schon da?«

»Orje!« Carly stürmte auf ihn zu. »Ich darf hierbleiben! Tante Alissa hat mir Naurulokki geschenkt! Stell dir das vor! Kannst du das glauben? Ich nicht, aber es stimmt, es stimmt wirklich! Thore hat's gesagt!«

»Na, wenn Thore das gesagt hat«, brummelte Orje, aber er strahlte ebenso wie Carly, als er ihre Worte begriffen hatte.

»Der Vertrag liegt im Büro, unterschrieben«, sagte Thore belustigt. »Du kannst dich gern vergewissern.«

Orje wurde rot und schüttelte Thore die Hand.

»Schon gut. Hallo.«

Zu viert wuchteten sie den Tisch bis ins Wohnzimmer. Den unscheinbaren Beistelltisch, der bisher vor dem Sofa gestanden hatte, schoben sie in eine Ecke.

»Na, das sieht doch phantastisch aus!«, jubelte Carly. »Bestimmt war er dafür gemacht.«

Einen Moment herrschte Stille, als alle an Joram dachten.

»Lasst uns in die Küche gehen«, sagte Carly schließlich. »Hier ist es kühl.«

Zur Feier des Tages öffnete sie eine Flasche Brombeerwein, der unter Hennys Vorräten gewesen war. Während sie sich mit dem Korken abplagte, sah sie draußen Synne und Elisa den Hang heraufkommen. Sie ließ die Flasche stehen und lief ihnen entgegen. Atemlos teilte sie ihnen die Neuigkeit mit.

Synne griff Carly an den Händen und tanzte mit ihr über die Wiese. »Wie wunderbar! Ich wusste, deine Tante ist in Ordnung!«

Auf dem nassen Gras gerieten sie ins Rutschen und wären fast in den Zaun zum Nachbargrundstück gekracht.

»Was ist denn mit euch los?«, fragte Myra, die Blätter harkte, als täte sie das immer im Regen.

»Myra! Myra, Tante Alissa hat mir Naurulokki geschenkt!«

»Kommen Sie lieber rüber«, sagte Synne. »Carly ist heute nicht zufrieden, ehe sie nicht jeden umarmt hat.«

»Ich weiß«, sagte Myra seelenruhig. »Alissa hat mir ihren Plan im Auto auf der Fahrt zum Bahnhof erzählt. Wollte meinen Rat, ob sie das Richtige täte.«

»Und was hast du gesagt?«

»Sie sieht aus wie Henny. Sie ist wie Henny. Für Henny war es richtig, also warum sollte es für Carlotta nicht richtig sein? Aber wer weiß das schon? Das habe ich gesagt.«

»Myra«, sagte Carly, »Synne hat völlig recht. Komm bitte rüber, ich muss dich umarmen. Wir sollten ein Tor in den Zaun machen. Warum habt ihr das früher nicht getan?«

»Früher konnten wir darüberklettern. Da waren wir noch nicht alt.« Myra betrachtete den Zaun leicht verärgert. »Ich bin gleich da.«

Als sie kam, brachte sie einen großen Teller Kekse mit, die noch warm waren und nach Zimt, Nüssen und dem karamellisierten Kandis dufteten, der obendrauf lag wie Bernstein.

Draußen wurde der Regen stärker, unter Naurulokkis Dach die Stimmung ausgelassen. Anna-Lisa war auf der Suche nach ihrem Vater auch aufgetaucht und tanzte durch die Zimmer.

»Carly bleibt! Carly bleibt!«, sang sie vor sich hin.

Carly genoss es, die Gastgeberin zu spielen, verteilte eifrig Teller und Gläser, zündete eine Kerze an und überreichte allen ihre selbstgemachten, die sie gestern noch als Geschenke verpackt hatte.

»Auf Carlotta!«, rief Jakob. »Willkommen in Ahrenshoop!«

Hell klangen die Gläser in der Küche unter dem alten Reetdach.

Alle redeten durcheinander. So gemütlich mit wirklichen Freunden war es in Berlin nie gewesen. Amüsiert sahen Carly und Synne, dass Myra Thores Geschichten und lebhafte Gesten mit einem Lächeln verfolgte, sich sogar etwas in seine Richtung beugte, um ihn besser zu verstehen.

»Ich fasse es nicht!«, flüsterte Carly Synne ins Ohr. »Sie mag keine Männer, aber sogar sie erliegt dem Sjöberg-Charme. Da muss ich mich ja nicht wundern! Wie macht er das nur immer?«

»Wenn du renovierst, vergiss nicht, dass ich Maler bin!«, rief Orje mit vollem Mund. »Du weißt doch, meine Spezialität sind Bordüren mit Schablonen oder ohne. Wir könnten Seesterne an der Decke entlangmalen oder Muscheln oder Fische. In jedem Zimmer in einer anderen Farbe.«

»Ich komme drauf zurück«, lachte Carly.

»Besser, ich flicke erst mal die Fensterläden«, meinte Jakob und goss überall Wein nach.

Thore hielt die Hand über sein Glas.

»Danke, mir nicht. Ich muss heute Nacht noch zurückfahren. Nachts geht es am schnellsten, und ich habe morgen Termine. Sie werden doch auf Carly aufpassen, ja?«

Einen Moment lang sahen sie sich an.

»Ja. Werde ich. Wie gute Nachbarn das tun«, sagte Jakob ruhig.

Zu jedermanns Erstaunen klopfte Myra Thore leutselig auf die Schulter.

»*Ich* werde auf sie aufpassen. Ich habe es ihrer Tante versprochen.«

»Wunderbar!«, sagte er und strahlte sie an.

Kaum zu glauben, aber sie strahlte zurück. Der Moment schien günstig.

»Myra«, sagte Carly, »sieh mal, auf dem Bild hier hat Henny drei Bernsteinschiffe in der Hand, und auf dem Gemälde, das wir in der Holzgans gefunden haben, sind auch drei. Eines von den Schiffen hat Henny Thore und er dann mir geschenkt, es steht oben am Fenster. Weißt du, wo die anderen beiden geblieben sind?«

Ein Schatten flog über Myras Gesicht.

»Nein. Nein, ich weiß nicht, wo sie sind.«

»Na, da du die Bilder gefunden hast, wirst du sicher auch die noch irgendwann finden«, meinte Synne.

»Carly!«, rief Thore, »Das hätte ich ja fast vergessen. Dein Kommilitone Oswald bekommt die Stelle, die du nicht angenommen hast, aber nur zum Teil. Er hat nicht so viel Zeit, er will seinen Doktor machen. Deshalb habe ich ausgehandelt, dass ein Teil der anfallenden Arbeit über einen Werkvertrag erledigt werden kann. Die Arbeiten, bei denen man nicht vor Ort sein muss. Tabellen auswerten, Papierkram, Anträge, Berichte schreiben und so. Etwa sechs bis zehn Stunden die Woche. Hauptsächlich die Sachen, die meine Forschung betreffen. Was meinst du, hast du Lust? Du weißt, diese Werkverträge sind recht gut bezahlt.«

Ungläubig starrte Carly ihn an. Sie wusste genau, wie schwer es war, Gelder für solche Verträge zu bekommen. Wenn man da den entsprechenden Stellen nicht so hartnäckig auf den Fersen blieb wie ein rasender Pitbull, gab es keine Chance.

Thore lehnte sich zurück und grinste triumphierend. »Bin ich gut, oder bin ich gut?«

Ein Lächeln breitete sich auf Carlys Gesicht aus.

»Aber Thore, du müsstest lernen, mit einem Computer umzugehen, wenn die Zusammenarbeit auf Distanz klappen soll.«

»Stell dir vor. Ich habe schon damit angefangen. Was tut man nicht alles für seine Lieblingsassistentin.«

Orje rollte mit den Augen und zog Synne an sich.

Sie küsste ihn. »Orje, wir müssen jetzt los. Du weißt doch, Claudias Geburtstag. Du hast versprochen, mich hinzufahren und ihr ein Ständchen zu spielen!«

»Ich habe auch noch zu arbeiten. Hier sind übrigens die angekündigten Papiere, wegen der Bilder.« Elisa schob Thore ein paar Seiten über den Tisch. Er überflog sie und unterzeichnete.

»Danke, dass Sie sich darum kümmern. Ich werde mir die Ausstellung sehr gerne ansehen, wenn sie fertig ist.«

»Wunderbar.« Elisa steckte die Papiere ein. »Schön, dass du bleibst, Carlotta. Naurulokki ist in guten Händen. Feine Sache. Bis dann.«

»Bettzeit, Anna-Lisa!« Jakob stand auch auf, streckte die Hand nach seiner Tochter aus.

Auf einmal war es ruhig. Nur Myra blickte noch gedankenverloren in ihr Weinglas, und Thore verstaute die Kopien von Elisas Verträgen in seiner Aktentasche. Carly stellte leere Gläser in die Spüle, als ihr Handy klingelte.

»Entschuldigung. Ich muss kurz raus, der Empfang ... bin sofort wieder da.«

Sie lief hinaus an die Hausecke, wo der Empfang erfahrungsgemäß am besten war.

»Ralph! Floh! Stell dir vor ...«

»Ich weiß es schon«, unterbrach Ralph sie. »Herzlichen Glückwunsch! Genau das Richtige für dich.«

»Ja, ist das nicht phantastisch? Wo bist du überhaupt?«

»In einem Hotel in Dänemark. Ein Sturm hat unser Zelt weggefegt. Hör mal. Ich habe Tante Alissa angerufen, da hat sie mir erzählt, dass sie Naurulokki gekauft hat. Ich freue mich riesig für dich. Aber bei der Gelegenheit konnte ich sie noch etwas fragen, was mir die ganze Zeit im Kopf herumgegangen ist. Ich kam nur nicht drauf. Du wirst staunen.« Er räusperte sich.

»Nun mach's nicht so spannend, Floh.«

»Badonin! Der Name ging mir nicht aus dem Kopf. Den hatte ich irgendwo schon gehört oder gelesen. Gestern erst fiel es mir ein, mitten im Sturm. Kannst du dich erinnern, wie wir im Familienstammbaum nach Kapitänen oder Fischern gesucht haben, um uns die Sehnsucht nach dem Meer zu erklären? Und wie Tante Alissa böse wurde und uns den wegnahm, weil sie Angst hatte, wir fänden welche und würden verlangen, an einen Strand zu dürfen?«

»Ja ... und?«

»Ich habe sie gebeten, mir den zu faxen. Sie hat noch ein paar andere Papiere mitgeschickt, die dabei waren, ungelesen. Es stellte sich heraus, dass unsere Großmutter die Ahnentafel aufgezeichnet hat. Alissa hat sich nie damit beschäftigt. Du weißt ja, sie interessiert sich nur für die ganz alten Sachen. Und weißt du was?«

»Nun spuck es schon aus.«

»Unser Opa Maruhn, der Vater von Alissa und unserer Mutter. Der, der keine Kinder mochte und ein eitler Casanova war ...«

»Was ist mit ihm?«

»Der hieß ursprünglich gar nicht Maruhn. Der kam nach Berlin und heiratete Inge Maruhn, die Tochter eines angesehenen Porträtfotografen, der einen Nachfolger für sein Fotostudio suchte. Die einzige Bedingung war, dass er ihren Namen annahm. Und das schien dem Schlawiner erstaunlich recht zu sein. Da er so eitel war, besaß er offenbar eine Begabung dafür, auch die Eitelkeit anderer ins rechte Licht zu setzen. Er wurde ein sehr guter Porträtfotograf und außerdem ein gerissener Geschäftsmann. Er und sein Schwiegervater brachten das Studio über den Krieg und waren danach noch lange erfolgreich. Hendrik Maruhn war ein gefragter Mann im Wirtschaftswunder.«

»Ja, und? Was willst du mir mit all dem sagen?«

»Der Knaller kommt jetzt. Weißt du, wie er vorher hieß?«

»Ralph! Woher um Himmels willen soll ich das wissen, und warum ist das wichtig?«

»Badonin!«, sagte Ralph triumphierend in den Hörer.

»Badonin …?« Carly begriff nicht.

»Er hieß Badonin! Verstehst du nicht? Hennys Vater! Der, auf den Myra sauer ist, weil er, wie Synne erzählte, abgehauen ist, als Hennys Mutter starb, und sein Baby zurückließ. Hennys Vater und unser Großvater sind ein und derselbe Mann! Was sagst du jetzt?«

Carly versuchte, ihre Gedanken zu ordnen.

»Unsinn. Der ist doch im Krieg gefallen.«

»Falsch. Man hat *angenommen*, dass er im Krieg umgekommen ist. Das war ein Gerücht. Ein bequemes noch dazu.«

»Das kann nicht sein.«

»Was glaubst du wohl, wie viele Badonins es gibt, die 1933 in Berlin aufgetaucht sind? Außerdem muss sie wohl nach ihm benannt worden sein. Hendrik – Henrike. Das ist niemals ein

Zufall. Du kannst ja noch Erkundigungen einziehen, wenn du mir nicht glaubst.«

»Dann ist ... dann bin ... dann sind wir also mit Henny verwandt?«

»Sieht so aus. Tolles Ding, oder? Du, ich muss Schluss machen. Ich melde mich wieder.«

»Floh, warte, danke, dass du das herausgefunden hast! Wann kommst du?«

»Wir fahren jetzt nach Berlin. Ich will erst mal in die Hauswartwohnung ziehen. Und dann komme ich dich besuchen, wenn sich alles beruhigt hat und ich einen Job gefunden habe. Es geht mir prima, also keine Sorge! Ich bereue nichts.«

Benommen ging Carly zurück ins Haus. Wie aus großer Entfernung hörte sie Thore in der Küche fragen: »Wie geht es denn Ihrer Tochter, Frau Webelhuth?«

Dann Myras Stimme, dunkel: »Liv ist tot. Schon lange.«

Carly nahm die Worte wahr, ohne sie zu verstehen. Zu ungeheuerlich war Ralphs Eröffnung.

Thore sprang auf, als er Carlys verwirrtes Gesicht sah.

»Süße, ist was passiert?«

»Myra«, sagte Carly und legte ihr Handy vorsichtig zur Seite, als wäre es plötzlich etwas Gefährliches. »Wie hieß der Vater von Henny, der abgehauen ist – wie hieß er mit Vornamen, und wann war das?«

»Hendrik. Hendrik hieß der Schurke, und es war natürlich 1933, kurz nach Hennys Geburt. Ist das wichtig?«

Carly musste sich setzen.

»Sehr wichtig. Weil Ralph herausgefunden hat, dass mein

Großvater Hendrik Maruhn 1933 nach Berlin kam und Badonin hieß, bis er Inge Maruhn heiratete.«

Stille.

»Hendrik Badonin«, sagte Myra tonlos. »Dann ist er nicht im Krieg gefallen, wie alle angenommen haben.«

»Mein Großvater mochte keine Kinder«, sagte Carly. »Wir hatten Angst vor ihm. Und er war ein eitler Casanova.«

Myra lachte trocken auf.

»Oh ja. Das ist Hendrik Badonin, kein Zweifel.«

»Dann ...« Carly holte tief Luft. »Dann muss ...«

»... dann ist meine Cousine Henny eure Tante«, beendete Thore den Satz. »Du lieber Himmel!« Er fing an zu lachen. »Du bist mit Henny verwandter als ich! Kein Wunder, dass du ihr so ähnlich siehst und mir das damals sofort aufgefallen ist, als du in meiner Vorlesung aufgetaucht bist.«

Es herrschte verblüfftes Schweigen, während jeder versuchte, sich an diesen Gedanken zu gewöhnen.

»Donnerwetter!«, murmelte Myra schließlich. »Und nun wurde das Vermögen, das der alte Schurke hinterließ, dazu verwendet, das Haus seiner Tochter für seine Enkelin zu retten. Ich muss sagen, diese feine, gerechte Ironie gefällt mir.«

»Also eigentlich müsste ich deiner Tante Alissa den halben Kaufpreis zurückgeben. Wenn Henny gewusst hätte, dass sie Nichten hat, hätte sie bestimmt euch als Erben eingesetzt«, bemerkte Thore.

Carly hob abwehrend die Hände.

»Bloß nicht. Du hast deine Ferien bei ihr verbracht, dich hat sie gekannt und geliebt und du sie. Das ist völlig in Ordnung so.«

Jetzt, da sie begann, die Zusammenhänge zu verstehen, strahlte sie. Es fühlte sich alles so richtig an. Das war das Puzzleteil, das ihr die ganze Zeit gefehlt hatte.

»Was für ein Tag! Dann habe ich mir das nicht eingebildet, dass ich mich Henny so nahe fühle! Ich finde es wunderbar, dass ich mit ihr verwandt bin. Und jetzt hier sein darf, mit einer Art Recht darauf. Ihre Tradition fortführen und all das.«

»Ich hab's!«, rief Thore, der in Nachdenken versunken war. »Es ist ganz einfach. Du und Ralph, ihr bekommt die Bilder – alle! Und die Rechte an Jorams Film. Ihr könnt damit machen, was ihr möchtet. Dann ist das Erbe ungefähr gleich verteilt. Ich gebe dir das noch schriftlich.«

Draußen hatte der Regen aufgehört und der Wind auch. Trotzdem schwankte das Windspiel an der Hausecke, streute Töne in den Abend. Der Mond stand über den Dünen und ließ die weißen Hortensien, Astern und Dahlien in Hennys Garten leuchten.

Unten am Meer schlug eine Welle gegen die Buhne. Der Kormoran zog den Kopf unter dem Flügel hervor und betrachtete eine Gestalt, die neben ihm saß, ohne dass er sie hatte kommen hören. Ein Mann im Umhang, nur nebelhaft erkennbar. Worte klangen leise durch die Dunkelheit, oder war es nur der Wind zwischen den morschen Balken? Dem Kormoran war es gleich.

»Der erste Schritt ist getan, alter Gefährte.«

Später sah der Mond Thore und Carly dort am Strand schlendern, langsam, um den Moment hinauszuzögern.

»Sind wir jetzt auch verwandt?«, fragte Carly. »Ich habe den Überblick verloren.«

»Nicht blutsverwandt. Hennys Mutter und meine Mutter waren Schwestern. Du bist aber mit Henny über ihren Vater verwandt. Bestenfalls bin ich eine Art angeheirateter halber Onkel von dir.«

Sie mussten beide lachen. Er blieb stehen, sah ihr in die Augen und strich ihr eine Locke hinter das Ohr.

»Macht es das leichter?«

»Vielleicht.« Sie legte einen Moment den Kopf auf seine Schulter.

Es war angenehm still hier draußen in der kühlen Nachtluft, nach all dem Lachen und Stimmengewirr. Jetzt war es ganz ruhig in ihr.

Einträchtig gingen sie weiter. Thore zog die Schuhe aus, lief im Wasser, Carly tat es ihm nach. Wie erfrischend. So lebendig und angekommen hatte sie sich noch nie gefühlt.

Thore war keine unglückliche Liebe gewesen, sondern eine glückliche.

Der Kormoran schlief am Ende der Buhne. Thore watete zu dem Felsen hinaus, der ein paar Meter im Wasser lag, lehnte sich dagegen.

»Wusstest du, dass Sjöberg Meeresfelsen bedeutet?«

»Nein.« Nun würde sie immer an ihn denken, wenn sie den Felsen sah, würde ihn dort stehen sehen, barfuß und mit diesem Lächeln.

Das Meer in deinem Namen, dachte sie. Bei ihm trifft es also wörtlich zu. Das sieht ihm ähnlich.

»Hier ist ein schöner Platz, sich zu verabschieden«, sagte Thore. »Mach es gut, Carly. Pass auf dich auf, und werde glücklich!«

Zu ihrer Verblüffung beugte er sich vor und küsste sie auf den Mund.

Es schmeckte nicht verwandtschaftlich, aber nach dem guten Ende einer guten Zeit und einer besonderen Geschichte.

Carly blieb noch eine Weile am Strand. Als das altvertraute Motorengeräusch von Thores Auto sich hinter den Dünen in der Nacht auflöste, spürte sie keine Traurigkeit. Immer noch barfuß, die Schuhe in der Hand, lief sie den Weg zu Naurulokki hoch, schloss das Gartentor hinter sich und stieg den taufeuchten Hang hinauf. Naurulokki wartete unter dem Mond auf sie.

Sie war zu Hause.

Ehe sie nach oben ging, machte sie einen Abstecher in die Bibliothek. Sie nahm Jorams Kreisel in die Hand, strich über das seidig glatte Holz, stellte ihn auf seine krumme Spitze, drehte.

Es funktionierte. Lange, lange, stand er ruhig aufrecht, drehte sich gleichmäßig um seine Mitte.

Als der neue Herbstmorgen über die Dünen stieg, golden und frisch nach dem Regen, streckte sich Carly genüsslich in Hennys breitem Bett. Sie war in der Nacht noch dorthin umgezogen, in das große Zimmer, von dem aus man sowohl das Meer als auch das weiche, verträumte Blau des Boddens hinter den stillen Wiesen sehen konnte. Jetzt fühlte es sich richtig an. Lange lauschte sie auf das ferne Rauschen, kostete ihr Glück aus. Dann mischten sich andere Töne in dieses Rauschen, heisere, glockenartige

Rufe aus der Höhe, die vom Himmel in den Garten von Naurulokki fielen.

Carly lief zum Fenster. Weit oben sah sie die großen, eleganten Vögel in sauberer Formation nach Süden segeln, frei auf einem Aufwind.

»Die Kraniche! Die Kraniche fliegen!«, flüsterte Carly in den Wind.

Myras Bernsteintaler

300 g Mehl
1½ TL Backpulver
3 Tüten Bourbon-Vanillezucker
100 ml Sahne
50 g Crème fraiche
150 g Butter
1 Prise Salz
100 g geriebene Haselnüsse
75 g brauner Krümelkandis
Zimtzucker

Mehl und Backpulver mischen und in eine Schüssel sieben. Mit Vanillezucker, Sahne, Crème fraiche, Butter und Salz zu einem glatten Teig verkneten. Zum Schluss Haselnüsse hinzufügen. Teig auf einer bemehlten Arbeitsfläche kurz verkneten, zu Rollen formen (etwa 2½ cm Durchmesser), in Frischhaltefolie ca. 1 Stunde in den Kühlschrank legen.
Dann die Teigrollen in knapp ½ cm dicke Scheiben schneiden. Taler in Krümelkandis dippen, nach Wunsch mit Zimtzucker bestreuen.
Auf Backpapier bei 180°C (Heißluft 160°C) 15–20 Minuten lang backen.

Epilog

Ich lehnte mich an das Gartentor und sah Carly im Garten von Naurulokki. Sie kehrte die Blätter der Silberpappeln zusammen. Der Himmel wog schwer, die ersten Schneeflocken rieselten aus dem Grau.

»Hallo, Carly«, sagte ich. »Könnte ich bei dir einen Tee bekommen? Ich bin müde vom Schreiben.«

Erstaunt sah sie hoch.

»Gern, aber wer bist du?«

»Verzeihung. Ich bin die Autorin. Ich habe deine Geschichte geschrieben.«

Erschrocken sah sie mich an.

»Oh. Du bist das. Was für einen Tee?«

»Keine Angst, ich werde die Geschichte nicht mehr ändern. Am liebsten den Tee, der Wellenschatten heißt.«

»Woher weißt du – ach so, du hast ihn ja erfunden. Guter Tee. Ich hätte noch eine Prise Zimt hinzugefügt. Das schmeckt einfach noch besser.«

»Gern. Bestimmt hast du recht.«

Wir betraten die Küche. Sie sah jetzt angenehm bewohnt aus, nicht so verlassen wie nach Hennys Tod. Carly winkte mich auf die Bank und hantierte mit dem Geschirr, als hätte sie schon immer hier gelebt. Ich war zufrieden. Sie passte ausgezeichnet hierher.

»Wann schreibst du weiter?«, fragte Carly, als sie mir die dampfende Tasse hinstellte. Der Zimt duftete wunderbar.

»Weiter? Ich dachte, das Buch sei zu Ende.«

»Das geht nicht. Auf gar keinen Fall!« Carly ließ beinahe die Teekanne fallen. »Ich muss wissen, ob ich Philip Prevo kennenlernen werde. Und dann sind da noch die anderen Dinge, die ich nicht herausgefunden habe. Was ist aus Nicholas Ronning geworden? Er muss noch einen anderen Grund gehabt haben, Henny zu verlassen, als nur den, dass er nicht ertragen konnte, dass sie besser malen konnte als er. Und dann das Schiff.« Sie stellte die Teekanne ab und wies auf das Bernsteinschiff, das auf der Fensterbank stand. Ein Strahl der Spätherbstsonne mogelte sich gerade unter der Wolkenbank hervor und ließ es honiggolden leuchten. Die silbernen Segel blitzten auf.

»Es muss noch zwei geben. Sie sind wichtig, sonst hätten Nicholas und Henny sie nicht gemalt! Wo sind sie? Myra will mir nichts sagen, aber ich bin mir sicher, sie weiß etwas. Und dann: Wer ist der Mann mit dem Umhang? Habe ich mir den nur eingebildet? Aber Henny muss ihn auch gesehen haben. Sie hat ihn ja gemalt.«

Nachdenklich trank ich meinen Tee.

Carly sah mich scharf an. »Du denkst doch was!«

»Das passt alles nicht mehr in dieses Buch. Und ich bin müde.«

Carly goss mir nach.

»Dann bleib einfach hier. Das Meer gibt dir Kraft. Und wenn in dieser Geschichte kein Platz mehr ist, schreibst du eben noch eine.«

Ich seufzte. Ich hatte sie erfunden. Da konnte ich mich nicht beschweren, dass sie so hartnäckig war.

»Das dauert aber ein wenig«, sagte ich.

Draußen glitt die Sonne hinter die Dünen. Carly schaltete das Licht ein und schob mir meine Tasche hin.

»Dann fang besser gleich an. Vergiss nicht, ich weiß, wie du arbeitest. Ich war dabei«, sagte sie. »Hier sind deine Notizen drin. Auch die für die Fortsetzung. Ich mache uns neuen Tee.«

Leseprobe aus dem Roman

Das Licht in deiner Stimme

von

Patricia Koelle

Prolog

1985

»Opa Nick? Wer ist die Frau in dem Boot? Ist das die auf deinen Bildern?«

Tiryn drehte das filigrane Segelschiff in ihren kleinen Händen hin und her und spähte in den honigfarbenen Bernstein.

Nicholas Ronning stutzte. Tiryn konnte das wahrnehmen? Seine Enkelin? Er selbst sah Hennys Gesicht schon lange nicht mehr in dem Bernsteinrumpf des Segelschiffs. Nicht, seit er an ihrem Grab gewesen war.

»Ja, Tallulah. Aber das ist eine lange Geschichte. Ich erzähle sie dir, wenn du älter bist.« Er nannte sie gern bei ihrem indianischen Namen. Er passte so gut zu ihr. Hüpfendes Wasser. Wahrscheinlich war ihre Herkunft der Grund, dass sie Dinge sah, die andere nicht sahen. Ihr indianischer Vater war ein weiser Mann, auch wenn man ihn mit seinem Igelhaarschnitt und den abgetragenen Jeans nicht auf den ersten Blick dafür hielt.

Oder hatte sie diese zweifelhafte Gabe von ihm?

»Wenn ich wie alt bin, Opa Nick?«

»Noch viele Sommerferien älter.«

»Dann erzähl mir von dem Hafen, in den das Schiff gehört. Von dem Hafen, wo weiße Sterne fallen, aus denen man Männer baut.« Sie kletterte auf seinen Schoß. »Erzähl mir von dem kalten Meer, auf dem man manchmal laufen kann.«

»Gut, Tallulah. Wenn du es dir wünschst.«

Er sah eine Weile auf die silbernen Segel, in denen ein zeitloser Wind wohnte und ihnen die Richtung wies, bevor er von dem fernen, zerbrechlichen Land zu sprechen begann, über dem der Himmel so weich leuchtete, wie er es seitdem nie wieder gesehen hatte.

Florida, USA, 2000

1

Tiryn

Tiryn lag bäuchlings auf dem Steg. Ein Splitter stach sie ins Knie, aber sie beachtete ihn nicht. Unter ihr erzählte sich das Wasser Geschichten. Schmatzend schlug es Tangfahnen an morsche Pfähle oder gluckerte geheimnisvoll an den Steinen. Das hohe Mittagslicht brach sich in den Wellen und zeichnete ein zitterndes Netz goldener Linien auf den Meeresboden. Tiryn kniff die Augen zusammen. Im nächsten Moment würden sich diese Linien zu einem Bild zusammenfügen. Verschwommen natürlich, aber sie würde es erkennen, so wie sie als kleines Mädchen in Opa Nicholas' Bernsteinschiff Bilder gesehen hatte.

Sie wusste nicht, warum, aber sie war sich sicher, dass gerade dieses Bild im Sand wichtig wäre. Es zeigte bestimmt wieder die langhaarige Frau, die so unglücklich war. Aber diesmal würde Tiryn endlich ihr Gesicht sehen!

»Halito!« Ein Ruf riss sie aus ihrer Konzentration. Drei Stege weiter stand Kimoni auf dem Deck der *Anhinga* und winkte ihr zu.

Seine schlanke, karamellbraune Gestalt wirkte auf dem klobigen Kutter in der Ferne wie ein zarter Grashalm.

»Halito!« Sie winkte zurück. Der Gruß in Choctaw, der Sprache ihres Vaters, war zu einer lieben Gewohnheit zwischen ihnen geworden.

Kimoni bückte sich, um das Schleppnetz zu entwirren. Sie kannten sich seit Kinderzeiten, und immer noch genoss sie es, seinen Bewegungen zuzusehen, die so leicht wirkten, als wäre er ein Vogel, der nur kurz auf der Erde gelandet war. Sie waren Sandkastenfreunde gewesen: Kimoni, seine Schwester Peri und Tiryn. Nur dass sie keinen Sandkasten brauchten, denn sie hatten den Strand, der geschwungen und breit war wie ein Lächeln der Erde und endlos für nackte Kinderfüße. So heiß, dass man sich die Sohlen daran verbrennen konnte. So hell, dass er blendete und nichts Dunkles zuließ. So weich, dass jeder Kummer darin versank.

Auch die Zeit versank darin, und manches änderte sich.

Anderes blieb erhalten.

Tiryn und Kimoni änderten sich und wurden in einer Frühlingsnacht voller Glühwürmchen mehr als nur Freunde. Ein paar Jahre später bekam Tiryn Angst und beendete die Beziehung, so dass sie wieder Freunde waren.

Kimoni, den Namen hatte ihm seine afrikanische Mutter gegeben. »Großer Mann« bedeutete er. Und Größe bewies Kimoni, denn mit ihm war es leicht, Liebe wieder in Freundschaft zurückzuverwandeln. Vielleicht weil er auch von seinem deutschen Vater einiges geerbt hatte, zum Beispiel eine besondere Gelassenheit, die Tiryn so wohltat, dass sie ohne Kimoni niemals zurechtgekommen wäre.

Genau deshalb hatte sie die Beziehung beendet. Sie wollte nicht, dass es am Ende zwischen ihnen wurde wie zwischen Opa Nick und seiner Bella. Bella liebte ihn ein Leben lang, doch er konnte Henny Badonin, diese andere, ihm verlorengegangene Frau auf der anderen Seite des Meeres nicht loslassen. Oder Tiryns Eltern – wenn sie an deren Ehe dachte, spürte Tiryn ein Frösteln zwischen ihren Schulterblättern, trotz der unerbittlichen Sonne Floridas, die auf ihren Rücken brannte.

Tiryn überlegte, ob sie hinübergehen sollte, um Kimoni auf dem Kutter zu helfen. Doch ihre Zeit reichte nicht mehr aus. Sie spähte noch einmal über den Steg hinunter, in der Hoffnung, das geheimnisvolle Bild doch noch zu erwischen.

»Aha, sie guckt wieder Meereskino«, dachte Kimoni drüben bestimmt. Nur ihm hatte sie jemals von den Bildern erzählt, die sie schon seit ihrer Kindheit manchmal auf dem Meeresgrund sah. Bilder, die sich bewegten, wie kurze Filmschnipsel.

Gelegentlich zeigte der Hotelchef Nelson Sanborn den Kindern, die für ein paar Ferientage im Hotel wohnten, Filme auf einem uralten Projektor. Auch Tiryn hatte stets zuschauen dürfen, wie alle Kinder des Personals. Fasziniert sah sie, wie der Lichtstrahl aus dem Projektor das abgedunkelte Zimmer durchquerte und die Bilder auf eine weiße Leinwand zauberte, obwohl in dem Lichtstrahl gar keine Bilder zu sehen waren, sondern nur der tanzende Staub. So ähnlich, dachte sie, muss das mit den Bildern auf dem Meeresgrund sein. Die Sonne wirft das Licht durch die Wellen auf den Boden, und von dort kommen sie in meinen Kopf. Man sieht sie vorher nicht, aber in meinem Kopf ist eine Leinwand, und dort kann ich sie erkennen. Nachdem sie sich das auf diese Weise selbst erklärt hatte, waren ihr die Bilder nicht mehr unheimlich. Schließlich war ihr Opa Maler. Er machte Bilder auf seine Weise und Tiryn eben auf einer andere. Sie konnte nicht malen, also schenkte ihr das Meer seine Bilder.

Doch als sie erwachsen wurde, waren ihr die Bilder manchmal wieder nicht geheuer. Sie stellte fest, dass einige die Wahrheit erzählten. Einmal sah sie ein Haus, das von einem Hurrikan zerstört wurde. Kurze Zeit später kam sie wirklich an der Ruine vorbei, die sie sofort wiedererkannte. Ein anderes Mal glaubte sie, Kimonis Vater zu sehen, mit einem riesigen Fisch, den er geangelt hatte. Zwar konnte sie sein Gesicht im Wasser nicht erkennen, aber seine Haltung mit der einen schiefen Schulter war ihr vertraut. Monate später zeigte er ihr ein Foto in seinem Album, das zehn Jahre alt war. Tiryn erkannte den Fisch und Kimonis Vater, wie sie ihn im Meer gesehen hatte. Wie sie sich das erklären sollte, wusste sie nicht. Kimoni hatte sie beruhigt, wie er es immer tat, egal, was Tiryn zustieß.

»Fürchte dich nicht vor den Bildern«, sagte Kimoni, »aber höre auf ihre Geschichten. Die Wahrheit liegt immer in den richtigen Geschichten, ganz gleich, wer oder was sie dir erzählt.«

Wenn das stimmte, was wollte ihr dann das Bild von der unglücklichen Frau erzählen, die an einem fremden Strand stand und weinte und die sie stets nur von hinten sah?

Die Sonne war tiefer gerutscht. Nun zeichnete sie ganz andere, harmlose Linien auf den Meeresboden. Sie wanderten über einen Seestern, dann über eine Muschelschale. Das Bild war verschwunden, ohne diesmal erkennbar geworden zu sein.

Tiryn beobachtete den Seestern, bis sie etwas in die Wade zwickte.

»Au!« Hastig setzte sie sich auf. »Ach, du bist das, Colly!« Der Pelikan stupste sie mit dem Schnabel nachdrücklich an der Schulter. Er war ganz jung gewesen, als sie ihn nach einem Hurrikan mit verletztem Flügel am Strand gefunden hatte. Sie hatte den Flügel geschient und Fische gefangen, bis der Vogel nicht nur groß und gesund, sondern auch sehr zutraulich geworden war. Am liebsten begleitete er Tiryn, wenn sie mit Kimoni und Peri auf dem Kutter fuhr. Dort saß er gern ganz vorne auf dem Bug und blickte mit seinem weisen Gesichtsausdruck auf das Meer hinaus, als gäbe es dort im nächsten Moment eine große Entdeckung zu machen. Darum tauften sie ihn Columbus. Er futterte reichlich Beifang und war bald wieder flugfähig, doch er blieb anhänglich.

»Heute musst du dir deine Fische selbst fangen, Colly. Meine Schicht im Hotel fängt gleich an. Oder flieg zu Kimoni, der hat bestimmt was für dich.«

Der Pelikan legte den Kopf schief, sah sie einen Moment lang an und breitete tatsächlich die Flügel aus. Tief über dem Wasser strich er zum Kutter hin. In der grellen Sonne schimmerte die rosa Haut seines Kehlsacks durchsichtig. Tiryn sah einen dicken Fisch darin liegen. »Du alter Gauner«, murmelte sie.

Tiryn freute sich auf die Kühle im Hotel. Heute drückte die Hitze besonders. Wie ein nasses Tuch lag sie auf der Küste und machte das Atmen schwer. Von den Mangrovensümpfen herüber roch es faulig und von den Kuttern her nach Fisch. Tiryn schloss die Augen, um sich für einen kostbaren Moment in Opa Nicks Land zu träumen. Das Land, in dem er aufgewachsen war und in dem die Bäume im Herbst rot und golden wurden. In dem später Schnee den Strand weiß färbte und das Meer zufror, so dass man darauf laufen konnte.

Davon hatte ihr Opa Nick erzählt, als sie klein war. Für Tiryn war das ihr Traumland geworden, in das sie sich flüchtete, wenn sie wieder einmal irgendwo wartete und nicht wusste, wann ihre Mutter wiederkommen würde. Wenn überhaupt.

Später las sie über diesen schmalen Streifen Land, von dem Opa Nick sprach und den er immer wieder malte. Über die Halbinsel mit dem seltsamen Namen Darß, weit im Osten an einem anderen, kälteren Meer. Dort wollte sie einmal hin, die Sprache konnte sie ja. Opa Nick hatte ihr Deutsch beigebracht, und es war ihre Geheimsprache, die sie miteinander verband. Auch mit Kimoni und seinem deutschen Vater übte sie regelmäßig. Tiryn fing an zu sparen, steckte erst das seltene Taschengeld und dann die schwerverdienten Trinkgelder in ihre Sparbüchse – ein erstaunt aussehender Kugelfisch, den Kimoni ihr geschenkt hatte. Sie versteckte ihn gut vor ihrer Mutter, und als sie alt genug war, richtete sie sich ein Konto ein, dass sie ihr »Ostseekonto« nannte. Schon oft hatte sie den Inhalt des Kugelfischbauchs inzwischen dort in Sicherheit gebracht, aber sie hatte das Konto auch manchmal in Notlagen wieder plündern müssen, und so wuchs es nur langsam. Jetzt war sie vierundzwanzig; bei diesem Tempo war sie wahrscheinlich ungefähr so alt wie Opa Nick jetzt, bis sie sich aufmachen konnte, das Land ihrer Sehnsucht zu erkunden. Dabei hatte sie sich vorgenommen, es spätestens bis zu ihrem fünfundzwanzigsten Geburtstag zu schaffen. Dann war sie ein Vierteljahrhundert alt! Erschreckend. Wenn es bis dahin nicht klappte, würde es sicher nie etwas werden. Aber die Zeit wurde knapp, und es sah nicht so aus, als ob sie hier fortkonnte. Dabei war das Geld nicht einmal ihre größte Sorge.

Sie drängte die schwüle Luft aus ihren Gedanken und stellte sich vor, wie weiche weiße Flocken sanft ihr Gesicht berührten. Wenn sie die Augen öffnete, würde eine zarte Spitzenborte aus Eis das Meer säumen, so, wie sie Opa Nick gezeichnet hatte. Der Wind war kalt, aber sie würde sich in eine dicke Jacke kuscheln und zusehen, wie ihr Atem kleine Wolken malte …

Knatternd fuhr ein Motorboot am Steg vorüber und schreckte sie aus ihren Gedanken hoch. Sie stand auf, strich ihren Rock glatt und suchte sich einen Weg durch die Ranken der Trichterwinden, die sich über den heißen Sand zogen. Sie liebte die himmelblauen tütenförmigen Blüten. Als Kind hatte sie schon genau darauf achtgegeben, keine zu zertreten. Sie stellte sich vor, dass der Himmel sein Blau in diese Trichter füllte, um Vorrat für den nächsten Tag zu haben. Und sie machte es dem Himmel nach und füllte ihre Träume hinein, denn die Blüten schlossen sich fest, wenn es dunkel wurde oder regnete, und schützten so ihr Innerstes.

Nun, da sie erwachsen war, übernahm das Ostseekonto diese Aufgabe, aber die Blüten mochte sie immer noch.

Die Touristen, die ihr zu dem Geld für ihren Traum verhalfen, würden das nicht verstehen. Sie hatten keinen Hurrikan erlebt, fanden die Zikaden und die Hitze noch romantisch. Sie waren alle hier, weil sie sich nach dem Süden gesehnt und dafür gespart hatten. Sie hungerten nach Wärme und nach frohen Farben, nach dem Türkisblau der warmen See, dem Rot der

Hibiskusblüten und dem bunten Schimmern der Kolibris. Vom Schnee hatten sie die Nase voll. Wie Opa Nick, der auch jeden Sommer in seiner Heimat gefroren hatte, sosehr er sie auch liebte. Er hatte sich immer in den Süden gesehnt, erzählte er Tiryn.

Sie aber hatte das Gefühl, dass ihm auch nach Jahrzehnten in Florida nie wirklich warm geworden war. Wahrscheinlich wegen dieser Henny, der Frau, die ihn kurz vor der Hochzeit verlassen hatte. Die er trotzdem immer wieder malte – früher nur von hinten, doch inzwischen trug jede Frau in seinen Bildern ihre Züge. Und die daran schuld war, dass Nicholas es nie über sich brachte, seine Bella zu heiraten, die ihm bis zu ihrem Tod treu verbunden gewesen war.

Tiryn schüttelte unwillig den Kopf über sich. Was nützte es, über die alten Geschichten zu grübeln.

Die Kühle umfing sie wohltuend, als sie in das Foyer der »Calusa Cottages« trat. Über ihr kreisten unermüdlich die riesigen Deckenventilatoren.

»Hi, Debbie! Hi, Mr. Sanborn!«, rief sie Richtung Rezeption, wo eine rundliche Frau mit einem sonnigen Lächeln im Gespräch mit dem Chef war.

Tiryn hatte auch gelegentlich Dienst an der Rezeption, aber heute steuerte sie auf die winzige Boutique »Easy Days« zu, für die sie zusammen mit Peri verantwortlich war. »Entspannte Tage«, so hatten sie den Laden genannt, weil es genau das war, was die Gäste hier suchten und was man ihnen geben musste, wenn sie wiederkommen sollten.

Ein älteres Pärchen wartete vor der Tür. Sie trugen enganliegende einfarbige Polohemden und Sommerhosen in einem nichtssagenden Bürobeige. Tiryn begrüßte sie mit einem Lächeln und schloss die Tür auf.

»Was kann ich für Sie tun?«

»Wir wollten uns nur mal umsehen.«

»Gern! Lassen Sie sich Zeit.«

Tiryn wusste, was sie suchten, doch die beiden würden etwas länger brauchen, bis sie es merkten. Auf der Suche nach Farben waren sie, und nach einem Stoff und Schnitt, der ihnen das Gefühl gab, frei zu sein.

»Meinen Sie, das hier würde mir stehen?«

Der Mann hielt ihr ein weites Hemd entgegen, auf dessen großzügiger Fläche Papageien und Schmetterlinge tobten.

»Bestimmt. Probieren Sie es doch an.«

Ermutigt von Tiryns strahlendem Lächeln, verschwand er in der Kabine, gefolgt von seiner Frau mit einem trägerlosen Sommerkleid.

»Ihr zwei verkauft nur deshalb so viele Klamotten, weil ihr aussieht wie der Urlaub persönlich«, behauptete Nelson Sanborn, der Chef, gern.

Tatsächlich überzeugte der Anblick von Peris dunkler Haut und schneeweiß blitzendem Lächeln und von Tiryns kinnlangen, glatten schwarzen Haaren und dunklen Augen die Kunden davon, dass sie im exotischen Urlaubsparadies angekommen waren. Zudem vermittelte ihnen Tiryns rechte Augenbraue, die im Gegensatz zur geraden Linken fragend schräg nach oben verlief, das Gefühl, dass sie ihnen gut zuhörte.

Beschwingt verließen die Neuankömmlinge bald die Boutique als andere Menschen, mit einem leichteren Schritt, aufrechteren Schultern und einem sommerlichen Lächeln. Mit den neuen bunten Kleidungsstücken hatten sie für zwei Wochen auch ein neues Leben übergestreift, ein Leben voller Abenteuer, Möglichkeiten und Träume.

»Tiryn?« Nelson Sanborn kämpfte sich durch die schmale, von Kleiderständern fast zugestellte Tür. Er war ein großer, schwerer Mann, und das Bündel pastellfarbene Bettwäsche in seinen unbeholfenen Händen wirkte rührend. Tiryn konnte ein zärtliches Schmunzeln nicht unterdrücken.

Weil er ein Chef war, der sich nicht scheute, auch bei der Bettwäsche selbst mit anzupacken, wären die meisten seiner Angestellten für ihn durchs Feuer gegangen. Wenn sie von ihm sprachen, nannte sie ihn alle Nelson. Das wusste er, bestand aber der Autorität und Ordnung halber darauf, dass sie ihn offiziell mit Mr. Sanborn ansprachen.

Er kannte Tiryn seit ihrem siebten Lebensjahr. Seit dem Tag, an dem ihre Mutter mit ihr am Hoteltresen aufgetaucht war und nach Arbeit gefragt hatte. Tiryn hatte sich mit dem viel zu schweren Koffer in der Hand hinter einer Topfpalme versteckt. Dass es nie Sinn hatte, hinter ihrer Mutter Schutz zu suchen, wusste sie längst. Mr. Sanborn hatte sie dennoch sofort entdeckt, sich aus beeindruckender Höhe zu ihr heruntergebeugt, ihr den Koffer abgenommen und auf eine Tür gezeigt.

»Wenn du da langläufst, findest du die Küche. Dort wird man dir Key Lime Pie geben, während ich mich mit deiner Mutter unterhalte.«

Tiryn hatte gezögert. Normalerweise gab ihr niemand einfach etwas. Aber er machte ihr mit einem ermunternden und gleichzeitig bestimmenden Schubs Mut, und sie machte sich auf die Suche.

Seitdem war Key Lime Pie, dieses Zauberwerk aus dem Saft der einheimischen »Echten Limette«, Ei und Kondensmilch auf einem Tortenboden für sie der Inbegriff vom Himmel auf Erden. Als sie irgendwann wieder die blitzsaubere, nach Kräutern und frischem Brot duftende Küche verließ, hatte ihre Mutter einen Arbeitsvertrag als Zimmermädchen und eine Unterkunft in einem der Personalwohnhäuser.

Obwohl Tiryn bald darauf ihren leiblichen Vater Sam und ihren Großvater Nicholas kennenlernte, blieb Nelson Sanborn von da an eine Art verlässliche Vaterfigur für sie. Er gehörte nicht zur Familie. Somit war er beruhigend frei von Rätseln, Geheimnissen und Geistern.

Es war Nelson Sanborn, der Tiryn in die Schule scheuchte, wenn er sie beim Schwänzen erwischte, oder in die Küche, wenn sie nichts zu essen bekommen hatte. Nelson bezahlte sie für kleine Jobs. Sie verteilte Flyer an Gäste, half im Garten beim Jäten oder schälte Süßkartoffeln für die Küche. Sie war mit zu großen Gummihandschuhen, Besen und Schaufel unterwegs und kehrte den Waschbärendreck aus den offenen Treppenhäusern vor den Gästezimmern in einen Eimer. Das machte ihr Spaß, denn dabei hörte sie hinter den geschlossenen Türen die unterschiedlichsten Gespräche. Manche der Fremden stritten ebenso wie Tiryns Eltern. Andere waren dermaßen verliebt und schwärmten von dem warmen Meer, dem exotischen Essen und den sorglosen Tagen, dass das Glück in Tiryns Phantasie durch die Türen hindurchdrang.

Viel später, nachdem sie ihren Schulabschluss hatte, arbeitete Nelson Sanborn sie am Empfang ein und machte ihr schließlich den Vorschlag mit der Boutique. Und so bauten sie gemeinsam den kleinen, aber feinen Verkaufsladen auf, bis schließlich auch noch Peri zu ihnen stieß. Nelson war der geborene Patriarch, aber er behauptete, nicht genug Zeit für eine Beziehung zu haben. Seine Angestellten seien seine Familie.

Das Hotel mit seinem Hauptgebäude und den vielen einzelnen kleinen Häusern drumherum hatte er nach den »Calusa« benannt, einem Indianervolk, das einst in der Gegend gelebt hatte. »Von den Menschen, die zuvor an einem Ort gelebt haben, bleibt immer etwas«, meinte Nelson. »Spuren von ihrer Energie und ihrem Wesen haften an der Erde, atmen in den Pflanzen, treiben im Wind. Sie sollen nicht vergessen werden. Es ist gut für die Lebenden, ihre Gegenwart anzuerkennen.« Im Laufe der Jahre machte er mit unermüdlichem Fleiß und Sorgfalt aus «Calusa Cottages« die beliebteste Ferienanlage in ganz Pelican's Foot.

Jetzt packte er das Bündel Bettwäsche vor Tiryns Nase auf den Ladentisch.

»Die Näherin ist krank, und die hier haben Löcher. Kannst du dich bitte darum kümmern?«

»Natürlich. Gerne.«

Er klopfte ihr zerstreut auf die Schulter. »Danke, danke!«

Schon stürmte er hinaus, auf dem Weg zum nächsten Problem. Egal, wie klein es war, er betrachtete sie alle als seine. Sie sah ihm nach. Er wirkte, als seien ihm seine langen Beine immer einen Schritt voraus. In all den Jahren war ihm keine Spur seiner Energie verlorengegangen. So anders als Opa Nicholas! Schon als Tiryn ihren Großvater damals kennenlernte, kurz nachdem Nelson sie hinter der Palme hervorgefischt hatte, waren Opa Nicks Schultern unter einer unsichtbaren Last gebeugt gewesen. Besonders im letzten Jahr schien sich dieser Druck verstärkt zu haben. Schmal war er auch geworden. Tiryn hatte eine Ahnung, dass nicht allein Opa Nicks Sehnsucht nach seiner Heimat der Grund dafür war. Und auch nicht die Tatsache, dass ihm vor einer Ewigkeit diese unvergessene Frau namens Henny das Herz gebrochen hatte. Irgendetwas belastete seine Seele, und seit Oma Bella nicht mehr da war, um ihn vor seinen Geistern zu beschützen, wurde es stetig schlimmer. Tiryn musste dringend herausfinden, was es war.

»Das Licht in deiner Stimme«
erscheint im Oktober 2015
bei FISCHER Taschenbuch.

Danksagung

Ein ganz großes DANKE allen, die meine Ostsee-Trilogie möglich machten:

Meinem Mann Peter Schneider für seine Liebe, Geduld und Unterstützung.

Meinen Eltern Elisabeth und Heinz-Hermann Koelle für die Samen der Phantasie, die sie in meine Kindheit gesät haben.

Ronald Henss für seine Unterstützung und Ermutigung und seinen langjährigen unermüdlichen und unverzagten Einsatz.

Susanne Kiesow, meiner wunderbaren Lektorin, nicht nur für ihre Tatkraft und ihren Optimismus, sondern auch, weil sie immer zum richtigen Zeitpunkt an der richtigen Stelle die richtige Idee (oder den richtigen Einwand) hat. Vor allem aber für die Initiative, die Rezepte in das Buch einzubauen – und für die unvergesslich leckeren Testläufe!

Irina Taurit für alle Stunden, die ich mit ihr an Stränden (und woanders) träumen durfte.

Den Lesern, die meinen Geschichten ihre Zeit schenken.

Und dem Meer – für alle Geschenke, die es uns macht.